他的小刺猬长大了

沐笙箫——著

上册

青岛出版集团 | 青岛出版社

图书在版编目（CIP）数据

他的小刺猬长大了/沐笙箫著. —青岛:青岛出版社,2023.2
ISBN 978-7-5736-0606-8

I.①他… II.①沐… III.①长篇小说—中国—当代 IV.①I247.5

中国版本图书馆CIP数据核字（2022）第221477号

TA DE XIAOCIWEI ZHANGDA LE

书　　名	**他的小刺猬长大了**
作　　者	沐笙箫
出版发行	青岛出版社（青岛市崂山区海尔路182号）
本社网址	http://www.qdpub.com
邮购电话	18613853563
责任编辑	郭红霞
特约编辑	崔　悦　徐晓辰
校　　对	李玮然
装帧设计	蒋　晴
照　　排	梁　霞
印　　刷	三河市良远印务有限公司
出版日期	2023年2月第1版　2023年2月第1次印刷
开　　本	32开（880mm×1230mm）
印　　张	15.5
字　　数	431千
书　　号	ISBN 978-7-5736-0606-8
定　　价	65.00元（全2册）

编校印装质量、盗版监督服务电话 4006532017　0532-68068050

目录

上　册

目录 下册

第一章

权叔叔的一百条家规

热！

仿佛浑身被滚热的岩浆包裹着，姜夏热得忍不住张开嘴喘息着……

她想要呼救，想要挣脱，但被男人健硕有力的身躯禁锢着，反抗不得。对方霸道的吻几乎夺走了她的所有呼吸。

…………

姜夏急得一激灵，猛地睁开了眼睛，看见天花板上的水晶吊灯，以为自己只是做了个梦。

姜夏刚松了一口气，腰上蓦地横过来一条强健的手臂。

“啊——”姜夏吓得连滚带爬地跌下床，把手背塞进嘴里死死地咬住，才堵住了惊恐的尖叫声。

她睁大眼睛看着床上这个翻了个身面朝自己仍在熟睡的男人。那张俊美到令人屏住呼吸的脸庞映入眼帘，姜夏的脸瞬间变得煞白，她下意识地往后退去。

她这一动，全身就犹如被碾过一般……

这种痛感在提示着她，刚才梦里的那些疯狂的画面是真实的，而且对方竟然还是权北倾！

权北倾是谁？他是所有女人都梦寐以求的男人，但那些人不包括她姜夏。

是权北倾把姜夏从孤儿院里领出来的。二人没有半点儿血缘或法律上的关系，只是按理来说，姜夏应叫权北倾一声“叔叔”。

姜夏低头看见自己身上的痕迹，一张小脸顿时红到了耳根，羞恼不已。

如果权北倾此时醒了，看见她在这里，后果堪比世界末日。

姜夏不敢再待下去，趁着如狼般危险的男人还在熟睡，咬牙强忍着身上的酸痛感爬了起来，胡乱地套上衣服跑出了房间。直到坐上出租车，姜夏整个人才稍微松懈下来，但心脏仍“扑通扑通”地跳得厉害，手心里全是汗。

她本来是在 KTV 里跟朋友庆祝生日的，只喝了几杯啤酒，后来不知怎么就到了酒店……

她实在记不清了。

姜夏深深地吸了口气，强压下泪花。

他们之间绝不应该发生这种关系！

姜夏不愿再想这件事，一点点画面都不行！她安慰自己就当被狗咬了一口，想彻底忘掉这件惊悚又令人悲愤的事。

姜夏祈祷权北倾这次只是回来处理一些紧急事件，不会久留。他很忙，一定会忘记她这个人。

姜夏并没有直接回位于星海湾的家，而是就近随便找了个小旅馆住下，晕乎乎地倒在床上睡了过去。

姜夏醒来时天还没亮。她拿出手机，发现没有未接电话和未读短信，顿时松了一口气——

谢天谢地，警报解除！

要是权北倾回星海湾了，管家孔伯肯定会提前给她通风报信的。

看来权北倾这次真的只是回来办事，办完就走了。

姜夏打车回到星海湾，顺便买了自己最爱吃的油条和包子。

给她开门的保安一见到她便表情惊恐，但姜夏又饿又困，没注意到，只想着赶快吃完早餐饱饱地睡上一觉。

可她刚走进玄关，就意外地发现客厅里的大灯还亮着。

这个时间，孔伯是不可能起床的。那唯一的可能，就是——

一种不祥的预感直蹿上来，在孤儿院里十几年培养出来的警觉告诉她——前方有雷，危险！

她生出一股转身逃跑的冲动。然而就在下一秒，大门打开了，管家孔伯出现在她的面前，有些惶恐地说道："夏夏小姐，您终于回来了。少爷也回来了，等了您一个晚上。"

姜夏如遭雷击，脸顿时僵住了。

权北倾竟然回来了……那他是不是知道昨天的人是她了？

姜夏尽管有一百个不愿意，但还是硬着头皮往里走去。

她一进客厅，一股慑人的强大气场就直逼而来。

"姜夏。"男人富有磁性的清冷声音突然响起，连周围的空气都仿佛冷了下来。

姜夏不禁打了个寒战，站在原地没动。

"都读大一了，还不会抬头？"

姜夏愤愤地咬唇，但也只好抬起头来。

面前这个气质尊贵的男人穿着黑色丝质衬衫，跷着二郎腿，随性地靠在沙发上。他那张俊美到令人窒息的脸上没有多余的表情，黑眸冰冷地审视着姜夏，散发着高高在上的王者气势。

在他面前的茶几上，管家孔伯的手机被放在上面，显然是被他收缴的，这也是孔伯没能给她通风报信的原因。

姜夏只看了他一眼便垂下了眼，很不情愿地叫了一声："权叔叔。"

权北倾颇为意外地眯起眼，嗓音极富磁性，却是冷的："这么礼貌，是因为心虚？"

三年前，姜夏被他从孤儿院里带回来的时候，就像一只竖起了刺要保护自己的小刺猬，极其敏感，对任何人都有极强的防备心，尤其是对他。她连话都不肯对他说一句，更别提主动开口喊他。

这三年来，他们见面的次数屈指可数。

姜夏确实心虚，紧张得直冒汗，衣服都快湿了，但仍梗着脖子否认："没有……我没什么可心虚的。"

"好一个没什么可心虚的，"权北倾危险地眯起眼，"你做了什么事，自己还不清楚？"

姜夏心里"咯噔"一下。他……他果然还是发现了昨晚的女人是她吗？

他会不会觉得她是一个心怀不轨、故意设计爬上他的床的女人？他会不会给她一个严厉的惩罚？

她早就听说权北倾雷厉风行、手段狠戾，要是他生起气来狠狠地惩罚她，肯定很可怕……姜夏越想越害怕，仿佛面前坐着的是手握生杀大权的古代帝王。她连舌头都打结了，但还是迅速组织语言，试图解释道："我……我不是故意的……这件事跟我没关系……"

"跟你没关系？"权北倾的脸色瞬间又冷下来几分，高高在上的语气格外严厉，"现在是 5 点 25 分，再过半个小时天就要亮了，你这个时间才回来，难不成还是我的错？"

姜夏顿时愣住——原来他说的是这件事！也对，昨晚酒店的房间那么昏暗，而且他还没醒她就走了——他肯定没看见她的脸，不可能知道是她。

权北倾见面前的女孩儿明显地松了一口气，眉眼蓦地一寒："姜夏，我在跟你说话，这就是你的态度？还是说这三年来，你都这么放肆地夜不归宿，已经习以为常了？"

"我没有！"姜夏立即反驳，抿了抿粉嫩的唇瓣，有些生硬地道，"这次晚归只是个意外，我……我昨晚有点儿重要的事。"

权北倾用锐利的眼神扫视着她的全身："说出来，让我听听有多重要。"

姜夏努力压下对权北倾的惧怕心理，把腰杆儿挺得笔直，倔强地说："这是我的隐私，不能随便说给别人听。"

"是吗？可在我面前，你没有隐私。"

权北倾修长的手指有一下没一下地在腿上轻点着，倨傲的眼神始终打量着她，语气冰冷而不耐烦："姜夏，别忘了你三年前就被我带回来了，就算我们没有法律上的关系，但你住在我这儿，是我给你吃穿用度，我养着你——以你的年纪和阅历，试图骗我或者跟我要花招，还太嫩了，懂吗？"

姜夏听罢，将一双黑葡萄般的大眼睛瞪得圆圆的，愤愤地看着权北倾。

权北倾不再说话，就这么与面前的这个叛逆倔强的女孩儿对视着。

火星即将撞上地球的危险感弥漫在空气中。

最后，还是孔伯走上前去拉了一下姜夏，低声劝道："唉！夏夏小姐，你好好地跟少爷道个歉吧！少爷也是担心你，毕竟女孩子晚上在外面不安全。"

姜夏不服气地抿了抿嘴："我……"

"才不要道歉"几个字还未说出口，权北倾就冷漠地出了声："我讨厌听任何道歉的话。你就算道歉了，我也不会轻易原谅你。"

他说完，颀长的身躯站了起来，居高临下地瞟了她一眼："先回房间把你那一身劣质酒的气味洗干净，顺便想想要怎么保证下不为例才能让我信服吧！"

姜夏被孔管家死死地拉着，才强忍住扑过去咬死权北倾的冲动。换作平时，被别人用这样的语气警告、训话，她哪里会有这么好的态度，不发飙就不错了！

偏偏她对他总是没来由地感到害怕。

姜夏对此非常不满——干吗要这么怕他？

她一边不服气，一边又怕他——这种矛盾的感觉让她看见这个男人就抓狂！

不行，她要冷静，要忍住，毕竟惹怒了这个“大魔头”对自己没有什么好处。

就在这时，走到她身侧的男人突然顿住了脚步。

姜夏的神经骤然高度紧绷起来，她想：他……他该不会又察觉了什么吧？

然而权北倾的视线只是落在她手上拎的满是油渍的塑料袋上，他好看的眉头皱了起来：“你手上拎的是什么东西？”

姜夏骤然松了一口气，被这么一吓更加不满了，随口回答道：“哦，油条和包子，没买你的那一份，想吃自己去买。”

话音刚落，她手里的袋子就被人抢了过去。姜夏来不及反应，眼睁睁地看着自己最爱的油条和包子直接被扔进了垃圾桶！

权北倾俯身抽了张纸巾，一边嫌弃地擦拭着手指，一边冷漠地警告她：“从今以后，油条这种垃圾食品不要再碰，外面卖的包子也不干净，你的饮食会有人负责搭配好，不许乱吃。”

姜夏根本听不进去他说的话，只是瞪大眼睛看着垃圾桶。直到男人丢下这个命令往楼上走去，她才蓦然反应过来油条和包子被他扔掉了！

然后，姜夏奓毛了。她直接甩开孔伯的手，冲过去就拽住了权北倾的手臂：“等一下！”

已经踏上楼梯的权北倾转过身，很不耐烦、很冷漠地看着她，那凌厉的眼神让姜夏的小心脏没来由地抖了抖。

但她此时沉浸在失去心爱的油条和包子的悲痛中，被气得七窍生烟，横眉怒目地瞪着眼前这个英俊的男人，冲他吼道：“姓权的，你……你凭什么扔我买的东西？我吃什么早餐关你什么事啊？还说什么我归到你的名下了，这三年也没见你出现几次啊，我还以为你死在外面了呢！”

听见这番话的孔伯两条腿都软了——天啊！夏夏小姐怕是吃了熊心豹子胆吧！少爷发起火来可是很可怕的！

权北倾闻言，一张俊脸顿时冷了下来，却什么也没说。

男人的这种反应，被姜夏定义为做错了事的心虚——她感觉自己得到了阶段性的胜利。于是她索性豁出去了，连上四个台阶，直接站在了权北倾的前面，低下脑袋俯视着他。

哼！个子高了不起啊？她站得高也一样！

姜夏的双手叉着细腰，漂亮的鹅蛋脸白皙娇嫩，她抬着下巴，凶巴巴地瞪着他。

“怎么不说话了？心虚了吧？姓权的，三年前你莫名其妙地强行把我从孤儿院里带出来，然后又强行要我住在这里，还给我定了那么多讨厌的规矩——你嘴上说是养着我，谁知道你是不是有什么变态的企图？”

权北倾越听脸色越阴沉，到最后怒极反笑：“变态的企图？”

姜夏越说越委屈、越气愤，就差用鼻孔对着他了：“对啊！万一你是人贩子，或者你看上我的美貌了，想对我实施不轨行为……”

她的话还没说完，男人忽然伸出手，宽大有力的手掌用力地扣住了她的细腰。姜夏躲闪不及，下一秒就被高大的男人扣在楼梯边的墙壁上。

他健硕的胸膛将娇小的她完全笼罩住。

愤怒中的女孩儿惊恐地瞪大了眼睛，结结巴巴但又倔强地说：“你……你是不是恼羞成怒了想打我？果然被我说中了……啊！”

姜夏小巧的下颌被他修长的手指捏住，她发不出声音了，只能用眼睛瞪着他。

权北倾俊美的脸渐渐地朝她的脸靠近，他的眼中全是无情、冷漠的神色：“姜夏，你记住了，‘心虚’这两个字永远不会跟我扯上关系，至于把你带回来，如果不是因为……”顿了顿，他冷冷地嗤笑，“你以为我愿意带你这种孤儿院里出了名的问题少女回家吗？你聚众打架斗殴，被第一个收养家庭赶出来的那些事说出来只会丢我的脸。我最讨厌你这样毫无分寸、品行不端的女孩儿。现在懂了吧，嗯？”

姜夏被他说得眼睛越睁越大，眼眶也彻底红了，垂在身侧的手紧紧地攥住，颤抖着。她整个人像一只被激怒的小刺猬，扯着嗓子冲他吼："既然你这么讨厌我，为什么还要带我回来？你为什么不说，有本事就说出来啊！我告诉你，我姜夏不需要你管！不需要你喜欢或者讨厌！我要离开这里，现在就要！"

权北倾的眼神幽暗，他骤然冷喝一声："不许闹！"

姜夏被他吼得一怔，鼻子随之泛酸，但强行忍住了要涌出来的眼泪。

她不能在任何人的面前哭，绝对不能！

姜夏用颤抖的手推开面前这个强势且健壮的男人，转身就想跑下楼去，然而一只脚还未迈出去，整个人就忽然腾空了。

权北倾用单臂搂住她的腰，直接把她整个身体都扛上了肩头，往楼上走去。

"啊！"女孩儿惊叫一声，栗色的长鬈发如瀑布般倒挂下来。她太过纤细娇小，被他扛着就像一只扭动着身子要翻墙的小野猫。

"权北倾你干什么？放我下来！"姜夏一边大喊，一边握紧粉拳捶打他的背，"你这个大魔头，大浑蛋——"

"啪——"

权北倾抬手就在她的臀上拍了一下："老实点儿。"他的语气中隐约带着怒气。姜夏怔了怔，随即反应过来——他竟然打她的屁股！他……他一个大男人，竟然打她的这……这种地方！

姜夏又羞又恼，脸蛋儿上不由得泛起一层薄薄的红晕，整个人更加剧烈地扭动挣扎着、叫喊着。

她的毛衣本就短，她这么一动，纤细的腰肢露了出来，滑而嫩的肌肤在权北倾的手臂上来回地摩擦着。异样的感觉勾得他的心脏犹如被电流击中，不安分地跳动了几秒钟，甚至有那么一瞬间，让他联想到昨晚荒唐又激烈的事情和那个大胆逃跑的女人。

权北倾的眼神骤然变冷，他再度抬手在姜夏的臀部"啪"地拍了一下："再闹我就把你扔下楼！"

男人的这一掌并没有用多大的力气，但哪怕没有刻意加大力气，力气也够大的了。姜夏痛得倒吸一口凉气，一张小脸皱成了粉白的包子。

她好痛啊……他果然是个本性残暴的大变态！

但姜夏也不敢再挣扎了，怕屁股真的被他揍开花。

于是，姜夏就这么被男人扛进了书房。

权北倾在墙边把她放了下来。不等姜夏缓口气，他就冷声命令道："罚站，站军姿两小时。"

姜夏差点儿噎住："我为什么要被罚站？"

"夜不归宿、吃垃圾食品、跟我顶嘴、粗鲁地大喊大叫……"权北倾的薄唇吐出这些字眼，他单手撑在她头侧的墙上，冷冷地说，"随便一条都足够让你罚站。或者你想要更严厉的惩罚？"

姜夏瞪大圆溜溜的眼睛问道："更严厉的惩罚是什么？"

"倒立一小时、俯卧撑五百个、绕别墅跑二十圈，我允许你选。"

姜夏被吓得一张小脸煞白——他这是想要她的小命吧？

姜夏内心挣扎了一番，终于还是蔫蔫地垂下了脑袋，咬了咬唇："我……选罚站。"

权北倾并不意外，似乎早就猜到了她的选择。他转身拿起办公桌上的遥控器，长指在上面按了几下，对面雪白的墙壁上顿时出现了笔记本电脑屏幕的投影，上面赫然写着两个加粗的大字——"家规"。

1. 不许打架斗殴、赌博吸烟，禁止一切与学习无关的恶习；

2. 不许夜不归宿，无论如何晚上9点前必须到家；

3. 不许吃垃圾食品，不许喝任何饮料，一切饮食严格遵守营养师的安排；

4. 不许做出任何不属于淑女的行为，包括不许说脏话；

…………

"这份家规我让孔伯给你看过，但很显然，你并没有记住。"权北倾放下遥控器，淡漠地说道，"既然如此，边罚站边背，直到你全部背得滚瓜烂熟为止。"

姜夏光是看着序号就崩溃了，从“1”开始排序……家规足足有一百多条！

当初管家孔伯把这份家规给她，说是权北倾亲自为她制定的，她只看了一眼就随手丢了，现在估计在她房间的哪个角落里积灰呢。

姜夏最讨厌背书这一类事，于是试图用可爱的声音跟“权大魔头”讨价还价：“那个……英俊的权叔叔，我能不能……？”

“不能。”权北倾直接打断她的话，俊美的眉眼薄情冷厉，“给我站好！”

姜夏一颤，在心里把他的祖宗十八代都“问候”了一遍。但她还是不得不贴墙站着，很不爽地磨着小虎牙，含混地出声：“我背，我站，行了吧？你可以出去了……”

男人高大的身躯忽然朝她逼近。姜夏顿时紧张地屏住了呼吸。

毕竟他们之间才有过那么亲密的接触，他只要靠近她，她就会浑身不自在——心跳加速、耳垂发烫，像一个随时会被发现的小偷儿。

明明她是受害者！凭什么她要心虚啊？

“还敢走神儿？”男人冷漠而富有磁性的声音在头顶响起，姜夏的脑袋被他屈起的食指敲了一下。

他冷冷地问：“连军姿都不会站是不是？”

姜夏咬牙：“我又没当过兵！我会个屁啊？！”

权北倾抬起眼皮：“家规第四条，不许说脏话，现在再多罚站30分钟。”

姜夏：“……”

权北倾无视了她怨愤的表情，弯曲长腿，将她的两条细腿抵直，大掌贴着她的背脊，将她的背扳直……硬生生地把她扳成了标准的军姿。

他在做这些动作的时候，身体是完全贴着她的，隔着薄薄的衬衫，她几乎能感觉到他胸膛的温度——很烫。

姜夏一动也不敢动，双颊绯红，像抹了颜色最娇嫩的胭脂。

权北倾却没再看她，转身走向办公桌，坐下开始处理工作，头也不抬地冷冷地道："认真背，我等下随机抽查，错一条多站 5 分钟。"

"哦……"

虽然应了，姜夏却根本背不下去——光是维持这个站姿她就生不如死了，怎么可能还背得了东西？

她偷偷地抬眼，见权北倾似乎在全神贯注地看文件，于是绷直的细腿悄悄地松懈了一下。

"腿站直。"男人冷不丁地出声道。

姜夏吓了一跳，差点儿腿一软跪到地上去。

他是头顶上也长了眼睛吗？

这么站下去她非变成木乃伊不可。

姜夏黑白分明的眼珠转动着，忽然用又甜又软的声音问道："那个……超级英俊的权叔叔，你口渴了吗？我去给你泡杯咖啡好吗？"

权北倾翻着文件的手指停了下来，他掀起眼皮看向连罚站都不安分的女孩儿，视线不经意地落在她的腰间。刚才姜夏挣扎得太厉害，毛衣乱了也没整理，露出小半截儿纤细的腰肢，白嫩嫩的，直晃眼，甚至晃得权北倾有片刻的错觉。喉结无意识地滚动，他脑海中浮现出昨晚跟那个陌生女人的一幕幕画面，体内涌出一阵莫名其妙的躁动，身躯也微微绷紧了。

权北倾把原本想要斥责姜夏的话全都压了下去。

该死！他竟然对着一个乳臭未干的小丫头分神。

姜夏被男人盯得紧张兮兮的，突然又发现他的眼神无端地冷了一下，莫名其妙间，听见权北倾冷漠的声音——

"咖啡不要加糖，我只喝纯黑的。"

得到允许后，姜夏也顾不得抱怨男人像皇帝一样下达命令的口吻，应了一声就立马转身跑出去了。

等到她的身影出了房间，权北倾才丢开手里的签字笔，长指扯住领带松了松，试图平复体内翻滚的躁动感。

昨晚太过疯狂了，常年禁欲的男人从未有过这样刺激的体验，导致现在连思绪都有些无法自控。

这不是个好现象。

但现在更重要的应该是——他没想到姜夏竟然越长越歪、越学越坏，还有本事笼络孔伯帮她通风报信、瞒天过海。这完全出乎他的预料，他在国外忙工作的这几年，一直以为她在国内乖乖地念书学习。

可显然，这小丫头现在叛逆得难以管教，还不知道要浪费他多少时间。他不该在这种事情上耽误时间，该对她凶一些、狠一些的，让她知道害怕，知道以后要乖。

厨房。

出来泡咖啡的姜夏此时正蹲在地上，手里拿着一小瓶番茄酱，将红色的酱汁抹在自己的裤子上，然后用手指抹匀……

正在这时，身后蓦地传来男人低冷的嗓音："你在做什么？"

姜夏手疾眼快地把番茄酱的瓶子塞进毛巾里，用双手捂住肚子号叫起来："我……我的肚子好痛……"

男人迈着长腿走到她的身侧，俯身去摸她的额头。姜夏没动，皱着鼻子恹恹地道："我好像是来例假了。"她说着，把两条并拢的细腿分开，伸手向下一指，"你……你看……"

权北倾低头就看见她红了一片的裤子，顿时皱起了眉头。他之前从未处理过小丫头突然来例假这种事，所以一时并没有说话。

姜夏一边眯着眼偷看他的反应，一边惨兮兮地号叫："呜……来例假肚子好痛啊！我……我恐怕是站不了……啊！"

还没说完，姜夏只觉得身体骤然腾空了！她整个人被俯下身的男人拦腰抱了起来，男性的荷尔蒙气息瞬间包围了她。姜夏在极度错愕中抬眼，只看见了男人线条完美的下颌。

他竟然这样抱她。在她的记忆里，这样抱过她的，只有……江大哥。

可权北倾的怀抱跟江大哥的不同——权北倾的怀抱结实又宽厚，带着不容拒绝的霸道与强势。

虽然她超级讨厌权北倾，也不想被他抱，但不可否认，这样的怀抱确实会让女孩子有很强烈的安全感，难怪那些影视剧中都这样演。

她只要稍微侧过脸，就能看见男人微敞的领口下的性感锁骨，充斥着浓烈的成熟男人的魅力与诱惑。

姜夏忽然心跳加速，心脏“怦怦”跳动。他……该不会是想对她用“美男计”吧？

思及此，姜夏觉得自己必须要有骨气才行，磕磕巴巴地说：“你放我下去……我……我不要你抱。”

权北倾冷漠地垂眸：“所以你还是喜欢被扛着？”

想到刚才被他打了屁股，姜夏一时涨红了脸，说不出反驳的话来。

权北倾把她抱到洗手间里，在洗漱台边将她轻放下：“你自己清洗，好了叫我，我在外面等着。”

他说完转身就要出去，姜夏怕露馅儿，忙伸手拉住了他：“那个……等等！你不用在外面等我了，你去忙你的，我自己可以弄……”

男人打断她：“不是肚子痛到站不住了吗？”

姜夏语塞。

权北倾出去后，姜夏不得已胡乱地洗了一下，换掉裤子。

她伸手打开洗手间的门，探出的脑袋猛地撞在了男人硬硬的胸膛上。紧接着，娇小的身体又被权北倾拦腰横抱起，直接被他抱回了房间。

姜夏心想：他是不是觉得来她例假就真的连路都走不了啊？

权北倾把姜夏放在奢华柔软的圆形公主床上，拿过抱枕垫在她的背后。姜夏还没来得及说话，一沓 A4 纸就被丢在了被单上。

“这些是家规。”权北倾单手插在裤兜里，语气淡漠又严厉，“由于意外情况，你的罚站取消了。但两天之内，你要给我背完家规，我会随时抽查，还有……”他低眸看着床上的女孩儿，眼神冷淡，没有一丝温度，“我回国的这半个月，你最好让我看到你确实已经变乖了，否则我会送你去一对一且全封闭式管理的大学。”

姜夏刚要说出口的“谢谢”就硬生生地卡在了喉咙里。

一对一且全封闭式管理的大学有多可怕，她不用想都知道，跟坐牢没有任何区别。

权北倾丝毫没理会姜夏惊呆了的表情，说完便转身离开房间，留下姜夏趴在床上抓狂。

她刚才竟然还想对他说“谢谢”！妈呀！她一定是被男色迷昏头了！

不行，她不能留在星海湾了，不然非得被这“大魔头”折磨疯了不可。

三十六计，走为上计！

姜夏老老实实地在房间里待了一会儿。大概上午 10 点，她注意到书房里的权北倾似乎在开视频会议，应该一时半会儿结束不了。于是，她赶忙翻出课表，说下午还有课，让孔管家转告正在开视频会议的权北倾自己去上课了，抓过包就溜了。

权北倾结束视频会议后，准备去抽查姜夏的学习，走出书房却看见孔管家站在门外。

孔管家恭敬地对他说道：“少爷，夏夏小姐的学校上午有专业课，所以她去上课了。”

权北倾沉着脸：“她之前不是动不动就逃课吗？怎么我一回来上课就这么积极？”

孔管家偷偷地擦了擦冷汗，试图替姜夏求情：“少爷，夏夏小姐其实是个挺好的姑娘，很善良、很热心，就是现在处于青春期，所以有点儿叛逆……”

“哦？”权北倾冷冷地掀起眼皮，似笑非笑地勾唇，“我看你挺喜欢她的，这么护着她，还帮她对我隐瞒那些逃课打架的事，要不然你认她做干女儿得了？”

“不不不，少爷您说笑了，我只是觉得夏夏小姐在家的话，多少能让您感觉到以前的……”孔管家说到这里忽然顿住，忙垂首道，“少爷对不起，是我冒犯了，请少爷责罚。”

权北倾没说话，眼中却闪过幽暗的光芒。

“砰——”此时，洗手间里忽然传来东西摔碎的声音。

一个女佣急急忙忙地跑出来，惶恐地弯腰：“对不起少爷，吵到您了，我不知道毛巾里会藏着一瓶番茄酱，才不小心打翻的……”

番茄酱？权北倾眯起眼睛，脑海里蓦地闪过一个念头，立即走了过去。

他刚走到洗手间的门口，一眼就看见地砖上打碎的番茄酱瓶子，以及迸溅一地的鲜红的酱汁。

锐利的视线随即落在一旁的脏衣篓里，权北倾俯身拿起了姜夏换下来的那条裤子，低头凑近裤子上被染红的地方轻嗅，果然闻到一股番茄酱的味道。

男人的俊脸蓦地一沉——这个小丫头竟然敢用这招来骗他！

她是觉得他很好骗，还是完全把他的话当耳边风？

权北倾冷着脸拿着裤子回了书房，手机在桌上振动，是他的心腹季池打来的电话。

“少爷，昨晚威斯汀酒店的监控录像出了问题，所以无法确定凌晨从您的房间里跑出去的女人是谁。但目前可以确定的是，录像肯定是被人动了手脚的。”

“继续找，”权北倾薄唇微启，“无论费多少人力，都要找到昨晚的那个女人。”

“少爷，找到之后如何处置？”季池问道。

权北倾沉声说道：“把她完完整整地带来见我。”

他倒要看看，是什么样的女人能让他三番五次地回想、分神。她不但敢溜进他的房间，还敢趁他熟睡之时跑了！

蓦地，他脑海中闪过姜夏那张甜美狡黠的脸。

男人有些烦躁地将手里的裤子丢到椅子上，皱眉道：“另外，等下午电影学院下课，就把姜夏给我直接带回星海湾，别让她跑出学校。”

季池恭敬地应道：“是，少爷。”

华山电影学院（简称“华影”）位于本市的黄金地段，是全国数一数二的影视类学校。

一年半前，姜夏高考的时候，因为爱好报考了这个学校的表演系。

可能是在孤儿院里待了十几年的缘故，她很擅长演戏，再加上长相甜美又可爱，所以考试很容易就通过了。

姜夏抓着双肩包的带子走在校园里，穿着白球鞋的脚无意识地踢着石子儿，心里盘算着找个跟学习有关的借口，晚上不回星海湾了。

而且，在权北倾在国内的这半个月里，她也想尽可能地少跟他见面，免得又被他花式折磨。

更别提她还跟他发生了那种关系。面对他，她时不时地就心虚一下，怕被他发现后小命不保——这简直是心理、身体上的双重折磨！

但是那个男人真的太难对付了，凭着一张俊脸就能把“美男计”使得出神入化，而且又强势又冷酷，她完全是升斗小民跟皇帝对抗啊……

今天的第一节课是公共课，姜夏难得按时来上课。

然而她才走进公共课的大教室，立即就有学生窃窃私语：“哎，这人是不是表演五班的那个姜夏？”

“对对对，就是她！听说她以前在孤儿院里就总是打架斗殴，还砸伤过院长。啧，长得这么漂亮真是浪费了，她完全就是个没教养的地痞嘛！”

“对啊，同样是从一所孤儿院里出来的，看看跟她同班的白雪妍多优秀，才大一就接到戏了，完全是励志‘女神’啊！”

又有一名女生加入八卦阵营：“对了，白雪妍跟姜夏不是三年前就被宁家收养了吗？据说姜夏是在宁家偷东西被抓到，而且还死不承认地闹，最后才被赶出来的，啧啧！”

姜夏目不斜视地走到最后一排的课桌前，将双肩包拿下来用力摔在桌面上，发出“砰”的一声响。

那些议论的学生顿时就放低了声音，改为互相使眼色和嘀咕。

姜夏的“恶名”在外，打架对她来说都是小意思，所以，虽然有学生在背后用各种难听的话议论她，但没人敢站出来跟她面对面地较量。毕竟大家还是害怕被她这种“地痞”揍的。

姜夏懒得理那些嚼舌根的人，听到这些流言蜚语也不愿再去辩解了。早在三年前她就彻底地明白了——不相信你的人永远都不会相信你，解释再多也没用。从那时之后，她再也不向任何人多费口舌，只想保护自己、保护自己在乎的人。

此时，高跟鞋的声音响起，从大教室的门口走进来四五个高挑靓丽的女生。她们一出现便吸引了所有人的目光。

“哇，是校花白雪妍！不愧是被宁家收养的，书香门第出来的就是不一样，你看她又漂亮又有气质……‘女神’啊！”

“就是，她上个月还签了陈导的新戏呢！她以后肯定前途无量，成为我们这届最火的人。”

“她真是太给我们这届增光了！对比一下，姜夏真是太丢人现眼了……白瞎了那副长相，其实我一直觉得姜夏比白雪妍长得漂亮。”

最后一句话正好传入白雪妍的耳中，她的眼中闪过一抹不易察觉的忌妒之色，她立即朝身边的朋友舒莉莉投去一个眼神。

舒莉莉瞬间会意，直接走到最后一排，指着正在座位上打瞌睡的姜夏说道：“姜夏，你换个位子坐吧！”

姜夏昨晚被权北倾折腾了大半宿，这会儿正戴着耳机昏昏欲睡。舒莉莉说了两次都不见她有反应，于是便伸手摘下了她的耳机。

动作看似普通，但舒莉莉的指甲很长，她故意用力地划了一下姜夏的耳垂。姜夏痛得瞬间跳了起来，怒道：“干什么？！”

她这个举动瞬间引得大教室里一片哗然。大多数人都在指责姜夏的脾气太差，对同班同学竟然如此态度恶劣。

舒莉莉一副没事人的样子，语气明显十分不屑：“不好意思，雪妍要坐在这里，麻烦你换个位子。”

姜夏揉着耳垂，冷冷地看着面前的几个女生：“怎么，现在公共课还固定座位了吗？”

“公共课是没固定座位，”舒莉莉口气高傲，“但我们雪妍不等上完课就要赶去试镜，这个座位离教室门最近，离开的时候不会打扰到老师和同学，所以请你换个座位。”

好一个让人无法拒绝的借口。

周围顿时又响起一阵议论声，大家都觉得白雪妍是励志“女神”，又这么善解人意，完全是大家的榜样！

姜夏却冷笑着直接看向白雪妍：“既然你这么尊重师长，就不该早退；这么尊重同学，就该早点儿来占位子，而不是让已经坐下的同学给你让位子，不是吗？”

舒莉莉张了张嘴，被这番话堵得一时不知该如何反驳。

这时，白雪妍假惺惺地开口了：“夏夏，我不知道你为什么对我有这么大的敌意，如果是因为宁家的事，我也无能为力。我已经跟妈妈解释过了，但证据确凿，所以妈妈坚持认为那块价值300万元的玉佩就是你偷的。我们同在一个孤儿院里这么多年，你非要因为这件事断送我们的姐妹情吗？”

“白雪妍，自导自演也要有个度吧？别恶心了‘姐妹’两个字。”姜夏冷冷地道，“我不想看见你，多一眼都嫌脏！你有多远就滚多远吧！”

白雪妍闻言，眼中闪过一丝恨意，但面上仍露出十分悲痛的表情，惹得所有人都开始同情她。

“真是气人，明明是姜夏自己不要脸偷东西，还非要迁怒到‘白女神’的头上，跟这种人相处那么多年真是倒霉啊！”

“肮脏的小偷儿，品行这么糟糕，难怪她会被宁家赶出来……”

“姜夏怎么好意思啊？明明是她自己的性格扭曲又阴暗。”

…………

姜夏抿紧唇瓣，不想再待在这里破坏心情，也不想跟这些人争执，免得浪费口舌，抓起自己的双肩包就往教室外走去。

白雪妍适时地拉住她："夏夏，你别生气。就当是我的错吧，你好好地留下来上课，别又旷课……"

姜夏厌恶地要甩开她的手，白雪妍却不肯放，一拉一扯间，姜夏的毛衣领口的扣子被扯开了，露出一片白皙的肌肤，而更令人惊讶的是，上面竟然密密麻麻地布满了痕迹！

舒莉莉立即捂住嘴惊叫："天啊！姜夏你身上的这些痕迹是怎么回事？"

此话一出，所有人都转头看了过来！

姜夏的脸色煞白，她迅速扯下白雪妍的手。白雪妍却仿佛被她推了一般，整个人突然向后一倒，重重地跌在地上："啊——"

"雪妍！"舒莉莉立即俯身扶住白雪妍，抬头怒视姜夏："姜夏！你也太过分了！自己做出这种不检点的事，却要把气撒在雪妍的身上！"

姜夏用双手拢紧自己的衣领，感觉到从四面八方投来的异样的眼光，只觉得异常羞愤、耻辱。

她想要快速地离开这里，舒莉莉却站起身拉住了她："不许走，雪妍的手臂都磕破了，你快给雪妍道歉！"

下一刻，一旁跟白雪妍同行的几个女生也围了过来，拉着姜夏不肯松手，大有压着她屈膝道歉的意思。

姜夏被几个女生围着、扯着，甚至还有人往下拉她的毛衣……

姜夏忍无可忍，眸光一寒，扣住其中一人就是一个过肩摔。

只听"啊"的一声尖叫，整个大教室里顿时陷入一片混乱……

下午 5 点，ZK 集团亚太地区总部。

会议室内，英俊冷厉的男人坐在圆桌的主位上，修长的指间夹着一支名贵的钢笔——其下首，一名高层人员正在紧张又严谨地向他汇报工作。

蓦地，桌面上的手机响起机械化的女音："时间到了，时间到了……"

一时之间，会议室内的高层们都诧异地面面相觑——总裁工作时向来不会分心的，怎么今天手机不仅开了声音，而且还设了语音闹钟？

然而更让他们震惊的是，权北倾拿起手机看了一眼后，竟然抬手示意他们会议暂停，起身去落地窗边打电话了。

到底是什么重要的事？或者……是什么重要的人？毕竟总裁还是第一次暂停季度会议，以前从未有过。

电话很快被接通，权北倾的嗓音一如既往地冷漠："接到姜夏了没有？把她先送回星海湾，我一会儿就回去。"

"没有，少爷……"电话那端的季池顿了顿才道，"我们的人在学校门口等到最后一节课下课，也没见夏夏小姐出来，进去找人问了才知道，夏夏小姐……因为在教室里跟人打架……所以被送去警察局了。"

权北倾的脸色顿时一沉，眼中聚起愠怒的神色。

季池隔着手机都感觉到一股寒意，硬着头皮问："少爷，是要派人去接，还是……？"按照少爷以前训练他们时的做法，应该是让夏夏小姐先在警察局里吃吃苦头，给她个教训。

不料，男人却沉声道："哪个警察局？我现在就过去。"

季池："我马上把地址发给您。"

说好的吃点儿苦头才会长记性呢？呵，男人啊！

挂断电话，权北倾直接拿起西装外套，迈开长腿就往外走去，只留下挺拔的背影以及四个字："会议取消。"

会议室内的一众高层面面相觑：今天太阳从西边出来了吧！

看他这一脸被惹怒的表情，总裁八成是为了某个女人。难道说，总裁……谈恋爱了？

学校对面的警察局内。

"警察叔叔，是姜夏先推人，导致雪妍跌倒手臂受伤的，我们让她道歉她不肯，我们才拉住她，后来也是她先动手摔人的！"舒莉莉站在桌子前指着姜夏控诉，又看了看身后的几名同学，“她们都是在场的同学，都可以做证！”

闻言，几个人立即出声附和。

“没错，就是姜夏先动手的。”

“就是她，我们都看到了！”

“是她推了‘白女神’！她肯定是想让‘白女神’摔伤试不了镜，真是心肠恶毒！”

“警察叔叔，您听见了吧？”舒莉莉双手叉腰，一脸“必胜”的表情，“幸好雪妍的运气好，只是磕伤了手臂，万一要是划伤了脸，这辈子就毁了！”

警员闻言看向坐在一旁始终不语的女孩儿，听到舒莉莉她们这么说，对她的印象也变得很差，语气也不太好：“你叫姜夏是吧？抬起头来。”

姜夏单独坐在一个长椅上，米白色的毛衣被扯得不成形，手臂跟脖子上有几道红色的抓痕，栗色的长鬈发也凌乱不堪。

闻言，她冷冷地抬起了那张微垂的小脸。

好漂亮的女孩儿！

姜夏的漂亮不单单是因为长着一张标准的鹅蛋脸，她精致小巧的五官很立体，尤其是一双灵气十足的、有浅金棕色瞳孔的大眼睛……她犹如一只慵懒高贵的猫，颇有些混血的感觉。

然而那双令人惊艳万分的眼睛此时极其冷漠，她仿佛一只竖起了全身的刺的刺猬。

警员愣了几秒，反应过来后重重地咳了一声：“姜夏，对于被指证恶意动手伤害同学这件事，你有什么话要说？”

姜夏闻言，勾起粉唇笑了一声：“我说的话重要吗？”

“你！”警员拍桌站了起来，沉下一口气，道，“这么多同学都指证你，事实已经很明显了，我让你说话是想给你一个解释的机会，你非要这种态度是吗？”

解释？姜夏觉得好笑，这恐怕是世界上最自作多情的事了吧！

如果解释有用，当年在孤儿院里，她被指控砸伤院长的时候，她声嘶力竭地说了那么多，就应该有人相信她、帮她逃脱院长的魔掌；如果解释有用，她在宁家被诬蔑偷了玉佩的时候，宁家的人就不会不相信她，而是用难听的话说她，还赶她出家门。

姜夏垂下长长的睫毛，遮住眼中的情绪。

她不让任何人看见她的痛与伤。她讨厌在别人的面前展现脆弱，因为脆弱就会被欺负、被瞧不起。从小到大这么多年，她已经受够了那些歧视的眼神。

此时，坐在同学中间的白雪妍出了声，温柔有礼："警察先生，您别生气，是我们给您添麻烦了，真的很不好意思。"

说完，她转头看向姜夏，哽咽着道："夏夏，我只是想请你把后排的座位让给我，没想到你对我存有恨意，更没想到你会真的推我。我们在孤儿院里做姐妹这么多年，你这么做我很寒心……"

姜夏冷笑："你演够了吗？以为这里是片场啊？"

"夏夏，你……"白雪妍露出痛心疾首的表情。

坐在白雪妍边上的同学看见后，立马对着姜夏开骂："你真是太不知好歹了，亏得'白女神'刚刚还说这件事算了，我看绝对不能算了！"

"就是，根本不知悔改！太气人了！"

"警察先生，姜夏打架不是第一次了，她以前在孤儿院里还砸伤过院长呢！"舒莉莉添油加醋地说道，"这样的人如果不好好教训，留在学校里肯定会继续不知悔改，可能会伤到更多的同学！"

同学们你一言我一语，顿时将所有矛头都指向了姜夏，不容她半点儿辩驳。

姜夏却没有再说一句话，脑袋有些疲倦又有些自嘲地垂着。长长的鬓发落在她漂亮却苍白的脸颊两侧，形状极好的唇瓣被贝齿咬出血痕，看得出来女孩儿此时正处于极度伤心难过中。

这一幕，竟看得几个警员没来由地心软，连眼神都软了，不忍再出言质问她。一名警员甚至还忍不住开口道："姜夏，如果你真的还有什么想说的，我们可以再听听你的说法……”

舒莉莉见情况不妙，立即出声打断：“她就是出手打人了，还需要狡辩什么吗？”

再加上同学们起哄，跟着指认姜夏，警员见状也不得不收起了姜夏的同情心，公事公办地严厉道：“殴打同学是很严重的事情，需要罚款拘留、校内记过处分，马上去录个口供。”

姜夏被带进了审讯室。

舒莉莉在后面看着，得意地勾起嘴角，扶起白雪妍时，凑到她的耳边低声开口：“雪妍，你放心，这次只要让姜夏成功地被拘留，以后再炒作一下，这就能成为她在华影最大的污点……她别想凭她的那张脸出道！”

审讯室内。

姜夏被强光灯照得睁不开眼，眼睛又酸又痛，不停地流眼泪。她想要躲开，却被警员按在审讯椅上无法动弹。

“说一下事情的经过，越详细越好，重点说一下你为什么要对同学白雪妍动手。

“姜夏，现在依法对你进行讯问，请你配合回答。”

警员不管如何问，得到的只有沉默。

最后警员也失去了耐心，厉声警告道：“姜夏，我可以明确地告诉你，人证确凿，你如果不好好配合，只会被拘留得更久！你别心存侥幸！”

话音未落，审讯室外的走廊里忽然传来一阵脚步声，沉稳有力，光是听着就让人不由得紧张。

一个警员转身出去查看情况。结果他一走出来，就看见一排黑衣保镖站在走廊里，个个佩戴墨镜，表情严肃。

而保镖队伍的尽头站着两个人，其中一人有着高大挺拔的身形与英俊的相貌，极为惹眼。

男人穿着黑色丝质衬衫，修长的双腿包裹在西裤中，最简单的搭配，在他的身上却穿出了最尊贵的气质。

仿佛他只要随意地一站，仅凭强大的气场就能成为发号施令的主宰者。

他那双墨眸就这么淡淡地抬起，扫过来，带着与生俱来的冷漠张狂，震慑力十足。

饶是见惯了各种大场面的警员，一时也被这眼神镇住了。

幸好警员很快认出另一个人是局长，于是赶忙跑过去："局长，您怎么亲自过来了？"

局长拧着眉问道："谁允许你们无故关人的？事情调查清楚了吗？"

警员立即答道："那位姜同学伤人的情况基本属实，人证确凿。目前她正在审讯室内录口供……"

不料他话没说完，便被一道清冷无温的嗓音打断——

"伤人的情况基本属实？"

他的声音虽然很轻，却含着愠怒——警员被这简短的几个字镇住，抬头看着面前的男人，只觉得有几分眼熟："是的，目前根据其他同学的口供来看，是姜小姐出手伤人，姜小姐本人也并没有解释……"

"有监控录像为证？"权北倾英俊的脸庞没有丝毫情绪，甚至都没有拿正眼看过谁一眼，薄唇轻启，"她在哪里？"

警员还是蒙的，想到刚才舒莉莉的穿着，再看眼前这个尊贵又异常俊美的男人，下意识地以为他是来接舒莉莉的："您是找舒同学吗？她在外面……"

局长立即瞪了警员一眼："什么舒同学？权先生是来接姜同学的！"

"啊？"警员吃惊地愣住，"姜……姜同学在审讯室……"

权北倾的墨眸里顿时掠过一抹寒芒，不等警员说完，他已经迈开长腿要往审讯室走去。

警员立即上前要拦住他："权先生，您不能进去，姜同学目前处于审讯阶段……”

“证据会由我为姜夏聘请的律师递交。”权北倾低头看他，眼神淡而冷，“在没有完全定罪的情况下，我接走我的人，合理合法。”

权北倾说罢，身后一名精英模样的戴着眼镜、身穿西装的男人已经走了过来，微微弯腰，礼貌地递出一张名片：“您好，我是姜同学的律师。”

律师都已到场，警员没有找理由再阻拦权北倾。更何况眼前的这名律师他认识——本地极其有名的大律师，曾经为某商界大鳄打赢过轰动世界的跨国金融案件，传言此人不是有钱就能请得到的。那么眼前的这位权先生，很有可能就是传说中行踪极其神秘的那位……

审讯室门口。

不等警员伸手，权北倾就亲自抬手推开了门。门突然被推开，里面的人都吓了一跳，当然包括被按在审讯椅上的女孩儿——

姜夏的身体颤了颤，她犹如一只受惊的小鹿，下意识地往后缩了缩单薄的肩膀。

女孩儿这样的反应落在权北倾的眼里，让他的眼神更冷。他几乎没有任何犹豫地立即走了进去，在姜夏的面前站定，而后抬手关掉了那盏刺眼的强光灯。

姜夏呆呆地看着仿佛从天而降的男人，视线因为强光照射有些模糊。她甚至以为自己在做梦，干裂的唇瓣动了动：“你……你是……？”

权北倾垂首，难得地将修长的手指轻按在女孩儿的眼角，替她拭去眼泪，低声问她：“眼睛是不是很疼？”

这好听到让人迷恋的男性嗓音，还有……他的指腹那熟悉又冰凉的触感。

姜夏诧异地仰着小脸，鼻尖一酸，眼泪险些掉下来：“权……权叔叔……”

他怎么会来？

"嗯，我在。"

权北倾垂眸扫过姜夏身上狼狈的衣着，不悦地皱起眉头，然后摸着她冰凉的脸蛋儿，低沉的嗓音令人心安："这里不干净，我带你回家。"

说完，男人直接俯身将看起来惨兮兮的女孩儿拦腰抱起，转身往外走去，一路从后门走出警局，直接上了停在外面的黑色汽车里。

此时的警察局大厅内，舒莉莉和白雪妍一行人正在幸灾乐祸地等待姜夏录完口供出来，宣布被拘留的消息。

所以当警员走过来时，舒莉莉立即站起身，语气中透着一股胜利的喜悦，轻蔑地说："这么快就审完了？怎么，她要被拘留几天？"

白雪妍虽然坐着没说话，但嘴角也微微地翘起。要知道，像华影这种名校很注重学生的品行，更何况是表演系。表演系的学生以后要往演艺圈发展，如果有这种犯罪记录，势必会有极大的影响……

警员手里拿着存有监控录像的硬盘，闻言转头看向舒莉莉，方才对她的同情荡然无存，公事公办地道："我们已经收到姜夏律师提供的证据，是你们几位在教室里先对姜夏出言辱骂、动手，姜夏出于正当防卫才还手，她的行为并不违法，不需要被拘留。"

"你……你说什么？"舒莉莉愣住，以为自己听错了，"什么姜夏的律师？你们是不是搞错人了，她什么时候请的律师？你们是不是没核实身份啊，像姜夏那种不良学生，律师说不定就是她的同伙假扮的！你们别被骗了啊！"

这时，见局长走过来，白雪妍立即摆出甜美的笑容，嗓音更甜："周局长！上次我们校庆您来过，我还为您倒过茶，后来吃饭的时候我坐在您的旁边，您还记得我……"

可她话还没说完，局长却厉声打断了她："这里是警察局，不是来聊天儿的地方！"

白雪妍的脸"唰"的一下白了，她尴尬至极。她以为周局长会给她几分薄面……

局长却不再看她，目光扫过坐着的几名学生，严肃地对旁边的下属道：“小刘，她们恶意出言伤害同学，还诬蔑反咬，监控证据属实，情节恶劣，立即做笔录，进行详细调查！”

此话一出，在场的学生都被吓到了。有人立马就要起身为自己辩解：“局长！不是这样的，我们……我们不是故意反咬的……我们不是故意的……”

第二章

吓到他的小刺猬了

可她们哪里还有狡辩的机会，警员立即上前将她们一一带进审讯室——有律师提供的监控录像作为铁证，舒莉莉、白雪妍还有几个诬蔑姜夏的学生根本没有狡辩的机会。

她们不明白，明明姜夏都被叫进去录口供了，下一步就是拘留，怎么突然变成这样了？

蓦地，其中一名学生恍然大悟道：“我知道了！我刚刚去厕所的时候，看见后门停着一辆豪车，副驾驶座上坐着一个老头儿……八成是姜夏被那个老头儿带走了！”

白雪妍气得脸色发青，为了形象也不好表现出来，用力咬着唇：“你确定看清楚了？”

“我确定，就是个老头儿！”

“难怪！哼，她就是凭着自己漂亮。”

…………

几个人你一言我一语地议论着，白雪妍却将目光投向一旁，微微地眯起了眼睛。

她可以确定，姜夏被宁家赶出去后，确实回了孤儿院，但后来不知道为什么又离开了孤儿院。

难道姜夏真的被那个有钱有势的老头儿看中了?

此时，“有钱有势的老头儿”——孔管家正抱着药箱坐在副驾驶座上，心疼地回头看着狼狈的女孩儿。

而宽敞的汽车后座上，姜夏上身半靠在一侧的车门上，两条细腿被抬起来，架在了坐在一旁的男人的手臂上。

她今天穿的是牛仔裙，这样的姿势根本遮不住……

姜夏咬着唇，试图把自己的一条腿先抽回来，磕磕巴巴地道:“我……我不用擦药……”

“不擦药会留疤，以后穿裙子会丑。”男人一句话就堵住了女孩儿的嘴。

姜夏一下子就不说话了。

女人都爱美，更何况是她这种正值花季的少女。

只不过……他非要用这样的姿势给她擦药吗?

呸呸呸，她在瞎想什么?是不是因为她面对他的时候比较心虚，所以才会紧张地胡思乱想?

相比于姜夏害羞紧张的模样，权北倾显然冷漠多了，俊美的眉眼没有任何情绪，大手握着女孩儿纤细的脚踝，替她消毒、上药。

男人侧脸的表情极其认真，仿佛这是多么重要的事。

他甚至丝毫不嫌脏，脱了她的鞋袜，就这么用手握着她的脚踝，凑近查看每一处蹭破皮的地方。

他的动作也很轻，在她抽气的时候，他会停下手里的棉签，然后低头朝她的伤口轻轻地吹气。等到姜夏开口说不疼了，他才会继续上药。

姜夏绞着手，盯着面前英俊专注的男人，心底生出丝丝异样的情绪。

姜夏没想到他会来救她，更没想到他会亲自替她擦药。

他把她从警察局带出来，这应该就是选择相信她了吧？

原来，被信任真的能让人感觉到温暖。

黑色的汽车驶入偌大的星海湾。

姜夏的脚还没沾地，她就直接被权北倾拦腰抱下汽车走进别墅里，并被放在了柔软的椅子上。

然后她就听见他嗓音低沉地吩咐孔管家："去煮点儿营养暖胃的东西来。"

姜夏合拢双腿坐在那儿，耳根还有些泛红，磕巴地组织着语言："今……今天……"

然而，她嘴里的"谢谢你"三个字还没出口，就被男人清冷的嗓音打断了："这是最后一次。"

姜夏一愣，不解地抬头看他。可接触到的是男人冰冷的眼神，让她不由得微微一颤，下意识地问："什么？"

权北倾单手插进裤兜里，眉眼近乎无情："姜夏，这是我最后一次处理你打架斗殴的事。"

姜夏张了张双唇，第一反应竟然是向他解释："不是我先……"

"不要想着怎么跟我狡辩，你打架斗殴不是第一次了，但我只看见这一次，就当这是第一次。"权北倾冷淡地看着她，薄唇吐出冰冷刺骨的警告，"如果再有下次，你不会再有机会出门。"

姜夏彻底地怔住，只觉得被人当头泼了盆冷水，直接浇灭了她心底刚刚燃起的那一小团温暖的火苗。

她"嗖"地从椅子上站了起来："我没有狡辩！我根本不需要狡辩！"

"是吗？你是说哪件事不需要狡辩？"权北倾微眯起眼睛，"是你把番茄酱抹在裤子上骗我的事，还是你今天在教室里殴打同学的事？"

姜夏震惊地睁大眼睛，他竟然知道了她用番茄酱冒充血的事……

“说不出话了？”权北倾长腿向前迈了一步，毫不留情地伸出手，长指直接捏起女孩儿尖尖的下巴，“你是我权北倾的人，在外面我不会让任何人动你。但你已经成年了，不是没有思想的小女生——你也该想想，自己除了撒谎、打架，还会做什么？”

他眯眼打量着她，眼神冷得像结了一层冰，嘲弄地笑起来：“还是说，你就甘愿做这样的废物？打架、斗殴、混日子，以后变成粗俗无礼、没有教养的女人，这就是你姜夏活在这个世界上的意义？”

废物。

姜夏蓦地红了眼眶，怔怔地盯着他：“你说我是……废物？”

“就算我不说，仅以你目前展现给我看的，就是一个废物般的人生——你说喜欢表演，说要上华影，我什么也没说，让你上了，可你在学校里是怎么表现的？”权北倾抬高她的脸，低头近距离地逼视着她，“你不喜欢听别人说你是废物是吗？好，那你告诉我，你为什么打架，为什么屡次旷课，为什么有机会都不去试镜？”

姜夏的脸一片惨白，听到男人的这些问题，她整个人竟然开始发抖。

有些话几乎就要冲破喉咙脱口而出，甚至想要肆意地倾诉出来，可她死死地咬住了唇瓣，不发出任何声音。

她说了也没用……他不会相信她的。是她太自作多情了，他根本不是因为相信她才救她的……原来他也跟那些同学一样，认定是她先动手打人的。

那么，就算她告诉他自己有镜头恐惧症，他也不会相信。更何况，她有这个镜头恐惧症的原因那么羞耻，她说出来只会被他看不起，被他嘲笑。

“怎么，又说不出话了？”

男人的嗓音带着意料之中的嘲弄，像一根针扎着姜夏的神经，连带着她的一颗心脏都酸酸涩涩的，难受极了……

姜夏的贝齿几乎要咬破嘴唇，鼻尖酸胀，她忽然一把推开面前的男人，转身就往自己的房间里跑去……

她“砰”的一声关上了门，随后又反锁了房门，把自己从头到脚、严严实实地裹进了公主床上的被子里。

把身体蜷缩起来，姜夏这才感觉到胃部隐隐地传来尖锐的疼痛感。

她用力咬着手背，把即将涌出来的眼泪逼回去。

房门传来“咔嚓”的响声，门很快被权北倾从外面用钥匙打开了——整栋别墅都是他的，她哪里也锁不住。

姜夏把身体蜷得更紧，只听见男人冰冷的声音从头顶传来：“起来。”

姜夏不动。

“姜夏，我给你一分钟，爬起来。”权北倾站在床边，看着被子里拱起的一团，眉头皱得很紧，“做错了事就想这样赖过去？起来，罚跑。”

姜夏还是不动。

权北倾刚要俯下身掀被子，房间外便响起急匆匆的脚步声。

孔管家出现在门口，心疼地看着床上的姜夏，劝说道：“少爷，要不然先让夏夏小姐休息一晚上吧？夏夏小姐肯定也不是故意的……”

“既然你这么护着她，那就跟她一起跑。”权北倾冷冷地打断他的话，“这三年来，你替她隐瞒了多少事情？今天就一次性罚个清楚。”

孔管家心虚地直冒冷汗：“少爷，我……”

男人冷冷地吩咐：“她跑多少圈，你就跟着翻倍跑。”

他这句话一出口，公主床上的女孩儿突然掀开被子坐了起来：“跟孔伯没关系。”

姜夏的一张小脸非常苍白，一双眼睛还泛着红，她直视着权北倾：“这三年来是我威胁他，不让他向你汇报，他是受害者。要罚就罚我，不要罚他。”

孔管家没想到她会这么说，鼻子微微一酸：“夏夏小姐，不是……”

“我说是就是，我是当事人。”姜夏用手紧攥着被角。

有那么一瞬间，她想说自己胃疼，能不能休息一小时再跑，可触及权北倾审视的眼神，又硬生生地把这句话咽了回去。

他跟那些人一样，不会信她的，她没必要再白费口舌。

姜夏咬了咬牙，下了床就一声不吭地往房间外走去。

权北倾有些意外——这丫头竟然这么听话。他迈着长腿跟在她的身后走下楼梯，见她的脚步有些缓慢，低沉道：“按照家规，罚跑二十圈，但你腿上有伤，减为……”

“不用减，家规是二十圈就二十圈，”姜夏语气倔强，“反正是我先动手打人的，我会跑完。”

权北倾微微地眯起眼，黑眸直直地看着她：“乖女孩儿不该逞强。”

姜夏直视他的眼睛，脊背挺得很直：“家规不是你定的吗？定了就要执行，更何况我犯了这么大的错误，被罚跑是活该！我又不是什么乖女孩儿，我是废物啊！”

姜夏赌气地说完这番话，没再看他，在玄关处换好鞋就走了出去。

星海湾的占地面积极大，别墅后面就是一片偌大的操练场，里面有跑道、游泳池以及各种操练工具。

宽敞的跑道上，姜夏在额头上绑着“必胜”的白布条，一手握拳用力地抵着抽搐的胃部，咬着牙开始跑。

不就是二十圈吗？有什么大不了的？以前她在孤儿院里，院长故意刁难她，还让她跑过坑坑洼洼的石头路。

她一咬牙就能挺过去了！

姜夏跑得不快，并且很吃力，却没有停下来偷懒过，始终坚持跑着。

一圈、两圈、三圈……

在她跑第四圈的时候，站在外围的孔管家忍不住冲身旁的男人求情：“少爷，夏夏小姐是在孤儿院里长大的，又被第一个收养家庭遗弃，她只是缺乏安全感，为了自我保护才会叛逆的。”

权北倾单手插兜，眯眼望着跑道上倔强纤细的身影：“她是我的人，我要她比其他人都优秀——她需要一个严厉管教她的人。”

“可是……”话还未说完，孔管家便用余光瞥见跑道上的女孩儿重重地倒了下去，顿时惊叫道：“夏夏小姐！”

不等他说出其他话，身旁的男人已经擦着他的肩冲了过去，快得犹如一阵风。

权北倾将昏倒在跑道上的单薄女孩儿抱起来搂在怀里，大手轻拍她的脸，低沉的嗓音带着一丝不自知的慌乱：“姜夏？”

姜夏毫无反应，脑袋歪在他的手臂上，脸蛋儿惨白，连嘴唇都没有血色。

权北倾的胸膛里蓦地涌出一股异样的情绪，仿佛心脏被狠狠地敲击了一下。

他用手掌抚上姜夏的脖颈，触感滚烫。

该死！这丫头是不是平时连饭都不乖乖地吃？她的身体素质竟然这么差！

权北倾低咒一声，迅速打横抱起姜夏，长腿犹如生风般地迈回了别墅，快到孔管家跑步都跟不上。

别墅二楼，梦幻般的粉色卧室内，精致如瓷娃娃般的女孩儿双眼紧闭，虚弱地躺在公主床上。

私人医生从床边直起身体，恭敬地道：“权先生，姜小姐应该是胃炎引起的低烧，估计平时三餐也不规律，再加上神经过度紧绷，所以才会昏倒。”

权北倾的眉头紧皱着，他听到一半就立即俯身要抱起姜夏：“通知本地设备最好的医院，我现在就带她去检查。”

私人医生被惊到了：“权……权先生，没那么严重，姜小姐只要吃点儿药，再在家里休息几天就可以了。”

权北倾顿住，掀起眼皮看向他。

私人医生被看得浑身冒冷汗，一个劲儿地拍胸脯保证姜夏不会有大碍。

最后，权北倾才勉强接受了这番解说，冷冷地吩咐道："开最好的药，她要是有一丁点儿问题，我唯你是问。"

私人医生拼命点头："是！是！"

权北倾侧首吩咐孔管家："换掉营养师跟厨师，再请个药膳师，一起负责姜夏所有的饮食，严格把控营养均衡。"

孔管家心疼地皱着老脸，闻言，忍不住嘟囔："您刚才不是说要严厉管教夏夏小姐吗？为什么还要请药……"

此时，季池的电话打了进来，打断了孔管家在老虎头上拔毛的行为。

"少爷，学校那边的调查有结果了。"

"说。"

"我找了几个在场的学生，调查后得知，打架并不是夏夏小姐有意为之。在打架之前夏夏小姐就想走了，却被那几个人扯住了。那几个人还拉扯夏夏小姐的衣服，这才起了冲突打起来的。"季池如实禀告道，"夏夏小姐不是主动挑衅者，看起来是被大家的嘲讽激怒了，先动手的也不是她。"

权北倾的目光一动，他想到姜夏在餐厅里被自己打断的那句话，她还说她根本不需要狡辩。

她始终红着眼眶，委屈又倔强，像一只受了委屈的小刺猬。

所以……这次，是他误会她了？

姜夏迷迷糊糊地把眼睛睁开一条缝，下意识地喃喃着："喝水……"

"渴了？"

低沉撩人的男音在耳边响起，姜夏一下子就睁大了眼，看见权北倾坐在床边，侧脸吩咐用人拿水过来，而后又转头看向她。

"还难不难受？"

姜夏还有些蒙，身体往边上挪了挪："你……我……"

"你昏倒了。"简单地解释了一句，权北倾伸手摁住她的肩，忽然俯身低头朝她凑近。

姜夏来不及反应，男人的薄唇就这么落在她的额头上，带着丝丝凉意，还有清冽好闻的男性气息。

他在亲吻她的额头……姜夏整个人蓦地僵住了，眼睛瞪得大大的，呼吸都屏住了。

他……他要干什么？

权北倾丝毫不知女孩儿的紧张羞赧，用薄唇在她的前额上试了试温度，反复好几次，才满意地低声道："退烧了。"

姜夏结结巴巴地出声："我……我发烧了吗？"

"胃炎引起的低烧。"权北倾微微抬眼，鼻尖抵着她的鼻尖，近距离地凝视着她的眼睛，"姜夏，医生说你平时没有好好吃饭，你老实交代，嗯？"

他离她太近，近到说话时呼吸都喷洒在她的脸上，热热的、痒痒的。

姜夏的鼻间充斥着他独有的男性气息，她舌头打结："我……我有时候不饿就没有吃……"

顿了顿，她懊恼又丧气地撇着嘴，哑哑地问："家……家规里有写关于怎么吃饭吗？是不是……也要罚跑？"

权北倾微怔，随即促狭地眯了眯眼——看来他真的把他的小刺猬吓到了。

"没有写，不用罚跑。"权北倾低低地笑起来，"不过以后就会加上，所以你必须乖乖按时吃饭。"

姜夏还是第一次看见权北倾笑。

男人那张俊美的脸近在咫尺，一双桃花眼微眯起来，像是迷人的月牙儿，薄唇轻轻地勾着，简直迷死人不偿命。

她怔怔地看着他，一时没能说出话来，几乎被他的这一笑帅到窒息。

此时用人端来了水杯，解救了差点儿溺毙在男人笑容里的姜夏。

他……他这是又开始朝她使美男计了吗?

权北倾用左手接过杯子，不等姜夏自己坐起身，就用右臂越过她的后背，直接扣住她的细腰，扶着她坐了起来。

权北倾让娇小的女孩儿靠在自己的胸膛上，长臂从她的腰间伸上来，穿过她的腋下，捏着她的下巴："有点儿烫，小口喝。"

姜夏也没朝水杯里看，听话地喝了一小口，一张脸顿时皱成了包子："嗯……好苦！"

这三年来，在孔管家向权北倾汇报的事情里，姜夏处处都是最好的，唯一不好的就是生病了死活不肯打针、吃药，每次都是自己惨兮兮地硬扛过去。

果不其然，姜夏低头就把嘴里的药水吐回了杯子里，挣扎着要躲开："是药……我不要喝！"

权北倾早有防备，有力的手臂将女孩儿整个身体圈在自己的怀里："不行，一定要喝。"他低头看着她的脸，"不喝病好不了，会一直很难受，乖，嗯?"

"我不要……"姜夏皱着小脸，试图挣脱男人的怀抱，"太苦了。我的病会自己好的，我不喝。"

可她的反抗纯属徒劳，她扭了半天也没把自己从男人的怀里扭出来，不过小脸倒是别向一旁，唇瓣抿得紧紧的，抗拒的意味很明显。

权北倾活到这么大，从来都是女人凑上来哄他，还从没屈尊去哄过哪个女人，尤其还是青春期的小丫头。

不过，他哄骗人的本事显然是天生的。

他嗓音低沉地道："病不会自己好，如果不吃药，病毒会在体内聚集成毒素，时间一长就会变成皮肤上的斑点，"顿了顿，他用修长的手指滑过女孩儿嫩滑的脸蛋儿，"你想脸上长满斑点吗?"

姜夏显然被唬住了，一下子睁大了眼："会……会长吗?"

"会。"权北倾语气笃定，大手揉捏着她的脸，像是在揉着洋娃娃，"到时候这张脸……就不会像现在这么漂亮了。"

姜夏的心跳顿时漏了一拍——他这是……在说她漂亮吗?

在她呆愣时，权北倾已经把杯沿压在了她的唇上，缓慢地倾斜着把药喂下去。

“嗯！”姜夏想拒绝，可一想到脸上会长斑又犹豫了。

权北倾适时地凑到她的耳边连哄带骗：“已经不烫了，一口气喝完，我保证不会苦。”

姜夏视死如归般地一闭眼，“咕咚咕咚”地将药喝了下去。她才喝完，男人就把剥好的奶糖放进了她的嘴里，甜腻的口感顿时充斥了口腔……

很奇怪，姜夏竟然一点儿都没尝到最让她恐惧的苦味——原来喝药也不一定都是苦的。

而孔管家在门外看着，简直惊得连眼珠子都要瞪出来了——夏夏小姐竟然喝药了！

之前夏夏小姐生病，他跟用人、医生，六七个人齐上阵，忙得晕头转向，哄骗半天都失败了。少爷单枪匹马的，才花了几分钟就成功了?

果然，这是个看脸的世界。

喝完药，姜夏见权北倾仍坐在床边，丝毫没有要走的意思，想了想后正经地说道：“我昏倒之前好像是跑了四圈半，剩下的圈数等我好一点儿再补……”

不然他还以为她又想赖过去，她累断腿也会跑完的！

权北倾却打断她的话：“现在困吗？”

“啊？”姜夏不明所以，“不困……你是要我现在跑吗？”

难道他这么没人性吗?

权北倾没回答，而是从衣柜里拿出大衣裹住她，直接将她拦腰抱了起来。

姜夏一颗心顿时凉了半截儿——看来他是真的要她现在跑。

一路被男人抱到操练场，姜夏都埋着脑袋不吭声。算了，她跑就跑吧，早跑早超生，省得睡觉都睡不踏实。

权北倾将她放在长椅上，俯身拢紧了她的领子：“冷吗？”

姜夏别过脸不看他，表情很是冷淡：“哦，不冷。”

“你犯错误被罚跑二十圈，”权北倾直起身，边解袖扣边道，“我理应被罚得比你更多。”

姜夏不由得愣住：“你……你是什么意思？”

“我的惩罚。”不等姜夏有所反应，权北倾继续道，“我已经让人调查过了，这次在教室里打架不是你的错，是我误会你了。”

顿了顿，他垂眸看向她：“你想让我被罚跑多少圈？”

他误会了她……所以愿意主动被罚跑吗？

姜夏一时还摸不清状况：“我……二十圈……”

“嗯，那我跑三十圈？”

“三十圈……”

听着就好恐怖啊！

“不够？”

“不……”姜夏摇摇头，又立马点头，“够……够了！”

“好，换你监督我。”权北倾把西装外套扔给她，转身就往跑道上走去。

姜夏本来以为他只是说说而已，但权北倾真的当着她的面跑了三十圈，中途都不休息的。

她看得目瞪口呆——他这体力……真的太厉害了！

跑完，权北倾已浑身湿透。他走到她的面前，黏在身上的衬衫勾勒出线条完美的胸肌，他的胸口因急促的喘气而剧烈起伏着。

他垂眸看她：“数清楚没有，是不是三十圈？”

姜夏仰头，看着眼前犹如美男出浴般的迷人画面，不由得吞了吞口水，说道：“是……”

权北倾的眸中映着她的脸：“消气了吗？没消气我再跑十圈。”

姜夏咬住唇：“我才没生气，我又没那么小气。”

男人挑眉：“哦？不是气得想用被子把自己闷死？”

见她不说话，权北倾转身就要走向跑道。

姜夏忙起身拽住他："哎！你不能再跑了，身体会受不了的！"

权北倾停下脚步，回头看她，眼睛略微眯起，玩味着笑道："关心我？"

姜夏被他看得脸蛋儿莫名地发红，闻言急忙补充道："才不是！毕竟你都说是误会我了，也罚跑了，我……我不生气了！不然万一你也昏倒了，我可抱不动你。"

就算他并不是那个会毫无保留地相信她的人，但至少，他调查后选择了相信她，她也算是得到一点儿安慰了。

权北倾听见她亲口说出"不生气"三个字才满意，俯身就将女孩儿打横抱起："回家，吃早饭。"

"啊……我自己走！"

"你抱不动我，但我抱得动你。"权北倾掂了掂怀里女孩儿的重量，不悦地皱眉，"你太轻了，如果下个月体重没增加三斤以上，我会再罚你。"

姜夏："……"

她就该让他再跑一百圈，累死拉倒！

之后的一周，姜夏都被权北倾勒令在星海湾休养。他不让她出去，在学校那边也帮她请了假。

姜夏本以为又会被权北倾 24 小时监督背家规、背书等各种"折磨"，可没想到他倒是真的让她好好养病，而且有他在，药也奇迹般地不苦了，日子前所未有地舒服。

早上 8 点 17 分，姜夏打着哈欠走下楼梯："权叔叔，早上好。"

方形餐桌边，穿着淡灰色丝质衬衫的男人在边看报纸边喝咖啡，听见脚步声，侧眸瞥了眼自己的腕表："晚起了 17 分钟。"

姜夏立即摆着手："没有啊！我 8 点整就醒了，很准时的！"

权北倾："那就是赖床 17 分钟，等同于晚起，性质更恶劣。"

姜夏一噎，赶忙堆起笑脸："那个……吃药期间都比较嗜睡嘛，人之常情，权叔叔，你说对不对呀？”

权北倾翻报纸的动作顿了一下，他掀起眼皮，眼神落在姜夏那张刚睡醒的脸蛋儿上——那张脸迷糊中透着少女的娇嫩，双眼正无辜地望着他。

她像是逐渐被驯服的小刺猬，收起了自我保护的刺，撒着娇。

姜夏被男人看得一阵紧张，手在身侧搓着睡裙。见他没反应，她又转了转眼珠，甜甜地冲他笑：“哎呀，权叔叔，你还没跟我说‘早上好’呢！”

权北倾放下报纸，墨眸令人脸红心跳。

“早上好。”顿了顿，他淡淡地道，“只此一次，下不为例。”

见女孩儿站着不动，他用修长的食指在桌沿上敲了敲：“在傻愣愣地发什么呆，坐下吃早餐。”

你才傻！姜夏小声地哼了哼，不过还是暗自松了口气，没想到随便编个蹩脚的理由，他就接受了。

她一坐下，用人立即端上早餐。

姜夏顿时一副恹恹不想吃的表情。要知道，这些天唯一令她不满意的就是饮食，都是清蒸、白灼的，不辣也不香。

她想着待会儿他去处理工作时自己溜回房间里偷偷地泡一份香辣泡面，小心地开口：“权叔叔，我今早不想……”

话没说完，就有两份早餐被放在她的手边，浓烈的香味让她顿住了声音——竟然是一盘金灿灿的油条，还有一盘精致诱人的包子。

姜夏睁大了眼：“这……”

一旁的孔管家笑眯眯地介绍道：“夏夏小姐，少爷知道您爱吃这两样，所以特意请了专业厨师今天早上现做的，油条是用牡丹籽油炸的，面粉是进口的，包子的馅儿料是最新鲜的进口牛肉……都是今天早上空运过来的最健康无污染的食材，能把油条和包子这两种颇为油腻的食品的害处降到最低。”

姜夏似懂非懂地点着脑袋，虽然听着就很高级的样子，但是油条、包子不都是路边摊的才好吃吗？这样做出来估计就没那个味道了吧？

不过这话她识相地没敢说。

“不想吃？”权北倾看着她微皱的小脸，冷不丁地出声。

“啊？”姜夏回过神来，没明白他为什么突然这么问。

贴心的孔管家忙道：“夏夏小姐，之前少爷扔了你的油条、包子，你不是还跟少爷闹脾气吗？这不，少爷这是在补偿你呢，怕你养病期间心情不好。”

权北倾闻言拧眉：“话多。”

他才不需要补偿这只闹腾的小刺猬。只是她这两天没什么胃口，吃个饭都垂头丧气的，他看着很不舒服而已。

不过……男人微微眯起眼睛，语气有些冷冷的：“你不高兴？”

孔管家生怕姜夏会说出什么大逆不道的话来，两个人又拌嘴，于是拼命地朝姜夏使眼色。

然而极品美貌当前，姜夏根本没朝孔管家那边看。

她只是不明白权北倾为什么突然就沉了脸，蹙眉道：“没有啊，为什么这么问啊？我最爱吃油条和包子了，谢谢英俊的权叔叔！”

权北倾的脸上露出轻微的笑意，几秒钟后，他故作无所谓地道：“早餐要凉了。”

孔管家哀怨地在一旁看着他：少爷，你就是想听夏夏小姐说你英俊吧！果然长得帅的男人就是变着花样调戏小女生，呵！

然而姜夏并没有注意孔管家的喜怒哀乐，睡醒后也确实饿了，夹起包子和油条就各咬了一口，然后直接愣住了。

这味道……竟然可以这么好吃！原来“好吃”和“格调”是可以共存的！

于是，姜夏开始一手油条一手包子地专心吃起来。

她毕竟是在孤儿院里长大的，吃饭的时候会缩着身体、埋着脑袋，像是掖着藏着一样。她在孤儿院里也确实需要将食物藏着快速地吃完，因为管理的人一旦不在，有些年长的或凶横的孩子就会来抢饭抢菜，这样的情况几乎每天都会发生。

所以姜夏已经习惯了这样的吃饭方式，成了身体的本能，很残酷，也很现实。

权北倾看着她吃得那么香，唇角轻轻勾起，抽了张纸巾伸过去擦掉她嘴角的油渍：“慢点儿吃，女孩子吃饭不能狼吞虎咽的。”

这几天，这丫头对吃饭都不怎么热情，就只拿着筷子扒几口，原来是没碰到爱吃的。

姜夏含混地应着：“不狼吞虎咽会被抢的，以前我在……”

“这里不会有人跟你抢，”权北倾打断她的话，大手在女孩儿柔顺的长发上轻抚，“有我在，谁也不敢抢你的，现在没有，以后也不会有。慢慢吃，嗯？”

姜夏被男人低沉的嗓音迷住了，不由得点了点头：“好……我……我以后会慢慢吃。”

权北倾满意地“嗯”了一声。

围观这和谐画面的孔管家更加哀怨了——以前他总是叫夏夏小姐吃慢点儿，她根本就不理自己。

而姜夏的小脸蛋儿又泛起了绯红，每次权北倾用这种低沉的嗓音跟她说话，或者跟她有肢体接触的时候，她就感觉呼吸变得急促了，而且心跳加速、手脚发软。

“色”字头上一把刀啊！不行，她不能再看他的那张脸了。

于是姜夏改成埋头慢慢吃。

权北倾见她乖乖的，不再狼吞虎咽，起身准备去接电话。

然而，他一站起来就看见姜夏放在桌下的右腿竟然盘在椅子上，另一条腿钩着椅子腿，从侧面看，她还驼背、塌肩。

权北倾顿时沉了脸色，直接拒接了集团的来电，大手贴住她的后背：“怎么坐的？挺胸，收腹，腿放好！”

姜夏手一抖，吃了一半的包子差点儿被吓掉了。

男人冷冷的声音再次在她的头顶响起——

“女孩子要坐有坐相。姜夏，给我坐好。”

他怎么又来了？果然长得帅的“大魔头”是最难对付的。

姜夏愁眉苦脸地照做了。

可是，怎……怎么挺胸收腹啊？姜夏反复调整了好几次，姿势都不太标准，整个身体还是歪歪扭扭的，显然并不能令权北倾满意。

他冷着俊脸："看来需要给你请个礼仪老师，让你好好学习淑女的规范了。"

姜夏顿时垮下一张小脸，头摇得跟拨浪鼓似的："不……不用请老师！我自己可以用电脑看视频学……"

权北倾冷漠地打断她的话："然后我一走，你就切换成那些电视剧，还跷着二郎腿看？"

一向厚脸皮的姜夏，一时竟然没脸反驳。

男人俯身用大手扳直姜夏的腰，在她纤细的腰上拍着："这里，挺直。"

姜夏被他的手这么触碰，浑身都变得软绵绵的，犹如电流蹿过般，哪里还挺得直，扭来扭去都做不到。

她的脸烫得都可以煎鸡蛋了，幸好没有人看得出来。

权北倾并未察觉，只是眉头皱得更紧。他侧首冷冷地向孔管家吩咐："之前给纪嫣请的礼仪老师，现在就去联系，下午就过来正式上课，"顿了顿，他扫过女孩儿白皙诱人的后颈肌肤，薄唇吐出三个补充的字，"要女的。"

孔管家回答的时候都不看他，低着头幽怨地道："可是那个礼仪老师我们这边没有存联系方式，只有找纪小姐才能找到。"

话音未落，一道娇娆带笑的嗓音响起："这么巧呀！是要找我吗？"

用人站在她的身后，紧张地汇报："少爷，纪小姐刚来……她说不用通报，所以我就直接给她开门了。"

"这有什么好说的？我跟北倾是什么关系，他难道还会不让我进来吗？"纪嫣掩唇娇笑，抬头看向站在餐桌边的英俊男人："北倾，你回国……"

她的视线落在椅子上的少女的身上，声音忽然顿住。

这是……那个孤儿院的女孩儿？

纪嫣很惊讶。虽然她知道权北倾三年前带回来一个女孩儿，但并不确定他到底是怎么处置的，没想到……竟然真的养起来了，而且还养在星海湾——这是他在国内唯一的住处，安全级别极高。她曾经要求住进来，说是他不在的时候可以养养别墅的人气，但权北倾拒绝了。

原来这里早就有人住了，还是个野丫头！

思及此，纪嫣看姜夏的时候，眼神中不自觉地带了几分妒意。

女人的直觉向来是准的——姜夏明显感觉到，这个突然出现的美艳女人对她有敌意，还不止一点点……

但更令姜夏震惊的是，这个女人不是别人，而是大明星纪嫣！

纪嫣是目前娱乐圈最火、身价最高的女歌手，亲自作词作曲的歌，有十几首都得了超级大奖。她也是目前唯一一个和权北倾传过绯闻的女艺人，并且连续传了好几年，到如今还是有媒体时不时地对他们的关系进行报道、猜测，这甚至成为一大热门话题。

姜夏撇了撇嘴：哼，原来是关系密切的绯闻女友啊，叫得这么亲密，一看就有猫儿腻。

而且，这个纪嫣还偷偷地瞪她，明明她还没说话呢！

孔管家觉得气氛莫名地有些微妙，主动道："纪小姐，少爷说要找礼仪老师，所以问问之前教你的那个……"

"原来是找礼仪老师呀！"纪嫣边说边走进来。一身红色连衣裙衬得她成熟又妩媚，全身上下都充满了性感的女人味。她温柔地唤道："北倾，你是要给这个小丫头找吗？"

"嗯，她需要上礼仪课。"权北倾站在姜夏的边上，大手仍搭在姜夏的背上，手指有一下没一下地轻点着，像是亲密地轻抚般。他对纪嫣说："把号码给孔管家。"

男人这个亲密的动作让纪嫣的眼中闪过一抹忌妒之色，她连手都不自觉地攥紧了。

"可是号码我很早就删掉了，而且那个礼仪老师半个月前出国了，不知道能不能找到。”纪嫣娇柔地笑道，“北倾，不如让我来教这丫头……”

姜夏忽然仰起脸看向纪嫣：“我有名字，不叫‘这丫头’。”

纪嫣一怔，随即微微咬住了牙。这小丫头……是在向她挑衅吗？

纪嫣正想开口给她几分颜色瞧瞧，下一秒却听见权北倾低沉地说道：“小刺猬，以后这么说的时候也要做个自我介绍。”

听这话像是在教导她要礼貌，只不过男人分明是在低笑，并没强迫姜夏开口，而是抬眼冲纪嫣轻声介绍道：“她叫姜夏。”

他说这话时，手已经从姜夏的背上移到了她的长发上，轻轻地抚摩着，自然而然地做着宠溺的动作。

纪嫣脸上的笑容微僵，但很快就恢复了：“这名字真好听，那我就叫她夏夏吧！刚好我下午没事——礼仪方面我很熟悉，可以把她教成标准的淑女。”

她是公众人物，自然学过很多礼仪方面的知识，而且经验丰富。

权北倾淡淡地“嗯”了一声：“那就辛苦你了。她年纪小，耐性不够，你耐心点儿。”

纪嫣冲他柔柔地笑：“北倾你放心，你养的孩子，我肯定全力以赴……”

姜夏见他们跟家长似的替自己做主，立即气鼓鼓地出声：“我不要她教……”

可权北倾并不给她抗议的机会：“不可以，你必须学好礼仪。”

“我……”

“吃完早餐休息半小时就开始上课，”男人命令式的口吻很是严厉，“不许再反驳，现在就把盘子里的东西吃完，细嚼慢咽。”

“夏夏，你就别犟了，小女孩儿是不能跟大人顶嘴的。”纪嫣走过来，摸了摸姜夏的脑袋，“听话，我跟北倾都是为了你好。”

她这带着轻蔑的倨傲训斥，完全是女主人的口吻。

姜夏躲开她的手，狠狠地咬了口包子。

纪嫣凭什么用这种管教似的语气说她？权北倾好歹还是为她提供

衣食住行的人，纪嫣是她的什么人？

他们口口声声说她是小女孩儿，还不是当着她的面打情骂俏！

此时，纪嫣又捂着嘴惊呼出声：“哎呀！夏夏你这早餐吃的是……”她一副很难以置信的样子，“油条是不能吃的，北倾身边的人没人会吃这种东西，很掉身价的。”

“哦，是吗？”姜夏眨着大眼睛，“可这是权叔叔特意给我准备的啊！”

纪嫣顿时尴尬地愣住，而后很快地转移话题：“哦，是吗？你一说我想起来了。”紧接着，她从用人的手里接过保温盅：“北倾，这是今天早晨我给你炖的乌鸡汤，很新鲜的。”

纪嫣盛了一碗汤放在权北倾的手边，在他身侧的位子上坐下来，语气亲昵：“你看你都瘦了，是不是在国外太忙了？都不好好照顾自己……”

姜夏看着对面又开始打情骂俏的两个人，翻了翻白眼，忽然用筷子夹着一小块油条递过去：“权叔叔，你尝一下这个油条。”

纪嫣婉转的嗓音突然被打断，她颇有些嫌弃地蹙起柳眉：“夏夏，你可能不知道，北倾跟我住过一年多，我很了解他，他是从来不吃……”

姜夏无视她，只是冲着男人高举着手里的筷子：“英俊的权叔叔，你就尝尝看嘛！好不好？真的很香的。”

权北倾掀起眼皮，看着对面的女孩儿睁着水汪汪的大眼睛，那眼神又娇又软，让他莫名心口发痒，竟一时无法开口拒绝她的请求。

算了，他就当是补偿她被罚跑害得她病了这么多天吧！

思及此，男人伸手握住女孩儿努力伸来的手，将她手里的筷子递到自己的嘴边。

纪嫣在一旁震惊地看着——权北倾竟然吃下了那块油条！

她很清楚，他有很严重的洁癖，碗、筷、杯子等物品都必须专用，别人碰过的菜都不会再吃。他现在竟然用了姜夏用过的筷子……这代表了什么？

姜夏得逞般笑眯眯地问："权叔叔，香吗？"

"别管香不香了，你的早餐时间只剩下10分钟了，"权北倾用手指碰了一下腕表，语气隐约透着严厉，"10点钟你的礼仪课程正式开始，纪嫣会教你，听她的话好好学。"说完，他便起身往书房里走去，彻底无视了姜夏听罢顿时由笑变哭的小脸。

姜夏磨磨蹭蹭地吃完早餐，又借口饭后要散步，跑到花园里去，但一到10点钟还是被用人抓了回来。

光照充足的阳光房内，纪嫣让姜夏脱掉拖鞋，只穿袜子站着。

现在还是初春，天气有点儿凉，姜夏只觉得脚踩在地板上冰冰的，很不舒服，抿了抿唇，道："脚冷……"

"忍住，穿拖鞋会站不直，"纪嫣伸手用力拍拍她的背，绕着她走了一圈，语气极尽讽刺，"看看你的站姿，哪有一点儿淑女的样子？完全就是野孩子……"

姜夏忽然打断她："纪阿姨。"

纪……纪阿姨？纪嫣听见这个称呼，脸都绿了！在娱乐圈里，她以24岁的年纪还算是晚辈，绝对不可能有人叫她"阿姨"的……

更可气的是，姜夏虽是大一新生，却叫权北倾"叔叔"，这么叫她让她根本无法反驳！

这么年轻貌美的女孩儿跟北倾住在同一屋檐下，而且刚才他们之间表现得那么亲密，已经超出了她能置之不理的范围！

"纪阿姨，"姜夏口齿清晰地道，"权叔叔是让你教我礼仪，不是让你批评我的。你说我是野孩子，那意思就是权叔叔是野家长喽？"

纪嫣竟一时被噎得不知该如何回答，几秒钟后笑了笑："夏夏，北倾把你交给我是因为信任我。"顿了顿后，她又说，"毕竟北倾说过，我是他见过的身材和仪态最完美的女人。"

姜夏默默地翻了个白眼。呸！他那天还说过她漂亮呢！哼，果然他对女人都是这么说的吧！

"好了，我们开始上课吧！先练习站姿。"纪嫣边说边调整姜夏身体的各个部位，“来，腿要直，腰要有弧度，脖子要收得恰到好处……”

最后，姜夏被她摆成一个很难维持的站姿。

纪嫣勾唇笑道：“不要乱动，先这样站半个小时吧！”

“这样太……太难受了……”姜夏浑身紧绷，很费力地维持着这个姿势，大气都不敢出一下。

“难受也要忍着，淑女没有那么容易当。”纪嫣抱着纤臂站在一旁，姿态悠闲，“你若想要让北倾满意，就要好好地跟我学。我在他的心里是标准的淑女，无论是走姿、站姿还是坐姿……他都称赞过我无数次了。”

闻言，姜夏用力咬紧贝齿坚持着。不就是站得直一点儿吗？有什么了不起的？她也能站！

5 分钟、10 分钟……

20 分钟过去，姜夏的体力已经到了极限，她的小腿开始发抖。

女孩儿光洁的额头上沁满汗珠，顺着下巴滑落下去，胸前已经湿成一片。

见状，纪嫣从抽屉里找出一把红木戒尺，围着姜夏绕了一圈，俯身用戒尺敲了敲她的右腿：“小腿也要直，别想偷懒。”

正说着，纪嫣忽然用戒尺在姜夏的大腿内侧用力地抽了一下，说道：“大腿也并拢，直起来！”

“啪”的一声，姜夏顿时皱起了鼻子，痛呼出声：“啊！”

“没站直就要受惩罚，”纪嫣直起身体，严肃地说道，“严师才能出高徒，就算现在北倾进来，也会赞同我上课的时候对你严厉一点儿的，明白吗？”

姜夏死死地咬住下唇，痛得两条腿颤抖得更厉害了。

见状，纪嫣又用戒尺在姜夏的两条大腿内侧分别抽了八九下，每一下都很重。纪嫣边抽边说道：“全都给我再挺直一点儿，上课认真一点儿！”

纪嫣很清楚，姜夏是不可能把大腿内侧给北倾看的，所以打这里是最保险的，也是最疼的。

姜夏痛得小脸皱成了一团，浑身酸得要命，大腿内侧阵阵抽痛，肯定瘀青了！

只要纪嫣再用那把戒尺打她一下，也许她就倒了。

她忍不住断断续续地问：“还……还有多久……”

纪嫣把玩着戒尺，轻轻挑眉：“你已经站了27分钟了，不过刚才有10分钟小腿没站直，所以得再加10分钟。”

“你……你胡说！哪有10分钟？”

见姜夏一大声说话身体就会摇晃，纪嫣立即按住她的肩：“不要乱动，不然再站半个小时。”

姜夏抗议地瞪大眼：“我……”

此时，阳光房的门被打开，高大英俊的权北倾走了进来。

纪嫣立即把戒尺横过来，假装在姜夏的下巴跟胸前量着，温柔地道：“嗯，这个姿势的间距刚好。呀，北倾，你忙完工作了？”她语气亲昵地走过去拍拍他的肩，“累吗？要不要喝点儿乌鸡汤休息一会儿？”

权北倾从进来的那一刻起就没看纪嫣，目光直接落在姜夏的身上，看见她脸上痛苦的表情，不由得皱起眉头：“为什么愁眉苦脸的？”

这丫头难道就这么讨厌礼仪课？

“夏夏上课挺认真的，”纪嫣接话道，“虽然刚开始练习时会辛苦一点儿，但只要以这个站姿再站半个小时，她的驼背就能在很大程度上得到改善……”

“我已经站了半个小时了……我站不住了。”姜夏结结巴巴地出声，“我……我要课间休息……”

姜夏边说边看向权北倾，正好撞上男人盯着她的墨眸——对方那专注的目光令她微微一怔，随即撇开了眼。

他又开始对她放电了，这个到处撩拨人的花心大萝卜……讨厌鬼！

纪嫣闻言，立即开口道："不行的，夏夏，再坚持一下。你要想当淑女，就得……"

姜夏一听纪嫣又要说那些话了，想着再站半小时自己非得疯掉不可，索性一咬牙，身体直接往一旁倒去。

如果她都倒在地上了，权北倾总会让她课间休息一下吧？大不了就痛一下，总比她再受半个小时的罪要好。

可预想的疼痛并没有传来，她瞬间落入一个熟悉又温暖的怀抱中。

权北倾手疾眼快，接住了女孩儿软绵绵的身体："姜夏，"他用一只胳膊抱着她，声音有些急促，"怎么了？哪里不舒服？"

姜夏没想到他会接住自己，诧异了几秒钟，睁开眼时，正好对上纪嫣几乎要喷火的眼睛。她愤愤地一咬唇，转了转眼珠，而后直接伸出手攥住了男人胸前的衬衫，软软地唤他："权叔叔……我……我的腿好酸啊，呜……"

权北倾的眉头拧得更紧了，他怕她再发烧，一手抚上她的额头："头痛不痛？"

"痛痛痛……痛的！"姜夏一个劲儿地点着小脑袋，哼哼着撒娇，"而且地板好硬好冰，我站不住了……"

"好，那我们去床上休息一下。"权北倾立即将她拦腰抱起，迈开长腿就往外走去，语气急切："叫私人医生过来，立刻！"

纪嫣见状忙跟上去几步："北倾……"

可男人并没有回应她，抱着姜夏走得极快，直接走出去上了楼。

纪嫣气得用力地跺了跺脚。

姜夏很明显是在装痛，北倾那么聪明的男人竟然一点儿都看不出来吗？还是说，他对姜夏的关心已经多到能扰乱他的判断的程度了？

不行，她不能什么都不做。

姜夏被权北倾抱在怀里，脑袋靠在他的胸膛上，听着他强有力的"怦怦"的心跳声——听得她的心跳也加速了。

她咬着食指想了想，闷声开口道："权叔叔，我……可不可以不上礼仪课了？"

"不行。"权北倾的长腿踩上楼梯，垂眸看了一眼怀里的女孩儿，他语气不重，但很强势，"除非你能给我一个很合理，并且能让我信服的理由，否则礼仪你是必须要学的，这对一个女孩子来说很重要。"

姜夏再度咬住了手指。合理并且能让他信服，她总不能说是怕被戒尺打、怕痛吧？

纪嫣说自己深得权北倾的信任，这是很明显的事。

所以，如果她说自己不想上礼仪课，是因为怕纪嫣会用戒尺打她，他肯定也只会说，上课本来就该严格要求的吧！

更何况他觉得她在礼仪方面表现得那么差，绝对不会妥协的，他们是一伙的！

算了，上课就上课吧！

权北倾俯身把姜夏放在公主床上，大手拉过她刚刚咬过的手指说道："不许吃手。"他用另一只手的指腹轻按着她的唇瓣，低声笑笑，"多大的人了还吃手？是不是要买个奶嘴给你含着，嗯？"

姜夏没说话，把自己的手从他的掌心里抽了出来，拉过被子翻了个身侧躺着。

权北倾低头瞥了眼自己空荡荡的掌心，明显感觉到女孩儿的躲闪，眼睛顿时很不悦地眯了起来："姜夏，乖，不要闹，私人医生马上就到了。"

他俯身要扳过她的肩好让她面对着自己，姜夏却不肯动。她拽住被角，埋起脑袋含混地道："我……我这样躺着会舒服一点儿。"

权北倾一听她这么说，以为她是因为痛才想要侧躺，果然就没再伸手动她。

但男人也没走，而是弯腰在床沿坐下，大手在她的背部轻轻地抚着，一下又一下，很耐心，很自然，像是在给家里的小猫顺毛。

他用低沉悦耳的嗓音不厌其烦地安慰着："乖女孩儿，医生来了就不痛了，很快就来了，我给你倒数……"

姜夏不理他，气鼓鼓地瞪着另一边的落地窗。

私人医生犹如踩着风火轮般地急速赶来，给姜夏检查过后得出的结论是："姜小姐没什么大碍。"

但姜夏显然不满意，哼哼唧唧地喊着身体这里痛、那里痛。

因此私人医生被寒着脸的权北倾强制要求着又反复检查了好几遍。最后，私人医生不得已地给出了一个能让自己回家吃饭的结论："姜小姐身体太虚，需要多休息。"

私人医生此言一出，姜夏终于不喊痛了，权北倾也终于不再是一副要灭私人医生全家的表情了。

最后，私人医生也彻底地明白了：以后在权北倾这里，这个叫姜夏的小姑娘才是那个说了算的人！

姜夏装病逃过了今天剩下的礼仪课，但后果是权北倾不让她下床了，就连晚餐都让她在床上架起的小桌子上吃。

而且，她原本想吃的牛排也泡汤了，改为少油、少盐的营养餐，搭配清淡的养生补汤。

姜夏这种嗜辣如命的人当然没胃口了。她闷闷地抓着筷子扒了几口饭，抬头看向站在床尾的孔管家，撇着小嘴道："孔伯，你能不能去一楼的冰箱里……帮我把麻辣牛肉酱偷拿上来？"

孔管家幽幽地道："夏夏小姐，你不是都叫少爷……'英俊的权叔叔'吗？"

"啊？"姜夏怔了一下才反应过来，看着他笑眯眯地说道，"哦，我知道啦！那个……胖胖的孔伯，拜托你了。"

孔管家："……"

但他还是很心疼这个小丫头的，叹气道："夏夏小姐，我没办法帮你偷拿啊……少爷和纪小姐就在楼下。纪小姐在给你制订学习计划，是关于礼仪、锻炼身体的。她说自己这几天刚好有时间，会住在星海湾，直到帮你弄出一份完美的计划。"

姜夏翻了个白眼，一口也吃不下了，捂住脸倒回床上："不行了，我又头痛了！我要睡了，你们都快出去吧！"

她恐怕要被他们弄死了。

晚上 9 点多，房门被打开一条缝隙，一个身影光着脚闪了出来。

饿到前胸贴后背的姜夏轻手轻脚地溜下楼，跑到厨房里偷偷地打开冰箱门。她刚要拿出心心念念的麻辣牛肉酱，不远处忽然传来了脚步声……

姜夏吓得手一抖，迅速地躲到一旁的架子后面，悄悄地侧眼往外看。

她以为是权北倾下楼了，没想到看见的却是纪嫣。纪嫣披散着妩媚的长发，正往楼上走去。

姜夏看了一眼纪嫣走出来的地方，应该是一楼的客房。

纪嫣……上楼干什么？难道说……？

姜夏咬了咬下唇，猫着腰跟了上去，就看见纪嫣门都没敲，就直接拧开门把手走进了权北倾的房间。这……这是不是就代表他们之间确实有猫儿腻？

姜夏站在房门外，犹豫着要不要走，但最后好奇心还是战胜了理智。

她轻轻地走上前，本想偷听，但发现房门并没有关严，留下一丝缝隙，于是就眯起了一只眼往里面偷看……

只见卧室内奢华的大床边，纪嫣背对房门站着。

忽然，纪嫣脱掉了身上的呢子大衣，里面穿着的竟然是镂空的、黑色的蕾丝短裙！性感的蕾丝贴着纪嫣的身体，露出大片的肌肤，妩媚至极。

此时，一旁的浴室门被推开，高大的男人披着银灰色的丝质浴袍，一手拿着毛巾，边擦头发边走出来。

纪嫣立即扭着腰走过去，从背后一把抱住男人精壮的腰身，媚声唤道："北倾……"

房门外，看到这一幕的姜夏眼珠子都快瞪出来了。来不及听权北倾说了什么，她迅速地往后退了几步，转身就跑回了自己的房间里。

直到关上自己的房门，她用背部紧贴着门板，大口喘着气，许久之后，心脏还在“扑通扑通”地狂跳。

姜夏慢慢地平静下来后，异样的情绪就立即涌上心头，还伴随着一簇莫名的怒火——这个衣冠楚楚的大浑蛋，整天口口声声地说让她要听话、要乖、要行为端庄。那他自己这算什么？大晚上的，自己还住在二楼呢……他就要跟情人做那种羞羞的事！而且他还那么一本正经地说给她找礼仪老师，这分明就是借口，就是想拿她当挡箭牌。

他太过分了！

第三章

舍不得她疼

这边，卧室内。

权北倾本想洗完澡去姜夏的房间里看看，然而一走出来，就被一个柔软的身体从背后抱住。

“北倾……”

听见是纪嫣的声音，男人一张俊美的脸顿时寒了下去：“谁允许你进我房间的？”

“我猜到这个点你在洗澡，所以我就没敲门直接进来了。”

“放手。”

纪嫣不但没松手，反而更加用力地环住他的腰身：“不嘛！我不放……北倾，我一个人睡不着……你陪陪我好不好？”

她故意贴着他，试图拉住他的手。然而下一秒，男人就抽回了手，墨眸毫无波澜地看着前方的墙壁。

“纪嫣，当初你救我一命，照顾失明的我一年多，于我有恩。但是，”权北倾眯起眼，语气冰冷，“不表示你能在我这里放肆。”

纪嫣顿时浑身一僵，妆容精致的脸上掠过一丝难堪。她张了张嘴，试图向他撒娇、表白：“北倾，我……我从第一眼见到你就喜欢上了你……”

“纪嫣，我们之间不可能。”男人想也没想，薄唇冷漠地吐出这九个字。

纪嫣再次僵住，这次连脸色都变了，红唇微微颤抖。

权北倾连她的手臂都没有去拉，双手完全没碰她，眼神冷漠，声音冰冷：“松手，出去，以后没有我的准许不能再进我的房间。”

走廊另一边的房间内，姜夏抓着毛茸茸的狗熊布偶，挥起拳头就乱打乱捶。

“叫你拿我当挡箭牌，叫你装正经教训我，叫你跟你的小情人一起折磨我……”她越想越气，趴在床上对着布偶拳打脚踢了半天，最后还是“噌”地坐了起来。

不行，她不能窝囊地躲在房间里坐以待毙，得去把那些画面拍下来。如果以后权北倾再命令她上礼仪课，再那么严厉地教训她，她就可以把今天的事作为筹码进行反击了！

姜夏立即跳下床，抓过手机打开相机，心想：现在打开门冲进去，肯定能现场“捉奸”！

对，姜夏，不要㞞！

姜夏直接来到权北倾的房间门口，握住门把手后深吸一口气，心一横就要拧开。然而不等她用力，门把手忽然从里面被拧了一下，下一秒房门就被打开了。

“哎！怎么……？”姜夏被吓了一跳，差点儿没稳住，忙扶住门框站稳，结果抬头就看见了纪嫣。

纪嫣又把那件呢子大衣穿上了，只不过应该是胡乱地套上的，一手还捂着嘴，眼睛有些红，看上去很伤心。

纪嫣显然也没想到姜夏会站在门口，但这个时候也不可能再问什么，只是有些愤恨地瞪了姜夏一眼，擦着她的肩就快步地走下了楼。

仍举着手机的姜夏站在房门口愣住了——这……这是什么情况？

是她来迟了，一切已经结束了？

“姜夏。”蓦地，房内响起男人冰冷的声音。

姜夏的小心脏一抖，她转身就准备跑。

“进来。”权北倾冷冷地道，“我数三下。”

他凭什么这么凶啊？

姜夏皱着脸，不情不愿地挪进去。

卧室内，权北倾站在床边，单手插在浴袍的口袋里，视线落在低垂着脑袋、磨磨蹭蹭地走进来的女孩儿的身上，问道：“为什么不抬头看我？”

姜夏抬起头，眼神却飘向一旁，还是不看他。

权北倾不悦地皱眉，但也没再说这个，只是问：“这么晚了为什么还不睡觉？”

姜夏的脑袋迅速地转着，她随口扯道：“哦，我……我来跟你说晚安啊！”

男人危险地眯起眼：“特意拿着手机来跟我说晚安？”

“对……对啊！”

“说完晚安就回房间睡觉？”

“对啊！对啊！”她一连说了两个“对啊”。

男人紧接着挑眉问：“什么‘把柄’都没拍到，能睡得着？”

姜夏本来就在想这个，闻言想都没想，直接脱口而出：“没拍到也不怪我啊！谁知道你们会结束得这么快？这才不到十分钟，明明正常人都有一小时……”

话才说到一半，姜夏忽然感觉到四周的空气仿佛一下子凝固了……

她这才意识到自己刚刚说漏嘴了。

他竟然故意套她的话！奸诈！

可还不等再说什么，她面前就笼上一道阴影，纤细的腰直接被男人的长臂搂住，整个人都被提了起来，双脚都离地了！

“啊……”姜夏才刚惊呼出声，下颌便被男人用两指捏住。

权北倾转身将她抵在墙壁上，低头看她，似笑非笑的眼神很冷："你刚才说，正常人都有一小时……我很好奇你是怎么知道的，难道你试过？"

听他这么一问，姜夏顿时就想到自己跟他在酒店里的那一晚，不由得又惊又慌地瞪大了眼睛。

而她这副反应落在权北倾的眼里，全然就成了心虚。男人的目光彻底变得阴冷，他用力地将她的脸抬高："姜夏，回答我的问题，不然我就惩罚你，到时候你肯定会哭鼻子，所以乖乖地说实话，嗯？"

他说这话时脸色还算平淡，但语气明显带着怒意，足以将怀里娇小的女孩儿吓得瑟瑟发抖。

姜夏缩着脖子，双脚离地，悬空的感觉实在很不好受。而且她现在是被夹在权北倾的胸膛和墙壁之间，整个身体都被他禁锢着。好像她犯了弥天大错，现在他气得像要压死她一样。

"我……我在网上看的……"姜夏用力地吸气，努力让自己的底气变足，"网上都这么说的……"

她确实在网上看到有一些女孩子讨论这个，就是这么说的！

"网上看的？"这个回答显然令男人眸中的怒色退去些许，但那张俊美的脸仍旧冷厉，"姜夏，你平时不好好上课，整天在网上看这些，是因为成年了，所以开始想了解男人、想谈恋爱了？"

姜夏被他这么几句话问得脸都红了，咬住唇又羞又怒地反驳道："我……我就是想了解男人，就是想谈恋爱，怎么了？我都成年了，想怎么看就怎么看……"

她的唇瓣忽然被男人的长指摁住——权北倾不让她再说了。

他目光沉沉地盯着她："你想怎么看就怎么看？难道你还在网上搜过男人的照片？"

"……"

"我给你买电脑、手机，是让你乱看那些不良内容的吗？"权北倾语气越发阴沉，怒意再度浮现，"姜夏，说话！"

姜夏不知道为什么刚刚还好端端的，怎么现在就又变成他在逼问她、教训她了。她本来就又气又委屈，被他这么一吼顿时就受不了了。

“我说什么话？你凭什么说我？你……你看看你自己！”姜夏咬了咬下唇，呼吸急促，“你不也跟纪嫣在房间里……别以为我不知道！还拿我当挡箭牌，你都没有给我树立好榜样，都不以身作则！”

她说到最后，眼睛都红了，身体颤抖着，喘息着用力地推他。

就算被他揍一顿，她也要说出来！明明就是他更过分，还好意思这么凶地逼问她！她又没做错什么——他叫她上课，她就上了，叫她吃什么，她也吃了。她这些天已经很乖了！

而令姜夏意外的是，权北倾听见这番话竟然没生气，他似乎微怔了一下，桃花眼轻轻地眯起：“你知道什么？我跟纪嫣在房间里做什么了？”

“哼，我都看见了！”姜夏见他一副无辜的表情，觉得他八成是又想骗她，不由得重重地冷哼，“我亲眼看见她从背后抱住了你，你们就是……就是做那种羞羞的事了！”

原来这个丫头说的是这个。权北倾眯起双眼，眸中带了一抹笑意，搂在她腰间的手臂忽然收紧——姜夏来不及说什么，整个身体便再度悬空，下一秒就被男人直接扔到一旁的大床上。

她在柔软的鹅绒被上弹了一下，一睁开眼就看见俯身朝她压下来的男人。

权北倾用膝盖抵着床沿，双手撑在女孩儿身体的两侧，松松垮垮的浴袍因俯身的姿势下坠，极具雄性荷尔蒙的胸肌若隐若现。

姜夏被他笼在身下，惊得连呼吸都屏住了：“你……”

权北倾右侧的手臂忽然弯曲，整个身体猛地俯下，几乎完全贴着她。

他垂首，用鼻尖碰到她的鼻尖，低沉地笑道：“用这样的姿势继续下去，才叫‘做那种羞羞的事了’，我跟纪嫣连这样的动作都没有，明白了？”

姜夏听得一愣一愣的，原来……原来这样的姿势……叫基本动作吗？

那……他跟纪嫣刚才什么都没发生吗？

不过，她确实没怎么接触过这种事，在网上也没怎么看过。虽然那一晚她和权北倾发生过关系，可她那时候喝醉了，完全没记忆了，醒来时已经结束了。

所以，她还是相当于什么都不懂。

姜夏闻言更是好奇，忍不住脱口问道："可是……又不是非要这样躺着才能……"说到一半，姜夏才猛地意识到自己说了什么，立即就住嘴了，一张脸也迅速地红到了耳根。她忙侧过脸掩饰自己的羞赧和窘迫，伸手用力推着男人的胸膛："你……你快起来，你好重！我……我要回去睡觉了！"

权北倾也没再压着她，高大的身躯顺势站了起来。

空气中飘荡着女孩儿身上天然的、甜甜的香气，竟然惹得他有些走神儿。

见鬼了。按了按眉心，他刚才大概是被她气到了，才会用这种方式吓她，幸好没把这只难哄的小刺猬吓坏了。

不过，他多教她一些这方面的知识也好，让她长个记性，不然凭她这张惹眼的脸蛋儿，别以后被男生占便宜了，还傻乎乎的什么都不知道。

权北倾用这个理由解释了自己为什么会有刚才的冲动行为，这才彻底地抛开那些令人燥热的杂念，俯身想要把姜夏抱回她的房间里。

没想到姜夏竟自己爬了起来，躲开他的手直接往房间外跑去。

她方才进房间时是挪进来的，走得很慢所以看不出问题，而这下走得很快，权北倾一眼就发现她的脚步有些不自然——似乎她每走一步，两腿都要颤一下，一瘸一拐的。

男人顿时沉了脸色，几步上前，直接将快要走到门口的女孩儿拦住，皱眉问："你的腿怎么了？为什么一瘸一拐的？"

姜夏本来就还在生气，听他这么问，更是气鼓鼓地把脸别开，瓮声瓮气地道："没什么，我要睡觉了，你别挡着我。"

这刻意疏离的语气跟她上午喊他“权叔叔”时简直天差地别。很明显，这小丫头还在生着什么他不知道的气。

权北倾微微眯眼：“行，我不挡着，你站直，两腿也伸直，走路给我看看。”

“我……我为什么要走路给你看？”

“要不然今晚你别想睡觉。”

“你……”姜夏瞪大眼睛，一时之间委屈至极，压抑许久的情绪终于爆发了，“你的小情人把我的腿都打青了，你还要我伸直腿走路。你就是故意的，你……你们就是联手欺负我是孤儿！”

这句话一出，姜夏明显感觉到权北倾的脸色骤然冷了下去，比刚才还要更加森冷、慑人。

她说完后其实有一点儿后悔，但又不擅长忍耐，谁让他突然为难她？

“把你的腿打青了？”几秒钟后，权北倾忽然以极其阴沉的声音问道，“纪嫣打你了？”

“对啊！”姜夏咬着唇，“你别说是我吃不了苦，都瘀青了，我肯定会痛……啊！”

她还没说完，就被男人抱起来了。

姜夏忍不住纳闷儿：他怎么那么喜欢抱她？

自从权北倾回来，她觉得自己在这栋别墅里都没怎么走过路，都是被他抱来抱去的。

权北倾把她抱回她的房间里，放在床上，沉着脸色问：“她打你哪里了？”

姜夏也不藏着了，指了指：“就……在腿上。”

“腿上哪里？给我看。”

“大……大腿内侧……”

姜夏心想：他怎么看？

男人再次重复：“给我看，”他冷声地补充道，“我不可能对你有什么歪念头，如果你害羞，可以用被子遮住其他地方。”

“我……我又没说你对我有歪念头！”姜夏结结巴巴地说道，“你……你先转过去。”

权北倾照做。

一阵“窸窸窣窣”的声音响起，半分钟后，女孩儿才开口：“好……好了。”

权北倾转过身，垂眸就看见女孩儿露出的大腿的内侧，上面有好几块深色的瘀青，在雪白肌肤的衬托下极其刺眼，光是看着就让人觉得很疼。

权北倾一眼就看出这是用戒尺打的，而纪嫣当时手里也确实拿着一把戒尺。

姜夏看见面前的男人皱起眉头，就越发觉得委屈了，小声嘟囔道：“我……我没有娇气，是真的好痛……我都揉过了，但是越揉越痛，走路都痛……”

权北倾忽然冷声打断她：“先把被子盖好。”

姜夏一下子就不说话了，感觉他的气场忽然变得很恐怖，都不敢再问他了。

他是不是觉得用戒尺打很正常？毕竟他对她就很严厉。

权北倾转身拿起床头的内线电话吩咐道：“马上上来。”

他那冰冷彻骨的声音，把已经躺下的孔管家直接吓清醒了。孔管家赶忙从床上爬了起来，不到 20 秒钟就出现在姜夏的房间门口：“少爷，有什么吩咐吗？”

权北倾站在床边，嗓音极其阴冷，足以降低整个房间里的气压：“去告诉纪嫣，让她以后不要再来星海湾了。”

啊？孔管家一怔，下意识地转头看向在床上坐着的女孩儿。

权北倾却挡住了他的视线，转身垂眸看他，墨眸中没有一丝温度：“现在就去，你是听不懂我的话吗？”

孔管家接触到男人的眼神，吓得浑身一震，忙收敛起平日里的嬉皮笑脸，毕恭毕敬地垂首：“是，少爷，我这就去。”

直到退出姜夏的房间，孔管家才发现自己出了一身冷汗。真是稀奇，他好久没看到少爷动这么大的怒了。

他很了解少爷，哪怕是前些天跟夏夏小姐闹矛盾，少爷都只是有些生气而已。可今晚，少爷是真的动怒了。

难道是纪小姐跟夏夏小姐……有什么矛盾吗?

孔管家来到一楼的客房外，抬手敲门。

坐在房内梳妆台前的纪嫣顿时一喜，以为是权北倾因为说了重话而后悔，所以来找她，赶忙对着镜子整理了一下仪容才起身开门。

“北倾，刚才是我太……”

纪嫣还没说完，门外的人便打断了她的话：“纪小姐，是我。”

纪嫣怔了一下，看清来人后笑道：“原来是孔管家啊，是北倾让你来叫我的吗？”

她语气笃定，甚至边说边要往外走，想要上楼去找权北倾。

可孔管家继续道：“纪小姐，少爷让我来传话给您，少爷的原话是‘去告诉纪嫣，让她以后不要再来星海湾了’。”

纪嫣脸上的笑容蓦地僵住了。好一会儿，她才反应过来，难以置信地问道：“怎……怎么会……？”

旁人也许听不出来，但纪嫣非常清楚权北倾这句话的意义——以后不要再来星海湾，就代表她以后都不能踏入权北倾在国内唯一的住处!

换句话说，这里是他自己人的地盘，而她被他剔除了。

这是变相的惩罚，是比撤掉她的节目甚至封杀她更加严重的惩罚!

纪嫣的身体晃了晃，她一时无法接受：“北倾为什么……突然这么说？”

难道是因为她引诱他……让他反感了吗？可也不至于严重到这个地步。

孔管家摇了摇头：“我也不太清楚，刚才少爷叫我去夏夏小姐的房间，就吩咐了这么一句话。”

纪嫣一怔："夏夏怎么了？"

"我只看见夏夏小姐坐在床上，其他的就不知道了。"

姜夏坐在床上……纪嫣恍然大悟：肯定是姜夏不知廉耻，直接把大腿给北倾看了，还告了自己的状！

不知道姜夏那个小狐狸精是怎么跟北倾说的，竟然能让北倾对她做出这么重的惩罚！

她就知道，姜夏不可能真的没有勾搭北倾的心思，只是隐藏得太深了！

纪嫣气得指甲几乎要抠破掌心，不甘心地说道："孔管家，我现在想见北倾一面，你能不能帮我？"

孔管家叹了口气："纪小姐，不是我不帮您，您知道的，少爷的脾气向来是说什么是什么，没人敢违抗他，所以您还是快点儿收拾东西离开吧！"

哦，不对，夏夏小姐是唯一的例外，不仅时不时地跟少爷大吼大叫地唱反调，而且最后都莫名其妙地和好了。不过，例外之所以被称为例外，是因为只有一个。

纪嫣不想就这么被赶走，可确实又不敢再次惹怒权北倾，只得马上收拾下午才让人送来的衣服和用品。

而孔管家全程都在一旁看着，明显是要监督她，直到她离开这里——纪嫣只觉得前所未有地难堪，像是耳光直接甩在脸上，毫无颜面可言。

如果不是姜夏从中挑拨，权北倾是不可能这样惩罚她的。

今天也确实是她太冲动、太急功近利了，才给了姜夏机会。下次她一定会把今天的账跟姜夏翻倍地算回来！总有一天，她会彻底解决掉姜夏，以真正的女主人的身份风风光光地踏进星海湾！

二楼的房间门口，孔管家垂首禀告道："少爷，话都传到了，纪小姐已经收拾东西离开了。"

"嗯。"权北倾冷淡地应了一声。

孔管家知趣地带上房门，退了出去。

坐在床上的姜夏有些蒙，忍不住问道："你让你的情人……哦，不，让纪阿姨不要再来这里，是不是代表我以后都不用再上礼仪课了？"

男人垂眸看她："嗯，我不会再让她教你礼仪课了。"

那就是说……她以后还是要上礼仪课的。姜夏闷闷地垂下脑袋，"哦"了一声。

"以后上礼仪课不会再有人打你，我向你保证。另外，"权北倾的嗓音中带着与生俱来的嚣张与狂妄，"姜夏，你给我记住了，不管什么时候，只要有人欺负你，你就直接还手，然后立即告诉我。"

他俯下身，用长指捏起姜夏的下巴，墨眸对上她的双眸："我权北倾养的人，不应受一点儿气，也不该窝囊。只要有人欺负你，你尽管还手，我会在背后给你撑腰。不用怕，懂吗？"

姜夏像是被他张狂的语气震慑住了，缓缓地张大嘴，呆呆地点了点头："懂……懂了。"

"听话，"权北倾奖励般地揉揉她的脑袋，薄唇终于勾了起来，"乖女孩儿。"

姜夏被他像揉小猫般地揉了一会儿头，竟然被揉出了困意，于是戳着手指开口："权叔叔，那个……现在很晚了，你要不要早点儿休息？"

权北倾却忽然将视线落在她的大腿上："还疼不疼？"

姜夏怔了一下，才反应过来他说的是大腿上的瘀青："当然疼啊！不过我也有经验啦，以前在孤儿院里也经常被弄得有瘀青，每次都要疼上几天才能好……"

"不用疼上几天，"权北倾以低沉的声音打断了她，"我有办法让你明早醒来就不疼了，想不想试试？"

姜夏惊喜地睁大眼："想！"

"我帮你按摩大腿。"

"什么？"姜夏顿时从惊喜变成惊吓，磕磕巴巴地说道，"你……

你帮我……？”

“我以前训练时经常受伤，有一种药膏很有效，配合按摩，很快就能活血化瘀。”权北倾单手插在裤袋里，见她张大了嘴，又压低眉心补充了一句，“你已经请假一周多了，下周再不去上课，估计你都忘了校门朝哪边开了。”

她就知道他要说这个！明明是他替她请的假！

姜夏的手有些紧张地揪着被子，她结结巴巴地说道：“那……那你要怎么按摩我的大腿？你……你不能看的。”

她这个小动作落在男人的眼里，让男人的墨眸中弥漫出一丝撩人的笑意。

看来他的小刺猬，还知道自己的大腿是不能给男人看的。嗯，她在这方面很乖。

权北倾转身回房拿来药膏，又取了一条黑色丝巾，叠成长方形后，蒙在眼睛上，在脑后绑好：“这样我就什么都看不见了，放心吧！”

姜夏试探着伸手在他的眼前晃了晃，果然他完全没有反应。

她忽然觉得自己有点儿小题大做，明白他对自己又不可能有那种想法，于是说道：“其……其实你不蒙眼睛也可以的。”

“那就不蒙。”权北倾作势要把丝巾扯下来。

姜夏顿时觉得万分羞涩，手足无措地摇头：“不行不行，你……你还是蒙着吧！”

权北倾勾唇低笑一声，依旧蒙着眼睛，在一片漆黑中凭着感觉把药膏挤在指腹上：“戴手套没有效果，我必须直接碰到瘀青的部位，你就当我是医生。”权北倾简单地解释了一句，又命令道，“把睡裤脱了，把我的手指按在你瘀青的地方。”

姜夏照做，用小手抓住他的大手，缓慢地放上去，莫名地觉得紧张：“这……这里。”

权北倾将药膏涂抹上去，指腹下的触感是一片滑腻的肌肤，柔软得不可思议，他的喉结下意识地滚动了一下：“这里，疼吗？”

他边说边加重了按摩的力道。

姜夏顿时“啊”了一声：“疼的……轻点儿……”

“嗯，好。”权北倾顺着她的话说，嗓音沙哑，“我轻点儿，不弄疼你。”

话是这么说，男人的手指却更加用力了，他仿佛想要把她的皮肤揉出水来。

姜夏的声音里带了哭腔：“呜……好痛！”

权北倾只觉得脊背骤然绷起，一股热流猛地蹿了上来，他的喉头一紧，蓦地低喝：“不许叫！”

话音刚落，他顿时感觉到女孩儿被吓得颤了颤。

该死。他就不该心软给这个小丫头按摩，不过就是瘀青，疼几天而已。真是……要命！

权北倾暗骂了几句，但另一只手还是抬了起来——眼睛看不见，他便摸索着环上女孩儿的肩，哑声哄道：“很快就好，你一叫我就没办法专心了，乖。”

姜夏含泪点点头，可怜兮兮地用贝齿咬住他的袖子。

接下来，姜夏明显感觉到男人的动作变得轻柔了，一开始按得很痛，但渐渐地就越来越舒服了。

等权北倾结束按摩的时候，怀里的女孩儿已经睡着了，脑袋靠在他的臂弯上，轻微地打着鼾，明明刚才她还哭天喊地地叫痛。

权北倾把怀里的姜夏平放在床上，大手摸到被子拉过来给她盖好，摘掉眼睛上的丝巾，起身关掉灯，带上门走了出去。

权北倾手中的丝巾几乎被汗湿透了，莫名有些烫手。权北倾低头看了一眼身上已经汗湿的衬衫，刻意忽略了自己到底为什么出了这么多汗，直接抬脚走进浴室里冲冷水澡。

姜夏这一觉睡得很好，醒来只觉得许久未有地神清气爽。

而且她奇迹般地发现——大腿上的瘀青竟然全都消了！

为了确定不是自己没睡醒而看错，姜夏还特意打开手机的手电筒照着看了一下，确实是消了。

腿不痛了，姜夏哼着歌洗漱完，刚准备蹦跶着跑出房间，就蓦地想到某人严厉的警告。思及此，姜夏马上调整为淑女的走姿，顺便整理好衣服，表情乖乖地走下楼，甚至连怎么打招呼都想好了。

可一楼餐厅里空荡荡的，只有正在准备早餐的孔管家冲她笑："夏夏小姐，早上好啊！"

姜夏正在下楼梯的脚一顿："孔伯，怎么就你一个人？"

她那小脸上的表情，自动被孔管家解读为：怎么是你这个胖胖的人？

孔管家顿时变得表情幽怨："哦，少爷一大早就去公司了，"他摸着脸上的胡子嘟囔道，"而且少爷昨晚大半夜不睡觉，在露天泳池游了好几个小时的泳，一大早又在跑步机上跑了两个小时，也不知道在泄什么邪火，早餐也不吃就走了。"

姜夏也有些惊讶权北倾今天走得这么早，但并没多问。他有事要忙，她不可能干涉。如果他一直忙下去，不回来管她，那就非常美好了。

只是不知道为什么，今早的这顿早餐，姜夏吃得有些没滋没味的。可能是因为这一周多的时间都是跟权北倾一起吃早餐的原因，毕竟对着美男吃饭本来就会心情好，今天突然她一个人吃，莫名有些失落。

习惯真是个可怕的东西。

吃过早餐，姜夏刚走三分钟，别墅的座机就响了。

孔管家接起电话，男人低沉的嗓音从听筒里传来——

"姜夏去学校了？"

"是的，少爷。"

"早餐她吃了多少？"

"都吃完了，少爷。"

"嗯，她放学回家后要第一时间向我汇报。"

挂断电话后，坐在办公桌前的权北倾又拨通了另一个号码：“通知各部门，会议不用延后，现在开。”

他本以为那丫头又会不好好吃早餐，肯定要多耽误一点儿时间，没想到还挺乖的。

只不过，他昨晚明显有些控制不住自己，一晚上都没能入睡。

他讨厌这种失控的感觉。

也许是他这些天花了太多心思在姜夏的身上，也一直在星海湾陪她，所以导致受她的影响太大了。如果以后她够乖，他就没必要再这样手把手地管教她了，毕竟，他的生活不该围着一个稚嫩的小丫头转。

姜夏被司机送到学校，下车时收到一条短信。

英俊的权叔叔：“好好上课，不许犯懒，放学后司机会按时接你，有事再打给我。”

简单的字眼、整齐的标点符号，她甚至能想象到男人说这句话时那冷漠的、不近人情的黑眸，而且“有事再打给我”的意思是“没事不要打电话打扰我”喽？

哼，他昨晚还主动帮她按摩呢，今天就连早餐都不跟她一起吃了，还给她发这种凶巴巴的短信！

大人就是善变！

姜夏没有回复，而是点开通讯录，把发件人的备注改成“大魔头”，后面加上三个“恶魔”的表情。

收起手机，姜夏也不用淑女走姿了，一步两个台阶，赌气地走进教室里。

等姜夏在位子上坐下，夸张的声音马上便响了起来。

“哎哟，我说空气怎么突然变得浑浊了啊！”隔着几排课桌，舒莉莉侧身坐在椅子上，掐着嗓子冲后排的女生说道，“我跟你说，某些人啊，平日里态度恶劣、欺负同学，我还以为是没教养，结果后来才知道，原来是背后有靠山啊！”

那个后排的女生显然也是跟舒莉莉一伙的，闻言立即附和道：“真的吗？什么靠山？”

“那天打人的事闹到警察局去，某人本来都要被拘留了，甚至已经在录口供了，结果一转眼就被保释了，反而变成我们被拘留！”

舒莉莉一想到那晚在警察局受的窝囊气，就越发生气，咽不下这口气。

这不是姜夏在背后搞的鬼，还能是谁？

看来，那个老头儿还是有两把刷子的，不知道是哪个年过半百的富商。

越这么想，舒莉莉就越想把姜夏的名声彻底搞臭，又“啧啧”两声，道：“不过纸包不住火，正好有人看见了！”

话音刚落，那晚在警察局外看见孔管家的女生就立即说道：“对啊，我看见一辆豪车，主人竟然是个胖胖的老头儿，跟某人的年龄至少相差 30 多岁！”

此话一出，听到的同学们顿时哗然一片，三五成群地围着窃窃私语，目光还时不时地瞥向坐在右边后排的姜夏。

显然，舒莉莉嘴里的“某人”指的是谁，大家想都不用想就知道!

女同学们都脸带鄙夷、厌恶的神色，偷瞄着姜夏，议论着。

而男同学们要么是议论，要么就是摇头叹息道：“美女都喜欢作践自己。”

这时，坐在舒莉莉边上的白雪妍适时地出声：“好了，莉莉，你别说了，毕竟这是私事，也许夏夏有苦衷……”

此话一出，顿时有一堆女生开始捧白雪妍，说她多么善良，多么宽容。实际上她们都是想跟她攀上关系，以便让她介绍导演等资源。

舒莉莉冷哼一声：“雪妍，你就是太好说话了。她能有什么苦衷？”

一下子，教室里变得十分热闹。

姜夏坐在自己的位子上，习惯性地戴着耳机，但还是能听见同学们的议论声。有那么几秒，她很想过去给舒莉莉几个耳光，但又觉得很麻烦，要是她又跟她们闹进警察局，权北倾一定会收拾她的。

算了，就当她们在忌妒她的美貌吧，她不去跟这些造谣的人多计较不就得了？

对了，舒莉莉她们说的“胖胖的老头儿”难道是指孔伯？

姜夏也懒得去深究了，从书包里摸出《蜡笔小新》的漫画书，准备缓解下糟糕的心情。

此时，教室里原本喧嚣的议论声却忽然安静下来，大家齐刷刷地看向教室的门口。

只见一个穿着白色棒球服的男生站在那里，一米八多的高个子，身材劲瘦有型，凌乱汗湿的黑色短发下是一张精致又好看的脸，整个人像是从漫画中走出来的美少年。

宁易辰，宁家的少爷，华山电影学院公认的高冷“校草”。

全班女生都痴痴地盯着他看，白雪妍更是欣喜地站了起来：“易辰哥哥！”因为她被宁家收养了，所以宁易辰是她名义上的哥哥。

宁易辰单手拎着黑色的书包，闻言没有应声，而是黑着脸看向后排看漫画书的女孩儿，冷冷地说道：“姜夏，你出来一下。”

白雪妍顿时僵在原地，尴尬地攥紧了拳头，易辰哥哥来找姜夏做什么？

将耳机音量调高的姜夏根本没听见宁易辰叫她，完全沉浸在《蜡笔小新》的世界里。

而姜夏的这种不理睬在教室里的其他女生看来，就等于完全无视了难得主动找人的宁易辰！

对于那些对宁易辰有好感的女生来说，姜夏简直就是身在福中不知福。

有几个女生想要起身过去跟宁易辰搭讪。

见状，舒莉莉立即高声说道：“‘宁大校草’，你是不是因为那晚雪妍被冤枉的事，来替她出头的呀？我们刚才还在说某些人被……”

“闭嘴！”宁易辰烦躁地冷冷瞪了舒莉莉一眼，似乎等得不耐烦了，干脆大步走进教室里，不顾众人惊讶的起哄声，直接把座位上的姜夏拽了起来！

姜夏吓了一跳，就这么被宁易辰突然拽起来，耳机都被扯得掉在了地上。

“我的耳机……”她顿时一阵心疼，抬起头就看见站在自己桌边的高大男生——宁易辰，当年收养她的宁家的公子，她曾经的“哥哥”。

姜夏怔了一下，但很快反应过来，很不高兴地说道：“宁易辰，你好端端地发什么疯？我的耳机！”

此话一出，全班女生几乎都震惊得倒吸一口凉气——

姜夏疯了吧？她对宁易辰也是这种嚣张恶劣的态度？

而更令她们震惊的是，宁易辰虽然狠狠地瞪着姜夏，却在几秒钟后弯腰捡起了她的耳机。

“你的耳机放在你的桌上！”宁易辰将捡起的耳机往桌上用力一拍，“你，跟我出来！”

“哎！你要干什么？你拽得我好痛！”姜夏试图甩开他，但奈何双方的力气差距悬殊，硬生生地被他拖到了教室外的拐角处。

宁易辰将娇小的女孩儿推到靠墙的角落里，用高大的身形挡住她，防止她逃跑。姜夏揉着发红的手腕，也懒得跑了，不然等下还要再跑回来上课。

她挑挑眉，叹气道：“‘宁大校草’公然拉我出来，最好是有重要的事啊！不然待会儿我又要白白被你的拥护者‘围攻’了。”

姜夏心想：估计全班女生都是这家伙的粉丝吧！

宁易辰显然没心情跟她开玩笑，浓眉紧皱，语气冷冷的：“姜夏，我问你，她们刚才说的那些话是什么意思？”

“谁？”

“你们班上的女生说的那些话，”宁易辰神情严肃，“真的还是假的？我要听实话！”

她还以为会是什么重要的事呢，没想到是这个破事，真是烦死了。

姜夏抿抿唇，根本不打算解释，绕过面前的男生就要走，摆了摆手：“行了，没什么事我就先回去上课了。”

“姜夏！”宁易辰一把抓住她的手臂，低头带着怒意瞪着她，语气近乎质问，“你不回答我，你心虚了？难道她们说的是真的？”

姜夏本来就一肚子火，被他这么连抓带逼问，彻底被惹怒了：“宁易辰，你凭什么质问我啊？我现在又不是你们宁家的养女了，我无论干什么丑事也不会有损你们宁家的面子好吗？！”

她一边说，一边想要甩开他的手，宁易辰却抓得更紧了，死死地盯着她：“我凭什么不能问你？你做过一天宁家的养女，就永远是我们宁家的人！”

姜夏本来很想给他一记左勾拳，听到这话反而想笑：“好好好，行行行，你是宁大少爷，你最棒。放手，我要去上课。”

宁易辰就是不放：“你以前都不上课的，我一找你，你就上课？”

姜夏简直想捶地：难道我就必须得当坏学生吗？

宁易辰紧抿着唇，忽然压低声音说道：“姜夏，你是不是需要钱？我不知道你这三年来到底是怎么过的，但如果你需要钱，我可以给你，你要多少我都可以尽量地满足你，只要你不自甘堕落。这是我绝对不允许的，绝对不允许！”

说着，宁易辰从书包里抽出一张金色的银行卡，强硬地塞到姜夏的手里：“拿着！这是我的卡，你想怎么刷都……”

蓦地，一道柔美的嗓音打断了他：“易辰哥哥。”

白雪妍一走出来，就看见宁易辰很亲密地拉着姜夏，往她的手里塞东西，而且还不是别的，是宁父给他的副卡，可以透支巨大的额度。

这么重要的东西，他竟然就这么轻易地给姜夏了。

白雪妍的眼中飞快地闪过一丝忌妒之色，但面上仍不露声色，她解释道：“班主任马上要来了，我出来叫夏夏回教室。”

随后，她的视线落在宁易辰拉住姜夏的那只手上，她惊讶地睁大了眼睛："你们这是在做什么？"

宁易辰没正面回答，只是道："我跟夏夏说点儿事，你先进去。"

"易辰哥哥，我并不是要干涉你的事，只是，你这是要把爸爸给你的金卡……给夏夏吗？"白雪妍表情震惊，故作担心地说道，"如果妈妈知道了会有多生气，你知道吗？毕竟夏夏以前做过偷玉佩那样的事，妈妈才会失望至极地赶她出家门。"

帅气的双眉顿时皱起，宁易辰露出烦躁的神色。

不等他开口说什么，姜夏已经笑眯眯地接话了："看看，你这个善良的雪妍妹妹说得多对啊！我不过是偷过你们家玉佩的黑心前养女，你竟然还要给我卡，你就不担心我会很快刷掉你们宁家的家产吗？"

姜夏边说边用余光瞥了眼白雪妍，只见后者的表情幸灾乐祸，于是故意踮起脚尖，揉了揉宁易辰凌乱的短发："好啦，你看看你打球打得一身臭汗，赶紧去冲个澡吧！"

果然，她一做出这个亲昵的动作，白雪妍立即就气得攥紧了拳头，指尖都泛白了。

最让她生气的是，宁易辰虽然黑着一张脸，却任由姜夏揉着他的头发，丝毫没有推开她的意思。

他分明是最讨厌别人碰他头发的！

白雪妍死死地盯着姜夏的那只手，几乎要将其盯出洞来。

姜夏这才愉快地轻轻挑眉，收回手道："毕竟跟我这种声名狼藉的人公然混在一起，会影响'宁大校草'的前途的，所以以后我们还是偷偷摸摸地见面吧！"

姜夏说完就扯下了宁易辰的手，转身走回教室。

宁易辰还想追上去，却被白雪妍一把拉住了："易辰哥哥，你清醒一点儿，夏夏的话已经说得很明白了——她不想让你干涉她，她也讨厌我。她已经变了，不是以前的她了！也许她真的已经……你再怎么做她也不会领情的！"

"她变了，我就把她变回来！她不领我的情，我就偏要她领！"

宁易辰拉下白雪妍的手，“你回去上课吧。夏夏的事我会管到底——我不会让她这样下去。”

扔下这句话后，宁易辰朝姜夏所在的教室的方向看了一眼，才怒气未散地离开。

白雪妍看着他的背影，忌妒得几乎要将牙齿咬碎了。她不明白，自己被领养进宁家这么久，一切都做到了最完美，为什么宁易辰还整天就只会关注姜夏那个臭名昭著的野丫头？

上课铃又响过一遍，白雪妍才走进教室里。

估计白雪妍又和宁易辰在外面说自己的坏话了吧，姜夏撑着下巴想。

很快，戴着眼镜的班主任刘淑芳拿着一份文件走进来，站在讲台上说：“下个月就是我们华影的百年校庆，学校要求我们这届出三个节目，相信你们已经看到通知了。

“我们（5）班和（2）班合作，经过两个班的班委商量，决定共同演一场舞台剧，女主角由白雪妍同学担任，而男主角，定的是二班的宁易辰同学。”

班主任刚宣布完，教室内顿时响起一阵欢呼声。

“‘校花’‘校草’首度合作啊！我的天，这不是赢定了吗？”

“‘白女神’跟‘宁大校草’本来就很配啊！”

“啧啧，看来这届的最佳新人奖非他们莫属了。”

…………

班主任没打断大家的议论，显然也非常满意这个安排，又道：“配角角色也都定了，一共六名，其中……”

班主任说完了前五个人，到宣布第六个人时特意顿了顿：“独守空闺的毁容盲女，由姜夏同学出演。”

班主任这句话像是自带消音效果，闹哄哄的教室一下子就安静了。

姜夏本来还在偷看漫画书，敏锐地听到议论声没了，熟练地把漫画书往桌洞里一塞，拿起笔准备假装记笔记。

结果她一抬头，就发现所有人都扭头看向她这边。

他们在看什么？姜夏怔了怔，然后也跟着扭头往自己身后的墙壁上看。

也许是女孩儿的这个动作太可爱了，坐在她边上的男生忍不住“扑哧”一声笑出来，推了推她：“喂，姜夏，你傻了啊？班主任说让你演毁容盲女呢！”

“哦……”姜夏回过神来，侧脸冲男生笑了一下，“谢谢你啦！”

那男生仿佛被她惊艳的笑容电到了，迅速红了一张脸，愣愣地盯着姜夏看。

这一场景被仅隔两排的舒莉莉看见了，立即大声道：“哎呀！原来我们班的姜夏还能演戏啊！从入学到现在都快一年了，还从来没看她演过戏呢，我以为她只会旷课、打架呢！”

“就是啊，别到时候丢我们五班的脸！”

“换人吧老师，姜夏的演技肯定很烂，一粒老鼠屎会毁了一锅粥的！”

此时，白雪妍柔柔地站了起来：“让夏夏出演盲女是我建议的，每个人都应该有尝试的机会，而且盲女这个角色的戏份不多，难度也不会太大，只不过上装后会丑。夏夏，你能接受吗？”

姜夏冷淡地瞥她一眼，嘲讽地勾起嘴角——啧，“白女神”又开始营造“善良的好姐姐”的形象了。

当年她们一起被宁家收养后，白雪妍就惯用这种招数。

现在如果自己站起来拒绝出演盲女，反倒显得自己不识好歹，跟班主任的关系会闹得更差，甚至让所有的同学都彻底地相信自己就是个废物。

可是，演戏这件事……姜夏明亮的星眸微微一黯。

她并不在乎角色戏份的多少，也不在乎化丑妆。但她曾经在孤儿院里留下了阴影——她只要一看到镜头，就会想到孤儿院里那间昏暗的办公室内院长那猥琐的笑容，想到院长把她绑在桌子上，用摄像头对准她……

想起往事，姜夏还是控制不住地微微一颤。

那时候她那么小，几乎没有保护自己的能力……最后她砸伤院长逃出来后，还被反咬了一口。

姜夏垂下眼眸。

这是她难以启齿的噩梦，如影随形。原本她以为自己能克服，但入学之后的每一次试镜，只要一面对镜头，自己就控制不住地浑身发抖，什么都演不了。

心理医生说她有镜头恐惧症。她试过很多种方法，可都失败了，不论怎么努力，都克服不了那种恐惧。

她无法面对镜头，就注定演不了戏。所以姜夏渐渐地开始自暴自弃，用逃课来逃避这件事，甚至连学校都不想来了。

但这次，毁容盲女这个角色……盲女的眼睛看不见，不用看镜头，是不是代表她可以试试？

此时，班主任朝着她道："姜夏同学，校庆的舞台剧，你能尽全力演好你的角色吗？"

姜夏抬起头，正好对上白雪妍暗含嘲笑的目光，仿佛在说：姜夏，你就是个废物而已。

姜夏蓦地攥紧了手，深深地吸了口气，缓缓地吐出三个字："我可以。"

不过是简单的三个字，可从她的嘴里说出来特别清脆、有力，仿佛带有魔力，让人不自觉地想要相信她。

全班同学不约而同地沉默了几秒，看她的眼神都有些奇怪。

班主任也有些意外，但也没多说什么，只是点头道："好了，已经宣布完了，大家自习吧！"

班主任一走，舒莉莉就率先"哈哈"大笑起来："姜夏，你好好演盲女啊，我期待你的精彩表演，别逃课逃习惯了，临阵脱逃啊！"

全班顿时哄堂大笑。

姜夏却一眼都没看她，抓过书包就起身潇洒地走出了教室，不顾学习委员在后面叫她的名字。

白雪妍看着姜夏的背影，眼中闪过一抹胜券在握的得意之色——姜夏要演的是丑陋的盲女，不仅形象难看丢人，到时候自己随便使点儿绊子，就能轻易地让她在易辰哥哥甚至所有人的面前把脸丢光!

从学校回到星海湾，姜夏鞋也没换，就急急忙忙地冲进房间里，用笔记本电脑查该怎么演盲人。可是她越查，心里越没底。

她在回来的路上认真想过了，这次要演的是盲人，眼睛是看不见的，所以她的镜头恐惧症不会那么严重，听起来是件好事。

可是盲人才是最难演的啊！姜夏抱着笔记本电脑倒在床上打滚儿哀号。

接下来的几天，姜夏除了去学校露个脸，假装自己去上课了，剩下的时间都窝在房间里，疯狂练习怎么演好盲人。

可显然，这是一项极其艰巨的任务。

姜夏虽然可以学习模仿别人是怎么演的，可盲人这个角色，最重要的就是要有能自我代入的经验——她根本没有——她又没瞎过!

于是姜夏越发犯愁，愁得连饭都吃不下了，饭量由原本的每餐一大碗，骤降为每餐只扒拉三口。

她这种近乎绝食的举动，直接惊动了好几天没回来的权大总裁。尤其是在孔管家把姜夏吃得太少、饿到瘦成什么样子，添油加醋地给权大总裁汇报了一遍之后。

末了，孔管家还忧心忡忡地问道：“少爷，现在该怎么办？我要怎么才能哄夏夏小姐吃……”

不料，那端低沉冷漠的男音打断了他：“不用你哄。”

“啊？”

“我晚上回去。”

当天的晚餐，姜夏仍旧只随便扒了几口饭，就又回到自己的卧室里。

关上房门，她先是找了几部有关盲人的电影看，又强迫自己看了一篇关于演盲人的心得的文章，可是这显然都没有什么实际性的作用。

算了，她还是实践一下吧！

姜夏用枕巾把自己的眼睛蒙起来，可能是因为黑黑的太没有安全感，所以用笔记本电脑外放了一首歌来舒缓心情，自然，同样掩盖了房门从外面被打开的声音。

权北倾回到星海湾，第一时间就上楼来到姜夏的房间。

可当他打开房门，先是一阵“你是风儿我是沙，缠缠绵绵绕天涯”的歌声传入耳膜，而后他抬眸一扫，就看见那个娇小纤细的女孩儿蒙着眼睛在房间里乱撞，一下子磕到脚，一下子撞到墙……

权北倾本来想开口叫住她，可姜夏每次磕碰一下，就会发出“哎呀”“痛死我了”之类的叫声，竟然异常……好听。于是权北倾没有出声，就那么立在门口，冷眼欣赏女孩儿娇嗔地哀号——直到她摸索着朝他走过去。

姜夏好不容易磕磕绊绊地绕过了床，暗自感叹自己这间卧室也太大了吧，比两个教室还要大，仿佛走不到头，然后就一头撞在了一个坚硬的东西上。

咦？这是什么家具？不仅有温度，而且味道还很好闻。

姜夏将手放在男人健硕的胸肌上，开始左摸摸、右捏捏、上捶捶、下揉揉。

软硬适中，手感极佳——她那手上瘾般地越摸越起劲，像是捏到了类似皮带的东西，再往后换个方向，甚至还有肌肉线条的触感。

她怎么感觉手下的“家具”的温度好像越来越高了？

“摸够了吗？”

蓦地，头顶上方传来男人低沉的嗓音，把姜夏吓得双腿一软，差点儿坐到地上去。

她蓦地退后一步，舌头打结般地问道：“你……你……你是……？”

权北倾伸手扯下她绑在眼前的枕巾。

突然重见光明，姜夏缓了几秒钟才看清自己刚刚摸了半天的“家具”竟然是权北倾。

她惊讶地张开小嘴，而后第一反应竟然是——拔腿就跑！

然而她才一转身，小心思就被权北倾看穿了。他轻松地一伸长臂，直接将女孩儿的身体拽到了自己的面前。

姜夏再次撞在了他的胸膛上，鼻子都撞红了，慌忙推他：“你……你想干什么？”

“我想干什么？”权北倾垂眸看她，眼神冰冷无温地审视着她，说道，“姜夏，你是不是要先跟我说说你想干什么？这才乖了几天而已，你就又开始不好好吃饭了？”

他本来还以为这丫头变乖了，自己应该不需要再花这么多的精力在她的身上了。结果没想到，他这才几天没有回来看着她，她就又变成了之前不听话的样子。她甚至变本加厉，连饭都不好好吃了。

想到这里，权北倾俯下俊脸逼近女孩儿，眼中是即将破冰而出的怒气：“难道我前几天跟你说的那些话都是白说的，你其实一个字都没听进去？”

姜夏闻言有点儿想翻白眼。她都一周多没见到他的人影了，以为他又出国了，本来还在心底暗自庆幸，终于没人管她了。

结果他一声不吭地回来，连门也不敲就进了她的房间，这也就算了，还用一副凶巴巴的口吻质问她，好像她犯了多大的错误似的。

她不就是没胃口没怎么好好吃饭吗？她又不会饿死，他凶什么？

姜夏没心思说其他的，随口敷衍道：“我待会儿会下去吃饭的。”

男人显然很不满她的态度，眸色阴沉：“为什么要待会儿？现在就去吃。”

“我现在有很重要的事要忙。”

“有多重要？难道比你这副动不动就生病不舒服、跑两圈就能昏倒的虚弱身体还要更加重要？”

姜夏本来很想大声反驳一句——你难道就有多强吗？

结果她抬头看了看面前宽肩窄腰，肌肉强劲，身材显然是黄金比例的男人，还是不得不把这句话咽了回去。

权叔叔确实很强，能让她瞬间认输。

于是，姜夏只得咬住下唇，小声地嘟囔："反正就是很重要……"她鼓起勇气，"我现在又没有身体不舒服，而且也没犯家规，还没调皮捣蛋，所以……所以原因我可以不说。"

显然，她是想跟他讲道理的。但这在权北倾看来，是她在为不好好吃饭强词夺理。

他正想说什么，黑眸一扫，视线落在一旁的床上散落的一堆 A4 纸上，其中一张纸上印着一行加粗的字——"华影校庆舞台剧《杏花村》，盲女云姑剧本。"

姜夏见他在看，赶忙走过去将那些纸张遮起来："你……你如果没什么事就出去吧。"

她将那堆 A4 纸抓在手里，莫名地感到紧张，像是自己的秘密被人窥探了一般。

"看来你最近也不是完全不听话，"男人低沉的嗓音响起，"终于把心思放在学校的事上了，准备好好学表演了。"

见姜夏垂着脑袋不搭话，权北倾又眯眼问道："这次要演的角色是什么？一个盲女？"原来他已经看到了。

姜夏闻言，抓着纸的两只手顿时绞在了一起。

权北倾是何等聪明的人——这个动作落在他的眼里，他自然看出她是在为这个苦恼，嗓音压得更低："是没想好要怎么演，还是不喜欢这种角色？"

"不……不是不喜欢……"姜夏咬着唇，有些别扭地回答，"我只是不知道该怎么演好盲人。我……我没有过这方面的经验，上网查的那些也没什么帮助……"

"嗯，没经验可以积累经验，"权北倾听她说完，抬手在她的头顶揉了揉，"我带你去一个地方。"

第四章

谈恋爱必须经过我同意

ZK 集团旗下的商场内，姜夏用丝巾蒙着眼睛站着。

可能由于眼前是黑的，所以她下意识地抓紧了男人牵着她的手，像是抓着唯一的依靠。

耳边很吵，有很多脚步声，让她一步也不敢动。

“没有眼睛，你还有耳朵。只有在这种嘈杂的地方，你才能学会用听力判断，才会像一个真正的盲人。”

男人低沉的嗓音在她的耳边响起：“往前走。”

“可……可是我……”

“不用怕，”权北倾打断她的迟疑，薄唇吐出六个字，“我就在你身边。”

姜夏吞了口口水，开始缓慢地练习往前走。她每次迈步出去时，都告诉自己不要紧张，可一旦听见边上有声音，就会开始慌乱。

不知道走了多久、练习了多少次，姜夏在差点儿撞到无数个人后，已经累得气喘吁吁了。只不过每次姜夏即将撞到别人时，权北倾都会伸手把她揽到自己的怀里，没让她撞得太狼狈。

看着姜夏不停地用手扇风、鼻尖上布满了细汗的模样，权北倾扯下了她眼上的丝巾，带她去商场的休息区。

当一杯橙汁放在面前时，姜夏一怔，嘟囔道：“家规里不是说不能喝这种饮料吗？”

权北倾单手插兜，淡漠地说道：“这是从国外保鲜空运来的现摘鲜橙，去皮鲜榨，不破坏果纤维，没有任何色素，安全无污染。”

姜夏：“……”

手机的振动声忽然响起，权北倾看了一眼，是S国那边的视频电话。他眸色微沉，掀起眼皮冲面前喝果汁的女孩儿道：“我去接个重要的电话，你先在商场里逛逛。”

姜夏把手一扬：“OK（好）！”

话音刚落，一片沉默……权北倾沉着脸盯着她。

姜夏自知失言，立即站起身，笑成一朵花：“权叔叔，您慢走！”

权北倾仍旧面无表情，伸腿将她站歪的腿抵直：“不许咬吸管，不许跑出这个商场，等我回来。”

等权北倾转身走后，姜夏骤然松了口气，开始跟孔管家一起逛商场。她正想上二楼，孔管家说：“夏夏小姐，我去一下洗手间。”顿了顿，他又特意嘱咐她，“你随便逛，喜欢什么就拿着，等我出来给你刷卡！”

姜夏摇摇手指：“我才不乱花钱。”

孔管家“嘿嘿”一笑：“不用花钱啊，这个商场是少爷开的，尽情地刷少爷的卡就可以了！”

孔管家怎么笑得有种怂恿她算计权北倾的感觉？

只不过，她是不可能花权北倾的钱买东西的。他养她这三年所花的钱，她都还不知道什么时候能还给他。

姜夏想了想，自己卡里的余额还有4000多元——是她以前偷偷打工挣来的。孔管家的生日快到了，她用这些钱买个小礼物应该是不成问题的。

等孔管家去了洗手间，姜夏便乘电梯来到二楼，走进一家品牌旗舰店。

导购小姐笑盈盈地迎上来：“您好，请问您需要什么呢？”

“有男士钱包吗？”姜夏微笑着说，“不要太贵……”

蓦地，一道尖酸刻薄的声音从身后传来——

“哎哟，跑到这里来买便宜货，是想笑掉人的大牙吗？”

姜夏转过头，看见挎着购物袋的舒莉莉，以及站在她身边端着“女神范儿”的白雪妍。

真是冤家路窄，她又碰到这两个人。

“原来大牙是真的能笑掉的啊？”姜夏托腮瞅着舒莉莉，“那你该感谢我啊——你那颗龅牙不好看，掉了确实更好。”

舒莉莉的门牙是龅牙，整牙后也没什么效果，这一直是她心里最痛的地方，平时连白雪妍都不会提起。

果然，舒莉莉闻言，脸色蓦地一变，很快又嘲讽道：“我很好奇，那个胖老头儿每个月不给你钱吗？啧啧。”

此时，正在商场洗手间里的孔管家重重地打了个喷嚏，差点儿从马桶上掉下来。

“咦，你怎么知道应该是按月给钱的？”姜夏挑眉，“你这么了解，难道你……？”

舒莉莉立即怒道：“姜夏，你别血口喷人，别以为我跟你一样恶心！”

“我说你是血口喷人，你说我就不是血口喷人了？”姜夏看向身侧的导购小姐：“小姐，你说说看，有这样的道理吗？”

平时在学校的时候，姜夏懒得多费口舌跟舒莉莉说这么多，今天反正也没什么事做，索性就逗她玩儿玩儿。

导购小姐闻言看了舒莉莉一眼，尴尬地笑了笑，心想：确实是有龅牙的姑娘先过来跟这位漂亮女孩儿说话的，而且没有实际证据，脾气还这么冲。想着，导购小姐看舒莉莉的眼神不由得带了几分鄙夷。

“你……”舒莉莉一时不知该说什么，只是狠狠地瞪着姜夏。

此时，始终静默不语的白雪妍走过来，柔声道：“夏夏，你别这样。我知道那天在班上，我推荐你演盲女可能伤到你的自尊了，毕竟你总是逃课，但我是为了你好……”说着，白雪妍拉住姜夏的手，无可奈何般地摇头，轻声道，“夏夏，你要是有困难我可以帮你。你要买包，还是买别的东西，我都可以送你。你千万不要为了这些东西而糟蹋自己，不值得，真的不值得。”

比起舒莉莉，白雪妍显然段位高得多，只要柔柔弱弱地往那儿一站，哽咽着说几句话，并且眼眶再微微泛红，立马就能引来所有人的怜惜，且男女通杀。

这一招，是白雪妍在孤儿院里时为了让来挑选孩子的家庭对她迅速产生好感练成的，已经炉火纯青，屡试不爽。

果不其然，白雪妍说完这番话，导购小姐看向姜夏的眼神立即变了，仿佛确定她就是为了买名牌而糟蹋自己的女孩儿。

姜夏对白雪妍的这招也是打心底佩服的，正想着该怎么给她点儿教训，蓦地瞥到后方不远处走来的一行人。

走在中间的那个贵妇人，姜夏一眼就认出来了，是宁易辰的母亲，也就是宁家的夫人——周雪梅。

曾经，她也叫过周雪梅“妈妈”，只不过是曾经。

不过，真是巧啊……

姜夏漂亮的眸子一转，她忽然计上心来。

她掩下眸中的狡黠之色，抽回被白雪妍拉住的手，随便抬手一指，懒懒地道：“你说你可以送我是吗？那好啊，既然你这么大方，我要那个新款包包。”包包下方的标价是 27 万元。

白雪妍微怔，没想到姜夏会这么接话，她应该很凶地甩开自己、没教养地骂人才对啊！可要帮姜夏买东西的这句话确实是自己刚才说的，这会儿姜夏直接选了一个包要自己付钱，白雪妍一时竟不知该如何应对。

毕竟，她怎么可能真的花钱帮姜夏买包？！

还不等白雪妍想好对策，舒莉莉先一步出声了：“姜夏，你还要不要脸？你凭什么让雪妍帮你买，你算什么东西啊？”

姜夏眨眨眼：“不是她握着我的手，非要帮我买吗？怎么变成我不要脸了？”

舒莉莉显然很愤怒：“我跟你说，你别太过分！我是绝对不会允许你欺负雪妍的。”

“你这么护着你的雪妍啊？”姜夏的视线落在舒莉莉的脸上，她忽然问道，“你说我算什么东西，我突然就很好奇，你在你的雪妍那里又算什么呢？她给你买过包吗？”

此话一出，白雪妍和舒莉莉同时怔住了。

白雪妍在华影有个四人姐妹团，平时在学校里很惹眼也很出名。说是姐妹团，其实另外三人都是白雪妍的跟班而已，奉她为“校花”“女神”，处处捧着她，帮她做很多事。

白雪妍对她们也算是不错，偶尔也会送礼物，但都是不怎么贵重的小东西，送奢侈品包包这种事确实从来没有过。

所以，舒莉莉听到这话时下意识地转头看向白雪妍。

姜夏一看舒莉莉的这种反应就知道了——白雪妍从没给舒莉莉买过这些。

于是她笑得更加灿烂：“看来你的雪妍没给你买过啊？哎，不是我说你，看你平时跟班似的那么任劳任怨的，”她说着，视线又落在舒莉莉拎的包上，“你的雪妍拎着那么贵的包，你呢？”

姜夏一边说一边“啧啧啧”地摇头叹息，语气又同情又鄙夷。

舒莉莉咬着下唇，虽然很想反驳姜夏，但自己的家境不算很好，手上的包是在网上买的，才600多元。她不由自主地看向白雪妍手里的包，眼中露出蠢蠢欲动的期许——这种包包哪个女生不想要？

姜夏见状继续激她：“被我说中了吧？所以我说，你就别跟着你的雪妍了，这待遇简直还不如狗嘛！”

“夏夏！”白雪妍终于忍不住出声打断了姜夏，抿了下唇，说道，“就算我刚才说了一些逆耳忠言劝你，你也不该这样挑拨我跟莉莉的关系！我和她这么好的姐妹，怎么可能会吝啬一个包？”

“我挑拨了吗？不是在说事实吗？”姜夏摊摊手，“那你倒是买啊！”

白雪妍暗自蹙眉，自己的手头其实也不算很富裕，但这时候不买面子上挂不住，毕竟自己平时在大家面前都是被富养的千金小姐。最重要的是，她不买的话，舒莉莉肯定会对她有看法。

于是她立即微笑着接话道：“买，当然没问题，我本来今天就准备送给莉莉一个包的。”

说着，白雪妍抬手朝边上的柜台一指，选了一个最新款的包：“就这个吧，应该是莉莉喜欢的类型。”

舒莉莉的眼睛立马就亮了，她喜滋滋地说道：“谢……谢谢雪妍！你对我真的太好了。”

白雪妍维持着得体的微笑：“一个包而已，我们是姐妹，不必说谢谢。”

舒莉莉得了好处，在心里暗骂姜夏傻，还帮自己得了一个包，于是尽情地嘲讽姜夏：“你看见了吧？雪妍跟我的关系不是你可以挑拨的！”

“是吗？”姜夏仍旧笑眯眯的，撑着下巴看着白雪妍：“‘白女神’自己不买吗？还是说帮好姐妹买了一个，就买不起其他的了？”

白雪妍自然不可能在姜夏的面前丢脸，仍旧优雅地说道：“我也是为了新款来的。这个……这个，还有那个……”

白雪妍一口气指了三个包包，冲导购小姐微笑着说道：“我都要了，加上我姐妹的那个，全部帮我包起来吧，谢谢。”

导购小姐顿时受宠若惊，恭敬地让白雪妍刷卡、输密码，并且一直称赞她长得漂亮，一看就是千金大小姐，有明星范儿。

姜夏在一旁全程托腮观赏，一句话也不说，暗想：这家商场里的店铺导购员的态度、效率都很不错啊，难道是因为权北倾太凶、太会训人了，所以他开的商场，员工都这么敬业？

感觉到姜夏一直盯着自己看，而且眼神中似乎还带着崇拜和羡慕，白雪妍站在那儿，充满优越感。

姜夏早就被宁家赶出去了——这种奢侈品她是不可能用得起的。易辰哥哥喜欢她又怎么样？姜夏那穷酸的样子根本配不上宁家！

很快，导购小姐把账单递给白雪妍，正要说话，姜夏忽然冲着白雪妍的身后叫道："呀，这不是宁夫人吗？好巧啊！"

白雪妍还没反应过来，身后妇人疑惑的声音就已经响起——

"雪儿，你这是跟朋友在这里逛街吗？"

白雪妍顿时浑身一僵。这……这是周雪梅的声音。

她一时间整个人都僵硬得动弹不得。

"宁夫人，你也是来买东西的吗？"姜夏大大咧咧地问道，每一个字都说得很缓慢，吐字也很清晰，"我也是在这里碰到雪妍姐姐的，她在买包包呢！这么贵的包，她一口气买了四个，还送一个给姐妹，我好羡慕啊！宁夫人对她真是太好了，给她这么多的零花钱！"

周雪梅看到姜夏在这里本来是沉了脸的，一听她这么说，不由得愣住了：雪儿在这里……买这么多包包？可雪儿不是向来主张不乱花钱，跟自己一样一直很节俭的吗？

而且白雪妍在周雪梅的面前说过很多次不喜欢用这些名牌，说她被他们收养已经很感恩了，绝对不会乱花宁家的钱，让宁家二老放心，还说她只想以后好好孝顺他们。

她言下之意就是向他们保证：她绝对不会觊觎宁家的财产。

正是因为这一点，周雪梅才会越来越喜欢白雪妍——白雪妍这么懂事，又知道分寸，相处起来一点儿也不尴尬，很令自己放心。不像姜夏，自己对她那么好还不知足，竟然偷了价值 300 万元的玉佩，让自己对她失望至极！

更何况，白雪妍毕竟只是个养女，没有亲密的血缘关系，所以周雪梅自然不可能舍得给她那么多的零花钱。

虽然宁家有钱，但全都是要留给唯一的儿子宁易辰的！

姜夏曾经被宁家收养过，自然是知道这些事的，所以刚才看到周雪梅也进了这家店，就故意激白雪妍花钱买包，买得越多越好，好让周雪梅看看自己心目中最节俭、最让人放心的女儿究竟是怎样的人，以及让她查查白雪妍的这些钱到底是从哪儿来的！白雪妍是一个大一的学生，不可能有这么多钱，八成是从宁家或者从周雪梅的口袋里抠来的。

姜夏不信，周雪梅这么精明的女人会一点儿都不起疑。

果然，周雪梅听了姜夏说的这番话后疑惑不已，不由得问道：“雪儿，你一下子买了四个名牌包包？”雪儿怎么可能在这里买包包？雪儿根本没有这么多钱啊！而且雪儿跟她说过，自己用的名牌包都只是高仿货而已，是为了撑面子才特意找人买的！

白雪妍听到姜夏这么大声地说出来，脸都吓白了：“夏夏，你别胡说……”

“我没胡说啊！”姜夏做出一副疑惑的模样，然后转头看向导购小姐：“我说错了吗？难道这位白雪妍小姐没买包吗？”

她刻意加重了“白雪妍”三个字，以便让周雪梅听得更清楚。

而导购小姐听到姜夏的这句话，生怕到手的业绩就这么飞了，忙点头道：“已经买了，白雪妍小姐已经付款成功了。哦，对了，请白小姐在这里签个字。”

导购小姐这句话一说出来，周雪梅顿时被狠狠地惊到了，伸手就一把抓住了白雪妍的手：“雪儿，这些钱是从哪里来的？”

“宁夫人，您这话问得有点儿过分了吧？”姜夏忙摆手说道，“雪妍姐姐现在手里拎的这个包就要不少钱啊！又怎么可能没有钱买这些包包呢？”

顿了顿，姜夏瞥了眼一旁摸不清状况的舒莉莉，眼神故意变得轻蔑起来：“该不会雪妍姐姐现在手里的这个包是高仿货吧？”

白雪妍闻言一喜，刚想顺着姜夏的话点头说“是”，舒莉莉却先一步替她回答了，语气还很愤怒：“姜夏，你少忌妒了！雪妍在宁家那么受宠，怎么可能用高仿货？”

姜夏立即配合舒莉莉，露出一副“栽赃失败”的表情。

果然，舒莉莉见状就更加来劲了，继续得意扬扬地说道：“你就是见不得雪妍好！我们大家都知道雪妍全身上下都是名牌，比如她现在身上穿的这套就是最新款的，还是我陪她去买的！”

白雪妍的一张脸已经彻底黑了，她蓦地转头看向舒莉莉，想发怒但又怕被其他人看见。

虽然白雪妍没明目张胆地瞪人，但那眼神也显然是极度生气的。舒莉莉感到莫名其妙：什么意思？她说错了吗？她这不是在打姜夏的脸吗？

而周雪梅更是震惊得说不出话来，盯着白雪妍身上的衣服和包包，感到难以置信。

姜夏扫了一眼她们的反应，立即“惊讶”地叫道：“哇！这么阔气吗？我都不信！”她转头朝导购小姐说道：“麻烦你帮忙查一下是不是正品。”

导购小姐全程旁观，好奇心也是很强烈的，立即就拿起一旁的用于扫描识别的机器，对着白雪妍的包包跟衣服上的标识进行识别。

白雪妍想躲开，但又觉得太过刻意了。她一躲就等于承认了，可是不躲……正在她犹豫间，“嘀”的一声，导购小姐扫出了结果：“这位小姐身上的衣服跟包包都是正品的，包包是我们品牌的，一个月前在东城区的店里购买的。”

此言一出，原本还有点儿弄不清状况的周雪梅这下彻彻底底地相信了。她瞪大眼睛看着白雪妍，压低了声音：“雪儿，你……你的钱是从哪儿来的？这到底是怎么回事？”

姜夏不用听就知道周雪梅问的是什么，无非就是钱是从哪儿来的。

于是姜夏立即“惊呼”一声：“天哪！雪妍姐姐，你买包、买衣服的这些钱不是宁夫人给你的吗？那是从哪儿来的？该不会是从什么不正当的渠道吧？”顿了顿，姜夏又拖长了尾音道，“而且你出手这么阔绰，用的又都是名牌，难道说你傍上什么人了？”

此时，同在这家店内和周雪梅一起来逛街的太太们，也因为听见姜夏的声音而走了过来。

“雪梅啊，怎么回事？”其中一位太太问道，“我怎么听到这个小姑娘说，你们雪妍傍上谁了？这话可不能乱传啊！”

“就是啊，不然雪妍以后怎么做人啊，一旦有了这种风声，这辈子都要毁了啊！”

“不过无风不起浪，这个小姑娘好端端地为什么要这么说？”

…………

这几位太太都是这几年才跟周雪梅认识的，所以并不知道姜夏曾经也被宁家收养过。

围观的人越来越多了，几乎所有人都看着白雪妍。

周雪梅的脸上也挂不住了。她们这些人最喜欢的就是互相攀比谁的儿女更优秀、更有出息——如果儿女在外面做了什么丢脸的事，虽然她们表面上都彼此劝解，但其实都会在背地里狠狠地嘲笑对方。

想到这种事情肯定会让自己丢光这么多年积攒下来的脸面，周雪梅看白雪妍的眼神越发严厉起来，语气也变得凶了：“雪儿！你还不赶快把话解释清楚，你想让大家看你的笑话吗？”

白雪妍几乎咬破下唇，抬起头来，正好对上姜夏一双含笑的大眼睛——对方正看热闹不嫌事大地看着她。

见她看过来，姜夏还无辜地眨了眨眼睛：“雪妍姐姐，你看我干什么？该不会是我不小心猜到了什么事实，所以你想警告我吧？”

边上站着的几名妇人顿时面面相觑。

周雪梅用力地拍了一下白雪妍的手：“雪儿！”

“妈，你误会了。”白雪妍的大脑飞速旋转，立即找到一个理由，她努力镇定下来，重拾笑容，“这些钱是我拍广告挣来的广告费，才打到我的卡上没多久。”

为了让周围人都能信服，白雪妍还特意说出了拍广告的公司名：“是凯皇集团拍摄的公益广告。那是一家很好的公司，给我的报酬也很不错呢。”

周雪梅听到这个解释，心里有点儿不舒服，因为白雪妍竟然没把挣到这么多广告费的事告诉自己，但一想到她的这些钱起码不是有什么不正当的来源，又稍稍放了心。

看见周雪梅的脸色微微缓和，白雪妍正要松一口气，一道略带沧桑的声音就传了过来——

“是谁在这里睁着眼睛说瞎话？”

姜夏一听这熟悉的声音，转头一看便露出了甜甜的笑容：“孔伯！”

孔管家虽然只是个管家，但好歹是从权家出来的人，又跟了权北倾这么多年，再加上年纪也大了，展现出来的气质绝对和普通人的不一样。所以他一走过来，白雪妍和舒莉莉就不约而同地瞪大了眼睛——这不就是带走姜夏的那个胖胖的老头儿吗？他看起来就是一副有钱人的模样。

而且这个老头儿刚走过来，姜夏就站到他的身边去了，这明显是听从于他、怕他，这两个人的关系太明显了。

孔管家面对着两个女生鄙夷的目光并没有任何反应，而是直接看向白雪妍，微笑着问道：“这位小姐，你是白雪妍对吗？”

白雪妍没想到他会跟自己说话，一想到他跟姜夏之间的年龄差这么大，他们还有不正当的关系，顿时底气就足了，冷冷地回道：“对，我是，怎么了？”

孔管家仍然微笑着：“没怎么，我只是确认一下，你刚才说你在凯皇公司拍的公益广告拿了很高的报酬，请问是多少呢？”

白雪妍顿时有点儿心虚，但还是挺直了背脊，面色不改地说道：“不好意思，这个是我的个人隐私，不方便透露。”

见白雪妍不肯说，孔管家瞥了一眼姜夏。

姜夏瞬间会意，立即就顺着话问道：“啊，你的意思是说，你买的这些包和衣服的钱，全都是广告报酬吗？好多啊！真是让人羡慕。”

白雪妍笑了笑：“这只不过是个开始，以后我……”

“可是据我所知，”孔管家打断她的话，“凯皇集团只是个刚起步的小公司，是隶属 ZK 环球集团旗下的，不可能给出这么高的广告费。而且公益广告更不可能有超过 10 万元的报酬，这是违背业界规定的。”

白雪妍一怔，强行维持镇定，干笑了两声：“这位伯伯真是搞笑，你怎么可能知道我的报酬？这些都是不对外公开的。”

“很巧，我刚好认识凯皇集团广告部的主管。”孔管家直接拿出ZK集团内部专用手机，“既然这样，那就让我来问问他，白雪妍小姐的那支公益广告的报酬到底是多少钱。”他边说边拨通了一个号码，按下免提键，“嘟嘟嘟”的声音在店里响了起来。

白雪妍顿时惊呆了，出了满手的汗，但仍旧抱着一丝侥幸的心理——说不定这胖胖的老头儿只是诈她的！

电话被接通了，那头响起一个男人的声音：“您好，我是王舜……”

这声音、这名字……这个人就是跟白雪妍签合同的那个王主管！这个老头儿竟然真的认识他。

白雪妍彻底慌了，顾不得许多，几步上前抢过孔管家手里的手机，急急忙忙地按下挂断键，同时愤怒地说道：“你不许打！你凭什么打这通电话？你这是侵犯我的隐私！”

姜夏没去抢回来，只是双手环胸，气定神闲地看着白雪妍：“为什么不敢让孔伯打电话问清楚呢？难道说你说的广告报酬是骗人的？”

白雪妍看着姜夏眉眼间的笑意，气得几乎浑身发抖，七窍生烟。气急之下，什么“女神”形象、温柔善良都被抛之脑后了，白雪妍直接指着姜夏大声骂道：“姜夏！你有什么资格说我？你看看你自己像什么鬼样子！你还不是和老头儿有不正当关系？你这个肮脏的贱人……”

“雪儿！”周雪梅怒喝一声，难以置信白雪妍竟然会说这种难听的字眼，“你怎么说话的？给我闭嘴！”

白雪妍浑身一震，猛然想起这是在大庭广众之下，一张漂亮的脸顿时血色褪尽，无比惨白。刚才那一瞬间，她的形象彻底崩塌了，她撕破脸的样子简直跟泼妇没有区别。

后面那些太太的眼睛都看直了，她们眼里的嫌弃和轻视之意非常明显。

姜夏盯着她，笑容越发灿烂，娇美如花："那你有什么资格骂我呢？我又不是宁家人，我跟谁在一起又不会碍着宁夫人。倒是你，钱到底是从哪里来的你还没说清楚呢！不过现在看来，已经可以确定你的钱是不干净的了。"

白雪妍咬紧了下唇，死死地瞪着姜夏，但偏偏一句反驳的话都说不出来！

更可气的是，不仅是姜夏，就连一旁的舒莉莉都露出了震惊的表情——她一直以为白雪妍的钱都是宁家父母给的。毕竟，白雪妍在她们的面前一直说自己在宁家很受宠。

事情发展到这一步，周雪梅身旁的那些太太也基本有了自己的判断，窃窃私语起来，看向白雪妍的眼神也变得蔑视、鄙夷。

有个妇人甚至直接拍了拍周雪梅的肩，惋惜的语气中带着嘲笑："雪梅，不是我说你啊，你非要领养个女儿，你看看现在闹的，传出去败坏你们宁家的名声啊！"

周雪梅向来是最要面子的，整张脸都绿了，把白雪妍的手腕攥出了红痕："雪儿，我不相信你会做这种事！别让人以为我们宁家的儿女没教养，你老实交代——你从来不会对我撒谎的！你要是不说清楚，今天就别想进家门！"

别人看不出来，但姜夏和白雪妍都很清楚：周雪梅这下是彻底动怒了。白雪妍吓得嘴唇都白了，姜夏把这个事情搅和到这种地步，不可能再圆过去了，不说肯定是死定了，但如果说了……

在周雪梅凌厉的目光下，白雪妍痛苦地挣扎了片刻，最终还是不得不结结巴巴地开口："这……这些钱……是……妈妈你给我的……拜菩萨的祭祀费……"

周雪梅闻言更是一震，难以置信地看着她："你……"

姜夏一听"祭祀费"这三个字就明白了。

周雪梅信教，基本上每个月都要去庙里祭祀、祈福，一直在这方面很舍得花钱。一定是白雪妍想办法哄周雪梅，说自己代替她祭祀、祈福，想方设法地要钱，然后私吞了。

就像以前姜夏在宁家的时候，宁父会给她们两个养女一些零花钱，白雪妍每次都是想方设法地骗到更多。姜夏最了解这些事情，只是从来没说过。

事到临头，白雪妍还想替自己辩解："不是的，妈妈，你听我解释！我只是……只是当祭祀费多出一点儿的时候，我……我才拿来用。"

姜夏立即佯装吃惊，继续煽风点火："不会吧，祭祀费还能这样挪用啊？这样不就是对菩萨不尊敬吗？菩萨会不会惩罚你呢？"

虔诚的周雪梅一听这话，脸色骤然变了。

白雪妍从来没有像今天这样丢脸、难堪过，刚要转头怒斥姜夏，手背就被周雪梅重重地掐了一下。

"你……你这个死丫头！你竟然背着我做出这样的事！你……你真是要气死我啊！"周雪梅不愿意再在这里丢脸，直接拉着白雪妍往店外走去，"走，我们现在就回去，你给我好好说清楚！"

姜夏在二人身后挥挥手："慢走啊！"

周雪梅忽然顿住脚步，回头看向姜夏，又看了看她身边的孔管家，被气到颤抖的嘴唇动了动，想说什么，但还是没有说。

其实，宁家最开始收养姜夏和白雪妍的时候，周雪梅从心里是更喜欢姜夏的，甚至想培养她当儿媳妇，只是没想到她竟然是那种品行不端、偷东西还不承认的坏丫头！

而现在姜夏已经跟他们宁家彻底没关系了。她被谁收养、住在哪里、是不是变得更坏了……周雪梅觉得这些都跟自己没关系了，没必要管了。

姜夏迎上周雪梅的目光，并没有闪躲，只是弯眸冲周雪梅笑了笑。那笑容礼貌而疏离，看不出姜夏的心中所想，也看不出她此时真正的情绪——她就像是在对一个路人微笑。

周雪梅莫名有些不舒服，但很快就收回了目光，气冲冲地拉着白雪妍走了。

姜夏看着周雪梅的背影以及周雪梅拉着白雪妍的手，眼里亮晶晶的光一点点地熄灭了。最后她垂下了眼眸，眼里已没有笑意。

孔管家很快发现她的情绪不对劲，伸手拍了拍她，声音压得很低："夏夏小姐，你没事吧？"

姜夏一时没说话，只是突然想到周雪梅也是被自己叫过"妈妈"的人，现在却变得那么陌生。也许，她命中注定不会有亲人吧！不管是她曾经以为可以当成爸爸妈妈的人，还是江大哥，谁也留不住。

不过，姜夏很快就抬头看向孔管家，笑容也重新回到脸上："没事啊！"

没事的，她自己一个人也可以的。

一道尖锐的女声忽然响起："你当然没事！你看你把雪妍害成什么样子了？！"

姜夏侧过头，原来舒莉莉还没有走，正愤怒地瞪着自己。姜夏挑眉："你的雪妍主子都走了，你还留在这儿干什么？"

"你就是忌妒宁夫人对雪妍好，才故意这么做的，雪妍想办法弄点儿钱来花不是很正常吗？"舒莉莉指着她身边的孔管家，"你自己还不是花他的钱？"

"她弄钱花你觉得正常，是因为你也沾光了啊！"姜夏瞥向柜台上打包好的包，"她不是给你买了个包吗？"

舒莉莉被她一提醒想起来了，冷哼着走过去拿起包就想走。导购小姐赶忙阻止了她："不好意思小姐，包包必须是买单的本人才能拿走，您不能带走。"

"什么？"舒莉莉瞪大眼睛，"可是刚才雪妍都说了包是送我的，我怎么就不能带走？"

导购小姐礼貌地微笑着："不好意思，按我们的规定是不允许的，请您跟刚才的那位朋友联系。"

舒莉莉怎么可能在这种时候打电话给白雪妍？周雪梅那么生气，白雪妍回到宁家后肯定是要经历一场暴风雨的。

万一白雪妍被逼着来退货，那这个包她是不是就拿不到了？舒莉莉越想越觉得憋屈，可又没有办法，现在也闹不了，只得狠狠地瞪了姜夏几眼，才不甘心地离开了。

姜夏在报复了总找自己麻烦的白雪妍之后还是很开心的，所以去和开完视频会议的权北倾会合时，走路都是喜滋滋地蹦跶着。只不过，站在前方的权北倾危险地一眯眼，她就立马条件反射般地自动站直了。

她不仅尽量乖巧地走到他的面前，还仰头问了一声："权叔叔，你忙完了吗？"

"嗯，"权北倾低头看着她，"碰到什么开心的事了？"这丫头如果不是做错了事，或者心情好，基本上是难得主动叫他的。

姜夏觉得心脏"咯噔"一下："没有啊！因为逛商场所以开心啊！"

要是权北倾知道她刚才用小心机耍了白雪妍，还在大庭广众下嘻嘻哈哈地大声说话，一点儿都不淑女，估计又要拎着她的后衣领训她一顿了。

姜夏偷偷地拍了拍胸脯——幸好她提前跟孔管家打过招呼，让他千万保密。她就该改名叫姜机智！

权北倾眯眼瞅着女孩儿的小动作，也不戳穿她的那点儿小心思，只是抬手揉着她手感又软又滑的长发："嗯，既然开心，以后就经常带你来逛商场，看你这蹦跶的样子，回家后估计能吃下三碗饭。"

姜夏戳着手指："我没蹦跶啊！"

"嗯，你没有。"权北倾用长指捏着她的耳垂把玩，像是在捏猫耳朵，"刚才是我蹦着过来的，也是我边蹦边唱。"

姜夏闷闷地垂下脑袋，做好挨训的准备，但权北倾竟然没有多说什么，手掌落在她的肩上："回家。"

姜夏有些奇怪地抬起头，一不小心脱口而出："你不训我了吗？"

男人从她的左边耳垂捏到右边耳垂："你不是说心情好吗？一训你又要变成小刺猬了。"

姜夏闻言正在窃喜，就又听见权北倾淡淡地道："所以先记着，下次一起训，反正礼仪课你还是要上的，多加几节关于走姿的内容就是了。”

她这就是所谓的祸从口出吧！

从商场回到星海湾后，姜夏被权北倾拎到餐厅里吃下一大碗营养夜宵，又到花园里散了一会儿步，才被放回房间。

想到不久前在商场里闭眼走路的练习过程，姜夏又翻了翻舞台剧的剧本。

权北倾说得对，她如果要演盲人就要像盲人一样去生活，不要睁眼，要习惯用耳朵去听。姜夏立即决定试试看，闭着眼睛洗了个澡，又摸索着走出来，摸到睡衣往身上套。

本来一切都很顺利，却不料她刚要抬脚穿睡裤时，脚下忽然一滑。

“咚”的一声，姜夏整个人狼狈地摔在地上，痛得整张小脸都白了。姜夏趴在那儿，一时动弹不得，正想着要怎么自救，浴室的门忽然被敲响了。

男人以低沉的嗓音唤她：“姜夏？说话。”

“权叔叔……”姜夏呜咽道，“我……我摔了一跤，好像动不了了。”

浴室的门把手传来被拧动的声音。姜夏顿时想到自己的睡裤才穿了一半，这会儿还挂在腿上，便急急忙忙地道：“等……等一下！我……我没穿好裤子……”

可已经来不及了，门被推开，男人已经走了进来。

姜夏用力地咬住下唇，试图用一只手把睡裤拉上来，可权北倾已经走到她的身边，蹲下颀长的身体看着她。

姜夏趴在瓷砖上，因为痛弓起了身体，导致屁股也微微地翘了起来，姿势非常不雅，就像是等着权北倾给她打针似的。

她的脸红得像要滴血。

所幸，权北倾很快就将她拦腰抱了起来。

由于刚才摔过，所以当身体再度腾空时，姜夏下意识地抬手环住了男人的脖子。女孩儿香香软软的身体一下子就靠了过来，柔若无骨的上半身全都贴在了他的胸膛上。那股甜而不腻的香味钻入权北倾的鼻间，像是一根针扎在最敏感的神经上，他连带着心脏都跟着轻微颤动起来。

模糊的记忆在顷刻间涌了出来——那晚的女人、疯狂彻骨的缠绵……勾得他浑身的血液犹如注入了沸水，滚烫至极。

姜夏明显地感觉到男人的呼吸沉了，似乎连身体都紧绷起来，不解地小声道："是……是不是我变重了？"

姜夏这时的声音不同于平时，也许是刚洗过澡，嗓子也是软软的，所说的每个字都能酥到骨子里。

权北倾甚至听不清她在说什么，只听见她的声音在耳边"嗡嗡"地响，自动转换为那晚的女人在喊痛。他狠狠地咬了一下舌尖，直至咬出了血味。他是不是禁欲太久了？要不然他怎么会三番五次地被姜夏这种黄毛丫头弄得心绪混乱？

权北倾立即抱着姜夏走出浴室。

直到被男人放在公主床上，姜夏才发现权北倾竟然一直都是闭着眼睛的！

她愣了几秒，就听见男人极度沙哑地说出四个字："穿好裤子。"

姜夏迅速拉上睡裤："好了！那……那个……你的嗓子疼吗？"

他怎么突然哑成这样了？

权北倾这才睁开眼，连黑眸都泛着猩红，充满了欲念。他热得扯了扯领带："不疼。"他随口回答了她的疑问，"你活动一下手腕和脚腕，疼就告诉我，我带你去医院。"

姜夏照做后没觉得很痛，怕他说她洗澡也不淑女，于是瘪嘴解释道："我不是蹦跶才摔倒的。我只是想练习一下怎么演盲人……"她抬头看他，好奇又疑惑，"你刚才是闭眼进去抱我的吗？我每次闭眼超过几分钟就忍不住想睁开，你是怎么忍住不睁开的？"

而且他的听觉竟然那么敏锐，他闭眼都能走进来，并且准确地找到她、抱起她。

“当你是一个盲人时，”权北倾淡淡地道，“就算睁开了眼睛也看不见，只有黑暗——所以你没有退路，必须适应。”

姜夏似懂非懂地听着，忍不住喃喃道：“说得好像你瞎过似的……”

姜夏明显地感觉到气氛突然变冷，不由得咬住下唇，正想开口问是不是她说错了什么，就听见权北倾低声道：“我是瞎过。”

姜夏怔住。

“很多年前，我跟我弟弟出过很严重的车祸，”权北倾淡然道，“我瞎了一年半。”

“那你弟弟……？”

“他死了。”

死了……

姜夏再次怔住。她呆呆地仰头看着他英俊的脸，他明明没什么表情，但脸上偏偏笼着一层晦暗不明的光。她似乎问了什么不该问的。

“没摔伤就早点儿休息，不许熬夜。”丢下这句话，权北倾转身就往外走去。

“等等——”姜夏如梦初醒，忽然从床上跳下来，光着脚绕到男人的面前。权北倾还未反应过来，下一秒，整个人就被踮起脚尖的女孩儿一把抱住了。

他太过高大，而她又太过娇小。想要抱他并不容易，但姜夏仍旧张开双臂环住他，尽力用自己小小的怀抱将他抱住。

权北倾的黑眸微微一震。

姜夏的声音很轻，也很是认真：“曾经……有一个人跟我说过，当你伤心、难受的时候，只需要一个拥抱就可以缓解。”

“很巧，”男人轻勾起嘴角，“我弟弟也说过这样的话。”

姜夏怔了一下，嘟囔道：“那你弟弟一定也是个很温柔的人。”

可是他为什么冷冰冰又凶巴巴的啊？

不过，姜夏这时候选择暂时忽略他的坏脾气，用手在他的背部轻拍着："那你有没有感觉到好受一点儿？"

权北倾的眼皮轻跳——这丫头是把他当3岁小孩儿来哄了？不过……他低低地笑起来："嗯，有。"

"你看，我说了有用吧！"姜夏笑眯眯地拍了拍他的肩，一脸老成地说道，"好了小伙子，听我的，你现在就回房间，乖乖地洗个澡、睡觉……"

话说到一半，姜夏陡然觉得不对劲——这似乎是他的台词。她抬起头，就看见权北倾低头看着她光着的脚，眉头皱了起来。

那表情，仿佛他下一秒就要把她拎起来打。

姜夏被吓了一跳，顿时从威风的老虎变成弱弱的小花猫，迅速转身蹦上了床，拉过被子把自己盖得严严实实的。

权北倾悠悠地看着她，薄唇轻启："以后……"

"以后我不会再光脚踩在地板上，也不会再在浴室里摔倒了！"姜夏赶忙先他一步保证，身体缩在被子里，伸出一只手冲他挥挥，道，"晚安。"

"你跟谁说晚安？"权北倾淡淡地挑眉，"小伙子？"

姜夏假惺惺地笑道："英俊成熟的权叔叔晚安，祝您好梦！"

权北倾盯着她看了几秒钟，直到把姜夏看得连眼珠子都不敢乱转了，这才抬手关了她屋里的灯："现在就睡。"

房门被关上后，姜夏骤然松了一口气，一把掀开被子，对着房门的方向抬脚虚踢过去："我踢死你——"

"吱呀"一声，房门忽然又被打开，权北倾面无表情地站在房间门口。

姜夏整个人都愣住了，被定住般地僵在那儿。不过，她这种天生机灵的人反应很快，立即就踢着双腿，开始在空中蹬腿，嘴里念叨着："一二三四、二二三四……睡前运动，延年益寿……"

权北倾也不戳穿她，冷眼看着。等姜夏停下来，他就冷冷地道："睡前运动确实很有效，继续，做满两百个。"

直到姜夏做到虚脱，瘫在床上大口喘着气，权北倾这才迈着长腿走进来，弯腰将嫩粉色的闹钟放在床头柜上：“既然你这么爱运动，明天早上 5 点半起床，我带你闭眼晨跑。”

她刚才为什么不直接在浴室里摔死？

翌日。

姜夏经过一系列的早起、闭眼晨跑、体能锻炼等折磨后，从星海湾出发去学校已经是 9 点半了。

不过今天一天都没课，学生们的主要任务是为校庆的舞台剧进行排练。

排练场地在华影的老剧院内，姜夏到的时候见人都还没到齐，就随便找了个远一点儿的椅子坐下，从包里翻出盲女的剧本认真地看起来。

忽然，随着由远及近的高跟鞋声，一个冷淡的女声响起：“姜夏。”

姜夏慢悠悠地抬起头，看见身穿美丽长裙的白雪妍站在自己的面前。

“这不是我的雪妍姐姐吗？”姜夏眯着眼笑道，“我还以为你今天不会来排练了呢，昨晚是不是把包都退了啊？”

白雪妍一想到昨晚在商场的事就气得牙痒痒，冷冷地看着她：“姜夏，你害得妈妈生我的气、骂我，你很得意是不是？”

姜夏点点头：“对啊，我很得意啊，昨晚做梦还笑醒了呢！”

“你……”白雪妍蓦地攥紧了手，却很快松开，弯唇笑道，“姜夏，妈妈再怎么生气、骂我，也不会把我赶出宁家，因为她只剩下我一个女儿了，倒是你想回来已经不可能了。”

说着，她低头瞥了眼姜夏手里的剧本，语气高高在上，满是不屑：“而且演这种扮丑的盲女，我看你好像还挺努力的嘛！姜夏，你最好祈祷自己能演好，别到时候在台上出丑，成为全校的笑柄！”

“谢谢你的提醒，我会好好演的，不过……”姜夏把话锋一转，狡黠地笑道，“现在比起我，你是不是更应该担心自己？毕竟宁夫人祭祀的钱以后你是骗不到了，名牌包跟衣服该怎么买呢？‘校花’总不能真的用高仿货吧？”

白雪妍的脸色一变，她死死地咬着牙，但碍于这里是学校的剧院，最终也没有表露出什么，转身高傲地走了。

很快，排练就正式开始了。

舞台剧中，姜夏演的盲女只是个小配角，总共没有几句台词。跟姜夏对戏最多的是白雪妍姐妹团的成员——王雅菲。姜夏每次要跟她对戏的时候，她就用各种各样的办法糊弄过去，就是不肯跟姜夏好好配合。

一直等到排练结束，姜夏和王雅菲的戏都没有对好，很明显是白雪妍那伙人故意孤立排挤姜夏。姜夏也不在意，反正盲女重要的不是对台词，而是要把那种盲人的感觉演到位。

今早天还没亮她就被权北倾拉去闭眼晨跑，虽然累，但闭眼跑完步后，闭眼走路似乎就变得没那么困难了。

排练结束后，姜夏并没有马上走，而是窝在剧院里的观众椅上研究剧本。

白雪妍收拾好东西，跟舒莉莉她们一起往外走，经过姜夏的身边时，她的手机正好响了。她点开，是私家侦探发来的几组照片。白雪妍翻看了几张后，嘴角微微地扬起，忽然扭头看向观众椅上的姜夏，笑容娇柔而诡异：“姜夏，我们先走了，待会儿回家的路上你要小心啊！”

姜夏向来不爱搭理她，听她说了这么一句无厘头的话，也只是掀起眼皮冷瞥了她一眼，又重新把视线落向剧本。

白雪妍也不介意她的冷漠无视，边往外走边把全部的照片用匿名邮箱发到了宁易辰的邮箱里。呵，她就是要让易辰哥哥好好看看，他口口声声说不会放弃的女孩儿，到底堕落成什么恶心的样子了！

姜夏在剧院里看了将近一个小时的剧本，又一个人上台演练了一遍，这才收拾了东西往外走。她一边走一边给孔管家发消息，问他还有多久到，很快就收到了回信。这三年多来，她每次放学孔伯几乎都会来接她，已经成了一种习惯。

姜夏才走下剧院的楼梯，一道修长的身影就从后面跑过来，一把扯住了她的胳膊。

“姜夏！”

姜夏被吓了一跳，看清来人后才松了口气。她推开他的手，一边回短信一边跟他说话：“怎么了？”

“你等一下再走，我有话跟你说！”宁易辰再度扯住她，英俊的脸上眉头紧皱，“我问你，你在给谁发消息？”

“我爱给谁发就给谁发！”姜夏蹙眉，“你快松手！你是不知道追你的女生一大把吗？还是故意想害我？”

“我害你？姜夏，你的脑子进水了吗？我会害你？”宁易辰一听这话就来气，将她拽到自己的跟前，“你说，你是不是在给那个老头儿发消息？”

他又来了。

姜夏收起手机，抬头看他时带着几分无奈，又有几分认真：“宁易辰，我说过很多次了，我已经不是你们宁家的养女了，你跟我走得近，你妈妈会不高兴的……”

“我说了，我会跟我妈妈说清楚！我说过让你等我，让你给我时间，结果你在干什么？”宁易辰把手机递到她的面前，眼中全是怒气，“你自己看看，你给我解释清楚！”

姜夏低头一看，竟然全都是她跟孔伯走在一起的照片：有一起在商场里的，还有在学校门口孔伯替她戴围巾的，甚至还有她挽着孔伯的手臂看起来很亲密的……

她眉眼顿时一冷：“这些照片哪儿来的？你派人跟踪我？”

“怎么，你承认了是吗？”宁易辰死死地盯着她的脸，几乎咬牙切齿地咆哮，“姜夏，你真的跟这个老头儿在一起了？你疯了是不是？我说了，我有钱，我可以养你！”

“宁易辰，”姜夏仰头很认真地看着他，微抿了下粉唇，“你既然不相信我，就不要再来找我、问我了，反正我说了你也不会信的。”

说完，她挣开他的手，转身快步往校门口走去。

宁易辰怔在原地，但很快反应过来，迅速地跟了过去：“姜夏，你站住！”

孔管家正疑惑地看着姜夏这边，心想是不是发生了什么事，突然一双有力的手揪住了他的领子。

“放她走！你这个不要脸的老头儿！”

姜夏被吓了一跳，立即冲过去拉住宁易辰的手：“宁易辰你疯了？松手！”

“我不松！”宁易辰侧首看她，咬牙切齿地怒道，“是他胁迫你的对不对？你跟我说实话，我替你教训他！”

孔管家蒙了：“夏夏小……”

“你还有脸叫她夏夏？你也不看看你自己多大年纪了！”宁易辰一想到那些照片，想到姜夏在这老头儿的怀里……心头的怒气就升腾而起。

就算姜夏离开了宁家，但在宁易辰的眼里，姜夏始终是那个会让他牵手、揉头发的乖巧女孩儿，绝对不是被这种老头儿糟蹋的女孩儿……宁易辰越想越气，偏偏对方的力气似乎比他的还要大。孔管家一用力就将他推开了。

孔管家愤怒地瞪了他一眼，伸手揽过姜夏的肩，语气很温柔：“夏夏……”

宁易辰见状瞳孔一缩，一时之间想也没想就冲了过去，同时一拳打向孔管家！

“不许你碰她！”

“孔伯——”姜夏被吓得惊叫出声，正想冲过去替孔管家挡下，可下一秒，只见孔管家竟然一侧身，轻松地躲开了宁易辰的拳头。

宁易辰一拳打空，微微一愣，而后更加愤怒地再度转身挥拳。可不管他怎么打，孔管家总能很轻松地避开，竟一下都没打中。

最后，见宁易辰缠打得实在太狠了，孔管家忍无可忍才出了手。

宁易辰简直难以置信，自己竟然连一个老头儿都打不过，反而被对方直接掀翻在地，弄得嘴角破皮流血。

姜夏在一旁都看呆了。

而此时正是放学时间，见围观的学生越来越多，孔管家快速地将姜夏拉上了车，让司机赶紧开车。

孔管家：估计少爷今晚又要吃不好饭了。

星海湾。

客厅内，姜夏坐在沙发上，正握着孔管家的手给他上药，动作很轻，还时不时地低头鼓起腮帮子吹一吹，嗓音也是软软的：“孔伯，疼吗？”

“不疼不疼……”孔管家忙摇头，却忽然感觉身边有一道冷冰冰的目光射向自己。他一转头，就看见少爷正面无表情地盯着自己。

权北倾看着姜夏专心致志地握着孔管家的手，还时不时地吹气，更可恨的是，她吹气的时候粉唇都差点儿亲到孔管家的手背。

男人的黑眸越来越冷，几乎要凝出冰来，他忍无可忍地出声：“活了这么大岁数，跟个小男孩儿打架也能受伤，我看你是越活越回去了，再过几年是不是需要垫尿布了？”

孔管家虽然无辜地挨了顿教训，但还是识趣地赶忙站了起来，抽回了手：“夏夏小姐，我……我自己上药就可以了。”

孔管家：这药再上下去，估计少爷就要逼我垫尿布了！

姜夏丝毫不知眼前这两个男人的想法，心里对孔伯很是愧疚，试图去抓他抽回去的手：“孔伯，我必须帮你……”

权北倾蓦地低喝：“姜夏，给我坐好！”

姜夏的手一抖，她在学校里高冷的气势完全消失了，双腿并拢，规规矩矩地端坐在沙发上，讨好地说道：“我……我坐好了啊！”

虽然嘴上这么说，但她还是时不时地瞥向一旁的孔管家，眼神里透着担忧的神色。

“眼睛看着我。”权北倾很不悦地眯起眼，顿了顿，又补充了句，“基本的礼貌都忘了？”

姜夏纳闷儿：他在生什么气？是因为她牵连孔伯被打了吗？

不过，这确实是因为她，没想到宁易辰竟然敢不分青红皂白地打人……想到这里，姜夏顿时有些没底气，乖乖地抬起头看向权北倾。

权北倾用长指在沙发扶手上轻点，黑眸审视着面前的女孩儿：“那个什么宁易辰是个什么东西？跟你是什么关系？”

孔管家心想：少爷你随便说人家是东西真的好吗？你的基本礼貌呢？

姜夏绞着手：“以前我被宁家收养过……他……他是我名义上的哥哥，后来……后来就是朋友了。”

“为什么结结巴巴的？”权北倾危险地眯眼，“你跟这个姓宁的以前谈过恋爱？”

“没有……”

男人沉声说道：“没有？那他会放下‘校草’的架子，在学校门口公然为了你大打出手？！你想骗我？”

姜夏不服：“就是没有啊！”

“还敢跟我这么大声说话？”

姜夏委屈地瘪嘴，小声地嘟囔：“反正就是没有。”

“没跟宁易辰谈过，”权北倾的声音低沉又冷漠，“那又跟谁谈过？名字、年龄、学校……”

姜夏抿唇，半晌才憋出一句话：“这……这是我的个人隐私，我可以不交代。”

“我们家现在养着你，我需要知道你全部的情况，以及……”权北倾的声音冷得出奇，“你才 19 岁，根本不懂分辨男人的好坏，所以你谈恋爱之前必须经过我的同意，而我也暂时不允许你跟任何男人发生任何关系，明白了吗？”

想到那一晚，姜夏一下子就咬紧了唇，壮起胆子磕磕巴巴地问道：“如……如果已经发生了，你会怎么样？”

权北倾的俊脸顿时冷了下去，他蓦地从沙发上站了起来，俯身捏住女孩儿小巧的下巴：“你这话是什么意思？你跟谁发生过关系？”

他似是动了怒，姜夏的下巴被两根手指捏得生疼。她被迫抬头面对着他，看着男人冰冷的神色只觉得既委屈又害怕，猛地一把推开他，转身就往楼上跑去。

见权北倾寒了眼眸想抓她下来，孔管家拦住了他，一脸过来人的表情：“少爷，夏夏小姐是女孩子，脸皮薄，你这么问，她肯定不好意思。”

权北倾一顿，侧眸看他，面带嫌弃地说道：“可能是因为你在边上，下次我们说话时你站远点儿，最好自动消失。”

孔管家无语。

第五章

给她撑腰

姜夏跑回房间，趴在公主床上蹂躏了一会儿狗熊布偶，想了想，还是拿出手机，打算给宁易辰发条消息。然而她刚打出一个“你”字，手机忽然就被从身后伸来的一只大手抽走了。男人冷冰冰的嗓音在她的头顶上响起：“姜夏，不吃晚餐也不换家居服，是谁允许你趴在床上玩手机的？”

姜夏回头看着站在床边的男人，想到他刚才在楼下那么凶巴巴的，顿时又气起来：“我要先发条消息。”她边说边撑起身想要抢回手机——可权北倾只要略微抬起手，她就够不到了。

权北倾抬眸瞥了眼手里的手机，只见屏幕上是消息界面，她给对方备注的是“宁大校草”。

“校草”？乳臭未干的小男孩儿也就是一把草而已。

权北倾冷着脸，长指按着屏幕，在输入框里打出一行字：“你今天被打是你活该，以后不要再管我的任何事，请你自重。”

然后他将消息发送给宁易辰。

姜夏仰头正好看见，瞪大了眼睛："你不要乱发！你快撤回！"

权北倾用长指再点几下，直接把宁易辰删除了。

姜夏顿时怒了："权北倾！"

男人危险地一眯双眼："你叫我什么？"

"你……我……"姜夏瞪大眼支吾了几声，因为太矮而抢不到手机，就干脆爬了起来，直接站在了床上。这样一来，她就比他还高出了一小截，伸手去抓他手中的手机。

可她眼看着就要抢到手机了，细腰忽然一紧，整个人被男人一把搂住，直接被抱下了床。

姜夏被迫贴在他的胸膛上，但仍不服气地不停伸手："你还我，还给我……"

她像一只软软的小猫咪，在他的怀里不停地扭动，柔软的胸脯隔着薄薄的衣服不停地蹭着他。

权北倾的呼吸逐渐变沉，他实在忍无可忍，抬手就打了姜夏的屁股一掌："再抢就不让你用手机！"

姜夏顿时羞红了脸，大眼睛里水光闪动："你……你欺负我！"

"欺负？"权北倾念着这两个字，忽然托住女孩儿的臀将她抱了起来，转身就将她重重地抵在了墙壁上。

姜夏还没反应过来，男人的手竟然直接从她的上衣的下摆处钻了进去，指腹滑过她平坦的小腹，正欲往上……

姜夏霎时被吓得脸蛋儿都白了，连挣扎反抗都忘了。好在权北倾的这个动作不过几秒钟就停了下来，但大手仍旧贴着她的肌肤。他冷冷地盯着她："这才叫欺负你，明白了吗？"

姜夏杏目圆睁，呆呆地看着他。

随后，男人俯首，俊美的脸逼近她，那低沉的嗓音带着几分恐吓的意味："如果你跟那些男生谈恋爱，他们很可能也会这样欺负你，甚至会更加过分。"

姜夏似乎真的被吓到了，眼睛睁得更大了——谈恋爱真的会这么可怕吗？

权北倾似乎很满意她的反应，手指捏住她的下颌，眼神严厉："所以，不要因为那些男生长得帅就花痴犯傻，也不要跟任何男生有过于亲密的接触，否则到头来吃亏的只会是你。你的男朋友我会全权把关。宁易辰很明显不合格，出局！"

说完这番话，权北倾才松开了姜夏，很自然地把她的手机放进自己的口袋里："给你十分钟，换好家居服下来吃饭，"顿了顿，他又冷漠地道，"鉴于你今天在学校里跟男同学纠缠不清，导致孔管家被打受伤，所以罚你一晚上不能碰手机。"

直到男人转身离开房间，姜夏才慢慢地从他的恐吓中反应过来。

刚才那一瞬间，他伸进她的衣服里的手烫得吓人，手指像是灼热的铁一样滑过她的肌肤，她还以为他真的要对她做什么……

姜夏蓦地想起来——她就这样让他把她的手机拿走了！

姜夏自然没有要回手机，甚至连笔记本电脑都没办法联网了。她自然而然地将这理解为是权北倾对她的惩罚。手机被没收了，她本来还打算偷偷地跟宁易辰说话，这下彻底泡汤了。

虽然是宁易辰先动手的，但最后孔管家也确实打伤了他，不管怎样，她都该跟他说一声抱歉。就算她对宁易辰没有男女之情，但在宁家的时候，他身为哥哥，对她确实很好。

对她好的人，她都怀有感激之心，尽管他们从来都没有选择相信她。

第二天，姜夏被送到学校时，司机才把手机还给她，并且恭敬地对她说："夏夏小姐，少爷让我转告您，要记得他昨晚说过的话。"

姜夏猛翻白眼，随意地"哦"了一声就转身走进学校。她越想越觉得他昨晚说得不对，谈恋爱哪里有那么可怕？他说的那个情况明明是犯罪。

难道是因为孔管家因她而被宁易辰打了，权北倾为了替孔管家出气，所以才故意恐吓她？要不然他为什么那样吓她？

姜夏边走边猜测，浑然没有察觉到周围的人正在对她指指点点。

教室内，班主任刘淑芳已经站在讲台上了。

姜夏踩着铃声走进去，刚走到桌前，还未坐下，就被刘淑芳训斥了。

“姜夏，你迟到了！”

姜夏停下坐下的动作，抬头看着刘淑芳，抿了抿粉唇，道：“老师，踩铃进教室不算迟到。”

“可是这就证明你对上课的态度有问题。”刘淑芳看她的眼神很是不屑，“如果你老老实实的，不搞那些歪门邪道，选择住校会有这样的问题吗？”

姜夏莫名其妙地听着刘淑芳的训话。她没住宿是因为权北倾从一开始就不同意，说学校里的吃住条件都不达标。要达到他的标准，只有他亲自安排的地方才达标，所以她每天都会回星海湾。但不住校也不算违规啊，她又不是非法外宿。

姜夏不想跟老师争执，最终还是走出了教室，靠着后门旁的墙壁站着。她越想越觉得奇怪，忽然隐约听见最后排的两名男生在小声地议论。

“姜夏长得那么漂亮，那件事竟然是真的啊！我还以为舒莉莉她们是胡说的呢！”

“胡说什么？照片都发出来了，论坛上的人都在议论她，真是可惜了那张脸啊！刚开学那会儿我还想追她呢！”

姜夏一怔，迅速地拿出手机，登录学校的论坛。论坛里被置顶的标红、加粗的帖子赫然写着：“18届大一（5）班的姜夏，你傍上的人凭什么打我们的‘校草’？”

姜夏点开，里面全是她和孔管家的照片，也就是昨天宁易辰给她看的那些，下面还有一大段文字：

> 既然要爆料，我也就不匿名了。我叫舒莉莉，是姜夏的同班同学。
>
> 几天前，我在逛商场的时候，碰到了姜夏跟照片上的这个

老男人走在一起，手挽着手很亲密，这个老男人还帮姜夏买名牌包。

姜夏是孤儿，这么大的年龄差距，不是那种肮脏的关系，是什么？

不仅如此，这个男人几乎每天都来接姜夏放学，照片也拍到了，专车接送且行为亲密！这就是姜夏不住校的原因——她每晚都要陪老男人！恶心！不知廉耻！

更过分的是，昨天在校门口，这个老男人竟然对宁易辰大打出手！

面对如此嚣张的行为，我就想公然问问姜夏——你还要脸吗？你凭什么让你的“情人”来华影打人？

…………

帖子很长，通篇都是舒莉莉愤慨激昂的控诉，目的十分明显。

舒莉莉这群人，咬着这么一个子虚乌有的事没完没了了？竟然还在学校的论坛上发这种帖子，她们是不是不知道有一种罪名叫诽谤罪？

姜夏觉得可笑，继续往下滑。

帖子被发出来一个多小时，就已经有上百条回复了，并且还在不断地增加。

1 楼：“这么恶心吗？她这么明目张胆，不要脸吗？这个姜夏是不是整天打架逃课的那个？”

2 楼：“就是她，谁让人家有一张漂亮的脸蛋儿，这个老头儿一看有 60 多岁了吧……”

3 楼：“我怎么觉得不是那么回事啊？这些照片看起来不是很正常吗？我跟我爷爷也这样手挽着手走路啊！不过他打宁易辰简直不能忍，我们的宁易辰那么帅！”

…………

大多数回帖的都是不明真相的普通学生。偶尔有几个理智的学生，但一看到对方对宁易辰动手，也顿时奓毛了。

姜夏冷着脸，扭头朝教室里看去，正好对上舒莉莉看过来的眼神，那眼神里有蔑视、鄙夷，更多的是得意。

姜夏眯眼冷冷地看着她。

舒莉莉被她看得有些发毛，立刻举手并十分委屈地说道："老师，姜夏在外面一直瞪我、骚扰我，导致我没办法好好听课。"

闻言，站在后门边的姜夏不由得冷笑："舒莉莉，你真是有意思，你是后脑勺儿上长了眼睛吗？我在外面瞪不瞪你，你都能感觉到？"

舒莉莉被她噎得一时不知该如何反驳，抬头看见刘淑芳的脸色正变得越发难看，赶忙火上浇油："姜夏，你别以为你现在身后有靠山就能……"

蓦地，一道声音打断了她的话——

"谁是姜夏？"一名手臂上别着学生会袖章的男同学站在门口叫道，"教导处有人找，麻烦跟我过去一趟。"

教室里的人都齐刷刷地看了过来。

舒莉莉朝白雪妍使眼色，摆出一副有好戏看的表情——哼，她就说吧，姜夏肯定是有麻烦了！

这帖子才发了多久，教导处就找过来了，姜夏绝对要被记大过了！

姜夏的脸上倒是没有过多的表情，她只是把手机放回口袋里，上前一步，答道："我是……现在就去吗？"

教导处。

姜夏走进去的时候，王耀华主任和几名老师坐在办公桌前，而桌子上的笔记本电脑屏幕上则显示着学校论坛上的那个帖子的界面。

"你就是姜夏吧？"王耀华率先出声，指了指面前的椅子，说，"先坐下吧！"

姜夏也没有拒绝，走过去坐下，这里毕竟是教导处，所以她的坐姿还算规矩。

“在上课时间把你叫过来，是因为出了点儿需要紧急处理的事情。”王耀华面色严肃，“论坛上的帖子，你应该已经看见了吧？”

姜夏点点头。

“帖子是你们班的舒莉莉同学发的。这种帖子很影响学校的风气，所以我们第一时间找你了解一下具体情况。”王耀华滑动鼠标，点开帖子里的一张照片，将笔记本电脑屏幕转向她，“你身边站着的这位老伯，是你的什么人？”

姜夏实话实说：“他是收养我的人，我是孤儿，平时叫他孔伯。这张照片是我前几天和他一起去逛商场的时候被拍到的，应该是偷拍的。”顿了顿，姜夏抿了下粉唇，平静地道，“王主任，帖子里的照片上的情形都是在公众场合，我和老伯伯这样的长辈走在一起，我作为晚辈肯定是要扶着他走的，而且即便有挽着手、戴围巾之类的举动，不也是很正常的吗？”

她边说边看向其他几位老师，微微一笑：“现在又不是封建社会，就算男女有别，但这也太鸡蛋里挑骨头了。更何况，照片上的任何一幕都能在大街上随处看见，我不认为这些照片里的行为有什么出格的。”

待她不紧不慢地说完这番话，那几位老师互相看了看，点了点头。在叫姜夏来教导处之前，他们确实也考虑到了这种可能性。毕竟这些照片上并没有很过分的地方，19 岁的女孩儿和 60 多岁的男性完全可能是晚辈和长辈的关系。

不过，一旁的王耀华仍旧皱着眉：“就算这位老伯是领养你的人，这些照片也确实都不能说明什么，但昨天下午放学，你的这位伯伯在校门口对宁易辰同学动手的那一幕，又是因为什么？”

一名老师严肃地接话道：“无论如何都不该动手打人，打的还是我们华影的学生，这也是回帖里大部分同学愤慨的主要原因。”

姜夏闻言不由得蹙了蹙眉。孔伯会对宁易辰动手，是因为宁易辰一直缠着他、要打他，乃是不得已才出手的。而且孔伯也没有真的要打宁易辰，只是在拉扯间免不了磕碰，才把宁易辰推倒在地的。

但她也不能说出是宁易辰先动手的，不然肯定会影响宁易辰的期末综合考核，毕竟他一直是优等生，如果被记过，也许会影响以后的路。

王耀华见原本底气十足的姜夏忽然不说话了，眉头皱得更紧了。

几位老师也改用一种怀疑、审视的眼神看着她。

就在姜夏绞尽脑汁地想理由的时候，教导处的门口忽然响起一道冷酷的声音。

“是我先动手打那个老伯的，跟姜夏没有任何关系。”

姜夏一怔，转头就看见了不知何时出现在门口的宁易辰。

宁易辰考入华影时成绩优异，再加上是公认的“校草”，所以老师们对他的期望一直很大，把他当作潜力股来培养。而此时，听见他这么说，一名和宁父认识的老师以为他是喜欢姜夏、为了维护她而不惜牺牲自己才这么说的，忙站了起来：“宁易辰，这件事情我们正在询问姜夏同学，你先不要……”

宁易辰帅气的脸上没有表情，他冷冷地道：“没什么好询问的，这件事就是我的错，是我先对那个老伯动手的，那个老伯推开我只是正当的自卫行为。”

因他的语气太过坚定，教导主任王耀华也站了起来，皱眉看着他：“宁易辰同学，如果你说的这番话属实，那你的行为就属于在学校门口动手打老人，这是要被记警告甚至记过处理的。”

“要怎么处理都可以，我自己做的事，自己承担后果。”宁易辰边说边走进去，一把拽过愣住的姜夏，把她的手用力地握在掌心内，看向各位老师，“应该已经询问完了吧？这帖子很明显是一场误会外加蓄意栽赃。打架的部分我会负责澄清，可以走了吧？”他问完，也不管老师们是否同意，就自顾自地拉着姜夏向门外走去。

姜夏想要把手抽回来，却被宁易辰死死地拽住，实在挣不开，只得暂时拉住他的手臂，回头看向王耀华：“王主任，这件事我会给你们和学校一个满意的交代。我回去后就找收养证明，明天就拿过来。”顿了顿，她又一字一顿地说，“我希望，在我出示证明澄清这件事之后，发帖人，也就是我的同班同学舒莉莉能删帖，并且在全校师生面前向我公开道歉，写道歉信给我。毕竟她的行为已经构成诽谤罪，我完全可以追究她的法律责任。”

王耀华看着女孩儿不卑不亢的脸，紧皱的眉头微松，点了点头：“可以，我们华影不会冤枉任何一个学生。只要你出示了证明，学校会处理造谣的同学，绝对不会让你白白被抹黑。”

“谢谢主任……”姜夏还没说完，就被宁易辰一用力拉了出去。

“哎！你放手，我的手要断了！宁易辰！”

听着姜夏的叫声，宁易辰蓦地回过身，害得姜夏整个人都撞在了他坚硬的胸膛上。姜夏的脑海中忽然浮现出权北倾昨晚说的那些话，她不知道为什么自己竟然记住了，条件反射般地往后退了几步，肩膀却被男生的大手攥住了。

宁易辰问：“你在教导处说的那些话是真的？那个老头儿是收养你的人？”

“是真的啊。我很痛。”姜夏拍开他的手。

宁易辰死死地盯着她，此刻有着说不出的心情，欣喜若狂之余又有点儿愧疚，但更多的是莫名的怒气：“那你为什么不跟我说实话？为什么不告诉我你被谁收养了？”

“我说了你会信吗？你不是也相信那些谣言吗？”姜夏白他一眼，推他离开，“行了行了，你快回教室吧！这里到处都是人，别因为我们俩在这儿拉扯就又被发个帖，那真是太倒霉了。”

宁易辰的拥护者都太疯狂了，她完全吃不消。

“已经打了下课铃了，你跟我过来。”宁易辰强行把她拉到一旁的大树下，一手拽着不让她走，一手拿出手机打字。

10 分钟后，他把手机塞到姜夏的手里。

姜夏低头看去，只见屏幕上显示的是学校论坛的界面，一个叫“宁易辰”的账号刚刚发了一个实名帖：“我为我昨天一时冲动打人，向姜夏和她的伯伯道歉。”

帖子虽然很短，但宁易辰澄清了并不是他被打，而是他先动手打人的，所以他致歉。至于打人的原因，宁易辰只用了一句话解释：“都是我误会了，惹出一场乌龙事件。”

虽然帖子里并没有提到姜夏被造谣的事，但光是这句话以及标题中的“伯伯”二字，意思就已经很明显了。

本来论坛里就很热闹，所有人都在舒莉莉的实名帖里凑热闹，突然宁易辰也来实名发了个帖，搞得整个论坛的人顿时惊呆了。

宁易辰何时来过论坛？更别说发帖了，最重要的是——他竟然力挺姜夏！

于是，本来就是墙头草的同学，也跟着偏向姜夏。

一时之间，论坛里的风向顿时变了样，宁易辰的支持者又站在了姜夏这边，并且开始质疑舒莉莉的帖子的真实性。毕竟，照片上又没有什么尺度问题，都是在大庭广众之下拍的。

但仍旧有一部分人相信舒莉莉发的帖子，看热闹不嫌事大。更何况舒莉莉是白雪妍姐妹团的一员，平日在学校里就积攒了不少人气。

姜夏回到教室里时已经是第三节自习课了。她一走进来，所有人的目光都聚集在她的身上。

有好奇心重的男生甚至直接问她：“哎，姜夏，学生会的叫你去教导处干什么啊？”

众人都八卦地竖起了耳朵听。

姜夏转头看他，露出一个甜甜的笑容：“问我一些关于被人造谣的事情，不过已经基本解决了。”

那男生没想到她会冲自己笑，顿时有些害羞，挠着头问道：“论坛里说的那件事是不是假的啊？我看二班的宁易辰都出来为你证明了啊！”

“当然是假的啊！”姜夏弯唇，忽然看向前排的舒莉莉，直接叫她的名字：“舒莉莉，既然是你发的帖、造的谣，并且还大胆地实名了……”

姜夏说着，嘴角勾起嘲讽的弧度："那么你就做好明天向我公开道歉的准备。你最好想想你要怎么解释，才能让我不起诉你。"

舒莉莉有点儿惊讶——姜夏竟然平静地从教导处回来了。但她此时也并没有慌张，而是回头看着姜夏，嗤笑道："呵，我看你做这种败坏校风的事，才要做好准备向全校道歉！"

姜夏挑眉，淡淡地说道："那我们拭目以待。"

说完她就不再理睬舒莉莉，塞上耳机，盘算着晚上回星海湾找一下孤儿院开的收养证明及监护人证明。

课间，舒莉莉坐到白雪妍的旁边，小声地说道："雪妍，你看到论坛里宁易辰发的帖子了吗？"

"看到了。"白雪妍的语气中难掩失望，"易辰哥哥每句话都是向着姜夏的，这次的事基本平息了。"她本来以为姜夏被叫去教导处，就算不被记大过，至少也是要受到警告的，没想到姜夏不仅没事，易辰哥哥竟然还不惜自毁名声，替姜夏说话。

"雪妍你别急，听我说……"舒莉莉用书本遮住自己，把手机推到白雪妍的面前，神秘兮兮地说，"我还有后招。"

白雪妍本来没听懂她的话，低头一看手机上的那些露骨的照片，顿时睁大了眼睛："这是假的照片吧？"

舒莉莉压低声音："是我找高手处理过的。怎么样，看起来跟真的一样吧？"

白雪妍莫名地有点儿失望——如果是真的岂不是更好？但她还是表现出一贯的假模假式的善良姿态："莉莉，这会不会有点儿过了？"

"要做就做点儿狠的，你没看到姜夏还是有两把刷子的，能从教导处笑眯眯地出来吗？哼，不过她肯定没想到我准备得这么齐全。"舒莉莉得意扬扬地说道，"我就不信这样还整不垮她！"

白雪妍表现出一副为难的表情，没有说话，但心里很清楚，一旦舒莉莉把这些照片发出去，姜夏基本没有机会翻身了。

下午最后一节课的下课铃响之前，学校论坛上又出现了一个匿名帖，轰动了整个华影。

匿名帖里发的全是极其露骨的照片，尽管都打了马赛克，但反而让照片看上去更加不堪。照片上的场景有别墅和宾馆的房间，男女主角就是正处于风口浪尖的姜夏和孔管家。

虽然这个匿名帖在发出来十分钟左右就被发帖人删除了，但今天的论坛本就热闹，点击率高，十分钟已经足够被大家看到并保存了。

这种八卦事件向来是最受人关注的，一时间，整个华影的人都沸腾了！

姜夏本来趴在桌上睡觉，被教室里沸腾的声音吵醒后才知道发生了什么。她登录论坛，虽然已经看不到原帖，但一群人在求人私发高清大图，偶尔有人会发一两张图上来，半分钟后删除，还有人开帖大肆议论。

姜夏刷新论坛界面的时候看到了其中一张所谓的“裸照”。她一眼就看出是假照片，她和孔伯的脸是被处理上去的。

如果说早上造谣的帖子只是让她觉得可笑、无聊，那么这个匿名帖已经彻底地挑起了她的怒火。

姜夏蓦地从座位上站了起来。她分明没有发出声音，但站起来的那一瞬间，原本闹哄哄的教室一下子安静了下来。所有的同学都回头看她，眼神各异，但嘲笑看好戏的人居多，毕竟这些照片一被曝光出来，她的事算是彻底坐实了。

姜夏眯了眯眼，眼神直射向前排的舒莉莉，勾唇，嘲讽地笑道：“舒莉莉啊，我本来还在想，明天你公开向我道歉的时候该怎样让你长个记性，现在看来你是逼我把你推下悬崖啊！”

舒莉莉故作吃惊：“明明是你自己不知检点，又扯上我做什么？”

“假的就是假的，你以为删帖就能彻底洗脱嫌疑了？”姜夏似笑非笑地看着舒莉莉，“别的不说，光是散布这种照片就已经是犯罪了，你想过后果吗？”

此话一出，拿着手机的同学立即有些心虚——好像传播淫秽照片也是犯罪。

舒莉莉不以为意地嗤笑："姜夏，你别在这里乱咬人。就凭你做的那些龌龊事，也有可能是那个老头儿的老婆来曝光你这个无耻小三的！"

仿佛要印证这句话，此时，教室门口来了一个带着学生会袖章的人，语气很公式化："姜夏，教导处的老师找你，请你马上跟我过去一趟。"

"呵呵！看到了吧，肯定是人家的老婆告到学校了。"舒莉莉立即大声地嘲笑道，"你还想诬蔑我发帖造谣。姜夏，你现在已经洗不白你自己了，我等着你被学校开除！"

"是吗？"姜夏微微一笑，"那你好好等着，看看到底谁被开除。"

她很冷静地出去了。

教室里又闹哄哄地议论起来。

有人怀疑："姜夏这反应不像是被曝光了照片的啊！该不会是真的有人造谣吧？"

"也不是没可能，看她平时酷酷的，不爱讲话，不像是那种人。"

舒莉莉冷哼一声："拉倒吧，人不可貌相，姜夏私底下还不知道是什么样子呢！她现在这么有底气，不过是因为有点儿背景！华影不会允许学生有这种污点的，我们就等着她被开除的消息吧！"

"莉莉，你别这么说……"白雪妍拉住她的手，看向班上的众人，叹道："夏夏跟我一样是孤儿，我有幸被宁家收养，但是她……所以，如果教导处真的做出决定，我希望全班同学都能去替夏夏求情，给她一次改过自新的机会。"

白雪妍的这番话一出，刚才怀疑的几个同学也顿时不说话了——毕竟姜夏缺少人管教，做出这种事也不算奇怪。

白雪妍抬头看向黑板上方的挂钟，眼中闪过一抹得意之色——现在是 5 点，教导处的老师是 5 点半下班，最多再等 30 分钟。既然这个事情闹得这么大，校领导一定会决定直接开除姜夏的！

教导处。

“姜夏同学，上午的时候你说过，这件事会给学校一个完美的交代，结果这才过了几个小时，就又出现这种帖子。这事已经闹大了，不管那些肮脏的照片是不是真实的，但流言蜚语一旦传出去是很难洗清的，你知不知道对你未来的路会有多大的影响？”主任王耀华看着面前漂亮的女孩儿，恨铁不成钢地叹了一口气。这件事校方但凡有一点点没处理好，影响的不仅是姜夏的名声，还有整个华影的名声。

姜夏站在桌边，语气平静地道：“王主任，我没有做过，那些照片肯定是假的，就算是处理图片的高手，也会有破绽，假的就是假的。”顿了顿，她继续说道，“至于澄清，我本来是想晚上回去找收养证明的，既然这样，我现在就打电话让我的伯伯过来。”

说完，姜夏用手机拨通了孔伯的电话，将事情大致说了一遍。

孔管家闻言，语气变得严肃，连声说：“马上就来。”

因为这件事，班主任刘淑芳来到教导处。见姜夏结束了通话，刘淑芳皱着眉，很不悦地开口：“姜夏，你之前逃课，又不上进，我已经对你很失望了，现在又闹出这种事，你是想让我彻底放弃你吗？你是不是就是想当坏学生，不想学好了？”

姜夏素白的手死死地攥紧，指甲掐入掌心内，单薄的背脊也挺得异常地直——她倔强地不肯展露哪怕一丁点儿情绪。她抬高了小巧的下颌，用尽全力压住颤抖的声线，一字一顿地冷漠地回道：“我没做过就是没做过，假的就是假的，我会找出匿名帖的发帖者。我不会再放过抹黑我的人，绝对不会。”

在孤儿院里的时候，她因年纪小，不懂如何反抗，也不敢反抗。但是现在不一样了。她长大了，不该轻易地被人欺负了，不该让江大哥在远方为她担心……

而此时，教导处门前的走廊上聚集了一群想看八卦的学生，正在扒着窗户往里看。

有几个唯恐天下不乱的学生起哄道——

“主任、老师，我们强烈要求开除姜夏！真是给我们华影丢脸！”

“就是，那种照片都被拍出来了，她还狡辩照片是假的！谁会做这种照片？她肯定是死不承认！”

“开除姜夏！否则我们都不敢说是从华影出来的了，华影居然出了这种恶心的同学。”

…………

起哄声一浪高过一浪。

身躯纤细的姜夏孤零零地立在桌边，听着这些不堪入耳的话。

现在的场景像极了她在孤儿院里被院长欺辱不成还反咬一口的时候。所有人都认定是她故意砸伤院长的，没有人相信她说的话，就好像她生来就是这么不堪的人，灵魂就是这么肮脏。

忽然，外面原本闹哄哄的走廊上安静了下来，几秒钟后，传来一阵阵女生的尖叫声——

“天哪！好帅！”

“这男人是哪个名人吗？太帅了吧！啊啊啊，我受不了了！”

“看那双大长腿……身材太好了，他是来教导处找谁的？”

…………

闻声，刘淑芳面带愠怒地走过去，拉开门：“是谁允许你们在这里大吵大闹的？”

然而门被打开的一瞬间，外面出现的人令刘淑芳怔住了。

“校长，董事长？”

董事长几乎不出现在学校里，今天怎么突然来了？

“快把门打开，教导处怎么能关门询问学生？”站在门口的董事长冷着脸喝了一句，转过头看向身后的男人时，立即换上了恭敬十足的笑容；“权先生，实在不好意思，这里太小了，要不然换一个地方……？”

一个低沉的嗓音打断了他的话：“事情在哪里发生，就在哪里解决。”伴随着极度好听的男声，一个高大的身影走进了教导处。

这里所有的老师，包括教龄几十年的主任王耀华都愣住了。刘淑芳更是瞪大了眼——竟然能让董事长如此毕恭毕敬，这男人是谁？

只见眼前的男人一身深灰色的手工西装，以接近一米九的身高，足以俯视在场的每一个人，眼神中的倨傲与生俱来。他的出现带着十足的压迫感，让整个教导处的空气都仿佛凝固了。

男人单手插在裤袋内，面容英俊，视线直直地落在桌边站着的姜夏的身上。

“路上堵车，耽误了几分钟。”他嗓音低沉地问道，“让你等久了，不生气吧？”

听见这句话的董事长已经惊呆了——他这是在解释！玩转商界、素来行事雷厉风行的权北倾，竟然在对一个才 19 岁的小女孩儿解释。

如果不是亲眼看见，董事长绝对不会相信。

不只是董事长，就连姜夏看到权北倾也呆住了。刚才电话里孔伯说马上就过来，可她没想到权北倾竟然也会来。

见女孩儿呆呆地不说话，权北倾微皱双眉，随即迈开长腿朝她走过去。

在场的老师们都下意识地让开一条道，谁也不敢挡他的路。

“怎么不回答？”权北倾在姜夏的身前站定，见女孩儿的嘴唇有些苍白，眉头皱得更紧，拨开她颊侧的发丝，“乖女孩儿，不用怕。”

原本死死地挺直背脊、脸色倔强地站着的女孩儿，浑身蓦地一颤。

从他出现在门口的那一刻起，姜夏那用冷漠、倔强堆砌的保护罩就裂开了缝隙，即便强忍着，眼眶也不受控制地泛红。下一秒，她直接扑进了男人的怀里。

权北倾挺拔的身躯不易察觉地微微一僵。

姜夏的双臂用力地抱着男人的腰身，脑袋往他的胸膛上拱，嗓音又软又哑：“他们都抹黑我，我没有做过那些事。”

权北倾用手臂环住女孩儿娇软的身躯，充满保护意味的手掌落在她瘦弱的肩头，低低地应道：“你当然没有，永远都不会有。抹黑你的人我会处理，你说怎么样就怎么样，嗯？”

“你总教训我，说我不好好念书，可我不知道怎么念下去，在哪里都没有人相信我……在孤儿院里是，在这里也是，永远都没人相信我。”姜夏暗哑地呜咽着。她不过是刚满 19 岁的女孩儿，从早上被造谣起到现在，神经已经紧绷到极限，随时会断掉，却强迫自己表现出一副没事人的模样，冷静地跟舒莉莉互怼，甚至还能笑出来。

她已经习惯了坚强。可越是坚强的人，就越是受不了别人给予的温暖。

权北倾耐心地听女孩儿说着，不厌其烦地轻拍她的背安抚。他俯首在她的耳畔低低地说道："谁说没人相信你？我相信你。"

姜夏微微一僵，一阵难以形容的感觉从心脏处蔓延开。她没有说话，一双手却把他的腰抱得更紧了，仿佛不受控制地想要从他的身上汲取更多的温暖。

而此时，刘淑芳在边上看着姜夏公然跟这个男人抱在一起的画面，忍不住出声道："这位先生，请问你是姜夏的什么人？你怎么可以在教导处这种地方这样抱着她？"

权北倾掀起眼皮，冷漠的眼神落在刘淑芳的脸上。

他薄唇微动，开口时，与刚才跟女孩儿说话时的语气截然不同，冰冷地吐出几个字："你是她的班主任？"

也许是男人的眼神太过慑人，刘淑芳怔了怔，下意识地回答："我是……"

"班主任就这样任由自己班上的学生被抹黑，不仅不出来替她澄清，还把她叫来教导处训话，而且还让她一直站着，连个椅子都不给。"权北倾冷漠地道，"华影的班主任都是这样毫无师德可言的吗？"

男人这一番锋利的话语说得刘淑芳的脸都白了。

反驳的话她脱口而出："你……你完全是胡说！我根本……"

"行了！"董事长立即沉下脸打断她，顺着权北倾的话说，"权先生是学生家长，他指出的这些问题都是存在的。你确实做得不对，应该感谢他肯指正你，大呼小叫的成何体统？"

刘淑芳被训得脸色一阵青一阵白，一时间连话都说不出来。

而董事长嘴里的"学生家长"四个字，也让在场的老师，包括王耀华主任都惊讶不已——这个男人是姜夏的家长？那……照片上的那个胖胖的老头儿是？

不等他们问出口，权北倾已经揽着姜夏在一旁的沙发上坐了下来，外面候着的孔管家也走了进来，恭敬地站在他的身边。

“姜夏是我们家收养的女孩儿。这是我的管家，是姜夏名义上的收养人，负责姜夏的饮食起居。”

权北倾用手在姜夏的长发上轻抚，淡淡地问道：“还有什么疑问吗？”

几个老师诧异地面面相觑——这个老头儿竟然是姜夏家的管家。

王耀华在董事长的眼神的逼视下，忙说道：“没有疑问，我们让姜夏同学叫您过来，本来也就是想彻底澄清一下这件事。”

权北倾没说话，只是拿出西装口袋里振动的手机，接起。

电话那端一个极其恭敬的声音响起：“少爷，一切都查清楚了，已经全部发给您了。”

“嗯。”权北倾冷淡地应了一声，吩咐孔管家把笔记本电脑打开，放在桌上。

很快，一张张照片被打开，有姜夏和孔管家被造假的“艳照”，还有一些未经处理的照片。

不得不说，处理照片的人的技术还是挺高超的，如果不是专业的技术人员是很难发现的。但现在把这两张照片放在一起，只要稍稍一对比，结果就一目了然了——很明显，姜夏和孔管家的脸都是被贴上去的。

教导处的老师们看着屏幕上的对比照，全都惊讶不已地睁大了眼睛，尤其是刘淑芳，一张脸都绿了。

“早上发帖的那个人……”权北倾顿了顿，才想起名字，“舒莉莉，让她现在到教导处来，三分钟的时间。”

“好的，权先生，我这就派人去叫她。”

董事长刚要找个老师，权北倾却抬了下手，阻止了他。接着，权北倾侧首看向坐在自己身边的女孩儿，语气变得轻柔：“你想让谁去叫？”

姜夏微怔，抬头看他。权北倾用长指把她的长发别到耳后，淡淡地问道："怎么不说话？董事长在等你的决定。"

董事长暗暗地擦了擦汗——这位姜同学该不会为难他吧？

所幸姜夏抿了抿唇，直接看向了一旁站着的刘淑芳："刘老师，"姜夏微微一笑，"你刚才不是说，我是你的班上的学生，出了这样的事，丢光了你的脸吗？舒莉莉也是我们班的，你对我说的那些话，也该对她说一遍才是。"

刘淑芳的脸色极其难看，可她无法反驳。她刚才对姜夏说的那些重话，旁边的老师也都听见了。在这件事上，她确实是冤枉姜夏了。

待到刘淑芳去班上叫人后，权北倾抬眸扫了一圈教导处，目光最终落在后面桌上的广播话筒上，颇为漫不经心地问："这是广播？"

董事长赶忙回答："是的，这是全校广播的话筒，通过它说话，在学校里的人都可以听见。"

"把它打开，拿过来。"权北倾轻声吩咐，顿了一下，语气蓦地转冷，"另外，封锁校门，在这件事没有彻底解释清楚之前，谁都不准离开学校。"

舒莉莉原本在班上期待地等着姜夏被开除的消息，结果突然被班主任刘淑芳叫去了教导处。在路上，她还忍不住地问刘淑芳："老师，是不是姜夏要被开除了？突然叫我去，是不是要做人证？"

刘淑芳铁青着脸，只顾着快步走，完全不搭理她。

舒莉莉不明所以，心想：是不是姜夏连累刘淑芳被骂了，所以刘淑芳才心情不好？

她就知道，自己这次用了这么狠的招，姜夏肯定是完蛋了！

可舒莉莉到了教导处，看到的是和想象中完全不一样的场景。

只见姜夏和一个气度不凡、长相极其英俊的男人一起坐在沙发上。那男人的手里端着一杯热水，正要放在姜夏的掌心里，他低声地和她说话，眼神里满是宠溺。

而校长和另一个身着西装打着领带的陌生男人，一人一边地站在沙发的两端，态度恭恭敬敬的。

刘淑芳走进去，冲着那个陌生男人道：“董事长，人已经带过来了。”

舒莉莉惊讶到嘴巴都张大了。

董……董事长？他就是学校的最高领导，比校长还更高一级的董事长？

舒莉莉还未见过董事长，正纠结该怎么称呼才能显得自己比较有礼貌，却见董事长转身面向沙发上的英俊男人，语气很是恭敬：“权先生，您要找的学生来了。”

权北倾淡淡地抬起头，将视线扫了过去。

舒莉莉猝不及防地迎上他的视线。当看见他那张俊美异常的脸时，她连心跳都顿时漏了一拍，只觉得浑身的血液都在沸腾——天啊！好帅的男人啊！

ZK 集团虽然有分部设在这里，但权北倾向来很少出现在公众的视野中，对外也不喜张扬，关于他的报道或者绯闻也都只有模糊的侧脸照。所以大多数人并不知道权北倾的长相，只知道他是权氏指定的继承人，执掌神秘的燕门，背景深不可测。

舒莉莉被他的脸惊艳得睁大了眼睛，怔怔地盯着权北倾看，一时忘了自己在什么地方。

姜夏见状顿时蹙起了眉头，莫名地不高兴，手一伸就挽住了身侧的男人的手臂，冷冷地说道：“舒莉莉，你这么花痴地盯着我的权叔叔看什么？他最讨厌别人这样看他了，尤其是陌生人。”

舒莉莉回过神，皱眉就想回嘴：“你……”

“舒莉莉同学，请你注意自己的言行！”王耀华立即喝止了她，“这位是姜夏同学的家长，找你过来是要询问发帖事件的具体情况。”

家长？舒莉莉震惊不已，姜夏不是和那个老头儿有不正当关系吗？她怎么会……？

此时，那英俊的男人忽然朝她开口，嗓音低沉冷漠：“舒莉莉是吗？”

舒莉莉控制不住地心跳加速，红着脸点头：“我……我是……”

权北倾微眯眼睛看着她，眼神犹如冰刀般冷厉：“对于你蓄意抹黑姜夏和我的管家之间的关系，以及伪造那些所谓的‘艳照’诬蔑她这两件事，你还有什么话要说？”

舒莉莉蓦地愣住。

恭敬地候在一旁的孔管家开口补充道：“我姓孔，是少爷指派服侍夏夏小姐的管家，我们少爷在问你话。”

舒莉莉彻底蒙了！

管……管家？怎么可能？姜夏那种不知来路的野丫头，怎么可能有幸被这种男人带回家？

舒莉莉难以置信，好一会儿才缓过神来，第一反应就是否认：“我没有蓄意抹黑！我是有证据的！我看到姜夏跟这个老头儿经常走在一起，动作还那么亲密，一看关系就不正常……”

权北倾冷声打断她的话：“是吗？那按照你这么说，你跟你爷爷、外公的关系应该也不正常？”

孔管家心想：我不是伯伯吗？怎么一下子就老成爷爷了？

舒莉莉被男人这句话堵得一时语塞，但很快又狡辩：“还……还有他打了宁易辰，我一时愤慨才发了那个帖子。这不是蓄意抹黑，顶多算是我弄错了而已……这在论坛里也是常有的事，毕竟我不了解真实情况。”

权北倾冷漠又条理性极强地陈述：“那个‘校草’中午发帖澄清是他先对孔管家动的手，随后你也没有发帖道歉说你弄错了，反倒下午又变本加厉地匿名发了伪造的照片。很明显，你是提早就准备了大招，想让姜夏彻底翻不了身，这还不叫蓄意抹黑？”

舒莉莉蓦地攥紧了手，冷汗涔涔，但仍旧嘴硬不肯承认：“你凭什么说匿名帖是我发的？我之前根本没见过那些照片，也是听大家在议论，才去论坛上看到的。”

闻言，权北倾扬手让孔管家把笔记本电脑屏幕对准舒莉莉。男人毫无温度的声线响起：“这是你造假的证据，十几名技术人员共同鉴定的结果。而今天下午2点24分，一个IP地址为12.145.87.21的手机用户在学校的论坛上匿名发了关于这些照片的帖子。”

他每说一句话，舒莉莉的脸色就白一分——他竟然能查到IP地址！

权北倾说到这里，颀长的身体直接站了起来，压倒性的气势直逼舒莉莉，光是那凌厉慑人的眼神就足以让她双腿发软。他并不屑于和她多说，眉眼倨傲而冷漠：“我的律师团队就在外面，其他的证据以及这次的起诉他们会跟你说清楚。”

话音刚落，六个西装革履的男人就走了进来，步伐整齐，态度严肃。

舒莉莉在他们走进来时已经呆住了，而当看清为首的男人的脸时，更是震惊不已——她曾经在电视上看见过，这个男人姓宋，是本地最有名望的金牌律师，据说他极其高傲，普通人根本不可能请得动他！

宋律师拿着盖章的纸张走到她的面前，语气公式化地道：“舒小姐，我是权先生和姜小姐的委托律师，他们即将起诉你，请你做好接受调查以及去法院开庭的准备。”

当白纸黑字的诉讼书递到眼前时，舒莉莉彻底吓傻了。她终于明白过来：这个不知来历的男人是来真的，这不是学生之间的唇枪舌剑，狡辩撒泼是没有用的，这是成人世界的腥风血雨。

他能在短短的几个小时内查到这些，其他的肯定也能查到！她不可能赢得了这场官司，肯定会被他告到身败名裂甚至坐牢！

思及此，舒莉莉浑身止不住地颤抖，慌张无措。她忽然转身看向沙发上的姜夏，哆哆嗦嗦地哀求道：“夏……夏夏，我不是故意要抹黑你的。你知道的，虽然我们平时有些口角，但那只是同学之间的玩笑而已，我绝对没有害你的心思！”

“不是故意抹黑我？”姜夏眯起杏眸，“那就是说，你承认‘艳照’确实是你找人做的，并且匿名发的了？”

到了这个地步，舒莉莉知道自己再狡辩只会雪上加霜，再想想这里也就只有他们几个人，没有其他同学能听见，觉得自己就算承认了也没关系，而且只要态度够好、够诚恳，肯定会被原谅的！

于是，舒莉莉直接深深地弯下腰，朝姜夏道歉："对不起夏夏！我承认是我找人伪造照片并匿名发帖的，但我只是一时鬼迷心窍！我知道错了！我以后再也不敢了……"她边说边不停地朝姜夏鞠躬，"夏夏，希望你能向你叔叔求求情，给我一次改过自新的机会，我保证不会再犯了！以后在学校里我肯定会对你好，不让任何人说你一句坏话！我们可以做最好的姐妹！"

"'夏夏'这个称呼我可担不起啊！而且你最好的姐妹不是白雪妍吗？"姜夏冷冷地打断舒莉莉的话，"她现在听到这番话，估计心都在滴血吧，你们的姐妹情就这么不堪一击吗？"

舒莉莉闻言怔了一下。这时候她根本顾不上白雪妍，赶忙谄媚地道："夏夏，我跟白雪妍本来也就只是一起玩儿而已，实际上关系并没有多好。上次在商场的事，其实我特别鄙视她。"

姜夏知道一旁桌上的广播话筒是开着的，他们现在说的话全校都能听见，于是眨了眨眼睛，故意装傻："啊？上次在商场的事，什么事？"

舒莉莉见她肯跟自己说话，说明有希望平息这件事，心底顿时一喜：哼！看来姜夏还是很好骗的！

于是她赶忙堆起万分讨好的笑容，谄媚地说道："夏夏，你忘了吗？就是上次在 ZK 商场的那家名牌店里啊！白雪妍分明没钱买名牌包，又要打肿脸充胖子，其实她的钱都是从宁母那里骗来的拜佛的钱，结果被当众戳穿了！而且夏夏，你知道吗？宁母把她拖回家后狠狠地教训了一顿，让她把那些奢侈品都退了！她最近在偷偷摸摸地买高仿货，假装是正品，我都不想戳穿她！"

"是吗？你不说我都不知道啊！"姜夏似笑非笑，"不过你跟我说这些，就不怕白雪妍听到了再也不跟你玩儿吗？"

"她不可能听到的……"舒莉莉脱口而出这句话，意识到不对，迅速地转了话锋，冷哼道，"而且，就算白雪妍听见又怎么样？我早就不想跟她玩儿了！她既好面子又爱装有钱人，我其实最讨厌她这种虚伪的人了，只是平时没机会跟她撕破脸而已！夏夏，你要相信我。”

“没机会吗？那真是太巧了。”姜夏微微一笑，抬手朝舒莉莉的身后一指，“刚才权叔叔提议把全校的广播话筒打开，毕竟这件事关系到华影的名声，所以我们刚才所有的对话，在学校的每个人都能听见。”

什么？舒莉莉如遭雷击，蓦地转过头，只见教导处的广播话筒正放在她的身后的桌子上，话筒下方的小绿灯一闪一闪的，是被打开的状态。

也就是说，她刚才说的那些话，包括道歉、求情和白雪妍的坏话，全校的人都能听见！

舒莉莉呆若木鸡，颤抖着往前走了几步，胡乱地喃喃：“这……我……我不是……”

她还想对姜夏说什么，而已经站起身的权北倾抬手看了一眼腕表，显然不愿意再跟她浪费时间。他轻抬右手，六名律师立即上前挡住，不让舒莉莉再靠近姜夏半步。

权北倾俯身牵起姜夏的手，将她从沙发上拉了起来，淡淡地说道：“晚餐时间快到了，我们回家。”

舒莉莉看见姜夏被那个男人揽着往外走去，顿时就急了，想要追上去，喊道：“姜夏！夏夏，你听我说，我还没说完，我是真心向你道歉的……”可有律师拦着，她根本无法追上去，只能干着急。

走在后面的孔管家转身看向她，眼神冷漠，语气更冷：“我替我家少爷转达一下他的意思，虽然你已经亲口承认这些事，但口头道歉并没有任何意义，那么现在给你两个选择。第一个，你自己发一个向夏夏小姐道歉的帖子以及手写一封道歉信贴在校园内的公告栏上，并且明天之前主动退学；第二个，你可以什么都不做，也不用退学，但我们的律师团队会按照流程起诉你，我们法庭见。”

舒莉莉犹如被惊雷当头一劈，脸色煞白地退后几步，双腿一软瘫坐在地上。

此时，行政楼外聚集了一大批看戏的学生——再加上校门莫名其妙地被封了，他们想出都出不去。而当听完广播中舒莉莉说的那些话后，众人更是震惊不已，这个反转真是太震撼了，竟然还抖出了“校花”白雪妍的糗事。

正当众人议论纷纷的时候，只见行政楼里走出一行西装革履的人。走在最前面的男人高大英俊，极其惹眼。他用右臂揽着一个娇小的女孩儿，明明是很寻常的动作，保护的意味却极其明显。

“天哪！那不是我们班的姜夏吗？这个男人就是她的家长吗？”

“太帅了吧！仅是侧脸就已经这么帅了！”

女生们的尖叫声此起彼伏。

“我可以冲过去跟那个男人合影吗？”

…………

黑色的汽车就停在行政楼旁，权北倾护着姜夏坐进车内，车头掉转，封锁的校门立即为他们打开。

待汽车驶离学校，董事长才重重地松了口气，擦了擦额头上的汗，随后转身严肃地看着身后的老师们：“这件事一定要处理得漂漂亮亮的，让姜夏同学以及她的家长满意，犯错误的同学必须严惩！如果再有类似丢人的事发生，我看我们学校也可以关门了！”

刚回到星海湾，姜夏就发现论坛上造谣自己的帖子和伪造的照片被删光了。

华影校方发了一则官方的解释帖，把这件事的原委都说得清清楚楚，红字加粗，在论坛最上方被置顶。

姜夏往下滑，只见下面新发的帖子里，大家讨论最多的竟然不是白雪妍骗钱、用高仿货的事，而是——

“姜夏的那个极品帅哥家长，那双大长腿到底有多长？”

“身高目测至少一米八九，身材标准倒三角，手也超级好看！”

…………

姜夏越看，脸越黑，现在的女生都这么厚脸皮吗？看到这些讨论的帖子，她莫名有些不舒服，感觉好像她的权叔叔变成了大家的权叔叔。

但转念一想，她又觉得自己这么想不对——权北倾又不是她的。

而且以后他要是结婚了，娶了个跟他一样凶巴巴的老婆，肯定会一起凶巴巴地管教她。哼，就像那个纪阿姨！

姜夏换好家居服下楼，却发现餐厅里只有孔管家和用人，奇怪地问："权叔叔不吃晚餐吗？"

孔管家朝楼上看了一眼，才道："少爷有点儿事情，说让夏夏小姐先吃。"

姜夏看着孔管家的脸上那强行挤出的笑容，觉得有点儿奇怪，但想想也不是自己该管的，便坐下自顾自地吃晚餐。

第六章

他吻了她

晚上，姜夏窝在房间里打游戏，直到手机闹钟响起，提示她：“9点到了，‘大魔头’要来抓你了。”

姜夏飞速地收拾现场，摆出一副自己正在认真复习英语的架势。可是她乖宝宝般地等了10几分钟，也没等来“大魔头”。按照这些日子以来的惯例，每天晚上9点到9点半之间，权北倾都会来她的房间里突击检查，雷打不动。这是姜夏吸取多次教训得出的经验，所以每次基本都能完美地躲过检查。

但今晚权北倾竟然没来。

姜夏很困惑，甚至有种想出去看看的冲动，但立即打住了。她难道是受虐体质吗？他不来检查不是很好吗？她为什么要出去找事啊？

于是，姜夏潇洒地把英语书一推，又开始打游戏。

一连三天，姜夏都过着这种没人管的生活，仿佛回到了权北倾回来之前，舒服极了。

直到第四天晚上，她拿着舞台剧的剧本去敲权北倾的房门，想问问他关于演盲人的事。然而不管她怎么敲，里面都没有人回应。

现在已经是晚上 9 点多了，她知道权北倾回来了，而且回来得很早。他今晚的晚餐也没跟她一起吃，有种刻意躲开她的感觉。

这么想着，姜夏越发疑惑，敲门的声音也更大了："权叔叔，你在里面吗？你不出声我就开门进去了哟，别说我偷看你换衣服……"

她正要拧开门把手往里走，身后忽然传来孔管家的声音。

"夏夏小姐，你找少爷有事吗？"

姜夏被吓了一跳，跟做贼被抓似的转过身，愣了半天，低头看见自己的怀里还抱着剧本，忙道："我……我是来问他关于演盲人的事，他……他在洗澡吗？"

"少爷不在房间里。"孔管家向来对姜夏这丫头特别喜爱，见她的脸上写满好奇，还是说了，"这几天有些特殊情况，所以少爷暂时搬到四楼的房间里去住。"说完，他不给姜夏提问的机会，就把她推回了房间里，"夏夏小姐早点儿休息，晚安。"

姜夏有满腹疑问没地方问，洗过澡后躺在公主床上，翻来覆去地睡不着。

她跟权北倾的房间都在二楼，他就算要搬也应该是搬到三楼去，搬到四楼是什么意思？还是说四楼有什么不能让她知道的秘密？她确实从来没上去过。

她正想着，忽然听见"砰"的一声，似乎是什么东西被打翻在地上的声音，而且是从楼上传来的。

姜夏屏息听了一会儿，却什么都听不出来。她咬咬唇，忽然掀起被子下了床。

四楼的走廊里静悄悄的。

为了减轻声音，姜夏连拖鞋都没穿，光着脚就跑了上来。

她踮着脚，每路过一间房间，就用耳朵贴着门板听里面的动静，并且小声地问："权叔叔，你在里面吗？"

可房间里没有任何动静，她毫无发现。

姜夏有些沮丧，正准备下楼，她身后的房间内忽然传来沙哑痛楚的低吼声。

姜夏蓦地转过身——这声音是权叔叔的？

她屏住呼吸，缓慢地走过去，将房门打开。

里面的场景让姜夏彻底愣住。

只见明亮的月光下，偌大的房间内只放着一张大床，穿着黑色丝质衬衫的英俊男人靠在床头上，一手搭在屈起的膝盖上，一手垂在身侧。

更令姜夏震惊的是——他的双手的手腕上竟然都戴着用铁链连着的手铐，极粗的铁链的另一头深陷在墙壁里，显然是被焊在里面了。

不仅如此，他的腰部似乎也被铁链拴住了，相当于整个人被拴住，囚禁在这里。他这是在做什么？

姜夏张着嘴，震惊地看着这一幕，试图跟他说话："权……权叔叔，你怎么了？"

权北倾垂着脑袋毫无反应，似乎完全没有听见她的声音。

姜夏吞了吞口水，壮起胆子上前几步，轻轻地碰了碰他的手背，小声地喊："权叔叔……"

男人蓦地动了一下，铁链发出沉重的声响。姜夏被吓得缩回了手，往后退了几步。

就在她犹豫着该不该去叫孔管家时，权北倾忽然抬头朝她看了过来。

他的眼眸中是一片染血般的猩红，他分明是在看她，眼神却空洞恍惚，似乎并不认得她。姜夏被他看得一动也不敢动。

约莫 30 秒后，权北倾忽然放下屈起的右腿，就要下床，而他的脚下全是被打碎的玻璃杯的碎片。

姜夏一惊，想也没想就冲过去阻止他："小心！"

她就这么跑过去，飞快地爬上床，将欲要下床的男人往回拽。

姜夏的手臂忽然被反扣住，她还没反应过来，只觉一阵天翻地覆，整个人直接被权北倾拽过去，狠狠地被其压在了身下！

男人炙热的胸膛紧贴着她的身体，他闭着眼，低下俊脸，薄唇几乎要碰到她的唇瓣。

姜夏睁大了眼睛，一时之间连反抗都忘了，下意识地屏住了呼吸。

过了好久，权北倾一直维持着这个姿势压着她，姜夏只觉得自己快被他压扁了。

她把手抵在他的肩上，试图推开他："我……我难受。"

权北倾蓦地睁开了眼。

姜夏以为他听见了，脑袋抬起来一点儿，想要让他听得更清楚："你……你快起来，你好重。"

可下一秒，权北倾忽然凑了过去，薄唇直接噙住她的双唇，狠狠地吻住她。

姜夏只觉得脑袋里"嗡"的一声巨响，瞬间一片空白。

男人微凉的薄唇贴在女孩儿的唇瓣上，他撬开她的贝齿，强势地入侵她的口腔，肆意地占领、索取。女孩儿每一寸被他扫过的地方都酥酥麻麻的，仿佛有电流经过。

权北倾每吻得更深一点儿，姜夏都要不受控地战栗一下，连心跳也不停地加速，心脏"扑通扑通"的，像是要跳出来。肌肤上像是爬满了小虫子，痒得她"呜呜"地哽咽着——那难以形容的酥麻甚至让她想哭。

娇嫩的女孩儿毫无接吻的经验，从小到大也没有在清醒的情况下被男人如此肆意地轻薄过，此时从脸蛋儿红到了脚踝，连十根脚趾都蜷缩了起来。细碎的呜咽声从姜夏的喉间溢出，但她因为唇瓣被堵住了，声音含混："不要，呜……"

权北倾此时没有意识，完全听不见她的拒绝。

女孩儿的唇柔软得不可思议，入口甜美，神奇地缓解了他痛楚紧绷的神经，让他欲罢不能，只想天长地久地品尝这双唇瓣。于是他吻得更深、更凶，到最后几乎是在咬她。

唇齿纠缠得越来越深，姜夏只觉得呼吸困难。她想要挣脱，可偏偏被男人死死地压在身下，丝毫动弹不得。

他怎么了？他怎么会这样吻她？

她的嘴唇已经麻了。如果不是他边亲边下意识地渡气给她，她可能已经窒息了。

更令她害怕的是，权北倾的手竟然紧接着钻进了她的睡衣里，动作很是粗暴，有力的手臂把她的纽扣都扯开了几颗。因为姜夏要睡觉了，所以睡衣里面空无一物。她惊恐地想将男人的手扯出去，叫道："不……不可以！"

她忽然被男人狠狠地揉了一下，他的指尖所到之处毫不留情，用力地揉掐，像是喜爱，又像是发泄。

姜夏疼得眼睛都红了，又气又委屈，蓦地在他的薄唇上重重地咬了一口，淡淡的血腥味在口腔里弥漫。

权北倾的动作慢慢地停了下来。

姜夏本想愤怒地质问他为什么这样对自己，却忽然感到他在发抖，先是轻微地颤抖，很快就越来越严重。

他现在这样子一点儿也不正常，连一句话都不跟她说。难道是她刚才咬痛他了？

姜夏咬住下唇，觉得自己不该愧疚才对，明明是他这么过分，谁让他强吻她，还……还摸她的？

内心挣扎了好一会儿，最终，她还是伸出手摸向男人的脸："你……你是不是嘴唇痛？我帮你……帮你揉揉……"

她用手指抚上权北倾的薄唇，发现他的唇在动，似乎是在低喃着什么。姜夏忍不住侧头，将耳朵贴在他的唇上。

反复好几次，她才听清，他说的是"阿勋"。

"阿勋"是一个人名吗？姜夏转回头，看见平日里高高在上、不可一世的男人，此时俊脸泛白，闭着眼，似乎沉浸在无边无尽的痛楚里。

哼，他都这样了还能对她动手动脚。尽管这么愤愤地想着，但姜夏还是伸出双臂，略微吃力地将权北倾抱住，把他的脑袋按在自己的颈窝处，让他把自己当枕头。

她用低低软软的嗓音哄着他：“权叔叔，我给你唱摇篮曲听哟，等你睡着了就不会这么难受了。”

姜夏想：看在他这么难受的分儿上，就暂时先放过他刚才对她做的那些过分的行为。毕竟之前自己生病的时候，他也哄她吃药、照顾过她，她不能忘恩负义。

等他明天醒了，她再找他要一个说法！

姜夏微动唇瓣，开始低低地哼唱着那首熟悉的摇篮曲。

以前在孤儿院的时候，她生病不舒服或者不肯睡觉，江大哥总是在她的耳畔低哼着这首摇篮曲，哄她入睡。那么多个彼此依偎的夜晚，埋在她的记忆深处无法消散。

姜夏的手抱住男人正在颤抖的脑袋，纤细的手指穿过他汗湿的短发，她学着以前江大哥哄她睡觉的样子，笨拙地哄着权北倾。

女孩儿柔软的指腹仿佛带有神奇的魔力，按在他疼痛不堪的头上，再加上她轻柔的哼唱声，竟然让男人混乱痛楚的脑部神经逐渐地安定了下来。

权北倾紧闭的双眸缓缓地放松下来，他竟就这么靠在她的颈窝处，不知不觉地睡了过去。

接近凌晨的时候，姜夏因为手臂酸痛醒了，见身侧的权北倾还埋首在她的颈窝处沉睡，于是小心翼翼地将他挪开，爬起来回了自己的房间。

姜夏不记得自己是怎么倒在公主床上睡着的，可能是惊吓过度导致她的身体很疲倦。等她再次醒来，天已经亮了。

她睁开眼后犯起了迷糊，有一瞬间以为昨晚是自己做了个梦，但掀开睡衣一看，自己的腰上还有男人揉捏出的瘀青，而且嘴巴里还残留着麻麻的感觉。

这些都是他非礼她的证据。

姜夏没有赖床，迅速洗漱下楼，早早地就在餐桌边坐下。

时钟的指针马上指向8点整，就在姜夏以为权北倾会难得晚起时，楼梯上响起了脚步声。

高大英俊的男人边系着袖扣边走下来。

姜夏的身板立即挺得直直的，她心里有气也有委屈，再加上又有“证据”，所以底气十足，就差没用鼻孔对着他了。

权北倾脚步一转，朝餐厅这边走了过来。

想到昨晚的那些画面，姜夏莫名地有些紧张，心脏“怦怦”地跳。但她已经决定了——权北倾如果跟她解释并且道歉的话，她一定不能轻易算了！她要借此好好要挟他一把，威胁他把家规改一改，比如早上可以赖床之类的。

她正胸有成竹地想着，权北倾已经走到了她的面前。

姜夏微微抬起下巴，做好准备，等着他先开口。只见权北倾拿起了桌上的财经报纸，翻了两页，视线这才落在姜夏的身上，眉头微皱，冷声道：“二郎腿，给我放下去。”

姜夏一怔，被他训出习惯了，几乎是反射性地收腿、坐好。

权北倾又看了她一眼，转身迈开长腿往外走去。

他就这样走了，一句解释的话都不说吗？她顿时怒气上涌，霍然从椅子上站了起来，冲着他大喊：“你……你站住！”

权北倾停下脚步，侧过俊脸看她，那严厉的眼神看得姜夏的小腿肚一软，刹那间就蔫了。

“我……你……昨……昨晚……”舌头控制不住地打结，她支支吾吾的，半天也说不清楚。她到底为什么这么怕他？

权北倾看着面前小脸涨红的女孩儿，俊脸上没有多余的表情：“今天学校没课，上午给你安排的是英语课，下午是礼仪课，家庭老师会到家里来给你上课。”

说完，他低头看了一眼腕表，转身离开。

用人赶忙过去替他开门。

直到玄关的门被关上，发出“砰”的一声，姜夏才回过神来。外面传来汽车发动的声音，显然权北倾已经走了。

昨晚对她做了那么过分的事，他……他竟然连一句解释都没有。

接下来的一整天，姜夏都处在极度的气愤之中。

英语课和礼仪课自然都没有好好上，她虽然在权北倾的面前会老实，但在其他人的面前是吊儿郎当的——家庭老师也拿她没办法。

最主要的是，姜夏这次也不怕她们告状。她们最好告到权北倾那里，他如果来教训她，她就拿昨晚的事堵他，看他怎么解释！

姜夏抱着这种想法快活地玩儿了一天，傍晚还特意出去看了电影，到晚上 9 点多才回去。

家规规定的门禁时间是晚上 9 点，她很明显是超时了。

姜夏哼着歌走进玄关，看见权北倾坐在沙发上，修长的手指间夹着根烟，另一只手正拿着手机放在耳边打电话，用标准而流利的英语说着什么——她听不懂。

哼，他八成是坐在沙发上等她，想训她不好好上课还晚归吧！

姜夏顿时来了斗志，换了鞋就大摇大摆地走进去，重重地在一旁的沙发上坐下，拿起遥控器把电视打开。

她特意选了个战争片，音量还调得特别大，顿时整个客厅里都闹哄哄的。

权北倾还在打电话，掀起眼皮朝她看了一眼。

姜夏一挺胸脯，壮着胆子用眼神表示“怎么样，现在理亏的是你”。

权北倾稍稍把手机从耳边移开，站了起来。

姜夏深吸口气，做好跟他硬碰硬的准备，然后就见男人绕过了她坐的沙发，直接上了楼，话都没跟她说一句。

姜夏盘腿坐在房间里的公主床上，托腮严肃地思考着。

嗯，情况变得复杂了。

就不说昨晚他非礼她，今天还当没事人，她姑且认为他是心虚，故意装傻。但白天的英语课跟礼仪课结束时，自己都故意说了一些话挑衅家庭老师，她可以确定她们一定会告她一状的，可权北倾刚才竟然连一句训斥的话都没说。而且她今晚这么明目张胆地晚归，他都直接无视了。

不正常，他太不正常了。

至于他昨晚用铁链拴住自己，更是令人匪夷所思。

该不会是他得了什么难言的病，所以准备把她交到其他人的手上吧？

不行，她一定要问个清楚。她绝对不要又住到别人的家里去！

姜夏立即跳下床，飞快地跑上四楼。可到了四楼她才发现，昨晚那个房间竟然被锁上了。

姜夏怎么都打不开，莫名地就慌张起来，嘴里急切地叫着："权叔叔，你在里面吗？你开门，你说句话！你别以为我不知道你在里面！你别想赖账！"

她双手握着门把手反复地拧，最后索性开始拍门。

蓦地，男人清冷的嗓音在她的身后响起："大晚上的，吵什么？"

姜夏被吓了一跳，猛地转过身，就看见权北倾站在自己的身后，他的身上穿的还是早上的衬衫，俊脸在阴影中显得有些阴沉。

他的手上还拿着类似药瓶的东西——他显然是准备来这里睡的。

姜夏松了口气，随即又气鼓鼓地问："你……你到四楼来做什么？！"

权北倾不理睬她，绕过她取出钥匙打开房门，嗓音淡漠："快 11 点了，回房睡觉。"

他边说边推开房门走进去。

姜夏见他反手就要关上门，迅速地上前抵住门板："等一下！"

"姜夏，"权北倾冷着俊脸，"我刚才说的话你没听见？"

姜夏差点儿又要害怕，但想到他的那些不正常的行为，还是鼓起勇气说出口："你自己不也没回房间睡觉吗？你别以为我不知道，我……我昨晚什么都看见了！"

她本以为这么说会让他心虚，可权北倾的表情显然是惊讶。他敛着黑眸："你看见什么了？"

"我看见你用铁链拴住自己！"见男人微微怔住，姜夏顿时更加理直气壮了。怕他突然要赖关门，她直接用力地推开门走了进去，手指着床边的铁链："你看，这就是证据，你狡辩不了！"

权北倾颀长的身体站在门边没动。

姜夏以为他是心虚了，双手叉腰，继续道："而且昨晚，你……你还非礼我了！不仅强吻我，还……还摸我！你别以为不说话就可以蒙混过去了，我有证据的！"她边说边把自己的睡衣卷起来一小部分，露出纤细的腰肢，上面有几块很显眼的瘀青，"你……你看！"

权北倾的眸色越发幽暗，他忽然朝她走过去。

姜夏以为他要坐过来解释，搬出早就准备好的那一套说辞："我……我跟你说，我不会这么轻易就原谅你的！如果你不跟我好好协商，我就去法院起诉你……"

男人走到她的面前——明明已经没有可以再前进的余地了，但他还是在朝她逼近。

"你……你干什么？我警告你，你别过来了啊！"姜夏睁大眼睛，不断地后退，试图伸手挡住他。可当她的手触碰到他的胸膛，权北倾猛地往前倾了一下身，她一下子就往后倒在了大床上。

"啊！"姜夏惊呼，可来不及起身，男人那高大健硕的身躯就压了下来，将她禁锢在身下。

一下子，姜夏的鼻腔中都是他特有的男性气息，极其撩人。

姜夏呆住了，不知道他想做什么。昨晚的那些画面重新回到脑海中，她只是这么一想，浑身的皮肤仿佛都变得滚烫起来。

权北倾单臂撑在她的头旁，垂眸看着脸蛋儿红扑扑的女孩儿，桃花眼微微地眯起："原来你今天不肯好好上课、晚归还跟我吹胡子瞪眼的，是因为这个。"他伸手捏起她小巧的下颌，低低地笑，"本来我还不确定昨晚是做梦还是真的吻了你，原来真的是你自己跑进了这个房间。不过，乖女孩儿，你觉得你做什么有用吗？"

"你……你怎么能……？"姜夏看着近在咫尺的俊颜，磕磕巴巴地想要控诉他。

权北倾俯首，两人之间几乎零距离：“姜夏，既然昨晚我强吻了你，你也知道我不正常，所以这段时间你就该离我远远的，而不是再跑上来，这不是乖女孩儿该有的行为。你又不乖了，嗯？”

他高挺的鼻尖抵在她软软的鼻尖上，轻轻地磨蹭，彼此的呼吸交融、纠缠着。

权北倾闻到女孩儿身上的香味——这像是罂粟一般吸引着他去采摘，他的喉结上下滚动，眼中涌起欲念。

他惊觉自己忍不住。在这丫头的面前，他竟然没有一次能忍住。

姜夏只觉得压着自己的男人的身体在不断地紧绷、发烫，随后，身上的重量忽然消失。

权北倾撑着床垫站了起来，单手插进裤袋里，语调变得冷漠，警告她：“回你的房间里去睡觉，以后晚上不要再上四楼，否则我也保证不了我会对你做什么。”

姜夏回到自己的房间后，翻来覆去地睡不着。

她本来是上去质问他的，结果什么都没问到不说，还白白地被他警告了一通。

而且什么叫“保证不了我会对你做什么”？他是无法控制自己吗？

姜夏越想越好奇，百爪挠心，索性下楼去敲孔伯的门。

见孔管家打着哈欠开门，姜夏不等他说话，直接开门见山地问他：“孔伯，权叔叔为什么突然搬到四楼的房间去住？”

闻言，孔管家顿时愣住了，似乎很惊讶她会这么问，立即把她的浑身上下打量了一番：“夏夏小姐，你……你上去过了？”

姜夏看他的神色很紧张，更加怀疑了：“我上去……会怎么样吗？”

“也不是……”孔管家有些支支吾吾，“少爷这几天不太……不太舒服，所以可能会……唉，夏夏小姐你别管那么多了，少爷他自己会处理好的，你乖乖地去睡觉。”

姜夏咬唇：“他怎么处理？他是不是得了什么会自残的怪病？”

孔管家忙否认：“不……不是啊！”

“那为什么他用铁链拴着自己的腰，还铐住双手？这不就是怕自己失控，失手伤了自己吗？”

孔管家被她逼问得有些不知如何回答，随便含糊地否认了几句，就把她推回房间了。

孔伯模棱两可的态度让姜夏更加觉得不对劲。她在房间里走来走去纠结了一会儿，正准备再下楼找孔伯问个清楚，楼上再次传来“砰”的一声响。

姜夏顿时一惊，脑海中闪过男人痛楚的俊颜，还有那猩红如血的双眸。

他一个人在房间里肯定会出事的，昨晚就差点儿踩到玻璃碴儿了。

姜夏咬咬牙，一时之间把权北倾的那些警告都忘了，转身就冲出房间，往楼上跑去。

四楼的房间内一地狼藉。

姜夏打开门走进去，一眼就看见单膝半跪在墙边的男人。

权北倾仅一只手铐着手铐，另一只手还没来得及铐上，手臂不知怎么的，被床头柜的柜角划开一大道口子，涓涓鲜血染红了他的衬衫和西裤。

他低垂着头，眉眼间显现痛楚，死死地咬着牙。

姜夏看着那些血，吓呆了：他是在自残吗？

虽然姜夏很怕血，但还是壮着胆子朝他走过去，在他的身边缓缓地蹲下：“权叔叔……”

她伸出手想要触碰他。

男人却蓦地侧过头，明暗难辨的双眸死盯着她，薄唇吐出两个字：“出去！”

他在赶她走。他现在还是清醒的？

姜夏怎么可能现在离开？她没有动，仍旧固执地伸出手拉住他：“权叔叔，你流血了，我去找人上来给你包扎。”

“出去！”权北倾低吼出声，嗓音极其沙哑。

姜夏咬唇，那股倔强的劲儿又上来了，愤愤地说道：“你……你凭什么叫我出去？我生病的时候你又喂我喝药又哄我睡觉，连我穿几条裤子你都要管！你现在生病了，我……我还不能管你了吗？”

她越想越气，看着他手臂上的血迹，眼眶莫名地红了：“男女明明就平等！你这样一点儿都不公平！我不出去，就是不！”

女孩儿用双手死死地抓着他，不肯松开，眼泪“吧嗒吧嗒”地滴在他的手臂上。

他极力地维持着理智，侧头看向身侧掉眼泪的女孩儿，喉结艰难地滚动：“哭什么？”

仅仅这三个字，他都说得很困难。

没有安全意识的傻丫头，还跑上来做什么？

“你突然就把自己关在这间房里，那么吓人，还……还这样自残！”姜夏哽咽着，虽然在掉眼泪，但眼神丝毫不软弱，仍旧倔强得要命，“我不管你生了什么病，反正你生病了我就要留下来照顾你！我才不会自己回房间里睡觉！我姜夏才没那么自私！”

权北倾闭了闭眼，想要再次出声赶她走，但又觉得头痛欲裂，嗓子干哑到无法发声。

他单手扶着墙面，撑起身体。

姜夏以为他又要自残，立即跟着起身，踮起脚一把抱住了他：“不可以！你……你不可以再把自己弄流血了！”

她起得太急，没有站稳，整个人几乎是重重地撞在了权北倾的身上。而她用双手抱住他的腰，更像是把他往后推去。于是下一秒，两人一齐跌倒在了旁边的大床上。

姜夏下意识地闭紧眼睛，而后，只觉得唇瓣触碰到了一个冰冰凉凉的东西。

这……这是……？

不等姜夏有所反应，忽然一阵天旋地转，整个人已经被男人压在了身下。

与此同时，她的后脑勺儿也被一只大掌扣住，不能挪开半分。

而她所感受到的那个冰冰凉凉的东西仍旧贴在她的唇上，并且动了动，吐出一句极其沙哑的话来：“姜夏，我已经警告过你了，这次是你自己要上来的。”

话音刚落，姜夏正好睁开眼睛，而她的唇也被他噙住，缓慢地吻了起来。

姜夏几乎整个人都僵住了。

不同于昨晚那个失去理智的、粗暴的吻，现在的这个吻温柔而缱绻，他一点点地描绘着她的唇与齿，用力地纠缠她，汲取所有的甜美。

他吻着她，也没闭上眸子，就这么深深地看着她。

随着这个吻的加重，她的眼神也变得迷离，呼吸逐渐急促，她忘了身在何处。直到下颌被捏住，男人性感的嗓音在她的耳畔响起：“姜夏，换气。”

姜夏猛地回神，赶忙张大了嘴，用力地呼吸着。

她……她竟然被他吻得连怎么呼吸都忘了！

“笨女孩儿，要学会在吻中呼吸。”权北倾将一只手扣在她纤细的腰肢上，另一只手捏住她的脸蛋儿，断断续续地低沉道，“我每吻一下你都要呼吸，不然会窒息。”

说完，他重新封住了她的唇。

姜夏再次进入迷幻的世界。一被他吻住，她好似就飘起来了，整个世界都空白了，只剩下她和他。

不知道过了多久，男人再次离开她的唇，仿佛是在教她：“嗯，这次好像好一点儿了，不过还是不算合格。”

姜夏呆呆地听着他的评价，左耳进右耳出，脑海中只剩下一个念头不断地重复——他在吻她！他竟然是完全清醒的，边吻她边跟她说话！他怎么可以这么过分？

她应该推开他的，要马上推开他才对！尽管她这么想着，可手脚都仿佛失了力气，身体软软地瘫在他的怀里，动弹不得，脸蛋儿也红扑扑的，像一只待宰的小白兔。

权北倾用鼻尖抵住她的，俯首再次吻住了她："乖女孩儿，我们再来一次，直到你完全学会……"

他不得不承认，每次触碰到她那柔软的唇，那没有药物可以治疗的大脑神经疼痛竟然有被缓解的迹象。她的唇很甜，甜过他长到这么大，品尝过的所有的甜味，竟让素来不嗜甜的自己欲罢不能。

不怪他，怪就怪这丫头生得太诱人了，偏偏又要羊入虎口。

他已经忍了太多次。这次她都把火点燃，烧到他的眼前了，他索性就不忍了。

于是，一次又一次，姜夏就这么被权北倾压在床褥上，反反复复地吻着。

到最后，姜夏已经彻底没了挣扎的想法，只想着快点儿学会换气，让他放过她。

可她不知道的是，男人教她换气不过只是个借口。她学会了怎么换气，才方便他更享受地吻她。

姜夏终于学会了换气，在他的身下磕磕巴巴地说道："我……我已经会换气了。你……你不可以再……再亲我。"

可权北倾尝到了甜头——大脑的疼痛得到缓解是一个原因，更重要的是，他一点儿也不想松开怀里的女孩儿。哪怕理智在告诉他要松开，手上的动作却无法控制，欲念犹如凶猛的野兽冲出了胸腔，叫嚣着要得到满足。

权北倾几乎是在哄骗怀里抗议的女孩儿："嗯，吻技还是太青涩。乖，我说怎么做你就怎么做。"

他边说，边重新吻了下去，从她的嘴角缓慢地往下。

迷离间，姜夏感觉到自己的睡衣领口正在被扯开，男人有力的手掌紧掐着她的细腰。她能明显地感觉到他的身体的各处肌肉的紧绷感，尤其是……

姜夏的脸蛋儿一烫，想到他们发生过关系的那晚，一股没来由的心慌涌了上来，她几乎是在挣扎般地推他："不要……不要这样对我。"

她呜咽着、推拒着，可都不管用。

男人越发过分，毫无停下来的意思。

"呜……"姜夏彻底急了，被吓得浑身发抖，直接一口咬在他的肩膀上。

她咬得很重，贝齿几乎要刺破他的衬衫。就在男人的身体顿住的瞬间，她猛地推开了他，几乎是连滚带爬地从床上逃离。

姜夏跌坐在地板上，看见权北倾缓慢地起身，半跪在床褥上，一只手按在被她咬过的肩上，那危险的样子像极了随即会扑过来的猛兽。

姜夏连连后退，背部抵住了墙壁。

尽管她怕得要死，但还是确定了他是清醒的、没有自残的行为了，才转身跑出了房间。

姜夏脚步虚浮地跑回自己的房间里，反锁了门，小心脏"扑通扑通"的，几乎要跳出嗓子眼儿。

她不知道自己是怎么睡着的。

她第二天醒来的时候，身上还是那套睡衣，都是权北倾的味道。

姜夏的一张小脸顿时一片滚烫，她赶忙去浴室洗澡换衣服。站在房门口犹豫了半天，她才鼓起勇气开门走出来。

前天晚上就当他不清醒好了。可是昨天晚上，他明明就是清醒的，不仅能说话，而且还说什么要教她换气，最后……最后他都有反应了，分明就是图谋不轨。

她要讨回公道。这次不能那么简单了，她要威胁他废除家规，彻底地还她人身自由。

姜夏带着凶巴巴的表情，重重地踩着楼梯下楼，以彰显自己的不满。

结果，她正好撞见在玄关处换鞋的男人。而他的身边，孔伯拎着一个黑色的箱子，明显是要跟他一起出门。

姜夏顿时就睁大了眼睛——他这是要去哪里？难道是因为得了什么疑难杂症，所以他要背井离乡，去国外偷偷地死掉吗？他想得美！

思及此，姜夏迅速地冲下楼。然而别墅实在太大，等她从楼梯口跑到玄关时，权北倾早就走出去了。

姜夏本想就这么追出去质问他，但转念一想，万一他又装傻，那自己岂不是再次扑空？于是她从阳台上的后门溜到车库，看见权北倾弯腰坐进了轿车内，而孔伯正在把黑色的箱子放进后备厢里。

姜夏踮着脚尖轻轻地走过去，在孔伯看过来时，忙竖起食指抵在唇边，提示他噤声。然后她指了指自己，又指了指轿车的超大后备厢，做了个合上的动作。

她这意思很明显——赶紧让我藏进去！

孔管家哪里敢？他正想拒绝她，就见姜夏抬手亲了一下自己的掌心，然后把掌心印在了他的右脸上。

孔管家顿时幸福得变成一朵花，什么原则啊，少爷啊，都被抛到十万八千里之外了。他立即笑呵呵地打开后备厢，让姜夏躲进去，还叛徒似的小声对她说："夏夏小姐慢一点儿，别磕到头了。"

姜夏忍不住心想：权叔叔身边的人真的没几个靠谱儿的，太容易被收买了。

等她在后备厢里藏好，孔管家刚一关上后备厢，后座的车门突然被推开了——权北倾迈着长腿走下来。

孔管家顿住僵住了，只能尴尬地笑道："少……少爷……"

权北倾走到后备厢那里，看了一眼，冷声道："打开。"

"少爷，东西已经放好了啊……"孔管家越说声音越小，在权北倾的眼神的压迫下，还是不得不一边在心里对姜夏说"对不起"，一边打开后备厢。

他刚一拉开，女孩儿蜷缩成一团的身体就映入眼帘。

姜夏因为没吃早餐，现在正吃着从茶几上随手抓来的小饼干，又因为怕被权北倾听到，所以只能跟小仓鼠似的一点点地啃着。

然后她抬起头对上权北倾面无表情的俊脸，气氛顿时变得尴尬……

姜夏满嘴饼干屑，鼻子上也有。她不知如何解释，只能结巴地说道："好……好巧啊！"

权北倾只是冷冷地盯着她，不说话。

姜夏被他看得一阵心虚，正思索该怎么办，权北倾忽然朝她俯下身，伸出手。他那副表情，就很像是要把她拎起来、丢出去！

姜夏想到昨晚被他又亲又摸的，顿时满肚子委屈，瞬间怒气、怨气一齐上涌。她直接扬手把饼干丢了，从后备厢里直起了上半身，气势十足地跟他对峙："我……我不会下车的！我就是要跟你去！你去哪里都别想瞒着我！你也别想把我转手给别人，我绝对……啊！"

话音未落，就见男人伸过来一只大手托住她的臀，另一只大手扶着她的细腰，直接将她整个人从后备厢里抱了出来。

姜夏没想到他的动作会是抱自己，说到一半的话卡在喉咙口，但被抱起来的瞬间还是下意识地伸手圈住了男人的脖子。等她反应过来时，整个人都已经靠在他的怀里了。他抱过她好多次了，搞得她都习惯了。

权北倾稳稳地抱着娇小的女孩儿，脚步转了方向。

姜夏以为他要把自己放回别墅里，一只手慌忙地拽住他的领带，干脆直接撒泼："我不要下去！我今天就黏在你身上了！你去哪儿我就去哪儿，打死我也不会下去的！"

她一边说一边用另一只手死死地抱住他，跟八爪鱼似的紧贴在他的身上。然后她发现权北倾直接走到轿车边，单腿抵开后座的车门，就这么抱着她弯腰坐了进去。

坐进去时，男人还抬起手护住了她的脑袋，防止她磕到车门。

姜夏蒙了。直到权北倾在后座上坐下了，她才从他的掌心里抬起脸："你……你怎么让我上车了？"

权北倾低头看她："小赖皮，你不是想跟我一起去吗？"他淡淡地道，"那就一起去。"

啊？他怎么突然这么好说话了？而且听他这口气，估计应该不是要偷偷去死之类的吧？

姜夏顿时也放松了下来，挪了挪自己的屁股："那……那我坐到边上去吧！"说着，她就准备从男人的大腿上下去，却不料腰肢被男人的手臂牢牢地揽着，完全动弹不得——他明显是不让她下去。

姜夏诧异地抬头："权叔叔……"

"你不是说，你今天就黏在我身上了吗？"权北倾垂眸迎上她的目光，薄唇吐出六个字，"那就给我黏着。"

姜夏："……"

刚坐进来的孔管家立马琢磨着开口："少爷，这样坐你和夏夏小姐都会不舒服……"

权北倾打断他的话："我舒服。"

孔管家心想：你舒服，我看着不舒服啊！你这个臭小子！

当然这话孔管家不敢说出口，下一秒就见权北倾冷漠的眸子一转，落在孔管家被姜夏印过一个吻的右脸上，眼神忽然沉了些许。

他冷冷地吩咐道："去洗脸，用洗面奶洗三遍。"

孔管家带着震惊的表情，扭头抹泪跑回别墅里。

身为罪魁祸首的姜夏窝在权北倾的怀里，不明所以："权叔叔，孔伯的脸怎么了呀？"

权北倾答非所问："他让你躲进后备厢里，所以你给他一个吻？"

姜夏眨巴着大眼睛，没听懂："啊？"

男人的语气忽然变得冷厉，带着训斥的意味："女孩子的吻是很珍贵的，不是这么随便拿来用的。"

姜夏莫名被训，有些委屈地撇撇嘴："可是孔伯对我很好啊，我作为晚辈亲他一下也很正常。"

正常？权北倾的眼神沉了下去，他用两指将女孩儿的脸抬起来："以后没有我的允许，不许给任何人吻。"他俯首逼近她，几乎零距离同她对话，“就算你觉得正常，但给之前也要向我报备，我说能给你才能给，不管是谁都不能例外，否则你会上当受骗，明白吗？”

男人充满荷尔蒙的气息喷洒在她的面颊上，很独特，很好闻。他分明用的是近乎命令的语气，却带着让人目眩神迷的诱惑力。在这极品美貌的诱惑中，姜夏瞬间失去了一切思考能力，几乎是下意识地跟着点头：“明……明白了……”

“嗯。”权北倾满意地用手指轻轻地摩挲着她的唇瓣，眼神中透着隐隐的克制意味，“乖女孩儿。”

姜夏蜷坐在他的怀里，还没消化这个看似十分合理的命令，又听见男人低沉地说道：“既然明白了，那现在就完整地练习一次。”

她一愣：“啊？怎么练习……”

“刚才孔管家让你躲进后备厢，你给了他一个间接的吻，而现在，我让你坐进后座了——”权北倾自薄唇吐出严厉的话语，“姜夏，你都已经是大学生了，如果这么简单的推理题都能做错，我会罚你。”

姜夏一听“罚”字，顿时条件反射地如临大敌，板起小脸严肃地思考：“按照推理，你让我坐进后座，那我应该给你一个直接的吻？”

“而且？”

“而且要向你报备。”姜夏顺着他的命令，“请问，我可以亲你吗？”

权北倾：“可以。”说完这两个字，他就不再开口。

姜夏被这突然的沉默弄得有些紧张，不知道他是什么意思，但想到他说要完整地练习一次，于是脑袋一下子没转过来，抬头就在男人右边的俊脸上亲了一口。

一亲完她就后悔了：她这是在干什么啊？！

“嗯，就是这样。”权北倾终于勾起冷硬的嘴角，笑意似有若无，用大手揉着她的长发，“以后都要这样跟我报备。”

姜夏被他像摸小狗似的一摸头，彻底从他的“洗脑”中反应过来了——她刚才是被他的逻辑给坑了吗？

他……他骗她亲他？而她竟然就这么毫无察觉地被他绕了进去！

姜夏顿时又变得气鼓鼓的，本来想把昨晚他对她做的那些事一股脑儿地控诉出来，但一想到他的那些症状可能真的是什么重病，还是忍住了。毕竟他这两天是真的很不正常——他这种自制力极强的人竟然连铁链都用上了。

美少女报仇，十年不晚！她先看看他的葫芦里到底卖的是什么药，再跟他算总账也不迟。假装乖巧嘛，她还是很擅长的。

车内的一大一小很和谐——小的坐在大的的腿上，车里弥漫着带有淡淡暖意的气氛。

洗完脸的孔管家看着这一幕，想撑在车门边吐血。

姜夏本来还在纠结，权北倾为什么非要抱着她坐在他的腿上，但很快就明白了——

他就这么抱着她睡着了，而且还是将俊脸靠在她的脑袋上睡的，害得她一动也不敢动，惨兮兮地连鼻子痒也不敢抓，生怕吵醒了他。

姜夏一脸被当抱枕的苦闷样。

坐在一旁的孔管家十分惊讶：一般在这种日子，少爷几乎都是零睡眠的，吃安眠药也不大管用，现在抱着夏夏小姐竟然能睡着，真是奇迹！

一小时后，轿车驶入一处清幽的山区。

权北倾几乎是在轿车一停下来就醒了。他抱着姜夏下车，终于松手将她放到了地上。

刚才在车上，他也没想到抱着她能睡着，头痛也很神奇地被缓解了，仿佛她是他的灵丹妙药。

见权北倾迈开长腿朝前走去，孔管家拎着黑色的箱子跟了上去。没有人说话，姜夏也没有随便开口问，只是安静地跟在他们后面。

她本以为是来见什么隐居深山的神医，结果却看见权北倾顺着长满青苔的台阶往上走，最终走到一座立在花草间的墓碑前。虽然隔着一小段距离，但姜夏仍旧看见了墓碑上刻着的字——“吾弟权南勋”。

姜夏一愣，想到那天晚上他低喃的那两个字——阿勋。

她以为阿勋是他的朋友或者喜欢的人，没想到竟然是他车祸离世的弟弟。

今天是他弟弟的忌日吧。

不远处的墓碑前，权北倾没有让其他人帮忙，亲自将祭拜的东西拿出来并一一摆好。而后，他单膝跪下，伸出手触碰墓碑。

他似乎在低声说着什么，语调很沉，轻不可闻。

姜夏站在后面看着，心里莫名有些苦涩。她忍不住侧首问边上的孔管家："孔伯，权叔叔这几天搬到楼上去住跟他的弟弟有关系吗？"

孔管家叹了口气，想到权北倾既然能带她来这里，索性也就没有再瞒着她，但还是压低了声音："是的，少爷平常只是失眠，难以入睡，但每次一到二少爷的忌日的前几天，少爷的症状就会变得更加严重。他禁止我们上去，我们也都没办法，更何况这种症状也不是药物能治好的。"

"是病吗？"

孔管家："权威的医生说，少爷的这些症状叫作'创伤后应激障碍'，是一种精神疾病。少爷是因为跟二少爷一起出车祸，亲眼看见二少爷坠海死亡，所以产生了难以愈合的心理创伤，严重的话会做噩梦，甚至无意识地自残。"

他的病竟然这么严重。

姜夏震惊地张大了嘴巴："医生没说有什么办法能治疗吗？"

"只能心理治疗，但是谁都不知道少爷的心里在想什么。"孔管家摇头，想了想，打起了十二万分的自我牺牲精神，"少爷其实是个很冷漠的人，除了夏夏小姐，没跟哪个女孩子这么亲近过，话也从来没这么多过。以后夏夏小姐可以多关心关心少爷，能让他改善睡眠就是最好不过的了。"

姜夏没回答，盯着权北倾的身影，似乎在想什么。

孔管家不知道她是怎么想的，但也不好再贸然说什么，于是没再开口。

等到权北倾祭拜完毕，姜夏忽然往前方的墓碑处走去。孔管家一惊，想拉她但没拉住。

姜夏在边上的草丛里摘了一些黄色的花，用小草扎住根部，握成一束。

她走到墓碑边上，在权北倾站起身时蹲下身，把花束放在墓碑前。

姜夏学着权北倾的样子，单膝跪下，微笑："权叔叔的弟弟，你好，我是住在你哥哥家里的女孩儿，我叫姜夏。你哥哥虽然有时候有点儿凶巴巴的，估计他以前也有凶过你……但是他一定是很爱你这个弟弟的，所以你在天国要照顾好自己，不要让你哥哥担心。今天来得很突然，所以我只有一束刚摘的花送你。回去我会给你折漂亮的千纸鹤，下次给你带过来，拉钩！"

姜夏对着墓碑竖起小拇指，做了个拉钩的动作。而站在她身边的英俊男人没有动，只是低眸看着她。

本来，他是极其不喜欢其他人随意靠近权南勋的墓碑的。但听到姜夏说的那些话，他竟然不觉得反感，反倒异常舒心。

等到姜夏说完站起来时，权北倾嗓音低沉地说道："说完了？我们回去。"

他转身要走，姜夏却拉住了他的手。

她仰起头，笑意盈盈地看着他："来看弟弟，你都没有笑过呀。"她边说边踮起了脚尖，素白的手抚上他皱着的眉头，"不要皱眉，弟弟肯定希望你是开开心心地来看他的。表情冷冰冰的，弟弟还以为你是来逼他写作业的呢。"

权北倾难得语塞，竟无法反驳。他没有动，任由女孩儿用柔软的指腹抚平了他的眉心。

"好啦，你看，不皱眉多帅啊，弟弟也会因为有个帅哥哥而骄傲的。"姜夏满意地收回手，忽然又倾身过去，轻轻地抱住了男人，认真地说，"权叔叔，你不是说你弟弟也说过这种话吗？给你一个拥抱缓解伤心，你冲弟弟笑一个吧！"

说完，她退后两步，遮住了眼睛："我不看，你不要害羞，可以开心点儿笑。”

权北倾看着女孩儿一系列的小动作，缓缓地勾起了嘴角。

姜夏捂着眼等了一会儿，没听见动静，正准备睁眼偷看，身体骤然一轻，整个人被男人直接抱了起来。她一惊：“你……你做什么？放我下来。”

权北倾淡淡地说道：“现在地上有蛇，你确定要自己走？”

姜夏低头看见一条翠绿的小蛇，顿时灰了，一把抱住他的脖子不肯放：“你看我刚刚对你弟弟那么温柔，所以你负责抱我下去！”

孔管家站在轿车旁等着，就看见权北倾抱着姜夏走下来。

他们不是来看二少爷的吗？怎么又抱上了？果然不只是自己，就连二少爷也失宠了！

在回程的路上，姜夏想到孔伯刚才说的那些话，于是主动坐过去靠在权北倾的身上，美其名曰“困了想靠着他睡觉”，其实是想让他能尽可能地多睡会儿。

很神奇的是，权北倾被女孩儿抱着手臂，靠着她，嗅着她身上的清香，真的缓慢地陷入沉睡中。

回到星海湾，姜夏吃饱后美滋滋地睡了个午觉，正准备起来欢快地打几把游戏，房门忽然被推开，英俊的男人走了进来。

姜夏坐起身，伸着懒腰：“那个……下次进我的房间要敲门……”

话音未落，她只听“砰”的一声响，一叠 A4 纸被放在了桌上。

“这里是我的别墅，我进哪里都不用敲门。”权北倾简单地回答了她的话，“这些是英语四级的基础单词，前五十张是你这周的任务。”

姜夏惊得懒腰伸了一半：“五……五十张？”

这至少有上千个单词吧？！

她抗议：“我背不完……”

男人打断她：“背不完就每个抄五百遍，死记硬背没有背不下来的。”

姜夏无话可说，急中生智，赶忙把那些没算的账搬出来：“那个，昨晚你强……强吻我，还摸我了。就算你是因为弟弟的事，我可以理解你，但你必须给我补偿才行，不然我是不会善罢甘休的！”

她边说边下了床，双手叉腰站在地上，仰头跟他对视，气势汹汹。

她是有理的，过分的是他！

权北倾垂眸看着她，嗓音低沉：“补偿，没问题。”

姜夏见他竟然不赖账，喜出望外，正要说出条件。可男人已经紧接着开口了：“这些四级单词都是我亲自整理出来的，比你买的那些资料的准确率要高出至少95%。”

姜夏并不是质疑这番话的真实性——她听过权北倾说英语，跟那些外国人一样流利，可仍不服：“我要的不是这种补偿！我要的是……”

“补偿就只有这个，也包括你以后要考试的资料，我都可以亲自帮你整理，甚至陪你复习，提高你的学习效率。”说着，权北倾上前几步，捏住她小巧的下颌，低头凑近她，“不然，就是如你所说，我继续强吻你，吻到你不敢再提这件事为止。”

姜夏被吓得立即拍开他的手，往后退了几步，差点儿跌倒。

权北倾收回手，眯起眼睛，低低地笑：“二选一，你自己选，我很公平，嗯？”

姜夏无语：这个世界上还有天理吗？

晚上，败给权北倾的强权的姜夏蔫蔫地趴在书桌上，惨兮兮地背着单词。

一旁的手机忽然振动，是消息提示。

她随手滑开屏幕翻看，是群消息，群名叫“押宝啦”。

姜夏看了一眼群里的消息记录：

“我押宁易辰拿这一届校庆演出的最佳男新人奖！200元。”

“我押白雪妍拿最佳女新人奖！250元。”

“嘁，你们什么眼光？最佳女新人奖肯定是我们班的‘班花’欧阳晴！300元。”

…………

姜夏疑惑地看了半天才明白过来：原来这个群是专门下注的。

她一边懒洋洋地翻着单词纸，一边看群消息。

这次华影的校庆演出，最夺人眼球的奖项就是“18届最佳新人奖”，其意义，等于公开肯定了获奖者是最有天赋才华的学生！

不过，这事跟姜夏没什么关系。她只是演个小配角而已，名字挂在“候选人”上面只是充个数的。

大家下注的热门女生人选只有两个——白雪妍和隔壁班的小美女欧阳晴。毕竟白雪妍和欧阳晴这两个人，长相差不多，实力相当，也都早早地接了戏，都很有可能获奖。

群里你一言我一语，下注的人越来越多，押的都是这两个“女神”。

姜夏随便翻了几下就没兴趣了。她纯粹就是被拉进来看戏的——这事跟她沾不上边，更不可能有人押她拿奖。

她现在该发愁的是这五十张单词。

姜夏正准备退出群聊，然后就瞥见一个黑色头像的人出现在群里，发了一句让她崩溃的话。

宁易辰：“我押姜夏！20000元。”

四……四个“0”，20000元？大家普遍都押几百元钱，多一点儿的也就一两千元，上万元也太多了！群里顿时炸了窝！

同学1号：“哎哟！‘宁大校草’，你是来给我们送钱的吧？！”

同学2号：“哈哈哈，押姜夏？她就演个盲女，还是毁容的那种，好像就几句台词，这能拿奖就有鬼了。”

同学3号：“本年度最佳笑话，哈哈哈！不行了，我要发一条动态！”

宁易辰的粉丝：“‘宁大校草’，你这样我们可吃醋了，姜夏哪里好了，值得你注意？她虽然很漂亮，但是平胸啊！”

姜夏：宁易辰不是故意害我被大家嘲笑吗？

看到自己的身材被质疑、嘲笑，姜夏气得差点儿吐血，立即退出群聊，找到和宁易辰的对话框！

姜夏：“宁易辰，你给我出来！你是想害死我吗？赶紧给我撤回！”

宁夏：“我就押你，永不撤回。”

姜夏：“你出什么风头？你不撤回人家就笑我啊！你别逼我去你家打你，我可是练过的！”

宁夏：“好，那你现在出来，我去接你，打完我请你吃夜宵。你住在哪里？定位发给我。”

他这撩拨人的技能也太尴尬了，能不能去学学啊？姜夏简直要吐血，正准备干脆给他打个语音电话说清楚，身后忽然伸过来一只大手，抽走了她的手机。

姜夏本就处在气愤中，边扭头边脱口而出：“谁抽我的手……”

然后她就看见站在自己的背后一身寒气的权北倾，差点儿扭到脖子。

第七章

姜夏的神秘男友

权北倾拿着她的手机，语气冷漠：“已经两个小时了，单词没背几个，手机倒是玩儿得欢。”

姜夏瞬间变成了小乖猫，但还是强行辩解：“我不止背了几个！”

权北倾拿起桌上的单词纸：“那我现在抽查。”

姜夏头皮一麻，马上改口：“我背了十多个吧！”

权北倾直直地盯着她，姜夏感觉都要被他盯出洞了。可当男人的视线落在她的手机屏幕上的时候，眼神顿时变得更冷，他几乎压低了整个房间的温度。

宁夏：“姜夏，你的地址给我，我现在去接你。”

这个消息宁易辰一连发了三次。

又是这个“校草”。权北倾冷漠地点开他的头像和资料，彻彻底底地用眼神蔑视了一番，勾起薄唇轻“呵”一声，吐出两个字：“幼稚。”

姜夏摸不着头脑：“你说什么？”

权北倾不理睬她，回复宁易辰："我不喜欢你，我们之间永远都不可能，你就不要再找我了。"

姜夏见他在看自己的手机，本来想去抢回来，结果一凑过去就看见他打了这些字，然后发给了宁易辰。

伪装的"小乖猫"顿时发怒了："你……你凭什么乱帮我回复？"

他又来了，上次也是这样！

权北倾把拿手机的那只手背到身后，语气严厉不容置疑："我说过，宁易辰在我看来连男朋友的及格线都够不到，我不会同意你跟他有任何发展。"

"我们只是普通朋友！"

"一个大晚上找你要地址，要来接你的可能是普通朋友？"权北倾语气冷漠，"你确定他不是想把你骗出去，然后趁机对你做什么？"

姜夏瞪眼："明明是你把人想得太坏……"

权北倾打断她："那行，你现在发消息问他想不想亲你——如果他回答'想'，那就是我赢；回答'不想'，就是你赢。你敢跟我赌吗？"

不等她说什么，权北倾就直接拿起手机，也不看宁易辰回了什么，再次把他拉入黑名单。

"不许再加回来，他对你图谋不轨。从现在到 11 点，再背 70 个单词，我一会儿来抽查。"

权北倾正要把她的手机放回桌上，忽然瞥见那个群，未读消息已经有 99 条以上，长指点开，扫了几眼。

他眯起眼睛，眼中闪过一抹幽光，但也就是几秒钟的时间。之后男人放下手机，转身走了出去，留下一脸倒霉样的姜夏。

宁易辰莫名其妙地发现自己又被拉黑了，于是马上来加姜夏。但姜夏看着好友申请，想了想，还是没把他加回来——算了吧，反正她也基本不跟他聊天儿，没什么必要。

姜夏起身去洗澡，想到待会儿要被"大魔头"抽查，于是苦兮兮地将单词纸贴在浴室的门上，边洗边背。

等她吹好头发出来，看见群里又是一大堆 @ 自己的消息。姜夏顿时心里警铃大作，该不会是宁易辰那家伙又干了什么事吧？

她赶忙点开群消息，看见一群人连发“吃惊”的表情，于是往上滑，看到一条提示——“K 加入群聊”。

K：“我押姜夏，一张 Theodore 的演奏会贵宾票。”

Theodore 是闻名世界的钢琴家，地位极高，华影的学生几乎都是他的粉丝，只可惜他的演奏会门票从来不对外销售，普通人压根儿不可能拿得到，更何况还是贵宾票？这简直可以称之为无价之宝！

群里安静了大概 30 秒钟……然后就是疯狂地起哄，群里出现一连串“吃惊”的表情或是省略号、感叹号之类的……

这又是谁啊？姜夏立即点开那个“K”的头像，这很明显是个新注册的号，个性签名和动态一片空白，账号是一串数字，完全看不懂。

同学 4 号：“啊！ Theodore 的演奏会贵宾票！我的妈妈呀！”

同学 5 号：“Theodore 的演奏会贵宾票！是我瞎了吗？来人，快把我的 24K 金眼镜拿来……”

同学 6 号：“劲爆啊！这是学校里哪个暗恋姜夏的人吗？出手这么阔绰！赶紧亮出真身啊！”

群里议论纷纷，你一言我一语，全都在猜这个 K 到底是谁。

但不管他们怎么排除，把学校里的公子哥儿都列出来，都猜不出答案，于是他们的好奇心被吊到最高！

Theodore 的演奏会贵宾票啊！就算学校里有再多有钱人，也搞不到 Theodore 的演奏会的贵宾票，这压根儿不是钱能搞到的东西……

有学生起哄，直接喊话这次押宝的发起人：“宝哥，有神秘人士用 Theodore 的演奏会贵宾票押姜夏，你敢不敢接啊？”

宝哥是华影校园的“地头老大”，也是二班“班花”欧阳晴的头号粉丝，一听说要选最佳新人奖，立刻建群、拉人，并且第一个押了欧阳晴，押的是某明星的演唱会门票。

普通的演唱会门票和 Theodore 的演奏会贵宾票的差距还是非常巨大的。不过既然有人这么问了，为了稳住自己的地位，宝哥还是第一时间就出来回复了："嘁，我有什么不敢接的啊？这人脑子进水了吧？Theodore 的演奏会贵宾票押姜夏？姜夏演的那个盲女角色能得奖，以后在学校里我就叫她'夏姐'！"

宝哥："这次我明显稳赢不输啊！来，K，给你一次反悔的机会。"

众人都在期待 K 的回复，并且大部分人都在议论，这个 K 反悔的可能性很大啊！毕竟宝哥这都给台阶下了！

但半分钟后，K 发了一张图片，是宝哥说叫"夏姐"的那句话的截图。

K："做人要言而有信。"

众人顿时"哈哈哈"笑成一片，并且更加好奇了，话题渐渐地不再围绕白雪妍和欧阳晴，而是开始议论姜夏的角色以及她的长相。

有人说她长得确实够漂亮、惊艳，男生全都赞同，然后立即就有女生开始挑刺儿，说她眼睛太大、嘴巴太小、腿太细……

明明是议论中心的人物，却一直在旁观的姜夏心想：你们能不能打住啊？我也在群里好吗？

另一边，宁家别墅内，虽然很震惊有人押了姜夏，但白雪妍更关心的是宁易辰押的那 20000 元。

她咬唇，点开宁易辰的对话框。

白雪妍打好了又删、删了又打，编辑了好一会儿才小心翼翼地发出一句话："易辰哥哥，晚上好呀，你在干什么呢？"

宁易辰没回复。

于是，白雪妍 10 分钟后又发了一句："易辰哥哥，我看到你在群里押了夏夏 20000 元。虽然我也准备押夏夏，想为她打打气，但还是觉得你押的20000元有点儿太多了，毕竟你也知道夏夏的角色是很难获奖的。”

宁夏：“我相信夏夏会获奖。”

简单的八个字令白雪妍整个人蓦地僵住了，心里顿时升起一股妒意。但她强行忍住了，又“善解人意”地发了一堆劝解的话过去。

可不管她再怎么发，宁易辰都没有再回复。

其实她之前也给他发过很多次消息——除非是家里有什么事情，只要是她单独找他的，宁易辰都很少回她。

他在她的面前冷漠极了，跟在学校里的其他女生的面前一样。

唯独面对姜夏，他会变得不一样。从姜夏被宁家领养的那一刻开始，宁易辰就对她特别好，眼睛里的喜欢根本藏不住。

而且，他的网名还叫“宁夏”，不就是宁易辰和姜夏吗？

姜夏到底凭什么得到易辰哥哥的喜欢？白雪妍攥紧了手，眼里全是深深的妒意，指甲几乎掐入掌心内。

是她小瞧姜夏了，姜夏不仅上次在商场里，在宁母面前坑了她一把，这次在教导处也反将她一军，让舒莉莉抖出了她用高仿货的糗事，害她被同学们嘲笑，名声也受损了。

很好，既然姜夏这么嚣张，那她就利用这次校庆的舞台剧……

她一定会让姜夏知道，得罪她白雪妍到底会是什么样的下场！

接下来的几周时间，整个华影都在为校庆做准备，舞台剧也进行着紧张的排练。

因为舒莉莉主动退学了，所以老师们临时选了班上的一个女生来接替舒莉莉的角色。

排练的时候，大概是因为饰演男主角的宁易辰也在场，所以白雪妍并没有过分地针对姜夏，态度反倒还很好。

姜夏没怎么理睬其他人，毕竟在学校的排练活动中自己也只是一个配角——她这个角色的分量太轻了，台词总共也就两句。

但每天回到星海湾，姜夏都会反复地练习怎么演盲人。

而最“巧”的是，权北倾这段时间晚上也没有出去应酬，几乎都在星海湾，每一次都会陪她练习、指导她。

一个月很快过去了，转眼就到了校庆当天。

校园里到处张灯结彩，也来了不少其他学校的人，十分热闹。

老剧院的化装间内，姜夏坐在靠窗的小沙发上等着。造型师们都在给主角们化装，她这种小配角自然是要等到最后的。姜夏也不着急——反正第几个化装不重要，上场之前，负责人会清点人数，她不化好装，其他人也上不了场。

她正翻着杂志，身旁忽然传来一道冷冷的女声——

“你就是姜夏吧？”

姜夏抬起头，就看见面前站着一位身着红裙子的女生，原来是二班的“班花”欧阳晴。

姜夏微微挑眉：“我是，所以……？”

欧阳晴低头打量着姜夏的这张脸，本想挑出点儿毛病来，但怎么看都是完美的，于是“哼”了一声：“长得倒是挺漂亮，怪不得有神秘人肯为你押 Theodore 的演奏会贵宾票。”

姜夏嚼着口香糖，冷冷地说道：“你该挑刺儿的对象不是我吧，白雪妍才是会跟你争最佳新人奖的劲敌啊！”

“白雪妍？呵，你以为我不知道她有几斤几两吗？”欧阳晴双手环胸，不屑地说道，“刚才还没开始化装的时候，她就跟她的小跟班王雅菲在那儿窃窃私语，肯定是在商量怎么对我动点儿手脚，我一眼就看穿了！”

姜夏翻杂志的动作一顿，闻言，眼中闪过一丝疑惑之色。在这次的舞台剧中，白雪妍是女主角，直接跟宁易辰搭戏，而欧阳晴是女二号，戏份不如白雪妍的重。按理来说，白雪妍只要发挥正常，输给欧阳晴的可能性不大。而且按照她那爱装善良的性格，不太可能在台上对欧阳晴做什么，毕竟她们两个人的关注度都比较高，有那么多双眼睛盯着。

除非，白雪妍想要动手脚的目标不是欧阳晴。姜夏想到白雪妍这几天排练时对自己的热情态度，不由得抿起唇，忽然放下杂志起身往外走去。

欧阳晴本来还在说白雪妍及其跟班如何蠢，见状忙拉住她：“哎，你干什么去？”

“去洗手间。”姜夏回头冲她微微一笑，“‘班花’小姐，你与其找我说白雪妍还不如去多看看剧本，你的台词有三十七句，哪怕错一句估计白雪妍都能笑上三天三夜。”

欧阳晴看着姜夏纤细的背影惊讶不已——姜夏是把剧本看得多么仔细，连其他人有多少句台词都知道？

而且，姜夏的那双眼睛真是好看，瞳孔竟然是金棕色的——欧阳晴极其忌妒。

姜夏当然没去洗手间，而是直接去了五楼的道具间。

每个班的道具都是编好了号的，她很快就找到了五班的——因为场景被设置在村里，所以道具也都是竹篮、草帽之类的。

姜夏蹲下身仔细地检查，果然很快发现其中的一个竹篮的右边横插了一根长而细的竹片，上面都是小小的刺。她演的是不能睁眼的盲女，而这些竹篮又是放在她的脚边的，白雪妍她们很明显是想让她被刺到、绊倒，这招真是阴险。

姜夏微眯起猫眼一样的眸子，并没有将那根竹片抽出来，而是吐出嘴里的口香糖黏在那个竹篮上，做了个自己一眼就能认出来的记号。

因为闲杂人员是不能进道具间的，所以姜夏走出去时格外小心，目不斜视，脚步很快地径直往前走。

而走廊的那头，一前一后走过来两个身影。走在前面的英俊男人身形笔直而颀长，穿着橘色线衫，帅气潇洒。

看见前方的姜夏走过来，那男人不由得叹了口气，扭头冲身后的季池说道：“唉！你等等再说，又碰到小女生了，肯定又要找我签名跟合照。唉，长得帅就是有这些苦恼，你先把笔给我。”

季池“哦”了一声，刚把笔递给他，就见姜夏连看都没朝这边看一眼，半掩着脸就直接快步走过去了，留下了正准备露出极具杀伤力的笑容且握笔签名展现大明星魅力的楚暮舟。

他僵住几秒，而后难以置信地扭过头：“这个小丫头是谁？我楚暮舟都站在她的面前了，她竟然不找我要签名！”

季池：这不是夏夏小姐吗？

他本来也觉得奇怪，这女生为什么不找楚少爷这个“万人迷”要签名，但一看到是姜夏，顿时就不这么想了。

先不说夏夏小姐都没看见楚少爷——就算看见了，她可是跟权北倾少爷住在一个屋檐下的！少爷的那张“亿人迷”的脸，夏夏小姐天天看都看惯了，还能看得上谁啊！

不过这些话季池没敢说，说了指不定还被打呢。他跟着权北倾被“蹂躏”这些年，算是学乖了！

于是季池忙转移话题：“楚少爷，我们快走吧，您可是华影校董请的贵宾呢，是今晚颁奖的压轴人物。”

姜夏回到化装间时，造型师正在找她。

姜夏演的是毁容的盲女，要扮丑，凌乱花白的假发盘在脑后，戏服也是破旧不堪的粗布衣，整个人瞬间老了不止30岁。

等姜夏上装结束出来，后台的所有人都愣住了，而后爆发出笑声——

“我的妈呀！姜夏这个装扮真是绝了，丑出最高境界！”

“简直不忍直视，她上台都能吓哭评委吧，哈哈哈！”

“天呀！丑到看不下去，要我宁愿不演也不接这个角色，姜夏图什么啊？”

…………

大家你一言我一语，都是对她的装扮的嘲笑。

姜夏倒是不以为意，闭眼靠在墙边，把整个剧本在脑海里又过了一遍。

而此时，装扮得极漂亮的女主角白雪妍走了过来，冲姜夏微笑：“夏夏，马上要上台了，你别紧张，我们一起加油！”

姜夏背靠墙，连眼睛都没睁开，很冷酷地回了一个敷衍的字：“哦。”

白雪妍露出失落的表情，站在旁边有些不知所措的样子，惹得边上的人忍不住议论纷纷——

“姜夏和白雪妍的关系还是这么差，是不是因为舒莉莉？我觉得白雪妍没参与上次假艳照的事啊！”

“我也觉得白雪妍没参与，她应该没这么坏吧？”

“可上次舒莉莉不是说她坑宁母拜佛的钱，又买高仿货装名牌吗？感觉白雪妍的形象有点儿崩塌。”

“人无完人嘛！这只能算一个缺点，但‘女神’还是‘女神’啊！白雪妍的其他方面还是很优秀的，成绩又好演技又好，群里我还押她能得奖呢！”

“我也押了她！白雪妍今晚得奖毋庸置疑，这简直毫无悬念。”

“就是，我也押白雪妍了！老师们亲自选出来的女主角能不得奖吗？”

…………

白雪妍温婉地站在那儿看剧本，假装没有听见这些议论，垂着的眼睛里却闪过一抹势在必得的光芒。

今晚的舞台剧，只要她拿了最佳女新人奖，就能彻底把这次受损的名声挽救回来。而且很显然，这奖项非她莫属！

校庆的节目很快正式开场。

随着主持人报出《杏花村》的舞台剧名，白雪妍跟宁易辰等主要角色就率先登场了。姜夏是小配角，出场比较晚，所以暂时在后台等着。

她透过帷幕，看见白雪妍已经开始演了，不过十多分钟，就引来了台下一阵阵的掌声与喝彩。

大家都忍不住开始议论，称白雪妍演得挺不错的，大一的新生能有这个演技已是罕见，果然女主角没选错人，等等。

评委席上的老师们也都露出了满意的表情，微笑着观看。

姜夏却对这些不感兴趣，她的双眼止不住地朝台下的观众席看去，却始终没有看到那个高大英俊的熟悉身影——权叔叔今晚没来吗？

早上出门的时候，她本来想问他会不会来看她今晚的表演，但想想又觉得这么问有点儿邀请他的意思……而且她其实很担心，如果他在场，自己可能会因为太紧张而出错，稍微纠结了一会儿，最后还是没问。

所以，他估计不会来吧。姜夏有点儿失落，但很快有人过来通知她准备上台。姜夏站起身，深吸一口气，抛开所有的杂念。

从走上舞台的那一刻起，姜夏就闭上了眼睛，情绪迅速地进入盲女的状态。

接下来，是她挑战自己的时刻了。

舞台剧《杏花村》讲述的是在战火纷飞的年代，发生在一个小村庄里的悲伤故事。

男女主角历经十多年的苦难终于重逢，被组织送到安全的地方去生活，却留下了村庄里约定过要同甘共苦的伙伴——毁容的盲女云姑，云姑一直在苦苦地等待他们回来。

然而姜夏刚一上台，台下的观众就顿时一阵狂笑——

“这个角色的扮相也太丑了吧！这女的是不是得罪了造型师啊？！”

“妈呀！这是女主的小伙伴云姑吗？这么丑的伙伴与女主角也太不搭了吧！”

“这个角色的戏份有多少啊？我完全不想看她。”

…………

就连低调地坐在后排暗处的楚暮舟都挑了挑眉，这扮相确实够难看的。嗯，有点儿被造型师故意丑化的意思，这个演员是被别人坑了？

然而姜夏完全不受影响。她扶着墙，缓慢地往前走着，满是皱纹、花斑的脸上并没有初次上台的紧张，而是更贴合角色，展露出瞎了多年的麻木与沧桑。

这入戏极深的一幕，顿时让台下的观众不约而同地安静了下来。

灯光缓缓地落在姜夏的身上，她抬手摸了摸粗糙的脸，沙哑地说着台词："多少年了？我明白的，你们都不会再回来了。当初的誓言只是儿戏而已，我云姑瞎了、老了、丑了，你们看到了也会怕的。"

姜夏边说边咳嗽着，咳出了"血"沾在帕子上却浑然不觉，还用那条帕子擦着眼泪。

不过这么一句台词，姜夏却将其中的感情表达得极其到位。单单从她的语气中就能感受到云姑的悲戚和绝望，再结合忧郁的背景音乐，一时之间，所有人都仿佛感同身受。

本来还在说着姜夏扮相丑的人，也全都被她的演技所吸引。

再也没人说一个"丑"字，甚至有不少观众觉得眼眶泛酸。

如果说白雪妍刚才的演技可以用"很不错"来形容，那么姜夏现在的演技已经足以达到"惟妙惟肖"的地步了。不只是观众的反应突变，几名评委老师互相看了几眼后也纷纷点头，眼里都是前所未有的惊艳之色。

楚暮舟更是微微地眯起眼睛，眼中闪过一抹难得的欣赏。他倒是没想到，这么个难看至极的扮相竟也能被这么个大一的小丫头演出亮点来。

而此时的舞台上，根据剧情进展，又经过了无数个绝望的日夜，女主角香儿终于得以回到村庄，找到了云姑。

白雪妍缓步走过去，握住姜夏的手："云姑，我是香儿，你是不是一直在等我来接你？"

姜夏忽然就想到江大哥离开孤儿院时对她说的那句话，浑身蓦地一震，没有使用任何辅助手段，眼泪就这么从眼眶中滑落下来。

白雪妍显然没想到姜夏竟然能说哭就哭，再加上姜夏刚才演得过于惊艳，完全出乎她的预料。由香儿扶着云姑走出村子，是舞台剧的最后一幕，她必须要让姜夏出丑才行！

因为场景被设在村里，所以地上有很多用来盛放谷物的破旧竹篮，白雪妍看准了那个被动过手脚的竹篮，故意牵着姜夏往那边走去。

而姜夏边走边抹眼泪，低头时偷偷地睁了一下眼，瞥见前方就是那个自己做过记号的竹篮。于是姜夏忽然伸手拽了拽粗布裙，扬起的裙摆使竹篮直接转了个方向，带着尖刺的竹片也转向了另一边。

白雪妍心里还在默默地做着姜夏跌倒的倒计时，脚却突然一痛，像是有尖刺狠狠地扎破了袜子，扎进肉里！

“啊！”白雪妍痛得惊呼一声，有一瞬间脑袋里只剩下闪躲的本能。她往后退了几步，布鞋踩到了裙摆，整个人狼狈地跌倒在地。

这种突发的意外情况使得全场顿时掀起一阵惊呼声。

可正当后台的老师想上台扶人时，姜夏却忽然惊叫一声：“香儿！”

她喊的是“香儿”，不是“白雪妍”——她此时还在戏里，还在角色里。

所有人都愣住了。就见姜夏仍旧维持着盲女的状态，蹲下身去，摸索着抓住白雪妍的手，急切而哽咽地道：“香儿，你不要急，慢慢地走。我云姑已经不急了……这辈子你还能回来找我，我云姑就满足了。我不要你再为了我跌倒、受伤，你慢慢地牵着我出去。”

在台下的观众以及评委老师们看来，白雪妍刚才表演失误，突然跌倒了，姜夏敏锐地反应过来并很好地救了场，而且急中生智地编了一句这么好的台词，否则这出舞台剧就要因为白雪妍的这最后一跌彻底毁了。

姜夏说完这句台词，身体还在往前倾，双手缓缓地拥住了白雪妍，轻拍着她的背，像是在安抚她，又像是对自己这一生苦尽甘来的感叹。

白雪妍没想到姜夏竟然这么嚣张地反将自己一军，一张脸瞬间变了色，气得浑身发抖！

可她们现在还在台上，这么多人在看着，她又不能表现出来，只得死死地强忍着，嘴唇都快被咬破了。

因为姜夏这个临时突发奇想而加的动作，使画面变得感伤又温馨，整个剧院的气氛被推向高潮。顿时，全场爆发出雷鸣般的掌声！

有人甚至激动地站了起来，边鼓掌边大声地喝彩：“好！好！”

四周的灯光缓缓地变暗，只留下一小束照在她们相拥的身影上，示意完美的结局。

评委老师都忍不住站起来，带动所有人都起身鼓掌赞叹。

前面那么多个节目，就数这个舞台剧的观众反响最为热烈。而最让他们激动的不是前面男女主角的戏份，反倒是一个最不被重视、丝毫没人期待的扮丑的小配角！

姜夏用演技点燃了全场。

此时，剧院最上方的包厢里。

俊美高贵的男人单手插兜，眯眼望着舞台上被灯光镀了一层金边的女孩儿，嘴角缓慢地勾起一抹淡笑。

那笑容中夹杂的些许宠溺，连他自己都没有察觉到。

他向来不喜欢吵闹的环境，但觉得今天台下观众的鼓掌声竟然异常悦耳。

那只小刺猬，今晚该乐得合不拢嘴了。

孔管家走到权北倾的身边，低声询问：“少爷，夏夏小姐的表演结束了，要不要下去叫她？”

“先不用，她演得很累，让她放松一下。知道我在，她会紧张。”权北倾嗓音低沉，“待会儿结束了再接她回家。”

“是。”

“还有……”顿了顿，男人再度低沉地开口，“让用人在我们到家之前把家里布置好，今晚破例让她吃点儿蛋糕。”

孔管家点了点头，心想：少爷你还找什么借口啊？你不就是想给夏夏小姐一个惊喜吗？

呵，少爷真是表里不一！

舞台剧完美结束，姜夏跟白雪妍一同退场。谢幕的时候白雪妍还在尽力保持微笑，一下台就彻底忍不住了。

此时后台没有别人，白雪妍气得牙关打战，用颤抖的手愤怒地指着姜夏：“姜夏，你竟然算计我！”

“我算计你？”姜夏双手环胸，虽未卸装，金棕色的眸中却是明媚张扬的笑意，“哎呀！我的雪妍姐姐，‘算计’这个词用得可不对啊！”

姜夏一边说，一边朝白雪妍走过去，把嘴唇凑到白雪妍的耳边，慢悠悠地开口道：“我只是把你准备用在我身上的东西还给你而已，这不应该叫‘以其人之道还治其人之身’吗？”

她“啧啧”两声，笑道：“雪妍姐姐不是自诩‘学霸’吗？连这句话都不懂，是不是有点儿名不副实啊？”

“你！”白雪妍脸色剧变，扬手就朝姜夏的脸上扇去！

姜夏蓦地抬手，看也没看就准确地扣住了白雪妍的手腕，笑道：“大家可都知道刚才是我救了你的场。如果你现在打我一巴掌，我走出去让大家看到，你说他们会不会觉得是你因为忌妒我抢了你的风头所以才打我啊？”

白雪妍一震，下意识地蜷起了手指。姜夏很精准地掐中了她的七寸，她最在乎的就是名声和面子。

“不过话说回来，我还要谢谢你。”姜夏微微一笑，每一个字都在气她，“让我学会了如何急中生智地救场，我想我会受益终身的。”

说完这句话，姜夏甩开她的手，转身往外走去。

白雪妍被甩得往后趔趄了几步，气得一张漂亮的面孔都扭曲了，有一瞬间甚至理智全无，想冲过去狠狠地撕破姜夏的脸！

但她知道，姜夏这野丫头是真的很会打架，就算三个自己也打不过姜夏。

当年江辞还在孤儿院里的时候是手把手地教过姜夏的。只是当年江辞突然消失，姜夏又被宁家赶了出去，整个人都消沉了。白雪妍曾经一度以为，姜夏肯定会堕落到社会的最底层。

可是不知道姜夏现在被什么人收养，竟然重新走回了正道。

姜夏卸装就用了四十多分钟，刚换回自己的衣服，外面就响起了主持人的声音——

“评委老师们的终极评选结果已经出来了，华影百年校庆的颁奖仪式马上开始，有请今晚所有的参演同学上台。”

姜夏急急忙忙地抹了把脸跑出去，跟着同学们一起走上舞台。

她其实有点儿不想上台，因为不想看见白雪妍拿奖。不是忌妒，她一直都知道自己是不可能拿奖的，但就是不想看到白雪妍捧起奖杯的一幕。

就算自己刚才让白雪妍在台上出丑了，但白雪妍前面演得不差，老师们又那么喜欢她，最佳女新人奖颁给她的可能性几乎是百分之百。

最使她生气的就是看见讨厌的人光环加身，哪怕拿奖的是欧阳晴也好啊！

主持人首先宣布了最佳男新人奖，获奖人毫无悬念是宁易辰。

“接下来要揭晓的是最佳女新人奖，得主是——”

姜夏闭了闭眼睛，希望自己暂时性失聪。

主持人停顿了片刻，视线转了过来，大声笑着宣布：“18级（5）班，姜夏同学！”

姜夏怔住，蓦地抬起了头。

灯光照了过来，落在她微微抬起的脸上。

姜夏刚卸完装就上了台，连淡妆都没化，但那张脸五官精致而立体，混血感十足，白皙的皮肤吹弹可破，看一眼就能令人惊艳。全场顿时响起一片惊呼声——原来刚才毁容盲女的扮演者竟然长得这么漂亮，而且这么漂亮的女孩子竟然不靠脸，非要冒险演丑角，完全靠演技服人！

姜夏还处在震惊中，怀疑自己是不是做梦了——她竟然拿奖了！

此时，主持人宣布了神秘的颁奖嘉宾——

当步步生风的楚暮舟走上台时，台下的气氛达到了今晚的顶峰。

楚暮舟是谁？他如今在演艺界红透半边天，不仅颜值极高，还很有才华，吸引了无数的粉丝，被称为“行走的荷尔蒙”。

众多学生疯狂地尖叫着，高声呼喊他的名字。

姜夏从得了奖的震惊与狂喜中被唤醒，感觉这里瞬间变成了粉丝见面会。不过她也很激动——毕竟她也是楚暮舟的粉丝。

虽然姜夏超级喜欢楚暮舟演的戏，但对楚暮舟本人没什么了解。姜夏正思考着要用什么表情面对偶像，就见楚暮舟已经拿着奖杯走到她的面前。

姜夏轻咳一声，端正站姿，就看见楚暮舟避开了话筒，微微俯首，凑近她的耳边低声笑道：“原来是你啊！不找我要签名的小虎牙，没想到你长得这么漂亮，嗯，我打101分，多1分让你骄傲。”

偶像居然认识她！而且他这是在撩拨她吗？

楚暮舟说完，就凑到话筒边发表了几句官方讲话，还特别赞赏了姜夏的演技。然后，他把奖杯送到姜夏的手里，转身朝台下比了个魅力十足的飞吻，在尖叫声中帅气地下了台。

姜夏感觉自己的耳朵都快被震聋了。

学校请楚暮舟来，校庆到最后肯定会变成粉丝的狂欢啊。

颁奖嘉宾下台后，评委老师们一一上台。主评委是华影资历和名望都极高的王德教授，娱乐圈里不少明星都是他带出来的学生。他走到姜夏的身边，拍了拍她的肩：“今晚的奖杯是你应得的，好孩子，加油！”

短短的一句话，没有任何其他夸赞，却足以代表他本人对姜夏演技的肯定。

台下掌声如雷。

奖杯是她应得的。学生也许会盲目跟风，但也都长了眼睛，能打动他们的演技才叫实力。

姜夏冲老教授露出真诚的笑容，接过话筒发表获奖感言。

白雪妍被安排站在姜夏的身边，因为大家都在看着，所以表面上维持着祝福的微笑，实则内心气到滴血。

她做好了获奖的准备，也背好了获奖感言，甚至连请客吃饭的酒店都预订好了，现在全被姜夏毁了！

同台的其他同学也十分惊讶——谁都没有想到这次最佳女新人奖的获奖者竟然是他们之前最瞧不起的、扮了丑的小配角。

偏偏这时候，欧阳晴还悄悄地侧头对白雪妍说：“哼，我不得奖你也别想得！我看姜夏就比你漂亮多了——我要是宁易辰，我也喜欢她。”

白雪妍差点儿气绝身亡！

宁易辰和姜夏作为18届最佳男女新人奖的获得者，一同在台上跟评委老师们合影。合完影后，宁易辰转过身，当着所有人的面摸了摸姜夏的脸，动作温柔，帅气的脸上扬起笑容：“我早就说过，我相信你会赢的。”

台下的观众顿时又发出一阵疯狂的尖叫声——

“天哪！宁易辰对姜夏笑了！”

“好羡慕啊！我好想变成姜夏，被宁易辰摸脸，被‘楚男神’附耳说话！”

…………

姜夏露出尴尬的笑容——她今晚到底要被强行撩拨多少次啊？而且他们撩之前能不能跟她说一声，让她做点儿准备，不然全校女生都想咬死她怎么办？幸好权北倾今晚没来，不然肯定又要说她在学校里勾搭男同学了。

“呼——”姜夏偷偷地朝台下环视一圈，微微松了一口气的同时，心里又有一股失落感。

而此时，剧院上方的包厢内环绕着低沉可怖的气氛。

“权……权先生……”董事长搞不懂，刚才还好好的，这尊大佛到底为什么突然生气了？

权北倾双腿交叠坐在沙发上，极冷地开口：“那把草……”

孔管家纠正他：“少爷，那个男孩子叫宁易辰。”

权北倾一个眼神扫过去，孔管家一个哆嗦，马上改口：“呵，什么男孩子？那就只是一把草！”

权北倾的薄唇吐出冷漠的字眼：“宁易什么玩意儿的，这种在颁奖台上公然摸女孩子的脸的人，就是华影所谓的‘校草’？”

一旁的董事长摸不着头脑——权先生什么时候思想这么保守了？他只能尴尬地笑道：“可能是宁易辰同学喜欢姜夏同学，所以……”

权北倾用更冷的声音打断他的话：“所以你想包庇宁易辰？”

董事长无奈：人家什么也没做，我包庇什么啊？

“我听说他喜欢打篮球，还是校篮球队的队长？”

“是的。”

“把他踢出篮球队，以后都不许他打篮球，作为他摸女孩子的脸的惩罚。”男人冷漠地道。

颁奖仪式结束后，所有人都坐回了观众席，等主持人宣布晚会结束。

此时，校长走上台握住话筒：“在校庆晚会即将完美收官之前，我要向大家宣布一个好消息——我们华影的老剧院，也就是现在大家所在的剧院，已经有几十年的历史了，也很老旧了，而就在刚才，有位先生出资捐了一座新剧院！”

全场顿时一片惊呼声。

姜夏暗暗咋舌，真是霸气，直接捐剧院。该不会是什么神秘人要跟心爱的女生表白吧？她在网上看到过这种夸张的桥段。

然后大家听见校长接着说："新剧院就建在老剧院旁边，是以18级（5）班姜夏同学的名义捐的，剧院的名字就定为'夏恋'。"

"哇！"全场顿时一片哗然，所有人都带着艳羡的目光看着姜夏，议论声不断。

本来还在一旁看戏的姜夏彻底无语——以她的名义捐剧院，而且命名为"夏恋"，这是她今晚第三次被撩吗？

捐剧院可不是一笔小钱，也不是随便能开玩笑的，她的第一反应就是权北倾。

可他今晚不是没来吗？

姜夏下意识地四处张望。

坐在旁边座位上的女同学八卦道："姜夏你在看什么呢？是不是在找你的神秘男友呀？"

姜夏一怔，抿了下唇，道："我没男朋友啊，我是单身。"

"我才不信，你这么漂亮……"

女同学还在不死心地追问着，但姜夏已经没心思跟她聊了，看了一圈还是没看到权北倾，忽然就有些气愤地撇撇嘴。

搞什么，她就不信剧院不是他捐的。哼，人又不来，神神秘秘地干什么？

等校长宣布晚会结束后，一群同学凑过来找姜夏八卦关于捐剧院的事。姜夏随口应付了几句，直接侧身溜了。

她一边走向后台的储物间准备去拿自己的包，一边盘算着回家怎么问权北倾。

刚走出剧院大厅，一个高大的人影就朝她走了过来："夏夏小姐。"

姜夏一怔："你是那个——鸡翅？"

季池无奈："夏夏小姐，我是少爷的心腹，我叫季池，不叫鸡翅。"

"我知道啊，你是鸡翅。"姜夏点头说，"是权叔叔让你来接我的吗？"

季池彻底地放弃了纠正名字："不是，是楚暮舟楚少爷找你，他在外面的车里等你呢。"

姜夏瞪大眼："你怎么会认识'楚男神'？"

"楚少爷是少爷多年的挚友。"

姜夏震惊了一下：美男都是扎堆长大的吗？

她一边转身跟着季池从剧院的后门往外走一边好奇地问："鸡翅哥哥，'楚男神'为什么找我？"

"我也不清楚。"

季池也挺纳闷儿，刚才楚少爷都要走了，突然说要找姜夏。他有点儿惊讶，但也没多嘴去说少爷和夏夏小姐的关系，这毕竟是少爷的私事，而且关于收养夏夏小姐这件事，少爷似乎很谨慎，几次勒令他们不许提及。

楚少爷平时赶通告那么忙，少爷又回国没多久，估计也没跟楚少爷提过。

剧院后门外停着一辆黑色的商务车。

姜夏一跨上车，男人放大的俊颜就凑了过来，满脸桃花般："小虎牙，我还以为你不会来，想着要不要'绑架'你一下。"

姜夏下意识地舔了舔自己的小虎牙，身体往门边挪了挪："那个……"她想了想后调整了称呼，"楚前辈，你找我有事吗？"

楚暮舟慵懒地靠在座椅上挑眉看她，意味深长："怎么，急着跟男朋友去庆祝拿奖？"

"我没男朋友啊！"姜夏说完这话又觉得怪怪的，于是补充道，"我家里的家长管得严，我要早点儿回家才行。"

楚暮舟露出一个男女老少通杀的笑："如果你的家长知道你跟我在一起，估计脸能乐成一朵花，指不定门禁都给你取消了。"

她很难想象权北倾那张高冷禁欲脸乐成一朵花是什么样子。不过，姜夏有点儿蒙——他不知道她跟权北倾的关系吗？

不等她开口说什么，楚暮舟舔舔薄唇，漂亮的丹凤眼一直冲她放电："我找你来是想问你愿不愿意签约我的工作室，不过在这之前……”

他一句话还没说完，忽然有镁光灯在一旁的草丛间飞快地闪过。

一旁的小助理惊呼道：“不好，有狗仔队！楚哥前几天的那个绯闻还没解决，现在又被拍到，还不知道要被写成什么样子。”

楚暮舟干脆利落地说道：“我们先走，甩掉他们。”

另一个助理迅速倾身过去关车门，冲司机喊道：“快开车！”

姜夏还没搞清楚怎么回事，就听见车门“砰”的一声被关上了，然后商务车急速地驶了出去。

姜夏猝不及防，身体往一侧倒去，幸好被楚暮舟一把扶住了手臂。

姜夏惊魂未定，侧首看他：“谢谢楚前辈。”

“不好意思，连累你了。”楚暮舟帅气地甩了甩刘海儿，叹气道，“没办法，当明星的，太帅太火就是这一点不好，你懂得。”

姜夏无语：我又没当过明星，哪里懂啊？

不过没想到偶像这么自恋，她开始有那么一丁点儿地觉得失望了，怎么办？不过，偶像演技，还是可以暂时弥补那一点点的性格缺陷的。

商务车疾驰在道路上，跟后面的狗仔队展开了一场追踪与反追踪的游戏。

车不知道开了多久，外面突然下起暴雨，电闪雷鸣不断。

司机朝后视镜看了看，终于松了口气：“楚哥，终于甩掉那些狗仔了。”

姜夏侧首看着外面的滂沱大雨，茫然地问：“这是哪里？”

他们好像已经离学校很远了，她的书包还在剧院后台啊！

司机指着导航说：“回学校的其中一条路现在严重堵车，另一条路估计也有点儿困难。楚哥……”

“刚好我的私人公寓在附近，先去避避雨吧！”楚暮舟看了看窗外，转脸看向姜夏时，邪气地挑了挑眉：“小虎牙，给你个福利，让你参观一下我的私人卧室。”

她不想看！

但是现在外面下着这么大的雨，她根本就回不去，为了防止狗仔队再次追上来，只能先去楚暮舟的私人公寓躲躲雨了。

停车场里，两名小助理先护送楚暮舟和姜夏乘电梯上去。

坐在副驾驶座上的季池正要下车，手机忽然响起。

瞥了眼来电显示，他莫名地有种不祥的预感。

果不其然，他一接起来，男人低沉森冷的嗓音就传来了。

“我不管你在哪儿，十分钟内回到华影主校区，并且打电话给每个区域的警察局，把姜夏找出来。”

每个区域的警察局……这气势……少爷怕是要把整个城市翻一遍吧！

季池吞吞口水，弱弱地出声：“少……少爷……夏夏小姐没丢，她刚刚还跟我待在一起。”

手机那头的人闻言，阴森之气顿时消散不少：“你们现在在哪儿？”

“楚少爷带夏夏小姐回私人公寓了，刚上电梯，在上河新城。”季池说完这句话就感觉全世界的空气都仿佛被冻结住了。

就在他握着手机瑟瑟发抖的时候，权北倾极冷地吐出五个字：“我现在过去。”

季池突然有一种少爷要拿着大刀前来灭门的感觉……他要通知楚少爷赶紧逃生吗？算了，他还是自己先逃生吧！

私人公寓内。

姜夏被楚暮舟拉着享受“独家福利”——参观楚暮舟的卧室。

姜夏不得不感叹：明星的衣帽间真是太大了，不知道的还以为是在逛百货商场呢！

不知道权叔叔的衣帽间是什么样的，她突然有些好奇，应该没有“楚男神”这么多颜色怪异的衬衫吧？

参观完楚暮舟的卧室，姜夏在沙发上坐下。

楚暮舟给她泡了杯热牛奶，端给她时突然朝她俯下身："小虎牙，"他单手撑在她身后的沙发背上，挑眉放电，"你刚刚在车上不是说你也是我的粉丝吗？来，快说说你爱我的历程，是不是每天都偷看我的微博啊？"

姜夏："我好像没关注你的微博。"

楚暮舟一怔："你是我的粉丝，不关注我的微博？"顿了顿，他仿佛想通了，挑眉继续放电，"真是淘气，关注我的全国后援会了吧？"

姜夏显然更不知道了："你还有全国后援会吗？"

楚暮舟："那你关注我的什么了？"

姜夏："我为什么非要关注你？"

楚暮舟："你不是我的粉丝吗？"

姜夏："对啊，我是你的粉丝啊！那部《仗剑天涯》，你演的男主角太帅了，我反反复复地看了好多遍！"

楚暮舟不死心地追问："你看了我的其他的电视剧了吗？"

姜夏："你还演过什么电视剧吗？"

楚暮舟："我唱的歌呢？"

姜夏："你会唱歌？"

楚暮舟："我上的综艺呢？"

姜夏："你还上过综艺啊？叫什么名字？"

楚暮舟翻着白眼，手臂一松倒在她身边的沙发上——原来她根本就不是他的粉丝！

姜夏侧头看着倒下去的他。楚暮舟以为她要说什么"很喜欢他"之类的话，立即又坐了起来，然后就听见姜夏担忧地问——

"你刚才怎么在翻白眼？你哪里不舒服吗？"

楚暮舟生平第一次觉得自己的魅力受到了质疑！他决定立即行动，势必要迷倒这个小丫头："小虎牙，你坐一会儿，我去拿我的个人相册给你看，有很多我的私人生活照。"

姜夏心想：该不会是什么奇奇怪怪的照片吧？

她正想说“不用了”，茶几底下忽然蹿出一只毛茸茸的小东西，直接扑进了她的怀里。

姜夏被吓了一跳，打翻了手里的杯子，热牛奶泼了自己一身。感觉到那小东西立即开始舔她手背上的牛奶，姜夏低头一看，是一只浑身白毛，只在背部带着些微淡褐色毛的动物。

姜夏抬头问：“楚前辈，这是猫还是狗？”

楚暮舟：“哦，是小狼崽。”

姜夏被吓得立即起身躲到一旁，杏目圆睁：他竟然在家里养狼！

楚暮舟帅气地冲那小狼崽勾勾手指：“小拳拳，过来。”下一秒，就见小狼崽十分不耐烦地从沙发上跳过去，“嗷呜”一声就张口咬住了楚暮舟的手指。

权北倾专门养这种会咬人的破玩意儿！楚暮舟一张脸都痛绿了，还强撑着朝姜夏挤出个迷人的笑：“你看，它多喜欢我！”

姜夏：它分明是想咬死你吧。

不过，“小拳拳”……“小权权”？这充满爱意的名字很容易让人浮想联翩啊！

姜夏忍不住想问：“你跟权……”

“小虎牙，你的衣服湿了，”楚暮舟朝她眨眨眼，持之以恒地放电，“我把我心爱的定制款衬衫借你穿。嘘，不要尖叫，我知道你的内心肯定很激动。”

姜夏一时语塞。

毕竟湿衣服贴在身上太不舒服，姜夏内心毫无波澜地去洗手间里换上了楚暮舟给的衬衫。衬衫是干净的，后领处还有个字母“Z”的刺绣。

看来真的是心爱的衬衫啊！

如果不是手机不在身边，她现在很想直接去贴吧发个帖求助：并不是很想做某人的粉丝，但某人一直逼我喜欢他，还撩拨我，怎么办？

姜夏磨磨蹭蹭地从洗手间出来，楚暮舟已经拿着相册坐在沙发上了，朝她勾勾手指："小虎牙，快过来。"

姜夏表情愁苦，正慢吞吞地挪着脚步走过去，公寓的门铃忽然响了。

楚暮舟起身开门，同时还念叨着："季池怎么这么久才上来？哎，北倾？"

姜夏听见这个名字莫名地一抖，蓦地抬起头，一眼就看见长腿迈进玄关的高大男人。

权北倾穿着深色丝质衬衫，身上略微沾了点儿雨水，英俊的脸上表情冷漠，让人难以察觉出他的情绪。

而他一出现，小狼崽就激动地撒着小短腿跑过去，咬住他的裤腿往上爬，求宠爱、求抚摸般地在他的身上蹭来蹭去。

楚暮舟显然也很惊讶，手臂搭上他的肩："北倾，你怎么这个时间过来了？是不是听季池说我被狗仔队追了？哎呀！你别把我当小孩子。"

然而权北倾显然没把他当小孩子，甚至现在都没把他当人，连他的脸都没看一眼，视线直直地落在不远处的女孩儿的身上。

姜夏身上穿着楚暮舟的衬衫，宽大的衣服更衬得她的身材娇小，领口处有粒扣子没扣上，隐约露出一侧白皙的锁骨，这个画面怎么看都很暧昧。

权北倾浑身的气场顿时冷下去，冻得挨着他站的楚暮舟莫名地哆嗦了一下。

楚暮舟正想问他怎么了，就听见男人吐出两个没有温度的字："姜夏。"

楚暮舟惊讶地道："北倾，你认识小虎牙？"

姜夏的头皮一阵发麻，不知道为什么会有种偷偷约会被家长抓住的紧张感，有些磕巴地出声："权……权叔叔。"

楚暮舟再次惊讶："叔叔？"

"时间不早了，"权北倾说话的语气冷淡且严厉，目光仍旧直视着姜夏，“该回家了，你明天还要上课。”

“回什么家？”楚暮舟已经彻底蒙了，闻言撞了撞权北倾，“哎，你为什么对人家小姑娘这么凶？万一吓到她了怎么办？”

姜夏试图开口：“他是我……”

“我是她的家长。”权北倾从进门到现在终于看向楚暮舟，吐出的每个字都像是在宣布所有权那般清晰，“我们家领养了她，她已经住在星海湾三年了，我全权负责她的一切。”

楚暮舟：“这么说你们住在一起——你就是她的家长！”

权北倾听见这句话，终于露出一副孺子可教的表情，应了一声：“嗯。”

没想到下一秒楚暮舟就哥儿俩好地拍了拍权北倾的肩膀，大笑道：“那太好了啊！我本来还在琢磨怎么跟她的家长说呢，既然家长是你，那就不用说了，就让她今晚住在我的公寓吧！”

楚暮舟话音刚落，整个客厅的气压都低了下去。

他莫名地觉得周身的空气更冷了，是因为下暴雨，所以突然降温了吗？

权北倾一张俊脸仍旧淡漠，甚至没有任何表情变化，只是嗓音低沉得很：“她不习惯住在别人家，只睡得惯家里的床。”

楚暮舟胸有成竹地挑眉：“嗯？那可不一定，我公寓的床指不定小虎牙睡得更舒服呢，可能都不愿意走了……”

权北倾淡淡地打断他：“你不是有流口水的习惯吗？我记得你公寓的每张床都被你流过口水。”

姜夏一愣：咦？楚暮舟会流口水啊！

她看向楚暮舟的眼神顿时带了几分嫌弃，对偶像顿时又失望了一点儿。

楚暮舟闻言被狠狠地噎了一下，一瞬间有种被揭了老底的感觉，手滑到权北倾的腰上掐了一下，压低声音冲他道：“喂，你在人家小姑娘的面前给我留点儿面子啊！”

权北倾嗓音如常，微微点头：“嗯，那你前段时间撒酒疯吐了一床的事，我就不多说了。”

楚暮舟：这好兄弟还能继续当下去吗？

不对，难不成是因为……北倾今晚特地来看自己，结果自己的关注点却都在小虎牙的身上，北倾觉得被自己忽略了，所以吃小虎牙的醋了？

没想到北倾对朋友的占有欲这么强，平时完全看不出来啊！

美好地想象了一番，楚暮舟也就想通了，拍了拍权北倾的肩：“今晚是我不对，你对我来说也是很重要的，就别吃人家小姑娘的醋了——更何况人还是你家收养的，对吧？”

权北倾：“嗯，她确实是我的。”说着，他掀起眼皮看向姜夏：“我们现在回家，嗯？”

姜夏听到权北倾说的楚暮舟流口水、醉酒吐一床这些事，顿时觉得刚才参观的卧室都仿佛带了一股难以形容的味道。希望她身上的衬衫是崭新的，千万别是被流过口水的……

她如获大赦，赶忙点了点头：“好，现在回家。”

她边说边转身跑回洗手间里，抱着自己湿掉的线衫出来，趿拉着拖鞋“嗒嗒嗒”地跑到权北倾的身边：“我们走吧，权叔叔。”

楚暮舟没想到姜夏竟然一点儿都不想留下，痛心疾首地说：“小虎牙，你真的要走？你不是说要看我的私人照吗？”

姜夏心想：我什么时候说过？是你强行要我看的好吗？

但偶像是不可亵渎的，于是她表面仍旧很乖巧礼貌地回答：“哦，那下次再看！”

权北倾听见最后五个字，眸色微沉，忽然上前一步，正好一脚重重地踩在楚暮舟的脚上。

楚暮舟顿时收回了停留在姜夏脸上的目光，抱着脚往边上跳了几下：“哎哟，好痛！”

“意外。”权北倾很敷衍地丢了两个字当作解释，而后直接朝姜夏伸出手去：“你换鞋，衣服我来拿。”

衣服上都是打翻的牛奶，姜夏怕弄到他身上，于是摇摇头：“不用，我自己拿。”

然而她的这种反应在权北倾的眼里就变成了她不想在楚暮舟的面前和自己表现得太亲密。权北倾很不悦地皱了皱眉，但并未表现出什么情绪。他也没有转身就走，而是维持着朝姜夏伸手的姿势，黑眸深深地直视着她的眼睛，低沉地蛊惑道：“那我牵着你走，外面下雨会很滑，嗯？”

第八章

你是最好的女孩儿

男人性感撩人的嗓音在耳畔响起，像是一阵热风吹进她的耳朵里，姜夏只觉得耳根子酥酥麻麻的。她就这么看着他的眼睛，甚至连思考都没有，点了点头就抬起手准备放入他的掌心里。

然而女孩儿的手刚没放到权北倾的手里，从被踩了一脚的痛楚中缓过来的楚暮舟半途伸出手，拽住了她的手：“小虎牙，你的社交账号是多少？我加你！”

权北倾的手心骤然一空，黑眸也跟着一沉。

姜夏从来没加过明星好友，而且现在互换联系方式也很正常，于是说：“刚才我跟你走得太急了，手机还在学校。我的号码就是我的手机号呀！”

楚暮舟把自己的手机递给她，人也跟着凑了过去：“那你输一下号码，我先加你。”

“哦，好。”

姜夏正要伸手去接，一只大手忽然伸了过来，抽走了楚暮舟手里的手机。

楚暮舟疑惑地抬头：“北倾？”

权北倾一边从口袋里拿出自己的手机，一边淡淡地道：“借我打个电话。”

楚暮舟：“你自己的手机不是在你的手里吗？”

权北倾：“我的手机欠费了。”

楚暮舟：“你会欠费？”

权北倾：“你 14 岁还会尿床，我为什么不能欠费。”

楚暮舟一时语塞。

姜夏闻言震惊地抬起头——楚暮舟 14 岁还尿床啊？不行了，偶像的形象彻底崩塌了。

姜夏超级想笑又不好意思笑，露出一脸憋笑的表情。权北倾见状抬手摸摸她的脑袋，语气宠溺：“想笑就笑，没关系，暮舟很大度的。”

姜夏：“哈哈哈！”

楚暮舟无语。

楚暮舟把权北倾说这些话的行为理解为权北倾生气自己今晚不重视他，于是故意气他：“你快点儿打，我要和小虎牙加好友！”

权北倾拿着自己的手机，轻动手指，迅速用蓝牙传了一串病毒到楚暮舟的手机上。半分钟后，权北倾把手机还给楚暮舟，语气冷漠且嫌弃：“你这什么破手机？突然死机了。”

楚暮舟疑惑地接过一看，满屏密密麻麻的蓝色数字，完全看不懂，而且怎么按也没有反应。他低低地咒骂了一声，索性转身往房间里走去，显然是贼心不死：“小虎牙，你等下，我去拿纸、笔记你的手机号。”

权北倾的俊脸再度一冷。他扫视一圈，视线最后落在扒在自己裤子上的小狼崽的身上。

见他看向自己，小拳拳立刻伸着舌头眼巴巴地瞅着他。

权北倾眯了眯眼，抬手朝不远处装饰柜的最上面一格指去，下巴也微微地扬了一下。

小拳拳“嗷呜”一声，立即转身跳上装饰柜，小短腿一脚蹬向最上面一格的咖啡杯。下一秒，只听“啪嚓”一声脆响，一个精致的白瓷咖啡杯掉下来摔在地上，碎得四分五裂。

转身走了几步的楚暮舟听见声音，蓦地回过头，整个人在一瞬间僵住——他心爱的、费尽千辛万苦才弄到手的，全世界仅此一个的咖啡杯！

而装饰柜下方，安全落地的小拳拳甩了甩毛茸茸的小脑袋，仰脸朝着权北倾邀功般地“嗷嗷”叫了两声，然后蹬着小短腿一溜烟跑远了。

姜夏也没想到好好的会突发事故，看向那跑远的小狼崽，喊了句“小拳拳”。这三个字她喊得有点儿迟疑，所以嗓音又轻又软，再加上又是完全同音的字，权北倾入耳的第一反应就是“小权权”。

这突如其来的“亲密昵称”让男人耳膜微颤，牵动着神经都微微一震，甚至连一秒钟都没有多想，直接下意识地应了她一声：“嗯？”

姜夏奇怪地回头看他：“啊？权叔叔你说什么？”

权北倾一顿：“你刚刚在叫谁？”

“叫那只小狼崽呀！”姜夏一时没反应过来，“楚前辈说它叫‘小拳拳’，所以我就这么叫了，不行吗？”

呵，原来她刚才不是在叫他，而是叫一只还没断奶的小狼崽子。

权总冷漠地动了一下眉头：“随你叫。”

从沙发下面蹿出来的小拳拳本来想继续扒着权北倾幸福地撒个娇，却突然发现他看自己的眼神有一股子莫名的杀气。

姜夏没发现这边人狼之间的眼神交战，而是看向仿佛一碰就会像石膏一样裂开的楚暮舟，担忧地叫了句：“楚前辈？”

楚暮舟置若罔闻，怔怔地盯着地上碎了一地的咖啡杯，悲痛欲绝且生无可恋。

姜夏蹙眉，又叫了他一声，不见反应，忍不住问：“权叔叔，楚前辈他怎么了？”

就只是一个咖啡杯，楚暮舟怎么好像特别伤心？

权北倾丝毫没有作为肇事者的心虚，挑眉淡淡地道："他这是间歇性神游，医生说他可能脑子有点儿问题。"顿了顿，权北倾说出重点，"你如果害怕，以后就少跟他接触。"

姜夏无语：今天是偶像形象崩塌日吗？

但楚暮舟的帅气外表还是让姜夏想要拯救他一下："那我们要不要把楚前辈送到医院？"

"不用，他现在已经在神游了，估计梦回他跟他前女友的甜蜜生活了。"权北倾刻意加重了"前女友"三个字，边说边观察着姜夏的反应，"你还想继续留下来打扰他？"

姜夏忙摇头："那我们先走吧！"

打扰人家重温旧梦是不道德的，她懂。

姜夏果断地跟着权北倾一起离开了。公寓的门被风无情地甩上，又是"砰"的一声巨响。

楚暮舟被震得从巨大的打击中回过神来，整个人悲恸地跪下去，双手撑着地面，满眼泪水地望着那挚爱的咖啡杯。他把它千辛万苦地弄来到现在，都还从来没用它喝过一次咖啡，连摸都没舍得摸一下，就这么碎了？！

"小拳拳！我要宰了你炖汤，你给我过来！

"你这个不知死活的崽子，竟然还咬我！哎，别往那儿咬——你住口啊！"

姜夏在乘电梯下楼时隐约听见了一些咆哮的声音。坐进轿车里后，她忍不住问："权叔叔，刚才小拳拳打碎的那个咖啡杯很贵吗？"

权北倾双腿交叠，侧首望着窗外，随口回答："不贵。"

"哦。"姜夏应了一声，觉得有点儿奇怪，小拳拳之前不是在权北倾的身上蹭来蹭去吗？它是怎么突然爬到装饰柜的最上面一格去的？

更让她奇怪的是，从楚暮舟的公寓出来后，权北倾似乎就心情不太好，都没怎么跟她说话，也不问她今晚校庆晚会的情况。

他难道是在担心脑子有问题的楚前辈？

司机先把车开到华影，姜夏去剧院后台拿了自己的包，然后汽车才驶回到星海湾别墅。

一走进玄关，姜夏就发现偌大的客厅被装扮一新，到处挂着透明的气球，气球里面都是漂亮的粉玫瑰花瓣，似乎在灯光下微微闪烁。

她不由得怔在原地。

此时，带着庆祝小尖帽的孔管家蹦出来，手里还拿着一个仙女棒，鼓掌欢呼："恭喜夏夏小姐拿到最佳女新人奖！"

不料，权北倾出声打断了孔管家一个人的狂欢，冷冷地道："一大把年纪了，谁让你在家里蹦蹦跳跳的？你以为你是袋鼠吗？"

孔管家胖胖的身体瞬间僵在原地：不是少爷你叫我在家准备庆祝的吗？

姜夏不明所以，往前走了几步，看见茶几上放着一个极大的蛋糕，漂亮又精致，一眼就能看出价格高昂。

她环视四周，这才发现不仅挂了气球，连角落里都洒满了花瓣，桌布和窗帘也都换了全新的。

整个房子都充满了浓浓的少女感，像一个奢华的公主城堡。

姜夏惊讶地张了张嘴："这些是……？"

她边说边朝蛋糕走去，馋嘴地想挑一点儿奶油来尝尝，才弯腰拿起叉子，就被一只大手给夺走了。她转过头就对上男人俯下的俊脸，然后细细的手腕就被攥住了。

权北倾看着她身上穿着的男式衬衫，眯起的眼眸阴沉且危险："想吃蛋糕？"

"蛋糕是你给我买的对……？"

姜夏没说完，权北倾就直接侧首朝孔管家道："蛋糕拿去扔了，奶油对身体不好，以后不许她吃。"

姜夏极其嗜甜，闻言顿时睁大眼睛，抗议道："为什么要扔蛋糕？！”

权北倾的指腹细细地抚过她的手腕，那灼热的温度让姜夏颤了颤，仿佛整个人都被电了一下。

她正纠结着要不要把手抽回来，下一秒，他就松开了她的手。

男人转身在沙发上坐下，长腿优雅地交叠着，凌厉的视线落在她的身上："给我站好，我以前是怎么教你站姿的？"

姜夏立即条件反射地迅速站直，双手紧贴着裤缝，连指尖都绷直了。

"眼睛不许看蛋糕，看我。"权北倾冷冷地问，"难道我的脸还没有蛋糕好看？"

"没有。"

他的嗓音蓦地变得低沉："没有？"

"不是！"姜夏忙摇头，说的倒是真心话，"你的脸比蛋糕好看一万倍……不，是一亿倍。"

你的脸谁能比得过啊？哼，长得帅了不起啊？

权北倾脸色稍缓，但视线落在她的身上，又顿时冷了下去："知道错了？"

姜夏显然并不知道："我错哪儿了？"

权北倾："还问我？自己反省。"

姜夏心想：该不会是回来的路上楚暮舟发短信跟权北倾告状了，说她竟然不是他的粉丝，然后故意让权北倾来整她吧？

肯定是！看来"楚男神"不是"友军"！

在蛋糕面前不能犹豫，姜夏立即就道："我没有不喜欢'楚男神'啊！他的演技好还又帅又高，我一直都是他的粉丝，很喜欢他……"

她多说一个字，权北倾的脸色就阴沉一分，最后四个字让他彻底听不下去了。他的视线扫向孔管家："不是让你把蛋糕扔了吗？磨磨蹭蹭的做什么？"

孔管家委屈地抖了抖，赶忙抱起茶几上的大蛋糕溜了。

姜夏没想到自己说的话反而把蛋糕推得更远了，顿时急了：

"我……我不是都说了吗？"

"你觉得谁帅、喜欢谁是你的自由，我可以不干涉——但我之前说过，放学必须直接回家，没有我的允许不能随便去其他男人家。"权北倾对上女孩儿委屈的表情，危险地眯起眼，"结果你是怎么做的，嗯？"

姜夏一怔，没想到他是说这个，立马辩解："我没有随便去啊！是鸡翅哥哥说'楚男神'找我，又说你们是挚友！我听见是你的朋友，觉得肯定可以相信，所以我才去的。"

最后一句话很明显取悦了正处在气头上的男人，权北倾紧皱的眉头微微一松，但随即又重新皱了起来——"楚男神"？

他们才见了一面而已，楚暮舟就变成"男神"了？如果他们再见几面，是不是还能再升级，"男神"变成"男友"吗？

男人望着面前的女孩儿，眼神刹那间变得更沉了："暮舟是你的'男神'？"

"是啊！"姜夏很自然地点点头，这年头都是这个叫法，"偶像都是我的'男神'啊！"

这么说起来，她的"男神"好多……

权北倾咀嚼着"我的"两个字，薄唇忽然吐出低沉问句："那，我是你的什么？"

"啊？"姜夏怔了一下，"你是我的权叔叔啊！"

他追问："权叔叔是什么？"

"是家长。"姜夏说出这个答案后，发现男人的脸色不太好看，想到他说是自己的家长，于是机智地补充道，"就是以后我谈恋爱、结婚都要征得你的同意的那种关系。"

她这么说应该没错了吧？

然后她看见权北倾忽然从沙发上站了起来，居高临下地睨了她一眼。

姜夏以为他终于要放过自己了，结果却听见他的语气竟然更加严厉了："不管是不是我的朋友，你都不该随便去别人家，而且还穿人家的衣服——去换掉衣服，到我的书房里来罚倒立。”

姜夏：“嗯？”

她到底哪句话说错了啊？

姜夏慢吞吞地换上家居服，磨蹭了半天才走到书房的门口，刚要敲门，男人的声音就传了出来。

“进来。”

他有透视眼吗？

姜夏拧开门进去，坐在书桌前的权北倾扫了她一眼，第一句话就是：“暮舟的衬衫，你放到哪里了？”

姜夏猜测他肯定又要教训自己没礼貌，于是先发制人：“放在我的房间里的脏衣篓里了，我会亲手洗了还给楚前辈，表达我的谢意。”

权北倾翻着文件的指尖微顿，几秒钟后才恢复正常。

他重新把视线放回面前的纸张上，淡淡地道：“不用你洗，拿来给我，我还给他。”顿了顿，见女孩儿没什么反应，他补充道，“刚才暮舟给我来电话，说他女朋友 10 点的飞机到这里，刚到他家住下，你去还不合适。”

姜夏闻言一怔，顿时燃起了一颗八卦之心：“女朋友？楚前辈有女朋友了？”

她的这副反应跟表情，在权北倾的眼里俨然成了“吃楚暮舟女朋友的醋”，他沉了沉脸色，道：“不是你想的那种女朋友。”

姜夏被他说得更好奇了：“啊？那是哪种？”

“就是……”权北倾刻意顿了一下，掀起眼皮看她，一副教导的模样，“成人世界里的那种女性朋友……懂了吗？”

权北倾看着她的脸上一言难尽的表情，于是特意加了一句：“他们这种男人基本都是这样的，包括你们影视学院里的那些男生，都不是什么好玩意儿——你还小，以后碰到最好绕道走，明白吗？”

十几公里外的公寓里，正抱着一堆碎瓷片悲痛至极的楚暮舟，莫名地就连打了十几个喷嚏……

而姜夏还陷在"'楚男神'疑似私生活混乱"的惊天爆料中，整个人都蒙了，迷迷糊糊地点了点头："明……明白了。"

网上的那个娱乐博主不是说"楚男神"一直没有女朋友吗？怎么又变成他跟女性朋友一起睡觉了？

"姜夏，"权北倾见她神游，用手里的签字笔敲了敲桌面，"把你脑袋里的其他人全都给我丢掉。为了防止你偷懒，注意力不集中，所以接下来倒立的半小时里，你只能想着我。"

"哦。"姜夏把上衣扎进裤子里，惨兮兮地开始贴着墙倒立。

其实她心里是很不服气的，明明没做错什么，他不分青红皂白地罚她，还把孔管家给她准备的蛋糕扔了。今晚的舞台剧他懒得去看也就算了——但她拿了最佳女新人奖，他也连一句表示的话都没有。

哼，他还说自己是她的家长，哪有这样当家长的？

姜夏简直越想越气。接下来的半小时里，她气鼓鼓地没说话。等她倒立结束重新站起来时，就看见权北倾单手撑在书桌上，另一只手按着眉心，似乎很不舒服的样子。

姜夏蹙眉，试探着开口："权叔叔，我已经罚完了，回房间睡觉了。"

权北倾维持着原本的姿势，闻言连头也没抬，极轻地"嗯"了一声。

姜夏本来想问他怎么了，但转念一想，他都那么过分了，自己为什么要问，反正还有用人呢，他不舒服就让用人找医生好了！于是她没再说话，转身走出了书房。

夜晚，11点已过，用人把夜用的壁灯打开，整栋别墅进入了夜晚的安静之中。

"吱呀"一声轻响，二楼一侧的房门被拧开，一个娇小的身影闪出房间，光着脚溜下楼。

来到餐厅里，姜夏咬着手电筒照明，打开冰箱，两只手跟土拨鼠刨地似的，在里面翻啊翻，找啊找。

忽然一道光线照了过来——

姜夏被吓得抖了抖，手电筒掉下去砸在脚背上。

“咝——”她痛得抱起脚，愤愤地想着要是权北倾又来教训她，自己干脆就跟他撕破脸皮。

结果她一扭头就看见孔管家那张胖胖的脸正对着她。

“夏夏小姐，你是来找吃的吗？我们真是不谋而合啊！”

“嗯？”姜夏低头就看见他的怀里抱着一个大蛋糕，赫然就是权北倾让他丢掉的那个！

几分钟后，厨房的某个小角落里。

姜夏蹲在那儿，单手搂着蛋糕盒子，用叉子狼吞虎咽地吃着，吃得满脸都是奶油。

孔管家贴心地替她拍着背，心想没丢蛋糕果然是对的，感谢少爷给他这个和夏夏小姐独处的机会。

“夏夏小姐，你慢点儿，别噎着了。”

姜夏的嘴里塞得鼓鼓的，她含混地说：“嗯，孔伯还是你最好，还特意给我买蛋糕。”

孔管家只听清了后面半句，不由得感慨：“我也很惊讶，少爷一直不允许你吃这些东西，没想到这次主动让我们订蛋糕，还吩咐装扮家里……”

姜夏一怔，蓦地从蛋糕里抬起头来：“是权叔叔让你们订的蛋糕？”

孔管家丝毫没意识到自己已经失去了“争宠”的机会，还在继续替权北倾说话：“是啊，少爷今晚本来有重要的应酬的，但是都推掉了，去学校剧院看了你的舞台剧……”

姜夏更加惊讶：“他……你们去看我的舞台剧了？”

“对啊！”孔管家冲她眨眨眼，“夏夏小姐，你演得太好了，我都看哭了。本来我想一回来就给夏夏小姐庆祝的，可是一结束就找不到你了，少爷还准备发动全城的警力去找，后来得知你在楚少爷家——”顿了顿，他继续替自己邀功，“要不是因为等了你一晚上，又没接到你的人，少爷生气了，不允许我们庆祝，否则我肯定可以和少爷一起把礼物给你。”

他等了她一晚上，所以才生气的？

姜夏没想到会是这样，整个人都怔住了，喃喃地重复：“礼物？”

“对啊，在这儿呢！”孔管家从保鲜柜里拿出一个保鲜盒，羞涩地说，“夏夏小姐，这是我亲手做的礼物。”

姜夏的视线却落在另一个保鲜盒上，她问道：“那个是什么？”

“哦，那是少爷亲手给你做的。”

孔管家敷衍了事地带过，刚要把自己的礼物递过去，姜夏却直接伸手拿了另一个保鲜盒打开——

里面是一个方形的慕斯小蛋糕，样子很简单却很精致，中间点缀着一朵淡粉色的玫瑰花，最下方用果酱写了一个小小的“夏”字。她转动保鲜盒，看见右边侧面还有一小行英文——

“You are the best girl.”

（“你是最好的女孩儿。”）

姜夏怔住。

这是权北倾亲手做的？她难以想象他系着围裙在厨房里做蛋糕的样子。她拿着保鲜盒，一时竟有些不知所措。

孔管家还没发现自己早就被自己坑了，还在羞涩地自卖自夸：“夏夏小姐，你看一眼我的礼物嘛，是我自己亲手捏的动物造型，捏了一整个下午。”

姜夏却忽然站了起来，闻言低头看了一眼，丢下一句话：“嗯，好漂亮的鸭子，谢谢孔伯。”

她说完就跑出厨房上了楼，留下一脸崩溃的孔管家扶着墙缓缓地跪了下去，满脸都是被剧烈打击后的惨白。

鸭子……夏夏小姐竟然说是鸭子？

他捏的明明是企鹅啊！

姜夏拿着保鲜盒回到房间里，反锁了房门，这才打开了手里的保鲜盒，尝了尝慕斯小蛋糕。

味道意外地好，甚至比从蛋糕店里买的还好吃。

权叔叔还会做蛋糕啊，果然帅哥都是万能的……

虽然刚才被罚倒立了，但她的内心忽然涌出一点儿愧疚感——这次真的是误会他了，而且他刚刚不舒服她都没关心他一下。

在房间里纠结了一小会儿，她最终还是决定去看看权北倾怎么样了，顺便谢谢他的蛋糕。

姜夏先去了书房，但是权北倾已经不在了。

于是她来到他的卧室外敲了敲门，声音乖巧："权叔叔，是我。"

没人应。

他睡了吗？姜夏有些丧气地垂下手，刚想走，却发现门缝中有灯光透出来。

他没睡，但故意不给她开门？因为她误会他，所以他不理她了？

姜夏迅速地想象出一场大戏，顿时坚定了自己要说清楚的决心，当即直接拧开门把手："权叔叔，我有事找你，你不开门我就自己进来了。"

姜夏开门进去后，并不是预想中的冷漠的男人就是不肯理她的桥段，而是卧室里的壁灯亮着，大床上侧躺着一个颀长的身影。

权北倾身上裹着件深灰色的浴袍，甚至连湿漉漉的短发都没有擦干。他侧身微蜷，俊脸微微地往下垂着，掌心死死地按着太阳穴，眉头皱得很紧。

姜夏愣住，想到前些天他晚上的症状，估计又是孔伯说的"创伤后应激障碍"，赶忙走了过去。

她站在床边，俯身想要扳过他的身体查看："权叔叔，你是不是难受？"

男人低低地"嗯"了一声，也不知道是不是在应她，身体倒是随着她的动作微微地翻了过来，没系紧的浴袍也跟着敞开，露出一大片肌肉线条流畅优美的胸肌，还在往下淌着水珠——活脱脱的美男出浴图。

姜夏动作一僵，整张脸“噌”的一下红了起来。

他……他这是洗完澡都没擦身体，就直接躺下了吗？姜夏吞了口口水，竟然有几秒钟没能挪开目光。

不行不行，他这样睡着的话会感冒的。姜夏回过神来，用力地拍了拍自己的脸，转身去浴室里找了条干净的毛巾，急急忙忙地俯身帮他擦着胸膛上的水珠。

不知道是毛巾太大，她拿不住，还是太过于着急，她的手总是不小心碰到他的胸膛的皮肤——搞得好像她故意在他的胸口摸来摸去似的。

每次碰到，她都吓得赶忙把手收回来，深吸一口气后才敢继续替他擦。

一个大男人，皮肤竟然跟她的差不多白，手感还这么好。

一路从胸膛擦到腰部，姜夏正犹豫着下面部分该怎么办，忽然男人又翻了个身，本来就微敞的浴袍几乎完全敞开。

姜夏的反应极快，她在最后关头迅速地扯住浴袍的带子，直接掀过去把他的身体裹住了。

吓死人了。他差点儿就被她看光了！

她大口喘着气，正想着要不要叫孔伯上来帮他擦一擦，床上的男人忽然低沉地出声：“姜夏。”

姜夏怔了一下，忙朝他靠过去：“权叔叔我在，你渴不……啊！”

话未说完，一只大手忽然环住她的细腰，下一秒，她整个人都被一股大力搂上了床。

不等她有所反应，男人沉重炙热的身躯就压了下来。

姜夏的整个身体几乎都被权北倾霸道地圈在怀里，他的手臂牢牢地扣着她的腰，不让她有半分挣脱的可能。

他几乎是下意识地把俊脸埋在女孩儿的颈窝处，嗅着她身上的香气，原本剧烈的神经性头痛被神奇地缓解了不少。

连药效最强的止痛片都不管用，他家养的小刺猬倒是挺管用的。

嗯，她很香。

权北倾收紧手臂，高挺的鼻尖在女孩儿的颈窝处轻蹭着，薄唇也时不时地碰到她的皮肤。

姜夏被弄得忍不住推他：“不要，权叔叔，我痒……”

那嗓音细细软软的，权北倾听得腹肌蓦地绷紧，眼神中的欲念也加深了一层。

低下头，他正好能看清女孩儿那张粉白的嫩脸蛋儿，以及一双水灵灵的大眼睛中的惊慌与害怕。

那一丝丝的害怕顿时让男人极度不悦，脑海中闪过她对着楚暮舟笑容甜美的模样，蓦地将她用力地搂向自己。

姜夏本来只是被他压着，这一下完全撞上他的胸膛，他的浴袍本就没系好，这下更是随着动作敞开——等于她的嘴唇贴在了他的胸肌上，那温度几乎让她从里到外都烧起来。

权北倾凑到她的耳边，薄唇溢出丝丝热气，滚烫撩人：“姜夏，你知道错了吗？”

姜夏不知道他现在是清醒的还是无意识的，也不知道他是不是还是很不舒服，所以也不敢乱动，闻言，下意识地回答：“我做错……错了什么？”

“不经过我的同意就去别的男人家里，还随便穿人家的衣服，还说要亲手洗？”

权北倾修长的手指从她的脊骨一路往下滑，像有电流流过一样让她在他的怀里颤抖，那沙哑的嗓音性感得几乎能要了她的命。

“小白眼儿狼，你这么不听话，你说我该怎么惩罚你？”

姜夏其实根本没听见他在说什么，身体靠得太近，思绪完全沉沦在男人荷尔蒙极浓的气息之中，睁开眼就是他蓄满力量的肌肉。

她几乎是下意识地动了动唇：“我……我错……”

“知道错了？那就接受惩罚。”

紧接着，她的下巴被长指挑起，男人将薄唇覆了上去，堵住了她的唇。

姜夏“呜”了一声，眼睛蓦地睁到最大，手攥紧了他的浴袍。

又来了，那种浑身软软的、几乎要融化的感觉，每一个细胞、每一个毛孔，都酥酥麻麻的，叫嚣着要沸腾……

她挣脱不开，被他按在怀里尽情地亲吻。

一吻结束，男人低低地问：“既然知道错了，是不是该保证下次不再犯了？”

她感觉脑袋、舌头等部位全都打了结，屈服于男色毫无思考能力：“下……下次……”

“说话结巴，该罚。”第二吻落下，他问道，“现在能保证清楚了吗？”

“我保证……不会再犯……”

“保证什么？不说清楚，该罚。”第三吻落下，“重新保证。”

“我……保证不跟别人回家……”

“漏了，是别的男人，该罚。”

第四吻落下，紧接着是他给的第五吻、第六吻、第七吻……

数不清多少个吻一次又一次地落下，直到最后姜夏完完整整地说出一句保证的话后，这场“惩罚”才终于结束。

她整个人几乎被他吻晕了，连动弹的力气都没有了，歪着脑袋靠在男人的怀里昏沉沉地睡了过去。

翌日一早。

在厨房里熬夜捏了一晚上动物造型糕点的孔管家，捧着保鲜盒兴冲冲地跑上楼，准备给姜夏看自己新捏出来的“改良版企鹅”。

结果才踏上二楼，孔管家就看见权北倾横抱着熟睡的姜夏从卧室里走出来——女孩儿的身上还裹着少爷床上的毛毯，脑袋靠在少爷的胸膛上，睡颜甜美，脸上还带着些酡红。

孔管家一怔：夏夏小姐这是在少爷的房间里过夜了？

他正傻眼，权北倾压低声音吩咐：“愣着做什么？去把她的房间的门打开，轻点儿，别吵醒她。”

孔管家回过神，赶忙过去打开门，在门口看着权北倾俯身轻柔地把姜夏放在公主床上，替她盖好被子。

等男人轻手轻脚地走出来带上门，孔管家忍不住问：“少爷，夏夏小姐昨晚怎么睡在你的房间里？”

权北倾迈开长腿从容地走向书房，淡淡地道：“办事。”

办……办事？孔管家更加傻眼了。

权北倾嫌弃地瞥他一眼，似乎很不满意他一脸呆呆的表情，视线随即落在他手里的保鲜盒上，语气顿时更加嫌弃了：“一大早的，拿着只鸡跑来跑去干什么？”

丢下这句话，他就懒得再理孔管家，抬脚进了书房，留下再次被重重打击的孔管家僵在原地。

夏夏小姐说像鸭，少爷说像鸡……这是企鹅，是企鹅啊！

姜夏醒来时，天已经大亮了。她坐起身后过了好一会儿才发现这是自己的房间。

是权北倾抱她回来的吗？

她都不知道自己昨晚是怎么睡着的，只记得被他吻得太凶了，思绪跟反应都不受自己控制了，还被逼着保证要听话。

他都难受得神志不清了，竟然还记得要管教她，哼！

不过，他昨晚发病了，她用吻帮他缓解，应该可以跟她昨晚误会他的事互相抵消了吧？

她姜夏可是有账必须算清的人。

姜夏洗漱完换好衣服下楼。

餐厅内，权北倾坐在餐桌边看报纸，长腿优雅地交叠着，手边是一杯纯黑苦咖啡，仍旧是一如既往的英俊、衣冠楚楚的冷漠禁欲模样，半点儿看不出昨晚那性感的样子。

姜夏有模有样地叫了一声：“权叔叔，早上好。”

权北倾掀起眼皮淡淡地看她一眼，视线很快落回报纸上：“嗯。”

然后他就没再理睬她。

看来他果然是不记得昨晚发生过什么了。

那些亲密酥麻的唇齿纠缠，让姜夏现在想起来多少还是有一点儿害羞的。幸好他不记得，她可以放松一点儿了。

食不言地吃完早餐，姜夏正要起身，一只大手却从对面伸了过来——他用指腹将她的嘴角残留的酱汁擦拭了一下。

男人低沉的嗓音很是性感："这么大的人了，吃得满脸都是。"

姜夏的脸一红，她正想拿餐巾帮他擦干净手指，下一秒却见权北倾将手指伸到唇边，舌尖微微地舔了一下指腹上的酱汁。在整个过程中，他专注的眼神一直盯着她，薄唇吐出低沉的轻笑声："原来女生爱吃的酱汁都是这么甜腻的。"

权北倾的早餐从来只有苦咖啡和吐司，而姜夏的早餐一直是营养师单独做的，七七八八的一大堆，光是各种口味的进口酱汁就有上百瓶储存在柜子里。

姜夏没想到他会舔尝从自己的嘴角擦下来的酱汁，这么暧昧的一幕落在她的眼里，让她像是忽然着了火，连耳根都快烧红了。

她一时不知该如何应对，拿起餐巾胡乱地擦了擦嘴角，大概是太着急了，所以越擦沾得越多，满嘴都是。

对面传来椅子被推动的声音，姜夏再抬眼时男人已经走到她的面前了。

权北倾拿过她手里的餐巾，俯身细心地替她把嘴擦干净。

姜夏忙红着脸抢过来："我……我自己擦。"

"擦干净了，"他低低地笑，"小迷糊。"

姜夏感觉再待下去，耳朵烫得就要自燃了，忙扶着桌沿站起身："我……我去学校了，今天还有课。"

"嗯。"权北倾站在她的面前，帮她把领子整理好，忽然用双手捧住她的脸，轻轻地抬起。

姜夏下意识地屏住呼吸。

男人俯首在她的眉心落下一吻。

“Congratulations.”他的唇贴着她的肌肤，纯正的英文发音极为悦耳，“You are the best girl.”

恭喜，你是最好的女孩儿——这是他昨天写在慕斯小蛋糕上的那句话。

这是她拿了最佳女新人奖，他迟到的恭喜吗？

姜夏整个人都僵住了，仿佛这一刹那身旁所有的人和事物都消失了，只余下他亲吻她眉心的那双薄唇，以及自己“怦怦怦”的剧烈心跳声。

等姜夏后知后觉地反应过来时，男人已经松开了她，转身上了楼。她站在那儿，双颊滚烫。

他该不会是在撩拨她吧？他竟然光天化日之下撩拨她。不不不，一定是她想多了，只是一个礼仪性质的庆祝吻而已。

但问题是她这种“抗撩能力”很强的人，竟然就这么被他撩到了！

季池今天刚好过来，于是负责送姜夏去学校。路上，他发现夏夏小姐的脸有些红，该不会是发烧了吧？

等季池返回星海湾的时候，权北倾刚结束与燕门的视频会议。

季池是权北倾的心腹，也是燕门的人。因为楚暮舟的玩儿心重，随随便便地出个道，竟然直接就红到发紫，于是权北倾就让季池跟着楚暮舟，负责他的一切事务。

季池敲门走进书房，恭敬地道：“少爷，早上好，楚少爷让我来拿他的那件定制款衬衫。”

权北倾戴着蓝牙耳机靠在书桌边，一手还端着咖啡杯，闻言眉毛一挑：“哪件？”

季池的视线落在权北倾手边叠得整整齐齐的衬衫上——不就在这儿吗？于是他指了指：“就这件。”

权北倾掀起眼皮看他，似乎是在做最后的确定：“这件？”

季池不懂他反复地问是什么意思：“对啊，就是这件，夏夏小姐昨晚穿回来的。”

话音刚落，就见权北倾手里的咖啡杯缓慢地倾斜，浓黑的咖啡一滴不剩地全都倒在了那件白衬衫上，慢慢地把它染出了一片黑色。

楚暮舟心爱的、价值不菲的定制款衬衫，就这么彻底毁了。

优雅地倒完咖啡，权北倾放下咖啡杯，再度看向季池，淡然道：“哪件？你重新说。”

季池：“什么哪件？属下不知道少爷在说什么。少爷您忙，属下先告退了。”

“嗯。”权北倾顿了顿，淡淡地加了句，“去财务部领奖金。”

季池：“谢谢少爷！”

出卖楚少爷的感觉真是太好了。

华影主校区。

姜夏好不容易缓过神来，结果刚走到教室门外，就看见后门黑压压地站了一排人，还全都穿着清一色的黑色的 T 恤，乍看上去跟来打人似的。

姜夏随意地扫了眼，对这种事素不怎么感兴趣，打着哈欠就朝自己的座位走去。她正纠结着中午去食堂吃哪个菜，忽然有人跳到她的面前，面带微笑，声音洪亮犹如宣读圣旨——

“夏姐您来了！夏姐早上好！”

姜夏被吓了一跳，往后退了几步，才看清面前竟然是一个虎背熊腰的男人。她睁大了眼睛，半天才问出口：“你……是谁？”

全班旁观的众人无语。

男人的笑容一僵，他很快退后一步，鞠躬自我介绍道：“尊敬的夏姐，我的全名叫牛大宝，大家平日里都叫我一声‘宝哥’。”

这不是创建了那个群的宝哥吗？不过这全名“牛大宝”怎么有种乡村爱情的感觉？

姜夏觉得自己一定是被权北倾给撩拨晕了，竟然一下子没认出宝哥来，不过宝哥平时就神出鬼没的，入学这么久了也没见过几次。

他现在这是什么意思？

姜夏有点儿摸不着头脑，看了看宝哥以及他身后的黑衣男子们：“你们……”

“啊，夏姐提醒得对！”宝哥朝身后的人扬了一下手：“发什么愣，还不快跟夏姐说早安？！”

黑衣男人们迅速地走过来，在姜夏的面前站成一排，然后九十度鞠躬，用请安的语调大声道：“夏姐早安！”

其中还有个倒霉的人低头磕到了课桌，发出“咚”的一声，破坏了氛围。

宝哥瞪他一眼：“干什么呢？尊重，懂吗？”

那人忙不迭地朝姜夏弯腰道歉：“对不起夏姐！夏姐我不是故意的！”

她茫然地看了看旁边座位上的男同学：“我这是……”

她不知道为什么，有一种“降伏群魔”的感觉。

男同学笑了笑，没说话。

宝哥见状一脚踢了过去，直接把人家的椅子都踢翻了，凶神恶煞地吼道：“你笑什么啊？我们夏姐跟你说话，你笑笑就算了？马上给我们夏姐道歉！”

无辜的男同学被吓得脸都白了。在华影谁不知道宝哥？他家里有点儿钱，又是学校里跆拳道社的副社长，特能打，身后有一众小弟跟随。谁敢惹他啊？

男同学瑟瑟发抖地看向姜夏：“姜……”

宝哥又是一脚过去：“姜什么姜？我们夏姐的姓氏也是你随便叫的吗？叫夏姐！”

男同学忙道：“夏……夏姐……”

姜夏简直无语死了：“打住！打住！打住！”

“叫你打住听到没？”

见宝哥又要踢人，姜夏忙过去拦住他：“喂！我是叫你打住！”

“啊，原来夏姐是叫我。”宝哥立刻变成一张如沐春风的笑脸，“夏姐说的是，我这就打住。毕竟在班上公然教训人不好，我待会儿找几个小弟把他拖到小树林里。夏姐还有其他吩咐吗？”

男同学：我到底做错了什么啊？

全班的其他人：宝哥笑起来真可怕啊，还是别笑了！

姜夏闻言简直头大。她最不喜欢仗势欺人了：“谁让你教训他了？他是我的同学，好端端的，我跟他说句话而已，他又没做错什么。”

“啊，原来是这样！”宝哥又露出吓死一群人的笑容，“夏姐说是同学，那就是重要人物，我明白了！”他打了个响指，几个小弟迅速做出要过去服侍那个男同学的动作。

“打住！”姜夏立即比了个手势，“说正事，你的目的是什么？”

“果然是夏姐，聪慧过人！”宝哥挠挠头，“前段时间我不是搞了个关于最佳新人奖赢家的群嘛，你的神秘追求者为你押了 Theodore 的演奏会贵宾票。我当时有眼不识夏姐美，结果就接了这个赌注。”

说到这件事，宝哥就觉得很是奇妙，那个名叫“K”的神秘人押了姜夏 Theodore 的演奏会贵宾票，自己当时根本没想到姜夏会拿奖，于是毫不犹豫地接下了这笔赌注。

他觉得自己是稳赚不赔的，没想到姜夏竟然真的拿了最佳新人奖！

她一点儿都不含糊，一点儿都不作假，完完全全是凭演技拿的奖——关于这一点，全校的学生有目共睹，他连说姜夏要手段走关系都不可能。

那么“K”用Theodore的演奏会贵宾票押姜夏赢，结果姜夏赢了，就等于“K”不仅不需要付这张 Theodore 的演奏会贵宾票，宝哥自己还要倒给一张 Theodore 的演奏会贵宾票给“K”。

于是，宝哥迎来了人生中最大的难题——他去哪里弄 Theodore 的演奏会贵宾票给“K”？虽然他有点儿钱，但弄到 Theodore 的演奏会贵宾票显然是不可能的。以往的这种游戏他都是稳赢不输的，没想到这次栽了。

就在他愁眉苦脸的时候，“K”居然回他的消息了。

“K”总共回了三句话：

“你要不要赔给我 Theodore 的演奏会贵宾票，取决于姜夏——她说什么，就是什么。

“去求她。

“记住，从现在开始她不再是你的女同学，而是你的‘夏姐’。”

之后不管宝哥再发什么过去，“K”都不再回复了。

宝哥盯着这三句话，反反复复地看了几十遍才反应过来——这意思是只要姜夏点头说不要他赔一张 Theodore 的演奏会贵宾票，“K”就同意一笔勾销。

姜夏听宝哥这么一说，顿时想起来了，“啊”了一声：“哦，你是说这件事啊！”这段时间事情太多了，她都快忘光了。

见她这么说，宝哥立即道：“对对对，就是这件事！夏姐你看，我这不是输了嘛，那我就欠了‘K’这张贵宾票……”顿了顿，他试探着问，“要不，我把这张贵宾票给夏姐你？”

“你给我干什么？”姜夏蹙眉，觉得这张票跟自己没关系，“这张贵宾票当时又不是我押的，根本不关我的事，我怎么可能要啊？”

她到现在连“K”是谁都不知道好吗？！

宝哥眼睛一亮，忙顺着她道：“那既然夏姐不要，这张票就抵消了吧，反正‘K’财大气粗也不要，是大度的人……”

一时之间，姜夏的课桌前聚集了好多人，气氛空前热闹。

不远处的课桌前，白雪妍看着姜夏突然受欢迎的这一幕，暗暗地咬紧了牙，眼中闪过嫉恨之色。

下午只有两节课，上完后姜夏和几个同学去打了场羽毛球，结束时已经接近放学时间了。

她刚走出体育场，一辆黑色的商务车风驰电掣地开过来，直接停在了她的面前。车门“哗啦”一声打开，两名身强力壮的保镖从车上跳了下来。姜夏被吓了一跳，顿时有种黑帮人士来找她寻仇索命的感觉。

然而下一秒，两名保镖走到她的面前，整齐地俯身鞠了一躬。

其中一名保镖神秘兮兮地将手挡在嘴边，压低声音道："姜小姐你好，我们是楚先生的助理，他在车里等你。嘘……楚先生说让你千万不要声张。"

楚先生……楚前辈吗？他搞出这种绑架的氛围是想怎样啊？

姜夏无奈地上了车。

商务车内，楚暮舟慵懒地靠在座椅上，穿着风骚的明黄色线衫，领口露出漂亮的锁骨，正拿着手机打字，那架势分明有种要捏碎手机的感觉。

姜夏忍不住问："楚前辈……你在做什么？"

楚暮舟抬头看她一眼，又低头继续打字："小虎牙，你等一下啊，网上有两个人在骂我，我正在跟他们对骂。"

姜夏心想：他这么真性情吗？然后她凑过去一看，发现楚暮舟用的是小号，昵称是"楚男神帅出宇宙"……

而他打字发出去的内容则是："你们知道个屁啊！我们'楚男神'有多努力你们知道吗？他发高烧 40 多摄氏度还在坚持看剧本！"

姜夏：发烧 40 多摄氏度不得烧晕了吗？

对骂持续了不到十分钟，楚暮舟显然是越来越气了，最后索性把手机往后座一扔，怒道："现在的网民素质都被狗吃了吗？居然骂我是傻子！"

姜夏：你那个回复真的很傻好吗？换谁都会骂你吧？

她强忍着这些想法，看在他颜值极高的分儿上，摆出了一张乖巧的脸："楚前辈，你把我绑上车……哦不，把我叫上车，有什么事吗？"

楚暮舟蓦地朝她倾身过来，眉眼放电："你觉得我这么英俊的男人，找你来还能有什么事？"

姜夏："让我帮你和那些人对骂吗？"

楚暮舟："不要跟我提那些欣赏不了我的帅气的人！"

姜夏默默地“哦”了一声，心想：但那些人明明都是说你好看无脑啊。

她正想着赶紧找个借口溜了，楚暮舟忽然说道：“算了，不说那些人了。我今天找你来，主要是想跟你谈谈签约的事。”

“啊？签约？”

“我自己成立了工作室，正在挑选华影适合培养的年轻苗子——刚好我一眼就看中你了。”楚暮舟将手指抵在她的唇上，“嘘，不要尖叫，我会被粉丝围观的。”

姜夏推开他的手：“你是说，把我签到你的工作室？”

“这个还需要具体细谈，不适合在这里说，容易被狗仔队拍到。”楚暮舟抬手冲司机打了个响指：“开车，去谈工作的地方。”

“哎，等等……”姜夏来不及抗议，商务车已经开了出去。无奈，她只得给孔伯发了个短信，告诉他不用来接她，自己晚点儿回去。

她早上来学校的时候听季池说，权北倾晚上要参加晚宴，应该很晚才会回星海湾。她只要比他早回去就行了。

星海湾。

权北倾今天没有去公司，下午在书房里开完视频会议，冲完澡便准备出门参加晚宴。他正站在落地镜前系领带，一旁的手机忽然振动起来。

权北倾瞥了眼来电显示，接起来。

那端是季池神神秘秘的声音：“少爷，下午的时候楚少爷让我订本地最高档的初禾日料，还说一定要最好的包间。刚才司机告诉我，楚少爷去华影接夏夏小姐了。”

权北倾一张俊脸蓦地冷下去：“他们已经接到她了？”

“是的，他们现在已经在路上了。”顿了顿，季池挠头道，“少爷，我是特意买通了司机的，而且……要买通人真的好不容易啊！”

“去财务部领双倍奖金。”

那端的季池握着手机简直要原地起飞了——他这完全是发现了一

条发家致富的新道路啊！

挂断电话后，权北倾正要抬脚往外走，房门就被敲开了。

孔管家问："少爷，现在备车吗？"

权北倾皱眉："你怎么还在这里？"

孔管家连忙语气有点儿骄傲地说道："刚才夏夏小姐给我发短信了，说她晚上晚点儿回来，估计是跟朋友出去玩儿了。"

权北倾脸色微冷："她给你发短信？"他边问边低头看了一眼自己的手机——没有新消息，他的脸色顿时更冷了。

孔管家没发现危险就在眼前，羞涩地点点头："对啊，夏夏小姐给我发过好多短信，我都没删……"

权北倾走到他的面前，大手直接抽走了他的手机。孔管家忙要去抢——奈何男人稍微把手举高一点儿，他就够不到了。

"少爷，你把手机还给我……"

权北倾面无表情，长指一按，直接删除了所有的短信。

孔管家既震惊又伤心，抢回手机就往楼下跑，由于太过伤心，脚下一滑直接摔了一跤，但很快又爬起来继续跑，胖胖的身体边跑边摸膝盖，显得有点儿悲凉。

权北倾这才觉得自己没有新短信的手机没那么碍眼了，迈开长腿，从容地走下楼，拨通秘书的号码："晚宴取消，我晚上有其他的事。"

初禾日料是本地最好的日料餐厅，只接待 VIP 客户。

姜夏被带进去的时候很惊讶："楚前辈，你不是说要去谈事的地方吗？"

楚暮舟冲她眨了眨电眼："我们大人之间谈事，都是边吃烛光晚餐边谈的。你还小，我多带你吃几次你就懂了。"

"哦。"姜夏点点头，倒也没多说什么。她确实也饿了。

女服务员进来倒水，看见楚暮舟激动得差点儿尖叫出声，缠着他要了签名和合照，还要了个拥抱，兴奋得脸都红了。

姜夏默默地喝着大麦茶，心想：要是她知道楚暮舟用小号跟人对骂……

好不容易打发走了激动的女服务员，楚暮舟见姜夏低着头不说话，挑眉邪邪地笑道："怎么，小虎牙吃醋了？你放心，只是一个拥抱而已，你如果想要，我可以把我珍贵的初吻留给你。"

姜夏差点儿被茶呛到，抬头看他。楚暮舟见她的视线忽然定格，立即继续眨眼放电："是不是真的心动了？其实想想我们还挺般配的，刚好你住在北倾那里，把你交给我，他肯定很放心……"

"不是。"姜夏打断他的话，诚实地伸手指了指，"你右边眼睛那里有眼屎没擦干净。你每次朝我眨眼，我都怕眼屎掉进你的眼睛里，会很痛的。"

楚暮舟无语。

此时，包间外的走廊上，高大英俊的男人被服务员领着走进来。服务员问道："权先生，您预订了包间吗？还是跟人有约呢？"

闻言，权北倾神色淡漠地微微一顿。

季池没说他们的包间是几号。

权北倾有那么一瞬间想打电话去问，但又觉得无聊——他有什么必要一定要来？姜夏跟暮舟一起吃饭又不会有什么事，他们的事他为什么要管？那么他到底为什么要来？

服务员见男人的脸色忽然变得阴冷，不由得暗暗心惊：自己这是说了什么话惹怒了权北倾吗？

蓦地，一道柔美的女人嗓音传来："北倾！"

纪嫣穿着红色长裙和细高跟鞋，妆容精致美艳，迤迤然地朝他走过来："你怎么来这里啦？我记得你不是不爱吃日料吗？"

正摸不透男人情绪的服务员仿佛看见了救星，忙笑着道："纪小姐，权先生是一个人来的。"

纪嫣微笑，走到权北倾的身边，亲昵地挽住他的手臂，撒娇般地道："北倾怎么会一个人呢，该不会是跟哪个美女约好了吧？"

"来见个朋友。"

权北倾淡淡地带过，正要拉开纪嫣的手，却听见纪嫣娇笑道：“见完了没有呀？说来也是巧，我刚刚碰到了暮舟和夏夏，他们也在这里吃晚餐呢。”

权北倾动作微顿，俊美的眉眼看不出情绪，嗓音淡漠：“是吗？你确定没看错？”

“没看错呀，他们就在103包间呢，刚好我朋友那边也差不多结束了，我们过去跟他们打个招呼吧！”纪嫣挽着他，边说边往前走去。

权北倾没说话，心想：那就去打个招呼吧，万一姜夏那小丫头在暮舟的面前坐没坐相、吃没吃相，他也该管管。

他们刚走到103包间外，就听见里面传来女孩儿轻软的笑声。

纪嫣伸手拉开包间的门，里面的两人同时一怔。

楚暮舟来不及放下右手，还维持着拿纸巾给姜夏擦嘴的动作。

权北倾眯眼，视线落在他碰到姜夏嘴角的手指上，黑眸沉了沉。

楚暮舟顿时觉得有一股冷气朝自己的手袭来，以为是包间门打开冷风灌进来了，看见来人更是惊讶：“哎，北倾？”

“自己吃得满嘴都是，每次都要别人给你擦？”权北倾直视着姜夏，微微地眯眼，“你跟暮舟又没有多熟，自己擦。”

“没关系啊！”楚暮舟帅气地挑眉，“我跟夏夏已经超级熟了！”

他话音刚落，气氛更冷了。

“再熟也没认识几天，姜夏，我是怎么教你礼仪的？”权北倾说话的语气越发严厉，“除了跟家里人可以随意，比如我给你擦，你可以不说，但对外人都要说‘谢谢’。”

姜夏莫名其妙就被训了，心想：我本来就是要自己擦的。

她刚要反驳，就看见站在权北倾的身边还挽着他的手臂的女人。

这不是纪阿姨吗？她顿时想起纪嫣给自己上礼仪课时的严厉管教，甚至还用戒尺打自己。

哼，他还说要参加什么晚宴呢，原来是跟纪阿姨约会啊！

姜夏不喜欢纪嫣，自然也没什么好态度，既没礼貌地叫人，也没按权北倾的要求说“谢谢”，而是低头自己擦嘴。

倒是纪嫣冲她微笑打招呼：“夏夏、暮舟，好久不见。”她挽着权北倾走进来：“刚好我也没怎么吃饱，北倾，我们一起再吃点儿吧！”

因为楚暮舟和姜夏是面对面坐的，纪嫣边说，边准备走到姜夏身边的座位上坐下。

但权北倾先她一步迈了过去，拿起桌上的餐巾纸，大手抚上姜夏的小脸，替她擦嘴。

姜夏一想到他在约会还要跑来管教她，顿时就一肚子怨气，直接拍开了他的手：“我自己擦！”她的手打在男人的手背上，“啪”的一声，极其清脆，红红的掌印顿时浮现。

楚暮舟含着一口生鱼片，差点儿被呛到，心想：果然小虎牙还是最喜欢自己啊，看看，自己刚才给她擦嘴都没被打！

纪嫣没想到姜夏在权北倾的面前竟然敢这么放肆，见状忙笑着打圆场：“北倾，你别跟夏夏置气了，她还小，小女孩儿都是这样的。”

还小？小女孩儿？哼！

权北倾倒是没有太大的反应，姜夏那小猫挠痒般的力道也不可能打痛他，还是帮她擦干净了嘴巴，而后在姜夏身边的座位上坐下。

第九章

都是她自作多情

楚暮舟没想到这两个“电灯泡”竟然真的坐下来了，但为了自己的风度又不能赶他们走，只得招来服务员加了几个拼盘。

一端上来，纪嫣就主动将芥末和酱油在碟子里弄好，推到权北倾的面前。

弄完，纪嫣还抬头笑着说了句：“北倾一直都不喜欢加太多芥末。”

“好了好了，秀恩爱少儿不宜啊。”楚暮舟抬手在红木桌的中间虚画了一道线，“你们聊你们的，我跟小虎牙聊我们的。”

边说，他边给姜夏夹了个甜虾，继续之前的话题：“小虎牙，你还没回答我呢，你之前谈过恋爱没有？”

姜夏咬着筷头想了想：谈恋爱啊……

她认真地问出一个问题：“什么样才叫谈恋爱？”

“就是收到花啊，逛街啊，亲亲啊什么的，这就是谈恋爱啊！”顿了顿，楚暮舟冲她挑眉放电，“既然你不知道的话，那不如我们试试？从明天开始，我跟你约会……”

他还没说完，就被权北倾打断了。

他忽然就忘了，自己接姜夏来吃这顿饭是为了什么。哦，对，是为了浪漫的烛光晚餐，为了把小虎牙追到手！

显然，自从边上这两个碍眼的人进来后，这顿晚餐不仅不浪漫，还变得有点儿惊悚了。于是楚暮舟加快了这顿饭的进程。结束的时候，他对姜夏说：“小虎牙，我们去后面的喷泉花园里看夜景吧，有望远镜可以看到星空，位子我都订好了。”

“这么浪漫呀！”纪嫣笑了笑，看向对面的男人：“北倾，那就让暮舟和夏夏去约会吧，人家本来好好的晚餐约会被我们打扰了。刚好我家到了一批古董，应该都是你会喜欢的，去看看吧？”

“就是啊，去去去，你们赶紧去看你们的古董，别打扰我们约会。”楚暮舟边说边站起身，伸手去拉姜夏：“小虎牙，我们走。”

姜夏擦了擦嘴，刚要起身，就听见权北倾冷冷地道：“你准备在外面野到几点回家？孔管家都快摔成残废了。”

听到权北倾的第一句话，姜夏觉得很生气——她在外面玩儿叫“野”，那他跟纪阿姨约会叫什么？

然而还不等她反驳，他的第二句话就成功地让她愣住了。

她蓦地看向他：“你说什么？孔伯怎么了？”

“他摔了一跤。”话只说了一半，权北倾就停住了，然后端起桌上的茶杯，悠闲地喝了几口茶。

姜夏没得到准确的答案，自然就急了，也没接楚暮舟的话，伸手就抓住了权北倾的手臂：“孔伯到底怎么了？”

权北倾垂眸扫了眼抓着自己的白嫩小手，这才道：“我出门前看见他摔倒了，应该很严重，他都疼哭了。”

姜夏震惊地瞪大眼睛：疼哭了？

她忍不住开始想象孔伯跌倒在地上哭得像个孩子……

纪嫣闻言，不由得蹙眉道：“北倾，你是不是弄错了？孔伯一直身体很好，怎么会……？”

权北倾直接拿出手机，拨通了星海湾的号码，递到姜夏的面前：“你自己问他。”

电话才响了两声就被接通了。

孔管家带着被删了短信的幽怨的声音传来：“少爷……”

这声音让姜夏一听更着急了：“孔伯，是我，你摔得很严重吗？现在怎么样了？”

孔管家没想到姜夏会知道，但自己只是不小心滑倒了一下，早就不痛了。他连忙解释：“夏夏小姐，我是摔了一跤……”

然而不等孔管家把话说完，权北倾直接按了挂断键，眯眼看着面前的女孩儿：“听见了，嗯？”

“那……那我们赶紧回去吧！”姜夏拉着他的手臂就站起来，“万一很严重还要去医院的，你别坐着喝茶了，我们快回家呀！”

“回家”两个字显然让男人的心情好了不少，权北倾被女孩儿拉着站起身，淡淡地瞥了眼一旁的楚暮舟：“暮舟不是说要邀请你去看喷水？”

楚暮舟：“是喷泉好吗？”

“喷什么都不重要，她现在肯定去不了。”权北倾垂眸看着女孩儿，淡定而从容：“还去吗？”

“不去了，我要回家看孔伯！”姜夏果断地道。她此时正着急，哪里还管那么多：“楚前辈，我们先回家了，你去找其他朋友看喷水吧！”

楚暮舟：“是喷泉！”

但姜夏已经拉着权北倾往外走去了，根本没听见。

楚暮舟：你们倒是听我把话说完啊！

纪嫣本来想送一下权北倾，但姜夏走得很快，而权北倾被姜夏抓着手，竟然也没挣脱，任由姜夏这样胡闹地拉着他往外跑去。

纪嫣知道他素来不喜欢女人的触碰，可他对姜夏……从进包间到现在都很奇怪。

“权叔叔，你开快点儿。”轿车里，姜夏侧身看着驾驶座上开车的男人说，“希望孔伯不要摔得太严重……为什么不送他去医院？”

“他不肯去。”权北倾淡淡地道，“人老了，脑袋缺根筋。”

他边说边打方向盘，轿车绕了一条远路走。

此时，在星海湾的客厅里看电视的孔管家忽然打了个大大的喷嚏。他正想拿纸擦一下，玄关处的门忽然被人推开，四个穿着白大褂的医生走了进来。走在最前面的是“叛徒”……哦，助理季池。

他说：“孔伯，是少爷吩咐我过来的，让人给你的腿上石膏。”

孔管家蒙了：“石膏？可我的腿没事啊！”

季池俯下身，用拿了双倍奖金的底气说：“从现在开始你的腿是严重摔伤的状态，否则，少爷说你以后就不能继续照顾夏夏小姐了。孔伯，你权衡一下。”

孔管家：“快点儿帮我上石膏吧！”

四十分钟后，心急如焚的姜夏终于到了星海湾，在玄关处甩了鞋子就往里面冲：“孔伯！”

她的两只小白鞋被甩到一边，随后走进来的男人低头看了一眼，俯下身把那两只鞋捡起来，摆在自己的皮鞋边上。

一大一小两双鞋并排摆放着，看着有种小夫妻的感觉。

权北倾垂眸看了几秒钟，嘴角不自觉地勾起，这才转身走进别墅。

一楼的房间里，姜夏扑到孔管家的身上，看着他打了石膏的腿，紧张地问：“孔伯，你怎么好端端的会摔倒？医生怎么说？”

孔管家满脸被压迫的痛苦神情：“夏夏小姐，我其实……”

下一秒，一道高大挺拔的身影走了进来。

孔管家立马㞞了，改口：“我就是不小心摔了，大……大概老了。”

“老了就别蹦来蹦去的。”权北倾走到他的面前，单手插着裤袋，低声冲姜夏道：“医生说他的眼睛也不好，要少看手机，以后你有什么事就发短信给我。”

孔管家悲愤地瞪大眼睛：“少爷……”

权北倾面无表情地看着他：“或者按医生说的，你该清净地休养几个月。”

孔管家最终屈服于强权之下：“夏夏小姐，你以后有事就发短信给少爷吧！”

“孔伯，你怎么哭了？”

姜夏以为他是疼哭了，心想：权北倾果然没骗我。

她心疼地说：“是不是很疼？我帮你揉一下。”

姜夏说着就准备伸手替他揉一揉，结果她的手还没碰到孔管家的腿，忽然就被俯下身的男人圈住了细腰。

看见这一幕的孔管家受到了打击。

权北倾直接将姜夏整个人搂着站了起来，不让她再趴在孔管家的身上，贴在她的耳边道：“小脏猫，回来到现在你还没洗手，有细菌。”

“哦，对。”姜夏反应过来，赶忙转身去洗手。

她再跑回来时，已经忘了要给孔伯揉一揉腿这件事。

孔管家在内心咆哮：夏夏小姐，说好的揉腿呢？！

但权北倾在边上，这话他是没胆子说的。

姜夏忽然想到什么，取了支记号笔过来：“孔伯，我在你的石膏上写上祝福语哟！这样会好得更快。”

她弯腰在石膏上写下一行字——“亲爱的孔伯早日康复”。

孔管家顿时笑成一朵花，然后就见权北倾接过姜夏手里的记号笔，也俯身在他的石膏上写了两个单词——“Getting fat（发胖）”。

他还正好写在“亲爱的”的上面，彻底覆盖了那三个字。

权北倾直起身体，对此的解释是：“好好休养，胖个五六斤就差不多好了。”

孔管家脸上的花朵迅速枯萎。

好在姜夏跑去厨房里泡了一杯特调的蜂蜜牛奶端给他：“孔伯，这个是我的独家配方，有助于睡眠，你趁热喝。”

权北倾站在一旁，看着孔管家的手里看起来很好喝的牛奶，眉头不由得微微皱起。

姜夏见他还站在这里，看了他一眼，又别开脸道："权叔叔，你先去休息吧，我陪孔伯聊……"

"我的呢？"男人忽然出声打断她。

姜夏一愣，转头就看见权北倾自好看的薄唇吐出重复的三个字："我的呢？"

他的？姜夏顿了顿才反应过来他说的是蜂蜜牛奶。

她抿了抿唇："你不是吃过晚餐了吗？"

"我吃了几口，你没看见？"他一共还没吃三口。

姜夏撇嘴："没看见。"

都是纪阿姨在给他夹菜，她哪里看得见啊？

难道是因为她把他拖回来，破坏了他跟纪阿姨的约会，所以他其实很不高兴？但也不怪她啊！他想见纪阿姨，那他现在就去啊！

思及此，姜夏又补充了句："你想喝就自己泡，或者去别的地方喝，你的口味和喜好我又不知道。"

权北倾皱眉，还未接话，手机忽然响了。

他转身出去接电话。

孔管家小声问："夏夏小姐，你跟少爷闹矛盾了吗？"

"没有啊，"姜夏摇摇头，朝他露出一个笑容，"这不是挺好的吗？我哪里敢跟他闹矛盾啊？"

万一他又叫他的老相好纪阿姨来教自己礼仪，指不定又要用戒尺打她。

不让她谈恋爱，他自己还不是在谈？哼，他简直就是双重标准！

权北倾挂了电话走过来："我临时有事要飞一趟S国，马上走。"他垂眸看向姜夏，语气变得低沉，还有一丝不自知的温柔，"你在家要乖，有什么事可以跟季池说。"

姜夏一愣：他这么急吗？

她下意识地想问他什么时候回来，但想想又觉得没什么好问的，他不在不是更好吗？而且又不关她的事。

指不定他是跟纪阿姨一起去的呢，哼！

孔管家闻言忙想从轮椅上站起来：“少爷，我去帮你收拾行李。”

权北倾看他一眼，他顿时反应过来——自己现在是“重伤”状态，只得坐回去。但他还是不放心，于是冲姜夏说道：“夏夏小姐，你去帮着给少爷收拾一下行李吧，女孩子毕竟细心一点儿，万一少爷漏了东西……”

姜夏站着没动，看都没看权北倾，微低着头嘟囔：“他自己也可以收拾，而且我又不会。”

她这模样落在男人的眼里，俨然是一副极度不情愿的态度。

“不用。”忽然丢下这两个字，权北倾转身走了出去。

姜夏本来不想去，但被孔管家一直催，最后还是上楼走向权北倾的卧室。

她站在门口磨磨蹭蹭地没进去，直到里面的男人出声了。

“有话就说，站在门口做什么？”

“没有。”姜夏走进去几步，见权北倾正朝自己看过来，手里还拿着两件衬衫，准备放进一旁的行李箱里——他在等她开口说话。

姜夏想了想，说：“要不要我帮忙收拾？”

权北倾的语气近乎冷淡：“不想帮忙就不用勉强，也不用上来。”

姜夏一怔，一股莫名的委屈从心脏蔓延出来，酸酸涩涩的。她咬了咬下唇，立即反驳道：“我才不想上来，是孔伯非要叫我上来的。”

权北倾这次连黑眸都是冷的：“那就下去。”

“下去就下去，我又不想上来！”负气地说完这句话，姜夏转身就要走。

男人冷淡的声音再次从身后传来——

“我大部分时间都待在S国，这次回来已经耽误了我很多时间，如果你能不再给我惹事。我以后会减少回来的次数和时间。”

姜夏蓦地顿住脚步，鼻尖一阵泛酸。她深吸一口气，扬起笑容转身看向他：“我不会再惹事了，而且有没有你在都一样，这三年我还不是好好的吗？所以你不用回来了，回S国忙你的吧。”

她惹的事本来就不需要他管。从小到大都没人管过她，她不还是长这么大了吗？她自己都会解决的。

权北倾深深地望着她，无法从眼神中辨别任何情绪，薄唇忽然吐出冷漠的字眼：“如果我不在的时候，暮舟约你出去……”

姜夏接过话头：“他约我，我就出去玩儿啊！我挺喜欢‘楚男神’的，这总没违反家规吧？”

权北倾眸色沉了一分，眯起眼冷漠地道：“他的身份特殊，不是能随便胡闹的，你尽量少给他惹不必要的麻烦。”

姜夏再次怔住。

“惹不必要的麻烦”……难道在他的眼里，她是只会到处惹麻烦的女孩儿吗？所以每次她跟“楚男神”待在一起他都会出现，原来是怕她惹事？

这个念头让姜夏心里失落又难受，甚至有一丝自作多情的难堪——原来他并不是关心她，原来他的那些举动，只是怕她惹麻烦而已。

姜夏捏紧了手，挺直背脊，故作轻快地道：“我当然知道，肯定不会打扰到在S国忙碌的你，也不会再耽误你的时间，你放心吧。权叔叔再见，祝你一路平安。”

说完，姜夏就转身向走廊那头走去，走得很快，脚步有一丝不自知的慌乱。

到最后，她几乎是跑回了房间，直接扑到公主床上，用被子把自己的整张脸蒙了起来——啊啊啊！闷死你算了，叫你胡思乱想，叫你自作多情！

只不过这段时间权北倾一直在家里住，她每天都会见到他，她的事他也会插手……她竟然开始习惯他在身边了。

她觉得自己肯定是疯了。

他们只是寄居和被寄居的关系，更何况，星海湾根本不是她的家，她迟早是要搬出去住的。

她今年 19 岁，还有不到一年的时间就自由了，就不用再被他管了！

刚好他要飞 S 国了，最好不要再回来，彻底远离她这个麻烦。

而且她还觉得他是个麻烦呢，总是阴晴不定喜怒无常的讨厌鬼权北倾！

正当姜夏扯着被子乱打乱踢的时候，房门忽然被敲响，用人的声音响起："夏夏小姐，少爷马上要出发了，您要下楼送一下吗？"

姜夏瞎发泄的动作蓦地停下。

几秒钟后，她赌气地扬声道："不送！他要走就走好了，为什么跟我说？"

用人没想到她有这么大的火气，一时愣住，然后转身就看见站在身后的高大男人，顿时更加尴尬了。

用人忙说："少爷，是孔管家让我来问问夏夏小姐……"

权北倾的俊脸上没有多余的表情，他显然也不打算继续这个话题："把我的行李拎下去。"

"是。"用人赶忙拎起行李跑了。

权北倾侧首看了一眼紧闭的房门，脑海中闪过女孩儿软软的脸蛋儿和冲着他笑得弯弯的大眼睛。

然后，他忽然想到很多年前……

男人微微地眯起双眼，眸色沉得几乎不透光。

片刻后，他抬脚离开。

由于落地窗是开着的，姜夏可以听见楼下的动静。

先是用人、司机、孔管家的说话声，然后就是车门关上以及轿车发动的声音。

她趴在床上一动不动，听见轿车的声音越来越远。

直到彻底听不见的时候，她忽然一个鲤鱼打挺跳起来，赤着脚丫就冲到阳台上。只见别墅外的道路上，黑色的轿车已经开出很远，只剩下一个小点，很快就完全看不见了。

权北倾走了。

他走了！

她在心里大声地喊出这几个字，莫名地有点儿失落，但随即又觉得自己应该高兴才对，因为他走了就代表——她彻底地自由了！

姜夏顿时有了一种“山中无老虎，猴子称大王”似的愉悦感，转身就打开房门下了楼，边走边大声道：“孔伯，点个麻辣小龙虾外卖，再把藏好的果酒都拿出来，今晚我要好好地庆祝一番！”

庆祝的直接结果就是——第二天姜夏彻底睡过头，下午1点多才醒来。

幸好早上的思修课的老师是个眼神不好的老头儿，因为看不清大家的长相，所以从来不点名。

姜夏起床后洗漱下楼。

权北倾不在家，孔伯又是和她同一阵营的，所以她几点起床，用人都不敢说什么，打小报告更是不可能。

姜夏悠闲地吃完了饭，孔管家被迫坐着轮椅在客厅里“休养断腿”，看见她便说：“夏夏小姐，少爷已经到S国了。”

“哦。”姜夏应了一声，想了想又故作冷酷地补了句，“以后关于他的消息不要告诉我了，又跟我没关系。”

孔管家十分憨厚老实地说：“但从刚才开始，夏夏小姐就一直盯着我的手机，我以为是你关心少爷有没有平安到达，所以才说的啊。”

她想知道？她为什么想知道那个讨厌鬼到没到？他到哪里都跟她无关！

姜夏忽然站起身来，直接把抱枕丢到孔管家的身上：“我就知道你是权北倾那边的！我决定不理你了，三天不跟你讲话！”

孔管家忙伸手挽留：“夏夏小姐，我是你这边的啊！”她到底为什么生气啊？他做错了什么吗？女人为什么这么难懂啊？

姜夏气呼呼地回到房间里，发现自己只要待在星海湾，就会不可避免地想到权北倾，毕竟这是他的地盘。

于是她果断地换衣服出门散心。

天星孤儿院。

这里是姜夏长大的地方。自从前院长几年前突然离职，她就会经常回来看看，也会用自己挣的钱给这里的孩子们买些吃的、用的。

没有家人的孤独和痛楚，她太懂了——太灰暗，太难熬了。

当姜夏拎着一大袋零食走进教室时，全班的孩子都兴奋地尖叫起来。姜夏在教室中间的椅子上坐下，任一群孩子围在她的身边“叽叽喳喳”地说个不停——她听着，心情都变好了。

忽然有个十几岁的男孩儿大声问：“夏夏姐姐，江哥哥没来吗？”

姜夏一怔，嘴角的笑容微微僵住。

“对呀，夏夏姐姐，我们都好久没见过江哥哥了，你们是不是很快要结婚了？”

“你们新婚的房子在哪里呀？夏夏姐姐，我们能不能去你们家玩儿？”

孩子们争先恐后地问她。在他们的眼里，姜夏和江辞俨然是天造地设的一对，长大以后是一定会结婚的。

姜夏抬手摸着面前的小女孩儿的脑袋，微微地笑道：“没有，姐姐和哥哥走散了，姐姐也找不到他了。”

“啊？不会吧？”孩子们顿时发出一阵此起彼伏的失落叹气声。

姜夏笑着把零食分给他们，又给每个人都发了小礼物，陪他们聊了很久，这才起身走出教室。

她走到教室外的双人秋千旁边。秋千已经很老旧了，晃起来发出“咯吱咯吱”的声音，姜夏缓缓地坐下，微微有些出神。

是谁的声音，穿过时光在她的耳边响起——

“夏夏，我会保护你，以后都会一直在你身边。

“夏夏，等我们都长大了，我会带你去看全世界最漂亮的烟花，比这些廉价的仙女棒好看一千倍、一万倍。

“夏夏，等我，我一定会回来接你。

“夏夏，夏夏……”

少年英俊的笑颜仿佛就在她的眼前，那么干净，那么温柔。

姜夏起身走到秋千边的百年大树旁，蹲下，用手拨开杂草。只见老树干的最底部，用石头刻下的一行稚嫩的字，现在还清晰可见——

“江辞永远不会离开姜夏。”

那是很多年前，江辞亲手刻上去的。他说，这棵树代表着他对她的承诺，永远都会在。

姜夏伸手抚上去。

江大哥，你在远方还好吗？我已经等你太久了。我知道，你不会回来了。

姜夏安静地蹲着，很久都没有动，直到一个小男孩儿从教室里偷偷地跑出来，扯住她的袖子。

“夏夏姐姐，我……我有事想跟你说。”

姜夏回过神来，转头看他。小男孩儿怔住了，声音怯怯的：“夏夏姐姐，你的眼睛怎么红了？”

姜夏微怔，随即抬手擦了擦眼睛：“没事，刚才被风吹进沙子了。”她温柔地摸着他的脑袋，“怎么了小亚？你有什么事要跟我说呀？”

“就是……我发现周妈妈最近好像心情不好。我不止一次看见她躲在食堂后面抹眼泪。”小亚担忧地说，“我还看见她的手臂上有瘀青，像是被棍子打出来的。”

周妈妈是孤儿院食堂的阿姨，为人非常好。孤儿院里本来人手就少，她几乎负责了所有孩子的饮食起居，把孩子们照顾得无微不至，所以这些孩子都叫她一声“周妈妈”。

以前姜夏还在孤儿院里的时候，周妈妈就特别照顾她，不仅总是偷偷地拿肉给她吃，还总是想法弄新的零食、饮料给她过嘴瘾，把她当成亲生女儿般对待。

闻言，姜夏不由得蹙起眉：“持续了很久吗？”

“有半个多月了。”小亚点点头说，“而且周妈妈今天都没来孤儿院，我有点儿担心她。”

安抚好小亚后，姜夏先去了一趟食堂。小亚果然没有弄错，周妈妈今天并没有来。

在姜夏的印象中，周妈妈从来不会旷工的，就算生病了也会坚持来给他们做饭。

姜夏直接去了离孤儿院不远的破旧小区，周妈妈一直住在这里一栋小楼的四层。

她才走到三层，就听见上面传来尖锐的质问声，还伴随着敲敲打打的声音，动静很大。姜夏赶忙冲上去，只见周妈妈家的门被一条铁链锁住了，门外的墙上还用红色的油漆刷满了“欠债还钱，天经地义”这样的字，看上去血淋淋的，很是吓人。

姜夏顿时急了，趴下来从门的缝隙里朝里面看去，竟然意外地看见了一个熟悉的身影——白雪妍？

白雪妍怎么会在这里？

而白雪妍的身边还站着两个胳膊上有文身的小混混儿，一看就知道是那种不正经的人。他们显然是来找事的。

姜夏立即转过身，视线在四周转了一圈，最后在一旁的鞋架上找到一根细钢丝。

姜夏伸出手，轻轻地握住铁链上拴着的大锁，把钢丝捅进锁眼里，有技巧地把锁打开。

简陋破旧的客厅内，白雪妍踩着高跟鞋站在桌前，双手环胸，声音尖锐，咄咄逼人：“周妈妈，马上叫你儿子带钱回来，我今天必须拿到那 40 万元，否则别怪我做出什么事来！”

周妈妈穿着破旧的衣裤，孱弱地坐在桌前，满脸泪痕地哽咽道：“雪妍啊……”

白雪妍冷笑着打断她：“‘雪妍’也是你叫的？别跟我套近乎！”

周妈妈一震，改口道：“白小姐，之前我们不是说好了，三个月之内还上这笔钱就可以了吗？现在才过了 20 天而已，怎么突然就……？”

“20 天怎么了？我管不了那么多！反正我今天要这笔钱，你必须马上还给我！”白雪妍的语气道。

宁母的祭祀费她现在不能克扣了，卡里没有余额，只能买高仿货充当名牌。但现在学校里每天都有人对她指指点点的，她已经忍无可忍了。她要带闺密团的那些人去ZK的奢侈品商场，让她们亲眼看看，她白雪妍还是千金小姐，是买得起名牌的！

周妈妈抹着眼泪，颤声道："白小姐，我们现在真的拿不出这笔钱，毕竟当初咱们说好是三个月再还的。而且我儿子做生意周转需要时间……"

白雪妍却冷冷地道："我管他生意周不周转得开！这40万元是我借给你的，我说还你就马上要还！别逼我今天一把火把你这房子烧成灰！"

边上的小混混儿忙附和道："白姐，汽油已经带来了，就在下面的车上！"

"不，不要。白小姐，我求求你了，再给我一点儿时间，三个月到期我一定还……"周妈妈显然是被她逼到了极限，扶着桌子就要往下跪。

"我要你下跪有什么用？我告诉你，今天这钱我是拿定了！"

说着，白雪妍对边上的小混混儿说道："把她拖到房间里锁住，客厅全部浇上汽油！"

两个小混混儿点点头，就要过去架起周妈妈——

"住手！"一道甜甜的嗓音蓦地从后面传来！

白雪妍蓦地转过头，就见姜夏拉开大门走了进来，顿时脸色一变："姜夏，你是怎么进来的？"

"啧，一把破锁能拦住我吗？"

姜夏轻笑，随意将手里的细钢丝丢到一旁，直接就朝周妈妈走过去。两个小混混儿立即拦在她的面前。

姜夏轻挑眉头："我来看周妈妈，你们凭什么拦我？"

白雪妍冷冷地警告她："姜夏，这件事与你无关，我劝你最好不要多事插手，免得惹火烧身！"

“怎么会与我无关呢？周妈妈就相当于我的妈妈，她的事就是我的事。”姜夏说话掷地有声，“倒是你，周妈妈以前对你那么好，你的脏衣服都是她帮你洗的，怎么到头来还被你咬了？”

“咬”——她用这个字，显然是在说白雪妍是狗。

白雪妍的脸色一下子就变了，她直接怒道：“别让她在这里碍事，把她给我弄出去！”

两个小混混儿一同伸手要去拉姜夏。

姜夏也没有躲，双手分别按在他们两人的手臂上，借助他们的力道腾身而起。

女孩儿纤细的身体瞬间翻转，轻巧地落在了他们的身后。

两个小混混儿都看呆了。

姜夏立即俯身扶起跪下的苍老妇人：“周妈妈！”

“夏夏……”周妈妈一把抱住她，反应过来后又立即把她往外面推，“夏夏你快走，不用管我，我可以解决的。”

姜夏搀着她坐下：“周妈妈，你先坐好，我不会让人欺负你的。”

她边说边扫视一圈，直接拿起一旁的扫把，一脚就将下面塑料的扫把头蹬掉，只余下一根木棍。

姜夏拿着木棍在掌心里轻掂着，舔舔嘴唇，眯眸轻笑：“干吗？我好久没打架了。”她这段时间一直被权北倾管教束缚，手都痒了。

“小丫头片子一个，好大的口气！”其中的一个小混混儿显然不甘心被她挑衅，直接就上前去抓她！

姜夏蓦地闪身，从右侧用脚钩住他的腿弯，趁他转身抓住自己的手臂，木棍用力地抵向他的腰际。

那小混混儿闷哼一声，用力想拧她的手臂。姜夏一脚踩在他的膝关节处，猛地往下压，当小混混儿往下跪时，直接一木棍狠狠地打在他的背上！

“啊！”小混混儿痛得叫了一声，被打得双膝都跪了下去，“咚”的一声磕在了水泥地上。

下一秒，姜夏一挥木棍，直接抵住了他的脖颈。

小混混儿整个人都僵住了，一动也不敢动。

“还打吗？”姜夏抬头，露出甜美的微笑，看着另一个小混混儿，“我看你也挺弱的，没比你的小伙伴强到哪里去啊！”

另一个小混混儿有些震惊地看着她，显然没想到看似纤细到一折就断的漂亮小丫头，竟然会有这样的身手!

他们两个只是白雪妍带来恐吓周妈妈的，虽然会打架，但厉害肯定谈不上。

白雪妍也攥紧了手，装作不屑地冷哼一声：“姜夏，你这样做也没有意义，今天我只带来两个人，明天我带十个人，你难道也能打得过?

“我告诉你，周妈妈的儿子欠我40万元的本金，你就算跟我作对要插手这件事，我也绝对不可能善罢甘休！”

“啧，你挺有钱啊！”姜夏眯眼看她，眼神意味深长，“还拿得出40万元去放高利贷……”

白雪妍就算克扣过宁母拜佛的钱，但已经买了那么多的东西，钱肯定早就用得差不多了，这40万元绝对有猫儿腻。

姜夏忽然想到自己当初在宁家被诬陷偷的那个玉佩。它如果是被白雪妍拿走了，应该能卖不少钱。

“给我闭嘴！”白雪妍怒喝，“我有多少钱、要做什么都是我的事，用不着你来多管闲事。”

“这里不是学校，所以‘白女神’也不维持大家闺秀的形象了吗？你至少假装一下啊！”姜夏嘲讽地笑了，“而且说好了三个月还钱，这才20天而已，是你自己突然变卦！周妈妈以前把你当成女儿来照顾，你至于把她往死里逼吗？”

白雪妍丝毫不以为意：“我的钱我做主！我逼她怎么了？”

“大概狼心狗肺是天性吧，”姜夏挑挑眉，淡淡地说，“连本带利50万元是吗？行，我替周妈妈还你。”

“你？”白雪妍鄙夷地嗤笑，“姜夏，50万元可不是笔小钱，就凭你？怎么，你要去那个收养人的家里要钱？”

她想到那天在学校里揽着姜夏上车的那个英俊高贵的男人，帅到足以让所有女生尖叫，顿时妒意横生，于是更是忍不住嘲笑："姜夏，收养你的人家能给你多少钱？你对人家来说算什么东西？别打肿脸充胖子，到时候被人一脚踢开！"

姜夏把玩着木棍，掀起眼皮看她，眼神很冷："行了，别再废话了。三天之内，我会连本带利地还给你50万元，条件就是你不许再来纠缠周妈妈。"

"三天？"白雪妍似乎觉得好笑，不屑地嘲讽，"姜夏，你的口气好大。行啊，我就再给你三天时间。要是你拿不出来钱，我不仅会带人狠狠地收拾你一顿，也绝对不会放过周妈妈和她的儿子！"

话音刚落，姜夏蓦地上前，直接用木棍挑起了白雪妍的下巴。

白雪妍瞬间僵住。

"姓白的，我讨厌你说不放过周妈妈这种话。我说过，她的事就是我的事，所以你连这个想法都不能有。"姜夏舔唇冷笑，美眸闪过寒光，"周妈妈的屋子都被你站脏了，而且你现在身边只有两个废物——你觉得我现在打断你一条腿是什么难事吗？"

白雪妍被吓得脸都白了，是真的害怕了，好一会儿才从嘴里挤出一句结结巴巴的话："你……你这样靠武力威胁有什么意思？你有种三天之内就还钱，有种……有种不要找别人拿钱！"

姜夏懒得跟她再说，木棍一挥，"砰"的一声砸在墙上，嗓音冷漠："给我滚！"

白雪妍不敢跟姜夏硬碰硬，死死地攥住手，转身就往外走去。走到门口时，她忽然回头看向姜夏，故意讥笑道："姜夏，你今天会来孤儿院，是因为想江辞了吧？啧啧，说起来，他离开也有四年多了吧，你觉得他还会记得你这个人？"

"他记不记得我，我不知道，但我知道——"姜夏似笑非笑地对上她的目光，"江大哥肯定不会记得，你曾经给他写过那么多的情书全都被他直接扔了的事。"

"你！"白雪妍蓦地咬紧牙关，脸上闪过一丝难堪之色，冷哼一声，高傲地踩着高跟鞋走了。两个小混混儿跟在她的后面，还回头看了姜夏一眼，但也没敢再说什么。毕竟他们被她打过了，知道这个女孩儿惹不起！

他们一走，姜夏就过去把门关上，挂上门闩并反锁。

她转身走回吓得不轻的周妈妈的身边，给周妈妈倒了杯水，低声问："周妈妈，是白雪妍骗你借了她的钱吗？"

周妈妈满脸哀戚："是啊，当初我儿子的公司资金周转不过来，本来想找亲戚朋友借点儿钱，那天雪妍正好来孤儿院了，很热情地说借钱给我，说不用给利息，让我放心，哄得我最后签下了合同……可我怎么也没想到，我当成女儿一样养大的孩子竟然会骗我！雪妍让我签的合同根本就是高利贷协议，本金 40 万元，利息竟然要 10 万元！她也太狠了。"

姜夏不由得咬紧了牙。白雪妍是有多缺钱啊，连把她照顾大的周妈妈都骗？！

"可合同我已经签了，白纸黑字，后悔也来不及了。我真的不知道这 50 万元要去哪里弄……我不敢跟我儿子说，他做生意太累，有严重的抑郁症……我怕他压力太大……"周妈妈说着，眼睛又红了，两鬓斑白，伸手抹着眼泪。

姜夏眉头越皱越紧，握住她的手："周妈妈，你放心，这件事我会替你解决的。"

"不！"周妈妈抱住了她，不断地摇头，"夏夏，你去跟雪妍好好说说，说你刚才只是开玩笑的。这些钱不关你的事，你别为了我惹上这些麻烦事。夏夏，你小小年纪哪儿来的 50 万元啊？"

姜夏伸手回抱她，像是小时候在孤儿院里，周妈妈耐心地哄自己睡觉时那样，用手轻拍她的背，装出轻快的语气说："周妈妈，你别担心了，50 万元对我来说不成问题，我会还给白雪妍的，绝对不会让她再来伤害你。"

安抚完周妈妈，又把她暂时送到副院长家里去住，姜夏这才离开孤儿院，坐公交车回去。

只不过相比出来时蹦蹦跳跳的模样，她现在整个人都显得垂头丧气。她面临着一个巨大的难题——50 万元，她要去哪里弄啊？这简直是个天文数字。

回到星海湾，姜夏一头扎进房间里，难得好学生般地端坐在书桌前，拿出了纸笔。

她把能弄到这 50 万元的渠道一一列举出来。

第一个，找财大气粗的权北倾借。这个显然是最不可行的，而且他都不会再回星海湾了吧！

第二个，找傻乎乎的楚暮舟借。这个也不行，权北倾知道的话，肯定要说她就会惹麻烦，指不定又要怎么教训她。

第三个，她自己挣钱——看来只有这个最靠谱儿了。

好，那就这个了！

愉快地做了决定后，姜夏又愁眉苦脸地翻开了一页纸。因为新的难题又来了——她自己怎么挣钱？

出去打工？不行，她逃课的话肯定会被抓，搞不好还会被记过。

写小说？她完全不会写啊！

还有做代购什么的……权北倾不同意，她根本办不了护照，不可能飞到国外。而且她做这些要挣够 50 万元，估计得好多年吧！

姜夏苦恼地上网搜了一圈，最后选定了一个途径——网上直播。

说起直播，她就只看过，还真没做过。不过这些年直播平台有多火，她是知道的。

她就拼一把吧！

于是，姜夏找了个目前国内最火的直播平台——恋舟直播。结果她刚一点进去，封面就是楚暮舟姿势风骚的宣传照，笑得帅气又撩人。

姜夏无语。

自从被权北倾“爆料”之后，她已经不能直视“楚男神”了，满脑子都是关于他的那些难以言说的画面……

姜夏迅速地跳过封面照，开始研究怎么直播。

她先慎重地想了想自己能播什么——吃播，胃口不够大；打游戏，自己的技术又很菜。而且她肯定不能露脸，要不然被“权大魔头”发现，屁股就要开花了。

那她就蒙脸唱歌！姜夏以前在孤儿院里跟周妈妈学唱过民谣，是大城市里不常听的歌曲，很特别，很好听。

说干就干，她找了条丝巾，从鼻子开始蒙住了下半张脸，只露出一双大眼睛。用墙壁当背景，姜夏抱着电脑坐下创建房间，开始直播！

她给自己取的网名是“虾酱”，正好是“姜夏”二字倒过来念的谐音。

她毕竟是新人，一开始只有零零散散的几个人进入房间。

她也没指望第一天就能赚多少钱，先试试水，熟悉一下直播的套路。

姜夏先跟进直播间的那几个人打了招呼，唱了一首歌给他们听。

进来的人都没有走，但她直播的房间没有曝光度，很难被更多的人发现。

就在姜夏犹豫着是不是该花点儿钱买些粉丝的时候，屏幕上忽然飘过几行字——

“宁静的夏天”送你一架皇家战斗机！

…………

姜夏惊呆了——这么阔气，这个人是谁啊？

观众1：“哇，大眼睛美女，你要火了！”

结果被这个人说中了——这些礼物成功地把姜夏顶上了直播平台的榜单！她上榜后，排名迅速地往上蹿，直播观看人数从五十人飙升到一万人、三万人，还在持续飙升中。

莫南爵全世界最帅：“主播的民谣唱得好好听啊！”

墨呆呆情商最低：“主播的眼睛好美啊！瞳孔是金棕色的啊！”

洛萧：“不要蒙面！想看主播的脸，肯定超级美！”

姜夏没想到一下子进来这么多人，小小地激动了一下，微笑着说："我只能蒙面，不然……嗯，我家的那位'大魔头'可能会揍我。所以，我唱歌感谢你们吧！"

姜夏唱了一首很独特的民谣。不同于那些博人眼球的直播，姜夏简直是一股清流，吸引了越来越多的观众点进来。

因为她唱得实在太好听了，露出的那双眼睛也真的太美了，所以刷礼物的人越来越多，都是求她摘掉蒙面丝巾的。

姜夏眉眼弯弯地笑着，只是唱歌，并不回答。众人被她这样的神秘感吊足胃口，弹幕也急剧增加。

观看人数已经飙升到十万人，一下子就升到了恋舟直播的排行榜前十五名。

与此同时，广告公司的造型间内。

楚暮舟坐在镜子前直打哈欠，几名造型师围着他，给他做造型。

一到这种时候，他就特别不想当明星——他楚暮舟的这张脸还需要用化妆品吗？他就算素颜也超级帅！

楚暮舟简直困得要死，忽然听见一阵清甜的歌声，极其好听。他掀起眼皮看向身侧的小助理："你在听什么？"

"一个小姑娘在直播，不想露脸，蒙了面，但金棕色的眼睛特好看。"小助理一脸陶醉的表情，"而且她唱得也很好听，我都忍不住刷礼物了！"

金棕色的眼睛？楚暮舟蓦地想到什么，伸手就把助理的手机抢过来，一看就彻底不困了！

虽然姜夏蒙着面，但那双眼睛实在太惹人注目了，而且头发也是栗色的长鬈发……

还真的是小虎牙在直播啊！她竟然都不跟他说一声！

而此时，屏幕上一直在刷的字特别惹眼。

宁静的夏天："XX，我喜欢你！我喜欢你！我喜欢你！"

这个人刷了一百多条，导致其他弹幕都被刷下去了。大家都在给这条表白的弹幕点赞。

“XX”的意思是……夏夏？这难道是小虎牙的某个暗恋者？

这个人想跟他抢小虎牙，他不能忍！

楚暮舟立即申请了一个小号，但进房间后，发现弹幕竟然有发送数量限制。他一问才知道，原来自己用的是新申请的号，级别不够。

楚暮舟：“马上打给这个恋舟直播的老总，让他给我一个级别最高的号，不然我马上就取消代言合作！”

小助理被吓了一跳：“楚哥，那样的话你要赔违约金的！”

楚暮舟：“权北倾会赔——他有的是钱。”

小助理无语：这直播的小姑娘到底是何方神圣啊，竟然能让向来不近女色的楚哥如此激动？

于是，十分钟后，姜夏刚唱完一首民谣，正在跟观众聊有人告白这件事。

宁静的夏天：“我喜欢你，你喜欢我吗？”

姜夏正想问“你到底是谁”，忽然弹幕上飘过一大排黑压压的东西——

“你是我的小甜心”送你一架宇宙飞船！

…………

整个直播间顿时炸了——从来没见过哪个新人主播一下子就有人刷这么多礼物的！

姜夏惊得嘴巴都合不拢了，幸好蒙了丝巾……

你是我的小甜心：“金棕色瞳孔的小美女，我也喜欢你，你可以给我一个飞吻吗？”

所有的观众都在起哄，刷弹幕：“给啊！给他一个飞吻！”

姜夏弯眸一笑，抬手贴着丝巾下的唇瓣，比了个爱心飞吻：“谢谢你的礼物，飞吻送给你。但是我有喜欢的人了哟！”

你是我的小甜心：“是谁？我肯定比他更好更帅一万倍！”

姜夏眼前忽然闪过一张英俊冷漠的脸庞，心跳停了半拍。

她怎么会想到权北倾的？她才不可能喜欢他！他都去S国了，他们以后说不定都不会再见面了。他走了明明就更好！她想干什么就干什么！

宁静的夏天："这位朋友，先来后到，知道吗？而且你的用户名这么恶心，确定不是太花心？"

你是我的小甜心："我这个名字只为'虾酱'存在！亲爱的'虾虾'，你愿意当我的小甜心吗？"

然而他的这条弹幕才发出来，就迅速被"宁静的夏天"的礼物遮住了。

楚暮舟顿时怒了——竟然有人敢跟他比礼物！他立即继续刷。

于是，"宁静的夏天"和"你是我的小甜心"开始了比赛，两个人的名字在礼物排行榜中你上我下的，竞争异常激烈。

姜夏直播间的榜单排名飙升，观看人数也一路飙升到六十万人，在恋舟直播排名前三。

她火了！

S 国。

燕门的会议室内。

权北倾坐在主位上，修长的手指翻动机密资料，一旁的顾景正在跟他讨论关于竞争对手这次对燕门发动的攻击以及回击方案。

两侧都坐满了燕门内部的重要人员，场面庄重而严肃。

而权北倾手边的手机不停地振动，几乎是每隔数秒钟一条短信。

顾景看他一眼，忍不住说："谁敢这样给你发短信？吃了熊心豹子胆吧！"

权北倾拿起手机看了一眼。是楚暮舟发来的短信，大概意思是有人跟他抬杠，要抢一个女孩儿，让权北倾一定要帮他"撑腰"……

顾景凑过来偷看一眼，"啧"了一声，翻了页纸："看来暮舟终于开窍要追女人了。"

权北倾直接莫名其妙地给了他一脚。

顾景没躲开，右腿一痛，立即咳了一声："在开会，严肃点儿！"

“暂停十分钟，我抽根烟。”不等顾景说什么，权北倾就拿起手机起身走了出去。

权北倾走到外面的阳台上，双手撑着栏杆眺望远处的海面，心里一阵没来由地烦躁，飞到S国后，也没有想象中的清净。

暮舟追女人？他追谁？姜夏吗？

权北倾的黑眸顿时沉了好几分，他拿起手里的手机，直接拨通了楚暮舟的电话——那边的人过了一会儿才接起来。

楚暮舟的声音急急地传来：“北倾有话快说啊！我在忙！”

权北倾点了支烟，抽了一口，淡淡地道：“顾景让我问你过不过来，这次的竞争对手有点儿猖狂。”

“你们两个人那么厉害，商量好就行了，叫我过去干什么？”

“嗯，顾景说跟你说一声。”胡说八道了几句，顿了顿，权北倾终于问道，“你在忙什么？”

“哦，在刷礼物。”楚暮舟实话实说，“小虎牙在蒙脸直播唱歌呢，我看见有个男人在跟她表白，怕她被抢走了——我不能输啊！”

“蒙脸直播？”权北倾倏地眯起眼睛，“在哪里？”

“恋舟直播啊，就我代言的那个！我感觉她八成是因为我才来的，毕竟我是她唯一的‘男神’。好了，先不说了！我要继续骂那个人！”

“嘟嘟嘟……”通话被对面的人挂断。

权北倾盯着退回主屏幕的手机看了半分钟，忽然鬼使神差地伸手点向软件市场，搜索“恋舟直播”。

此时，姜夏的直播间已经飙升到热度第一名了，观看人数超过一百万。

“宁静的夏天”和“你是我的小甜心”还在刷着礼物，旁人怎么叫都停不下来！

最后还是姜夏发话了：“好了，不许争啦！你们两个分别点一首歌吧，我唱给你们听。”

宁静的夏天：“我点《偏偏喜欢你》。”

你是我的小甜心：“我点《命中注定我爱你》！先唱我的，我比他的礼物多！”

有这么多人互动，还都欣赏她唱的歌，姜夏的心情也好，毫不吝啬地又送出一个飞吻：“好，那就先唱……”

忽然，“航空母舰”从眼前飞过，打断了她的话，犹如龙卷风般来袭，像是要卷走所有不怀好意的人——屏幕都被遮挡住了，姜夏的笔记本电脑甚至卡了十几秒钟。

而本来已经要斗赢了的楚暮舟一看竟然又来了一个敌人，立即怒了，准备压过对方，系统却提示他充值失败。

小助理在身后小心翼翼地说：“楚哥，刚才季池季助理来电话，说权总的卡不知道为什么被银行冻结了，几个小时内暂时不能用。”

楚暮舟：“现在正是关键时刻，现在就打给银行！马上给我解冻！”

权北倾的卡竟然还会被冻结？！

而笔记本电脑屏幕前的姜夏也惊呆了，这个“K”不是在宝哥那个群里下注押她的那个神秘人吗？

难道她暴露了？

姜夏迅速安慰自己：没关系，反正蒙了脸，死不承认就行了！

K：“今晚的点歌我一个人包了，你只能为我唱。”

而那些被这股霸气震撼的观众都起哄让姜夏答应。

姜夏眨巴着大眼睛：“神秘先生，我认得你这个‘K’字，你能告诉我，你是谁吗？”

K：“我的女孩儿。”

姜夏一怔，心中倏地流过一股莫名的电流：“什么？”

K：“我要点一首《我的女孩儿》。”

姜夏回过神，微微一笑：“很可惜，我的英语不好，不会唱英文歌，我唱一首我填词的歌给你听吧，很多年前写的了。”

K：“唱什么都可以，重要的是你唱。”

姜夏看着这条弹幕忍不住笑了，看来这人还是个高手啊！随后她开始轻轻地吟唱，直播间里的人不约而同地安静下来，静静地欣赏着她干净的歌声。

一曲毕。

K："这是我听过的，这世间最好听的歌。"

姜夏微笑着说："献给你的，神秘先生。"

直播持续了两个多小时，最后观看人数达到了二百万人，霸占了所有的新人主播榜单，轰动了整个直播平台。

所有人都在说，要找到这个拥有金棕色美丽眼睛的女孩儿！

姜夏退出直播间的时候，嗓子都哑了。她顾不上看那些榜单，而是打开了直播的后台记录。

今晚礼物榜的第一名毫无疑问是"K"；第二名是"你是我的小甜心"；但第三名竟然不是"宁静的夏天"，而是一个叫"Q"的人。

这又是谁？姜夏疑惑地点开，发现"Q"的头像有点儿一言难尽——是一个古董架上的蓝釉花瓶，特别像是长辈会用的头像。Q在年龄栏填的是63岁，显然不是乱填的——没有年轻人会把自己填得这么老吧？

姜夏想了半天也猜不出这个人会是谁——她没有这么大的长辈啊。她最终放弃了猜测，点开了后台收入，直接吓傻了——比她预期要赚的还要多！

但如果她再播一次，八成要被权北倾发现了。毕竟他那么神通广大，而她这双眼睛太明显了，很容易被认出来。

姜夏一连坐了两个多小时，腰酸背痛的，放下笔记本电脑，准备下楼喝点儿牛奶润润嗓子。

然而一打开房门，贴着门偷听的孔管家就跌了进来："哎哟……"

"孔伯？"姜夏忙扶住他，"你在干什么？"

"夏夏小姐，你唱得太好听了，嘿嘿嘿……"孔管家羞涩地看着她说，"那个，看在我帮你点小龙虾外卖的分儿上，我可以点首歌吗？我要点《返老还童》！"

姜夏无语：所以……他这是一直在外面偷听吗？她莫名地想帮他点一首《白日做梦》。

然而，待姜夏将视线往下移，落在他站立的腿上……

她惊讶不已："孔伯，你的腿不是摔得骨折了吗？"

尴尬了半秒钟后，孔管家瞬间演技爆发，直接跌坐在轮椅上："哎哟！突然好痛！快……快扶我躺一下。"

姜夏直播意外赚了一笔巨款，心情好到不行。

于是她十分豪气地点了十份小龙虾外卖，跟孔伯和别墅内所有的用人一起狂吃了一顿，美滋滋地睡了一觉。

第二天醒来后，姜夏本来想去把这笔钱取出来，然后设点儿小计谋去坑白雪妍一次，结果却发现——钱提不出来！

因为按照恋舟直播平台的规定，平台的钱是一个月才结算一次，不是随时都能提的。也就是说，她想拿出这笔钱，要等到下个月月初。那白雪妍都能傲得鼻孔上天了好吗？

不行，她三天内一定要拿到钱才行，而且要越快越好。

姜夏盘腿坐在椅子上，拧眉严肃地思索着，眸光忽然一瞥，看见恋舟直播官网上的代言人宣传照。

楚暮舟！她可以找他帮个忙，也许他能跟平台的人通融一下？

姜夏正要拿起桌上的手机，短信提示音蓦地响了。

她点开。

发件人是"宁大校草"。这个备注还是华影刚开学的时候，宁易辰找她要手机号的时候加的。姜夏本来不想给，但宁易辰直接抢了她的手机，强行留了电话。

而他给自己存的备注竟然是"易辰哥哥"，结果被姜夏果断地改成了现在这个备注。

宁大校草："姜夏，我有重要的事找你。两个小时后，我们在黄金码头的飞鸟游艇俱乐部见，你必须来。"

姜夏不想理他，正要息屏，两声消息提示音又响起了。

楚暮舟："小虎牙，在做什么？不过做什么都不重要，因为我知道，我一出现，你的全身心都会以我为主的。"

姜夏强忍着给他发“等你说完就砍你”的表情包的冲动，看下一条。

楚暮舟：“所以，一个半小时后，我们在黄金码头的飞鸟游艇俱乐部见，我有惊喜要给你，必须来！”

姜夏无语：他们两个约她的地点竟然一模一样，这是约好的吗？因直播平台提钱的事自己正好要找楚暮舟帮忙，而且电话里也讲不清楚，于是她换了身衣服出门。

飞鸟游艇俱乐部，她还挺好奇那是个什么地方的。

打车足足花了一个半小时，姜夏才到达黄金码头。

这里是本地最美的码头，拥有一百多个游艇停泊位，还有湖畔高尔夫球场、露天雅座等，环境幽静。

姜夏一下车，等候她的小助理立即迎了上来，笑得十分恭敬：“美丽的姜小仙女是吗？我们楚哥在里面等你。”

姜夏：“对我的称呼能正常点儿吗？”

小助理几乎要笑成一朵花：“是楚哥吩咐我们这么说的！他说只要能让姜小姐听了笑一下，就发 10000 元奖金给我们。”

姜夏无语——让她笑，那就把钱直接给她啊！

她跟着小助理往前走去，看见他朝侍应生出示了 VIP 金卡。

这里显然不是谁都能进来的，是十分私密的私人场所。

“小虎牙！”

姜夏才刚走进去，穿着亮粉色衬衫的英俊男人就朝她走了过来。

“几天不见，想我了吧？”楚暮舟伸手揽住她的肩，眨眼朝她送了个飞吻。

姜夏：“没想你啊，没空。”

楚暮舟一时语塞。

小助理闻言在边上憋笑。

姜夏见状，觉得自己应该给楚暮舟一点儿面子的，于是又说：“哦，不对，我是想你了。我想跟你说，恋舟直播上你的那张代言照，我觉得鼻孔被拍得有点儿大。”

楚暮舟继续语塞。

小助理憋笑都快憋疯了，心想：不愧是权总家养的小姑娘，这嘴真毒啊！

“对了，楚前辈，我有事想拜托你……”姜夏把想在直播平台提前取钱的事大概地说了一下。

楚暮舟一听——这不是小事一桩嘛！他立即让小助理去打电话，直接对她拍胸脯承诺：“放心，小虎牙，今晚银行下班前就让你拿到这笔钱。”

不说昨晚直播的事还好，一说楚暮舟就觉得气。

自己本来都要斗赢了，银行卡突然被冻结，而且一直到直播结束都没解冻，害他输给了那个突然冒出来的“K”。他实在气不过，打给权北倾，问银行卡为什么会出问题。

权北倾给出的理由竟然是他的人品不好！

他们还能做兄弟吗？他追女人这么大的事，权北倾都不想着帮他一把！

但最后毕竟斗输了，楚暮舟也没脸皮告诉姜夏“你是我的小甜心”就是他，只能憋屈地咽下这口闷气。

他正准备带姜夏去前面参观，顺便一起散步增进下感情，忽然一个声音在身后响起——

“姜夏！”

姜夏转头，还没看清是谁，对方已经走到了她的面前。

来人眉头紧皱：“你是什么时候来的？怎么不回我短信？”

竟然是宁易辰——姜夏把他忘了。

她轻咳一声，正准备开口，一旁的楚暮舟不高兴了：“喂！她凭什么要回你短信？你是谁啊？”

宁易辰这才把注意力放在他的身上，顿时愣住了：“你是——”他难得说话结巴，“楚……楚暮舟？”

楚暮舟有多火，根本不需要多说，在娱乐圈里一直都是传奇般的存在，在华影也几乎是人人迷恋、崇拜的。

宁易辰还写过以楚暮舟为榜样的主题课时作业，所以更是惊讶不已，毕竟楚暮舟这种如雷贯耳的大人物，就连他们宁家也是很难接触到的。

宁易辰："姜夏，你怎么会跟他待在一起？"

"这个……"姜夏一时也不知道该怎么解释。

她这有些犹豫的模样，在宁易辰看来非常不正常。

尤其是姜夏当年离开宁家后没提过被谁领养，他们也完全查不到，宁易辰就总是怀疑她是不是被什么图谋不轨的人威胁了。

楚暮舟闻言冷哼一声："我是她的'男神'，她跟我在一起不是很正常？你是她的什么人，排队都拿不到号的追求者？"

楚暮舟比宁易辰高一些，几乎是蔑视般地低眸扫了他几眼，完全不把他放在眼里，揽过姜夏就要走。

见状，宁易辰立即一把扯住姜夏的手臂："姜夏，你肯定看到我的短信了，不然你不会来这里的。"

"你给我放手！"楚暮舟顿时怒了，"是我约她来的！"

"我也约她了！我是今天第一个来这个俱乐部的，肯定比你早。"宁易辰说这话时，眼睛盯着姜夏："我重新加你了，你通过一下我的验证。"

姜夏这才想起来权北倾把宁易辰删了。

自从她那天在班上训了宝哥后，宝哥的一堆小弟就都跑来加她。

验证消息有上百条，所以她都没看。

"她都把你删了，这意思还不明白吗？你出局了，小平头！"楚暮舟怒瞪着他，"还不快把你的手松开，她今天的时间都是我的！"

"就算你是楚暮舟，姜夏也未必会选择你，我跟她的关系不是那么简单的。"宁易辰没松手，把她的纤臂攥得很紧："你跟我过来，我有话要跟你说。"

"不许去！"楚暮舟也拽住了姜夏的另一只手臂，又冲宁易辰道："她不想听你说，你没见她根本不想搭理你？"

宁易辰眉头紧皱，帅气的脸上是男人在少年时期都喜欢装出的冷酷："姜夏，你告诉他，你跟我是什么关系。"

你别说得这么容易被人误会啊！

姜夏被他们一人拉住一只手臂，而且两边都不放，有种随时把她扯成两半的错觉。她无奈地先侧脸看向宁易辰："你找我有什么事？我跟'楚男神'还有些事要聊。"

楚暮舟本来还很受伤，小虎牙竟然先跟那个小平头说话，但一听她叫自己"楚男神"，瞬间就又平衡了。

"我前几天过了 20 岁生日，礼物是一艘游艇。"宁易辰说着就朝第 47 号停泊位指去，"姜夏，看到了吗？就是那艘。"

姜夏顺着他指的方向看去，果然看见一艘白色的小型游艇，很别致、很漂亮。

"以前我们在家看动画片的时候，你就说你很喜欢游艇，"宁易辰的目光紧锁着她，"我现在拥有了，想和你一起给游艇命名。"

姜夏微微怔住——她都忘记自己说过喜欢游艇了。

"姜夏，"宁易辰又喊了她一声，声音略带些紧张，"游艇命名为'宁夏'可以吗？刚好是我的姓氏和你的……"

"行了！给我打住！"楚暮舟实在听不下去了，这个小男生胆大包天啊！竟然当着他的面向小虎牙表白！

宁易辰被打断很不爽："楚先生，我在跟姜夏说话，请你暂时回避一下。"

楚暮舟冷哼，直接就扭头冲姜夏道："小虎牙，他只不过是有一艘小型游艇而已，我的比他的贵多了！"他说着，也伸手一指。

姜夏搞不清状况地转头看去，是一艘超大型游艇，体积是宁易辰的那艘的三倍，光看外表就完全不是一个档次的。

"还命名呢，光命名有什么用？又不是她的！"

楚暮舟心想：我绝对不能输！他本来也是只想带姜夏参观游艇，但现在情敌都逼到眼前了——他肯定要为美人一掷千金了。

于是他深吸一口气，霸气冲天地说："小虎牙，看到没？这艘我送给你！"

一旁的小助理惊得下巴都要掉了——楚哥，咱们这装得有点儿过了吧？那艘游艇还在权总的名下啊！

不仅是小助理，就连姜夏闻言也蒙了一下：他们是在攀比吗？

宁易辰显然是不信的，沉声说道："楚先生，你就不要乱开玩笑了。我是认真的，我要带她过去参观了。"

楚暮舟本来还在思考该怎么哄权北倾同意把游艇让出来，毕竟这艘游艇权北倾也是挺喜欢的。不过，游艇用来送给他楚暮舟的未来媳妇儿，北倾应该不会介意了吧？

他正在分神，一不注意，姜夏就被宁易辰拉过去了。

宁易辰拽过姜夏就要走。

楚暮舟怒了——这人简直敬酒不吃吃罚酒。他蓦地扬手："来人，把他给我拖到一边去！"

几名助理瞬间从四周冒了出来，开始动手。

宁易辰虽然身高也有一米八五，身材也算健硕，但哪里敌得过四五个男人？他很快就被拽到了边上。

楚暮舟："把他给我围住，让他不能动也不能走，让他看着我送游艇给小虎牙！"

"楚暮舟，你！"宁易辰终于绷不住冷酷的表情了，忍不住怒道，"你这简直就是仗势欺人！"

"对啊！我就是仗势欺人！你羡慕也没用。"楚暮舟说着，转头摸了摸姜夏的脑袋，满脸都是自信的笑容："放心，小虎牙，北倾会罩着我们的，他一直都对我最好了。"

姜夏无语：最好吗？为什么她完全没看出来啊？

"行了，小虎牙，咱们不理那个毛头小子了。"楚暮舟朝她勾勾手指，豪气十足，"走，我带你到游艇上看看。"

下一句话，他刻意加大了音量："等你看完就办理游艇转让手续，我说送你就送你！"

宁易辰在后面听见，简直要气死了。

姜夏怎么会认识楚暮舟这种人？

姜夏本来也以为他是开玩笑的，闻言忙说：“不要了，‘楚男神’，我不能要。”

“为什么？”

“就是……”姜夏难得听话地说，“权叔叔给我定了家规，里面有规定不能随便要其他人的东西，尤其是男人的。”

“这还不简单！”楚暮舟拍拍胸脯，“包在我的身上，北倾对我那么好，我让他改了不就得了？”

姜夏无语：他到底是怎么看出权北倾对他好的？

姜夏忍不住扶额，然后发现身边的几个小助理以及季池都跟她做了一模一样的动作——看来大家的想法都一样。

姜夏被楚暮舟拉上了那艘游艇——宁易辰也被强制带了上去。

季池是最后一个上去的。在踩上甲板的时候，他露出了即将拿到无数倍奖金的开心笑容，偷偷地解锁手机，快速地发了个定位出去。

只要再多出卖楚少爷几次，他也可以给媳妇买游艇了！

他的小刺猬长大了

沐笙箫——著

下册

青岛出版集团 | 青岛出版社

第十章

小蜜糖，你是最甜的那一个

楚暮舟十分专业地介绍着游艇——他早就看惯了，见怪不怪。

姜夏是第一次见，充满了好奇。

看到姜夏明显露出惊讶的表情，楚暮舟觉得自己这次押对了宝，欣喜地问："小虎牙，你喜欢这里吗？"

"喜欢。"姜夏实话实说。

她心想：没人会不喜欢吧？这里简直太漂亮了。权北倾的朋友果然都是有钱人。

"喜欢就经常来，想怎么玩儿就怎么玩儿，以后这就是你的了！"

楚暮舟觉得自己离成功就差一步了，如果现在表白的话，小虎牙肯定会答应他。

姜夏还在参观，什么东西都想摸一摸、看一看，纯属好奇。但在楚暮舟看来，她这就是喜欢到极致的表现，觉得自己八成能一举追到小虎牙！

呵，他就算昨晚在直播间里输给了那个叫"K"的人又怎么样？

“K”只是陌生人，有什么可嘚瑟的？他可是小虎牙身边的人！

正好让权北倾和顾景好好看看，在他们这个“单身铁三角”中，自己才是最早有女朋友的那一个！

这么想着，楚暮舟简直觉得人生都变得更加美好了。他睨了眼身后的季池，压低声音问：“怎么样，北倾回短信没？”

权北倾如果不点头同意，不签字传真过来，他就没办法转让游艇啊！

没有良心的季池脸不红心不跳地说：“少爷还没回我，我估计少爷可能在忙。”

楚暮舟根本等不及：“那你再发一条短信，让北倾爱我就赶紧给我传！”

季池点头道：“好的，楚少爷。”他心里却想：你赶快醒醒啊！少爷爱你就不会坑你了！不过，少爷应该下飞机了吧？

楚暮舟走过去，单手撑在姜夏的身侧，一脸风骚地笑：“小虎牙，你坐在这个沙发上试试，办理转让手续的人马上就来了。”

姜夏心想：他到底为什么一定要送我几千万的东西啊？他该不会是个傻子吧？她忙摇头拒绝：“‘楚男神’，我真的不要……”

楚暮舟：“就冲你这一声‘楚男神’，这游艇我也送定了！”

姜夏：“那我以后不叫了。”

“你是因为怕北倾定的家规吧？”楚暮舟摇了摇手指，“放心，待会儿我就给北倾打电话，让他同意我们的事。”

姜夏心想：“我们的事”？他们到底有什么事啊？

此时，游艇外的黄金码头上。

一辆深黑色的限量款跑车疾驰而来，漂亮地转了个急弯，稳稳地停在入口处。

侍应生过去打开车门。

俊美尊贵的男人跨下车，抬手从高挺的鼻梁上摘下墨镜，只此一个动作就已经显出强大的气场。

侍应生立即恭敬地垂首："权先生。"

权北倾把车钥匙丢给他，嗓音性感而淡漠："暂停营业，直到我离开。"

"是！"

这时，后方再度开过来一辆车。一个十分英俊健硕的男人推门下车，一脸激动的表情难以掩饰："舟舟！"

这个男人名叫任君爽，疯狂痴迷楚暮舟，这事已经闹得满城皆知了。

任君爽大步走了过来，走得飞快："权总！你说舟舟在这里是真的吗？"

权北倾单手插在裤袋内，淡淡地掀起眼皮："嗯，他就在 13 号游艇上。"

"好！我这就去找舟舟！谢谢权总！你是我的大恩人！"任君爽转身冲向 13 号游艇。

权北倾眯眼看着冲出去的男人，微微地挑了一下眉，优雅地抬手理了理西装衬衫，这才迈开长腿从容地往前走。

此时的游艇里，楚暮舟连红酒都倒好了。就等权北倾签了字的传真一到，他就可以借转让游艇一事直接跟小虎牙表白了！

万事俱备，只欠东风。他想想就觉得人生很完美。

姜夏还在研究古代欧洲的壁画，全然不知道他打的是什么算盘，也不知道一场"螳螂捕蝉，黄雀在后"的好戏即将拉开帷幕。

忽然，游艇外的走廊上传来一阵急促的脚步声。

楚暮舟蓦地转过头，第一反应就是侍应生拿传真文件过来了。他内心激动澎湃，立即走过去，一副热情迎接的表情。

游艇的门被一把推开，满面春光的任君爽大步冲了进来，视线环视一圈，最终落在楚暮舟的脸上。

"舟舟！"任君爽大喊一声，看见楚暮舟简直激动得要哭了，"舟舟，你果然在等我！"

楚暮舟被吓了一跳，足足愣了十多秒钟才反应过来，而后跟见了鬼似的，一张俊脸蓦地变了色——这个阴魂不散的人怎么来了？是谁放他进来的？

任君爽直接冲了过去。

楚暮舟被吓得红酒洒了一身，丢了杯子转身就跑，仿佛任君爽是什么洪水猛兽。楚暮舟边跑边咆哮道："你不要过来！你给我走开！"

楚暮舟疯狂地躲，任君爽疯狂地追，两人犹如猫捉老鼠般在巨大的游艇里绕着跑。姜夏看着这突如其来的你追我逃，蒙了——这是什么情况？那人是楚暮舟的狂热粉丝吗？

"哎，小虎牙，让一下，我要撞到你了！"楚暮舟只顾着逃命，一个劲儿地朝前方的她摆手示意。

站在墙边的姜夏一时没反应过来，眼看着就要被撞上。

忽然，她整个人都被身后的男人抱住，往后带了几步。

后背贴着一个坚硬结实的胸膛，姜夏下意识地回头说"谢谢"。

"呆呆傻傻的，在想什么？"蓦地，男人低沉磁性的嗓音在头顶响起。

随后，一只大手拨开她颊侧的发丝，修长的手指在灯光下抚过她的耳畔："小迷糊，不知道危险？"

姜夏一怔，抬起头就看见那张英俊的脸庞，心跳漏了一拍。

这个男人真的长得太好看了，无论看了多少次，她都会被惊艳。

她下意识地张了张嘴："权……权叔叔……"

他是什么时候回来的？他为什么会突然出现在这里？

"原来还认得我。"权北倾垂眸看她，双眸似乎望不见底，仿佛能将她吸进去，"我以为你在外面玩儿得太开心，忘了我这个人了。"

"没有！"姜夏立即回答——他这话说得好像她狼心狗肺似的，于是她果断地找了个替自己背锅的："是'楚男神'约我出来的。"

自家的小刺猬自然不能那么凶狠地罚，所以权北倾也把问题归结到了楚暮舟的身上。他抬手抚着女孩儿柔软的长发："这么毛毛躁躁的，刚才如果被撞痛了，你又要哭鼻子了。"

姜夏不服："我什么时候哭过鼻子？"

权北倾的薄唇似勾非勾："每次罚你倒立或站立，我看你都恨不得扑过来咬我，我再说一句你就要哭了。"

所以他其实不曾对她说过什么重话。要是他按照训练、管教燕门那些男孩子的风格来教育她，她估计都能把别墅哭倒了。

女孩儿就是麻烦，不过比管教男孩儿好的地方……也不是没有，比如她很软，还很香。

姜夏抿抿唇，没说话。哼，被罚的时候她当然想咬他啊，早就在心里咬了他成百上千遍了。不过她有时候会有些害羞地觉得，他咬起来口感肯定很不错。

不等权北倾揽着她走出去，一道挺拔的身影走了过来。

"姜夏。"宁易辰伸手去拉姜夏的手，却被权北倾的手挡住了。

权北倾眯眼看他，冷厉的气场强大而张狂，让宁易辰竟一时不敢再有什么动作。

权北倾心想：又是"这把草"，阴魂不散的，迟早让人连根拔了。

"把手拿开。"男人薄唇中吐出冷漠的字眼，"她的手是你能乱碰的？"

宁易辰抿唇。他当惯了宁家大少以及"校草"，一直被人捧着，从没人这样说过他。停顿好几秒钟后，他才说："姜夏，我还有话跟你说，你跟我过来一下。"

权北倾的手臂始终搂着姜夏的肩，不曾松开，俊美的眉眼漠然无温，他道："让开，她要回家吃饭，没空。"

"回家？"宁易辰皱眉，"她跟你回家吗？"

"宁易辰！"姜夏不想让他在"大魔王"的头上拔毛，要是拔痛了他连怎么死的都不知道，于是抿抿唇，说了一句，"你别再胡说了，我现在要回家了，有什么事以后再说吧！"

"是他们家领养了你？"宁易辰那次在学校里并没有近距离地见过权北倾，所以并不认识，而且楚暮舟似乎跟这个男人的关系很好。

姜夏竟然被这样的家庭领养了，是他没想到的。他一直以为她这几年过得很惨，现在看来，并不是的。

权北倾显然懒得跟这种毛头小子再废话，冷冷地吩咐：“季池，把他弄走。”

“是，少爷。”

季池伸手扣住宁易辰的手臂，却被宁易辰挡住了。

“等一等！”宁易辰看向权北倾——哪怕是他这样优秀的男生，直视权北倾这样尊贵的男人也需要勇气。顿了几秒钟后，他说道：“我听她叫你‘权叔叔’，那我也该叫你一声叔叔。权叔叔，你好。”

姜夏顿时莫名地有种被人抢走权叔叔的错觉。

“不是什么人都有资格叫我的。”权北倾冷然地掀起眼皮，“让开，我不想重复第三遍。”

“我喜欢姜夏。”宁易辰直接说道，语气坚定，“我想跟她在一起，我想做她的男朋友。既然她现在住在你家，我觉得我应该先告诉你一声。”

他话音刚落，整个游艇的温度仿佛一下子降低了好几摄氏度。

权北倾眼中掠过一道寒芒，仿佛连眉梢眼角都结了一层薄冰。

季池知趣地默默退远——楚少爷今天的如此下场，这个小伙子是看不懂吗？竟然还敢公然跟少爷叫板抢人！

姜夏蓦地睁大双眼，暗暗地狠狠瞪他，压低声音：“宁易辰，你别胡说了……你赶紧让开！”他是想害她被罚到死吗？

“我没胡说八道，我喜欢你。”宁易辰直视着她，深吸一口气，“姜夏，我喜欢你很久了。现在我要征求他的同意，让他同意我们在一起。”

姜夏闻言简直要疯了，觉得他完全就是挖坑要埋她啊！她都能想象到权北倾会怎么教训她了。她急忙道：“宁易辰你不要再……”

“你喜欢她？”权北倾却蓦地开了口，眯眸笑道，“那你倒是说说看，你拿什么来喜欢她？”

宁易辰微怔，冲动地说出口：“我一直喜欢她就够了！我想照顾她一辈子。”

“且不说你会不会一直喜欢她，毕竟人心难测。”权北倾落在他脸上的眼神冷漠、倨傲，俯瞰般高高在上，“你说想照顾她一辈子，就代表你想养她？”

宁易辰直接承认：“是，我想养她。”

“你拿什么养她？”权北倾轻眯双眼，轻视般地打量他，“你知道她回家后需要用哪里空运过来的山泉水漱口才能最大限度地杀菌吗？你知道她洗澡用的沐浴露是极为珍贵的鹿奶提纯液吗？你知道她穿的睡袍是用狐皮做成的才能确保舒适吗？”顿了顿，男人的嘴角勾起嘲弄的弧度，“你不仅不知道这些，你自己现在都还在吃你父母的、用你父母的，连稳定的收入都没有，甚至连一辆车都买不起……”最后他总结道，“你养不起她，死了这条心吧！”

姜夏闻言，不由得暗暗心惊：空运的山泉水，鹿奶提纯液，狐皮做成的睡袍……妈呀，肯定是他故意编来骗宁易辰的！权叔叔一本正经地胡说八道的本事也超厉害的。

宁易辰果然被男人的这番话说得愣住了，一时没能接上话。

权北倾揽着姜夏抬脚要走。

“等等！”宁易辰不死心，攥紧了拳，大声保证道，“我可以挣钱，可以养她！我会努力不让她受委屈。”

“不让她受委屈？”权北倾微微地挑眉，似笑非笑，“那好，我问你个问题。”

宁易辰俨然把他当成了家长来对待：“您说。”

权北倾轻撩起眼皮，淡淡地问道：“如果日后，她跟你的母亲产生矛盾，你站在哪一边？”

这个问题……宁易辰现在一腔热血，又是在表白的关键时刻，立即道：“当然是站在姜夏这边，我说了，绝对不会让她受委屈。”

“所以你就让你的母亲受委屈？”权北倾嗓音低冷地道，“百善孝为先，如此不孝的人，我不会让姜夏再跟你接触。”

宁易辰一时语塞，没想到权北倾会这么说。他怔了怔，又道：“我也不会让我的母亲受委屈的。”

权北倾：“那就是让姜夏受委屈？”

宁易辰："也不会，我不会让她们两个受委屈。"

权北倾："那如果有委屈的话，谁来受？"

宁易辰："我一个人来受。"

权北倾："所以你是承认，只要跟你在一起，就一定会有委屈，无论如何都避免不了，对吧？"

宁易辰一愣。

权北倾："你连不委屈她都保证不了，我们不需要再谈了。"

宁易辰忽然愣住了，仿佛被绕进去了，自己都蒙了。不，不对，他刚才想说什么来着？宁易辰只觉得原本很清晰的思绪全部被打乱了，被绕得头痛。

他紧皱着眉："不……我只是想说……我的意思是……我……"

"你连自己想说什么都不清楚，更别说照顾女孩儿了，先回去把基础社交学好吧！"冷漠地丢下这句话，权北倾揽着姜夏，转身走下了游艇，留下被绕得出不来的宁易辰站在游艇上。

季池将商务车开到码头入口处。

上车前，姜夏朝空荡荡的码头看了一眼，好奇地问："'楚男神'和那个男人换地方了吗？"

权北倾停下脚步，淡漠的视线落在她的脸上："你很关心暮舟？"

季池心里仅存的一丝人性在咆哮：夏夏小姐，快说没有啊！就让楚少爷少受哪怕一丁点儿的罪吧！

姜夏闻言怔了一下，摇摇头："没有啊！我以为他们总该玩儿完了……"她被权北倾的视线看得发毛，也搞不懂为什么，索性就不再问了，直接转身上了车。

季池松了口气，心想：楚少爷早就跑出几千米远了吧！估计今晚他要忐忑地躲在山林间歇息了——毕竟任家大少也不是好惹的，"侦察"能力一流。

楚少爷，你自求多福吧，这就是得罪大靠山的下场！

回程，权北倾没有再说一句话，跷着长腿坐着，浑身散发出冷酷的气场，姜夏估摸着他是生气了。

他一天到晚就知道生气！而且他不是说不回来了吗？又回来干什么？

姜夏在心里埋怨了一堆，但面上仍旧是乖巧的纯真少女模样。

她在心里盘算着——待会儿一到星海湾，她就做好一秒钟跳下车冲回卧室里迅速脱衣服洗澡，之后马上钻进被窝儿里装睡的准备，让权北倾根本没机会教训她。

然而轿车在别墅门口停下后，姜夏前脚才跳下车，下一秒，衣领就被男人拎住了。

她娇小的身体原地打了个转，最后还是一头撞在那坚硬的胸膛上。

呜，鼻子好痛！姜夏委屈地伸手去揉。

一只大手忽然伸了过来，修长的手指想要抚上她的鼻子，却被姜夏往后退了两步躲开了。

权北倾手上的动作微微一顿，他看着面前躲避自己的女孩儿，不悦地眯眼："是谁告诉你下车的时候可以跳的？你这么着急，是想躲我吗？"这只整天招蜂引蝶的小刺猬竟然躲他。他才走了不到两天，她就开始躲他了？是不是想躲着躲着，她就直接躲到别人的家里去，让别人来养了？

姜夏的心里"咯噔"一下，她生怕那点儿小九九被他识破，戳着手指说："我……我是因为……"

她支支吾吾的表情落在男人的眼里更像是心虚。

权北倾眯起双眼，冷着脸色问："是因为刚才那个叫宁什么的小子向你表白，我说了他，你就准备跟我闹脾气？"

"我没有！"姜夏扬声反驳，怕他又说自己给他惹麻烦了，于是硬着头皮补充道，"其实……其实这种事也很正常啊！"

"正常？"权北倾咀嚼着这两个字，只觉得怎么听怎么硌硬，沉声道，"他跟你表白，你觉得很正常……难道，还有其他男生跟你表白？”

“啊？”姜夏一怔，点头说，“在学校里偶尔会有啊，写情书、送糖果什么的很正常对不对？大学生已经可以谈恋爱了啊！”

她竭力地想表达“我是无辜的，所以不要罚我”这个观点。但显然，男人的思路跟她完全不在一个频道上，双方在意的也完全不同。

权北倾越听，黑眸中越是暗潮汹涌：“偶尔？你收到过几个？”

姜夏以为他听进去了，想了想，说：“嗯，从开学到现在……大概有十几个吧。”从开学进入华影到现在，虽然白雪妍一直在败坏她的名声，但她的那张漂亮惊艳的脸蛋儿摆在那里，不可能不引起男生们的注意。只要她去上课，总会有其他班上的男生在门口打转，也经常有人跟她搭讪索要联系方式。

十几个？权北倾的眼中蔓延出一层凉意。看来华影的男生太多了，尤其是宁易辰那种毛头小子，连校门都还没出，竟然就想着要养他的女孩儿。

偏偏，他还不确定他的女孩儿会不会真的被拐走。

权北倾忽然低沉出声：“十多个男生送你的东西，你都留着？”

“啊？”姜夏怔住，下意识地回答，“都在我的房间……”

“去拿下来。”

十分钟后。

客厅的茶几上摆满了信封、糖果盒，看起来有些壮观。有很多连姜夏自己都没拆开看过——表白的男生都是直接把东西塞进被她放在课桌抽屉里的书包里，她经常回家后才会发现。

所以这些东西就一直放在房间里的抽屉里，她也忘记看了，没想到竟然有这么多！

权北倾俊美的脸上波澜不惊，眼神却冷漠严肃，像是即将要处理敌军的文件。他用修长的手指拿起其中一个信封，拆开，里面是一首原创的情诗。

权北倾扫了一眼，皱起英俊的眉头，点评道：“前后不押韵，还有错别字，都大学了连字还会写错，这种没前途的男生能要吗？”

话音刚落，他直接把信揉成一团，扔进垃圾桶里。

“哎！”姜夏根本都还没来得及看一眼。

这年头会写情诗的人不多了啊！他为什么扔掉啊？

权北倾又伸手拿起一个信封，拆开扫了一眼，冷冷地点评：“全是摘抄的诗句，连自己写首诗的诚意都没有，这种男生靠得住吗？”

信也被他扔掉了。

第三个是一袋糖果，权北倾利落地拆开，点评道：“很普通的糖，含有人工色素，对身体有害，追你的时候就对你的健康这么不关心，还指望这种男生以后对你真心？”

糖也被权北倾扔掉了。

第四个盒子里是一条手链，很漂亮。姜夏的眼前一亮，刚想说“还挺好看的”，然后就听见男人冷冷地点评道：“第一次表白就送手链，一定是个情场老手，这种有花花肠子的男生都是广撒网的，连朋友都不适合做。”

说完，他连贴在盒子上的信也不看了，一并揉成一团，扔掉。

…………

接下来的每样东西，都被男人以各种各样的理由扔掉了。不出二十分钟，茶几被彻底清空，而一旁的垃圾桶里则塞得满满的。

权北倾英俊的眉眼终于舒展开来，有种挥刀斩杀所有敌人后的舒爽感，他淡淡地挑眉：“就你们学校的这些歪瓜裂枣般的男生，一个都不合格。”

男人屈起修长的手指，在女孩儿面前的茶几上敲了敲，嗓音低沉：“所以，以后再收到这些东西要第一时间交给我，我审核过关的你才能看。懂了吗？”

沙发上的女孩儿却低着脑袋，没说话。

权北倾眯了眯眼，忽然起身凑近她，长指捏起她小巧的下颔，抬高她的脸：“姜夏，我说的话你听见了吗？”

他温热的呼吸喷洒在她的耳畔，酥酥的、麻麻的，撩拨着她的神经。

姜夏感到心脏又莫名地加速跳动起来，在她的胸口处一下一下地震动。

她忽然想到权北倾之前说的那些话，莫名地觉得有些生气，忍不住说道："你的要求这么高，要是一直按照你的要求来，我以后……以后也找不到男朋友了。"

以后？小丫头成年了，长大了，迟早是要找男朋友的吗？

权北倾一双黑眸再度沉了几分，刚才胸腔内的那股舒爽感顿时烟消云散，随即而来的是没来由的心烦。

他垂眸，蓦地逼近她，薄唇吐出严厉的话语："在你满 20 岁之前，你的一切都归我家管，所以都必须按照我的要求来做，至于以后——"男人磁性的嗓音微微顿住。

姜夏瞪大了眼睛，望着他。

下一秒，他极其冷淡地道："我不再需要对你负责任的时候，你想怎么样是你自己的事，我不会干预。"

姜夏怔住，原本怦然跳动的心脏像是急速地下坠，"砰"的一声摔碎在胸腔内。

负责任……所以他管着她、关心她、替她着想，只不过是因为他对她有责任，仅此而已。说来说去，他还是怕她给他惹麻烦，把话说得这么冠冕堂皇干什么？

而且他自己那么完美，就霸道地要求别的男人也要跟他一样完美，这不是害她单身一辈子吗？哼，自私鬼，自大狂！

姜夏气鼓鼓地别开脸，连话也没再说，转身就要上楼，却被权北倾叫住了："站住。"

姜夏没好气地用鼻音哼了哼："干什么？该说的不都说完了吗？"

她一副不想跟他说话的样子，连看都没看他一眼。

权北倾瞥了眼垃圾桶里被他掐死的那些"桃花"，又想到季池发过来的她跟暮舟还有"那把草"站在一起拉拉扯扯的照片，反思自己是不是对她太放纵了。她四处招蜂引蝶，这么不乖，真是太久没挨罚了，胆子越来越大，指不定再过几天就跟男人在外面夜不归宿了。

权北倾用舌尖扫过嘴角，薄唇吐出淡漠的字眼："罚跑三圈，跑完才能吃晚餐。"

姜夏瞪圆了一双大眼睛："我……我为什么要罚跑？！刚才不是说得很清楚了吗？那些又不是我的错！我……我不服！"

权北倾动了一下眉梢："冲我大吼大叫，加一圈，四圈。"

这完全是强权，她不服！她姜夏是不会轻易屈服的，她要反抗！

十分钟后。

姜夏在额头上绑着带有"反抗"字样的白布条，在操场上跑了起来。

她绝对是病了，得了一种见到权北倾就犯怂的病！

最后，姜夏几乎是气鼓鼓地跑完了四圈，每跑一步就在心里咆哮一句："权北倾是大浑蛋！"

跑完后浑身是汗，不过姜夏并没有觉得很累，反而神清气爽。大概她这段时间被权北倾罚跑多了，体力确实变好了，一口气跑四圈都不带喘的，不像以前跑半圈就累趴下了。

但权北倾把她的体力训练得这么好，为的不就是日后更重地罚她吗？

而且他以为养着她就了不起啊，等她不需要他们家养的时候，她一定要狠狠地咬他，咬死他！

气鼓鼓地回房间里洗过澡后，姜夏下楼来到餐厅里，看见男人背对着她坐在餐桌前。

她因心里都是怨气，故意用阴阳怪气的语调说："那个……我跑完了，现在总可以吃饭了吧？"

权北倾没理她。

姜夏在他的背后做了个鬼脸，走过去在他的对面坐下，把脑袋别到边上，不看他。

气氛压抑。

孔管家很快让用人把晚餐端了上来，十菜一汤，全部都是姜夏爱吃的菜。

闻到馋人的香味，姜夏这才把脸转回来，埋着头夹菜扒饭，准备吃得饱饱的就上楼打游戏。

“少爷，您没事吧？”孔管家担忧道，“要不要叫私人医生过来？”

姜夏扒饭的动作顿住。她抬眼瞅过去，看见权北倾的面前的碗筷并没有动，而他一只手撑着桌沿，另一只手似乎按在胃部，薄唇有些泛白地微微抿着。

他不舒服吗？

不对，这关她什么事啊？她为什么要看他？

姜夏又低头扒饭。

“不用。”权北倾淡漠地丢下这两个字后就站了起来，往楼上走去。

“可是少爷……”孔管家在后面追问了两句也没得到回应。

姜夏继续吃晚餐，可明明很好吃的滑蛋虾仁忽然就有些食之无味了。

姜夏看了一眼对面空荡荡的座位，忍不住想：他该不会是生病了吧？

虽然她确实不该管，而且刚被罚跑，也该有骨气地不管才对。但他如果真的病了，到时候怪到她的头上，又要借此来罚她怎么办？

那她就勉强问一下吧！

给自己找了个正当的理由，姜夏端正了坐姿，轻咳了声：“那个，孔伯……”

孔管家扭过头：“夏夏小姐，你是想问我少爷怎么了吗？”

“我没想问啊！”姜夏把筷子“啪”地放下，“他怎么了关我什么事？你就算告诉我，我也不感兴趣！你不信是吧？那你告诉我啊！你有本事就说啊！”

孔管家心想：这个本事我还能没有吗？

“少爷是连夜从S国飞回来的，可能因为时差没调整好，再加上没吃饭，所以引发了胃痛。少爷一直以来就有胃病的。”

“哦。”姜夏一脸“看到没？我就是不感兴趣，你现在信了吧”的表情，继续吃饭。

孔管家围着碎花围裙，看了她一眼，忍不住说：“夏夏小姐，你就别跟我装了，你就是想问少爷怎么了。”

姜夏差点儿被一口鱼丸噎住：“怎么会？我为什么要问他？”

孔管家：“那我晚上没吃饭，你都没问我怎么了。”

“你不吃晚饭不是很正常吗？”姜夏疑惑地说，“我以为你是为了减肥，毕竟你都已经这么胖了……”

一时之间，孔管家仿佛被万箭穿心。

晚饭过后，姜夏回到房间里打了几把游戏，都是刚一跳伞落地就被敌人一枪“爆头”了。

她今天完全不在状态，该不会是晚饭没吃饱吧？

嗯，肯定是的！

于是姜夏果断下楼，给自己煮了一碗鲜虾馄饨，可刚吃了一个就觉得饱了。

“那剩下的怎么办？”姜夏嘟囔着，忽然抬头看向楼上，孔伯说“权大魔头”胃痛，应该还没吃晚饭吧？

那就便宜他了吧，毕竟她还住在人家的地盘上呢。做人就是应该宽容一点儿。

姜夏端起瓷碗上了楼，看见书房的门缝里透了点儿光出来。

她走过去敲了敲门：“那个……有人在吗？”

没人回答。他该不会昏倒在里面了吧？

思及此，姜夏拧开门走了进去。

书房没开大灯，只在落地窗边的长沙发边开着一盏浅黄的小灯，地上放着一双拖鞋。

姜夏缓步走过去，低头就看见侧躺在沙发上的男人。

权北倾的俊脸微垂，从姜夏的这个角度只能看见他埋着的半边侧脸，线条完美，眉眼到下颌的弧度好似名匠精心雕琢而成。

他显然是刚洗过澡，短发上还带着水汽，身上穿着深蓝色的浴袍，颀长的身体微蜷着，用一个抱枕抵着胃部的位置，明显还是很疼。

这男人是想就这么硬挨过去吗？

姜夏忍不住出声喊他：“权叔叔。”

听见动静，权北倾微微睁眼，侧首看了她一眼，低沉的嗓音极其沙哑：“怎么了，出了什么事？”

这话问得像是只有出事她才会找他一样！

姜夏绕到沙发前面，在他的面前蹲下身，支支吾吾地说：“我听孔伯说你胃痛，刚好我饿了想吃夜宵，就顺便让孔伯多煮了点儿鲜虾馄饨，你吃一点儿吧！”

权北倾维持着侧蜷的姿势，听见“吃”字，微微地拧了一下眉头，泛白的薄唇吐出两个字：“不吃。”

“不行！胃痛就是要吃点儿热的才会好，你不吃会一直痛的！”姜夏边说边把碗放到一旁的茶几上，忽然发现上面还放着一瓶胃药以及一杯水。

这杯水显然放了好久，已经凉了。

她伸手拿起来：“这是孔伯帮你准备的胃药吗？你吃了吗？”

权北倾看了一眼，眉头拧得更紧了，过了一会儿嫌弃地说：“不吃。”

姜夏无语：他竟然也是生病了不肯吃药的人吗？

姜夏蓦地想到什么，顿时有了底气：“可是你之前不是跟我说，如果生病了不好好吃药，病毒会在体内聚集成毒素，时间一长就会长斑吗？”

权北倾闻言看了她几秒钟，而后轻描淡写地道：“我跟你不一样，我是男人。”

“男人也会长！”

“我不会。”

“为什么？”

“因为我是男人。”

姜夏一下子被绕进去了，愣了好几秒钟，才愤愤地咬住下唇：“你……你简直就是强词夺理！胃痛就是该吃点儿热的东西，这可是我特意煮的鲜虾馄饨。”

权北倾原本疲倦的眼皮蓦地掀起，目光定定地落在她的脸上：“馄饨是你煮的？你不是说是孔伯煮的吗？”

姜夏一怔，索性承认了：“是我自己煮的啊！是我特意——”她顿了顿，忙支吾着改口，“我……我才不是特意煮给你的，我只是顺便给你煮了一碗。”

“嗯，只是顺便吗？”权北倾轻抬眼皮，低低地拖长了尾音，“那我就不吃了。”

说完，他还翻了个身，用背对着她。

“哎！”姜夏顿时急了，伸手扳住他的肩，“我其实也不是顺便，就是吃夜宵的时候想到你胃痛，所以就……”

“所以是特意为我煮的？”

“算……算是吧。”

但权北倾非要得到确切的答案：“算是？”

“就……就是为你煮的行不行啊？”

姜夏真是搞不懂——这个很重要吗？

她气鼓鼓地说：“你再不吃就坨掉了！”

权北倾的嘴角勾起不易察觉的笑，他缓慢地坐起身，略微苍白的俊脸在灯光下性感而慵懒：“既然是你亲手煮的，那我就吃几个。”

姜夏把碗端起来，还用勺子搅动着吹了吹。权北倾见状，微微地眯起眼睛，忽然低声道：“姜夏，你这是把我当病人对待了吗？”

姜夏丝毫不知自己上了套，点头道：“你现在就是病人啊。”

然后她又听见男人低沉地道：“既然我是病人，是不是就该有病人的福利？”

姜夏疑惑：“福利？”

“喂我吃。”权北倾一本正经地吐出这三个字，黑眸沉沉地直视着她，蛊惑意味十足，“乖女孩儿不骗人，是你说我是病人的，你难道想欺负病人？”

“我没有！”姜夏摇摇头，一个“好”字还没出口，身体骤然悬空，而后稳稳地落进了男人的怀中。

权北倾用一只手护着她手里的瓷碗，馄饨一点儿都没洒。而姜夏整个人被他抱着，坐在他的怀里，只要稍微侧过头就能碰到他的薄唇以及那张性感的俊脸。

她被吓了一跳：“权叔叔，你还有力气抱我？”

权北倾用两只手臂将娇小的女孩儿圈在自己的怀中，俊脸埋在她的颈窝处轻蹭，嗅着她身上的香味，只觉得那些疼痛和不适顿时消散了一大半。

“嗯，但是我所有的力气都在刚才抱你的时候用光了。”男人低沉地笑，性感的嗓音沙哑极了，“所以，这下你非喂我不可了。”

碗里的馄饨真的快要坨了，看来她不喂他是不肯吃了。

姜夏咬咬唇，舀起一个馄饨放到嘴边吹了吹，然后才喂给他：“权叔叔，已经不烫了。”

男人微微地垂首，张嘴含住勺子，缓慢地将馄饨吃进去，连舌尖在勺沿滑过的动作都被他放得很慢。他在做这个动作的时候，眼睛始终盯着姜夏看，那眼神仿佛充满滚烫的温度，看得她口干舌燥，整张脸都要烧起来了。

为什么看他吃馄饨，她莫名地觉得好害羞啊？一定是她昨晚躲在被子里看的小说影响了她。姜夏赶忙忽视这些想法，抬头问他：“好吃吗？”

“嗯。”权北倾优雅地咀嚼，手指轻捏着女孩儿白白软软的脸颊，“本来我不怎么爱吃馄饨，但你煮的馄饨味道很好。”

姜夏微愣：“为什么？”

“大概是因为——”权北倾低下头，用额头抵住她的手，停顿了一下后才低低地笑起来，“乖女孩儿的手都比较甜。”

姜夏一怔。

“而你是最甜的那一个，”男人笑声低沉，“小蜜糖。”

灯光暧昧，男人的尾音带了微微的性感，撩拨得人几乎致命。

一时之间，姜夏只觉得仿佛有一股电流从耳膜处注入，酥酥麻麻的感觉瞬间遍布全身，几秒钟后才回过神来。

尽管知道权北倾是不可能撩拨她的，但她刚才竟然又被他撩拨到了。

肯定是因为自己从来没有谈过一次真正的恋爱，所以每次只要和他靠得很近，她就完全丧失了自我控制力，心跳的速度也是一路狂飙。

好丢人……她简直太丢人了！

不行不行，千万不能被他发现她在想什么，不然她以后就没脸见人了。

姜夏赶忙做出一副没事人的表情，辩解道：“你……你胡说！我的手才不可能会甜！”

“真的是甜的，”权北倾眯着眼看她，“不信你继续喂。”

姜夏喂了他一个。

“很甜。”

她又喂了一个。

“非常甜。”

她再喂一个。

“嗯，超级甜。”

就这么一个接一个，直到喂完整碗馄饨，姜夏才发现他竟然都吃完了，忙放下碗问道：“权叔叔，你的胃还痛吗？”

“不痛了。”权北倾爱不释手地抚摸着她的脸蛋儿，淡淡地道，“因为你喂的馄饨太甜了，中和了我的胃酸，所以已经好了。”

姜夏觉得自己再待下去，可能要心脏骤停了。刚好口袋里的手机振动起来，她忙翻出来，竟然是宁易辰发的短信。

“姜夏，你现在有空吗？我想给你打个电话，五分钟就好。”

姜夏刚想借这个借口出去，男人的俊脸忽然靠了过来，随后一只大手抽走了她的手机。

“哎！我的……”

权北倾扳过她的脸：“喂完就这么算了，嗯？”

姜夏不解：“那……”

“在我的家乡有一种说法，照顾完病人，要给病人一个祝福的吻。”他抬手按了按自己的眉心，“吻这里。”

祝福吻啊……就像他上次恭喜她拿新人奖那样吻一下眉心吗？

就当礼尚往来了。姜夏咬咬唇，忽然撑起身体，唇瓣凑到他的眉心处轻吻了一下。

就在女孩儿吻过来的瞬间，权北倾放在一旁的手轻动，迅速地把宁易辰的号码拉入通讯录的黑名单里，然后彻底删除短信。

从拉黑到删除这一系列操作不过五秒钟，几乎是极速完成的。

姜夏吻完后就从他的怀里跳出来了，抓起一旁自己的手机就跑了出去，只急匆匆地丢下一句话：“权叔叔晚安！”

姜夏直到跑回了自己的房间，用背部抵住门板，心脏还在“扑通扑通”地狂跳。她抬手摸了摸唇瓣，仿佛还残留着男人眉心的温度。

她总算还了他上次的那个恭喜吻了！

姜夏抓抓头发准备洗澡睡觉，进浴室前，忽然低头看了一眼自己的手机——屏幕还停留在短信界面上，但并没有未读短信。

好像有什么事忘了，她想不起来了。算了，她不管了。

第二天一早，姜夏就接到了恋舟直播的总裁张总亲自打来的电话。她直接被吓醒了——这是恋舟直播最大的老板吧？

张总十分客气地叫她“姜小姐”，并且告诉她，她的那笔钱现在就可以提取了，他们的人已经在办公大楼等她了。

果然楚暮舟还是很靠谱儿的。

姜夏美滋滋地跳下床，在刷牙的时候顺便给白雪妍发了条短信，约她在一家咖啡厅见面。然后她又用一个匿名的网络手机号把咖啡厅的地址发给了另一个号码，座位号就在自己和白雪妍座位的隔壁。

全都弄好后，姜夏换了衣服下楼。

而此时的一楼餐厅里，因为昨晚被喂饱了所以今天特别舒爽的权大总裁正坐在餐桌前，优雅地品着咖啡看财经杂志。

手机振动，他接起来，那端传来季池的声音——

“少爷，刚才楚少爷在郊区的荒山上发来求救信号……他说他躲了任君爽一晚上，终于甩掉了，让我们派直升机去救他。”

楼梯上传来“嗒嗒嗒”的脚步声，权北倾掀起眼皮，看见女孩儿包裹着铅笔裤的细长的腿，淡淡地道：“嗯，那就去。”

手机那端的季池松了口气，感觉自己又找回了一丝人性——楚少爷有救了！

姜夏坐下吃早餐。想到昨晚的那个眉心“祝福吻”，还是有一丝不自在，但她在掩饰情绪方面能力一流，再加上性子活泼，很快就把这种感觉忽略了。

幸好权北倾没看出来，不然指不定就以“思想不纯洁”为由教育她了。

“对了权叔叔，‘楚男神’有跟你联系吗？”姜夏扯开话题，“昨天他跟那个任大少跑了多久啊？”

“不清楚。”权北倾面不改色地端起咖啡杯抿了一口，顿了顿，又一本正经地补充道，“人家的事，你别去问，暮舟会害羞的。”

“我保证不问！”姜夏赶忙竖起手指保证。这点儿眼力见儿她还是有的，大明星都不喜欢被窥探嘛！

吃过早餐，姜夏先去了恋舟直播的办公大楼。接待她的经理几乎要把她当成老佛爷供起来——无奈之下，她都想跟他互相鞠躬了。

她真的很好奇：“楚男神”到底是怎么跟他们说的？

不过，直播挣的钱属于她个人的合法收入，所以她办理手续后便成功地拿到了。

姜夏去银行取了50万元的现金，直接打车去了咖啡厅。

约定的时间过了半个小时，白雪妍才姗姗来迟。

姜夏关掉游戏，抬起头，淡淡地道："你迟到了。"

"你等我一下不是应该的吗？你以为我那么好约吗？"白雪妍一身长裙，优雅地落座。

"我们'白女神'当然不好约啊！"姜夏瞥了眼白雪妍放在一旁的包包，手指卷着发梢把玩，似笑非笑，"啧啧，香奈儿，该不会是高仿货吧？"

姜夏不提这个还好，一提这个，白雪妍就变了脸色。

白雪妍冷笑一声："姜夏，你别在这里给我扯开话题，你不是说要替周妈妈还钱？"

姜夏故意"哎呀"一声："对哦，说到这件事——"

"怎么，你想来跟我求情，延长时间是吗？"白雪妍露出"意料之中"的表情，轻蔑地嘲笑道，"姜夏，我早说过你就是在打肿脸充胖子，收养你的那家人不肯给你钱是吧？你也不看看自己是什么货色！"

话音刚落，一个黑色的手提袋就被扔到了她的怀里，很重，压得白雪妍顿时就怒了。她刚要开口，就听见姜夏说——

"用银行卡怕你要诈，这里是 50 万元现金，店里有验钞机，你随便检查。"

第十一章

带她回家见爷爷

白雪妍不信，迅速地拉开手提袋——里面全是一叠一叠的钞票！

白雪妍拿起几叠检查了一下，竟然全都是真的，确实有 50 万元！

白雪妍震惊地抬头看向姜夏：“你从哪里弄来的这些钱？”

“这是我的事。”姜夏用勺子搅动咖啡，“这些钱已经连本带利地还你了，你也该遵守诺言，不再去找周妈妈的麻烦。”

姜夏顿了顿，语气瞬间变得冰冷，“白雪妍，我希望你这点儿道德还是有的，如果你再去为难、欺骗周妈妈，我姜夏就见你一次打一次，打到你残废为止。大不了我坐牢——反正我是孤儿，没有家人需要顾忌，你看我敢不敢。”她说出的每个字都是冷厉的警告。

白雪妍一时被姜夏的语气震慑，捏紧了手提袋，几秒钟后放到自己的身边，抿唇一笑：“行，反正钱我也拿到了。周妈妈那么穷，犯不着我再去做什么。”说完，她起身想要走。

姜夏抬起纤细的腿挡住她的路：“别急着走啊，难得我们单独见面，你不想聊聊？就这么怕我吗？”

白雪妍高傲地瞥她一眼，重新坐下：“我怕你？呵，姜夏，你除了会几下三脚猫功夫来威胁人，还有什么地方值得我怕的？”

“当然没有啊，毕竟你现在是宁家的女儿。但让我很不解的是——”姜夏眯眼看她，“宁夫人不是一直很宠你吗？你又何必自寻死路，私自扣下她拜佛的钱，我没想到你会做这么傻的事。你这几年智商下降了？”

说这话时，姜夏不着痕迹地用余光瞥了眼隔壁的雅座。这个咖啡厅很人性化，每个雅座之间都用竹帘隔开了，互相是看不见的。

白雪妍闻言僵硬了片刻，随即冷笑一声：“很宠我？姜夏，别故意说这种话，你想讽刺我你就直说！”

“难道不宠你吗？”姜夏不解地说，“她现在只有你这一个养女，最主要的是你对她那么好，整天做牛做马的，她的洗脚水估计你都会喝，指不定还觉得香……”

“你哪只眼睛看到我做牛做马了？！”白雪妍打断她的话，嗤笑，“你以为我白雪妍是傻子吗？那种女人也值得我做牛做马？周雪梅根本不会把领养回来的孩子当成亲生的！”

“我不信，你就编吧！”姜夏果断地说，故意做出一副很激动的样子，“白雪妍，你想骗我对吧？如果当初我没有被赶出宁家，我相信宁夫人肯定会对我很好的！”

“我有必要骗你吗？姜夏，你真是太傻了，像你这种蠢货，活该被赶出宁家！”白雪妍觉得好笑，冷嗤道，“我告诉你，就算你还在宁家，周雪梅对你也绝对不会有多大方，因为她的眼里只有她的亲生儿子宁易辰！她从来都不肯在我的身上多花一分钱，自己花钱买东西倒是够大方的！”

她边说边冷笑，眼中尽是不甘的愤怒：“就周雪梅的那张丑脸，那么老，擦再昂贵的护肤品也没用！她每周花钱到庙里拜佛祭祀有什么用？自己还不是一身病，需要整天跑医院？老太婆一个，你以为我稀罕她吗？要不是因为易辰哥哥，因为宁家，我多看她一眼都想吐！

她根本不配我叫她一声‘妈’！”

“你真的那么讨厌宁夫人？”姜夏的嘴角忽然勾起一个小弧度，她似笑非笑。

“这种事我根本不屑于骗你！”白雪妍猛地一顿，盯着姜夏的笑容，狐疑道，“你笑什么？有什么好笑的？”

此时，隔壁桌旁的一道身影倏地站起来，充满怒气地喊道：“那你以后都别再叫我‘妈’了！”

白雪妍一震，这声音——

等她抬起头时，那道身影已经走到了她的面前。

白雪妍猛地睁大了眼睛，发现面前站着的人竟然是周雪梅！周雪梅怎么会在这里？

白雪妍被吓得立即站了起来，碰得桌子都在震动，脸色惨白地张了张嘴：“妈……”

“你别叫我妈！”周雪梅连风度也顾不上了，怒斥道，“你不是说我不配你叫一声‘妈’吗？你不是说看我一眼就想吐吗？”

“不是的，不是这样的，妈……妈，你听我说——”白雪妍顿时慌了，想拉周雪梅的手，却被用力地甩开了。

周雪梅被气得脸色都变了：“不是？那刚刚那些话是谁说的？要不是今早有个陌生号码发短信给我说，如果我想知道你的秘密就来这个咖啡厅，我都不知道你竟然在外面做这种事！”

陌生号码……白雪妍一激灵，猛然转头看向姜夏：“是你！是你发的短信，是你故意搞鬼！”

姜夏悠闲地喝了一口咖啡，笑眯眯地道：“你说是我，那你拿出证据呀？”

“就是你！你上次挑拨没成功不死心，还想挑拨我跟妈妈的关系，你这个贱人！”

“啪——”

一个巴掌落在白雪妍的脸上，她被打得偏过头去，耳边“嗡嗡”作响。她被领养回宁家这么久，周雪梅从来没打过她，这是第一次。

“够了！”周雪梅怒喝道，“一口一个‘贱人’，你还想丢多少人？我们宁家怎么会养出你这样的女儿？你真是……”周雪梅气极，一时竟然找不到什么词语来训斥她，只是颤抖着怒瞪着她。

“不！妈……”白雪妍捂着被扇红的脸，红着眼睛摇头，“妈，你听我好好解释，这次绝对是个阴谋，那些不是我的真心话……”

“行了，你们母女俩继续演苦情戏吧！”姜夏站起身，从口袋里抽出一张一百元的钞票放在桌上，屈起食指敲了敲：“雪妍姐姐被打痛了吧？不过还是要多谢你告诉我那么多当养女的心得，这两杯咖啡我请了，不谢。”

白雪妍被气得脸都绿了，但碍于周雪梅，又不好冲过去打姜夏。

姜夏说完要走，周雪梅却叫住了她：“姜夏！”

姜夏的脚步一顿——这曾经十分熟悉亲切的声音让她愣了愣。

她很快笑着转过身：“宁夫人还有事？”

周雪梅看着面前这个当年自己在孤儿院里一眼看中的女孩儿，低声问：“发短信约我来的人，真的是你？”

“是不是我并不是重点，重点是你应该好好看看，你一直信任的女儿是什么样子的人。”姜夏看着她的眼睛，平静地说，“宁夫人，当年那块价值300万元的玉佩，你坚信是我偷的，希望你今天听到白雪妍说的这些话，还能继续坚信下去，并且永远不要有丝毫的动摇，否则就太可笑了。”

周雪梅闻言一震。有什么念头从脑海中闪过，惊得她有一瞬间脸色苍白……但她不愿意也不敢去深想什么。

等她回过神时，姜夏已经走了。

姜夏去了一趟孤儿院，告诉周妈妈事情已经解决了，又给了周妈妈一些钱，让她去给孩子们买些吃穿用的，毕竟采购方面的事自己不太擅长。

姜夏忙完这些，回到星海湾已经接近傍晚了。

她在玄关处换鞋，抬头看见权北倾站在客厅的落地窗边接电话，惊讶地问："孔伯，权叔叔今天回来得这么早？"她怎么觉得这男人总是翘班？他真的是传说中的商业巨头 ZK 的总裁吗？

一旁的孔管家只是笑。

姜夏又随口问道："今晚吃什么？我快饿扁了。"

"今晚不在家吃晚餐。"孔管家叹了口气，说，"下午老爷子突然来电话，让少爷回一趟权家老宅，顺便把你也带回去。"

姜夏一怔："老爷子是权叔叔的……？"

"是少爷的爷爷。"

为什么"老爷子"有种太上皇的感觉？她一听就觉得好可怕啊！

姜夏苦着脸："我可以不去吗？"

"去吃顿饭，住一晚上就走。"男人低沉磁性的嗓音响起。

权北倾迈着长腿走过来，淡淡地道："一起去。"

姜夏苦兮兮地说："我不想去。"

权北倾挑眉："理由？"

姜夏深吸一口气，眼巴巴地瞅着他："是不是我昨晚偷吃辣条被你发现了，所以你准备把我丢到你爷爷那儿去让长辈管教我，再也不接我回来了？"

孔管家一时语塞。

权北倾："辣条是什么？"

姜夏心想：对哦，他这种站在巅峰的人，怎么可能知道辣条这种垃圾食品？她忙对着手指说："就是一种饼干啊！因为是蜡……蜡笔的形状，所以叫'蜡条'！"

权北倾一听是饼干，也就没训她，淡淡地道："想吃饼干就让厨师去做，跟用人说一声就行了，家里的比较干净。"

"哦。"姜夏悄悄地松了口气，好险好险！

"现在可以去了吗？"

一只大手忽然抚上她的脑袋，姜夏抬头就看见男人那张压下来的俊脸，高挺的鼻尖几乎碰到她的嘴唇，耳畔是权北倾低低的笑声："我不会把你丢到其他地方，去哪儿都一定带你回来，不怕，嗯？"

姜夏整个人都僵住了，那酥酥麻麻的感觉又袭击了她的心脏。看来她真得去谈个恋爱才行了！

她一时不知该如何反应，但好在权北倾说完这句话后，凑近她的嘴角轻嗅了一下，这才满意地直起身体："嗯，很好，没在外面偷吃垃圾食品。"

姜夏简直万分庆幸自己没嘴馋去吃酸辣粉，只不过……以后他不会都要这样检查吧？

孔管家让姜夏换了一条粉色的公主裙，显得乖巧又可爱，简单收拾后就出门了。

权家老宅坐落在本市离海最近的地方，是一座奢华复古的宅邸，占地面积极大。

轿车从气势恢宏的正门驶入。姜夏坐在后座上，放在腿上的两只手捏在一起，秀气的眉也紧紧地蹙着。

一只温热的大手忽然覆上她的小手，身侧的权北倾低眸看她："想把手捏坏吗？"

"没有。"她抬了一下头，又低下去，"我有点儿紧张。"

"紧张什么？"

"你爷爷会不会很凶啊？"姜夏咬咬唇，"会打人吗？"

权北倾把玩着她柔若无骨的手，淡淡地道："有我在，谁敢打你？"

姜夏嘟囔道："你不也经常打我吗？"

权北倾眯起眼睛，似笑非笑："是吗？我打你哪儿了？"

"就……"姜夏结结巴巴的，"大腿……大腿上面……"

"嗯？大腿上面是哪儿？"

"就……就是……"姜夏结巴了半天，最后还是放弃了，气鼓鼓地别过脸去不理他。

她隐约听见身侧男人低低的轻笑声。权叔叔真是过分，竟然故意逗她！

不过好奇怪，她似乎没那么紧张了。

轿车在宏伟的别墅前停下。

权北倾迈下车，所有的用人全都九十度鞠躬，恭敬地行礼：“大少爷。”

权北倾淡淡地“嗯”了一声，转身朝着轿车内的女孩儿伸出手，嗓音温柔而低沉：“慢点儿，有台阶。”

仿佛她是被他呵护在掌心里的小公主。

姜夏把手放在权北倾的掌心里，在用人们艳羡的目光中被他牵着下了车——原来他在权家排行老大。

他们一路来到奢华无比的正厅。

在权宅工作多年的郑管家垂首：“大少爷，您回来了。”他顿了顿，又看了一眼姜夏后才道，“老爷子让姜小姐一个人先上去，说他有话要跟姜小姐说。”

姜夏闻言，立即抓紧了权北倾的手指，整个人都往他的身上靠去，声音低低的：“权叔叔，我不……”

大概是因为从小就没有父母、没有家，再加上从宁家被赶出来，在她的心里多少留下了一些不可磨灭的阴影，所以每次一到这种面对家庭、长辈的场合，她就很紧张，莫名地害怕。

“嗯。”权北倾抬手圈住身侧娇小的女孩儿的肩，大掌在她的肩头轻捏，轻声道，“我陪你上去。”

郑管家为难：“可是大少爷，老爷子说只要姜小姐……”

“我会跟爷爷解释。”权北倾揽着姜夏上楼。

全红木的书房沙发上坐着一个精神矍铄的男人，穿着英气的中山装，长相英俊，除了鬓边有些白发，几乎看不出真实年纪。

权北倾走进去，淡淡地喊了声：“爷爷。”

姜夏偷偷地抬眸瞅了一眼，心想：权老爷子长得挺帅的，一点儿都看不出来是权北倾的爷爷，不知道的还以为是他的爸爸，就是看起来有点儿凶。

“嗯。”权老爷子应了一声，威严的目光随即落在姜夏的身上，开口的声音沉稳浑厚：“抬起头来。”

姜夏本来还在走神儿，闻言忙抬起头。

权叔叔喊爷爷，那她要叫什么？纠结了一会儿，她憋出来一句：“太……太爷爷好。”

“谁是你太爷爷了？哼，小丫头的模样倒是长得俊俏。”权老爷子冷冷地说，语气显然很不好，又瞪向权北倾：“你总搂着她干什么？故意搂给我看的吗？”

权北倾淡漠地道：“您这么凶，我怕您吓坏她。”

权老爷子一掌拍在茶几上：“浑小子！这是你跟我说话的态度吗？”

权北倾：“不高兴可以打我。”

姜夏：原来权叔叔也是挨打长大的啊！

“你以为我舍不得打你吗？”权老爷子气得抓起一个橘子就朝他砸过去。

权北倾轻松地抬手接住，而后放到姜夏的手里：“待会儿吃，这个季节橘子很甜。”

“你……你就是想气死我！浑小子，几个月不见你回家看我，一回家就这么气我，还带个这么小的女孩儿回来。”权老爷子沉着脸，“我告诉你，现在外面已经有人在说了，说你在星海湾养了个小姑娘！这要是传开来成何体统？我们权家的脸往哪里搁？”

权老爷子一说起这个来就生气。星海湾是权北倾突然斥巨资建造的，他本来还以为这浑小子想做什么，原来是拿来养女人的！

权北倾简直是被女色冲昏了头脑，糊涂！

“我们权家的脸是靠这种乱传的流言蜚语决定的吗？”权北倾单手插在裤袋内，淡淡地道，“她是我三年前从孤儿院里带回来的女孩儿。在她 20 岁之前，我会对她的生活负责。”

权老爷子显然不信：“你别想拿这些话来搪塞我！你好端端地把一个女孩儿带回家干什么？还不就是为了玩儿！”

“我要是为了玩儿，还会带她回来吗？”

“那你说，你为什么把她带回来？”

此话一出，连姜夏都忍不住侧头看向权北倾。

他到底为什么把她带回家？她问过，他没有说，也从来没有提过。

权北倾俊美的脸上，神色不见起伏，甚至连多余的表情都没有，那双黑眸掩住了所有的情绪。良久，他才淡漠地道：“我想养就养。”

“这是什么理由？”权老爷子怒道，“你已经25岁了，有没有女人我管不着，但这种还在念大学的小姑娘不行！马上就把她给我送走！”

姜夏闻言，肩膀轻颤，一股凉意在心底蔓延开来。要是她真的被权叔叔送走的话，就回孤儿院里跟周妈妈一起住吧——她可以去直播或者打工挣钱，幸好卡里还有一些余额……

“我是怕您突然跑到星海湾去吓坏她，才带她过来的。如果您再这么恐吓她，”权北倾掀起眼皮，“我们马上就走，晚餐您就一个人吃吧！”

权老爷子瞪大眼：“你这混账东西！你这是威胁我？”

“没什么事的话，我们就先下去了。”权北倾微微颔首，揽着姜夏就往外走去。

“给我站住！”

权北倾的身后不断地有橘子砸过来。他没回头，甚至接住了一个，边走下楼边剥了皮，喂了一瓣到姜夏的嘴边：“很甜。”

姜夏咬住。橘子很甜，但她也没心情品味，忍不住问：“权叔叔，你爷爷很生气吗？”

“嗯。”

“那怎么办？”

“不怎么办。”权北倾又喂了她一瓣橘子，“他有气也是冲我发，跟你没关系。”

“他会因为我打你吗？”

“也许。”顿了顿，权北倾低眸看她，“只要他打不死我，我就会带你回家，别乱想，乖。”

姜夏咬唇。

在快走下红木楼梯时，姜夏忍不住拉住了男人的袖子。

权北倾顿住脚步，回头看她：“嗯？”

“你——”话在喉咙里卡了几下，姜夏还是问了出来，“你为什么把我带回星海湾？”

权北倾站在她下方的台阶上，但仍旧比她高出很多。他就这么看着她，面容俊美，黑眸平静。

好一会儿，他抬手揉揉她的脑袋，低低地笑起来：“乖女孩儿，你很想知道吗？”

“想。”她点头。

他说：“因为不想看见别人欺负你。”

姜夏不解地蹙眉。

晚餐开始之前，权北倾去其他房间开视频会议，姜夏则坐在客厅的沙发上看电视。

门铃忽然响了。

姜夏本来没关心是谁，直到用人热情的声音响起：“纪夫人、纪小姐，快请进。”

纪小姐？姜夏蓦地扭头，就看见穿着一身时尚裙装的纪嫣走了进来。

“夏夏？”纪嫣有些惊讶，“爷爷叫北倾和我回家吃晚餐，说要商量我们的事——北倾还让我叫上我妈妈一起呢。

“他还带你一起来了呀？”

“我们的事”……难道是婚事吗？

原来权叔叔今天来权家，是因为要跟纪嫣吃饭啊——权叔叔没和她说。

姜夏尬笑：“哦，权叔叔没说。”

纪嫣微微一笑："你只是个小孩子，大人的事，北倾肯定不会跟你说的。"

"小嫣来了啊！"走下楼的权老爷子笑了笑，拍了拍纪嫣的手，"你母亲也来了，快坐快坐，马上可以开饭了。"

说罢，他瞪向还坐在沙发上的姜夏："有客人来了还坐着不动，像什么样子？"

姜夏眨了眨眼："太爷爷，纪阿姨是客人吗？我以为不是呢！"

权老爷子一愣，被她问得一时不知道该怎么说，随即怒道："不许叫我太爷爷！"

"爷爷，您别生气了，夏夏年纪还小，偶尔任性也是正常的。"纪嫣扶着权老爷子到餐桌边坐下，"我给您捶捶背。"

"小嫣真是懂事又体贴，要是我有这样的孙媳妇就好了！"权老爷子感慨，似乎是想到什么，又说，"对了小嫣，我问过北倾那浑小子了，这个叫姜夏的丫头是他从孤儿院里带回来的，不是外界传的那种关系，你可别误会了啊！"

纪嫣半打趣地说："不会的爷爷，北倾还让我教过她礼仪呢，我知道北倾喜欢什么类型的，所以我不担心。"

一旁也被叫过来坐的姜夏心想：权叔叔喜欢什么类型的？细腰？翘臀？这么说的话纪阿姨还蛮符合的。

姜夏下意识地低头看了一眼自己，有种再次被碾压成渣的感觉。

"不过爷爷，"纪嫣忽然又蹙眉说，"我最近也听到外面有一些流言，说北倾养了一个女生当情人……"

权老爷子一听这话就来气，但在纪嫣的面前又不好说是自己孙子不好，只是很凶地瞪着姜夏。

纪嫣观察他的神色，话锋一转："爷爷，虽然那些只是流言，但毕竟也不好听，刚好夏夏也快20岁了，也该谈恋爱了……与其让她自己找，不如我把认识的一些优秀的男性朋友介绍给她。"

姜夏蓦地抬起头："我不要！"

"没礼貌！小嫣还不是为你好？"权老爷子明显很不喜欢姜夏，

逮到机会就训她，“真是丢我们权家的脸，还不快给小嫣道个歉？”

姜夏抿抿唇，心想：权叔叔的爷爷果然跟权叔叔一样不好对付啊！

她想了想，微笑着说：“太爷爷，我没丢权家的脸啊！既然外面那些人已经在乱传了，要是现在我突然有了个男朋友，不是很像故意掩饰吗？所以我不该道歉啊！”

权老爷子瞪大了眼，颤抖着指着她：“你……你这个小丫头简直——”她这张嘴是被北倾传染了吗？他们一个个都要气死他是吗？

纪嫣忙替权老爷子拍背：“爷爷别动气，夏夏还不懂事！这件事我回头再跟你说。”纪嫣又强调她不懂事，简直是强行抹黑她！

姜夏眨着大眼睛，摆出一副纯真少女天真无辜的模样，声音也是轻轻的：“纪阿姨，你总说我还不懂事，那你还说给我找男朋友，你就不怕我被男人骗吗？毕竟我还这么单纯……”

纪嫣精致的脸庞有片刻的僵硬，一时不知该如何接话。

幸好此时用人开始上菜，这个话题才算是结束了。

权北倾很快被请下楼吃晚餐。他在右侧的座位上坐下，正好在姜夏的旁边。

权老爷子见状指了指姜夏，嫌弃地道：“你，坐到那边去。”他转头时就露出了笑容：“小嫣啊，你坐到北倾的旁边。”

纪嫣闻言红唇微弯，刚要站起来，权北倾却抬手抚上了身侧姜夏的长发，低声道：“她怕生，不坐在我边上不会好好吃饭。”

权老爷子心想：她怕生？你这混账东西是睁着眼睛说瞎话吧？这小丫头伶牙俐齿的，真的会怕生吗？

他重重地咳了声：“北倾啊，小嫣平时工作也忙，难得跟你一起回趟家吃饭，你们坐在一起可以说说话，就让姜夏让一下吧。”

姜夏知道这个长得帅但凶巴巴的太爷爷不喜欢自己——她其实连这顿饭都不想跟他们一起吃，按照她的作风，应该是直接起身就走的。但权老爷子毕竟是权叔叔的爷爷，她不想给权叔叔添麻烦。如果她现在任性地走掉，权叔叔肯定会被他爷爷训的。

于是，姜夏准备起身坐到一旁，可她的这个动作显然让身侧的男人很不悦。权北倾轻眯黑眸，大手一抬，在姜夏起身的瞬间搂住了她。他的动作很巧妙，没有直接搂姜夏的腰，而是搂住了她的手臂，看上去并不越界暧昧，却完全彰显出了他的态度——他不允许她走。

“她吃饭不乖。”权北倾掀起眼皮，手臂微微用力，把姜夏揽在身前，“如果爷爷您非要纪嫣坐过来的话，那我只能让姜夏坐在我的腿上了。”

他顿了顿，转头看向纪夫人：“伯母见笑了，小女孩儿，吃饭不怎么乖，头痛得很。”

姜夏无语：为什么有种权北倾在喂养小猪崽的感觉？

纪夫人尴尬地笑了一声：“没……没什么的，这个年纪还在长身体，吃得好确实很重要。”

话音刚落，纪夫人还看了姜夏几眼，眼神中充满不屑的打量。但在这个场合下，她也不好多说什么。

权老爷子闻言，更是恼怒地瞪了权北倾一眼。权北倾压根儿就没看他，大手轻拍姜夏的腰侧，语调淡然：“坐下，饭前先喝汤。”

姜夏还没说话，就被权北倾扣着重新在他的身边坐下了。

纪嫣已经微抬起来的身体顿时僵住，尴尬得不知如何是好。

姜夏反应很快，直接就起身伸手盛了碗热汤，放在纪嫣的手边，并吐字清晰地说：“谢谢纪阿姨。”

纪嫣听到这个称呼就不爽，顿了顿，笑道：“其实北倾养着夏夏也挺好的，也算是积累日后教育孩子的经验。我最近也特别喜欢研究养孩子的书，不知道是不是年纪到了……”

纪夫人立即接话：“是呀，我们小嫣心里很想早点儿安家、生子。权老爷子，我看北倾的年纪也不小了，两个孩子也认识这么些年了，其实也能订婚了。”顿了顿，她又笑着补充了句，“哎呀，要是北倾和小嫣努努力，指不定明年夏天您就能抱上曾孙了呢！”

“妈！”纪嫣脸上浮现一丝娇羞，“您胡说什么呢，哪有那么容易怀上？”

纪夫人忙说：“你们年轻人当然容易啊，北倾和你身体都没问题，只要住在一起，指不定一个月就怀上了呢！”

姜夏闻言差点儿被一口虾丸噎住——他们不是都说她是小孩子吗？饭桌上当着她的面说这个真的好吗？她莫名地有些吃不下去了，估计是被这个话题恶心到了，忍不住转头说道：“纪奶奶——”

“喀……喀喀……”正在喝汤的纪夫人顿时被呛到，震惊地看向她，“你叫我什么？”

“纪奶奶呀！”姜夏咬着筷子，微微歪着脑袋，一脸天真无邪的表情，“嗯，您是纪阿姨的妈妈，我叫您奶奶有什么问题吗？”

纪夫人一口气噎住，但似乎也没办法反驳。

权北倾伸手给姜夏盛了一碗汤，侧眸看她，开口是教育的口吻：“刚才你的纪奶奶在喝汤，你突然说话吓到她了，以后不许这样，对纪奶奶很不礼貌。”

姜夏立即乖巧地点头：“哦，我知道了。对不起，纪奶奶。”

纪夫人一时语塞：这话为什么听着那么别扭？尤其是“纪奶奶”这三个字从权北倾的嘴里说出来……

“行了行了，吃个饭都不消停！”权老爷子瞪了眼姜夏。

权老爷子：哼，这鬼丫头一看就没安好心！

一听到“曾孙”两个字，权老爷子确实心动。他很了解权北倾，也派人偷偷地调查过，权北倾根本就没什么女人，25岁了居然连个女人都没有！

本来他还怀疑权北倾是不是对女人不感兴趣，直到看到姜夏，就彻底明白了——原来这浑小子不是不喜欢女人，是喜欢这种小姑娘！

“小嫣跟北倾确实也认识很久了，我们权家跟纪家也是世交。”权老爷子点了点头，目光落在右侧的权北倾身上，“小嫣的各方面都很不错，大家闺秀，人也可靠，比外面那些花花肠子的女人好多了！”

说到这里，权老爷子特意瞪了一眼姜夏，满脸嫌弃，又接着说：“北倾，我看就下个月吧，选个好日子，跟小嫣把婚订了，她也能好好地照顾你。”

“嗯。”权北倾低低地应了一声。

姜夏心里蓦地“咯噔”一下——权叔叔真的要跟纪阿姨订婚了？她感到心脏先是狠狠地震了一下，而后就是一股无法言说的感觉，以心脏为中心蔓延开来，失落、酸涩……然而下一秒，她就听见权北倾淡淡地道：“待会儿问问郑管家，下个月有什么好日子。您跟奶奶离婚这么些年了，现在再娶也没什么不可以的，我会好好地替您办这个订婚宴。”

姜夏、纪嫣、纪夫人都愣住了，权老爷子闻言也是一愣。

几秒钟后他反应过来，勃然大怒：“你……你这混账……你瞎说什么呢？”

“您不是说要订婚吗？”权北倾搅动着碗里的汤，唇角勾着似有若无的弧度，但绝不是平和的笑意，“还是说您仍旧忘不了奶奶？那就不要脚踩两条船了。”

“你……你！”权老爷子怒瞪着他，碍于纪嫣母女在，又不好直接骂他，一时之间，气得脸都涨红了。

饭后，权老爷子说明天要去太湖钓鱼，纪嫣就提议自己今晚留宿在权宅，理由是明天陪老爷子垂钓，立即得到了应允。

纪夫人喝了一会儿茶就先走了。

季池拿着平板电脑走进来，俯身在权北倾的耳边说了几句话。权北倾听罢，起身就要往外走，临走前低低地对姜夏说：“困就早点儿睡，或者看会儿电视，明天下午我们就回去。”

权老爷子跟纪嫣坐在客厅的沙发上说话。姜夏坐在边上，根本不可能插得上话，实在坐不下去，就直接站起身来：“太爷爷、纪阿姨，我回房间睡觉了。”

权老爷子冷哼一声，压根儿就没看她。

“快去睡吧，也不早了，我再陪爷爷说一会儿话也去睡了。”纪嫣微微一笑：“对了爷爷，我刚才让厨房炖了杜仲乳鸽汤，待会儿端去北倾的房间里让他补补……”

她这俨然是女主人的口吻，权老爷子闻言直夸她体贴，而后抬头瞪向姜夏：“不是说要去睡觉吗？还杵在这儿干什么？看得我心烦！”

姜夏咬咬唇，转身就往楼上走去。

鬼使神差地，她边走边拿出手机搜索“杜仲乳鸽汤”。网上对这款汤的功效介绍是：具有极强的滋补作用。

这就是纪奶奶说的“努努力”吗？

姜夏抓紧手机，粉唇也微微地抿起，心想：哼，这么晚了，权叔叔还喝这么大补的汤！胖死你，胖死你，胖死你！

她重重地踩着台阶往楼上走去，在楼梯口碰到了下楼的孔管家。

“哎呀，夏夏小姐！”孔管家是晚上才过来的，一见到她就露出笑容，“你的房间是三楼第二间客房，我让用人给你铺好床了，衣物也准备好了……不过你这么早就要回房间睡觉吗？”

“怎么了？早点儿回房间睡觉不好吗？”姜夏咬住下唇，喘了几口气，忽然怒瞪着他，“难道都要大晚上在房间里喝杜仲乳鸽汤才好吗？有什么好处，只会越来越胖！”

说完，她冲着孔管家重重地“哼”了一声，转身就大步上了楼。

孔管家在原地蒙了：夏夏小姐为什么突然对我这么凶？难道我真的已经胖到夏夏小姐都看不下去的地步了吗？

回到三楼的客房里，姜夏洗澡、换上睡裙，直接就关灯上了床。

她翻了个身，闭上眼睛，十分钟后又睁开了——睡不着。

姜夏霍然起身，拿过手机，上网搜索“吃夜宵会不会发胖”。

她很快得到一堆答案，其中一个专家的回答是：“吃夜宵很容易使人体内血脂突然升高，导致体重加重，引起腹压增加，加重胃酸倒流……”

看吧，这简直就是慢性自杀！

姜夏把这一段话复制下来，直接用短信发给了权北倾。

大概一分钟后，权北倾回复：“什么？”

他居然只敷衍地回一个词？难道他已经开始喝汤了吗？

姜夏用手指重重地按着手机屏幕，脸上一副咬牙切齿的表情，但回复的话却看上去平静又淡定："不好意思，我发错了。"

权大魔头："你本来准备发给谁？"

姜夏随便说了个人："哦，我准备发给'楚男神'。"

那边好一会儿没回复。难道他喝完汤了，要开始和纪阿姨搂搂抱抱，所以没空理她了？

姜夏反复地拿起手机看都等不到新短信，于是又把上一条信息复制发了一遍，然后下面解释："不小心按错了。"

手机又响了两下，权叔叔就算在搂搂抱抱也能听见了吧？

果然，他很快回复了："暮舟跟任大少现在在一起，你不要这么晚打扰人家，这是很不礼貌的行为，不要再发了。"

姜夏怎么看怎么觉得，权北倾的这句话是在变相地说：她打扰到他跟纪阿姨了。

哼！他自己怎么不以身作则啊？

姜夏干脆不回了，把手机一扔，翻身把整张脸都埋进枕头里。

但不过二十秒钟，手机又振动了。

姜夏没动。

又过了二十秒钟，她还是翻过了身，把手机拿回来，迅速地解锁屏幕。

权大魔头："姜夏，不许再跟不相干的人胡扯了，马上给我睡觉，如果你不想现在下楼罚夜跑的话。"

他肯定是心虚了才要罚她！

姜夏突然很后悔自己为什么要看手机——她应该睡觉才对，为什么要管他跟纪阿姨？讨厌的两个人！

她一边这么想，手指却仿佛自己会动，打字："哦，你在干吗？"

打完后，她又觉得"干吗"这两个字没表达出她的情绪，于是改成自认为严肃冷酷的"你在做什么"，然后才点击发送。

她很快就收到了回复。

权大魔头："在忙。姜夏，现在就去睡，我不想说第三遍，嗯？"

哼，他是在忙着跟纪阿姨卿卿我我吧！

姜夏冷漠地回了个"哦"字，索性直接关了机，把手机塞到枕头下面。

她重重地翻了个身，拉过被子盖住自己的脑袋。她一闭上眼，脑海中就浮现出纪嫣温柔地喂权北倾喝汤的画面。

他喝完汤，他们也许还会接个吻什么的——就像他之前做噩梦或神志不清时吻她那样。

思及此，姜夏"噌"地坐起身来，伸手用力拍脸。她……她竟然在回想他的吻？看吧，她被带坏了！

她觉得自己之所以这么生气，肯定是因为她太讨厌纪阿姨了。

她现在还住在权北倾家里，要是他们结婚了并且都住在星海湾的话，纪阿姨肯定会想方设法地折磨死她的！

她的命怎么这么苦？姜夏哀叹着倒回床上。

翻来覆去了无数次，姜夏就是睡不着，心情烦闷又口干舌燥，干脆起身下楼倒水喝。

因为是在权家，她不太熟悉位置，也不敢乱开灯，便摸黑儿往楼梯那边走去。

走到楼梯口时，她一时没看清，脚崴了一下，身体也往前栽去。

姜夏被吓得手疾眼快地抓住了扶手。

不等她自己稳住身体，一双大手猛地从身后伸过来，扶住了她的身体。

她惊魂未定，回头看见身后俊美的男人，怔了几秒钟才反应过来："你……"

权北倾搂着她的腰，淡淡地道："我正好下楼倒水。"

他当然不会说倒水只是顺便——他主要是下来检查她有没有真的乖乖睡觉，有没有踢被子，或者有没有在跟楚暮舟发短信之类的。

其实在星海湾，待姜夏晚上睡着后，权北倾经常会进她的房间里替她盖被子——只是她睡得沉，从来都不知道。

“哦。”姜夏应了一声，想到纪嫣，忍不住就问道，“那你和纪阿姨都睡了吗？”

“都”字让权北倾皱起眉头，语气也变得严厉了：“胡说八道什么？”

被他这样一凶，姜夏缩了缩脖子，莫名的委屈涌上心头。她干巴巴地道：“那我回房间睡觉了。”

她气呼呼地说完就转身要走，然而还没走出两步，便被权北倾从身后拦腰抱起。

她来不及惊呼，双手竟本能地圈住了权北倾的脖子。

姜夏被权北倾抱进房间里，放在床上。

被褥很整齐，现在不到半夜十二点，他显然还没睡。

而且，纪阿姨竟然不在他的房间里。

这个认知让姜夏心里好受了些，但随即又想——是不是纪阿姨来过他的房间，但已经走了？

权北倾出去倒了两杯蜂蜜水上来，喂到她的唇边，就见姜夏正盯着自己看，眼神委屈得很。

这丫头在委屈什么？一个人睡，怕黑吗？在陌生的地方，她又敏感，怕也是正常的。思及此，权北倾眼神柔和了些，压低声音道：“乖，把蜂蜜水喝了，温的。”

听他语气温柔了不少，姜夏撇撇嘴，又不敢反驳，乖乖地张嘴喝水。

就在这时，房门忽然被叩响，柔美的女声响起——

“北倾，是我，你睡了吗？”

姜夏差点儿被水呛到——这声音是纪阿姨？

哼，都这么晚了，她还跑来敲人家的房门，淑女的礼仪呢？

“北倾？”纪嫣还在继续敲门，“你是不是在洗澡啊？你不说话我就进来啦。”

姜夏推开权北倾的手，嘟囔道：“纪阿姨来了，你还不开门？”

姜夏边说边要下床。见她没穿袜子，权北倾没让她下地，而是把她抱起来放到被褥上，这才起身去开门。

打开房门，权北倾单手扶着门框，淡淡地道：“什么事？”

“我炖了补汤给你。”纪嫣娇柔地笑道，“刚才一直在陪爷爷聊天儿，所以到现在才——”纪嫣边说边往房内走，转头却看见穿着睡衣坐在大床上的女孩儿，表情一怔：“夏夏，你怎么在这里？”

“哦，我来找权叔叔有些事情。”姜夏笑得无辜，“纪阿姨怎么这么晚还不睡？女人熬夜容易长皱纹哟。不过我也不是很懂，毕竟我是个小孩子，还没到长皱纹的年纪。”

纪嫣一时语塞。

权北倾走回床边坐下，低眸看姜夏：“困了吗？”

“不困！”姜夏以为他要跟纪嫣说悄悄话，忙说，“我现在超级精神！”

纪嫣也直接在床沿上坐下：“北倾，汤还是热的呢，趁热喝吧！”她边说边将汤盅的盖子揭开，舀了一勺送到权北倾的嘴边，温柔地道，“你尝尝看，我觉得咸淡正合适呢。”

姜夏偷偷地伸长了脖子，看见汤盅里果然是乳鸽。她想到自己搜索的内容，万一权叔叔喝了控制不住……不行，她不能让纪阿姨这么早跟权叔叔结婚，到时候纪阿姨肯定要虐待她。

还是她喝吧。思及此，姜夏一咬牙，直接就撑起身体凑过去，喝掉了纪嫣准备喂给权北倾的那勺汤。

可能是她喝得太快太急，烫到了舌尖，“啊”了一声。

权北倾的眉头一皱，他迅速地伸手揽住她，捏住她的下颌：“别动，张嘴我看看。”

姜夏忙吐了一下舌头给他看：“没事。”

纪嫣显然没想到姜夏会这样做，眼中闪过一抹怒意，但被掩饰得很好，尴尬地笑了一声：“哎呀，夏夏真是淘气！”

“谁让你这样喝汤的？”权北倾语气不悦地低声训斥姜夏，“不知道会烫？”

“我饿了！”姜夏说，“我晚上没吃饱！而且我最喜欢吃乳鸽了，一时嘴馋就……”说着，她转头看向纪嫣，抿了抿嘴，一副可怜巴巴的模样：“纪阿姨，我也想喝汤。”

纪嫣微怔，这乳鸽是她特意找人去深山里寻来的，下了很大的功夫，还特意加了杜仲，是专门为了今晚准备的，怎么能便宜了姜夏？

纪嫣正准备拒绝：“夏夏，这汤……”

“把汤给我。”权北倾却朝纪嫣伸手拿过了汤盅，淡淡地道：“我不饿，你喝。”说着，他舀起一勺，低头吹了吹，用薄唇试过温度不烫了，才喂到姜夏的嘴边，“慢点儿，小馋猫，没人跟你抢。”

姜夏乖乖地喝下去，冲纪嫣弯唇一笑：“好好喝！谢谢纪阿姨的汤！”

纪嫣一时语塞。

说完，姜夏还张了张嘴：“权叔叔，我想吃乳鸽肉。”

权北倾剔了骨后把肉喂给她，耐心地嘱咐：“慢慢吃。”

纪嫣看着这一幕，简直要气到吐血了，但又不好说什么，只得死死地掐着手坐在一旁。

姜夏一点儿都没留，把一盅汤喝了个精光。

见状，纪嫣僵硬地笑了一下，显然并不死心：“夏夏也该回房间睡了吧，已经很晚了，小孩子熬夜对身体很不好的。”

而她自己坐在床沿上，丝毫没有要走的意思。

姜夏擦了擦嘴，正犹豫着该怎么说，权北倾却放下了汤盅，低声朝纪嫣道：“你先去睡吧。”

纪嫣怔了一下，微咬红唇：“北倾，我还有点儿事想跟你……”

权北倾打断她：“明天再说。”他的嗓音不轻不重，却带着毋庸置疑的命令意味。纪嫣不敢再跟他争执，端着汤盅站起身，勉强笑了笑：“那我先去睡了，夏夏也早点儿回去睡吧。晚安，北倾。”

“嗯。”权北倾很淡地应了一声。

纪嫣不甘心地走了。

姜夏看着她的背影，做了个鬼脸，头顶却忽然传来男人低沉的声音：“姜夏，快一点儿，该睡了。”

姜夏立马变成乖宝宝脸，胡乱地点头："哦，我睡……"

"你睡床。"

她应了一声，忍不住问："那你呢？"

"我也睡床。"权北倾低眸看她，"有什么问题？"

"没有！"姜夏忙摇头，而后跳下床跑向了洗手间，"我去刷牙！"

她在洗手间里刷了半天牙，用洗面奶洗了三遍脸，想了想，又把脚洗了一下。

嗯，这样彻彻底底地洗干净了吧？姜夏低头闻了闻自己的身上，确定没什么奇怪的味道，这才磨磨蹭蹭地走到洗手间的门口。

手落在门把手上，犹豫了几秒钟，又转身跑回镜子前，凑近了瞪大眼睛仔细地照，确定没有眼屎之类的。

她折腾了一会儿，再次走到门口，握住了门把手，但并没有拧开，而是站在门边深吸着气。

"姜夏，"门外忽然响起男人低沉的嗓音，"你确定你是在刷牙，不是在孵蛋？"

"我……我好了！"姜夏被吓了一跳，忙打开门，动作太快，门板撞到了脚趾，痛得她的脸都皱了起来，"啊！"

权北倾立即走进来，蹲下身握住她白嫩的脚，手指轻捏住她的小脚趾："这样痛吗？"他的手掌温热，而她的脚冰凉，温度的差异让她有种酥麻的痒感。

"还……还好。"姜夏边说边想要抽回自己的脚。

下一秒，权北倾站起身，把她拦腰抱起："小迷糊，真是该把你拴在腰带上，一下没看住你就弄痛了自己。"

姜夏埋首在他的胸前，忍不住反驳："我哪有？"

"嗯，你没有，刚才傻乎乎撞到脚的人是我。"

姜夏语塞，撇撇嘴——还不是他突然出现？她都还没做好准备呢！

权北倾俯身把女孩儿放进了被子里，直起身关掉了大灯，房间里一下子变得昏暗。

姜夏安静地躺着，听见男人走进了洗手间，应该是在洗漱。

他洗漱完，应该也会睡觉了吧？而且他会……会躺到她的身边。

她虽然也跟权北倾一起睡过，但要么是他发病，意识不清，要么是她不小心睡着了，这样清醒的状态还是第一次。

忽然，洗手间内传来关灯的声音，而后脚步声逐渐朝床边靠近。

姜夏感觉到身侧的被子被掀开，男人身躯在她身边的位置躺了下来，大床微微地陷下去。

姜夏用手揪紧了被子，下意识地往边上挪了挪。

低沉的男声紧接着响起："还不睡？"

姜夏一惊，忙说："马……马上睡了！"想了想，她又说，"权叔叔……"

可姜夏的"晚安"两个字还没出口，身侧的男人立即朝她靠过来，大手隔着被子落在她的腰上，低头看她："嗯？"

浓烈的男性荷尔蒙气息扑面而来，一下子将她包围住。

姜夏身体僵住，一时不知该如何反应。她微微地侧过头，瞥见男人修长的手臂上面并没有浴袍的袖子。她一愣，不经思考就脱口而出："你……你没穿衣服吗？"

姜夏像是想到什么，脸蛋儿一下子就红了，身体本能地往边上缩了缩。权北倾见状，将手臂钻进被子里，直接搂住了她的腰。

姜夏忽然被搂过去，鼻子撞在他硬硬的胸膛上，听见头顶传来男人磁性的声音——

"我穿了背心，不信你摸摸看。"

姜夏鬼使神差地伸出手去摸，果然在他的胸口摸到了布料。她蓦地意识到自己在做什么，触电般地缩回了手，磕磕巴巴地说："是我……我搞错了。"

权北倾："我不喜欢裸睡。"

姜夏："裸睡不是对身体好吗？我一直想试试……"

说完，她立即发现这样仿佛在说自己现在要裸睡。她恨不得咬掉自己的舌头，忙又解释："我不是说现在，是说以后如果有机会……"

“自己睡的时候才可以裸睡，或者跟你老公睡的时候才可以。”权北倾低沉严肃地道，“跟其他的任何人都不可以，懂了吗？”

“为什么？”

“不干净，也不安全。”

“哦。”姜夏应了一声。

老公……她还不知道她的老公在什么地方呢。

她小声地说：“权叔叔，那我们睡觉吧！”

“嗯。”权北倾似乎也没有要松开她的打算，就这么把她搂在自己的怀里，强势地用大手在她的背部轻拍，“睡觉，乖。”

二人挨得极近，姜夏的前胸贴着他的前胸，脑袋也靠在他的臂弯内，睁眼就是他性感的锁骨，还有滚动的喉结。

她偷偷地深吸口气，闭上了眼睛睡觉。可才安静了不到一分钟，姜夏忽然觉得身体变得好热，不知道是不是刚才喝的汤太补了。

姜夏忍不住动了动，手不小心碰到了男人结实的大腿，肌肤与肌肤相触的那一刹那，犹如触电一般。

搂在她腰上的大手立即收紧，权北倾说话的嗓音有些紧绷：“姜夏，你再不睡觉，我要打你了。”

姜夏被吓得立即把手缩回来，小声说：“我不是有意的。”

“睡觉。”

“好。”

又过了一会儿。

姜夏嘴巴上虽然那么应了，但怎么也睡不着。她只觉得浑身的每个细胞仿佛都在加热、沸腾，像是充满了力量，疯狂地想要发泄。

她实在忍不住，身体下意识地拱了拱，几乎是在跟他的胸肌相互摩擦。

权北倾浑身的肌肉蓦地紧绷——他按住她，喉结上下滚动：“姜夏，不许乱动！”

姜夏委屈道：“我没乱动啊！”

她真的只是很热，热得手心都出汗了。

又过了一会儿。

权北倾实在受不了怀里扭来扭去的小东西了，被她蹭得心猿意马：“姜夏，你到底睡不睡觉？”

“我在准备睡觉啊！”姜夏几乎控制不住地又扭了扭身体，睡裙往上缩，光滑的大腿蹭到了他的腿，女孩儿的肌肤嫩滑得不成样子。

权北倾霍地坐起身来，动作大得整张床都晃动了一下。

姜夏被吓了一跳，也跟着坐起来：“权叔叔？”

权北倾穿着黑色的紧身背心，坐着深呼吸。

偏偏姜夏不放心，火上浇油般地抓住他的手臂：“权叔叔，你怎么了？”

权北倾迅速地掀开被子下了床：“我去下洗手间。”

姜夏很快听见里面传来水声，像是在冲澡。他也觉得很热吗？

不过权家老宅的地暖系统确实太热了。

十分钟后，一身水汽的男人擦着头发走了出来。

权北倾一重新躺下，姜夏立即感觉到他身上散发出的冰凉水汽，下意识地往他那边挪了挪，靠得越近越凉。对燥热的姜夏来说，真的好舒服啊！于是她又小心翼翼地朝他挪近了一点儿。

虽然姜夏没碰到他的身体，但脑袋凑在他的肩膀边上，呼吸喷在他的脖颈处，热热的，带着女孩儿的香甜。

权北倾顿时皱起眉头，只觉得那用冷水澡压下去的冲动又被勾了出来。

要命。这不知危险的小丫头。

喉结滚动，他用着最后的克制力合上了眸。

姜夏却忽然咳嗽起来，大概是咳的动作比较剧烈，凑在他的肩膀边的脑袋往下点了点，粉唇蓦地亲到他的肩头。

姜夏把自己吓了一跳，生怕被他训，立即就要往边上躲。下一秒，男人长臂一伸，直接将她用力地搂了过去。

她来不及惊叫，下颌便被捏住。

“姜夏，”权北倾单臂撑起半边身体，笼罩住她，微微眯眸，视线锁定她粉嫩的唇瓣，“你大半夜不肯睡觉，看来是真的想被我打屁股了。”

“我没有！”姜夏立即摇头，磕磕巴巴地解释，“我只是……有点儿睡不着。”

她一边说，一边把身体躺得很平。

“自己翻过身，把屁股翘起来。”权北倾沉下眸子，“我刚刚就说过，你不好好睡觉，我是要打你的。”

“我马上就睡觉。”

“你翻不翻？”他紧盯着她，眼神越来越沉，“你自己翻，我只打十下；要是我把你翻过来，就要打三十下。”

姜夏满腹委屈没地方说，总不能说自己是因为身体很热才睡不着，他肯定要训她不该馋嘴喝纪阿姨的汤了。

最终，抵不过某人的强势，她还是乖乖地翻了个身，可怜兮兮地说：“我马上就好好睡觉，就打一下吧，权叔叔。”

“啪——”权北倾抬手就在她的臀上打了一掌。

姜夏“啊”了一声，咬住下唇，腰肢颤了颤，脚趾蜷起：“权叔叔，我现在就乖乖地睡觉，我保证再也不吵你了，啊！”

他又是“啪”的一掌。

姜夏“呜”了一声，忍不住往前爬了爬，扭头睁着大眼睛看他：“权叔叔，还有八下，不要打了好不好？”

权北倾看着摆出诱人姿势的女孩儿，喉结不知上下滚了多少次，要是再打她几下，刚才那个冷水澡就算是彻底白洗了。他打过她的掌心似着了火，灼得他发疼。

他向来自诩自制力一流，此刻却很清楚，再打下去会出事。

男人极力地压抑着嗓音：“那你自己乖乖躺好。”

一听到他要放过自己，姜夏赶忙翻身要躺下，没想到起身起得太急，撑在被褥上的手滑了一下，身子歪了一下，朝他跌过去，直接跌到了他的胸膛上，嘴唇碰到了他的下巴。

姜夏痛呼一声，慌乱地想要爬起来，然而不等做出什么动作，后脑勺儿便被一只大掌扣住。

贴在她嘴唇上的下巴往下移，取而代之的是一双冰凉的薄唇。她还没有反应过来，就已经被用力地吻住了。

姜夏瞪大了眼睛，看着他近在咫尺的俊脸。

权北倾也没有闭眼，平日里冷漠的黑眸此刻如同着了火，瞳孔里映着的都是她的脸，仿佛他的世界里只有她。

他的唇齿间也只有她，他同她纠缠，汲取她所有的甜美。

姜夏是趴在他的身上的，在这个姿势下，她的脖子很快就酸了。她才微微地皱眉，权北倾立即就察觉到了，单手扣住她的腰，抱住她一翻身，将她压在自己的身下。相贴的唇没有分开，这个吻仍旧在继续，他们甚至越来越疯狂，彼此的气息也缠绕在一起。

姜夏能清楚地感觉到男人的呼吸在不断地加重，甚至都来不及思考他为什么忽然吻她，也忘记自己应该推开他。

第十二章

我什么都会给你

卧室内的温度不断地攀升，几乎要达到最高点。

手机铃声忽然响起。两人都蓦地僵住，如梦初醒，瞬间从那股冲动中惊醒过来。

姜夏瞪大了眼睛，看着面前几乎贴在自己身上的男人。

啊啊啊！他……他们在干什么？权叔叔刚刚肯定是因为那个什么“车祸后遗症”才会吻她！她不能怪他，毕竟他是个病人。可她是怎么回事？刚才她是在趁机摸他的背吗？

权北倾也倏地收回了手，瞥了眼床头柜上的手机，眼中闪过一抹怒意——这个点了，最好是有比世界末日更严重的事。

权北倾霍地撑起身体，下床拿起手机。

来电显示是楚暮舟。

权北倾那张俊脸更黑了，脑海中闪过十大酷刑的介绍。

他接起来，电话那端立即传来楚暮舟的声音：“北倾，是我，顾景说你没接视频，你来我公寓一趟吧，他有事找我们。”

权北倾眼神中隐约泛着杀气："你一个人？"

"我当然是一个人啊！"楚暮舟浑然不觉，"我就知道你肯定没睡，这个世界上还有人比我更了解你吗？你是不是在想我？"

权北倾语气阴冷："嗯，那我现在过去找你。"

楚暮舟："我等你！对了，小虎牙这几天……"

权北倾直接挂断了电话。

他侧首看着床上蒙在被子里的女孩儿，低声道："我有事要出去一趟，门口我会安排保镖守着，你乖乖睡觉。"

姜夏闻言探出一点儿脑袋，眨巴着大眼睛看着他："什么时候回来？"

"明天我会来接你回家。"

"哦。"她应了一声，但嗓音似乎有点儿失落。

权北倾似乎听出了什么，微微皱眉，又补充道："暮舟找我。"

姜夏一听，弯起眉眼："那你注意安全，我睡觉了！"

"嗯。"权北倾转身走向衣帽间。

约莫十分钟后，他换上衬衫和西裤出来，恢复了衣冠楚楚的样子，俊美从容，跟方才凶猛吻她的男人判若两人。

姜夏看了一眼，脸蛋儿莫名地发烫，又把自己蒙进被子里。

权北倾却没有立即离开，而是边戴着袖扣边朝她走过来。他俯身掀开女孩儿蒙着的被子，大手拨开她脸上凌乱的发丝："姜夏，你说要乖乖睡觉的，如果你再不睡——"男人低下头抵住她的额头，危险地眯起黑眸，威胁道，"明天我就把你按在学校门口打屁股。"

姜夏一想到那个丢脸丢到太平洋的画面，被吓得脸都白了。

"睡觉。"权北倾用手指捏捏她的脸蛋儿，薄唇印在她的眉心，"晚安吻，小调皮蛋。"

姜夏红着脸蛋儿没说话。

男人替她掖好被子，起身走了出去。

她能隐约听见他交代保镖的声音。直到男人的脚步声彻底远了，姜夏才伸手摸向自己的眉心。

晚安吻……可是小说里的这种早安吻、晚安吻，不是吻的都是嘴唇吗？

不对，他刚刚已经吻过她的嘴唇了。

姜夏实在躺不住了，又不敢再回想刚才的画面，果断地掀开被子，十分帅气地下床，一撩长发，去浴室里冲澡。

某私人公寓。

楚暮舟打开门，看见门口站着的英俊男人。

“北倾，你怎么这么久才来，”楚暮舟一伸手臂，揽住权北倾的肩，“我等你好久了。哎，你怎么一身都是汗？”外面明明不热啊！

权北倾面无表情地在沙发上坐下：“给我泡一杯冰咖啡。”

楚暮舟一听，一脸乖巧的表情，不知不觉走到了“死亡”的边缘：“半夜温度这么低，还喝什么冰咖啡？我给你泡杯热的！”

权北倾挑眉一想，那正好，于是淡淡地应了声“嗯”。

楚暮舟很快端着一杯热咖啡从厨房里走出来，在权北倾的身边坐下，递给他：“顾景已经上线了，等我们接视频呢。”

权北倾接过热咖啡，侧首看他，薄唇轻动：“等五分钟再接。”

楚暮舟要按鼠标的手顿住：“哦，不过为什么？”

权北倾一双黑眸毫无波澜地看着他，平静地说：“我很热，一路上快热死了。”

楚暮舟摸着下巴：“我看出来了，而且我怎么感觉你有点儿不高兴？谁惹你了啊？”

权北倾没说话，只是微微地转动手腕，他们靠得很近，所以热咖啡就这么缓慢又精准地倒在了楚暮舟的腿上。

“啊！好烫！北倾你干什么啊？烫死我了！北倾，你让我起来，啊啊啊，救命啊！”一时间，整个私人公寓内充满了楚暮舟杀猪般的哀号声，“我要被烫死了！我的美腿要烫熟了，啊啊啊！”

楚暮舟想起身逃走，但又被权北倾扣住了腰动弹不得，直到一杯热咖啡倒完。

楚暮舟的整条家居裤几乎湿透了，热咖啡虽然不至于烫伤，但那温度也足以让人被烫得哀号。

楚暮舟被烫得靠在沙发上双腿打战，怒视着身边英俊的男人。

权北倾一滴咖啡都不沾身，优雅地放下杯子，嘴角却勾起似笑非笑的弧度，看得楚暮舟毛骨悚然——

“啊啊啊，救命啊！”

姜夏不知道自己是几点睡着的，大概是昨晚折腾得太累了，醒来都已经接近10点了。

权北倾显然还没回来。她下意识地想看看手机里有没有他发的短信，却想起自己的手机没带过来。她昨晚是直接被权北倾抱过来的，连要换的衣服都还在三楼的客房里。

姜夏只得穿上权北倾的拖鞋，准备直接回自己的房间。

然而她一打开房门，一道柔美的女声便响起了。

“北倾，你今天怎么到现在……？”纪嫣蓦地顿住。

只见面前的姜夏穿着睡裙，因为没有整理所以显得很凌乱，领口处微微地敞开，露出白嫩晃眼的肌肤，且她的一头长发也是随意地披散着，一副睡眼惺忪的样子，很明显是刚起床。

姜夏昨晚竟然在北倾的房间里住下了！纪嫣震惊不已，笑得僵硬：“夏夏，你这是才起床吗？”

“对啊。”姜夏点点头，揉着眼睛说，“纪阿姨，你找权叔叔吗？他出去了。”

“我来看看北倾今天怎么起得这么晚。”纪嫣勉强维持微笑，“夏夏，你昨晚是在北倾的房里睡的吗？”

“哦。”姜夏胡乱地应付了句，“我最近要考英语四级，权叔叔昨晚给我辅导英语，我不小心睡着了。”

“原来是辅导英语呀，呵呵。”纪嫣干笑两声，又忍不住问，“对了夏夏，昨晚那碗乳鸽汤的味道确实很不错吧？”

她边说边观察着姜夏的神色，那碗汤虽然没加什么药，但杜仲和党参等滋补药材下得重，喝了难免会浑身燥热难耐。

"哦，汤很好喝呀！"姜夏假笑。昨晚简直要热死她了！她不得不半夜爬起来冲澡，八成就是那碗汤害的。

懒得跟纪嫣继续说，姜夏抬脚就往外走："纪阿姨，没什么事的话，我先回房间洗漱了。"

"好的，你快去吧。"

纪嫣看着姜夏的背影——女孩儿两条细白的小腿在裙摆里若隐若现，别样诱人。

这小丫头太漂亮了，年纪又这么轻，在北倾的身边真的太危险了。

见姜夏离开了，纪嫣忍不住推门进了权北倾的房间。

大床上有两个枕头，靠在一起放的，都有睡过的痕迹，只有一床被子，而且很凌乱，沙发却很整齐……浴室里还有两条用过的浴巾。

很显然，他们昨晚是一起睡在床上的！

纪嫣气得脸都绿了，攥紧了手，转身下了楼。

偌大的客厅内，权老爷子坐在沙发上看报纸。

纪嫣走过去给他倒了杯茶，状似随口问道："爷爷，北倾是不是一大早就出去了呀？"

"这浑小子，谁知道！"权老爷子推了推金边镜框，冷哼道，"整天也不着家，想跟他吃个早饭都难。"

"北倾可能是工作忙吧。"纪嫣顿了顿，又说，"不过我刚才看见夏夏从北倾的房间里出来，好像昨晚是睡在他的房间里的。"

权老爷子蓦地抬起头，语气有些凶："你说什么？"

"爷爷，您别生气，我只是不小心看见了而已。"纪嫣微微地垂下眼帘，"毕竟我现在和北倾也没确定关系，他这个年纪需要人陪，我也能理解。只是我怕夏夏年纪小、喜欢折腾，对北倾也不好。"

"简直是胡闹！也不看看这儿是什么地方！"权老爷子抬手在沙发扶手上重重一拍，"去把那个叫姜夏的丫头给我叫下来！"

纪嫣忙扶住他，叹气说："爷爷，您千万别动气。我刚刚叫夏夏下楼跟您问个早安，她都叫我不要多管闲事，还说就连您都没资格管她，更别提我……"

"简直是反了天了！她以为这儿是哪里？！她算什么东西，竟然敢说这种话！"权老爷子气得不轻，把手里的报纸往茶几上一摔，冲用人怒道："去，马上叫她给我滚下来！要是不听就直接动手！"

"是，老爷子。"两名用人立即上了楼。

"爷爷，您消消气！"纪嫣替他拍着背，有些"担心"地道，"您待会儿不要责骂夏夏，不然夏夏一听是我告诉您的，她回头跟北倾一撒娇一告状，北倾又要对我凶了。"

"他敢！他现在就那么听那个小狐狸精的？"

权老爷子气到称呼都改了，一想到自己的孙子整天对自己爱答不理，却对一个 19 岁的小丫头言听计从就要气炸了！他这个爷爷，还不如一个满肚子心机的小丫头来得重要吗？

"之前在星海湾的时候，北倾让我给夏夏上礼仪课，我上课的时候严格了一点儿，其实也是为了夏夏好，她却到北倾那里告状，非说我打她，其实我没打……"纪嫣边说边哽咽着，"因为这件事，北倾让我永远不许踏入星海湾。"

"太过分了！"权老爷子满面怒色，拍拍纪嫣的手，"小嫣你放心，我不会把你牵扯进来！今天我要好好地教教这丫头，让她知道我们权家不是容得她放肆的地方！"

"爷爷，还是算了吧！"纪嫣故意抹了抹眼睛，一副受了委屈但很善良的淑女风范。

姜夏很快被用人强行叫了下来。她刚换好衣服，头发都还没梳，发丝微微凌乱，唇红齿白的娇嫩模样漂亮得让人挪不开眼。

姜夏走过来，疑惑地问："太爷爷，您找我吗？"

"需要我找你吗？你既然来了权家，早上也不来跟我问声好？"权老爷子坐在沙发上，威严冷漠，"没人教过你这些礼节吗？"

姜夏微微蹙眉，问好……可是权叔叔没说啊，权家有这种规矩吗？

纪嫣忙说：“爷爷，夏夏是从孤儿院里出来的，肯定没人教她，她平时也不喜欢接触礼仪这方面……”

“我没有不喜欢接触呀，”姜夏眨眨眼睛，“纪阿姨是搞错了吧？我前几天还在上礼仪课呢，是权叔叔安排的。”顿了顿，她微笑着对权老爷子说道：“不过我昨晚睡得有些晚，所以早上没来得及跟太爷爷一起吃早餐，下次一定会改正。”

纪嫣一怔，没想到姜夏会主动这么说，顿时捏紧了手，而后佯装善解人意地低声说：“爷爷，要不然还是先让夏夏去吃点儿早餐吧！”

“吃什么早餐？”权老爷子低喝一声，冷着脸看着姜夏：“我问你，你昨晚是不是在北倾的房间里睡的？”

姜夏怔了一下，下意识地看向纪嫣。

权老爷子一拍扶手：“我在问你话，谁让你东看西看的？”

姜夏收回目光。她猜到是纪嫣说了什么，于是用的还是那套说辞：“我昨晚让权叔叔帮我补习英语，补得太晚了，所以就不小心睡着了。”

“就直接在北倾的房里睡下了？”

“是的。”

“你还好意思说‘是’？”权老爷子怒道，“这里还是权家，我在这里，小嫣也还住在这里，你竟然明目张胆地睡在北倾的房间里！就算你是不小心睡着的，也是不懂规矩！”

纪嫣忙说：“爷爷，您别动气了，夏夏年纪还小，不懂事……”

“年纪小就该好好管教！19 岁就敢这么放肆地睡在男人的房间里，以后还得了？”权老爷子扬声对用人道：“去准备一桶水来！”

姜夏被两名用人强行带到了别墅后面的小花园。

权老爷子双手负在身后，表情威严地瞪着她：“把水桶顶在头顶，双手扶着，给我老老实实地站两个小时，好好地反省一下！”

姜夏心想：太爷爷你是古装片看太多了吧！

不过权老爷子果然是权叔叔的爷爷，爱好都是一样的，这么喜欢体罚人，方式还都这么奇特，什么倒立、顶水桶……

用人把装着水的木桶拎了过来，递给姜夏："姜小姐，请按照老爷子的吩咐做。"

姜夏很无语，但想想在这里跟用人打起来也不太好，而且要是真的闹起来了，估计会影响到权叔叔跟他爷爷之间的关系。

虽然权老爷子很讨厌她，但可以看得出他是很喜欢权叔叔的——权叔叔有这么爱他的爷爷，要好好珍惜才行，有家人爱是最幸福的。

算了，罚就罚吧，下次她不要再跟权叔叔来这里就行了，反正也不是她的家。

现在是上午 10 点半，太阳很大，姜夏才站了半个小时，就已经浑身是汗，双眼发花了，尤其是头顶着的木桶很重，扶着的双手也很酸，有种撑不下去的感觉。

不行不行，她要控制住自己，不能跟边上监督她的用人打起来。这两个用人阿姨看着瘦瘦的，万一被她一不小心打残了怎么办？

而就在离她很近的地方，权老爷子正坐在树荫下乘凉。

纪嫣坐在边上给他削苹果，时不时地用余光看一眼正在受罚的姜夏，隐隐带着胜利的得意，仿佛已经确认了自己的地位。

姜夏强忍住冲过去抢苹果吃的冲动，眼眸一转，忽然落在后方屋檐下的古董架上，只见古董架的正中间的位置上放着一个很有特色的蓝釉花瓶。

咦，这是……？姜夏只觉得异常眼熟。

她拧起眉头，绞尽脑汁地想了半天，终于想起来了。

这个花瓶，不就是那次她蒙面直播的时候，给她刷礼物的第三名——那个叫"Q"的人的头像吗？

对，她绝对没记错，就是"Q"的头像！

因为她记得很清楚——她当时还想，这种头像一看就是长辈才会用的。而且"Q"的年龄填的也是 63 岁，她当时一直在想到底会是谁。

难道"Q"是权家的人吗？该不会就是……

孔伯那天在房门口听她唱歌，所以不可能。权家目前她也还没见到别的这个年龄段的人，那——

姜夏不由得把目光落在前方的权老爷子身上。

63 岁……

“眼睛不许乱瞟！”权老爷子瞪着眼睛说，“手脚都伸直了，年纪轻轻的像什么样子，别想着偷懒！”

纪嫣见状一边忙替他拍背，一边“善解人意”地劝说。

姜夏翻了个白眼。太阳太毒，她被晒得不行了，是真的要撑不住了，干脆试一试。

于是姜夏找了找调子，闭上眼睛，开始用鼻音哼歌，哼的就是那次直播时唱的民谣。

果不其然，姜夏才哼了几句，权老爷子就震惊地朝她看了过来，连纪嫣递过去的苹果也忘了吃。

纪嫣疑惑地叫了一声：“爷爷？”

权老爷子却已经顾不上纪嫣了，不由自主地站起身来，朝姜夏走了过去：“你……你哼的是什么歌？”

这首歌竟然跟那晚他在直播里听到的，那个名叫“虾酱”的蒙面小姑娘唱的一模一样！

他当时一听就喜欢上了，没想到现在还有小姑娘能唱得这么好听，比那些瞎咆哮的歌好一亿倍。他没忍住还刷了礼物。

姜夏装作没听到他的问话，仍旧闭眼轻哼着——民谣的曲调悠扬，被女孩儿甜软的鼻音哼出来，别有一番风味。

权老爷子越听越觉得像，简直找回了自己当时做梦梦到这首歌时的感觉。他急急地走到姜夏的面前：“你在哼什么歌？”

姜夏忽然停了下来，但仍旧装作没听见，眼睛还是闭着的。

“我在跟你说话！”权老爷子伸手在姜夏的面前晃了晃，“你是故意不理我吗？你这小丫头没有礼貌吗？”

姜夏这才微微地睁开眼：“太爷爷是在跟我说话吗？”

“当然！”

“可是我在罚站。”姜夏疑惑地问，“按照太爷爷您的规矩，罚站的时候能说话吗？”

权老爷子一时语塞，瞪大眼睛，一时不知该如何接话，有些急眼了：“你……你这个小丫头，是谁让你罚站还乱哼歌的！”

“我刚刚哼了歌吗？”姜夏“不解”地眨眨眼，而后“恍然大悟”道，“哦，原来太爷爷是说我刚才哼的那首民谣啊？”

权老爷子忙说：“我就随口问问，你是怎么会哼这首民谣的？你会唱整首吗？”

姜夏应了一声：“当然会啊。”

权老爷子一听眼睛就亮了，但仍努力不动声色地道：“这歌……嗯，调子怪怪的，你再唱一遍给我听听，听完我告诉你哪里不对。”

姜夏却道：“可是我唱不了啊太爷爷！水桶这么重，太阳又这么大，我根本没有力气啊！”

权老爷子顿时皱眉：“那——”

“太爷爷，我待会儿罚完站就要走了，权叔叔说一点左右来接我。”姜夏故作虚弱地说，“您没什么事就让一下吧，我想安静地站着。”

她等会儿就要走了？开什么玩笑，按照北倾那个浑小子的个性，她走了何年何月才会再来啊？

权老爷子立马就急了，满心都是那首让他痴迷的民谣，于是忍不住问：“你是不是很难受？”

“有点儿。”姜夏脸上布满汗珠，脸颊被晒得发红，“我好渴，嗓子好哑，估计再晒一会儿就彻底发不出声音了。”

“那……那你休息一下吧！”权老爷子表情严肃，仿佛是逼不得已才做出的决定，末了还咳了声补充了句，“我是怕你撑不住昏倒了，哼，不然你这鬼丫头还不知道要在背后怎么骂我呢！”

他边说边着急地瞪向两边的用人：“还愣着做什么？还不快把她头顶上的水桶拿下来！”

用人被吼了一句，急忙接过姜夏头顶上的水桶。

姜夏顿时觉得轻松了不少，双手早就举酸了，放下来时犹如千斤重，被晒得发晕，身体晃了晃，险些跌倒。

权老爷子忙伸手想扶她，但立即想到：我怎么能扶这个勾引我孙子的小狐狸精？

于是他收回了伸出去的手，幸好边上的两个用人扶住了姜夏。

权老爷子松了口气，忙说："快扶她到树荫下去坐坐。她身体这么虚弱，就是平时太懒散了！"

姜夏被用人扶到树荫下的太师椅上——是刚刚权老爷子坐的位子。有个用人忍不住回头问："老爷子，让姜小姐坐在这里吗？"

权老爷子一心只有民谣："对，快让她坐好！"

姜夏在太师椅上坐着，只觉得舒服极了，还有用人给她用竹扇扇风。

一旁的纪嫣见状惊讶不已：明明说好了要罚站两个小时的，没想到半个小时不到，姜夏竟然就能被爷爷准许休息了？

权老爷子向来说一不二，在权家也是很严厉的，怎么突然……

纪嫣忍不住低声说："爷爷，虽然我也不想夏夏晒伤昏倒，但这么多人看着，如果让夏夏就这么休息，那您以后的威信……"

姜夏见纪嫣跟权老爷子说悄悄话，就知道肯定不是好话，忙咳嗽了几声："我的嗓子好疼，好像要彻底哑了，喀喀！"

权老爷子本来还在思索该怎么稳固一下自己的威信，一听姜夏这话，立即就把威信抛诸脑后，皱眉道："快给她倒杯水！让她把嗓子润润！"

用人忙要倒水。

姜夏却忽然看向纪嫣，边咳嗽边沙哑地说："对了纪阿姨，我记得之前在星海湾，你做了一杯青柠百香果冰饮，喀喀！那个特别润喉，你能不能告诉我做法？我自己去厨房里做一杯。"

纪嫣怔住——她什么时候做过那个冰饮了？根本就是姜夏胡扯出来的！

"不用你自己去了，你就在这儿歇着吧！"权老爷子心系那首挚爱的民谣，闻言忙摆了摆手："既然小嫣会做，就直接去厨房里做一杯端过来吧！"

纪嫣愣住："爷爷，我……"

姜夏冲纪嫣甜甜一笑："我要多加点儿百香果，润喉效果很好的。谢谢纪阿姨哟！"

纪嫣自然不会错过她的眼眸中闪过的狡黠之色。该死，不知道姜夏跟爷爷说了什么，竟然哄得爷爷不让她罚站了。

得来不易的机会就这么没了，本来这太阳肯定是可以晒伤姜夏的皮肤的，但权老爷子发话了，纪嫣要是拒绝就显得很小气，只得强挤出个笑容，转身去了厨房。

权老爷子挥手让用人站远点儿，低头看姜夏，焦急地问："你刚刚哼的那首民谣……"

姜夏微微挑眉，又哼了几句。

权老爷子听得如痴如醉，跟着调子沉醉地摇头晃脑，嘴上还非要挑刺儿："这调子就是古怪，你再多唱点儿，我给你分析分析。"

结果姜夏哼到一半就不哼了，权老爷子刚被吊起来胃口，不满地道："你怎么不唱了？"

姜夏指了指喉咙，用口型说："我的嗓子干哑，罚站导致的。"

权老爷子瞪她一眼，但又想听她待会儿继续唱整首歌，于是也没再骂她，双手负在身后，在旁边走来走去。

约莫二十分钟后，纪嫣才端着青柠百香果冰饮走过来。

权老爷子等着急，不由得瞪了她一眼："什么饮料要做这么久？"

纪嫣莫名其妙地被说，顿时委屈不已。偏偏姜夏接过那杯冰饮，美滋滋地喝起来，舒服地靠在太师椅上，还叉了几块纪嫣刚切好的苹果吃着。

纪嫣在一旁看着简直要被气死了。

待到姜夏终于喝完冰饮，纪嫣本想再挑拨几句，权老爷子却直接说："姜夏，你跟我来书房！"顿了顿，他还把孙子拿来当挡箭牌，"我要好好地问问你跟北倾的事！"

他说完，转身负着手就往屋里走去。

姜夏从太师椅上站起身，微笑着对纪嫣说："今天这杯冰饮做得不怎么好呢，纪阿姨的手艺是不是退步了？"

纪嫣蓦地攥紧了手，但碍于用人在边上，又不好说什么，僵硬地扯了扯唇角。

姜夏把空杯子放回纪嫣的手里，转身跟在权老爷子身后走了。

书房内。

姜夏进来后乖乖地站在书桌前。

权老爷子见边上没人了，直接就奔入主题："你现在嗓子不哑了吧？那首民谣你完整地给我唱一遍，我今天非得听出哪里奇怪不可。"

姜夏本来也就是缓兵外加脱身之计，于是清清嗓子唱了小半首，然后就打住了："嗯，我只会唱这么多。"

"你是从哪里学的？"权老爷子想了想，故作深沉地补了句，"我跟你说吧，这歌其实我早就听过，所以我知道这调子的问题所在。"

姜夏："那您在哪儿听过？"

权老爷子淡淡地说："一个什么直播，有个蒙面的女孩子唱过，"顿了顿，他怀疑地打量着姜夏，"该不会就是你吧？"

不说还好，越说他就觉得越像，尤其是那双眼睛。权老爷子盯着姜夏看，越凑越近，仿佛要把她看出一个洞来。

姜夏一听"直播"二字就明白了，没想到"Q"真的是权老爷子。不过她当然不能说"虾酱"就是自己，毕竟要是权北倾知道她偷偷地跑去直播，肯定会把她的屁股揍到开花的。

但她要说完全不认识又很假，毕竟这调子不学肯定不会唱。

姜夏想了想，干脆将计就计，含糊地说："哦，那个'虾酱'是我的一个朋友，是她教我唱的。"

权老爷子顿时惊喜不已，没想到竟然还能碰到认识"虾酱"的人。省得自己每天上直播看那蒙面小姑娘有没有上线，手机辐射会耽误他养生！

权老爷子摸了摸下巴，一脸严肃地说："原来是你朋友，哼，一个个都不正经，好端端的女孩子蒙什么脸直播！不学好！"

姜夏安静乖巧地听训，心想：您老人家赶紧说完吧，我就可以去吃东西了，都要饿死了。

结果权老爷子话锋一转，直接就说："这样吧！你现在把你这个朋友的手机号给我，我跟她联系一下，让她重新唱给我听，我把调子的问题跟她说说。"

姜夏：这走向不对啊！太爷爷你要联系方式是想干什么啊？

她尴尬地笑了一声："可是太爷爷，我朋友那个人脸皮比较薄，不太喜欢露脸，也比较怕生，你看她直播蒙面就知道了。要不然您跟我说，我帮您转告？"

"跟你说有什么用？你懂什么？你又不是她！"权老爷子一脸"艺术不可侵犯"的表情，"我这个人比较严谨，对音乐也颇有研究。我既然发现了问题，就一定要告诉她本人，快把她的手机号给我！"

姜夏蒙了："可是，太爷爷……"

权老爷子打断她："可是什么？你是质疑我对音乐的了解程度吗？一首歌有问题我当然要指出来！你以为我是你吗？这么不严谨，整天就知道睡在男人的房间里。"

姜夏没想到事情的走向会是这样，有些僵硬地站在原地，感觉自己给自己挖了个坑。

为什么姓权的都这么难对付啊？

大概僵了半分钟，就在权老爷子开始怀疑她是不是骗他的时候——

姜夏急中生智地救了自己："太爷爷，要不然我让她现在上直播唱给您听吧？您直接在直播间给她留言。"

"好！"权老爷子立即点头，随后又冷酷地道，"既然你这么说，那我就勉强腾出我宝贵的时间，看一下她的直播吧！"

顿了顿，他又故作高深莫测地补充道："直播不是为了挣钱吗？哼，她上次直播我还给她打赏过。你让她这次好好唱，唱久点儿，我还是会继续打赏的，不过我最主要的，还是想听出这个调子的问题。”

姜夏无语：您的时间真的宝贵吗？好像从起床到现在，您也就只是看看报纸、吃吃喝喝而已吧？

姜夏借口“朋友害羞，电话要单独打”，溜回了三楼的客房。

她反锁了房门，又用椅子抵在门板上，做了双重保险。

姜夏迅速地换上一件老爷子没见过的毛衣，又用白色浴巾遮住浴室的瓷砖图案，扎起了长发，用丝巾蒙住了脸，这才在浴缸边坐下。

她用手机登录恋舟直播的账号，点击进入直播房间。

没想到“Q”已经早早地在线等候了——她一上线，“Q”就给她发来私聊消息。

Q：“丫头，你是姜夏的朋友吧？我是她的太爷爷，你叫我太爷爷就可以了。”

姜夏：您不是说不许我叫您“太爷爷”吗？

毕竟她说了“虾酱”比较害羞，总不能太活泼，于是只回了一句简单的话：“谢谢您喜欢我的歌。”

“Q”立即又发来消息，但姜夏还没来得及看，直播房间里的人数就开始疯狂地增长起来，很多都是上次看过她直播的粉丝。

莫南爵全世界最帅：“哇！金棕色眼睛的小姐姐，你终于出现啦！”

今天你们投推荐票了吗：“等得我都急死了！超级喜欢你唱的民谣！”

姜夏很快就被这些弹幕吸引过去，开始跟他们聊天儿，彻底忽略了一直闪烁的私信。

二楼书房内。

权老爷子拿着手机吹胡子瞪眼的。他都发了二十多条私信了，这个叫“虾酱”的小丫头竟然不回复了，而且还笑眯眯地在跟大家闲聊。

哼，要不是因为他，这些人能跟“虾酱”聊上吗？“虾酱”是为了他才上线的！呵，这群愚蠢的年轻人。

于是权老爷子用很有优越感、很威严的口吻，在直播间的弹幕里发消息。

Q:“‘虾酱’，快点儿唱歌！别忘了你这次是为了谁才登录直播的！”

可是权老爷子马上就被其他人骂了。

他看着那些骂自己的话，气得差点儿一口老血喷出来，颤颤巍巍地指着屏幕，真是太过分了！这群小兔崽子也不看看他权正衍是什么背景，竟然敢这样说他！

于是，权老爷子大手一挥，立即开始回击。

与此同时，公寓里，楚暮舟接到了恋舟直播技术部的电话。主管恭敬地告诉他：“楚先生，您关注的‘虾酱’在十分钟前上线了。”

正在用冰块敷昨晚被烫红的大腿的楚暮舟立即起身：“好，我会让权北倾告诉你们老总的。小伙子，你马上就会升职的！”

挂了电话，他马上就登录了恋舟直播，一点进姜夏直播的房间，就看见一排礼物从眼前的屏幕上刷过——

“Q”送出一架皇家直升机！

…………

楚暮舟顿时怒了：上次那个人不是叫“K”吗？怎么又来个“Q”？这都是谁啊？是不是以后ABCDEFG都要来一遍啊？

太可怕了，追小虎牙的人实在太多了！

楚暮舟顿时觉得危机感重重。看来，他改天必须要跟权北倾好好地谈谈这件事了。既然小虎牙住在权北倾家，权北倾应该有权利约束她跟那些莫名其妙的人接触。

反正他有权北倾这个强大的后盾——虽然权北倾总是阴晴不定的，最近还总是无缘无故地针对他，但在追小虎牙这件事上，权北倾是肯定能帮上他的！

楚暮舟撸起袖子，决定先把这个“Q”压下去再说。

而此时，权家老宅二楼的书房内，权老爷子看着满屏都是自己刷的礼物，觉得一口气终于舒出去了，帝王般地睥睨着其他人。

因为他刷礼物刷得太狠太快，姜夏不得不把注意力放到他的身上，微笑着跟他对话。

权老爷子有种自豪感，正用手机打字：“‘虾酱’，我现在要你唱那首民谣给我听。”

然而这句话还没发出去，屏幕上忽然闪过一排黑压压的字——

“你是我的小甜心”送出一架宇宙飞船！

…………

你是我的小甜心：“‘小虾虾’，我来了！”

观众1：“哇！真正的大佬来了！”

观众2：“那个‘Q’被人家碾压了吧？哈哈哈！”

观众3：“就是啊！那个‘Q’都63岁了，还在这儿看什么直播啊？回家抱孙子吧！”

看着这些大逆不道的话，权老爷子猛地一拍桌面！他们胡扯什么？抱孙子，北倾那种性格会让他抱吗？

Q：“‘你是我的小甜心’？这么肉麻的名字竟然也取得出来，成何体统！‘虾酱’，你这种好女孩儿不该理这种人！”

你是我的小甜心：“我肉麻？你63岁了还看直播才丢人现眼吧？呵，真想看看你孙子是什么样子的人，八成也是个歪瓜裂枣！”

姜夏无语：权叔叔那么帅！明明是“帅瓜俊枣”好吗？

姜夏不自觉地开始护短，严肃地说：“这位小伙伴，请不要在直播间进行人身攻击哟！”

你是我的小甜心：“好的，‘小虾虾’，我是很有素质的！爱你哟！”

Q：“满口胡言！‘虾酱’不要信他的，他一看就是个不学好的小子！幸好我孙子没有这种朋友！”

你是我的小甜心：“谁愿意当你孙子的朋友啊？我朋友是你孙子

仰望不上的好吗？”

Q：“我孙子是谁说出来吓死你！”

你是我的小甜心：“我朋友也能吓死你！”

当然，两个人都没有说出自己的孙子或朋友到底是谁。

权老爷子打字没有楚暮舟快，于是重新开始送礼物，并对姜夏说：“‘虾酱’，你别忘了你今天是为谁上线的！”

“你是我的小甜心”送你一架宇宙飞船，并对你说：“‘小虾虾’，你是我心里的唯一！”

双方都想压过对方。

整个直播间都沸腾了，人气又开始飙升。

姜夏觉得自己每次直播都跟灾难现场似的——大家安静地听她唱歌不好吗？

而另一边，ZK 集团总裁办公室内。

权北倾正坐在办公桌前处理紧急会议的文件。这时，手机忽然振动。

男人接起来，那端财务部负责人道：“权总，刚才我们发现，有一张无限额度的信用卡正在不停地支出。这张卡是绑定了公司的财务账户，挂在老爷子的名下的。”

翻文件的修长手指微顿，权北倾皱眉问道：“老爷子的名下？”

负责人说：“是的，也就前段时间吧，老爷子忽然让我帮他办一张能在手机上消费的卡，说是有用。现在我有点儿担心老爷子会不会被骗，或者有人黑了这张卡……”

权北倾放下笔：“去把详细的消费记录打出来。”

十分钟后，他拿到了这份记录，上面显示的收款方全都是恋舟直播平台，使用的账户名称是“Q”。

权北倾微微地眯起眼睛，想起来上次姜夏蒙面直播的那个礼物榜。

第一名是他自己。

第二名是楚暮舟。

第三名的“Q”他本来还在查是谁，没想到“家贼难防”。

片刻后，权北倾直接拨通了季池的电话，简单粗暴地精准打击：“让恋舟直播的技术部封掉两个账号，账户名我会发给你。”顿了顿，他淡淡地补充了句，“另外，让恋舟直播的老总马上到我的办公室来一趟，我要跟他谈谈收购的问题。”

季池忍不住八卦地问：“少爷，您要收购恋舟直播吗？是不是为了楚少爷？”

权北倾：“算是，不要让暮舟知道。”

不明真相的季池被感动到默默感叹：果然少爷还是很在乎楚少爷的啊！看来他真的没有重色轻友啊！

而权北倾挂了电话，淡淡地想：暮舟知道了八成又要跟姜夏邀功，又要去纠缠她、约她。

就暮舟现在那惨样，近期不太适合再被虐待了，万一真的出了问题，他还得去医院探望，麻烦。

既然自己家的小刺猬这么喜欢偷偷地直播，肯定还是在自家的平台上比较好，安全又保险——他直接买下恋舟直播就行了。

这边，“虾酱”的直播间内还是一片热火朝天。

观众们很热情地送礼物、留言，姜夏唱了几首受欢迎的民谣，气氛一时达到顶峰。

刚才由于楚暮舟的手速比较快，暂时压过了权老爷子，稳居礼物榜第一名。

直播平台有个不成文的规定，一般刷礼物最多的人，主播是会主动与其说话，并且会为这个人单独唱一首歌的。

比起说话既古板又凶的“Q”，温柔的“你是我的小甜心”显然更能讨众人的欢心——大家一直起哄让姜夏为“你是我的小甜心”单独献唱。姜夏爽快地答应下来，正要让“你是我的小甜心”选歌，屏幕忽然被一大片七彩的花瓣所占领，连字体都加粗了！

粉丝们都震惊了！

楚暮舟看着满屏的花瓣，顿时气炸了。幸好他今天机智，用的不是权北倾的那张信用卡，不然那破银行可能又要出问题了。

想着，楚暮舟大手一挥，直接点了一个爱心炸弹，一送出去，无数粉色的爱心顿时盖住了那些花瓣……

刚刚登上礼物榜第一名的“Q”瞬间被“你是我的小甜心”压了下去。

本来还以为自己能扳回一局的权老爷子一看，简直要把血吐干！虽然他并不是心疼钱，但现在的年轻人也太败家了吧！

幸好北倾的身边没有这种长歪了的朋友！权老爷子感叹——北倾的朋友都是楚暮舟那种心地善良、自食其力的小伙子。

权老爷子越想越气，觉得自己的尊严受到了挑战，心想：我不是要争，是今天一定要给这个“你是我的小甜心”一点儿颜色看看。

于是，他准备点击另一个礼物——然而还没点到，手机屏幕忽然一闪，他直接被迫退出了直播间。

屏幕上还弹出一个提示框：“对不起，系统检测到错误代码，请您刷新。”

权老爷子一愣，忙去点“虾酱”的房间。然而别说进房间，他竟然连账号都登录不了了。

直播房间内，楚暮舟见那个“Q”竟然退出了房间，顿时“哈哈”大笑，忙打字：“‘小虾虾’，看吧，只有我对你是真爱，快为我唱一首《爱的……”

可字还没打完，他也被弹出了房间。

系统提示：“对不起，系统检测到错误代码，请您刷新。”

楚暮舟也彻底登录不了了。他立即打电话给恋舟直播的技术部，对方竟然不接电话了。

肯定是那个“Q”搞的鬼！他是何方神圣，竟然有这个本事？

楚暮舟不能忍，这个“Q”简直是在公然挑衅权家啊。他立即拨通了权北倾的电话。

电话响了几声才被接通，男人说话的嗓音低沉沙哑：“什么事？”

“北倾，我跟你说！”楚暮舟愤怒地控诉，“我刚刚在恋舟直播上给小虎牙送礼物，碰到一个傻子，竟然用手段把我踢出了房间！你要为我做主！”

楚暮舟的这句话才说完，权北倾就感觉到手机在振动，有新的短信发进来了。

权北倾从耳边挪开手机看了一眼短信。

季池：“少爷，按照您的吩咐，恋舟直播技术部那边说，已经把‘Q’和‘你是我的小甜心’踢出直播房间了，账号也封禁了。”

而手机通话的那头，楚暮舟还在气呼呼地控诉：“北倾你在听我说话吗？竟然有人敢对我的账号做手脚！”

“嗯。”权北倾重新把手机放回耳边，修长的手指翻了页文件，漫不经心地应了句，“是吗？”

“对啊！太过分了！”楚暮舟重重地冷哼，整个人歪在沙发上，可怜巴巴地说，“我都被人欺负到头上来了！权北倾，难道你不准备管我了吗？”

“管。”权北倾一边看合同，一边随口道，“不能随随便便就让人做手脚，平台叫什么？”

“恋舟直播！我代言的那个。”楚暮舟心想：我就不该代言这种平台！

权北倾：“嗯，我马上就把这家公司买下来。”

“好！”楚暮舟立即从沙发上弹起来，一脸有人撑腰的骄傲表情，“哼，让他们那个破公司马上破产！”

权北倾瞥了眼手边双方已经签好字的恋舟直播的收购合同，淡淡地胡扯道：“嗯，我待会儿就找他们老总，明天就签合同。”

“好！签！”楚暮舟感动得嗓音都颤抖了，握了握拳头，说，“我就知道你还是会罩着我的！本来你昨晚倒咖啡在我的腿上，我还想三个月不理你的。现在我决定原谅你了！”

权北倾翻看文件，随口应道：“嗯，乖。”

楚暮舟："那我挂了，你继续忙，记得买完把合同拍给我看！"

"嗯。"

得到保证后，楚暮舟感觉舒了一口气。

哼，那个"Q"竟然敢耍手段把他踢出房间，也不看看他兄弟姓什么！

挂了电话，楚暮舟起身走到桌边，拿起上面的文件袋——里面装着几张权北倾小时候打架的丑照。

他本来还想发到燕门的群里去，报复一下权北倾，但看在对方替他买下恋舟直播，还说一定会管他的分儿上，就这么算了吧！

昨晚权北倾往他的腿上倒咖啡的事，他彻底原谅了！

楚暮舟大手一挥，把照片撕了，丢进垃圾桶里。

关键时刻，还是自家兄弟靠谱儿！

这边，权家老宅内。

被楚暮舟安上"得罪权家"罪名的权家祖宗——权老爷子，也正坐在书房内被气得七窍生烟。

他……他竟然被这个平台禁止登录了，岂有此理！

楼下忽然传来汽车的声音。

权老爷子探头从窗户一看，权北倾正迈着长腿向别墅走来。

他最优秀的孙子回来了！权老爷子立即对着镜子整理了一下衣服，转身就往楼下走去。

客厅内，英俊的男人走进来，接过用人递上来擦手的温热毛巾，第一句话就问："姜夏在睡午觉？"

用人答道："这个我也不清楚，但姜小姐确实回房间了。"

权北倾擦了擦手，又问："她中午吃了几碗饭？"

用人顿时瑟瑟发抖——姜小姐好像到现在连早饭都还没吃上，更别提午饭了。

老爷子也不知道把自己锁在书房里干什么，也没吃饭，导致姜小姐也不敢一个人吃午饭了。

当然这些话用人不敢说，大少爷看起来很在乎姜小姐，万一说错就完了。

没得到回答，权北倾眉头微皱：难道她没吃午餐？

还没等他继续问，权老爷子就从楼上走了下来，双手负在身后严峻地说：“权北倾，你过来，我有话跟你说。”

权北倾掀起眼皮，走是走过去了，但俊脸很冷淡：“爷爷，您早上跟姜夏闹矛盾了吗？她没吃午餐？”

权老爷子微微僵了几秒钟，掩饰般地抬手，做出摸胡子的动作：“胡……胡说八道什么？我虽然不喜欢她，但至于跟一个小丫头闹矛盾吗？”

权北倾：“没有胡子就不要装模作样了。”

权老爷子：“混账东西！这是你跟我说话的态度吗？”

权北倾：“那我走了。”

见权北倾说完就要转身上楼，权老爷子忙拉住他：“哎！等一下！我有正事跟你说，快给我坐下！”

权北倾一脸不感兴趣的表情，皱着眉头：“五分钟。”

“我都说了是正事。”权老爷子在沙发上坐下，脸色严肃，“我今早看了看新闻，看到一个新的商机，觉得很有必要告诉你。”

权北倾搭起长腿：“什么？”

“直播行业，”权老爷子十分严肃地说，“我看了几个经济频道的分析，觉得这个行业目前在国内外都很火爆，收益肯定会很不错。我为了多了解情况，随便下载了一个。”说着，权老爷子拿起手机，递到权北倾的面前，“就是这个，叫恋舟直播，我觉得发展前景很不错。所以你现在把投资部高层叫过来，我们开个收购会议吧。”

权北倾眯了眯双眼，冷冷地看着权老爷子。

就在权老爷子被他看得莫名其妙，甚至有点儿心虚的时候，权北倾淡淡地开了口：“这个行业，我暂时不打算涉及。”

权老爷子只觉得被迎面一击：“为什么？”

“平台人多，不好管理，容易出事故。”权北倾道，“所以暂时不会涉及，更不可能收购，浪费钱。”

权老爷子重重地一拍扶手：“胡说！直播明明就很挣钱！”

“您怎么知道？”权北倾掀起眼皮，“您直播过，还是您看过人家直播？”

“怎么可能？我……我会看这种幼稚无聊的东西吗？”权老爷子红着脸反驳，“我还不是为了公司着想？我……”

权北倾打断他的话：“我会管理公司，如果您不放心，明天开始您可以去上班，我卸任。”

权老爷子：“混账东西！这是你跟我……”

权北倾再次打断他的台词：“我就是这个态度，您不高兴就别跟我说话。”

权老爷子一时语塞。

权北倾看了看腕表，站起身：“五分钟到了。”

他转身就上了楼，剩下权老爷子一个人在客厅里纠结拧巴，五官都皱在了一起。

权北倾直接来到三楼客房门口，也没敲门，拧开门把手走了进去。

姜夏正好跑出洗手间，手里还抓着一条丝巾，撞见他，被吓了一跳：“权……权叔叔。”

权北倾低头看她，微微眯眼：“怎么结巴了？”

姜夏忙把丝巾藏到身后，尴尬地笑道：“没……没有啊！你怎么这么快就回来了？”

权北倾不动声色地看着她：“不想让我回来？”

“想！”姜夏下意识地答，而后又觉得好像太过直接，忙改口说，“我是说——你不是说来接我回星海湾的吗？”顿了顿，她可怜兮兮地说，“我一直在乖乖地等你回来呢！”

“嗯，很乖。”权北倾也不戳穿她——毕竟“等你回来”四个字听得他很开心。他低头轻吻了一下她的发顶，伸手搂过女孩儿的肩：“我们回家。”

权北倾刚搂着姜夏走出房间，房门外偷听的某个老爷子立即站直身体，一脸严肃地说："不是说过你们不许孤男寡女地待在房间里吗？被用人看见了成何体统！"

权北倾淡淡地看过去："所以您就因为这种无聊的理由，不让她吃午餐？"

权老爷子怒道："胡说什么！"

权北倾低头看姜夏："你吃没吃午餐？"

姜夏偷偷地瞥了眼一旁绷着脸的权老爷子，漂亮的金棕色眼珠转了转，机灵地说："太爷爷本来叫我吃的，但我没什么胃口，所以就没吃。"

权老爷子松了口气，冷哼一声——算这个小丫头识相！不过她别以为这样说，他就会喜欢她了！他是绝对不会同意她与北倾继续厮混在一起的！

权北倾看着姜夏狡黠的表情，也没点破，搂过她就往楼下走去。

权老爷子想到直播被打断的事，急忙跟在他们的后面。见姜夏回头看，权老爷子立即将双手负在身后慢悠悠地走，不满地说："大白天搂搂抱抱的，不知廉耻！"

权北倾微微侧首："您刚刚躲在房门口偷听就知廉耻了？"

权老爷子一僵，更怒了："混账！我什么时候偷听了？"

权北倾没回答，搂着姜夏走向客厅。恰好季池走进来跟他说事，趁着这个空隙，权老爷子忙把姜夏偷偷地拉到边上。

"那个……我刚刚看直播的时候手机出了点儿问题，然后正好有点儿正事需要处理——毕竟我平时也是很忙的。"权老爷子当然没说自己被踢出来了，只是找了个很正式的借口，而后又问，"你的朋友'虾酱'有没有跟你说什么？她应该对我印象很深刻了吧？"

"'虾酱'好像有点儿生气。"姜夏故意叹了口气，说，"她说本来还有歌曲要唱给您听的，结果您连退出房间都不说一声，让她很失望。"

什么？权老爷子顿时急了——这根本不能怪他好吗？

他重重地咳嗽一声，解释道："我是有原因的，不过这样确实辜负了‘虾酱’的好意。这样吧，你把她的电话号码给我……”

“该回家了。”此时，谈完事的权北倾走过来，揽过姜夏往外走去。

权老爷子更急了，跟在后面说：“厨房刚好做了饭，姜夏，你要是实在饿了，就吃过了再走吧，省得说我虐待你。”

姜夏回头微笑，懂事地说：“谢谢太爷爷，我不饿。”

权老爷子一时语塞——你这臭丫头倒是说饿啊！

权老爷子还想再说什么，但权北倾已经扶着姜夏上了车，而后回过头凉凉地对他说：“既然您不喜欢她，我以后不会再带她回来了，省得您虐待她。”

“我……我什么时候虐待她了？”权老爷子看着坐在车里的姜夏，满心都想知道“虾酱”的手机号，但由于孙子这个阻碍站在这里又说不出口，只得干瞪眼。

“她没吃午餐，我估计也没吃早餐。”权北倾淡淡地道，“我再晚点儿回来，您就把我养的女孩儿饿死了。”

权老爷子怒了：“臭小子！她只不过饿了两顿，有这么夸张吗？”

权北倾冷漠道：“您承认了。”

权老爷子语塞——这个臭小子竟然套他的话！他气得一脚踢过去，权北倾却转身上了车——权老爷子这一脚直接踢在了车门上，“咚”的一声响。

“哎哟！好痛，你这个臭小子！”他捂着脚跳了几下，还来不及再说什么，轿车已经开出去了。

权老爷子下意识地追了几步，但一想到用人还在身后就赶紧停了下来，改为慢悠悠地转身走回别墅。

不就是一个唱歌的小丫头吗？就算姜夏不告诉他，他也有的是办法知道。

权老爷子气呼呼地走到客厅里，正好午睡醒来的纪嫣走下楼，笑着迎上去：“爷爷，您怎么了？”

权老爷子一肚子气没地方发泄，想到都是因为纪嫣，自己早上才会罚姜夏的，说不定不罚的话，姜夏这会儿都把“虾酱”叫到家里来当面唱给他听了。

权老爷子越想越气，不由得瞪了纪嫣一眼，冷哼道："我能怎么了？我不是好好的吗？净问一些废话！"

他说完就转身大步上了楼，脚步很重，怒气冲冲的。

纪嫣不明所以地僵在原地，尴尬不已：爷爷怎么突然生我的气了？

行驶的轿车内。

姜夏坐在后座上，侧首看向窗外，盘算着到时候把权老爷子今天打赏的钱提出来，买个礼物送给他，就当还给他了。

权北倾单手抚在她的长发上："在想什么？"

姜夏蓦地回神，不敢提自己直播的事，有点儿心虚地说："没有，一点儿小事。"

权北倾抚着她的长发，嗓音低沉："姜夏，如果你需要什么就跟我说，不管是东西还是钱，我什么都会给你，嗯？"

"我什么都会给你"——曾经，也有个少年对她说过这样的话，但早就被遗忘在时光里了。

第十三章

养一只小刺猬就够了

姜夏微微失神，但很快回了神，冲他甜甜地笑了一下：“我没什么需要的呀，权叔叔已经给我很多了。”

他给了她一个暂时的“家”，还给了她这么优渥的生活条件。不过她也知道，这些都只是暂时的，等自己满 20 岁就会结束了。所以她更加不能再要他的东西或钱了，否则欠他的越来越多，到时候就彻底还不清了。

女孩儿说完这句话就没再开口，垂下脑袋一言不发。权北倾低眸看着她失落的脸，不知想到了什么，眸光更沉了。

车内顿时安静下来。当轿车拐弯进入另一个街区时，姜夏感到小腹忽然开始绞痛。一股不祥的预感涌上心头，姜夏还来不及做出应对措施，下一秒，一阵暖流蓦地涌了出来。

姜夏的脸顿时惨白一片，她惊慌地意识到——糟了，她好像是来例假了！

完了完了，为什么偏偏在这个时候？她不想活了。

权北倾就坐在她的边上，立即察觉到她情绪的异样，微微皱眉：“怎么了？”他习惯性地伸出手，想要触碰女孩儿滑嫩的脸蛋儿。

姜夏却躲过了他的手，脸上一阵红一阵白：“我……我……”

她现在只要稍稍一动，就能感觉到裤子上湿湿的——她今天穿的铅笔裤很薄，肯定已经弄到了坐垫上。

怎么办？姜夏犹犹豫豫的，不知该如何开口。小腹处的绞痛感越发强烈，她伸手按住小腹，紧紧地咬住唇。

权北倾这下彻底地皱起了眉头，大手落在她的肩膀上，上半身也朝她倾斜过来：“哪里不舒服？肚子痛？”

“你……你别过来。”姜夏惊慌地推他，满脸慌张与羞耻，“你能不能让司机先停一下车？”

权北倾微微地眯眼，但见她这副浑身发颤的小模样，也没逼问，低声吩咐道：“停车。”

司机把车停下。

姜夏伸手吃力地拉下前后座之间的挡板，咬唇道：“你把头转过去一下，等我说‘好’才能转回来！”

权北倾盯着她看了几秒钟，微微侧过了俊脸。

姜夏抽了几张纸，试图先把坐垫擦一擦，然而才撑着站起身，小腹就一阵刀绞般的疼痛。她鼻间才发出轻微的痛哼声，权北倾就已经转了过来。

“啊，你别看！”姜夏被吓得忙要遮挡，但男人的一双大手已经伸了过来——她整个人直接被抱了起来。

姜夏惊呼出声：“权叔叔不要，好脏……”

权北倾一眼就看见了坐垫上的鲜红血迹，瞬间就明白了是怎么回事。

姜夏正害羞得手足无措，权北倾已经飞快地脱下了西装外套，包裹住她的下半身，将她抱到自己的腿上坐着。

男人用另一只大手接过女孩儿手上的纸巾，微微倾身，伸手擦拭坐垫。

姜夏没想到他竟然一点儿也不嫌脏，忙去抢纸："权叔叔，我来擦吧！"

权北倾当然不会让她来，擦完后把纸巾丢到了车内的纸篓里。

姜夏看见坐垫上还有一些擦不掉的痕迹，估计是不能用了，不由得愧疚地小声说："这个坐垫是不是很贵？"

这不会要几十万元吧？

权北倾没回答，只是垂眸看她，唇角勾着迷人的微笑："这次是真的来例假了，还是番茄酱？"

姜夏想到他第一次回星海湾，自己为了躲避罚站用番茄酱冒充例假的事，脸色不由得涨红："这次是真的来例假了！"

话一出口，她立即意识到自己说了什么，忙闭紧了嘴巴。

为什么她总是被他套话？

权北倾仍嘴角含笑，也不逗她了，侧首瞥了眼车窗外："不撒谎的乖女孩儿，要买卫生棉应急吗？"

"卫生棉"三个字被他用低沉悦耳的嗓音说出来，有一股说不出的暧昧。

姜夏红着脸蛋儿："你放我下来，我自己……"

不等她说完，权北倾已经抱着她下了车。

姜夏娇小的身体蜷缩在他的怀里，就被他这么抱着走进便利店。

店员笑着迎上来："帅哥，要买什么呀？"

姜夏刚想说话，就听见了权北倾低沉的声音——

"卫生棉在哪里？"

店员微笑："是要帮女朋友买卫生棉吗？在这边。"

姜夏的心口蓦地一跳。不等她说什么，权北倾已经低低地应了："嗯。"

女朋友……他应该也是不想费口舌解释才这么应的吧？可是为什么她的心跳得好快？

在店员的引导下，权北倾抱着姜夏走到货架旁，抬眼扫了一遍，低声问她："要日用的还是夜用的？"

姜夏整张脸都红得快滴出血来了："夜……夜用加长的。"

权北倾的手臂长，抱着她也能拿到货架上的东西，他选了个最贵的牌子。

店员问："帅哥，你女朋友平时用这个牌子的吗？"

权北倾本来是不会轻易接别人话的，但大概是这个店员用的某个词让他听了心情愉悦，于是难得淡淡地道："她平时都用进口的。"

店员羡慕地看着姜夏，忍不住感叹道："哇！小美女，你的男朋友对你好好啊！"

姜夏咬着下唇，不知道该怎么接话，但不说话又显得没礼貌，最终轻轻地应了一声。

权北倾唇角的笑意更深了。

来到收银台前，权北倾让姜夏从他的口袋里拍了张一百元纸币，语气淡淡地朝店员道："不用找了。"

顿了顿，他淡淡地加了句："我女朋友说谢谢你的介绍。"

店员羡慕得两眼都要冒桃花了。

姜夏羞得连头都不敢抬。直到被权北倾抱着走向便利店的洗手间时，她才听见头顶响起男人富有磁性的嗓音——

"人家误会了，我只能配合你演戏。"

他配合她？她哪里说过什么？明明是他说的才对。

姜夏的脸红通通的，她想反驳又说不出口，最终磕磕巴巴地憋出一句："你……你对女朋友肯定比对我更好。"

他淡淡地道："没有女朋友。"

她"哼"了一声，道："我才不信！"

男人低低地笑了："养一只小刺猬就够了，我可不想养第二只。"

姜夏鼓了鼓脸："你又不可能永远没有女朋友。"

权北倾低沉地笑道："你这么不会照顾自己，我大概是要养你一辈子了，哪里还有精力找女朋友？"

姜夏瞬间心跳漏了一拍，脑袋在他的怀里埋得更深："你就知道数落我！"

男人带着戏弄的声音在她上方响起——

“洗手间到了，你要我抱你进去换吗？”

姜夏蓦地抬头，赶忙从他的怀里下来，抢过他手里的卫生棉就转身走了进去。

哼，他就会故意逗她玩儿！

等她换好卫生棉走出来，权北倾仍旧站在外面，一看见她就用手里的西装外套裹住她的身体，重新将她拦腰抱起，不让她多走一步路。

回到星海湾，权北倾把姜夏抱回二楼的房间，让她冲洗换衣。

一楼的客厅内，权北倾拨通了顾景的手机号。

那端很快就接了起来，顾景悦耳的笑声传来：“哟，我们权总是不是知道我在医院，主动给我打电话关心我呀？”

“你在医院？”权北倾淡淡地道，“那正好，你现在去一趟妇科，让主任医师接电话。”

顾景：“为什么？你要看妇科？”

权北倾：“我养的小女孩儿来例假了，让你去就去，不要废话。”

顾景：“你都不问问我为什么在医院？”

权北倾：“还能接电话，至少没残废。”

顾景：“呵呵，你跟暮舟潇洒，就留我一人在燕门辛苦工作，你们的心里早就已经没有我了是吧？”

权北倾：“不是。”

顾景：“那你说……”

权北倾：“你误会了，我的心里从来没有过你。”

顾景一时语塞。

权北倾向妇科的主任医师简单地询问了来例假的注意事项。

要挂电话的时候，顾景冷酷绝情地说：“权北倾，这是我们之间的最后一个电话。”

权北倾：“嗯，以后视频通话。”

顾景无语。

挂断电话，权北倾看了看腕表，起身上楼。

他敲门的时候，姜夏刚换好衣服，没想到他的时间掐得这么准："权叔叔，你怎么知道我洗好了？"

"你每次洗澡都是半个小时。"权北倾拦腰抱起她，边下楼边说，"偶尔几次不想背单词，借口洗澡躲在浴室里偷看电视剧，你会故意开着吹风机。"

姜夏一时语塞。她还以为自己掩饰得很好，沾沾自喜地以为瞒过他了呢。

她顿时心虚地不敢说话了。

孔管家听说姜夏来例假肚子痛，立即给她灌了热水袋，又邀功般地说："夏夏小姐，我学会了超级好吃的红糖煮蛋，已经煮好了。"顿了顿，他挠着头说，"你用热水袋焐焐肚子，我端过来喂你吃。"

他话音刚落，只听厨房内传来"砰"的一声，权北倾淡漠的嗓音传了过来——

"盆栽我不小心打翻了，你进来收拾一下。"

孔管家忙跑进去一看——这哪里是不小心？权北倾还能不小心一次性地打翻三个吗？而且盆栽还都不是放在一起的，权北倾又不是长臂猿！

这收拾起来，他估计至少要半个多小时。

权北倾端起旁边的红糖煮蛋，显然是要出去喂姜夏，这个目的性就很明显了。

孔管家气得直跺脚："少爷！你……"

权北倾侧首看他，淡淡地眯眼："我怎么了？"

孔管家瞪大眼睛看着他，一秒钟、两秒钟……第七秒钟的时候到底还是㞞了。他屈辱地拜倒在强权下，极度不情愿地说："你今天好帅。"

权北倾显然很满意这个答案："晚餐加两个鸡腿。"

孔管家一时语塞。他不要吃鸡腿，会发胖。他要喂夏夏小姐啊！

姜夏恹恹地趴在餐桌上，听见声音抬起头，好奇地问：“权叔叔，你跟孔伯在说什么？”

男人淡淡地带过：“没什么，他说晚饭想吃鸡腿，他向来事比较多。”

孔管家蹲在厨房里，一边收拾满地的泥巴，一边默默地抹泪——只恨年轻的时候就知道吃没混出头，他要是也当个总裁什么的……唉，说多了都是泪。

权北倾在女孩儿身边的椅子上坐下，把她抱过来。

姜夏怕被用人看见，用手推他：“我……我自己坐。”

权北倾十分专业地陈述：“医生说来例假的时候坐着椅子会不舒服，尤其是你的血量多，颜色深，说明你宫寒……

“你……你不许说了！”姜夏简直要羞死了，怀疑这男人就是故意的，“你又不懂女孩子的这些事。”

“我问过医生了。”

姜夏蓦地咬住下唇。

他竟然还特意打电话问医生，她又不是生病了。

权北倾让女孩儿坐在自己的腿上，一只手揽住她，另一只手舀起一勺汤送到她的嘴边，低低地道：“不烫，张嘴。”

姜夏平时是不怎么喜欢吃煮蛋的，乖乖地喝了一口汤后，小声地说：“权叔叔，我不吃那个鸡蛋可以吗？”

权北倾用指腹擦拭她的嘴角：“那我们只喝汤，好不好？”

“好！”姜夏才刚点头，就见权北倾用勺子把煮蛋给碾碎了，跟汤融为一体。

姜夏一时语塞。

“乖女孩儿都是不食言的。”权北倾抚着她的脸蛋儿，低声哄道，“只要你乖乖地喝完，今晚就不用背单词，想看电视剧、吃零食都可以，嗯？”

姜夏在心里挣扎了一番，最终还是乖乖地喝完了那碗红糖煮蛋。

权北倾抱她上楼。姜夏因为小时候在孤儿院里没养好，导致体质不好，有痛经的症状，来例假的前两天，尤其是晚上会特别痛。

她本来还想晚上看电视剧的，可现在根本提不起精神，有福都享不了！

姜夏神色恹恹地趴在床上，想吃片止痛药，但已经走了的权北倾又进来，手里还拿着重新灌好的热水袋。

姜夏有气无力地说："权叔叔你不用监督我了，我今晚看不了剧了，肚子痛。"

"嗯，我监督你睡觉。"

权北倾在她的身侧躺下，伸手将女孩儿搂到自己的怀里，薄唇凑到她的耳畔，炙热的呼吸让她浑身都软了下去："听我的，闭上眼睛，一会儿就不痛了。"

边说，他边用温热的大掌抚在她的小腹上，轻轻地替她揉着。

姜夏以往来例假的第一天都会痛到打滚儿，睡不着，但今晚很奇怪——权北倾帮她揉肚子，她竟然奇迹般地没感觉到痛，舒服地睡了过去，一夜无梦。

姜夏醒来时，权北倾已经不在了。她翻了个身，伸手抓过枕头，还能嗅到上面有他的味道——他昨晚肯定是睡在这里的。

他们怎么总是不小心睡在一起？

不行，以后不能再这样下去了，不然她要是习惯了，以后一个人都睡不着了。

她好不容易才习惯了一个人就能睡着，不能重蹈覆辙！

姜夏拍了拍脸，起床洗漱。

今天早上姜夏有课，吃过早餐后，由司机送她去华影。

她刚走进校门，宝哥的两名小弟一眼就看见了她。

一个小弟立即大声喊道："夏姐来了！"

另一个小弟道："快集合！列好队形！"

小弟们一个传一个，一时之间，几十个小弟从各个角落里冲了出来，整整齐齐地列成一排，一齐朝她鞠躬："恭迎夏姐来上思修课！

全体鼓掌！”

小弟们憨笑着“啪啪啪”地鼓掌，掌声十分热烈。

姜夏：不是说了不要这么浮夸的吗？而且上思修课有什么好鼓掌的啊？她本来还准备逃课去看《蜘蛛侠》，现在他们这么一声张，还逃什么课啊？

姜夏简直要崩溃了，感觉到四周投来的异样目光，忙遮住脸往里走去，真是一辈子的脸都丢光了。

此时（5）班的教室内，宝哥正一脚踩在椅子上，跟边上的男同学“叽里呱啦”地传授怎么追女生，眉飞色舞的，口水喷了人家一脸。

忽然有人叫了一句：“姜夏来了！”

宝哥一秒钟从风流大哥变成乖巧小弟，“嗖”地放下腿，转身拉开姜夏的椅子，笑呵呵地说道：“夏姐早上好！”

姜夏走过去坐下，一把拽过他的衣领，小声说：“我不是说了以后要低调吗？你想害我逃课失败吗？”

“这点夏姐放心！”宝哥立即转身，冲教室外打了个响指：“都出来，夏姐要逃课，准备打掩护！”

姜夏无语地彻底放弃了抵抗，闷闷地趴在课桌上。算了，她今天就上一下思修课吧！

宝哥又神秘兮兮地凑过来，露出一脸得意的笑容：“夏姐，我跟你说，我马上就要成为我们学校跆拳道社的社长了！”

姜夏抬了一下眼皮：“你不是副社长吗？”

“社长去拍戏了，所以没空管理社团，后天在会馆进行比赛，我跟另一个副社长打一场。”宝哥拍拍胸脯，霸气十足地说，“我有信心能赢！不过——”

他忽然放低声音，俯下身：“夏姐，我想请你帮个忙。”

姜夏微微挑眉：“啧，让我猜猜是什么忙……你如果当选了社长，肯定要上台发表演讲，所以你想当众跟欧阳晴表白是吗？”

宝哥当即就红了脸，粗声粗气地反驳：“不是！”

姜夏双手环胸，往后靠在椅子上，跷起一条细腿：“不是表白啊？那这个忙我不帮啊！”

“夏姐！”宝哥在她的身边蹲下来，挠了挠头，“那个，你也知道，欧阳晴傲得很，平时一副谁都不想搭理的样子——我那群小弟非要起哄让我追，我这不是给他们点儿面子嘛！”顿了顿，他还补充道，“也不是我自己要追的。我反正无所谓的，就一个稍微漂亮点儿的女孩儿而已。”

姜夏眯眼看着他，看得宝哥都快把头挠出洞了才笑着问道：“所以你想让我把她约到会馆去？”

“哼，她可难约了，冲得很！”宝哥怒气冲冲地说，随即又立即解释，“当然，我是没怎么约过她的——我才没那闲工夫。”

姜夏也不戳破：“那你确定我约她，她就会去？”

“夏姐你肯定不一样啊！”宝哥贼兮兮地笑，“你这不是在舞台剧的时候赢了白雪妍，拿了最佳新人奖嘛！欧阳晴最讨厌的就是白雪妍了，所以你去约她肯定管用。”

姜夏的笑意越发深了：“啧，你对她挺了解啊！”

“这都是我小弟搜集来的，听多了也就记住了！”宝哥急切地说，“反正夏姐您就说行不行吧？要是不行的话，这事也就算了。”

姜夏最后还是答应了。

宝哥一听她说行，说了句“谢谢夏姐”就找借口走了，仿佛生怕再被姜夏问出什么来。

课间休息时，姜夏站在走廊上打手机游戏，面前忽然传来脚步声。

白雪妍一身名牌套装，踩着高跟鞋优雅地走过来，漂亮的脸上妆容精致，仍旧是十足的“女神范儿”。和穿着休闲卫衣和铅笔裤的姜夏比起来，白雪妍更显得高贵。

姜夏抬了抬眼皮，笑了：“‘白女神’是来找我算账的吗？这里可是学校，你应该把你那层‘女神’的皮伪装好啊，露馅儿就糟糕了。”

白雪妍在她的面前停下，冷冷地道：“姜夏，你很得意是吗？”

姜夏仍旧笑：“还好啊。”

白雪妍弯唇冷笑：“你以为那天在咖啡厅，你设计妈妈偷听我们说话会对我造成什么影响吗？我告诉你，姜夏，妈妈不会把我赶出去的！我照样可以住在宁家，照样是宁家的女儿，你没什么好得意的！”

“是吗？”姜夏舔舔唇，忽然倾身朝白雪妍靠过去，“那你为什么气成这样啊？我怎么感觉你应该被骂得很惨呢？”

白雪妍眼中闪过一抹恨意，忽然又笑了：“怎么，姜夏，你现在勾搭上了宝哥，底气很足了是吗？你以为他在华影算是最厉害的？”

“怎么什么事到你的眼里都是勾搭啊？”姜夏挑眉，“哦，我想起来了，跆拳道社的另一个副社长……好像叫谢天来着，是你的疯狂追求者吧？难道你们勾搭上了？”

“我没你那么龌龊！”白雪妍冷嗤，不屑地道，“而且，你真的以为宝哥能打得过谢天？”

“能不能，后天比赛见分晓啊！”姜夏忽然眯眼，“你与其这么关心这些事，不如好好想想该怎么哄好宁夫人。毕竟你那天在咖啡厅里说她又老又丑，她回家后肯定没少给你甩脸色吧？”

白雪妍的脸色一变，蓦地攥紧了手，但现在她确实也不好做什么，冷声说：“姜夏，你别得意得太早！宝哥不可能成为你在华影的后盾，你也别想靠他来对付我！”

“我不需要什么华影的后盾，这一点你需要明白。另外，”姜夏收起手机往教室里走去，擦肩而过时拍了拍她的肩，“你有点儿臆想症啊，该去看精神科了。”

白雪妍看着姜夏的背影，眼中的恨意越发深重，指甲不由得深深地掐入掌心内。她忽然想到什么，快步走到走廊尽头没人的地方，拿出手机拨号。

那头的谢天很快接起来，语气有些惊喜：“雪妍，你今天怎么主动给我打电话了？”

白雪妍的语气十分高傲："哦，我听同学们说，你后天有一场竞选跆拳道社长的比赛，对手是宝哥。"

"是的。"谢天激动地说，"雪妍，你来看我比赛吧！只要你能给我加油，我一定会赢给你看的！"

"你想让我去看，也不是不行，"白雪妍缓缓地说，嗓音放柔，"但我有一个要求。"

谢天连连点头："什么要求？我都可以答应！"

"你要在比赛的时候替我做一件事……"

转眼到了后天。

跆拳道社长的竞选比赛的时间定在上午 9 点半，姜夏因为来例假导致早上不小心起晚了，到学校时已经快赶不及了。

等她拉着欧阳晴跑进会馆的时候，主持人正宣布比赛马上开始。

呼，幸好赶上了。

"喂喂喂，跑什么跑啊，我发型都跑乱了！"欧阳晴甩开姜夏的手，冷哼一声，伸手梳理长发，"姜夏，我可告诉你，要不是因为你在舞台剧上让白雪妍出丑算是帮我报了仇，我才不会跟你来这里！"

姜夏也不介意欧阳晴的态度——毕竟这是自己的小弟宝哥喜欢的女孩子嘛！于是她笑着对欧阳晴说："带你来看惊喜啊！"

"不就是打架，有什么好看的？"欧阳晴十足地不情愿。

姜夏把她拽到位子上，才一坐下，宝哥的那些小弟们就跑了过来："夏姐好！宝嫂好！"

"喀喀……"欧阳晴直接被口水呛到，抬头怒瞪向他们，"谁是你们宝嫂啊？别乱叫！"

"就是啊！"姜夏也瞪了他们一眼，"现在还不是，等是了再叫，赶紧改口。"

欧阳晴看了一眼姜夏，心想：哼，这还差不多。

她嫌弃地说："就是，赶紧改口！"

几个小弟面面相觑，抓耳挠腮地问："那夏姐，我们要叫她什么啊？叫不好宝哥会砍死我们的！”

姜夏果断地说：“不是说了吗？现在还不是宝嫂，所以当然是叫准宝嫂啊！”

小弟们恍然大悟，齐齐鞠躬喊道：“准宝嫂好！”

欧阳晴：都是什么玩意儿啊！原来学校都传姜夏是个不近人情的冷酷地痞——这人根本不冷酷啊，这么滑头！

欧阳晴索性冷酷地别过头不理他们。

主持人上台宣布后，跆拳道社的两个副社长——谢天和宝哥，分别从两边上场。

台下是两个阵营的小弟们的疯狂呐喊声。

“天哥万岁！天哥跆拳道社最帅！天哥必胜！”

“宝哥亿岁！宝哥跆拳道社最硬！宝哥一捅破天！”

姜夏：“你们真的不打算改一改口号吗？”

但小弟们的呐喊声已经淹没了她的声音。

姜夏满脸无奈，心想：这关系到宝哥的声誉问题啊，可别让欧阳晴误会宝哥。

于是姜夏扭头准备解释一下：“我说，你千万别误会……”

一旁的欧阳晴却是表情惊喜：“哇！一捅破天，这个口号很帅啊！”

姜夏：你们真的注定是一家人吧！

比赛很快正式开始。

谢天和宝哥的身高都在一米八以上，只是谢天的身材要更加劲瘦一些，但两个人看上去旗鼓相当，难分伯仲。

两人身上穿着跆拳道服，各站一边，扭动手腕，蓦地冲向对方。

下面的呐喊声更激烈了，气氛被烘托起来，姜夏坐在下面看着，也莫名地紧张起来。

这种比赛真是刺激啊！

刚开始比赛的时候，两个人还是不分上下的。但很快，宝哥渐渐地处于弱势，连续两次被谢天的拳头打中。

天哥的小弟们高兴地鼓掌喝彩，宝哥的小弟们则是更大声地加油打气。唯独姜夏发现了不对劲——宝哥在打的时候，好像一直在伸手揉眼睛？

他是看不清吗？姜夏不由得抿起了唇。

果不其然，接下来的时间里，宝哥发挥得越来越差，竟然会在正面冲突的情况下，被谢天用膝盖顶中，摔倒在地。

这么明显的招式，只要他能看清，应该可以直接躲过才对！姜夏疑惑得蹙起了眉。

一旁的欧阳晴似乎也看得紧张了，不由得抓住姜夏的手臂："喂，姜夏，宝哥怎么了？"

话音刚落，就见台上刚爬起来的宝哥又被谢天狠狠地一拳抡倒在地，鲜红的血从宝哥的鼻间流下来。

而宝哥趴在地上，第一反应竟然不是摸鼻子，而是不停地伸手去揉双眼，似乎很痛很痒的样子，连面容都有些扭曲了。

"没用的废物！"谢天居高临下地看着他揉眼睛的动作，眼中闪过一抹得意之色，一脸势在必得的嚣张，"就凭你，还敢跟我争跆拳道社的社长？"

宝哥死死地咬牙，眼角痒得不断地流出眼泪。他攥紧了手，强撑着站了起来，想要朝谢天挥拳过去——

可因视线已经变得很模糊，他根本看不清，拳头还没挥过去就被谢天拦住了。紧接着，谢天嗤笑一声，一拳狠狠地砸在他的嘴角上。

"砰"的一声，宝哥再次被抡倒在地，嘴角溢出鲜血。

姜夏猛地从位子上站了起来。

那边，谢天的小弟们都"哈哈"大笑起来，肆意地嘲讽宝哥——

"哈哈哈，宝哥真没用啊！爬不起来就赶紧认输吧！"

"就是，给我们天哥磕个头，我们天哥就饶了你！"

"宝哥还比不上我们天哥的一根手指头，滚出跆拳道社吧！"

…………

而谢天则单手叉腰，嗤笑道："起不来就认输吧，我不会为难我的手下败将！"

姜夏一下子就听出来谢天这话是在激宝哥。果然，宝哥听见后攥紧了拳，低吼一声，咬牙爬了起来。他不甘心地朝谢天冲过去，但结果仍旧是被一拳打倒在地。

只要宝哥被打倒，谢天就会用很伤自尊的话激他——宝哥再爬起来，然后再被打倒。

如此反复不过一会儿，宝哥就已经满脸鲜血，道服上也沾了血，趴在地上剧烈地喘息，狼狈至极。

谢天还在得意地冷笑："你不是平时横得很吗？有本事继续打啊！"

宝哥的小弟们都急死了，眼见着宝哥还想挣扎着爬起来。

这下连欧阳晴都坐不住了，蓦地站起来，喊道："喂！他就是想打你而已，你是傻吗？别起来了！"

似乎是被欧阳晴的声音刺激了，宝哥忽然开始愤怒地发抖。他喃喃地说着什么，突然爬过去抱住谢天的腿——谢天毫不留情地将他一脚踢开。

宝哥被踢得跌出去，撞在台柱上。两个小弟立即冲上去扶他："宝哥！"

"哈哈哈，没用就是没用，真是不经打！"谢天双手环胸，"现在结果已经很明显了，是我赢了！下一届的社长是我！"

台下顿时爆发出一阵议论声。华影校内最出名的社团就是跆拳道社，今天的这场比赛，很多同学都来围观了，整个会馆里坐满了人。

而此时，一个谢天的小弟跑上来，把一个信封递给他，小声地说："天哥，这是我们在后台的更衣室里找到的。"

"哟，粉色的信封啊。"谢天用手指夹着信封晃了晃，而后粗鲁地撕开，展开信纸，"啧啧，原来是我们宝哥告白的情书啊！"

他有模有样地念了起来："亲爱的欧阳晴小姐，我知道你可能瞧不上我，但我很想告诉你——在开学第一眼见到你的时候，我就被你的魅力所折服……”

台下的欧阳晴微微一愣：“你还给我！”

而鼻青脸肿的宝哥听见这些话，仿佛被人拉下了遮羞布。他愤怒地推开小弟，起身摇摇晃晃地冲过去要抢信纸。

谢天哪里会让他抢到，边躲边念道：“欧阳晴小姐，我喜欢你好久了，等我今天赢得了比赛，我就……

“哈哈哈，就你这种没用的人，哪儿来的自信啊？”

台下顿时一片哄笑。

“你还……还给我！”宝哥疯了般地要抢，但眼睛看不清，狼狈地跌倒了又爬起来。

谢天还在大笑着念道：“欧阳晴，你知道吗？你笑起来像最美的花……”

话还没说完，一只嫩白的手忽然伸过来，一把抢过了他手里的信纸。谢天一愣，低头就看见穿着橙色卫衣的娇美女孩儿站在他的面前。

姜夏一双金棕色的美眸冷冷地看着他：“住口！”

谢天在看到那张漂亮的脸时愣了愣，随即回过神来，下意识地伸手就要把信纸抢回来。

姜夏一扬手躲开他的手，冷冷地道：“大庭广众之下念别人的情书，这就是你的素质吗？”

谢天眯起眼睛，丝毫不畏惧这个身高连一米七都没有的娇小女孩儿，笑道：“我马上就要成为跆拳道社的社长了，帮我们的社员宝哥念一下情书，这不是乐于助人的表现吗？”

“你没资格这么做！宝哥并不是自愿的，”姜夏冷淡地说，“而且你凭什么认为你能成为社长？”

谢天似乎觉得好笑：“刚才我赢了比赛，这还用问？”

姜夏说：“但宝哥很明显是眼睛不舒服。他现在双眼血红，我们有理由怀疑是你动了手脚。”

“你胡说！”谢天顿时怒了，“拿不出证据就别在这儿胡说八道，小心我告你诽谤！”

姜夏不疾不徐地说：“证据肯定早就被毁灭了，谁做坏事会留着证据？”

谢天更生气了：“那你还说什么啊？我赢了，社长就是我。”

“你以为宝哥这边没人了是吗？”姜夏冷笑，“而且，就算你赢了宝哥又算什么，你敢跟我打吗？”

“跟你打？”谢天眼露蔑视，嗤笑，“你算什么东西？你连跆拳道社的社员都不是吧？”

“所以你不敢跟一个不是社员的人打吗？”姜夏激他，“那你也够没用的。”

“谁说我不敢跟你打？”谢天禁不住激将，更何况还是在这么多人的面前，立即说道，“我只不过是不想把你打伤而已，而且你应该知道，只要上了台，受伤的话后果都是自负的！”

“我当然知道，那就准备开始吧。”姜夏那双美眸扫过台下的观众，还有裁判员、主持人，“大家都是见证人，如果我赢了，那社长就不是谢天了，而是我——”她说着看向谢天，微微一笑：“你敢吗？”

“当然！”谢天轻蔑地说，“难道我还打不过你一个小丫头吗？你可千万别打不过就哭哭啼啼的。你要是输了，宝哥还有他的那些小弟，全都退出跆拳道社！”

“行，”姜夏点头，“成交。”

比赛进行到一半突然生变，台下顿时议论纷纷，但大多数人都认为姜夏不自量力。跆拳道社最厉害的就是宝哥和谢天，如今宝哥被打败，谢天无疑是社长。姜夏看起来柔柔弱弱的，怎么可能打得过谢天？

主持人和裁判员商量过后，宣布 20 分钟后开赛。

宝哥被抬到后台休息室里，小弟则去叫医护人员来。姜夏蹲在边上，看见宝哥眼眶通红，不断地流着眼泪。

欧阳晴坐在边上，虽然没表现出什么，但眼里是有担忧的，忍不住轻声问姜夏："我看他很难受的样子，要不要送他去医院？"

"刚才我问过了，宝哥平时会戴隐形眼镜，而且他是住校的……"姜夏抿了抿唇，"应该是谢天在他的隐形眼镜上动了手脚，但不会有什么危险的。谢天只是想赢比赛而已，不敢闹出大事。"

而且这种事没有证据，因为宿舍里不会有摄像头，宝哥一方很难调查。

所以姜夏才更加看不惯——谢天简直卑鄙至极！

宝哥睁不开眼睛，听见姜夏说话，艰难地伸手过来："夏……夏姐，你想办法让欧阳晴先走，别让她看见我这样。"

欧阳晴刚要开口，姜夏抬手阻止了她，拍拍宝哥的肩："你放心吧，她刚刚有急事先回去了，还让我跟你说一声抱歉呢。"

宝哥闻言顿时松了口气，连连点头，喃喃道："那就好。你……你别跟谢天那小子打……"

"没事，我有分寸。你不是叫我一声夏姐吗？"姜夏笑着说，"我总得担得起这声'姐'啊！"

姜夏站起身往更衣间走去。

欧阳晴跟上来几步，拉住她，犹豫地说："喂，你……"

"我总不能不管我的小弟吧？"姜夏开玩笑般地说，侧首朝休息室里看了一眼，"你照顾他！"

欧阳晴："你刚刚不是跟他说我走了吗？"

姜夏："那你亲口跟他说你回来了，不是更让他心潮澎湃吗？"

欧阳晴："难道你是恋爱高手吗？你明明是单身啊！"

姜夏一时语塞——但为什么欧阳晴第一反应竟然觉得自己不是单身？这真是一大错觉……

此时，谢天的休息间内。

谢天信心十足地说："雪妍，你放心吧，我还赢不了姜夏那个小丫头？"

白雪妍站在边上，眉头紧蹙："不，我亲眼见过姜夏打架，她没你想得那么柔弱，很能打的。”

原来在孤儿院里的时候，江辞就很能打，白雪妍曾经见过他只凭一根木棍就能一挑三。姜夏是江辞手把手教的，七年时间过去了，她势必不会变弱。

谢天皱眉：“不可能吧，她能厉害到哪里去？”

“你小瞧她，就一定会输给她。”白雪妍咬了咬唇，“不行，不能让她赢，我觉得还是要保险一点儿比较好。你在这里等我。”

她说完，转身走了出去。

姜夏在更衣间里换上了跆拳道服，突然想起来自己的例假还没结束。已经第三天了，她虽然好了不少，但肚子还是隐约有点儿痛。

所幸她为了逃课看电影早有准备。姜夏从包里掏出一盒缓解的药，起身准备去倒热水。

身穿帅气篮球服的宁易辰忽然推开门大步走了进来，一见面就立即拽住她：“姜夏，我听说你要跟谢天比赛？”

“对啊，你赶紧把手松开，”姜夏忙要挣脱，“注意点儿影响，学校里百分之八十的女生是你的粉丝！”

宁易辰皱着眉：“我不允许你打！”

姜夏挑眉：“我干吗要你允许？”

他以为他是权叔叔吗？她只是看见权叔叔才㞞，在别人的面前都很强硬的。

宁易辰抿唇，几秒钟后说：“我要跟你的叔叔见面，今天放学后你带我去见他。”

姜夏心想：他又想害她被骂了吗？

她忙说道：“不用了，他不允许我谈恋爱。”

宁易辰：“我会说服他，他看上去不像是不讲道理的人。”

姜夏心想：权叔叔根本不需要讲道理——他就是道理本身。

姜夏无奈地摆摆手：“你先让让，我要倒热水吃药。”

宁易辰拧眉盯着她几秒钟，而后妥协般地松开手：“你坐着休息会儿，我去给你倒。”

他转身走了出去。

外面的休息厅内，白雪妍站在饮水机旁，看见他忙甜甜一笑："易辰哥哥，你今天不是有篮球比赛吗？怎么过来了？"

"过来看姜夏比赛。"宁易辰简单带过，"你让一下，我给姜夏接杯热水。"

"我来吧。"白雪妍忙转过身，俯身拿一次性纸杯接水，"易辰哥哥，夏夏能赢吗？我有点儿担心。刚刚我去跟谢天说了，让他手下留情。"

她一边说话，一边用半边手臂挡住纸杯，将一些白色的粉末从袖口抖进了杯子里。

宁易辰冷着脸："她一直这么任性，你又不是第一天知道。"

白雪妍听见他这带着宠溺意味的话语，手微微一抖。但她很快就恢复正常了，站直身体将纸杯递给他，微笑道："那易辰哥哥你快端去给夏夏喝吧，帮我跟她说一声'加油'。"

姜夏坐在更衣间里揉着小腹养精蓄锐。待宁易辰把热水端进来。她把药吃了，起身去洗手间。

她出来后在水池前洗手，陡然感觉到一阵强烈的眩晕。

姜夏试图站直身体，晃了晃险些没站稳，胃里像是有什么在翻涌，搅得里面渐渐疼痛起来。

是刚才的那杯水有问题？不，宁易辰不可能害她的——但不排除他也被人算计了。

姜夏想到刚刚下台时，看到白雪妍也在，她坐在谢天那边……难道是她？

姜夏咬紧下唇，现在想这个也没用。她再次拧开水龙头，不停地掬冷水往脸上扑，可是于事无补。她只觉得胃越来越痛。

姜夏咬唇，伸手扶住了墙。

不行，她必须打赢这场比赛，否则宝哥他们都会被赶出跆拳道社。

她点头答应的事，就必须负责到底。

姜夏强撑着走回更衣室，从包里摸出手机拨号。

屏幕上“权大魔头”四个字亮着，让她莫名地渴望听见他的声音。

手机响了几声，通话很快被接通，男人低沉的嗓音响起——

“乖女孩儿，到家了？”她难得主动给他打电话。而她每周的课表，他手里都有一份，所以他对她的时间了如指掌。

姜夏咬了咬唇：“权叔叔。”

她刚出声，那端的男人立即听出不对劲，蓦地问道：“你怎么了？你在哪里？”

“我在学校，马上要参加跆拳道比赛。”姜夏忍着痛，断断续续地说，“可是我觉得……我好像被人下了什么药，现在胃很痛，直不起腰……我该怎么办？”

姜夏隐约听到权北倾似乎跟边上的人说了句“会议暂停”，然后是推开椅子起身的声音，还有急促的脚步声。

他低声地哄她：“没事的，在那儿等着，我马上过去。”

“你不是在邻市开会吗？你不用过来，我就是想问问你我该怎么办。”姜夏把手握成拳抵住胃，“有什么办法能缓解吗？这场比赛我一定要打。”

“姜夏，”权北倾绷着嗓音，低沉道，“不打了，你想打以后我建个跆拳道馆让你打个够。你现在就乖乖地在那儿等我，我们先去医院，嗯？”

“不，我要打。”姜夏摇头，语气固执，“是我刚刚亲口答应下来的，我不能退缩。”

男人嗓音更沉了：“姜夏，”他压抑着脾气，耐心地哄她，“你乖点儿，不要拿身体开玩笑，听话，现在先找个椅子坐着，什么都别想了，嗯？”

他的语气已经变成带着些愠怒的警告——他并不是什么好脾气的男人。这段时间对她的事，他已经快要花光 25 年来所有的耐心。

姜夏用力地咬了咬下唇，执拗地道："不，我不会放弃这场比赛的！我想问你，我现在怎么做才能缓解……"

权北倾已然极度不悦，冷声喊她："姜夏！"

"可是他们真心把我当朋友！"姜夏蓦地吼道，而后一字一字地说，"很少有人真心把我当朋友，我没有过什么朋友，所以我不想让我的朋友失望。"

权北倾迈出的脚步一顿，心脏像是被什么东西狠狠地撞了一下，一种异样的感觉从他的血液中弥漫开……他分不清是心疼，抑或是别的什么感觉。

手机听筒中有接近十秒钟的安静，他只听得见女孩儿略微急促的呼吸声。

很快，权北倾低沉地再度开口，没有再提别的，而是直接问："告诉我，你现在具体是什么症状？"

姜夏快速地说："他们肯定不敢下什么让我有生命危险的药。我现在就是胃里翻涌，很不舒服……"顿了顿，她只觉得胃部越发绞痛，"权叔叔，我该怎么办？"

权北倾低低地道："你去接一瓶温水，越多越好，喝进去然后吐出来，用水洗胃。趁现在药还没有完全被吸收，你反复洗几次，会好很多。"他低声补充，"记住，要温水，冷水刺激胃，会加剧痛感。"

"好，我马上就去。"姜夏深吸口气，强撑着转身出去，接了一大瓶温水走回洗手间。

她俯身撑在水池边上，按照权北倾教的方法，喝进去后吐出来，反复几次过后，确实觉得舒服了一些。

通话没有挂断，权北倾听着她痛楚呕吐的声音，全程没有说一句话，气息极其森冷。

察觉她吐完后，他才出声补充道："再喝一些热水，不要超过半杯，小口抿。"

姜夏照做，坐在更衣室的椅子上，确实觉得胃痛缓解了不少，但整个人还是虚弱的。毕竟她刚才吐过，药效可以缓解，彻底好起来却还需要时间。

外面有人喊她："夏姐，比赛马上要开始了，你换好衣服了吗？"

"好，我这就来！"姜夏应了一声，小声地对手机说："权叔叔，我去比赛了。"

手机那端的权北倾立即回应，语气极其冰冷："再喝一口热水。"

姜夏知道他很不高兴，但这时候也顾不上那么多，喝完后说了句"我去了，权叔叔"，就直接挂断了通话。

而这边飞速行驶的轿车内，季池胆战心惊地看着后座上拿着手机的男人，心想：夏夏小姐这是跟少爷说了什么啊，怎么感觉少爷下一秒就要屠城了？

跆拳道会馆大厅内，姜夏从后台走出来，脸色微微苍白。

而此时谢天也从另一边走出来。他换了件道服，身边有几个小弟在替他捶肩捏背，放松筋骨。

宝哥的小弟们则跟在姜夏的边上。

有个小弟忍不住说："夏姐，要不然算了吧，谢天真的不是好对付的！他好能打的，你……"

另一个小弟立即点头，担忧地说："是啊夏姐，别打了！你这么瘦，又是女孩子，这次就当我们认栽吧！"

姜夏扭动手腕，闭眼深呼吸，问道："你们就甘愿退出跆拳道社了？"

其实就算她不答应谢天，就凭谢天的为人，一旦正式成为社长，势必会想方设法地找宝哥这些人的麻烦，会逼到他们主动退社。

十几个小弟面面相觑。他们自然是不想退社的，但……

有个小弟性子直，一着急就直说了："可是夏姐，你是不可能打得过谢天的啊！你会被他打伤的，万一骨折什么的……"

这话一出，许多小弟顿时开始附和，你一句我一句地劝她不要打了。

此时，几道嘲讽的声音传来——

“这么瘦弱的女孩儿打什么跆拳道啊？”

“宝哥都躺在休息室里起不来了吧，可别再找个女孩儿上台丢人现眼了啊，赶紧认输吧！”

姜夏扭头，看见是谢天的几个小弟，正双手环胸，蔑视地看着她。

宝哥这边的小弟们立即就怒了，冲过去就想干架。

“轮不到你们在这里废话！”

“别冲动！”姜夏拦住他们——在这里闹事是要被记过的。

她掀起眼皮看向谢天的小弟们，冷冷地勾起嘴角：“难道是谢天怕打不过我，才叫你们过来跟我求和的？”

谢天的小弟们一愣，其中一个道：“你胡说什么？谁要跟你求和啊！”

“不是谢天害怕吗？”姜夏淡淡地道，“那你们既然认为他稳赢，不应该高兴地庆祝吗？跑到这儿来真的不是为了求和？还是想叛变到我们这儿来？”

这是什么歪理？可偏偏谢天的小弟们竟然一时无法反驳，瞪了姜夏几眼，最后骂骂咧咧地转身走了。

宝哥的小弟们虽然没再说话，但都是愁眉苦脸的。显然，他们认为姜夏跟谢天比是输定了的，而且还会受伤。

姜夏也没再说话，只是闭目养神，手握成拳抵住胃部，还是觉得很不舒服，毕竟刚刚吐过——药性虽然被缓解了，但要完全消失是不可能的。

主持人宣布比赛开始。

姜夏跟谢天同时上台，光是两人的身高的差距就让台下一阵议论了——姜夏矮了谢天不止一头，这怎么可能赢啊？

谢天嗤笑：“小妹妹，你要是现在认输还来得及，我可以给你……”

“打不打？”姜夏眯起美眸，冷漠地说，“你一个大男人也这么多废话吗？”

谢天震怒。他在华影虽然不及宁易辰，也还算受欢迎，从未被女生这样挑衅过。本来他觉得毕竟姜夏长得这么漂亮，现在认输，好好地道个歉，自己也能勉强接受，但没想到她竟然这么不知好歹。

今天他就给她点儿颜色看看！

谢天冷笑，蓦地朝姜夏冲了过去——姜夏迎面接住他的招式。

两人过了几招，谢天出手太狠，姜夏因为胃还在痛，头也有点儿晕，最后一下没躲开他的拳头。

谢天一拳砸在姜夏的肩上，然后反手将她摔在了地上，发出“砰”的一声。

姜夏狼狈地趴在了地上，耳膜震动，浑身骨头生疼。

她头顶传来谢天得意的笑声——

“打不过就认输吧，我可不想欺负手无缚鸡之力的女生。”

台下一片喧哗——

“姜夏怎么可能打得过谢天啊？一看就知道不可能啊。”

“就是啊，真是搞不懂她逞什么能，出什么头啊？宝哥明明就是输了。”

…………

众人一声声难听的议论不堪入耳。

姜夏的脸颊贴着冰冷的垫子，她听着这些话，素白的五指缓缓地收拢，直到攥紧成拳。

裁判员已经对着倒下的姜夏倒数：“5、4、3、2……”

谢天站在边上气定神闲地卷着袖子，一副认为自己已经胜出的表情。

不仅是他，全场的学生都是这么认为的。

谁都觉得就算姜夏能再爬起来，也不会傻到起来再找打了。

然而就在裁判员数到“1”的时候，姜夏却蓦地撑着地面站了起来。

她低着头，长发遮住了脸庞，令人看不清神色，而她的拳头松开又再度握紧，猛地朝谢天冲了过去！

谢天丝毫不把女孩儿的进攻当回事，扬起一拳就朝她回击过去。

下一秒，却见姜夏伸出双手握住了他的拳头！她整个人借助他的力道腾身而起，柔软的身体一旋转，长腿直接朝他的脖颈处踢去！

谢天猝不及防，被踢得脖子一歪，整个人朝一旁跌去。

姜夏旋身在另一边轻巧落定，再次抬腿狠狠地踢向谢天的侧腰！

谢天闷哼一声。连续被踢两下，他再也维持不住姿势，重重地摔倒在地。

台下众人顿时爆发出一阵惊呼声——

“天哪！姜夏踢倒了谢天？”

“妈呀，我都没看清姜夏是怎么出手的，这是练过的吧？”

“好厉害啊！我要去拜师了。”

姜夏表情冷漠，居高临下地看着谢天，粉唇冷冷地勾起：“没用就是没用，这么不经打。”

这句话，就是谢天上一场对宝哥说过的话，她现在原封不动地还给了谢天！

她的话引起台下众人一阵惊呼般的议论声，甚至有人鼓掌叫好！

这样才是对待对手最爽的方式！

宝哥的小弟们震惊得下巴都快掉了——夏姐竟然还有这身功夫？

谢天听见姜夏的这句话，气得一张脸都扭曲了。虽然脖颈、侧腰都很痛，但他深吸一口气，还是强撑着爬了起来。

台下的声音让谢天的自尊心受挫，他几乎是愤怒地再度朝姜夏冲了过去。

可无论他怎么挥拳，姜夏的招式都不变——她的身材本就娇小又轻盈，她只需抓住他的手臂就能腾身而起，双腿不断地踢向他的身体！

谢天尝试变换招式，可就算对她用腿，姜夏也能跳起来踩住他的膝盖再踢他——他根本躲不过。

不知道又打了几次，谢天再次被踢倒在地。

姜夏的胃部还在抽痛，但她站得很直，走到谢天的边上，低眸看他，冷冷地道："你不是平时横得很吗？有本事继续打啊！"

她还是在重复刚才谢天跟宝哥说过的话。

姜夏把每一句都原封不动地还给他，像是响亮的巴掌，狠狠地甩在了谢天的脸上。

谢天被气得胸口剧烈起伏，不断地咳嗽。

裁判员走了过来，对着谢天喊倒计时："10、9、8、7、6……"

台下谢天的小弟们都急死了，不停地冲谢天喊道——

"天哥，快起来啊！"

"天哥，你要输给一个小女生吗？快点儿起来啊！"

"天哥起来，把姜夏打趴下！"

谢天听见这些声音，拼了命地想要爬起来，然而身上被姜夏踢到的地方都酸痛不已。她好像是对准某些穴位踢的，让他竟然一下子就泄了力气，浑身又痛又软。

"4、3、2、1——时间到！谢天没有起来！"裁判员说着，转身拉起姜夏的手举高，"我宣布，姜夏胜利！"

而宝哥的小弟们则是高兴得跳了起来——

"哇！夏姐赢了！"

"夏姐最棒！"

谢天的小弟们差点儿气死了，纷纷用力地捶着台子："天哥怎么不起来啊？怎么回事啊？"

趴在地上的谢天闭上了眼睛，表情格外狼狈。

台下的学生们全都鼓掌欢呼！这场比赛太精彩了，他们本来都以为谢天赢定了，没想到竟然反转了。

谢天竟然被一个看似柔弱的女生打趴下了！光是这则消息，就足以让学生们津津乐道好一阵子了。

等裁判员宣布完输赢后，姜夏放下手，侧首看向所有人。她一字一顿地说："我赢了，所以这一届跆拳道社的社长将会是我。我想，你们应该没有意见吧？"

宝哥的小弟们："没有！"

天哥的小弟们面面相觑，但木已成舟，不可能当众公然反悔，半天憋出两个字："没有。"

姜夏点点头，视线随即落在趴在地上的谢天的身上，淡淡地问他："还有你，你有意见吗？"

谢天没有睁开眼睛，死死地咬着牙，好一会儿才从喉咙里挤出几个字："我没有意见。"

"很好，那就这么定了。"姜夏说完后跨过谢天，挺直背脊往台下走去。她现在只想找个地方躺一会儿，休息一下。

而此时，只听"砰"的一声，跆拳道会馆的大门被重重地踢开，几十名黑衣保镖冲了进来，迅速分两排整齐站定。高档皮鞋踩着地面的声音响起，穿着深色西装的英俊男人迈着长腿，逆光走了进来，仿若披着金芒。

学生们顿时惊呼出声："这是谁？"

姜夏因为照进来的光芒眯起了眼睛。她努力看清大步朝自己走过来的男人，粉唇动了动："权叔叔。"

她下意识地想要朝他走过去，然而才走出几步，视线忽然变得模糊，一阵强烈的眩晕感袭来。姜夏眼前一黑，直接倒了下去。

在姜夏即将摔到地上之时，身体被一双有力的手臂抱住了。权北倾低眸看着怀里陷入昏厥的女孩儿，一向淡漠的脸上闪过怒意。他俯身将姜夏横抱起来，转身就往台下走去。

第十四章
达到女朋友标准的只有你

保镖们迅速地推开两边看热闹的学生，双手挡着人群，给男人腾出一条宽敞的路。

权北倾走得很快，但在长腿迈下最后一级阶梯时，他的脚步顿住了。

他对抱着的女孩儿显然是用了保护欲最强的姿势，但那双不带一丝温度的黑眸里一片阴鸷，不轻不重的嗓音极具震慑力："谁对姜夏动了手脚，自己心里有数。"

顿了顿，权北倾微微侧首环顾四周，气场张扬："这件事，还没结束。"

丢下这句话，权北倾抱着姜夏大步离开了。几十名保镖护在他的四周，不让任何人靠近——有学生拿出手机偷拍，都会被保镖把手机拿过去删掉。

一时之间，整个会馆轰动了，所有人都在讨论刚才那个来抱走姜夏的男人是谁——他简直太帅了。他是这群学生从未见过的成熟男人，英俊到每一个动作都能俘获女人的心。

校长接到董事长的通知，急匆匆地赶来，但到的时候权北倾已经走了。

校长急得要死，正犹豫着该怎么打电话向权北倾赔礼道歉，一旁有学生跟他简单地说了刚才发生的事。

校长听完后吓得脸色都变了，一口气差点儿没喘上来，颤抖地指着被人扶起来的谢天："你……你疯了吗？竟然跟姜夏打！你知不知道她……？"

顿了一下，校长到底是没敢说出什么，话锋一转，愤怒地一拍桌子："你叫谢天是吧？跟我到办公室来！你今天竟然把女同学打昏了，学校绝对会严肃处理这件事的！"

谢天和他的小弟们一愣——校长，冤枉啊！明明是姜夏这位女同学把谢天给打趴下了！

医院，高级病房内。

姜夏其实是被饿醒的。她缓缓地睁开眼睛，入目是一张英俊迷人的侧脸。权北倾坐在病床的一侧，修长的手指轻轻地敲打在笔记本电脑的键盘上，神色专注。

姜夏张了张嘴，嗓音沙哑："权叔叔。"

在她喊出第一个字时，权北倾已经发现她醒了。他单手放下电脑，俯下上半身，微凉的薄唇落在女孩儿的额头上试温度——她退烧了。

充满荷尔蒙的男性气息忽然包围了她，姜夏的呼吸一屏，还未说话，权北倾就已经直起了身体，抬手按下医用铃。

医生和护士很快赶来病房。

简单检查后，医生恭敬地说："权先生，姜小姐之前是胃痛引起的低烧，目前已经没什么大碍了，我们的建议是再住院观察一晚。"

"嗯。"权北倾单手插入裤袋，淡淡地说道，"再给她开点儿巩固的药，确保药物不会对身体有任何不良的影响。"顿了顿，他又补充道，“我要的是百分之百。”

“是，权先生请放心。”医生和护士退了出去，病房内只剩下两个人。

权北倾给姜夏倒了杯热水，放在床头的柜子上，又重新拿起边上的笔记本电脑，继续办公。这回他没在床边坐，而是坐到一旁的沙发上去了。

姜夏总算察觉到哪里不对劲——从她醒来到现在，他都没跟她说过一句话。

她微微咬唇，想了想又喊他：“权叔叔。”

权北倾抬起眼皮看她，那淡漠的眼神仿佛在说“有话就说”。

姜夏反倒不知道该说什么了，皱起小脸看着他，好半天才随便找了句话说：“我……我已经没事了。你不去公司吗？”

权北倾放在笔记本电脑上的手指一顿。

这个小白眼儿狼，一醒来就要赶他走吗？

他这回索性不理她了，连眼皮都没抬。

姜夏气呼呼地鼓起脸：权叔叔是失声了还是怎么了？他竟然连话都不跟她讲了，她还躺在病床上呢！

正当她寻思怎么问清楚的时候，病房门被打开，孔管家拎着保温饭盒走了进来：“哎呀，夏夏小姐醒了！正好，可以吃晚餐啦！”

姜夏“哦”了一声，然后又对权北倾说：“权叔叔跟我一起吃吗？”

权北倾仍旧维持着处理工作的姿势，完全没理她。

孔管家以为他没听见，于是重复了一遍：“少爷，您跟夏夏小姐一起吃晚餐吗？我准备了双人份的。”

权北倾抬眸看孔管家一眼，又垂下头，惜字如金地淡淡道：“不。”

孔管家还记着前几天权北倾打碎盆栽让自己收拾的那份仇，才不管他吃不吃呢，转身就在病床边坐下，美滋滋地道：“那我就跟夏夏小姐一起吃两人份的饭吧！”

他将保温饭盒打开，热情十足地介绍着菜色，抬头却见姜夏盯着权北倾看，压根儿没听他在说什么。

孔管家顿时觉得万箭穿心，捂住胸口："夏夏小姐，你在听我说话吗？"

"在啊！"姜夏扭过头来，惊喜地睁大了双眼，"哎，孔伯，你是什么时候来的？"

孔管家无语：呵，人性！

姜夏今天体力消耗太多，又昏睡了一觉，所以晚餐吃了不少。在她吃完最后一口，放下筷子时，权北倾抬手合上了笔记本电脑，站起身就往外走去。

姜夏看着男人挺拔修长的背影，撇了撇嘴——不理她就不理她嘛，有什么了不起的，哼！他有本事一辈子不要跟她说话！

她坐在病床上，愤怒地虐待孔管家带过来的布偶熊。

孔管家洗了手出来，好了伤疤忘了疼，十分没骨气地说："夏夏小姐，你今晚需要一个陪夜的人，要不然我留下来陪你吧？"

姜夏捶打着布偶熊的屁股，仿佛在打权北倾，闻言，大义凛然地说："我不要人陪！你们都回去吧，我一个人在这里睡！"

"那可不行啊，医院晚上熄了灯很黑的，又不比自己家安全。"孔管家忙说，"下午我没过来的时候，少爷一直陪着你呢，就是怕你醒来没看见人会害怕。"

"他才不是觉得我会害怕。"姜夏拉着布偶熊的脸，愤愤地说，"他话都不跟我说一句，还不是不想理我？！我都看出来啦！"

哼，指不定他是要跟纪阿姨结婚了，所以现在开始摆脸色想赶她走。

"少爷怎么可能不跟你说话呢？"

孔管家心想：少爷长这么大就跟你相处的时候话最多了。

他立即说："夏夏小姐你别多想了，我估摸着啊，少爷可能还在生你的气。少爷是从邻市飞回来的，把你抱到医院的时候，脸色可难看了，还让医生给你做全身检查。我看他那表情，你要是有点儿什么问题，估计他就把这家医院拆了……对了，他到现在还没吃午饭呢。”

孔管家一说到这个就心虚。他……他才不是失职不关心少爷吃没吃饭的，谁让少爷先欺压他的？！

姜夏听完这番话却愣住了——他真的生她的气了？他是气她身体不舒服还要上台比赛吗？

夜幕降临了。

权北倾起身出去后就一直没回来，但办公用的笔记本电脑还放在沙发上，衣架上还挂着他的西装外套。

他应该还没走远，而外面夜风很大。

姜夏装模作样地在病床上玩儿手机，趁孔伯去给她洗水果的时候，抓过男人的西装外套就溜出了病房。

她身上还穿着蓝白相间的病号服，嫩白的小脚丫趿着拖鞋，就这么乘电梯下了楼。

姜夏盯着电梯下降的数字，心想：她才不是故意要去找他的，外面这么冷，他又没拿外套，万一吹感冒了，还不知道要怎么凶她呢。

姜夏一边这么想着，一边加快脚步走出了住院部，大眼睛环视一圈，没有看到熟悉的人影。她不知道权叔叔会在哪里，还是他真的连外套和笔记本电脑都不拿，也不跟自己说一声，直接就走了？

正当姜夏茫然站着的时候，她的视线忽然定格在不远处的24小时便利店的门口——只见门口的长椅上似乎坐着一个英俊的男人，叠着长腿，浓白的烟雾在他的周身袅袅散开。而男人的身边围着三四个女人，似乎正在跟他搭讪。

这人怎么这么会招桃花？

虽然在这里看不清男人的脸，但姜夏莫名地有种直觉，立即抬脚走了过去。

她才走近，就听见一个长发女人柔声说——

“帅哥，能不能留一个号码呀？周末可以约着去郊游。”

另一个短发女人忙娇声附和：“对呀，帅哥，我们互加个好友吧！”

“哎呀帅哥，你长得这么帅，不要那么无趣嘛！”

而那个男人从始至终没有开口说一句话，仿佛并没有听见，仍旧淡漠地抽着烟，修长的手指垂下轻弹烟灰时，可以看见他腕部的铂金袖扣。

姜夏一眼就认出来了——那是权叔叔的袖扣！他竟然直接坐在这里抽烟？！他不知道自己的那张脸很容易被那些阿姨盯上吗？

思及此，姜夏顿时觉得危险极了，细腿迈着大步走了过去，直接伸手拨开了那几个人：“让一让，让一让！”

几个女人本来在盯着权北倾的容貌搭讪，忽然被打扰，很不高兴：“你干什么？”

姜夏没理睬她们，而是直接走到权北倾的面前，小嘴一噘，故意用娇滴滴的语气说：“亲爱的，你怎么一个人跑到这里来啦？”

亲爱的？几个人都瞪大了双眼——这么难得一见的帅哥，竟然有女朋友了？

而权北倾听见这三个字，夹着烟的手指微微一顿，眼底有闪烁的笑意。他掀起眼皮，唇角挂着一丝似有若无的弧度：“亲爱的？是我吗？”

“当然是你呀！”姜夏直接在他的身边坐下，模范女友似的把西装外套披在他的肩上，双手抱住他的胳膊，“晚上这么冷，亲爱的出来都不带上外套，万一着凉感冒了，我会心疼的。”

权北倾抬手吸了口烟。

站着的长发女人见他没吱声，不愿意放过这样的男人，于是壮着胆子冲姜夏说：“小妹妹，我看人家帅哥好像不认识你啊！你年纪这么小，搭讪的方式这么夸张，不太好吧？”

姜夏一咬唇，晃了晃权北倾的手臂，撒娇道：“亲爱的，你替我说句公道话嘛！人家居然说我不认识你呢！”

“确实不认识。”

权北倾这五个字才说出口，姜夏微微一怔，而长发女人已经开始得意地嘲讽姜夏了："小妹妹，我说了吧？你这样只会招男人烦。"

然而话音未落，却见权北倾忽然微微侧首，夹烟的手指落在姜夏的脸旁，替她拨开颊侧的发丝，嗓音低沉："不过如果在一张床上睡过算认识的话，那我们应该就是认识的。"

姜夏一愣，脸颊在刹那间涨红，滚烫至极——他明明知道她在演戏，分明就是故意这么说，故意让她脸红！

几个女人也都愣住了，没想到他们的关系这么亲密，脸色变得十分难看，面面相觑后识相地走开了。

便利店的门口瞬间只剩下他们两个人。

权北倾的视线落在抱着自己的手臂的嫩白小手上，眉峰微微挑起，他似笑非笑地喊了句："亲爱的？"

姜夏蓦地回过神，反应过来他是在对自己说话，迅速地把双手抽了回来，结结巴巴地说："我……我不是故意这么喊的，刚才只是演戏给她们看。"

权北倾不说话，黑眸专注地看着她。姜夏被他看得有些心虚，但仍挺直了腰杆儿，装作底气十足地说："我还不是为了你好吗？你看那几个人，公然在便利店门口勾搭男人，很有可能不是什么好女人！你如果娶回家的话，对方婚内出轨的可能性可是很大的！"

"是吗？"权北倾微微地眯起眼睛，"你这么关心我的婚姻生活？"

姜夏握了握拳头，义正词严地说："毕竟我们还要在一起住一段时间，我不想看见你的婚姻生活不幸福。"

"原来你对这方面这么懂。"权北倾吐出层层烟圈，"那你说说看，我要娶什么样的女人才能保证婚姻幸福美满？"

"这……这个……"姜夏一下子被这个问题难住了，绞尽脑汁地想，"当然是要娶一个你喜欢她，她也喜欢你的女人。"

"哦？"权北倾将目光定在她的脸上，"那什么叫喜欢？"

姜夏愣了一下——什么叫喜欢？她望着男人这张近在咫尺的俊美脸庞，心跳莫名地漏了几拍，一时竟不知如何回答。

她咬了咬下唇，机智地反问："你明明比我大 6 岁，关于什么喜不喜欢的，你不是应该更懂才对吗？”

权北倾挑起眉毛，玩味地道：“为什么比你大就要懂这种事？你故意欺负我？”

“我哪有欺负你？”姜夏立即委屈地反驳——明明从来都是他欺负她的，他还恶人先告状！

她气鼓鼓地说：“我就不信，难道你这25年来都没谈过恋爱吗？你以前对你女朋友的感觉就是喜欢啊！”

“女朋友。”权北倾咀嚼着这三个字，似乎是在认真品味其中的含义，问道，“一起住、一起吃饭、一起散步、一起看电影、一起回家……这种算不算是女朋友？”

“当然算啊！”姜夏撇撇嘴，嘟囔道，“你明明就有过，都同居了，还好意思问我什么叫……”

然而不等她嘟囔完，男人淡漠的嗓音再度响起：“嗯，既然如此，那你也算是有男朋友了。”

姜夏一时没听懂：“啊？”

“我只跟你一起住过，也只跟你一起散过步、看过电影、回过家……”权北倾叼着烟，淡淡地道，“既然你说这样算是女朋友，那达到标准的就只有你。”

姜夏怔住。有那么一瞬间，她听见心脏在胸膛内“怦怦”地剧烈跳动着，但也只是很短的一瞬，很快就消失了，更多的是错愕和羞恼。她涨红了脸：“你又故意逗我！我说的是……是会睡在一起的那种女朋友！”

可这句话刚说完，她又微微地怔住——他们好像也睡在一起过，就前几天在权家……

姜夏越想越羞，越羞就越气愤，霍地站了起来：“我不跟你说了！你爱娶谁就娶谁好了，我要回去睡觉了！”

说完，她不再看他，转身就快步往住院部大楼跑去。

权北倾看着女孩儿落荒而逃的纤细背影，抬手取下薄唇上的烟，拉了一下肩上的西装外套。

衣服是被她抱在怀里拿下来的，所以带有她身上的诱人清香。

女朋友……对他来说，真是个新鲜的词语。

嗯，是他的小刺猬教给他的。

翌日一早，姜夏还在睡着，病房的门就被敲响了。

门外，宝哥站在欧阳晴的身边，手里拎着豆浆和油条，胸有成竹地道："你放一万个心，夏姐就爱吃这个，我打听过的。"

欧阳晴瞥他一眼："姜夏这么仗义为你出头，你可要像个男人一样好好地感谢她。"

"我哪里不像男人了？"宝哥顿时涨红了脸，怒声反驳，"昨天的比赛是个意外……"

他还没说完，门忽然被打开，男人冰冷无情的嗓音响起："这么早，是谁允许你们在这儿大声喧哗的？"

欧阳晴刚想说话，抬头看见面前的男人那张英俊的脸，顿时惊艳地怔住了——妈呀，姜夏的这个家长长得也太帅了吧！无论远看近看，他都帅得让人窒息！姜夏这个人是几辈子修来的福气啊？

宝哥见欧阳晴花痴似的望着权北倾，顿时一阵不高兴，忍不住说："哪有很早？现在已经九点多了……"

"几点都一样，只要她在睡觉就是还早。"权北倾冷冷地打断他的话，薄唇吐出更冷的字眼，"离开这里。"

"可是——"宝哥还想说什么，但权北倾周身的气场实在太过强大……他产生了一种敬畏的感觉，一时竟不敢再说下去。

欧阳晴更是不敢说话。

他们毕竟还是在校大学生，哪儿来的底气和权北倾这样的男人顶嘴？

权北倾不打算再跟这两个不相干的人废话，抬手就要关上门，房内却忽然响起女孩儿软软的嗓音。

她还打着哈欠："是有人来了吗？"

宝哥忙回了一声："夏姐，是我和晴……欧阳晴！"

姜夏一听，连鞋子也忘了穿，立即蹦下床跑过来："啊，你们来了。对了，那个谢天没有再……"

她还没说完，身体忽然腾空。权北倾直接把她拦腰抱起，转身往病床那里走去。

宝哥和欧阳晴对视一眼，不约而同地露出一脸八卦的表情跟了进去。

姜夏想到有两个同学在看着，顿时就红了脸，用力蹬着腿："你干什么呀？"

"姜夏，你忘了自己还在生病是吗？"权北倾俯身把她放到床上，语气严厉，"鞋也不穿，光脚就踩在冰冷的地板上，你还想在医院里住几天？"

他很凶。姜夏被他凶得一颤，再加上宝哥和欧阳晴也在这里，顿时觉得十分没面子，忍不住回嘴："才没有！我自己的身体我自己清楚。"

虽然她这句话是在反驳，但语气软绵绵的，而且声音还很小，完全不是在学校里那种冷酷潇洒、天不怕地不怕的霸气地痞形象。

用一个字概括就是——㞞！

宝哥心想：现在这只"小白兔"绝对不是夏姐本人！

欧阳晴无语。

权北倾冷漠地拿起床尾的袜子，握住了姜夏的脚，纡尊降贵地俯身亲手给她穿上袜子。

姜夏似乎还在生气，不情愿地挣扎了一下，下一秒就被权北倾握紧了白嫩的脚丫子。他沉声喊她："姜夏。"

充满警告意味的两个字。

姜夏抿抿嘴，觉得面子都丢光了——她的同学还在这里，他就这么凶她。

可此时，站着看见这一幕的欧阳晴却完全不觉得有什么丢面子的，而是羡慕得眼珠子都要瞪出来了——这个男人光是帅得惊天动地就算了，竟然连袜子都帮姜夏穿。

宝哥心想：不过是穿个袜子，欧阳晴至于这么盯着人家看吗？

他低头看了一眼欧阳晴穿着球鞋的脚，忍不住凑过去小声对她说："喂，你要是袜子掉了，我可以勉强帮你穿一下。"

欧阳晴闻言一愣，莫名地有些脸红，侧头朝他怒道："你帮我什么啊？"

她的声音在安静的病房内算是很大了，权北倾的黑眸蓦地扫过来，欧阳晴被吓得连呼吸都屏住了。

姜夏忙推了推权北倾，咬唇道："你别那么凶，会吓到我同学的！"

权北倾抬起眼皮，看见她脸上抱怨的神情，黑眸微沉。他没再开口，将姜夏的袜子穿好后，直起身体抄起茶几上的烟盒，走向了阳台。

哪怕他们还是能看见他，但隔着一扇玻璃推拉门，好歹不用再被他的气场压住了。想到这里，宝哥总算松了口气，扬了扬手："夏姐，这是早餐，你不是喜欢豆浆和油条吗？你同桌告诉我的。"

"谢谢。"姜夏接过放在床头柜上，"对了，昨天我昏倒了，后来谢天没再怎么样吧？"

"他哪里还敢怎么样啊？"宝哥"嘁"了一声，"你不是把他狠狠地打败了吗？他现在都成全校的笑柄了！哈哈哈，所有人都在议论他是个没用的人。"

"而且他还被学校记过了，还是大过。"欧阳晴补充道，"也不知道是为什么，大概你是女孩子，学校觉得他跟你打太过分了。"

不过这话说得真是太没说服力了，明明是姜夏自愿答应比赛的，而且谢天还被打趴下了，到最后竟然是谢天被记个大过。

谢天估计真的能气得吐血。

姜夏蹙蹙眉：记过……谢天吗？

欧阳晴又摆了摆手："哎呀！别说谢天了。你的身体怎么样了？"

姜夏扭扭脖子，笑道："没事了，就是洗了个胃，医生说我应该是被下了导致胃痛头晕的药。"

宝哥说："会是谁干的？谢天吗？他还在我的隐形眼镜上下药了呢！"

"谢天来得及下吗？"欧阳晴拧眉说，"你跟他比赛也是临时决定的，他动作这么迅速，在什么地方给你下的药？"

"是我比赛前喝了一杯水，宁易辰端给我的，但他肯定不会害我，这点我可以确信。"姜夏抿抿唇，猜测道，"所以我估计，可能性最大的是白雪妍。"

"白雪妍？"宝哥惊讶，"她有机会给你下药吗？"

"她不是也来看比赛了吗？还是谢天那边的。而且我跟她一直都是死对头，你们也知道的嘛，我们互相看不顺眼。"姜夏摊了摊手，"就在比赛前几天，她还当面讽刺过我，说过关于宝哥跟谢天比赛的事。所以我猜测是她的可能性最大。"

欧阳晴说："那你不问问宁易辰，那杯水是谁端给他的吗？"

"如果他知道那杯水有问题，肯定会愧疚的，算了吧。"姜夏叹气说，"如果我没猜错，应该就是白雪妍了。等我身体好点儿再去找她吧，想个办法，看怎么把她的话套出来。"

三人又聊了一会儿，欧阳晴和宝哥才离开。

姜夏立即给宝哥发了条短信："把握住机会啊，现在机会大好，赶紧送欧阳晴回家，热情点儿！"

宝哥："姜夏，我是欧阳晴，我在用他的手机打游戏。"

姜夏："啊，原来你们已经进展到这一步了，结婚记得请我当伴娘啊！生了孩子我要当干妈！"

宝哥："滚！"

姜夏："好，电灯泡滚了。"

姜夏放下手机，正准备去拿床头柜上的早餐来吃，一抬头就看见单手插着裤袋，站在阳台上抽烟的男人。

他又在抽烟。姜夏蹙眉，下床后特意穿上了拖鞋才走过去，伸手推开玻璃推拉门。

听见动静，权北倾微微转过身来，黑眸第一时间下移，视线落在她的脚上。

姜夏见状，两只脚丫子互相蹭了蹭，扬声强调："我穿鞋了！"

男人嗓音低沉："那两个东西走了？"

姜夏纠正："他们不是东西，是我同学。"

男人淡淡地道："嗯，确实不是东西。"

姜夏：我的同学来探望我而已，他有必要这么说吗？

姜夏心里有点儿不高兴，觉得闷闷的，于是忍不住说："他们都是我的朋友，是很关心我的，我觉得是很重要的人。"

"他们是你的朋友，很关心你。"权北倾用薄唇叼着烟，轻轻地吐出烟圈，"所以，他们很重要。比我、比你自己的身体更重要，是吗？"

姜夏一怔，下意识地开口想反驳："不是，我只是……"

她结结巴巴的，没有说出个所以然来。

权北倾越过她想走进病房内。

姜夏却伸出手，拽住了他的袖子："我只是不太喜欢一个人。"

其实她很害怕孤单——只是孤单惯了，害怕渐渐地变成了习惯，但那不代表她就不害怕了。

权北倾的脚步微微顿住。

姜夏还在说："所以如果有了朋友，我就很想帮助他们，想让他们知道我是真心对他们的，这样就可以做很久的朋友。我怕过不了多久他们就会走，我……"

权北倾忽然出声打断了她："你还有我。"

姜夏怔住，瞳孔微震，全身的血液仿佛在刹那间倒流。她蓦地抬头看向他。

"至于那些朋友，"权北倾垂眸看她，嗓音低沉缓慢，"乖女孩儿，你要记住，会走的你留不住，不会走的不需要你留，明白吗？"

姜夏愣愣地盯着他看，半晌张了张嘴，但最终还是什么都没说。

她其实很想问——你会走吗？但这句话到了嘴边，她又觉得自己好傻，因为这个问题根本不成立——他怎么可能不走呢？等她满了20

岁，他们就没有关系了，算一算也没有多久了。

姜夏垂下眸，点点头，轻轻地应了一声：“哦。”

权北倾看着面前低眉顺目的女孩儿，取下唇间的烟：“这次的事，下不为例。”

姜夏还在想刚才的问题，没吱声。

“姜夏，我在跟你说话，嗯？”

“哦，我听到了。”

“你听到什么了？”

嗯……她确实没听到。姜夏抠着手说不出来。

权北倾高大的身形蓦地朝她走近一步：“姜夏，你现在学会跟我说话走神儿了，还当着我的面撒谎，是吗？”

姜夏心虚地往后退，小腿肚碰到了栏杆。不等她开口，男人的手臂已经伸过来圈住了她的腰。

权北倾略微一用力，直接将她抱了起来，让她坐在栏杆上。医院阳台的栏杆不高，姜夏坐上去就跟男人差不多高了。她感觉只要自己往后一仰就会掉下去，忙用双手抱住权北倾的脖子，急急地说：“我不要这样！我要下去。”

权北倾用一只手臂牢牢地揽住她的腰，不让她有半分发生危险的可能，说话的语气却是严厉的：“想下来？是不是害怕了？”

姜夏连两条细腿都抬起来用力地夹住了他的腰，整个人几乎都黏在他的身上了：“呜……你把我抱下去。”

女孩儿的脸蛋儿贴在他的脸边，权北倾微微侧头，薄唇几乎碰到她圆润的耳垂。他不过轻轻地吹了口气，立即感觉到怀里的身体一阵战栗。

不听话的小东西，不受惩罚就不会乖。

男人低低地道：“那你跟我保证，以后绝对会把自己的安全放在第一位，不会再做这么危险的事，也不会再拿自己的身体开玩笑。”

姜夏小声地说：“我保证。”

权北倾抬手就在她的臀上打了一下，嗓音微哑地严厉道：“声音大点儿，自己把三根手指竖起来，好好地保证给我听。”

姜夏忙照做，只不过另一只手还紧紧地搂着他的脖子，颤颤巍巍地重复了一遍他的话。

“都记住了？”

“记住了。”

“下次还敢不敢再做这么危险的事？”

“不……不敢了。”

男人皱起的眉头这才微微地舒展，大掌托着她，将她从栏杆上抱了下来。

姜夏反应过来自己的双腿还缠在他的腰上，想下地自己走，权北倾却维持着这个姿势，直接将她抱回了病房内。

他抱着她在沙发上坐下，大手落在她的长发上，似是哄她般轻抚着，薄唇吐出几个低沉无奈的字，带着淡淡的宠溺：“小麻烦，乖不了几天。”

姜夏整个人都跨坐在他的怀里，脑袋埋在他的胸膛上，忍不住扭动身体：“我哪里不乖？我每天都很乖。”

“很乖的人会住院？”权北倾又在她的臀上打了一下，危险地眯起眼睛，“还顶嘴，嗯？”

姜夏委屈巴巴的，刚抬起头想为自己“申冤”，视线却忽然落在男人英俊的脸上——他的双眼下有很淡的黑眼圈，她凑近了才能看见。

姜夏忽然就愣住了，目光环视周围，发现沙发上的毛毯都是整整齐齐的。她诧异地问：“权叔叔，你昨晚没睡觉吗？”

“没睡。”

“为什么？”

权北倾没提半夜给她量了三次体温的事：“你跟只小猪似的睡得那么香，还流了满脸口水，我光是看着就不困了。”

满脸口水？姜夏一愣，下意识地抬手在自己的脸上摸了摸，羞得脸都红了：“我根本不流口水！”

“是吗？”权北倾俯首，凑到她的唇角边轻嗅，鼻尖磨蹭着她娇嫩的肌肤，“嗯，我也没闻到口水的味道，只闻到了香味。”

姜夏听得脸更红了，下意识地别过头，结果方向错了，粉唇就这么贴着男人的薄唇擦过。

她刚才舔过唇瓣，所以口水直接蹭上去了……

姜夏又羞又窘，忙伸手去擦他的薄唇，指尖却忽然被男人张口抿住。

姜夏微怔，瞬间感觉一股电流从指尖蔓延至全身，立即要把手指抽回来。

权北倾伸出大手裹住她的小手，皱眉道：“手怎么这么凉？让你再不穿袜子乱跑。”

他抱着她起身，拿过开衫毛衣给她穿上。

姜夏想到他昨晚没吃饭，还一夜没睡，不由得有点儿愧疚，于是说：“权叔叔，宝哥给我买了早餐，我们一起吃点儿吧？”

权北倾回头看了一眼床头柜上的那袋子早餐，还是用廉价的红色塑料袋装的，不知道有多不卫生，眼里顿时闪过一抹嫌弃之色。

但他又想到，这小丫头口口声声跟自己说“朋友”，似乎很重视早上来的那两个人。

看在她刚才乖乖保证的分儿上，他就给她点儿面子。

于是权北倾没把话明说。他向来耳力很好，听见外面走廊上传来沉重的脚步声，显然是个体重超标的人正在走过来，是谁很明显。

于是权北倾松开给女孩儿穿毛衣的手，淡淡地道：“你自己穿，我把早餐拿过来。”

姜夏其实有点儿意外权北倾会让自己吃这种早餐，心想：权叔叔果然没再嫌弃宝哥他们了。

她忙乖巧地点头：“好。”

权北倾转身去拿早餐。

就在他的手指拎起早餐袋的那一瞬，病房的门被推开，孔管家拎着保温饭盒走进来，笑呵呵地道：“夏夏小姐，我给你送……”

只听“咚”的一声，权北倾手里的早餐掉进了床头柜边上的垃圾桶里。

姜夏“啊”了一声。

权北倾象征性地皱皱眉，抬眸扫向孔管家，不悦地低斥道：“一大把年纪了，整天还咋咋呼呼的，害得我手里的早餐都被你吓掉了。”

孔管家莫名其妙地被训了一通，顿时委屈地瞪大眼睛：“少爷，我哪里咋呼了？”

姜夏忙说：“哎呀，掉了就掉了，算了。孔伯你带了什么呀？”

“鸡汤和炸猪排！”孔管家瞬间笑了，美滋滋地说，“我中午陪夏夏小姐一起吃！我特意准备了三人份的，如果少爷不吃，那我就吃两人份的。”

“谁说我不吃？”权北倾接过他手里的保温饭盒，在床边坐下，淡淡地道，“我昨晚没吃饭，所以我吃两人份的。”

顿了顿，他抬起眼皮扫向孔管家：“你回家吃吧，下午不用过来了，今晚我守夜。”

孔管家被这个“噩耗”打击得退后两步：“少爷，你跟夏夏小姐和好了吗？”

权北倾面色淡然：“我们没吵架，为什么要和好。”

昨天少爷不是生夏夏小姐的气了吗？他们竟然一个晚上就和好了？！

孔管家悲伤地转身要走，身后却忽然响起姜夏清甜的声音——

“孔伯，等一下！”

孔管家顿时一阵鼻酸——看吧，夏夏小姐还是舍不得他的。

他满面春风地转回头，对上姜夏笑盈盈的小脸：“夏夏小姐，我……”

然后就见姜夏指了指一旁的沙发：“孔伯，权叔叔的这件外套太薄了，你回去帮他拿一件厚一点儿的吧，再帮我把房间里的笔记本电脑一起拿过来。”

孔管家一时语塞。

午饭过后，姜夏打完针就昏昏沉沉地睡着了。

权北倾走出病房，轻轻地带上门。

门外的季池走上前："少爷，您让我查的白雪妍这个人，已经都查到了。"他把一沓资料递给权北倾。

权北倾接过翻开，翻了几页，眉头皱了起来："姜夏当年被宁家收养后又离开，是因为那块价值 300 万元的玉佩？"

季池点头："是，关于这个玉佩的事情也全部查到了。"

片刻后，权北倾站在阳台上，拨通了一个号码。

电话响了几声便被人接了起来，楚暮舟轻佻的嗓音传来："哎呀，北倾，想我了吗？"

权北倾："帮我一个忙。我要你调查一个人。"权北倾淡淡地道，"叫白雪妍，她的所有资料季池会发到你的邮箱。"

"啧，是个女人啊！"楚暮舟立即开始盘问，"快老实交代，是不是你养在外面的情人？"

权北倾挑眉："我需要把情人养在外面？"

楚暮舟秒怒："这么说你就是承认你养情人了？"

权北倾搬出同一个套路："我除了养着姜夏，就只养过一个东西。"

"什么东西？"

"你。"

楚暮舟迅速上钩，怒道："我不是东西！"

权北倾："我知道。"

楚暮舟要被气死了！

当天下午 4 点。

白雪妍穿着漂亮的长裙，妆容精致地走进 ZK 集团的大楼。她做梦也没有想到，自己竟然会接到 ZK 娱乐的试镜邀请。

大名鼎鼎的 ZK 集团谁不知道？它背后是如雷贯耳的权氏财团。

权氏财团涉猎多个领域——凡是挣钱的行业就没有他们不沾的。

如果试镜签约成功，她肯定能在娱乐圈里大火了。到时候，她的地位就是姜夏做梦都达不到的！

白雪妍想想就激动不已，在前台的带领下来到 17 楼。

出来迎接她的男人更是让她惊讶得差点儿尖叫："楚前辈？"

楚暮舟穿着淡橙色的线衫和白色的长裤，阳光帅气，冲她勾唇："白雪妍是吧？"

"是我。"白雪妍还是第一次和巨星靠得这么近，激动得浑身发抖，"楚前辈，我没想到会是你。"她最喜欢的明星就是楚暮舟！她做梦都想跟他见面，没想到运气竟然会这么好。

"没想到就对了，人生有很多事是你想不到的。"楚暮舟意味深长地说，笑容无害，"今天叫你来呢，是 ZK 娱乐看中了你，想签你。"

白雪妍表现得很谦虚，点头道："是，我真的很荣幸。请问是马上签约还是……？"

"需要先试镜。"楚暮舟上下打量她几眼，嫌弃地说，"你先去换个妆吧，现在这个妆很丑。"

白雪妍一怔，顿时有点儿不好意思地低下头——她很丑吗？她化了两个多小时才出门的。

化妆师把白雪妍领进了一旁的化妆间里，先给她卸妆，再重新上妆。

半个小时后，白雪妍走了出来："楚前辈，您看……"

楚暮舟坐在椅子上打游戏，回头看了她一眼，皱眉："怎么更丑了？再去换一个！"

白雪妍没想到还是不合他的眼光，只得又进去重化。

不知道化妆师给她用的是什么牌子的卸妆水，抹在脸上又痛又痒，但她也只能强忍着。

结果她第二次出来，楚暮舟还是说："怎么越来越丑了？你是天生长得不适合化妆，还是不配合化妆师？"

第三次，他说："阴影打得太重了。"

第四次，他说：“粉底太白。”

第五次，他说：“眼线太粗了。”

…………

这样反复了十多次，白雪妍觉得自己脸上的皮肤都要被卸妆水洗脱皮了，楚暮舟终于勉强让她过了。

末了他还摆摆手，无奈地说：“唉，先这样吧，你的鼻子、嘴巴近看都长得不太好，最好去整一下。”

白雪妍忙说：“好，那麻烦楚前辈帮我介绍个靠谱儿的医院。”

“说的是什么话？我怎么会知道整容医院？”楚暮舟怒道，“我的帅气是从娘胎里带出来的，你眼瞎吗？”

白雪妍被吓了一跳，忙弯腰道歉：“不是的楚前辈，对不起，我没那个意思。”

楚暮舟冷哼一声，挥手让她去试镜。

试镜的片段是一个女大学生想不开要跳河。现场当然没有河，于是准备了一个巨大的装满水的木桶。

白雪妍站在梯子上，念完台词就往木桶里跳。

她原本以为很简单，但试过才知道——从梯子上跳到木桶里，头会撞到木桶上，痛得她止不住地倒抽气，而且水很冰，就像加了冰块似的。最折磨人的是，白雪妍第一次跳完，楚暮舟站在边上看着，皱眉说：“第一句台词的感情不够，重来一次。”

白雪妍忍着呛水的难受，立即再跳了一次。

楚暮舟又说：“最后一句台词说得太急了，人物内心的感情没表达出来。”

…………

白雪妍就这样一直跳，跳到第十次的时候已经彻底不行了，头晕眼花，浑身冰冷，沉在木桶里差点儿爬不上来。

楚暮舟双手插兜站在旁边，眯眼玩味地看着她：“如果这段戏你实在演不好就直说，我们不会勉强你。”

“我……我可以的。”白雪妍生怕被取消资格，没办法签约，立即伸手扒住木桶，强撑着站了起来，“我没问题，可以继续。”

她又费尽全力重新爬到梯子上，然而体力透支到极限，再跳下来时眼前一黑，直接昏倒在木桶里。

白雪妍再次醒来时躺在床上。她只觉得脑袋很痛，身体十分不舒服，刚坐起身，就隐约听见男人说话的声音。

“嗯，你放心，我一定会帮你找到那个女孩儿。没想到你还会一见钟情啊！”

白雪妍循着声音走过去，正好撞上从阳台走进来的楚暮舟。

“你醒了啊。”楚暮舟收起手机，笑着说道，“刚才你昏倒了，所以我让助理把你抱到休息室来了。”

“不好意思楚前辈，我可能是最近没休息好。”白雪妍话未说完，视线忽然落在楚暮舟的右手上，顿时惊讶地瞪大了眼睛，“这……这是……”

楚暮舟低头看了一眼，似乎没打算隐藏，直接朝她摊开了手掌：“没什么，是一块玉佩。”

白雪妍却倏地僵住了——这就是当年宁母丢失的那块价值300万元的玉佩。

姜夏也是因为“偷”了这块玉佩才被赶出宁家的。

可是这块玉佩怎么会在楚暮舟的手上？

白雪妍当年栽赃嫁祸给姜夏，毕竟还是心虚的，过了好几秒钟才找回自己的声音：“楚前辈，你是从哪里弄到这块玉佩的？”

楚暮舟叹了口气，十分无奈地说道：“唉，说到这个我就头痛，反正跟你说说也没关系。ZK的总裁你认识吗？”

“ZK的总裁……”白雪妍只是听着这个头衔就觉得极其尊贵，摇头，“我怎么会认识ZK的总裁？这种男人不是我们这些人可以认识的。”

楚暮舟说：“权总是我的朋友，常年在国外，前两天回来了，也不知道怎么了，说是要找当年去典当行当了这块玉佩的女孩儿。”

白雪妍更惊讶了，有点儿怀疑地问道："找这个女孩儿要做什么？"

"还能做什么？他对人家女孩子一见钟情了呗。"楚暮舟晃了晃手里的玉佩，"啧"了一声，"也不知道是什么样的女孩儿，竟然能让他说出找到就结婚这种话。"

白雪妍闻言彻底怔住，一时间，巨大的惊喜在她的心里"砰"地炸开。

一见钟情……ZK 的总裁对她一见钟情吗？白雪妍好一会儿才消化了这个巨大的喜讯，颤声问："权总……他真的说是一见钟情了吗？"

楚暮舟十分自然地说道："那还有假吗？当年权北倾出国之前去了一趟，好像叫乐州典当行吧，然后就见到了那个女孩儿。虽然当时只看到了一个背影，他还是一见钟情了。

他那时有要事在身，没来得及让人调查就出国了，结果一拖就是这么多年。"楚暮舟一边说，一边不着痕迹地观察着白雪妍的神色变化，发现她的眼里充斥着浓烈的惊喜。

于是楚暮舟补充道："他现在回国了。父辈要他结婚生子，但他又不愿意将就，于是就想找到当年那个，也是唯一一个令他一见钟情的女孩儿。"

如果说白雪妍刚才还是半信半疑的，等楚暮舟把这番话说完，她就已经彻底相信了。

不说别的，就凭楚暮舟的身份——娱乐圈里目前最火的明星，背景神秘而强大，想要的资源从没有拿不到的，这样身居高位的人，完全没必要，也没有理由骗她。

而且这里确实是 ZK 集团大楼，刚才白雪妍也亲眼看见了，那些人都听楚暮舟的，还很恭敬地叫他"楚少爷"，足以说明楚暮舟确实跟 ZK 的总裁权北倾认识，而且关系很好。

白雪妍思及此，一颗心瞬间开始狂跳。她压抑住自己的心情，用力吞咽了一下口水才说道："楚前辈，如果我说，我知道这个女孩儿是谁……”

“是谁？”楚暮舟眼睛一亮，展露了高超的演技，一把扣住她的手腕，“你快说是谁，我们为了找到她都快把本市翻过来了！”

白雪妍听见他这么说，心里有种自豪又幸福的感觉。她故作矜持地垂下眼眸：“是我。”

楚暮舟眼皮一跳，眼中浮现一抹笑意，但装作震惊地问：“你说什么？是你？”

“是的，当年去典当这块玉佩的就是我。”白雪妍咬了咬下唇，“所以我刚才看到玉佩时很震惊，才会问你的。”

楚暮舟抿唇看着她，脸上的表情半信半疑：“你说是你，有什么证据吗？”

白雪妍蓦地抬起头：“证据？”

“实不相瞒，自从我们开始找这个女孩儿，就有很多人来冒充，你应该知道，毕竟权北倾不是谁想嫁就能嫁的，全市乃至整个国家的女孩儿都想嫁给他。”

顿了顿，楚暮舟说出今天所有一切的重点：“所以，你要拿出证据，证明当年去典当这块玉佩的女孩儿是你，这才是最有说服力的。”

“好，我会拿出证据的。”白雪妍点点头，又忐忑地问，“我能先见权总一面吗？”

“你知道，权北倾向来很神秘，他不喜欢见不相干的人。”楚暮舟笑着放出最后一个烟幕弹，“如果真的是你，等你拿出证明，别说见面，指不定他就直接娶你了呢。”

“娶你”这两个字猛地敲在白雪妍的心上。

如果自己嫁给了外界传言极其英俊，而且有权有势的ZK总裁权北倾，那她就等于拥有了全世界。

到时候姜夏这种小喽啰算什么？宁家也不算什么，甚至连华影都不算什么了。白雪妍越想越觉得整个人生都变得光芒璀璨，捏紧了手，深吸口气，说道：“楚前辈，我需要一点儿时间整理证据。明天我把所有的证据都带来，可以吗？”

“可以，明天下午 2 点吧，就在 ZK 总裁办公室。”楚暮舟微笑，“我会帮你转告北倾，他会来等你的。”

“好，谢谢楚前辈。”白雪妍感激不尽，又说，“楚前辈，我今天的试镜……”

“还重要吗？”楚暮舟绝口不提她摔痛昏倒的事，笑得温柔，“如果你真的是那个女孩儿，就成了 ZK 总裁夫人，还试什么镜？想演什么随你挑。”

白雪妍被楚暮舟说得整个人都快飘起来了，一脸抑制不住的兴奋，走路都差点儿没踩稳。

等她走了，休息间的侧门被推开，英俊的男人迈着长腿走了出来。

楚暮舟随手把那块 300 万元的玉佩丢到床上，转身邀功：“北倾，怎么样？我的演技还不错吧？”

权北倾：“凑合。”

楚暮舟：“你连一句表扬都没有吗？”

权北倾：“表扬。”

楚暮舟：“我是让你说表扬的话！”

权北倾：“表扬的话。”

权北倾完全是不走心地敷衍他。

楚暮舟双手环胸，冷冷一哼：“要不是因为小虎牙，我是绝对不会帮这个忙的。”

权北倾抬起眼皮：“是吗？”他轻眯双眼，“那我和姜夏，你更在意谁？”

楚暮舟一怔，一时竟然无法回答。

楚暮舟想不通也答不出，干脆就跳过，直接转移了话题：“北倾，接下来你准备怎么办？她已经上钩了，现在主动去搜集自己当年当掉玉佩的证据了。这女孩儿的心思真恶毒啊，自己偷的玉佩，竟然嫁祸给小虎牙！”

楚暮舟越想越气，小虎牙那么可爱，怎么可能偷玉佩？就凭她的眼光这么好喜欢上他楚暮舟，就知道她绝对是个好女孩儿！

权北倾在沙发上坐下，淡淡地道："要的就是她自己去找证据。她自己做的丑事，让她自己来证明。"

楚暮舟问："明天要找警察来吗？"

"为什么要我们去找？警察知道了会自己找上她的。"权北倾用修长的食指摩挲着烟盒，唇角勾起玩味的弧度，"既然从当年一直到现在，所有人都还在冤枉姜夏，那就让所有人都明白他们有多愚蠢。"

他已有安排。

"我发现得罪你的下场真是太可怕了，惹不起，惹不起。"楚暮舟摆摆手，十分庆幸地说，"还好我够聪明，从来没有得罪过你。"

权北倾眼皮轻抬，淡漠地道："你得罪了我，我也不会这样整你的。"

"你不舍得？"

"我会直接弄死你。"

楚暮舟一愣，霍地在权北倾的对面坐下，腰背挺直，双手叉腰："我突然想问你，我和小虎牙，你更喜欢谁？"

不等权北倾说话，休息室内的笔记本电脑就响了，是顾景打来的跨国视频。权北倾抬手就在茶几的触屏控制端接起来，顾景俊美的脸出现在屏幕上。

他显然是刚开完会，叠起长腿躺在沙发里，皱眉说："喂，大下午的，你们在干什么？"

"暮舟在跟我聊天儿，我问他你和我他更喜欢谁。"权北倾看了一眼顾景，淡淡地道，"暮舟说他更喜欢我。"

顾景瞬间坐了起来："什么？"

"我没有！"楚暮舟霍地站起身，"我什么时候说了？"

权北倾刻意压低声音，迅速把楚暮舟绕进去："所以说你讨厌我？"

楚暮舟一愣，对着权北倾的那张俊美的脸，跟被下了蛊似的，莫名其妙地开始觉得愧疚："当然不是。"

"那你就是更喜欢他了？"顾景在那端暴怒，"楚暮舟！你昨晚跟我是怎么说的？"

楚暮舟："我……"

"呵！"权北倾适时地"自嘲"，"原来你们昨晚还背着我说话了，楚暮舟，我看错你了。"

楚暮舟忙跟权北倾解释："北倾，我没有。"

顾景指着他："楚暮舟！我等下就去把你养在燕门的花都踩死！把你最喜欢的床单也剪了！"

楚暮舟忙又转身去跟顾景解释："不是的，阿景你听我说。"

权北倾又问："所以你们昨晚到底说没说？"

楚暮舟又转过去："北倾我……"

顾景："楚暮舟，我挂了！"

楚暮舟又转回来："阿景，我……"

楚暮舟左转右转，晕头转向。权北倾看了一眼手表，快到姜夏吃下午茶的时间了，于是站起身就往外走去。

临走时，权北倾还不忘转身，用高超的演技，垂下黑眸，对着楚暮舟低声道："我等着你给我一个合理的解释。"

楚暮舟看着他的表情，觉得自己好像伤到他了，忙要追他："北倾……"

顾景在屏幕上怒道："楚暮舟！你走了就不要回来！"

楚暮舟又转头："不是不是，阿景——"

权北倾从容地走出去，顺手带上了门。

门外的季池好奇地探头："少爷，我怎么听见楚少爷跟顾少爷在生气？"

权北倾淡淡地道："嗯，他们好像有什么事，叫我先出来。"

季池强忍着好奇心，心想：自己要好好地去跟燕门的那些人八卦一番。

他一本正经地说正事："少爷，您吩咐的事我全部都已经准备好了，现在万事俱备，只欠东风。”

“明天白雪妍会亲手送来证据。”权北倾边说边朝电梯走去，蓦地想到白雪妍睡过休息室的那张床，嫌弃地皱起眉头，冷声吩咐，“把休息室的那张床换了，地毯也换了。”

季池不明所以地应道：“是。”

白雪妍从 ZK 集团出来，立即去了乐州典当行。

当初她从宁母的房间里偷了那块价值 300 万元的玉佩，然后嫁祸给姜夏，最后就是到这里来典当，换了 300 万元现金。

典当行的老板姓王，这些年，白雪妍每年都会给他一笔封口费，所以他的口风一直很紧，从来没有说出去过。

其实，当初姜夏是查过这块玉佩的下落的，但那时没有钱，又无权无势，根本查不出所以然。

白雪妍直接找到了王老板，先是很警惕地问道：“最近有人来打听过玉佩的事吗？”

王老板是个 50 多岁的中年男人，闻言忙摇头：“没有，我没有跟任何人提起过。”

“很好，对了，你们店里不是有装摄像头吗？我现在需要四年前我来典当时的监控视频。”白雪妍说，“能找到吧？”

她查过，这种监控视频一般能保存五年。

王老板很惊讶，小声地说：“可是你要找视频做什么？不是不能让人知道的吗？”

白雪妍懒得跟他解释那么多，语气有些高傲地说：“现在我就是要证明是我！你快点儿找出来，我给你双倍的钱。”

王老板还忍不住劝她：“你要考虑清楚啊，如果被人知道了，可没有后悔药吃。”

“你懂什么？”白雪妍不耐烦地道，“让你找就快点儿找，你以为我会拿自己的命运来开玩笑吗？算了，跟你说了你也不懂。”

她马上就要飞上枝头变凤凰了，以后跟这些人都不会有接触了。

拿到监控视频后，白雪妍出手阔绰地给了老板3万元，又说：“明天一早你跟我去个地方，做个人证，到时候给你的报酬就不止这么一点儿了，指不定我老公会给你几百万元。”

她说完就踩着高跟鞋离开了，留下震惊的老板。

白雪妍本想直接回宁家收拾东西——等她跟权北倾在一起后，宁母肯定会来求她的。

但她忽然觉得脸上很痒，还起了点儿小红疹，只得先去医院。

医生检查过后说：“你这是药物引起的过敏反应，吃点儿药过几天就好了。”

“不行，我明天必须好。”白雪妍很凶地说，“给我开效果最快的药！”

医生皱眉：“最快的药就是打强效消炎针，但对身体不太好，有副作用……”

白雪妍打断她的话，命令般地说：“就给我打这个，双倍用量，我明天有很重要的事，脸上不能有任何东西，听到没有？”

反正她马上要成为权北倾的女人了，到时候补品用之不尽，还需要担心这一点儿副作用吗？

医生大概觉得她的脑子有问题，白她一眼，让她拿着单子走了。

第十五章

明白亲和吻的区别

白雪妍缴费后坐在输液室里打点滴，看着来来去去的人，只觉得自己特别与众不同。

蓦地，一道穿着病号服的纤细身影映入她的眼帘——是姜夏。

而姜夏的身边还有一个高大颀长的身影，宽肩窄腰，双腿修长，身材比例完美，只是侧影就英俊得令人窒息——是为姜夏来过学校的那个男人！

关于这件事，白雪妍其实一直都很忌妒姜夏，尤其是看到学校里大家艳羡的反应，更觉得愤怒：凭什么姜夏能被这么帅，还看起来很有钱的男人家里收养？

但白雪妍现在一点儿都不忌妒了——她被 ZK 总裁权北倾看上了，姜夏身边的人又算得上什么？

思及此，白雪妍眯了眯眼，直接起身推着点滴杆就走了过去。

姜夏是来花园里散步消食的，顺便拿个药。她正站在窗口前，身后忽然传来一道高傲的嗓音：“姜夏。”

姜夏转过身，挑起了眉：“哎呀！这不是‘白女神’吗？怎么脸上长疹子了啊？是因为给我下药遭报应了吗？”

“我不知道你在胡说什么。”白雪妍笑得优雅，“如果是你自己在学校里树敌太多被人下了药，最好不要栽赃到我的头上来。”

“是不是你心里有数啊。”姜夏笑眯眯的，“你敢说，宁易辰端给我的那杯水，你没动过手脚？”

“姜夏，诬蔑人是犯法的。”白雪妍丝毫不畏惧，表情高傲，“尤其是诬蔑我，你知道下场会是什么吗？”

姜夏眨巴着大眼睛。她对今天发生的事并不知情，但还是听出点儿意思来：“啧，听你这口气，你貌似攀上了什么大靠山啊，我好怕哟！”

白雪妍脸上的神情更高傲了：“我攀上谁是我的本事，你只要知道我不是你能随意诬蔑的人就行了。”

“是吗？”姜夏微笑，“那我不多说了，反正从头到尾都是狗在诬蔑人。”

“你！”白雪妍微微咬牙，视线忽然落到站在姜夏身后的男人的身上。

权北倾单手插在裤袋里，站姿很随意，但气场强大冷厉，极其惹眼。甚至他什么动作都不需要做，只这么随意地站着，就能让人看出他对身前女孩儿的保护欲。

尤其是他的那张脸，是白雪妍从未见过的俊美，仿佛有种与生俱来的尊贵感。这让白雪妍忍不住开始幻想明天即将见到的权北倾是什么样的长相——他会比姜夏身边那人还要帅吗？

就算没有那个人帅……但权北倾是ZK集团的总裁，这一点是那个人绝对比不了的！

这么想着，白雪妍瞬间有了底气，朝他笑着开口问道：“这位先生，我知道你和姜夏的关系，我有点儿好奇，你在什么地方上班？”

权北倾冷淡地抬起眼皮，语气更淡：“我没有固定上班的地方。”

他经常在燕门和ZK之间来回飞，不用每天去上班。

白雪妍一听，语气顿时变得有些嘲讽："原来你不上班啊！你看起来很有钱，我还以为钱都是你自己挣的呢。"

权北倾淡淡地道："我没什么钱。"

他不喜欢现金，用的都是银行卡。

白雪妍蹙眉，嘲讽的意味更浓："原来有钱也是假的啊，那你的豪车……"

权北倾："不是我的。"

这些车在他买了之后，一直挂在楚暮舟的名下。

白雪妍没想到——他不仅没钱，连车都不是自己的！呵呵，所以姜夏根本没有那么幸运！

白雪妍忽然想到之前的事，忍不住问："那你跟华影的校长、董事长认识吗？"

权北倾："不认识。"

但是董事长认识他。不过如果不是因为姜夏，他是不可能去跟一个大学的董事长见面的。

白雪妍闻言，眼中露出浓烈的鄙夷之色——原来他真的是个虚有其表的男人啊，不过就是一张脸长得帅而已，其实什么都没有，根本就是个穷光蛋。

她就说嘛，就凭姜夏这样的，能傍得上什么好男人？

她白雪妍可是马上就要成为ZK总裁夫人的女人，如果这个男人知道了她的身份，估计会马上抛弃姜夏来巴结她吧？

而且这么帅的男人，如果她把他从姜夏的手里抢走的话……思及此，白雪妍脸上的笑容更加傲慢。她抬脸冲他道："这位先生，我对你很有好感，所以我劝你最好快点儿跟姜夏解除关系——否则她一定会连累你的。"

"是吗？"权北倾抬手落在姜夏的肩上，完全庇护的姿势。他勾起唇角："My pleasure（我的荣幸）."

他竟然说被姜夏连累是他的荣幸！

白雪妍没想到他会这么回答，不由得忌妒地攥紧了手。不，她不相信，这样英俊的男人对姜夏绝对不是真心的。他只是看姜夏长得漂亮，想骗姜夏而已。如果她白雪妍愿意跟他在一起，他肯定也会愿意的！

“喂，你说够了没有？”姜夏很不悦地瞪她，下意识地往权北倾的身边靠了靠，“我叔叔在哪儿上班跟你有什么关系，你看他长得帅就开始动歪心思了？”

姜夏看着白雪妍满腹心机的表情，就知道她没在想什么好事情！

“你胡说什么？”白雪妍像戳穿了心思，立即反驳，“姜夏，你以为我谁都看得上吗？”顿了顿，她一扬下巴，倨傲地说，“我可能很快就会订婚了，姜夏，到时候你会后悔这样跟我说话的！”

说完，白雪妍冲权北倾笑了笑，又瞪了一眼姜夏，转身底气十足地走了。

姜夏看着她刻意挺直的背影，无奈地心想：你现在是在打点滴啊，还装什么“女神”？针管都回血了啊！

不过她也很好奇：白雪妍突然间就一副有了靠山的嘴脸，是吃错药了吗？还是真的跟什么大人物搭上了？

姜夏翻了个白眼，懒得管这些事。不过白雪妍给她下药这件事，等她出院非弄清楚不可。

“在想什么？”男人低沉地问道，搭在她肩上的手臂跟着收紧，将她搂了过去，微凉的薄唇擦过她的耳畔，“姜夏，你对着男生花痴，我还能理解为你的青春期荷尔蒙在躁动，可就连女同学也值得你盯着看半天，嗯？”

她看他都没有看这么久过，对着一个无关紧要的人倒是紧盯着看。

姜夏回过神，立即结结巴巴地反驳：“我……我哪有什么荷尔蒙躁动？我已经长大了，不是青春期了！我现在是大人了！”

“嗯，你是大人，”权北倾长指捏捏她的脸，低低的笑声性感撩人，“是打针还要蒙眼睛不敢看的大人。”

她丢死人了！这下姜夏彻底跟只小猫似的黏在他的背上，连头都不敢再抬了。

权北倾就这么背着她回到病房里，把她在病床上放下。姜夏的脸颊红扑扑的，她忽然察觉自己刚才那样把脸埋在他的脖颈处，就相当于一直在亲他的脖子，脸更红了，好一会儿才支支吾吾道："权叔叔，你晚上睡沙发不舒服，要不然今晚你回星海湾睡吧！"

他守了两天两夜，没怎么睡觉。而且她已经是大人了，一个人住院也是可以的！

权北倾替她泡营养冲剂的动作微微顿住——她又赶他走？他忽然放下手里的杯子，转身走到沙发旁，拿起公文包。

姜夏以为他是要走了，想说让他明天可以去忙工作，不用过来了。可她还没说出口，就看见男人只是拿出一支笔，然后走到她的病床床尾处蹲下身，用笔写着什么。

姜夏疑惑，忙爬过去，低头一看——

医院每张病床的床尾都贴着一张卡片，上面写着病人的名字、年龄和住院日期，方便医生核对查房。

而权北倾在她的姓名的那一栏，也就是在"姜夏"的前面，手写了七个字——"全世界最漂亮的"。

于是她的姓名栏里的字就变成了"全世界最漂亮的姜夏"。

姜夏微微一怔："这是……？"

权北倾半蹲着，手臂搭在膝盖上，指间夹着笔，勾着笑抬眸看她："小气包，现在可以不赶我回家了，嗯？"

姜夏一时语塞——他觉得，她是因为他没说她是最漂亮的，才让他回家睡的吗？

姜夏张了张嘴："我又没生气，你干吗开玩笑写这个？"

"没开玩笑，"权北倾说话的声音平缓，"你最漂亮。"

姜夏只觉得自己的心跳一直在加速，低头看着姓名栏几秒钟，而后转身爬回床上，用被子蒙住自己："不跟你开玩笑了，我困了，先睡了。"

"晚安，乖女孩儿。"权北倾摸摸她的脑袋，进了浴室。

听见里面传来“哗啦啦”的冲水声，姜夏这才掀开被子看了几眼，然后拿起手机，蹑手蹑脚地下床。她在床尾处蹲下，对着那张卡片拍了张照片，保存。

浴室的门忽然被推开。

姜夏一秒钟收起手机，迅速爬回床上躺好。

猜到权北倾要走过来给她盖被子，姜夏闭紧眼睛装熟睡，然后就听见他说——

“明天下午 2 点要看节目，我会让孔管家陪你一起。”

姜夏“唰”的一下睁开眼睛：“你怎么知道我没睡？”

男人垂眸：“你这不是醒着吗？”

姜夏语塞，赶紧转移话题：“什么节目？”

“你爱看的节目。”权北倾没有直说，淡淡带过，“明天午觉早点儿起来。”

“哦，好。”姜夏应了一声，也没有多问。

等到权北倾去阳台接电话，她才偷偷地在被子里拿出手机，点开刚刚拍的照片——“姓名：全世界最漂亮的姜夏”。

女孩子被人夸漂亮，是不是都会很高兴？为什么她觉得好开心？

姜夏又盯着看了一会儿，将这张照片存入个人相册，这才把手机塞到枕头下面，闭上眼睛睡觉。

第二天，白雪妍起得很早，去美容院护肤、全身沐浴香薰……花了不少私房钱买衣服、打理自己。她要让权北倾再次对她印象深刻！

下午 1 点，白雪妍去接了典当行的王老板，打车到 ZK 集团。

在路上，她接到了学校官方群里的通知：“请所有同学务必在下午 2 点前在各班教室集合，有重要的事情宣布——没到的同学按双倍旷课处理。”

所有人都在群里议论会是什么不得了的大事，竟然需要全校同学都在，看来不是要听广播就是要看视频了。而且双倍旷课处理在华影是很严重的。学校竟然下手这么狠，看来是校领导很重视的事。

白雪妍看了一眼，直接在群里@教务主任：“老师，我有急事，去不了了。”

教务主任立即回复：“你有什么急事非去不可？下午的事很重要，你马上赶回学校。”

白雪妍现在哪里会在乎这些？她高傲地回复道：“不了，我很忙，学校想怎么处理都随便吧。”

说完，她就不再看消息，收起手机放回包里。

等自己跟权北倾见面确定关系了，她就什么都不需要担心了。

白雪妍到了ZK集团后，前台的工作人员将她领到顶层的总裁办公室外面。

坐在沙发上打游戏的楚暮舟懒懒地站起身：“你来了。”

视线落在她身后的王老板的身上，他问：“这位是……？”

“楚前辈，这是我带来的证人。”白雪妍边说边看向那扇磨砂玻璃门，心跳不由得加速，“权总他在里面吗？”

“嗯，他在开临时会议。”楚暮舟随口说道，让白雪妍在对面的沙发上坐下，恰好正对着对面的装饰架。

白雪妍抬头发现装饰架上放了一台摄影机，是深蓝色的，忍不住赞美道：“好漂亮。”

果然，有钱人的品位就是高，东西都是绝版的。

楚暮舟看了一眼摄影机，眉梢微微挑起，转开话题：“这样，你先跟我把具体情况说清楚吧，如果不确定的话，按他的性格是不会愿意随便见人的。”

顿了顿，他拿起茶几上的玉佩：“这块玉佩，你是从哪里得来的？”

白雪妍紧张地攥住包带：“这玉佩是我的养母——也就是宁夫人的。”

楚暮舟意味深长地眯眼：“既然是你养母的，怎么会被你拿去典当？”

白雪妍当然不敢说自己是为了栽赃嫁祸姜夏才这么做的，于是想蒙混过关："是宁夫人送……送给我的，但是因为我那时候比较缺钱，而且觉得玉佩太贵重了，放在身上不安全，于是就拿去典当了。"

"是吗？"楚暮舟掂了掂玉佩，"可奇怪的是，昨天下午你走了之后，我的助理忽然跟我说，外面有人传言这块玉佩其实是一个叫姜夏的女生从宁家偷的？"

白雪妍的心里顿时"咯噔"一下，最担心的情况还是发生了，她忙摇头说："不是的，外面那些人是乱传的。"

"可是无风不起浪，好端端的不可能有这种传言，如果不是有人蓄意散播，那么就是确有其事。"

楚暮舟观察着她的神色，又说："要不然这样吧，我现在就派人去把那个叫姜夏的女生叫过来。"

"不……不用叫她来了，真的不是姜夏去典当的！"白雪妍生怕姜夏过来会跟自己抢权北倾，着急地想要说清楚，"其实……其实这件事……"

"白小姐，请你务必说实话。"楚暮舟打断她，"毕竟ZK要查什么，都是可以查到的。跟你说句实话吧，其实你怎么得来的并不重要，没人会在意，重点是当年让他一见钟情的女孩儿到底是谁。"

白雪妍本就紧张又忐忑，一听顿时觉得非常有道理，现在重要的不是担心别的，而是把实话说出来，证明典当玉佩的女孩儿是自己，才能见到权北倾。

也许这辈子就一次机会，她绝对不能错过了！

而且，万一他们真的把姜夏找来，外面那些人又真的都以为是姜夏偷的，到时候真的说不清楚了，她被姜夏冒名顶替就糟了！

思及此，白雪妍深吸口气，直接说道："楚前辈，其实是这样的。当年我和姜夏是同一个孤儿院里的朋友，一起被宁家领养了。但宁夫人对姜夏更好，总是忽略我，后来……后来……"

楚暮舟接过她的话："后来你因为心生忌妒，所以偷了这块玉佩嫁祸给姜夏，让大家包括宁母都以为是姜夏偷的，导致姜夏被赶出宁家。然后你再把玉佩偷偷地拿去典当，对吗？”

白雪妍心里惊了一下，没想到全部被他猜中了。她抬起头，对上的是楚暮舟微笑的俊脸。

他问她：“是这样的吗？”

白雪妍想否认，毕竟这不是光彩的事：“楚前辈，我其实……”

“你就告诉我是不是这样就行了。”楚暮舟淡淡地道，看起来丝毫不在意的样子，“我说了，怎么得来的不重要，重要的是，那个女孩儿确实是你。”

白雪妍不知道该怎么否认，又怕再继续撒谎会显得更假，错失了这个机会。最终她心一横，点点头：“是，确实是这样，是我偷了玉佩栽赃嫁祸给姜夏。但我确实就是那个典当玉佩的女孩儿，我这里还有其他证据！”她边说边回头看向一旁的王老板，介绍说，“他是乐州典当行的老板。这家典当行已经开了十多年，他可以证明是我！这些是他的营业执照跟身份证，你们可以去查，还有……”

白雪妍从包里拿出一个优盘递过去：“这里面的视频，是当年我去典当这块玉佩的监控资料。”

楚暮舟接过优盘，直接插在投影仪上，在墙壁上投影出来。

只见画面右上角的时间是四年前的某一天，视频内容是白雪妍走进典当行，从包里拿出了那块玉佩，递给老板。

两人聊了很久，最后谈妥了，还签了典当合同。

“嗯，这监控视频里的女孩儿确实是你。”楚暮舟又翻了翻王老板的资料，“他也确实是乐州典当行的老板，这些资料我们也核实过了。所以，这块玉佩当年就是你去典当的，证据确凿。”

“是的，就是我，跟姜夏无关，她根本没碰过这块玉佩。”白雪妍忙点头，焦急地问，“楚前辈，那我现在可以见权总了吗？”

楚暮舟的嘴角勾起不易察觉的弧度，他没有立即回答，似乎在等待着什么。

白雪妍见状，疑惑地皱眉。她刚要再问，就听见身后响起一个愤怒的声音——

"白雪妍！你真是把我骗得团团转！"

这声音……白雪妍一惊，蓦地转过头，入目的是周雪梅气得发红的脸。她被吓得猛地站了起来，惊慌失措道："妈，你怎么……？"

"别叫我妈！我听着都恶心！"周雪梅抓着包走过来，颤抖地怒指着她，"你真是好样儿的，自导自演了这出戏，骗了我这么多年。"

白雪妍被吓蒙了，下意识地想要辩解："不，不是这样的。"

"够了！我全都亲眼看见，亲耳听见了！你还想继续编？你骗我骗得还不够是吗？"周雪梅气极，扬手就是一巴掌甩在白雪妍的脸上。

沙发上的楚暮舟端起咖啡抿了口，眯眼看戏：这个人栽赃他的小虎牙是吧？这一巴掌还不够重！

白雪妍被打得脸颊火辣辣地疼，惊慌地伸手捂住脸，像是想起什么来："不行，我的妆不能花。"

她着急地转身，想要去拿气垫粉底液补妆。

周雪梅立即就拽住了她的手腕，气到眼睛都红了："你到底为什么要这么做？你偷了玉佩栽赃给姜夏，你让我误会她把她赶走，你怎么做得出这种恶毒的事？"

是自己冤枉姜夏了！真的是自己冤枉姜夏了……

周雪梅忽然想到上次在咖啡厅姜夏说的话——

"宁夫人，你坚信那块玉佩就是我偷的，希望你能继续坚信下去，并且永远不要有丝毫动摇，否则，那就太可笑了。"还有姜夏说这句话时的眼神……全都是她错了，错得太离谱了。她错过了一个爱她的好女儿。她伤了她的夏夏。周雪梅只觉得浓烈的悔意涌遍全身。她止不住地发抖，眼角湿润。

她死死地拽着白雪妍不放，声音打战，眼泪流了下来："都是你害我那样对夏夏，她肯定恨死我了。夏夏那么好的孩子怎么会偷玉佩？我这个混账！是我当时气昏了头，被你蒙骗了。"

白雪妍听着周雪梅悲恸的忏悔声，一口一个"夏夏"，心里的妒意顷刻间涌了上来——

凭什么周雪梅一直都更喜欢姜夏？

凭什么江辞也喜欢姜夏？宁父、宁易辰也是，凭什么大家都喜欢姜夏？

她白雪妍哪里不如姜夏了？

周雪梅还在颤声怒道："你这个孽障，现在就跟我去见夏夏，你去跟她道歉，跪下来忏悔你做的丑事！她不原谅你，你就跪到她原谅为止！"

她拽着白雪妍往外走。

白雪妍一咬牙，猛地用力甩开她的手："你放开我！"

周雪梅猝不及防，被她甩得后退两步，怒道："你还有脸推我？白雪妍，你自己看看你做了什么丧尽天良的事！我真是瞎了眼。你今天就给我滚出宁家！我们断绝所有关系！"

"你以为我爱待在宁家吗？"白雪妍握着被抓痛的手腕，索性豁出去了，冷笑道，"我告诉你，我早就不想待在宁家了，我也不稀罕你们宁家！你以后最好不要后悔，不要来求我！"

大概是碍于楚暮舟还在场，所以白雪妍还是有所收敛，没有说出什么太难听的话。她深呼吸平静情绪，转身说道："不好意思，楚前辈，让你看笑话了。我跟宁夫人已经没有关系了，现在可以去见权总了吗？"

说着，白雪妍还扭头看了一眼周雪梅，眼神中充满高高在上的不屑之意——她可是被权北倾一见钟情的女人，很快就会变成ZK的总裁夫人了。区区一个宁家算得了什么？她才不会在乎！等她跟权北倾确定关系，这些人都得低声下气地讨好她！

到时候她第一个要对付的就是姜夏！

这么想着，白雪妍越发趾高气扬起来，幻想着马上见到权北倾，该怎么跟他说话，怎么扑进他的怀里委屈地撒娇。

楚暮舟放下咖啡杯，挑眉道："可以了，他一分钟前应该已经开完了临时会议——"说着，他抬手朝总裁办公室里面指了指，眼中带着玩味的笑意，"你自己进去看看吧。"

“好的，我这就进去。”白雪妍朝周雪梅露出得意的笑容，而后忐忑地朝那扇磨砂玻璃门走去。

她伸手握住了门把手，深吸口气，轻轻地拉开。

明亮的光线倾泻出来的同时，白雪妍看见落地窗边的一个高大颀长的身影。

昂贵的手工西装包裹着完美的身形，他正背对着她，只是背影就令她惊艳地屏住了呼吸。

这男人是天神般的存在，是所有女人都梦寐以求的——而这样的男人，马上就是她的了。

白雪妍用最温柔的声音开口喊道：“权总……”

男人似乎是听见了，缓慢地转过身来，那张俊美冷厉的脸庞在光线中逐渐清晰。

白雪妍满眼期待，仿佛身在天堂般幸福。

直到男人迈着长腿往前走了一步，她才彻底看清了他的脸——

第一秒仍旧是惊艳，这个男人拥有一张无论看多少次，都会令人惊艳赞叹的脸庞；然而第二秒，白雪妍蓦地瞪大了眼睛，惊得连嗓音都变了：“怎么会是你？”

权北倾怎么会是那天在姜夏身边的人？

权北倾不带一丝温度的视线在她的脸上停留了不到一秒钟，嗓音更是冷淡至极且厌恶不已：“谁允许你踏进我的办公室的？滚出去。”

“不……不可能，你怎么会是权北倾？”白雪妍一瞬间从天堂摔到地狱，完全无法置信，“不，我不信！你肯定不是真的权北倾！你想骗我……”

她蓦地转身看向楚暮舟，颤抖着指着他：“你跟他联手骗我！我不会信的！我要见权北倾！我要见真正的权北倾！”

她的样子近乎疯狂——期待越高，幻想越美好，被彻底打破的时候，她就会摔得越痛。

白雪妍抓着自己的头发，崩溃到妆容精致的脸都扭曲了，不断地往后退：“我是被权北倾一见钟情的，不会错的！我不会信的！”

“权总。”蓦地，一个态度恭敬的男人朝着总裁办公室汇报，“华影的董事长来了，在休息室。”

白雪妍猛地抬起头，看见说话的人正是ZK的公关部经理，在外很有名，几乎没有人不认识。而他刚刚喊的是——权总？

所以，这个男人真的是权北倾。所以这一切都是骗局，就是为了找到她偷玉佩的证据。

真正收养姜夏的家庭竟然是声名显赫的权家。白雪妍被这个真相打击得脸色惨白，毫无形象地瘫坐在地上，嘴里还在喃喃地说着什么。

她头顶响起楚暮舟冷漠的嗓音——

“你还有什么话，现在都可以说，毕竟现在在全校直播，所有人都能听见。”

白雪妍再度一震，心彻底凉到谷底。她忽然想到什么，缓慢地转过头，看向装饰架上的那台摄影机。

而同一时间的华影校园内——

所有同学都被召集到各班教室里，一同观看这场“真相直播”。

画面最终定格在白雪妍转头看向镜头的那一幕。

如此劲爆的真相，顿时让全校都沸腾了——

“真的没想到白雪妍竟然是这种人，好恶心啊！”

“姜夏好可怜啊，被冤枉偷玉佩这么久，有口都说不清，我以前还以为真的是她偷的，真是有点儿对不起她。”

“我反正很喜欢姜夏，她才是当之无愧的‘校花’，演技又那么好！”

…………

也有同学很热情地讨论楚暮舟跟姜夏的关系——他竟然愿意出演这出戏，帮她洗刷冤屈。

还有更多人在好奇，传说中的ZK总裁权北倾到底长什么样子，白雪妍刚刚推开总裁办公室的门，看得眼睛都直了！

但摄影机只拍到了沙发和茶几，根本没拍到权北倾的脸，连他的身影都没照到。直播全程都与他有关，他却连衣角都没有显露。

女同学们都被吊起了好奇心，纷纷叫着要看权大总裁的正脸。

不仅是学生，连所有的老师在知道真相的时候也都惊呆了——

毕竟白雪妍是 18 届力捧的学生，在老师们的心里还是很优秀、很完美的。

白雪妍的班主任刘淑芳更是久久无法回神。她是最喜欢白雪妍的——就是因为白雪妍，她才会觉得姜夏是个品行不端的坏学生。

原来是她搞错了，是她被蒙蔽了！

而此时，跆拳道会馆的会议室内，谢天也坐在投影仪前，十分震惊地看着屏幕上的白雪妍——

她竟然做出了这么恶毒的事！

他身后的小弟忍不住说："哇！真的没想到白雪妍是这么恶心的人，真是……老大你这次真的瞎了眼啊！"

谢天的脸上一阵红一阵白，他怒道："闭嘴！"

"也不能怪老大瞎眼啊！"另一名小弟说，"其实刚开学军训的时候，老大一眼看中的是姜夏啊！后来还不是听说姜夏偷玉佩被赶出宁家还欺负白雪妍，老大同情白雪妍，这才……"

谢天猛地站了起来，一脚踢过去："都给我把嘴闭上！以后不许在我面前提白雪妍这个人，我不想再听见这个名字！"

至于姜夏，他会跟她当面说清楚！

同一时间，医院。

躺在病床上，一边打点滴一边看这段直播的姜夏，也是震惊不已——没想到权叔叔说的"节目"竟然是这个。

他怎么会突然去查玉佩这件事的？他事先也没有跟她说。她还准备等出院了再去找白雪妍算账的。

所以，他们昨天傍晚在医院大厅碰到白雪妍，他跟白雪妍对话，说自己没钱没车什么的，是为今天的直播做铺垫吗？

所以，权叔叔是真的不是主动想跟白雪妍说话的，更不存在觉得白雪妍长得漂亮了。

有护士过来给她拔针，姜夏都觉得不痛了，身心舒畅地拔完，发现枕边的手机在不停地振动。

她拿起来看了一眼，手机屏幕上显示有九十九条以上的未读消息。

同学们都来关心她了吗？

姜夏忙激动地点开，有种被呵护和安慰的幸福感。

只见通讯录里“新的朋友”那一栏，全都是等待通过的验证消息。

婷婷是头猪：“姜夏，我是你的同班同学，快加我！我有事要问你！”

阿萌肉超多：“姜夏，你跟‘楚男神’很熟吗？你们是什么关系呀？”

最胖的霞宝贝：“姜夏小可爱，你有‘楚男神’的联系方式吗？拜托你给我吧！”

最蠢的西原：“姜夏，你认识ZK总裁权北倾吗？有没有他的照片？求看！”

假如说有500条验证消息，那么就有499条是在问楚暮舟和权大总裁。

好不容易看到一条不一样的，姜夏忙点了通过。

权倾天夏：“姜夏，关于你被冤枉偷玉佩这件事，我觉得应该给你一个拥抱。”

姜夏心想：终于来了一个关心她的同学，好感动……

结果下一秒，对方立即发来一条新消息：“不过抱不抱也不重要，还是说正事吧。嘿嘿，你能不能把‘楚男神’的联系方式和权大总裁的照片发给我？”

姜夏：同学们关心她什么的……呵呵，不存在的。

姜夏露出坚强的微笑脸。

姜夏打完点滴后，医生来给她简单地做了检查，告诉她已经没有大碍，今天可以出院了。

孔管家替她收拾东西。姜夏要帮忙，他不让："夏夏小姐，你在旁边休息就行了，晚上回家我给你做好吃的。"

姜夏本来想问什么好吃的，但看了看表，还是先问了另一个比吃更重要的问题："权叔叔一般都是几点下班啊？"

孔管家心想：所以他做一桌子好吃的，还比不过少爷下个班吗？

他不情不愿地回答："平时是 6 点半左右，不过我们也不一定要等他。"

"现在快 6 点了，孔伯，干脆我们去接权叔叔下班吧。"顿了顿，姜夏不自在地找了个听起来很合适的借口，"我都还没去他的公司看过呢，有点儿好奇。"

孔管家：你真的是为了去看公司吗？

他们到 ZK 集团时已经 6 点半了。

陆陆续续有员工下班，三两成群地走出来。

姜夏莫名有种来幽会的感觉。见她用手遮着脸往里面走，孔管家在边上拉住她："夏夏小姐，你为什么要遮遮掩掩的？你又不是少爷养的情人，你遮什么啊？"

姜夏愣住：对啊，她遮什么啊？

姜夏将双手往身后一背，大摇大摆地走进去。

在她穿过大厅的时候，忽然看见不远处的休息区坐着一个正在打电话的女人，是宁夫人周雪梅。

姜夏的脚步微微顿住。

而周雪梅显然也看到了姜夏，拿着手机的手僵住了。她迅速地抹了抹湿润的眼角，像是有些不知所措地站了起来。

她们隔着一条过道对望着。

姜夏知道，周雪梅肯定也已经知道了关于玉佩的真相。但奇怪的是，姜夏并没有像以前无数次幻想过的那样，等周雪梅终有一天知道了真相，自己要怎么样向周雪梅申冤、怒吼、发泄。

可能已经过去太久了，她的肩上担着这个罪名也太久了，久到她甚至都已经习惯了，虽然心里还是会有涩涩的酸楚感。

孔管家在身后拍了拍她的肩："夏夏小姐，你在看什么呢？"

"啊，没什么。"姜夏收回目光，微微一笑，"我们去那边乘电梯吧，孔伯。"

周雪梅看见姜夏转身走远的身影，想要追过去，但张了张嘴，"夏夏"两个字却无论如何都发不出来。

她不知道自己有什么脸面去面对姜夏。她把姜夏伤得太深了，甚至没有勇气再开口叫一声"夏夏"。

顶层的总裁办公室内，楚暮舟正缠着权北倾，非要他开口表扬自己的演技。

权北倾坐在办公桌前批阅文件，听着楚暮舟在耳边不停的唠叨声，抬起眼皮环顾四周，正想寻找让他闭嘴的工具。

此时，门外忽然响起秘书抓到救命稻草般的声音："总裁，有位小姐说来接您下班。"

楚暮舟完全不知道自己刚刚处在危险边缘，闻言顿时怒了，推开门走出去："谁啊？接什么接？我们北倾是随便哪个女人都能——哎呀，小虎牙！你来啦！"

秘书无语。

楚暮舟一秒钟变成温柔的"男神脸"，帅气地一撩刘海儿："小虎牙，你是不是听说我在这里，所以一出院就马上赶过来了？"

一旁的孔管家："哼！"

"你'哼'什么？"楚暮舟疑惑地转过头，"哎，孔管家你最近是不是胖了？"

孔管家几步走上前，一脚踩在楚暮舟的脚上。楚暮舟"嗷"地叫了一声，抱着脚乱跳。孔管家冷酷地说："感受到我胖了吗？"

“你——”楚暮舟蓦地转过身：“北倾，孔管家欺负我！”

“嗯。”权北倾迈着长腿走出来，路过楚暮舟的身边时，皮鞋直接踩在他的脚上，“他是这样欺负你的吗？”

楚暮舟无语。

孔管家顿时觉得自己胜利了：看吧，少爷更爱的还是他！

然后他就听见权北倾冷冷地道——

“再胖下去，以后不要出来见人了。”

孔管家语塞。

姜夏从洗手间里出来，丝毫没察觉刚才发生的事情，看见权北倾就立即跑过去：“权叔叔，你已经下班了吗？”

权北倾朝她的两条细腿看了一眼。姜夏立即变成淑女站姿。

权北倾伸手揉揉她的长发，唇角微扬：“特意来接我下班？”

姜夏想到下午全校直播白雪妍的事，其实很想谢谢他帮自己澄清这么多年的冤屈，但话到了嘴边又很难说出口。

她支支吾吾半天，最终憋出一句：“权叔叔，你们公司的人下班都好晚啊。”

“晚吗？”

“平常6点半都吃晚餐了啊！”姜夏嘟囔道，“你到家的时候都7点多了，我都吃完饭了。”

权北倾看着她委屈兮兮的小模样，双眼轻眯，侧首冲秘书道：“通知下去，以后全公司的下班时间提前半小时，统一改为6点。”

“是，总裁。”

秘书震惊地盯着姜夏看，心想：这小姑娘是什么人，在总裁面前说话竟然这么管用？她只不过说了一句“好晚啊”，总裁竟然就要修改下班时间，简直是为全公司所有人谋福利啊！

姜夏看着秘书的表情，以为自己说错什么了。她扯了扯权北倾的袖子，小声问：“权叔叔，我是不是闯什么祸了？”

“我在这里，”权北倾淡淡地道，“你能闯什么祸？”

他的公司，她做什么都不叫闯祸——真是个傻丫头。

“小虎牙，今天的全校直播你看到了吧？”从脚痛中恢复过来的楚暮舟一边说，一边朝姜夏走过来，“怎么样，我的演技不错吧？”

“谢谢‘楚男神’！”姜夏笑着说，“你的演技一直都很好啊。”

楚暮舟想着要趁机跟姜夏约个会，朝她眨眼放电：“小虎牙，看在我帮了你这么大一个忙的分儿上，晚上你陪我吃饭，这个要求不过分吧？”

姜夏怎么好意思拒绝：“好呀，你想吃……”

“喂？”一旁的权北倾却忽然接起了手机，打断了他们的对话，“有什么事你上来说。”

挂断通话，他还冲姜夏淡淡地道：“季池好像有事。”

孔管家疑惑不已，刚才少爷的手机明明没亮也没响啊，他怎么接的电话？

几分钟后，完全不知道什么事的季池上来了：“少爷。”

“你不是说要找暮舟吗？”权北倾看着他，脸色淡然，“刚才在电话里说有什么紧急通告。”

季池看着自家少爷，仿佛从少爷的眼睛里看见了十倍的奖金。他瞬间懂了，马上道：“啊，对！是有一个紧急通告，半个小时后就要开始了，所以楚少爷现在就赶紧跟我去准备吧！”

楚暮舟哪里愿意：“什么东西？我不去！”

“是一个大型粉丝见面会，都是很支持你的老粉丝。”季池飙着演技说，“楚少爷，不去不太好吧？”

“我晚上要跟小虎牙吃饭！”楚暮舟潇洒地一摆手，“没有什么事比这个更重要，你帮我推了吧。”

“你当初不是吵着要当明星吗？”权北倾抬起眼皮，仿若局外人般淡淡地道，“现在大红大紫了，就不把支持你的粉丝当回事，这样你能走得长远吗？”

楚暮舟一怔：“不是，我……”

“其实你不去也可以，也没什么大不了的。”权北倾又淡声道，“顶多就是伤了那些粉丝的心，让他们觉得自己追逐这么久的人完全不值得而已。”

楚暮舟被他说得顿时感觉自己像一个狼心狗肺的人：“可是我……”

“‘楚男神’，你还是去吧！”姜夏也忍不住说，“饭随时可以吃嘛，但爱你的粉丝们是不能辜负的！”

“就是啊！”季池补充道，“楚少爷，你难道想从‘男神’变成‘负心渣男’吗？”

楚暮舟被说得越来越动摇，觉得自己简直罪无可赦。他最后几乎是被季池拉走的，临走前还不忘回头：“小虎牙，要不然夜宵……”

“她刚出院，要早睡，”权北倾直接打断他，“你去忙吧，吃饭的事，明年再说也来得及。”

明年？楚暮舟就这么被季池拽进了电梯，彻底消失在他们眼前。

半分钟后，季池发来短信，含蓄又羞涩：“少爷，那个……”

权北倾回复：“十倍奖金。”

季池就差没喊他“爸爸”了：“谢谢少爷！我会想办法拖住楚少爷，就算把他打昏，也绝对不会让他乱跑的！”

姜夏在一旁问：“权叔叔，你有事要忙吗？”

“没有。”权北倾从容地收起手机，抬手揽住她的肩，“既然暮舟没空，我们回家吃饭吧。”

“好。”姜夏点点头，感叹明星还真是不容易啊。

他们回到星海湾时，晚餐还没准备好。

姜夏上楼去换了家居服，再下来时，发现权北倾不在客厅里，转身就看见阳台上站着的修长身影，明灭的火光在他的指间闪动。

他又在抽烟！他一天到底要抽多少根烟？

姜夏鼓鼓脸，立即抬腿走过去。

她推开玻璃门，权北倾听见动静回过头来，取下唇间的烟，嗓音被熏得微哑：“洗手漱口了？”

从外面回来要洗手漱口，这也是他给她定的规矩。

家规再多点儿都可以绕地球一圈了。

“都做好了。”姜夏走到他的面前，双手叉腰说，“你看，你给我定的规矩我都做到了，但是你自己都不做好榜样！”

权北倾眯眼看她：“你想控诉我什么？”

这丫头又鬼头鬼脑地想干点儿什么？

“你为什么总是抽烟？”

姜夏的这句话出口，权北倾罕见地微微怔了一下，没想到这丫头要说的是这个。

他低头看了一眼自己手里的半支烟，下一秒直接抬手在花盆边摁灭：“不喜欢烟味？以后我不在你面前抽。”

“我没有不喜欢。”姜夏看着他，皱起眉毛，“但是抽烟有害身体健康，你难道不知道吗？”

“半夜吃零食也有害身体健康，”权北倾淡淡地道，“比如你昨晚在病房的浴室里偷吃的那包薯片。”

姜夏瞪大了眼睛：“你发现了？”

“发现了。”

“那你为什么不当场抓住我？”

“半夜抓会吓到你，被吓到了，会影响你的睡眠质量。不过，现在你倒是提醒我了。”权北倾说着，朝她走近一步。

在姜夏想要后退时，男人伸手扣住了她的腰，直接将她整个人提起来，扛在了肩上。

“啊，不要！”

姜夏蹬着细腿要下来，权北倾将她的衣摆往上掀了点儿，直接抬手就对着她的屁股一连打了六七下。姜夏只觉得羞耻又气恼，脸蛋儿都红透了——阳台这种地方，用人随时走过都会看见！

她耳边传来男人低沉的嗓音——

“还敢不敢晚上偷吃薯片了？”

姜夏忙摇头：“不敢了，我不敢了。”

权北倾终于将她放了下来。

姜夏伸手捂住臀想往后退，却又被男人搂住了。他把她圈在臂弯内，危险地眯眼，故意吓她："这是最后一次，如果再被我发现你半夜偷吃垃圾食品，我就不只是用手打，而是用皮带抽，听到了吗？"

姜夏的肩膀抖了抖，她拼命点头："听到了！听得超级清楚！"

权北倾这才满意地松开她，转身往客厅里走去："过来吃饭。"

姜夏看着他从容的背影，才蓦地反应过来，自己是来质问他为什么总是抽烟的，反倒被他教训了一通？而且她又被他打了？她虽然"见权尿"，但也是有尊严的！不行，她不能就这样算了！

晚餐过后，姜夏立即回了房间，上网搜索、打印一气呵成，然后去书房敲门。

"进来。"

姜夏推门走进去，看见权北倾坐在办公桌前批阅文件。他头也不抬地道："你才刚出院，今晚不许看电视，10点之前必须上床睡觉。"

"我又没说我要看电视！"姜夏说着走到桌前，直接把手里的纸张递给他，"给，你自己看！"

见权北倾掀起眼皮看她，姜夏又立马说："你必须看！比工作更重要！"

男人伸手接过，只见上面印着大号加粗的标题——《吸烟的十大危害！男士必看》。

他耳边是姜夏絮絮叨叨的声音——

"权叔叔我跟你说，吸烟对脑部、肺部、肝脏……哦对，还有对生殖系统都有很大的危害。"

权北倾微微挑眉："生殖系统？"

"对啊！"姜夏一本正经地说，"科学研究表明，吸烟是导致生殖系统损害的最主要原因，一些国家已在香烟盒上直接印上这个信息了。"

男人的笑意更浓："是吗？"

"你难道不知道吗？"姜夏咬唇。

"是吗？"权北倾似笑非笑，"你这么关心我？"

“才不是！”姜夏被他逗得红了脸，恼怒地道，“你不要转移话题，反正吸烟就是对身体很不好，你要戒烟才行！”

权北倾好整以暇地看着她，唇角勾起淡淡的笑意：“戒烟也不是不行。但你应该知道，烟是很难戒的。”

姜夏双手叉腰：“再难也要戒，你肯定有认识的医生，询问一下不行吗？”

权北倾转着签字笔，视线落在她一开一合的粉嫩唇瓣上，眯眼道：“嗯，关于这个，我倒是询问过。”

她忙问：“医生怎么说？”

“他给了我一个方案，我要找一下。”顿了顿，权北倾忽然抬起眼皮看她，“你穿得太少了，回房间去加件外套，刚出院要听话。”

“那你现在就找！”姜夏不疑有他，转身往外走去。

她刚走出去，权北倾就打开了电脑上的文档，修长的手指迅速地打出一个标题——《戒烟方案》，并且在下面继续输入文字。

等男人把自己刚刚输入的文字全部打印出来时，姜夏正好加了外套回来。

权北倾把打印好的纸张递给她，并淡淡地补充了句：“我刚找到的。”

姜夏立即接过，一看就瞪大了眼：“接吻戒烟？”

“嗯，接吻可以帮助戒烟，有国外的研究团队出示过这个证明。”权北倾站起身，手指落在纸张上，“这里写了。”

姜夏顺着他的手往下看——

> 抽烟的心理本质，是因为婴儿时期的口欲期没有得到满足，所以吸吮的欲望持续到成年产生的影响。
>
> 试想一下，人在叼着烟的时候是不是跟婴儿吃奶很像？所以，接吻可以很好地帮助吸烟者满足口欲期的缺憾，获得戒烟的心理支持。每当你想抽烟的时候，找个人接吻，就能压制住想抽烟的冲动，直到渐渐地戒掉。

竟然还有这种说法？姜夏似乎是不太相信，于是干脆拿出手机，搜索“接吻戒烟”这个关键词。屏幕上很快显示出一大堆搜索结果，甚至还有某晚报网站发的调查结果。

竟然真的有很多人用接吻成功戒烟了！真是神奇。

男人低沉的嗓音在她的耳边响起——

“看懂了吗？”

姜夏还在诧异中，点点头：“看懂了。”

“所以，”权北倾单手撑在桌边，俯首凑近她，低沉地道，“我能不能成功戒烟，取决于你。”

姜夏蓦地抬起头，入目是他近在咫尺的俊美脸庞。她一时屏住了呼吸：“我……”

权北倾抬手捏住她尖尖的下巴，手指按在她的唇瓣上，轻轻地摩挲着：“乖女孩儿，你愿意帮我戒烟吗？”

帮他戒烟……她要跟他接吻吗？姜夏下意识地捏紧了手里的纸张。

他帮她洗清了那么大的冤屈，她无以为报，用接吻来帮他戒烟也是应该的。

毕竟，抽烟对身体的危害太大了。她的力量微薄，没什么能报答他的，这算是唯一一件自己力所能及的事了。

思及此，姜夏点点头：“我肯定是愿意帮你的。”顿了顿，她又咬了咬下唇，“可是，我该怎么……？”

“吻我。”男人沙哑低笑，带着点儿无赖的意味，“我现在就又想抽烟了，如果你不吻我，我就去阳台抽……”

话未说完，姜夏踮起脚尖就在他的薄唇上亲了一下。亲完后，她迅速地退开几步，低头绞着手：“吻完了。”

下一秒，权北倾用大手扣上她的后脑勺儿，让她不得不抬起了头。

男人微凉的薄唇印了下来，精准地吻住了她。

“呜……”姜夏睁大眼睛，感觉贝齿被撬开，而后整个口腔都被他占领了。

权北倾细细地描绘着她的唇齿，肆意地汲取她的甜美。他圈着她的腰将她提起来放在桌上，双手撑在她的身侧，身体往前倾，尽情地吻着她。

姜夏被吻得目眩神迷，感觉整个世界里只剩下那双滚烫的唇。

他每吻得更深一点儿，她的心脏就猛地跳动一下，像是有电流注入。

她的瞳孔中只有他。

直到她快要窒息了，权北倾才结束了这个吻。他一离开她的唇，姜夏的身体就软绵绵地险些从桌沿上跌下去，幸好被男人手疾眼快地搂进了怀里。

“这样才叫吻，刚才你做的只是亲而已。”权北倾附在她的耳边，热气拂过她嫩而软的耳垂，“现在明白亲和吻的区别了吗？”

姜夏软软地靠在他的胸口上，手攥着他的衬衫，略微急促地呼吸着。

权北倾抚着她的长发，低低地笑：“吻了这么多次，还是没学会换气吗？”

这丫头还是太小了，看来没在外面跟别的野男人偷吻过，很乖，乖得让他忍不住想奖励她。

姜夏终于从那激烈的吻中缓过神来，坐直了身体，脸颊红红地仰脸：“你现在是不是没那么想抽烟了？烟瘾被缓解了吗？”

他们这样吻了，应该有用的吧？

“嗯，确实缓解一点儿了。”顿了顿，权北倾重新捏住她的下巴，盯着她那被吻得嫣红的唇，喉结上下滚动，“可是我的烟瘾比较重，吻一次可能不够。”

姜夏睁大眼：“那怎么办？”

“很简单，”男人俯首触碰她的唇，“继续吻，吻到我不想抽烟了为止。”

姜夏不知道最后自己到底被吻了多少次，直到权北倾彻底说出已经没有想抽烟的冲动了，才放过她。

其实他是看她的唇快要肿了。

姜夏跳下办公桌时腿都是软的，但还是不忘把男人的烟盒和打火机都没收了，并且，很严肃地对他说："你要记住，你已经答应我了，从今晚开始戒烟，我会监督你的！如果被我发现你偷偷地抽烟，我会惩罚你的！"

权北倾盯着她明明想逃跑却又故作严厉的模样，颇感兴味地挑眉："哦？什么惩罚？"

"不许问，我自有安排。"姜夏有种翻身农奴把歌唱的感觉，十分冷酷地说，"反正你乖乖做到就行了，我说的话你听到了吗？"

权北倾微微眯眼，倚在桌边的身躯蓦地站直。

姜夏被吓得往后退了一步，脚差点儿崴了一下，后知后觉地反应过来。她横眉怒目地瞪他："你干吗故意吓我？我们现在在谈戒烟大事，你就这么不把自己的身体当回事吗？"

权北倾迈开长腿朝她走过去，气息危险，语气淡淡的："我怎么吓你了？"

"你走过来干吗？"姜夏生怕他又要打自己，不断地往后退，"你就站在那里，在那里说话就可以了！"

"你不是问我听没听到吗？"权北倾眯着眼邪气地笑，高大的身躯逼近她，"靠近点儿，不是听得更清楚吗？"

"不是，你不许……"姜夏眼看着他就要过来了，最终"翻身当家长"失败，心虚地转身一溜烟跑出了房间。

姜夏与权北倾的对决，姜夏无数次惨败……哦，不，是她从未成功过。

第十六章

权北倾！讨厌鬼！

第二天一早。

姜夏下楼吃早餐，看见坐在餐桌前看报纸的英俊男人，立即双手负在身后，咳嗽了一声。

权北倾折了一下报纸看向她，淡淡地道：“醒了，先喝蜂蜜水。”

姜夏豪气地一口气喝光，而后走到男人的身边，低下头，在他的身上左闻闻右嗅嗅，确定没有任何烟味，这才满意地点头，十分深沉地道：“嗯，很好，今早表现一百分。”她伸出手拍拍他的肩，语重心长地说，“北倾啊，要继续保持下去，明白吗？”

权北倾没有接话，只是抬起眼皮看她，那平静的眼神看得姜夏的后背一阵发毛。姜夏顿时一阵后怕，但这种管教权北倾的感觉实在是太爽了，让她忘记了在老虎头上拔毛的危险。

“好了，我去学校了。你今天要乖乖的，我会随时发短信监督你的。”丢下这两句话，姜夏抓过桌上的三明治和鸡蛋，转身就往外走去——只不过她的脚步有点儿快，像是逃亡一般。

等到终于坐上轿车，姜夏这才松了口气，拍着胸脯压惊——看吧，也没什么好怕的嘛！嗯，以后就这样，她可以在帮他戒烟的同时，逐渐地把他的气势压下去。

车门忽然被一把拉开。

姜夏被吓了一跳，还未反应过来，男人高大的身躯已经坐了进来。

她的第一反应就是——跑！

可下一秒她的细腰就被搂住，身体一阵旋转，被他抱到了腿上坐着，不得不面对着他。

姜夏立即就想往后退。

“你不是叫我乖乖听话吗？”权北倾一双手臂略微一用力，将她拉到身前，薄唇贴着她的下巴，“可是我的烟瘾突然又犯了，貌似没办法乖乖的。你说该怎么办，嗯？”

“那……”姜夏才说了一个字，就被狠狠地堵住了唇。

比昨晚更深更疯狂的一个吻。

轿车后座内弥漫着暧昧的气息，令人脸红心跳。哪怕有隔板挡着，前面的司机也没脸再听下去了，匆忙逃离下车。

姜夏感觉自己又进入了一个迷幻的世界，鼻间充斥着他独特的气息……让她近乎忘情。

她的双手不自觉地攀上他的脖颈，用力地抓着他的衬衫，像是经受不住这样的撩拨，想要舒缓些什么。

一吻终了，她再次瘫软在他的胸膛上。

权北倾用长指卷起她的发梢，俯首在她的耳畔低低地笑：“嗯，烟瘾好像又被缓解了，这个方法真是太有效了。你说，我这样是不是够乖了？”

姜夏只顾着喘息。她还太嫩了，根本学不会换气。

“不说是吗？”权北倾的手指慢慢地爬到她的脸颊上，他玩味地笑，“那我就只能更乖一点儿……”

“你乖！你的表现已经很乖了！”姜夏立即出声，咬了咬唇，道，

“我要去上课了！”

权北倾把她的身体放下，推门下车，不回头看她，勾唇说道：“我的烟瘾如果犯了就随时找你，在这期间你必须配合我所有的吻，毕竟你是我的戒烟导师——姜老师。”

姜夏一时语塞。

她为什么有种掉进坑里的感觉？不对，肯定是她的错觉。

她昨晚上网仔细查过了，还询问了线上医生，接吻确实可以帮助戒烟，也有不少人分享了用这种方法戒烟成功的例子。

权北倾确实没骗她。

而且，用接吻帮他戒烟，也算是她对他的恩情的一种报答。对他来说是接吻，但对她来说是报恩。

所以，她的首要目标是为他的身体健康着想，帮他成功戒烟。

但是她也知道，初期戒烟是很难一次性戒掉的，自己总有机会抓到他偷偷地抽烟。到时候她就可以尽情地报复回去，嘿嘿嘿。

姜夏到学校后没有立即进去，而是去门口的小超市买了根冰棒吃，吃完冰棒，嘴唇应该看起来就不那么肿了，不然别人一看就知道她早上干了什么。

姜夏边吃边走进学校。忽然一群人从四面八方涌来，包围住她。

姜夏被吓得冰棒都差点儿掉了，以为又是宝哥，结果抬起头就看见一张帅气紧绷的脸。

“姜夏！”谢天站在她的面前，额头上绑着白布条，“我有话要跟你说。”

姜夏心想：他有话不会好好说吗？而且她能不能正常地走进学校一次啊！

“你要说什么？”姜夏将信将疑，忽地眉梢一挑，“怎么着，难不成你想再跟我打一架啊？”

谢天捏着双手：“我……”

“我不喜欢跟手下败将打，无趣。”姜夏冷淡地说，“让开。”

谢天站着没动，脸色紧绷："姜夏，比赛那天的事，我要跟你说一声'对不起'。给你下药的是白雪妍，但我确实也参与了。我之前误以为你是偷玉佩还欺负白雪妍的人，所以我就想让你出丑，是我一时鬼迷心窍。包括给宝哥下药，是因为白雪妍说，如果我帮她这个忙，她就跟我在一起。"

谢天边说边深深地朝她鞠了一躬："是我错了，请你原谅我！"

"哦。"姜夏吃着冰棒，"可是我原谅了你，我有什么好处？"

白雪妍下药害得她住院，最重要的是还害得她在病房浴室里偷吃薯片被发现了。

谢天蓦地直起身体："所以你是原谅我了对吗？"

姜夏怒道："我说了吗？"

谢天却直接往身后一招手，一众小弟都跟着他一起朝姜夏单膝跪下。

"希望你能收我们为徒，传授跆拳道和近身搏击的精髓。"谢天大声喊道，"姜老师，请受我一拜！"

他身后的小弟们也一齐高呼："姜老师，请受我们一拜！"

姜夏：谁是你们的姜老师啊？

姜夏觉得他们有点儿智障，立即想开溜，结果转身就撞上了另一个人。

宝哥："夏姐，您来了！"

宝哥的小弟们："夏姐早安！"

一旁还半跪着的谢天立即站了起来，指着宝哥道："喂，牛大宝，我正在向姜老师拜师，你不要来捣乱！"

"拜师？"宝哥顿时就怒了，"呵，我们夏姐是你这种傻子能拜的吗？你做梦去吧你！"

谢天怒瞪着他："姜老师已经同意我当她的徒弟了！"

宝哥回瞪："不可能，除非夏姐傻了才会同意！"

谢天："她已经同意了！"

宝哥："那她就是傻了！"

两人越吵越激烈，他们的小弟们也开始你推我我推你。

算了，她还是逃课吧。姜夏满脸无奈，转身就想趁乱逃走，然后就被宝哥看见了。他心想：这时候一定要先表忠心，不能让夏姐被谢天这个傻瓜抢走了！

于是宝哥立即抢先喊道："快！大家打好掩护！"

谢天哪里肯让他抢先，立即扭头冲小弟们喊道："所有人准备，找人去教室里替姜老师点名，掩护姜老师从后门离开学校！"

姜夏捂脸。

姜夏逃课失败是肯定的了。

她闷闷地趴在桌上，抽屉里和脚边满满的一堆袋子，都是宝哥和谢天送的各种吃的。

好不容易打瞌睡到思修课结束，姜夏立即抓着包从教室的后门溜出去，左右看看没人，飞毛腿般地跑出学校。

好险。她到底为什么要跟做贼一样啊？

看来她得找欧阳晴，让欧阳晴治一治宝哥。

姜夏边走边盘算着，忽然有一辆轿车开过来，在她的身边停下。

车门打开，露出一张不算陌生的脸，此人年纪虽大，但精神抖擞："姜小姐，你好。"

姜夏有些警惕地往后退了退，抓紧双肩包的带子："你是……？"

"我是权宅的郑管家，你应该见过我的，是权老爷子吩咐我来接你的。"

权宅……

姜夏一下子想起来了，之前跟权北倾回权宅时，确实见过他。

他怎么突然来找她？姜夏有种没好事的感觉……

姜夏抿唇，但还是礼貌地问："你好，请问太爷爷要你接我去哪里？"

郑管家很客气："姜小姐上车就知道了。"

姜夏一时没动，似乎有些犹豫。

见状，郑管家笑着说道：“姜小姐放心，老爷子虽然脾气急，但是你毕竟是少爷的人，他是绝对不会伤害你的。”

“少爷的人”……权老爷子还是以为她是权叔叔的情人啊？

姜夏最终还是上了车。她本来想给权北倾打个电话，但又担心他因此跟权爷爷吵起来。算了，她先看看是什么事吧！

轿车平缓地行驶在路上。

姜夏敏锐地问：“老管家，你是要带我去见太爷爷吗？”

郑管家仍旧恭敬地笑：“姜小姐，是权老爷子让我带你去见一个人。”

什么人？

姜夏一路疑惑，等到了目的地之后，彻底无语——

高档西餐厅内，她的对面坐着一个文质彬彬的男人，戴着眼镜，朝她伸出手：“姜小姐你好，我姓李，目前经营李氏集团的公司。”

权老爷子这是让她相亲吗？

姜夏尴尬地笑着，礼貌地跟对方握了一下手，而后站起身：“不好意思，我去一下洗手间。”

姜夏本来想借机开溜的，结果一走出包间，郑管家跟四名保镖就站在外面，堵住她的路：“姜小姐。”

姜夏后退了一步，瞪眼：“你们逼我相亲是不对的！”

郑管家笑得和蔼：“李先生的条件很不错，人品家世都很清白，是全市数一数二的公子。”

“我第一眼就不喜欢他！”姜夏立即说，“因为我讨厌戴眼镜的男人。”

郑管家：“他可以戴隐形眼镜。”

姜夏语塞。

忽然，手机铃声响起：“出卖我的爱，逼着我离开，最后知道真相的我眼泪掉下来……”

姜夏心想：这是谁的手机啊？

然后就见郑管家拿出手机接起来，低声说了几句话后，递给姜夏："姜小姐，老爷子要和你说话。"

姜夏伸手接过手机，那端立即传来权老爷子威严的声音——

"你这个女娃娃，让你相亲就好好相亲，哪有那么多事？"

"我不要相亲！"姜夏反驳，"我才大一，现在不想结婚。"

"哼，不想结婚你还跟我孙子睡一起？"

"我跟权叔叔不是你想的那种关系。"

"我是那么好骗的人吗？"权老爷子冷哼，"你敢说昨晚没有跟北倾发生什么吗？你敢说吗？"

"我……"姜夏本来想说"当然敢"，但脑海中忽然浮现出昨晚被权北倾吻着的画面，于是后面的话就莫名地卡住了。

"哼，看吧，你昨晚又跟北倾在一起！"权老爷子愤怒地吼道，忽然又补了句，"不过你千万别跟李公子说这些啊，他不知道的，一定要瞒着他！"

姜夏：做人这么不厚道真的好吗？

姜夏还想再说什么，但权老爷子不给她这个机会，大手一挥，冷冷地道："行了，不许再哼哼唧唧，好好地给我去相亲！"

然后他就挂断了电话。

姜夏：一直在哼哼唧唧的人到底是谁啊？

但郑管家跟四个身强力壮的保镖守在门口，她根本走不了。姜夏权衡了一下，确定自己没办法一打四，最后还是回到了包间内。

不就是一餐饭吗？她吃完就走！

李公子显然很喜欢姜夏，对她十分热情，正要问她想吃什么，包间外忽然走进来一道妩媚的身影。

"李公子。"纪嫣一身漂亮的连衣长裙，淑女范儿十足。她走到姜夏的身边坐下："夏夏也到了，今天下课挺早的呀。"

姜夏诧异地看向她："你们认识？"

"认识呀。"纪嫣微笑道，"爷爷说要给你相亲，问我身边的朋友有没有合适的，李公子这么优秀，我当然第一时间推荐给你了。"

李公子："我也很喜欢姜小姐，还要谢谢小嫣的介绍。"

姜夏心想：这事八成是纪阿姨怂恿权爷爷做的吧！

她翻了个白眼，正端起桃子茶，纪嫣放在桌上的手机忽然响了。

姜夏稍稍一瞥，就看见了来电显示——"北倾"。她端水的动作蓦地顿住。

纪嫣伸手去拿手机，不知怎么的，按到了扬声器接听。

男人低沉磁性的嗓音从听筒中传来："喂。"

"不好意思，我接个电话。"纪嫣冲他们笑笑，而后关掉扬声器，拿着手机走了出去。

姜夏看着她着急的背影，刚才那声音确实是权叔叔的，自己每天都听，已经很熟悉了——他经常跟纪阿姨打电话吗？

包间外。

纪嫣将手机放到耳边，笑着说："北倾，我刚在跟朋友说话，你几点到餐厅呀？不着急，我等你。"

"我晚上没空，要去邻市开会。"权北倾嗓音冷淡地道，"另外，你跟爷爷说一声，以后不用给我们安排见面这些事了。"

纪嫣嘴角的笑容微僵，但她还是立即道："可是北倾，爷爷已经帮我们订好了包间，如果你不来的话，爷爷恐怕会生气……"

"他如果生气，让他直接找我。"权北倾打断她的话，"我还有事，先这样。"

他说完直接挂断了电话。

纪嫣握紧了手机，脸上闪过一丝难堪之色，但很快调整好，转身走进了包间内。

姜夏本来撑着下巴看着窗外，听见脚步声立即就扭过头，看向打完电话回来的纪嫣。

"是北倾的电话。"纪嫣对上姜夏带着探究的眼神，立刻微笑道，"他约我吃晚餐呢。他已经到餐厅了，我现在就过去。"

姜夏愣了一下，随即微微垂下了眸。权叔叔跟纪阿姨的关系果然很亲密，还主动打电话约纪阿姨吃晚餐。她刚才亲耳听到了，是他的声音。

李公子笑道："小嫣，你跟权先生在我们的圈子里可是最完美的一对，你们要早点儿结婚啊，我还等着喝喜酒呢。"

"最完美的一对……"

姜夏心想：哪里完美了？纪阿姨这么讨厌，至于权北倾……哼，他今早还吻她呢！虽然他们是因为要戒烟才接吻的，但他肯定没告诉纪阿姨。

不，不对！说不定他吃晚餐的时候烟瘾来了，也会吻纪阿姨。

他们两个人都讨厌死了！

见姜夏端起桃子茶狂喝，李公子有些惊讶地说："没想到姜小姐这么喜欢桃子茶，我待会儿问一问这家的配方。"

"你们继续聊，我就不打扰了。"纪嫣站起身，"北倾还在等我呢，我先走了。"纪嫣说完，迤迤然离去。

李公子笑着说："小嫣跟权先生估计快要结婚了。对了，姜小姐在权家住，应该见过权先生吧？"

姜夏放下茶杯，终于抬脸看他，指了指外面："你觉得窗外的夜景美吗？"

李公子笑答："当然美。"

姜夏："那我们安静地欣赏夜景好吗？谁都不要说话。"

李公子语塞。

一顿晚餐姜夏吃得毫无兴致。牛排很好吃，但她也觉得没胃口。李公子倒是意外地喜欢她，要加她的联系方式，但被姜夏婉拒了。

姜夏回到星海湾已经接近 8 点了。

孔管家在门口焦急地等待着，一看到车就立即小跑过去。

车门打开，姜夏一下来就被孔管家拉住了："夏夏小姐，你可算是回来了。外面的东西是不是不好吃？"

"还好。"姜夏没什么心情，闷闷地说，"孔伯，我好困，想睡觉。"

孔管家接过她的双肩包："好好好，洗澡水已经放好了，马上就可以洗了。"

真是气死他了！夏夏小姐还是个小丫头，才上大一，相什么亲啊？看吧，搞得夏夏小姐这么不开心！

姜夏往别墅里走去，孔管家忙要跟上，却被从车里下来的郑管家拉住了。郑管家笑呵呵地说："老孔啊，过几天一起去钓鱼啊！"

孔管家忽然回头，凶巴巴地瞪着他。

郑管家一愣："怎么了，老孔？"

"哼，钓鱼？谁要跟你钓鱼？"孔管家一把推开他，"我们四十多年的交情结束了！"

"啊？"郑管家觉得莫名其妙，忙去拉他，"老孔……"

"谁是你的老孔？姓郑的，我们绝交了！"孔管家怒瞪着他，忽然蹲下身，从一旁的花坛里抓了一把土，直接朝轿车敞开的车门内丢进去，"恩断义绝！"

然后他冷傲地转身走了。一脸疑惑的郑管家朝他的背影伸出手："老孔啊——"

老孔这到底是为什么啊？

姜夏回到别墅后泡了个澡，才觉得心情舒畅了些，正擦着头发出来，手机响了，来电显示——"权大魔头"。

她刚刚舒畅一点儿的心情忽然又堵住了——他不是约了纪阿姨吃烛光晚餐吗？打电话给她又要做什么？

姜夏犹豫了一会儿，咳了几声调整嗓音，才接了起来："喂？"

男人嗓音低沉地道："到家了？"

"刚到。"

"洗手漱口了吗？"

"洗澡了。"

"嗯，很乖。"权北倾似乎斟酌了片刻，低声问，"爷爷派人接你去相亲了？"

"哦，是啊。"

“你晚上跟人家吃饭了？”

“对啊，吃了西餐。”姜夏故作轻松地说，“怎么了？”

她那轻松的语气，让手机那端的男人微微地皱起了眉——这丫头，居然这么开心，开心到接他的电话也不叫他了？

权北倾的声音不由得沉了几分：“所以，你对人家挺满意的？”

“你是说李公子吗？”姜夏尽量用轻松愉悦的口气说，“挺好的啊，他长得还不错，人也很幽默风趣，我们挺聊得来的。”

他们聊得来？她随随便便地跟只见过一次的男人聊得来？

权北倾越听黑眸越沉：“所以，你这是看上他了？”

他的语气有些严厉，带着点儿审问的意味，姜夏听了觉得委屈——他凭什么对她这么凶？他自己不是也约了纪阿姨吃饭吗？他有什么资格这样问她？她看上谁跟他有什么关系？

思及此，姜夏咬住唇角，笑了笑，说：“哦，才见一次面哪有什么看不看得上啊？我只是觉得李公子这个人挺好的。”

那端的权北倾没说话，听筒中一片沉默。

过了好一会儿，姜夏才率先出声：“你还有事吗？没有的话我去擦脸了。”

那端的权北倾仍没说话。

“你还在听吗？”

“我刚才问过爷爷，他说李公子对你很满意，想继续约你见面，但我替你推掉了。”权北倾冷淡地道，“我说过，你满20岁之前，我不会允许你谈恋爱。”

姜夏握紧手机。

等她满20岁……

她心里涩涩的，有些不舒服，还有一种难以言喻的情绪，忍不住就直接说：“等我20岁了，你就管不了我了。”

她的这句话一出，气氛明显冷了不少。

权北倾没说话，眼神冷漠，周身的气压都低了些。

姜夏等了一会儿，没听见他开口，道：“你是在忙吗？要是忙你就去忙吧，我挂了。”

那端的人仍是沉默。

“你不说话……”姜夏才说了四个字，忽然听见听筒中传来“嘟嘟嘟”的声音——他竟然把电话挂了。

姜夏愣了一下，随即气得瞪圆了眼睛，扬手就把手机扔在了床上。

他肯定是跟纪阿姨卿卿我我去了！怎么会有他这么双重标准的人？他可以跟女人约会，她被他爷爷强行带去相亲，却被他冷冰冰地凶成这样！

哼，他最好再也不要打电话给她！她不想跟他说话！

讨厌鬼！讨厌鬼！讨厌鬼！

她讨厌死他了！

邻市的机场，贵宾候机室内。

权北倾挂断了电话，把手机丢到一旁的桌子上。要是再听她说下去，他可能马上就会飞回去狠狠地揍她，揍到她听话求饶为止。

他刚知道爷爷让人接她去相亲了，还担心她是不是会闹脾气、不高兴，所以准备飞回去。

没想到她倒是跟人家聊得很开心，还说人家长得不错、幽默风趣……小白眼儿狼。

李公子？就那个戴眼镜的，李氏集团的人？

呵，他权北倾明天就让李氏集团倒闭。

身后，季池走过来，恭敬地说道：“少爷，回去的专机马上要起飞了，可以登机了。”

“取消。”权北倾冷淡地说道，“通知这边的人，明天会议照常举行。”

季池：我刚才通知了几十个人说会议取消，现在又不取消了？少爷不是火急火燎地要回去吗？

季池忍不住八卦地问：“那夏夏小姐相亲的事……？”

权北倾嗓音淡漠地道：“她想相就相，我为什么要管？”

少爷你为什么管，心里没点儿数吗？楚少爷都被你坑成什么样了？

当然，这话季池是有一百条命也不敢说的。他垂首道：“好的，那属下这就让人去取消。”

“不，”权北倾忽然眯眼，转身冲他吩咐道，“你飞回去，帮我办一件事。”

“啊？”

于是，两个多小时后，季池风尘仆仆地赶到了权家老宅。

权老爷子已经睡下了，被强行叫了起来，疑惑地走出来：“小鸡啊，你说北倾叫你回来有事找我？”

季池：“老爷子，我姓季。”

“我知道啊，你姓鸡嘛。”权老爷子打着哈欠说，“什么事？快说吧，我在睡养生觉呢！”

季池强颜欢笑：“老爷子，少爷说，这件事一定要我在书房里跟您说，非常重要。”

重要？权老爷子以为是燕门发生了什么大事，于是忙带着季池走进书房，把门关上，十分严肃地问：“好了，什么事？快说吧！”

“是这样的——”季池说着，忽然顿住，然后退后几步，退到了书房内的紫檀木架边，然后伸手一挥——

只听“啪”的几声响，木架上几个价值连城的瓷器被季池打了下来，摔在地上，瞬间摔得粉碎。

权老爷子在瓷器掉下来的一瞬间就惊恐地睁大了眼，失声叫道：“啊！我的宝贝们——”

季池打完，退到一旁，鞠了一躬：“老爷子，对不起，是少爷吩咐我这么做的！他说这样最能让您心痛！”

权老爷子何止是心痛，那是特别心痛……他此时根本顾不得生气，已经彻底地崩溃了，抱着头，在摔成碎片的瓷器面前缓缓地跪了下来。

“我最爱的宝贝们！我的宝贝们啊！呜呜呜……”

天啊！他收藏了几十年的宝贝，根本不是金钱可以买到的。

趁着权老爷子陷在悲痛中时，季池趁机开溜。直到跑出权家老宅，他才松了口气。

妈呀，得罪少爷的下场太可怕了，所以他要永远拥护少爷！永远做少爷最贴心的下属！

第二天一早，姜夏洗漱后下楼，发现餐厅内只有孔管家和用人在忙碌，原本经常坐在桌前喝着咖啡看报纸的男人并不在。

姜夏的脚步微微一顿。他一晚上都没回来吗？

孔管家抬头看见她，忙笑着说：“夏夏小姐，你醒了，快来吃早餐。”

“孔伯早上好呀。”姜夏朝他露出个甜甜的笑容，走到餐桌边坐下。用人给她端上燕窝粥的时候，她下意识地朝对面的座位上看了一眼。

孔管家见状说道：“少爷昨晚没回来，因为……”

“他回不回来又跟我没关系。”姜夏打断孔管家的话，用力地咬了口土豆饼，“我不想知道，不用特地告诉我。”

“哦。”

孔管家心想：不是你自己看少爷的座位的吗？我以为你想问呢。

姜夏埋头大口吃，把嘴巴塞得鼓鼓的。有什么好说的？权叔叔昨晚没回来，不就是因为纪阿姨吗？他约纪阿姨吃完晚餐后，晚上肯定是住在一起了。

反正也不关她的事。她才不在乎他跟谁干什么呢！

今天学校没课，但姜夏吃完早餐也没留在别墅里。哼，他在外面逍遥，她也要出去逍遥！

姜夏让司机送自己去了市中心。她漫无目的地在街上逛着，却也没什么逛街的兴致。

周围的人群熙熙攘攘的，大多是两两成双，结伴而行，只有她是一个人——让她莫名地觉得很孤单。

孤单……这个词让姜夏有片刻的震惊——她竟然会觉得孤单吗？她早就应该习惯了孤单才对啊！

以前她独来独往，一个人从来不想要人陪。可这段时间以来，权北倾占据了她太多的生活，自己已经太习惯他的存在了，甚至在贪恋他的庇护。

不，不该这样的，她不该再想依靠任何人。权北倾只是为她提供住处的人而已——他有个人的私生活，有女人，还有其他很多她不知道的、不需要知道的……

她迟早会从星海湾搬走，迟早会跟他分道扬镳，到时候他们会各有各的生活，互不相干。

谁都靠不住，谁都不可以依赖。姜夏，你还不明白这个道理吗？

她明明已经尝过了这种滋味。江大哥离开得那么突然……曾经在孤儿院里许下的那些誓言，他可能早就已经忘了吧。要不然江大哥为什么不回来找她？她是个父母不详的孤儿，而江辞是她在这个世界上，曾经唯一相依为命的亲人了。

而宁家……她以为自己终于有一个家，有父亲母亲了，但最后这个梦还是破碎了。

既然她从来留不住任何人，注定要一个人，为什么还是会想要从别人的身上取得温暖？

靠别人得到了温暖，失去后只会更加冷啊。她真是个大傻瓜。

姜夏低落又沮丧，在心里狠狠地骂着自己。

她有些失神地走到公交站，想坐着公交车环城，听听歌舒缓一下心情，视线不经意地扫过马路对面。只见路边一辆银色的轿车旁，一个颀长的身影正拉开车门，弯腰坐进车内。那人穿着白色的衬衫，似乎微微地侧了一下头。

那人一瞬间露出的侧脸，姜夏看得很清楚。她蓦地睁大了眼睛，震惊万分，喃喃地出声："江大哥……"

那是江辞。他回来了吗？回到这里了吗？

就在她震惊的瞬间，那个男人已经坐进了车内，银色的轿车疾驰而去。

姜夏顾不得想许多，立即伸手拦了辆出租车，拉开车门就弯腰坐了进去："师傅，麻烦你追上前面的那辆银色轿车。"

司机立即提速："好嘞。"

但现在接近5点，出租车才开了没多久，前面就开始堵车。不一会儿，她就找不到那辆银色轿车了。

姜夏刚才只看清车牌号的末尾是"2"，并不知道完整的，所以只能边追边找。出租车不知道绕了多少条街道，中途还追错了好几辆车，结果还是没追到。

最后还是司机忍不住说道："小姑娘，车费已经快300元了，你确定还要继续找吗？"

外面风声呼啸，已经开始下雨了。

姜夏扒在车窗上焦急地往外看，根本没有银色轿车的影子。这里接近郊区，车辆已经不多了。她伸手指了指："师傅，要不然麻烦你再往那边开开。"

"小姑娘，你这样找人是找不到的啊，本市这么大，没有车牌号简直是大海捞针啊！"司机叹了口气，"而且我马上要换班了，不能继续载你了。对不住啊，要不然我找个地方把你放下来吧？"

姜夏一听，忙道歉："不好意思了师傅，刚才麻烦你了。那我就在这里下车吧。"

姜夏付钱下了车，走在街道上四处张望着，但真的找不到了。

刚才在公交站的那一眼，她分明看见了，那个男人的侧脸跟江大哥一模一样。

难道是她看错了吗？或者是她被权北倾那个讨厌鬼影响了心情，所以神经都错乱了。

从江大哥当年离开孤儿院起，到现在已经四年多了。他不会再回来了，她其实心里是很清楚的，不是吗？

四年，多少物是人非。

姜夏有些茫然地看着四周，站在原地没有动。

天色已经暗下来了，风越来越大，不过几分钟，忽然下起了大暴雨。

姜夏完全没有防备，瞬间就被淋成了落汤鸡，浑身都湿透了。

姜夏抱着包，跑向马路对面唯一亮着灯的大楼，准备先避避雨。

姜夏莽莽撞撞地刚跑进大门，迎面就撞上了一个人，她忙后退几步，道歉："不好意思，我没注意看……"

"夏夏？"一道惊讶的女声随之响起。

姜夏蓦地抬起头，因面前的女人而怔了怔，好一会儿才认出来："依依？"

裴依依穿着毛线长衫，依旧是温婉的模样，看见她也很惊讶："真的是你，夏夏。"

姜夏没想到会在这里碰到裴依依。裴依依是她认识了很多年的朋友，或者更准确地说——她是因为江辞，才认识裴依依的。

裴依依并不是孤儿院里的，但姜夏、江辞、裴依依三个人以前经常一起出去玩儿，关系非常好。

只不过她和裴依依后来就没有联系了。

姜夏惊讶地问道："依依，你不是出国了吗？什么时候回来的？"

当年，裴依依差不多是跟江辞同时离开的。

"就是这几天刚回来。"裴依依笑了笑，"对了，楼上就是我租的公寓。夏夏，你来这里找朋友吗？"

"不是，我只是过来这里躲雨的，没想到刚好碰到你。"姜夏看向她，道，"依依，我刚才好像看到江大哥了。"

她没有隐瞒什么，毕竟除了自己，和江辞最熟悉的应该就是裴依依了。

裴依依的眼眸微微一震，她有些僵硬地问道："啊？你是说江辞吗？"

“要不然还有哪个江大哥？”姜夏笑了笑，眉头却蹙了起来，“但我也不确定是不是看错了，毕竟只是一个侧脸，而且我没有追到他的车。依依，你跟江大哥有联系吗？”

“我……”

“轰隆——”

外面忽然闪过一道响雷，打断了二人的对话。

裴依依看了看外面的暴雨和夜幕，提议：“夏夏，我们上楼去我家说吧，站在这里也不方便。”

裴依依租的公寓很大，装修精致。姜夏洗了个热水澡，换了套裴依依的衣服，吹干长发走出浴室。

裴依依将一杯热果汁放在她的面前，姜夏接过：“谢谢。”

“跟我还客气什么？”裴依依在沙发上坐下，关切地问，“夏夏，你这几年过得好吗？”

“我……也就那样啦。”姜夏用手指顺着长发，笑了笑，“你们都走了，我留在本地念大学了。”

“你现在住在哪里？应该不在孤儿院里了吧？”

“早就不在了。”姜夏没有提自己被权北倾从孤儿院里带回家的事，只是问，“刚才你还没说，江大哥最近跟你有联系吗？他是不是回来了？”

裴依依怔了一下，有些不自然地说：“他回没回来我不知道，但我们最近联系过一次，不过是在网上。”

“网上？”姜夏蹙眉。

江大哥之前的联系方式不是早就不用了吗？他还上过线吗？她给他留的言他也没有回复过。

看来下午真的是她看错了。

“对，就是他以前的联系方式，正巧碰到他在用，我们也就聊了几句，他突然就下线了。”裴依依说着，又问道，“主要是我也没有他的手机号……他没联系你吗？”

姜夏勉强笑了笑：“没有，我都好久没跟他联系了。”

“哦，我以为你们一直有联系呢！要不然这样吧，夏夏，”裴依依提议道，“你把手机号给我，我试着联系他，如果联系到了就马上告诉你。”

姜夏甜甜地笑了：“好，我也存一下你的号码吧。依依，你这次回来还走吗？”

…………

两个女孩儿在沙发上聊了很久。

裴依依起身去洗手间，出来时发现姜夏靠在沙发扶手上睡着了。

姜夏昨晚翻来覆去没有睡好，再加上今天在街上逛了那么久，已经很累了。

裴依依放轻脚步，走到沙发前低头看着姜夏的睡颜。

她很美。无论何时何地，姜夏都很美，美得让男人念念不忘，让女人忌妒。

手机忽然在口袋里振动，裴依依拿出来，却被来电显示的名字吓了一跳。

裴依依胆战心惊地看了一眼姜夏，生怕吵醒了她，忙转身走回卧室。

反锁了房门，走到阳台上，裴依依这才接起了手机，嗓音有些颤：“阿辞。”

手机那端的男人嗓音温润，语气淡然，但细听有些不耐烦：“让你去取个东西，为什么这么久？”

裴依依忙说：“哦，下暴雨了，所以我现在在咖啡厅里等雨停。”

“半小时内发给我。”江辞冷冷地道，停顿了几秒钟又问，“我让你去找夏夏，有消息了吗？”

裴依依感到心口一跳，攥紧了手机：“暂时还没有。这里太大了，我们在这边又没有势力，找起来不太容易。我会尽量多找朋友去问。”

“我尽快处理完这边的事就回去　。”江辞淡淡地道，语气笃定十足，“你找不到夏夏就算了，我会找到她的。”

结束通话后，裴依依在阳台上站了很久，这才转身走了回去。

她本来不想吵醒姜夏，结果走到客厅，发现原本睡着的女孩儿不知何时坐了起来。

姜夏揉着惺忪的睡眼："依依，我不小心睡着了。"

裴依依被吓了一跳，下意识地把手机背到身后："是啊！我正想拿毯子给你盖呢，你困了就睡吧，要不今晚就在我这儿住。"

"我……"姜夏还没说完，包里的手机忽然开始振动。她翻出手机，发现来电显示是"权大魔头"。

姜夏抿抿唇，气鼓鼓的情绪瞬间涌遍全身——他不是挂了她的电话吗？还打给她干吗？

哼，她的电话才不是他想打就打，想挂就挂的！

"夏夏，你不接吗？"裴依依忍不住问，"是不是你现在的家人打给你的？"

"不是！"姜夏下意识地反驳。

她才没有权北倾这种讨厌鬼家人！她才不要他管！

她直接挂掉了电话，不接！

两秒钟后，手机再次振动。姜夏还是按掉，如此反复几次，一条短信进来了。

权大魔头："姜夏，孔管家为了找你失踪了，你还要在外面待到什么时候？"

"失踪"？姜夏心里"咯噔"一下，急忙打开通话记录，发现孔伯确实打了很多通电话给她。

因为手机是振动模式，她没听见就错过了。

现在都快晚上10点了，她没回去也忘记跟孔伯说了。

手机再次振动，这次姜夏马上接了，焦急地问："孔伯怎么了？找到了吗？"

"已经找到了。"权北倾淡淡地带过，嗓音很是不悦，"都已经这么晚了，你还不回家？忘了家规怎么写的了？"

姜夏明显不信："找到了？那你让孔伯接电话！"

"等一会儿。"那端安静了几秒钟，权北倾又重新开口，"很不巧，他累得睡着了。”

姜夏觉得不对劲，咬唇道：“孔伯是不是没失踪？你骗我的对不对？”

此时，手机那端的轿车内。

季池将平板电脑上的消息递过来，附在他的耳边小声地说道：“少爷，已经通过通话的手机定位查到了夏夏小姐现在的位置。”

如果姜夏不接电话，他们就没办法定位她的手机，所以权北倾必须要想办法让她接电话。

权北倾看了一眼平板电脑，薄唇吐出四个字：“现在就去。”

手机听筒内，姜夏还在问个不停：“喂？你为什么不说话？你是不是骗我？”

“嘟嘟嘟——”

姜夏一愣：他竟然又挂她的电话！这个大浑蛋！讨厌鬼！

姜夏立即就给孔管家打了个电话，得知他在星海湾根本没有失踪过，气得就差鼻孔喷气了。

权北倾果然是骗她的！她竟然中了他的招！

她绝对不要再接他的电话了！

姜夏索性把手机关机，塞回了包里。

裴依依看着她气鼓鼓的样子，觉得有点儿新奇，忍不住笑了：“夏夏，给你打电话的是谁呀？看你一副跟男朋友闹脾气的样子。”

什么？男朋友？权北倾怎么可能是她的男朋友？他们之间才不会有那种关系！姜夏被这句话说得胸口直跳，连眼睛都瞪圆了。

裴依依对姜夏的反应很奇怪：“夏夏，你怎么了？”她有些期待地问道，“该不会就是你的男朋友吧？”

如果姜夏真的有男朋友了，那就不需要……

“不是！”姜夏果断地否认，把包包丢到一旁，冷哼道，“才不是我的男朋友，是一个讨厌鬼。不说这个了，有没有泡面啊？依依，我好饿啊！”

她都没吃午饭，肚子都要饿扁了。

原来那不是姜夏的男朋友。裴依依有些失落，不过很快站了起来：“夏夏你等等啊，我去给你泡，酸菜牛肉口味的可以吗？”

“都行！”

裴依依才把泡面端出来，门铃就被按响了。

“叮咚——”

裴依依一下子就僵住了，生怕是什么不该来的人……

姜夏提醒她：“依依，有人按门铃。”

“我这就去开。”裴依依把泡面放下，走过去开门，一颗心悬在嗓子眼儿里。

门被打开后，不等她看清来的人是谁，对方已经旁若无人地抬脚走了进来。

男人高大英俊的身形带着张狂凌厉的气场，让裴依依下意识地退后了几步。

而沙发上的姜夏已经蓦地站了起来，大眼睛瞪得圆圆的：“你怎么会找到这里？”

权北倾眯眼将女孩儿上上下下地打量了一遍，见她无恙，脸色稍缓，但还是极度不悦。他抬手看了一眼名贵的腕表：“现在已经快要11点半了，姜夏，拿包出来，我们回家。”

显然，他是专程来接她的。

姜夏想到他两次挂了自己的电话，而且昨晚明明他自己也夜不归宿，跟纪阿姨在外面风流潇洒……干吗她就非要回去啊？

哼，他当她是受气包啊！

姜夏越想越气，于是双手一环胸，冷冷地说：“哦，我今晚不回去了，在我朋友家住，我们叙叙旧。”

“朋友”。权北倾俊脸微沉，黑眸环视一圈，最终视线落在一旁的裴依依的脸上。那审视般的冷漠视线，与他方才看向姜夏时截然不同，完全是两种态度。

裴依依被他看得心头微紧，但更震惊的是——这个男人竟然是权北倾，ZK集团的第一继承人，燕门目前的统领者。

最重要的是，他是权家大少爷!

外界传言权北倾从不近女色，极其洁身自好，导致各国姿色惊艳的女特工都无法接近他——可他竟会亲自来接夏夏回家。

他们难道住在一起吗?

如果被江辞知道了……裴依依不由得攥紧了手指。

而显然，裴依依并入不了权北倾的眼，他只是冷淡地扫了她一眼，就重新看向姜夏，目光变柔："回家，我数三下。"

姜夏不动："我今晚要住在这里！"

"不行。"

"理由？"

"这里才装修不到三个月，这种气味对身体不好。"权北倾从容地陈述，薄唇随即吐出一个数字，"3。"

他这就开始倒数了？姜夏瞪眼："是你闻错了，这里早就装修好几年了！"

权北倾微微抬了一下手。季池迅速地从外面走了进来，手里拿着平板电脑："资料显示，这里的装修日期是两个月前。"

姜夏没想到他连这个都查到了，结巴着反驳："装……装修了又怎么样？"

季池立即切换了个网页："新装修的房子会释放出甲醛、苯、氨等刺激性有害气体。这些气体被国际癌症研究协会列为可疑致癌物，会导致人体异变……"

姜夏一时语塞。

裴依依突然觉得自己该搬家了。

权北倾再度出声："2。"

姜夏就是不想回去，而且他这样让她在依依的面前很没面子啊。

她咳了一声："既然这样，那我今晚跟我朋友去住酒店。"

"1。"权北倾无视她的话，淡淡地道，"时间到。"

话音刚落，他迈开长腿朝她走过去。

姜夏顿时有种危机来临的感觉，下意识地就想躲。但她哪里躲得过权北倾，没走几步就被他抓住了。

权北倾俯身将她拦腰抱起，另一只手抄起她放在沙发上的包包，转身就往外走去。

“啊！权叔叔……”姜夏被男人霸道地抱着，想挣扎又觉得很丢人。他这样抱她很容易让她的朋友误会的！

她只得攥住他的领带，侧过头看向看呆了的裴依依，尴尬地笑道：“依依，那个，我跟我家里人先回去了，我们网上聊。”

她刻意加重了“家里人”三个字，算是一种变相的解释。

她要找回面子！她姜夏以前可是一霸，现在在“权大魔头”的面前㞞成这样，真是一世英名尽毁啊！

裴依依回过神来，忙笑了笑：“好的。夏夏、权先生，外面雨大，你们慢走。”

权北倾脚步一顿，侧首，视线落在裴依依的脸上：“你认识我？”

他从不在媒体前露脸，知道他长相的人并不多，能认出他是权北倾的更是少之又少。

而她喊他“权先生”。

裴依依怔了一下，手心里微微出汗，随即就礼貌地笑了：“我并不认识权先生，但刚才夏夏喊您‘权叔叔’，所以我就这么叫了。”

权北倾微微地眯眼，但姜夏刚才也确实是喊了，便没再多问什么，抱着姜夏就离开了。

直到门被关上，裴依依浑身才蓦地松懈下来，感觉双腿都软了——刚才她竟然跟权北倾站在同一个房间里。

为什么夏夏偏偏会被权北倾家领养？是谁都好，可偏偏就是最不该的那一个。

姜夏被权北倾一路抱进轿车后座，又被其扣上安全带。他把她的包包放到了他的手边，意思很明显——她必须乖乖地跟他回家。

姜夏知道自己不可能从“大魔头”的爪子下溜走，于是也不再做无谓地抵抗，跷起二郎腿，别过脑袋看向车窗外。

“你的腿。”男人低沉的训斥声在耳边响起，“坐有坐相，又忘了？”

姜夏微微咬牙：他就是找她的碴儿是吧！

不行，她尿了这么多次，以后要硬气才行！

于是她不动，装没听见。

“姜夏。”

她再装。

“姜夏，我在跟你说话。”

她还是装。

男人没再出声，一只大手却伸了过来，落在她跷起的腿的膝盖上。

姜夏只穿了一条薄薄的牛仔裤，而他的掌心很烫，隔着衣料，那温度如火一般透进她的皮肤里。

姜夏哆嗦了一下，但还是没动。

男人那只手掌缓慢地移动，从她的膝盖滑向小腿肚，不紧不慢，势在必得。

姜夏觉得自己的整条腿都在发烫。而当他的手指来到她的腿窝处还故意挠痒时，她终于忍不住了，痒得笑出声来：“哈哈哈……嗝！”

她饿了太久，打了个嗝儿。

丢死人了！姜夏顿时涨红了脸。都怪他故意戏弄她，她又羞又恼：“权北倾！你……”

后面的话还没出来，权北倾就打断了她，危险地眯眼：“你叫我什么，再叫一遍，嗯？”

姜夏下意识地尿了，但没改口，硬气地说：“还不是你刚才……”

话没说完，男人的手迅速地回到她的膝盖上，将她的腿扳下来摆正，仿佛他的目的就是这个。

姜夏语塞，然后就听见他淡淡地道——

“女孩子没有坐相，以后没人要。”

姜夏怒道：“我干吗非要别人要？”

权北倾的双眼眯起笑弧："想让我养你一辈子？"

"才不要，我自己养自己。"

"然后把自己饿到打嗝儿？"

姜夏气到结巴，说不出反驳的话来。她就没有一次能说得过他的！

被气到的女孩儿睁大眼睛瞪着他，那清澈的眼眸像是带着蛊惑，看得权北倾喉咙干涩，喉结上下滚动。

所以，她昨天也是这样看着那个相亲的人的？她还说什么聊得很开心，呵，也许被人揩油了都不知道。这欠揍的丫头。那种没什么优点只是开了个公司的男人，她竟然说觉得挺好的。

他从来没听她评价过自己一句——难道在她的眼里，他还不如那个李什么？也许他要是不回来，她明天还能接着去跟人家约会。

思及此，权北倾的双眸微沉，他忽然伸出大手，强势地一捞，将姜夏捞过来，让她趴在自己的腿上。

姜夏惊呼出声，下一秒，权北倾的手掌就打了下来！"啪"的一声脆响，让她下意识地绷紧了腰，摆出一副挨打的标准姿势。

男人冷冷地低声训斥："还敢不敢超过晚上9点回家了？"

"我没……"

"还敢不敢跷二郎腿了？"他又是一掌。

"我……"

"还敢不敢跟我顶嘴了？"他再一掌。

姜夏根本没有说话的余地，也挣不开他，就这么被打了将近十下。痛倒是不怎么痛，但是他每次都打这里，真的让她莫名地羞耻。

好在轿车这时已经开入了星海湾。司机下车，恭敬地替他们拉开车门。姜夏迅速地从男人的身上爬起来，抓过自己的包包就下车跑进了别墅，头也不回，生怕又被他抓进车里教训。

权北倾收回手，掌心尚且残留着打过她后那酥麻的震颤感。

他没有立即下车，而是坐着等待那股感觉慢慢地散去，像是在回味。

他明明冷静下来了，可喉咙更加干涩了。

权北倾伸手将领带微微扯松，直到司机出声询问才迈着长腿下车。

小丫头早就跑得无影无踪了。

她跑了又怎么样？她还不是要跑回他的地盘。这个念头让男人稍稍有些愉悦，从容地走进别墅里。

姜夏已经在餐桌前坐下了。孔管家热情地站在她的边上，让她吃这个菜吃那个菜。

权北倾看见她在笑，笑眯眯地跟孔管家说话。

他顿时就想——她对那个李什么的也是这么笑的？

眉头皱起，男人抬腿朝她走过去。

察觉到他的靠近，姜夏立即仰头，嘴巴里塞得鼓鼓的，机智地说："我洗过手了，也漱过口了，吃饭前喝过促吸收的营养液了。"

她把他要说的话都说了，这下他没什么可为难她的了吧？

就见权北倾伸出手，将她的手抓过去摊开，在她的掌心"啪啪"地打了两下。

打完，他总算是舒畅了——她就是该打。

男人淡淡地丢下一句打人的理由："吃饭塞得满嘴都是，是淑女该有的行为吗？再被我看到，就不是打手那么简单了。"

说完，权北倾转身径自上楼。姜夏坐在餐桌前，气到想掰断筷子——看吧看吧，不是她胡思乱想，他真的是故意在找她的碴儿！

他肯定是昨晚被纪阿姨迷得神魂颠倒了，然后答应纪阿姨要整自己，或者把自己赶出去之类的。

姜夏越想越气！

一旁的孔管家摸不着头脑："不打手还能打哪里啊？难道还能打屁股吗？"

姜夏一下子被呛到："咯咯——"

"慢点儿吃，慢点儿吃，"孔管家忙替她拍背，胸有成竹地说，"夏夏小姐放心，少爷这人虽然有时候不好说话，但是打女孩儿屁股这种事他是不会做的！”

姜夏噎了一下，诧异地抬头看他。

接触到她怀疑的眼神，孔管家拍拍胸脯保证：“真的，这个我可以保证，少爷绝对不是那种会打你屁股的人。”

姜夏满脸无奈：“孔伯，是什么让你对权北倾那么有信心？”

“因为他是我看着长大的！”孔管家自信十足，自豪地说，“夏夏小姐，相信我，我用我的体重保证，如果少爷打你的屁股一下，我就胖二十斤！”

姜夏在心里默默地算了一下——权北倾打她一下，孔伯就要胖二十斤的话，那孔伯大概要胖几百斤吧？

第十七章

他的女孩儿搬走了

吃过晚餐，姜夏有些撑，于是去花园里散了几圈步。她刚回到别墅里，就看见了客厅的落地窗边站着的英俊男人，而他的指间夹着一根烟。

姜夏还在生气中，本来是不会主动理他的，但看到那根烟时，她的双眼一亮，立即就大步冲了过去："好啊！被我抓住了吧！"

姜夏往他的面前一站，双手叉腰，瞪着他。

权北倾侧首看她一眼，眉头皱了起来："都几点了，你还不去睡觉？"

姜夏听见他用这种低沉带着训斥的语气跟自己说话，"见权㞞"下意识地就要发作，但下一秒又觉得自己不需要㞞，现在做错事的是他！

她好不容易抓住把柄，绝对不能轻易地放过他："现在是我该问你！"姜夏伸手扣住他的手腕，将他的手扬了起来，"你说这是什么？"

她居然在跟他叫板？这丫头的胆子倒是越来越肥了，有趣。

权北倾看向自己的指间夹着的香烟，淡淡地回答道："烟。"

"你还好意思说！"姜夏怒气冲冲地说，逮着机会就翻身做主，"我们不是说好了要戒烟吗？你这么快就犯规了！"

"我没抽。"权北倾晃了晃那根烟，"没点燃，不算抽烟。"

姜夏愣了一下，但反应很快，立即就说："对，没点燃确实不算抽烟，但你拿着烟就证明你有抽烟的念头——这就已经是犯规了！"

权北倾挑眉："谁规定的？"

"我规定的！"姜夏仰头跟他对视，底气十足，"你不是说我是你的戒烟导师吗？这种时候你该叫我姜老师！"

男人眯眼："哦？老师就可以冤枉学生了？"

"我冤枉你了吗？"姜夏冷哼，"你拿着烟，谁知道你下一秒会不会抽？就算你没有犯规，但也算是犯规未遂，需要受到惩罚。"

"是吗？原来姜老师的要求这么严格。"权北倾的眼中闪过一抹兴味，嘴角微扬，"那不知道姜老师要怎么惩罚我？"

"这个……容我想想！"姜夏皱起眉毛，想到这个男人刚才强制性地打她的屁股，还打她的手心……她这次惩罚他，一定要狠狠地捞回本！

权北倾看着面前的女孩儿纠结的小模样，微微地眯起眼睛："想到了吗？"

"我需要好好想想！"姜夏一时想不出，想来个最狠的，"这样吧，明天惩罚你，先记着。"

"明天？"权北倾似笑非笑地看她，"你没经验，我可以教你。惩罚这东西可不能'记着'，不然到了第二天，你觉得我还会认账吗？"

姜夏怔了一下，随即怒道："干吗？你还想赖账吗？"

权北倾神色淡然："当然不，我只是告诉你，惩罚必须在当下。"

她拧眉："可是我还没想好。"

"不然我帮你想？"权北倾忽然转过身，面向她，"你不是天天在我面前喊平等吗？现在有个好办法。"

姜夏一愣："你什么意思？"

"既然我刚才打了你的屁股，不如你也打我的？"权北倾说着，手落在了腰间的皮带扣上，似乎下一秒就要解开。

姜夏顿时瞪大了眼睛，吓得退后了几步："你……你要干什么？"

"你不是要打我？"

"打你也……也不用脱裤子啊！"

"那也行，我以为你需要。"权北倾状似无所谓地说道，松开了手，"那就这样打吧，需要我转过来吗？"

姜夏一双眼睛瞪得更大了："谁要打你了？"

"不打吗？"

"不……不打！"她怎么可能打他的屁股？她要怎么下手？

"是吗？"权北倾轻点下头，下了结论，"既然你亲口说了不打，那惩罚结束。"

姜夏表情迷惑地愣了好一会儿，才反应过来自己竟然中了他的套——凭什么惩罚就这样结束了？

见面前英俊的男人绕过她就要上楼，姜夏一把扯住他："等等！"

权北倾脚步一顿，似乎对她这种挽留自己的举动很是满意。他忽然朝她微俯下身，一只手臂扣住她的腰肢，低沉地笑道："嗯，我确实是忘了，烟瘾还没缓解，需要你来帮我。"

说着，男人用长指抬起女孩儿的下巴，薄唇就要吻向她粉嫩的唇瓣——

然而下一秒，姜夏突然别开了脸。

权北倾的吻落了空，唇印在了她的右脸上。他动作一顿，连眼中的笑意都沉了下来，不悦的嗓音从他的喉间溢出："为什么躲我？"

"我今天不想帮你缓解！"姜夏别着脸，伸手抵在他的胸膛上，"你快放开我。"

他这么搂着她，她根本挣脱不开。

权北倾没放，将她的脸蛋儿扭过来面对自己，低声问："今天为什么不想？是你答应我要做我的戒烟导师，结果就这么不负责任？"

“我怎么不负责任？”姜夏瞪眼，替自己辩解，“我做你的戒烟导师就是监督你而已……”

男人打断她的话：“你也答应了用接吻的方式帮我缓解烟瘾——别告诉我你都忘了，明天我送你去上训练记忆的辅导班？”

“我才不去！”姜夏顿时急了。果然，这个“大魔头”现在不出几句话，就想趁机找她的碴儿。肯定是他昨晚被纪阿姨吹了枕边风，要折磨她！还好意思说是为她好，他分明就是沉溺女色，昏君！

姜夏气得咬了咬下唇，道：“虽然我们接吻是为了帮你缓解烟瘾，我也是为了报答你帮我澄清玉佩的事才做的。但我现在已经在相亲了，我觉得这样很不好。”

她随便扯了个理由——其实她根本没把昨天的相亲当回事。李公子不知道从哪儿弄来她的手机号，一直发短信给她，她也没有回。

但那又怎么样，他自己还不是在跟纪阿姨私会吗？他还回来折腾她干吗？

“相亲？”权北倾一双黑眸骤然沉下去，深深地注视着她，“你真的对那个李什么东西的……很满意？”

“你凭什么说人家是东西？”姜夏蹙眉，怒而反驳，“你不是跟我说要懂礼貌吗？”

他自己都在犯家规！他双重标准！

他只不过说了一句，她就这么生气？她才和那人见了一次面，竟然开始护短了。权北倾眼中浓烈的不悦之色几乎要溢出来：“姜夏，就算你满意也没有用——”他的指尖微微使力，掐着她的下颌，“我还没过目，你就别想跟人家谈恋爱。你住在我家，我有权约束你。”

姜夏一听他搬出这套就来气，立即就回嘴：“那等到时候带给你过目啊！”

权北倾的眸色沉了沉，周身的气压骤然降低，使客厅里的气温都跟着降了下去。

在一楼的房间里看电视的孔管家不由得哆嗦了一下——咦，这是突然降温了吗？

“到时候过目，到时候再说。”权北倾眯着双眸，“我现在烟瘾犯了。你亲口答应的事，不许反悔。”

话音刚落，他重新低下头想要吻她——

姜夏却再度推开了他：“我不要！”

虽然他搂在她的腰肢上的手很紧，但因为怕她会疼，所以没有用太大的力气。所以姜夏这么用力一推，很轻易地就把他推开了。她往后退了两步，伸手抵在自己的唇上，有些生硬地道：“你想要缓解烟瘾可以去找别人，你跟纪阿姨不是关系很好吗？你去找她啊！”

权北倾没有防备，被她推得往后退了几步。他看着她，眼神沉沉：“你让我去找纪嫣？”

姜夏跟他对视：“对啊，难道有错吗？”

他打电话约纪阿姨吃晚餐，意思不就是约会吗？男人主动约女人是为了什么，别以为她不知道，哼！

权北倾的俊脸上看不出情绪变化，他只是盯着她：“你不是不喜欢她？”

“你喜欢就够了啊！”

姜夏心想：我不喜欢，你还不是照样约纪嫣吗？而且你要娶谁，难道还会需要我过目？

权北倾没说话，看她的眼神越发深沉——这轻易就能被别的男人勾走的小白眼儿狼，他看她不只是欠揍，还欠吻。

男人忽然朝她逼近一步，姜夏被吓得立即后退。

然而还不等权北倾做什么，一楼走廊的房门忽然被打开，穿着睡衣的孔管家走了出来。

“真是太饿了，吃点儿蛋糕应该不会胖吧？”孔管家边走边说，说到一半忽然愣住：“哎……少爷、夏夏小姐，你们在那儿干什么？”

姜夏的脸蛋儿一红，她莫名有种被捉奸的感觉，结结巴巴地说道：“我……我要去睡觉了。”

她往后退了退，转身就往楼上跑去。

孔管家摸了摸脑袋，表情疑惑：“少爷，夏夏小姐怎么了？”

权北倾一脸冷然，迈着长腿也要上楼。偏偏孔管家不知死活地凑过去，担忧地说：“少爷，老爷子昨天让夏夏小姐去相亲了，你不觉得好过分吗？夏夏小姐肯定不会喜欢对方的啊！”

孔管家的最后一句话明显让某人的脸色更冷了——她不喜欢？

呵，他看她喜欢得很。她甚至为了那个什么李公子，三番五次地推开他。

权北倾忽然转身，低头看孔管家：“你在做什么？”

“我在房间里看电视啊！”孔管家笑呵呵地说，“我在追一个泰国电视剧，网上都搜不到的，马上要播大结局——我期待了好几个月了……”

权北倾打断他：“去拿把剪刀来。”

“啊？”孔管家不明所以，以为他要剪刀有什么用处，忙去取来给他，然后就见权北倾面无表情地接过剪刀，几步走到电源总开关的边上，“咔嚓”一声把整栋别墅的有线电视的电缆给剪断了。

孔管家顿时震惊在原地，而后冲回房间里，发现电视屏幕变成了一片雪花，彻底看不了了：“我的大结局啊！”

夜晚。

满是粉色的卧室内，娇小的女孩儿躺在大床上，呼吸均匀，睡得正熟。

房门忽然被轻轻地推开，男人高大挺拔的身影踩着夜色走了进来，走到公主床边。

姜夏是侧躺着的，怀里还抱着布偶熊，一条细腿搭在熊的身上。

睡裙因为她不雅的睡姿缩了上去，露出蜡笔小新图案的内裤还有半截儿纤细的腰肢。

站着的男人微微皱眉：不省心的丫头，又没盖好被子。

他俯下身，动作很轻地伸手将被子往上拉，盖到姜夏的肩上。

忽然她翻了个身，咂着嘴，发出模糊的鼻音：“嗯……”

权北倾欲收回的手一顿，视线落在女孩儿粉嫩的唇瓣上。

她刚才下意识地舔过双唇，有晶亮的光泽，似乎在等着他去采摘。

男人的喉结上下滚动，冲动在这一刻压过了理智，他俯首凑过去，直接吻住了她。

姜夏还未清醒——唇上不舒服的感觉令她下意识地开始扭动身体：“干吗？不要……”

但她怎么也挣脱不开，反倒嘴巴被堵住，只觉得越来越窒息，像是有人在咬她……

姜夏一个激灵，蓦地睁开了眼睛，对上一双漆黑的眸子。她的第一反应是还在做梦，但伸手触碰到了男人浴袍下的健硕胸膛，肌肉有力，触感那么真实。

姜夏一下子就清醒了，抬手用力地推着他：“呜……你……”

可她越推，男人就吻得越凶，那略带怒意的气势，像是要把她生吞活剥了。

姜夏又羞又恼，脸红得快要滴血，没有办法，牙齿下意识地用力一咬，咬破了他的唇。

她咬得并不狠，只有很淡的血腥味。

权北倾终于停下了掠夺，微微地撑起身体，抬手按在自己的唇上：“姜老师对待学生这么凶狠？”

“你！”姜夏瞪他，刻意忽略嘴唇上酥酥麻麻的感觉，质问道，“你为什么在我的房间里？”

权北倾慢慢地抬起眼皮：“这整栋别墅都是我的，我想在哪个房间不行？”

姜夏没想到他竟然会这么无赖地回答，怒道：“可是我在睡觉！你吵醒我了，而且还偷亲我！”

权北倾面不改色：“证据呢？”

姜夏语塞——他这分明就是故意的！他白天不放过她，各种找她的碴儿也就算了，晚上竟然还不想让她好好睡觉。

姜夏心里的一股气本来就没发泄出去，现在简直气到极限，直接抓起脑后的枕头，撑起身体就用力地朝他身上打去："叫你找我的碴儿！叫你半夜来吓我！我打死你！打死你！"

权北倾本来是单手撑在她身侧的，被她猝不及防地这么用枕头一攻击，颀长的身躯微微地往边上倾斜，手肘在床单上撑了一下。

然而不等男人再度撑起身，彻底得到自由的姜夏猛地坐起身来，直接就爬了过去，细腿一抬，跨坐在他的身上！

她用两手抓着枕头，朝他的身上又砸又打："让你欺负我！让你打我屁股、打我手心！你以为我不会生气吗？打死你！"

姜夏像是翻身做主人的奴隶，尽情地捶打着"大魔头"。

权北倾起初挨了几下枕头攻击，并没觉得疼，真正让他痛苦的是——女孩儿娇小的身体骑在他的腰上，更别说她还是跨坐的姿势。他抬手扯住挥过来的枕头，低吼出声："姜夏，不许闹！"

"我才没有闹！是你来找碴儿的好不好？"姜夏受了几天的委屈，又被打又被训，哪里肯就这么罢休？她用力地扯回枕头继续打他："我今天不打到你求饶我就不姓姜！你是大人了不起吗？我告诉你，我……"

口号还没喊完，姜夏屈起的小腿忽然被一只大手握住。那手掌很烫，烫得她浑身打了个战，连后面的台词都忘了。下一秒，她的细腰也被另一只大手搂住。

一阵天旋地转间，姜夏已经被权北倾抓住，狠狠地反压在了身下。

姜夏瞪大了眼睛，一瞬间失去主导权。她试图鼓起勇气："你……你想干什么？"

权北倾抓着她小腿的手缓慢地上移，一路抚过腰肢、锁骨……最后用力捏住了她的下颌。夜色中，男人双眸漆黑，像是在压抑着什么："姜夏。"他那性感的薄唇吐出沙哑的声音，"你想听我求饶，是吗？"

男人炙热的呼吸喷洒在她的脸上，预示着危险的来临，姜夏顿时有点儿要㞞的苗头，但还是克制住了："我只是……"

权北倾眯眼："只是什么？你真的想听，嗯？"

"我……"姜夏支支吾吾半天，就吐出这一个字，但就是不肯认㞞，也不肯撒娇喊他"权叔叔"。

事实上，今天从他接她回家到现在，她都没喊过他一声，反倒口口声声地喊着"李公子"……

姜夏成功地让男人原本满是欲望的眸子染上了愠怒。他忽然抓过一旁的枕头，一手抬高姜夏的腰，将枕头垫在她的腰下。姜夏本来就穿着睡裙，腰部一下被抬高，睡裙瞬间滑到了背部，双腿都凉飕飕的。

姜夏被吓得小脸都白了，双手抵住男人压下来的胸膛："你……你要干吗？"

权北倾直接将她的双手反扣在头顶，单手摁住。姜夏就像一只打挺儿的小鱼儿，露着细嫩白皙的肚皮，怎么挣扎都逃脱不了他的手掌心。

她明明精通十八般武艺，为什么到他的面前就完全没用了？

权北倾俯下俊脸，逼近她："你不是说我总是欺负你吗？"

"我……"

"不是说我是大人没什么了不起吗？"

"你……"

"不是说不打到我求饶就不姓姜吗？"

"那个……"

"我们一个个来，"权北倾的薄唇落在她的鼻尖上，"第一，你知道什么叫欺负吗？"

姜夏来不及出声就被他堵住了唇——极其凶猛的一个吻。

片刻后，男人离开她的唇，低声问："我强吻你就叫欺负，现在知道了吗？"

姜夏只顾着喘息："我……"

"看来还是不知道。"他再吻，顿了顿又抬头问，"这下知道了？"

她忙要说："知……"

他找准时机打断她："说得这么慢，就是不知道。"

他再吻。

"呜……"

如此反复了无数次，直到姜夏彻底没力气挣扎，权北倾才给她完整说话的机会。

"知道了！"姜夏已经彻底被吻尿了，什么骨气、报复心都被抛到脑后了，一口气说道，"我真的知道了！你没有欺负我！是我一直在欺负你！我错了，我再也不敢了！"

他再吻下去，她就要断气了。

"嗯，知道错就好。"权北倾似乎对此满意了，但薄唇仍旧蹭着她的脸颊上的肌肤，声音低沉，"那第二个问题——我是大人，了不起吗？"

"了不起。"

"谁了不起？"

"权……权叔叔。"

"谁？我听不见。"

"权叔叔！"姜夏偏头凑到他的耳边，大声喊道，"权叔叔最了不起了！"

"嗯，乖女孩儿。"权北倾低低地笑，虎口掐着她的细腰，不急不缓地摩挲着，"至于第三个问题——你想听我求饶，让我想想该怎么办？"

"不！不要办了！"姜夏忙睁大眼睛，摇头如拨浪鼓，"我不想听你求饶了！我一点儿也不想听！我不姓姜了，明天就去改姓！"

"哦？那你要姓什么？"

"姓……姓权！这么了不起的姓！超棒！"

"然后跟我在一个户口本上？"

姜夏一愣——他该不会来真的吧？权夏……全下……有种下水饺的感觉。

她迟疑："我……"

男人瞬间不悦了：“不想？”

“没有！我超想的！”姜夏忙说，“‘权’姓真的太好听了，比什么王啊，李啊的好听一万倍。”

“李”这个字让权北倾的面色稍缓，他低头看她：“那个李公子，你们有没有聊天儿？”

姜夏不敢撒谎，毕竟还维持着这个危险的姿势：“他有时候会发短信。”

“拿给我看。”

“啊？”

“短信，”权北倾淡淡地道，“万一他跟你说些越界的话题，或者引导你犯罪……”

哪里有这么严重啊？当然这话姜夏不敢说。她从床头柜上摸过手机，解锁后递给他。

权北倾用修长的手指滑动屏幕，逐条细看。

李公子：“姜小姐，你喜欢看电影吗？周末有新片上映，我可以邀请你吗？”

权北倾：“像这种要求，他很可能就是想去电影院里对你实施不轨行为，否则不会这么快就用这种借口约你。”

姜夏十分疑惑。

权北倾再翻。

李公子：“姜小姐，你有什么爱吃的菜系吗？我对本地的餐厅很了解。”

权北倾：“很了解是因为带太多的女人吃过了，这种男人的私生活不干净，有可能让你染上什么传染病。”

权北倾继续翻。

李公子：“姜小姐，我觉得你的眼睛特别美，下次见面我们一定要合照一张，我要保存欣赏。”

权北倾：“看到没？他要你的照片，八成是想找人绑架你，这种人渣竟然还活着。”

姜夏继续疑惑：怎么感觉他一说完，李公子就变成了一个十恶不赦的猥琐男？

权北倾看她不信，不知道是她没那么好骗了，还是她真的对这个人有什么期望。于是他用手指不着痕迹地轻动，只听“嗖”的一声，短信对话框发了一个句号出去。

权北倾淡淡地道：“我不小心的。”

姜夏有点儿尴尬：“这么晚了，人家可能睡了。”

他低头看她：“所以你想听我道歉？”他的眼神中带着无言的威胁。

姜夏：“这才几点啊？睡什么睡？”

果然，不到一分钟李公子就回复了：“姜小姐，你是睡不着想找我聊聊吗？”

权北倾扫了眼，眸色一沉。

姜夏撑起身体想去看手机屏幕：“他说什么了？”

权北倾迅速地翻过手腕，薄唇吐出严厉的字眼：“家规第176条，不许在床上看手机，对视力很不好——你是忘了还是想被罚抄了？”

姜夏立即躺平，嘟囔着：“你不是也在看吗？”

“我每天早上6点钟起来晨跑，你也跑？”

姜夏讪讪地咬了咬下唇，转移话题：“那你念给我听吧。”

权北倾轻抬眼皮，面不改色地道：“他说他在酒吧里蹦迪，有点儿喝多了，问你要不要过去陪他。”

姜夏一愣：“他之前说他不喝酒的。”

权北倾：“很明显是骗你的，说明他骗的女人很多，都忘了在你这里圆谎。”

姜夏“哦”了一声：“那你帮我回复，说我手抖不小心发给他的，现在要睡了，不去了。”

权北倾打字：“不好意思，我跟我男朋友刚躺下，手抖，不小心发给你了。”

他点击发送。

李公子回复得很快，语气很震惊：“男朋友？姜小姐你有男朋友了？”

权北倾：“他回了，说你睡得太早了，他都是跟哥们儿和女伴玩儿到天亮的。”顿了顿，权北倾补充道，“他这种生活作息混乱的人，猝死的可能性很大，跟他结婚很可能会丧偶。”

姜夏：“那你就回一句晚安吧。”

权北倾打字：“嗯，我男朋友不让我玩儿手机了，我们要睡觉了，勿回。”

李公子还是回了：“姜小姐，你在跟我开玩笑吗？我们都相亲了，你怎么会有男朋友？”

权北倾：“你管得着我有没有男朋友吗？你再打扰我，我就拉黑你了。你如果是个男人就别回了。”

李公子果然受挫，没再回了。

权北倾淡淡地道：“他没回你，估计在蹦迪，现在的年轻人简直无法无天。”

“哦，那就这样吧。”

姜夏心想：她还不想回他呢，不过真是人不可貌相，李公子那种斯文的人竟然喜欢蹦迪。

权北倾直接删除了消息记录，把她的手机放回床头，这才把姜夏腰后的枕头抽出来。

姜夏迅速地钻进被子里，只露出一个脑袋，先他一步说道：“了不起的权叔叔晚安，我也要睡觉了。早睡是家规第 145 条规定的，严格遵守，从我做起。”

这个机灵的丫头这么会看眼色了吗？

权北倾终于从床上撑起身，在床边俯下身，薄唇印在她的眉心：“现在就睡，敢再睁眼玩儿手机，我不会手下留情。乖，嗯？”

姜夏心情复杂地睡了一觉，梦到自己在战争期间变成了叛徒，而且还是特别狗腿的那种。早上醒来时，她愣了一会儿，确定自己还在房间里，不由得松了口气。

不过她昨晚跟叛徒也没什么区别了，有种自己还不如叛徒的感觉。

凭什么他跟纪阿姨可以夜不归宿，而她连晚归都要被惩罚？哼，她发誓：总有一天，她会抓到他的把柄，狠狠地惩罚他！

姜夏一边做着美好的白日梦，一边起床洗脸刷牙。

她准备下楼去吃早餐，路过权北倾的卧室的时候，听见里面传来手机外放的声音。

“权北倾，你听没听见我说话？”是权老爷子的声音。

他们吵架了吗？姜夏放轻脚步，悄悄地走到权北倾的卧室门口仔细偷听。

权北倾站在落地镜前打领带，淡淡地回道：“不要说废话，我的时间宝贵。”小刺猬应该已经下楼了，他们的早餐时间到了。

权老爷子在手机那头咆哮：“我说废话？混账东西！那你自己说，我前天晚上帮你和小嫣约了烛光晚餐，你为什么没去？”

门口的姜夏闻言一怔：他没去？可是他前天晚上不是打电话约纪阿姨了吗？她明明听见了他的声音。

“没去就是没去，哪有那么多为什么？”权北倾语气淡漠地说，“没事我挂了。”

“挂什么挂？我让你挂了吗？”权老爷子怒道，“你就这么不喜欢小嫣吗？一起吃顿饭你都不愿意？”

“小嫣是谁？”

“是纪嫣！你傻了吗？”

“所以你的废话说完了？”

“这是你跟我说话的态度吗？”

姜夏在外面听着都忍不住想：权老爷子为什么每次都是这几句台词啊？权叔叔一直都是这个态度，难道权老爷子心里没数吗？

权老爷子还在咆哮：“我不管！你要是真的不喜欢小嫣，那就换一个，我马上就帮你约，你给我去跟人家女孩子见面！”

权北倾说话的语气更冷了："所以你是认识多少年轻女孩子？你想娶个年轻的给我当后奶奶？"

手机那端的人忽然就沉默了。但不过几秒钟，权老爷子再次咆哮道："随你怎么胡说，总之今天你必须去见面，否则你就等着接到我的病危通知书吧！我死了算了！"

权老爷子说完就挂断了。

姜夏又贴在门上听了一会儿，没听到其他声音，忽然，一只修长的手拉开了门。

姜夏感到小心脏一抖，立即站直了身体。

权北倾走出房间，就看见姜夏双手环胸，站在墙边，看着墙上的抽象派油画，十分深沉地摸着下巴。

"嗯，这幅画很经典，画出了这棵树的灵魂。"

"这画的是房子。"

她一转脸，故作惊讶地看着男人："哎，权叔叔，原来你还没下楼啊。"

权北倾表情淡然："你不是在门口等我？"

"我没等你啊！我在欣赏油画，提高审美水平嘛！"姜夏尴尬地笑了几声，赶紧转移话题，"我们赶紧下楼吃早餐吧，我都要饿扁了。"

话音刚落，面前的男人忽然伸手搂住她的腰，姜夏还没反应过来，整个人就被他拦腰横抱了起来。

她惊呼一声，双手下意识地圈住他的脖子，就听见男人淡淡地道："快饿扁了就不要走路了，不然待会儿连拿筷子的力气都没有了。"

现在还是早上，他的身上有股很好闻的须后水的味道，混合着他独特的气息，尤其是他说话时低头看她，那双好看的薄唇几乎要吻到她的额头……

姜夏感觉到心跳微微停了一拍，耳根子莫名发烫。

她被权北倾抱下楼。权北倾到了餐桌边才把她放下。

待用人端上早餐，姜夏问："咦，孔伯呢？"

用人叹口气：“孔管家说他今天胸闷，好像是因为没看到什么大结局，被气的。”

“那就让他休息。”权北倾端起咖啡杯抿了口，“给他放几天假。”

姜夏甜甜一笑：“权叔叔，你对孔伯真好啊！”

权北倾淡淡地道：“尊老爱幼，传统美德。”

“我要向你学习！”

姜夏吃着煎蛋，想到刚才听见权老爷子说，权叔叔前天晚上没去跟纪阿姨约会。她本来想问权叔叔去哪里了，但又觉得这么问好奇怪，纠结到最后还是没问出口。

用过早餐后，权北倾上楼，很快穿着西装外套下来，边走边系着袖扣。

姜夏立即从沙发上站起来：“权叔叔，你要出去吗？”

“嗯。”

她贼眉鼠眼地问：“今天是周末你也上班吗？”

“有点儿其他事。”

其他事……他八成是去见权爷爷安排的女孩子吧？

权北倾见女孩儿傻站在茶几前，眯眼：“你有事？”

“我没事啊！”姜夏迅速地后退几步，重新坐进沙发里，“我看电视，权叔叔慢走不送哟！”

权北倾看她一眼，走了。

等他一出门，姜夏立即从沙发上跳起来，奔向孔管家的房间。

孔管家本来是有气无力地趴在床上的，听见动静后抬起头，看见来人，感动地哽咽起来：“夏夏小姐，还是你关心我……”

话还没说完，他就见姜夏跑到衣架边，拿了他的遮阳帽和老年防风衣。

“孔伯，借我用一下啊！”她边说边跑出去，一眨眼就没踪影了。孔管家僵在床上，而后扯过被子蒙住自己，悲伤地用力捶着床板。

姜夏借口自己找权北倾有事，让司机跟着权北倾的车，送自己出去。

她一路跟着权北倾到了一家高级咖啡厅。

他果然是要相亲。

不行，她要进去看看，万一他认识了一个比纪阿姨还讨厌的女人，然后闪婚娶回家，跟纪阿姨一样折磨她……她想想就可怕。

看见权北倾走进咖啡厅后，姜夏也下了车。

司机忍不住问道："姜小姐，我怎么觉得你是在跟踪少爷呢？"

"我是找他有事！"姜夏回头瞪他，"我这样子像是跟踪吗？"

司机看着她手里的遮阳帽和防风衣，标准的跟踪打扮，一时无语。

打发走了司机伯伯，姜夏戴上黑色的遮阳帽，把一张脸完全遮住，只露出一双眼睛，然后又穿上黑色的防风衣。

她走进咖啡厅的时候，服务员被吓了一跳："小姐……"

姜夏环视四周，在一楼没发现权北倾，于是说："我要坐二楼。"

"二楼雅座消费要满 2000 元……"

"你们店里最便宜的蛋糕多少钱？"

"400 元。"

她一咬牙，下了血本："我要五个！"

姜夏成功地来到二楼，才抬起头，立即就在不远处靠窗的位子看见了权北倾和他对面坐着的女人。

姜夏立即蹲下身，恰逢服务员给她端蛋糕上来，诧异地看着她："小姐，你这是……"

"嘘！"姜夏竖起一根手指在唇边，想了想，胡扯道，"我的男朋友在跟别的女人相亲，我来监视的。"

服务员立即做出领会的表情，把她带到权北倾的隔壁，还热心地帮她把遮挡的帘子卷起一角，方便她监视。

姜夏坐下，身体往后靠，听见隔壁传来女人的声音——

"权先生，我知道您是因为权爷爷才会来跟我见面的……"

姜夏张嘴就咬了一大口蛋糕，心想：那当然啊，她的权叔叔是那么随便的人吗？

“不过权先生，我对您特别有好感，刚才第一眼见到您，我就……”

姜夏：就什么？就产生了猥琐的念头吗？现在的女孩子真的越来越奔放了，矜持的传统美德都忘了吗？

“权先生，请问您对我的外貌满意吗？”女人有点儿羞涩地问。

姜夏顿时噎住了，忙转头从缝隙里看过去。那女人是面对她这边坐的，黑色长直发，精致妩媚的妆容……为什么有种纪阿姨二号的感觉？难不成权老爷子就喜欢这一款的？

姜夏屏息等着权北倾的回答，然而过了好一会儿，才听见男人淡淡地道：“我不喜欢直发，喜欢鬈发。”

姜夏看着手机屏幕中鬈发的自己……

权北倾：“我不喜欢单眼皮，喜欢双眼皮。”

姜夏看着自己的双眼皮……

权北倾：“我不喜欢黑色瞳孔，喜欢金棕色的。”

姜夏听到这句话后彻底地愣住了——他说的难道是她？

那女人似乎被他的这些话打击了，因为他的描述跟她完全相反。她忍不住说道：“可是权先生，要同时符合你的这些条件的女孩儿，也许性格你会不喜欢。”

“性格我也很喜欢，有点儿任性，爱耍小脾气，鬼机灵，很可爱。”权北倾用食指轻点杯沿，唇角勾出一抹淡笑，“正好，她今天也来了，让你见一见。”

姜夏心下一惊：他这话的意思是……？

不等她反应过来，男人已经起身走到了她坐的这一桌。

姜夏想躲已经来不及了，被他逮了个正着。

她心虚不已，都不敢抬头看他：“好……好巧……”

话未说完，权北倾已经俯下身圈住她的细腰，直接将她搂了起来。姜夏蒙了，就这么被他搂着带到了他的那一桌。

那女人惊讶不已，看着他怀里一身黑衣的女孩儿：“权先生，这是……？”

“我的女朋友。”权北倾搂着姜夏坐下，替她摘掉遮阳帽，淡淡地朝那女人道，“她就喜欢跟我玩儿这一套，醋劲儿大得很。我出门见谁，她都要跟着。”

那女人张大了嘴：“她是你的女朋友？”

“嗯。”权北倾用手指擦拭着姜夏的唇角：“奶油吃得满嘴都是。”

那女人震惊地看着他的动作，他从刚才坐下到现在，连桌面都没碰过，显然是有洁癖，竟然这样帮这女孩儿擦嘴。

姜夏红透了一张脸，想要从他的怀里挣脱出来，小声地说：“我……”

“你说什么？”权北倾附耳过去，低低地笑了，“好，我保证以后不再跟其他女人见面了，就你一个人，这样行不行，嗯？”

姜夏瞪大了眼睛，自己才没那样说：“我……”

“好，那亲一个。”话音刚落，权北倾俯首，直接当着那女人的面，吻住了姜夏的唇。

姜夏整个人都僵住了——他的气息缠绕在她的鼻间，让她连反抗的力气都没有了，就这么任由他吻着。

待到一吻结束，姜夏已经瘫在他的怀里，双手本能地紧攥着他的衬衫，喘息着说不出话来。

她好像已经习惯了他的唇舌，习惯到他每次吻她的时候，都会下意识地放松自己，去迎合他。

这种反应让姜夏觉得又羞又恼——难道她也变成了随便的女孩儿？

而对面的女人已经看呆了，连眼睛都红了：“权先生，你们……”

权北倾的面色丝毫没有变化，他用大手抚着姜夏的脑袋：“我女朋友比较喜欢接吻，不吻就跟我闹，头痛得很。”

女人脸色一变：“可是权先生，权老爷子说……”

“爷爷也挺喜欢她的。”权北倾淡淡地道，“不知道他老人家为什么胡闹，还让我相亲，大概是想让我再娶一个？”

那女人终于待不下去了，拿起包说了句“祝你们幸福”，就踩着高跟鞋走了。

她一走，姜夏立即从权北倾的怀里钻出来，五指按着自己的唇，瞪眼：“你竟然拿我当挡箭牌！你都没征得我的同意！”

她刚才听见他说那些话的时候，还以为他说的喜欢的人是她，吓得她的心跳都要停了。

原来，他只是为了拿她当挡箭牌演戏。

姜夏说不清心里是什么感觉，但直觉应该是如释重负才对。

他怎么可能喜欢她呢？他们不是一个世界的人。

权北倾微眯起眼睛：“那你跟踪我，征得我的同意了吗？”

“征得你的同意还叫跟踪吗？”

“承认跟踪我了？”

姜夏：“……”

权北倾起身往外走去。

姜夏急忙要追上去，又扭头看到自己还有四个昂贵的蛋糕没吃，纠结了一下还是让服务员打包了。

服务员笑着说道：“小姐，你不是说来监视男朋友相亲吗？看来是一场误会啊！”

走在前面的男人脚步一顿，回头看她。

姜夏恨不得挖个洞钻进去，结巴着要解释：“其实，我……”

“宝贝，还愣着做什么？”权北倾似笑非笑地勾唇，“不怕我这个男朋友被人勾跑了？”

他又故意逗她！姜夏红着脸，在服务员艳羡的目光中，接过打包好的蛋糕小跑出去。

坐上外面停着的轿车，权北倾看了一眼女孩儿抱着的打包盒：“喜欢吃这家的蛋糕？”

“挺喜欢的，比家里的点心师傅做得好吃。”尤其是被他吻过之后，她嘴巴里残留的奶油味莫名地变得更甜了。

权北倾抽了张金卡递给司机：“去找这家店的点心师傅，让他今天辞职，明天去星海湾报到。”

姜夏刚想说“不用”，男人又淡淡地出声：“姜夏，你跟踪我，最好给我一个合理的解释。”

这笔账还要算啊！

姜夏索性直说：“我早上听见爷爷说要你相亲——我怕你娶一个凶巴巴的阿姨回来虐待我，所以要替你把关！”

权北倾眯眸：“不想让我结婚？”

姜夏一愣：她是这个意思吗？

男人忽然朝她靠近，用长指挑起她小巧的下颌，薄唇几乎要贴住她的唇，低低地道：“只要你表现好，乖乖听我的话，在你长大成人之前，我就不结婚，嗯？”

姜夏睁大眼睛，磕磕巴巴地道：“可……可是你不是都约纪阿姨……？”

男人皱眉：“我什么时候约她了？”

“前天晚上。”

“我前天晚上去邻市出差了，你可以问孔管家。”

姜夏怔住：所以真的是她搞错了。

她的嘴角不受控地渐渐弯起，但她很快就强行止住了，酷酷地说道：“哦，那我就相信你好了！”

权北倾看着她一张一合的粉唇，俯首想再度吻上去——

手机铃声忽然响起。

姜夏忙推开他，从口袋里掏出手机。权北倾收回手时瞥了眼来电显示，见不是那个李公子，这才坐正了身体。

姜夏忙接起来，那头传来裴依依的声音——

“夏夏，我刚收到消息，江辞回来了，现在就在本市。”

姜夏一怔，蓦地握紧手机：“真……真的？”

姜夏没想到还能再见到江辞。纵然她以前在梦里千万遍地梦到过这个场景，可过去了这么久，再一次见到江辞，还是震惊得久久说不出话来。

干净的咖啡厅里，记忆中的那个穿着洗得发白的衬衫和球鞋的少年，就坐在她的对面。

江辞的那张俊秀的脸甚至没什么变化，只是变得更加成熟、儒雅，那双黑眸望着她，眼底是深深的思念和深情。

“夏夏。”江辞低低地喊着她，打破了沉默，“这些年，你过得还好吗？”

虽然这样问了，但他从姜夏的状态、穿着上也看得出她过得非常好——她身上穿的长裙是某品牌限量版的新款，非常难买到。

他的夏夏过得很好，不比他现在能给她的差，甚至还要更好。

“嗯。”姜夏点点头。她握着冰橙汁的杯子，低头刚要喝一口，唇瓣碰到冰块，倏地想到什么，直接吐了出来。

“夏夏？”江辞被吓了一跳，起身就要拉她的手。

姜夏忙摇摇头，冲他笑了一下：“没事，江大哥，我就是觉得这橙汁太酸了。”她边说边抽纸擦着嘴，掩饰着尴尬。

其实不是因为太酸，是权叔叔不让她喝冰的。她刚刚碰到冰块，就下意识地吐出来了。

她是不是太没用了？权北倾现在又不在，她干吗要这么遵守规定？

“那换一杯。”江辞抬手唤来服务员，为她换了一杯甜牛奶，并且嘱咐要热的。

江大哥还是这么贴心，像以前在孤儿院里的时候一样，时时刻刻地照顾着她。她生病了，他在她的床边守一整夜；她说一句想吃蛋糕，他翻墙出去，打一天的零工，赚的钱就为了给她买一块小小的蛋糕……

“夏夏，”江辞语气欢快地道，“你刚才叫我江大哥了。”

姜夏一怔。

“我们见面到现在十八分钟了，你终于叫我了。”江辞说着嘴角微微地弯起，像是有什么极其高兴的事，笑得满足而愉悦。

姜夏垂下眸，一时不知该说什么。

不知为何，她心里总有种奇怪的愧疚感，所以不像平时那么活泼多话，甚至显得有些沉默。

江辞也不怪她，他们太久没见了，乍一相见，姜夏肯定会不习惯他。只要时间久一点儿，她会重新熟悉他的。

他这次回来，就是为了接回她。既然找到了她，他就该履行诺言，娶她为妻。更何况，她也是他唯一爱着的女孩儿。

姜夏和江辞这次见面大概两个小时，一开始姜夏话少，后来江辞和她聊了很多在孤儿院里的事，又聊了近几年发生的事。

他说当初从孤儿院里离开只是迫于无奈，被一户收养他的人家带走了，去外国深造。现在他有能力了，可以回来找她了。

聊了许久，姜夏也慢慢地跟他熟络起来，主动说起了自己现在的生活。当然，她也不可避免地提到了权北倾，毕竟她现在住在权北倾家。

江辞听着她说这几年被权北倾家收养后的生活，也没有多说什么。

最后他说："夏夏，我要找时间见一见权先生。"

这次见面后，姜夏还是回到了星海湾。

但她这几天都没有见到权北倾，孔伯说"少爷出差了"。

姜夏"哦"了一声，心想：权叔叔出差也不跟她说一声吗？他以前出差都会跟她说的啊！

她回到房间里，没心思地写了一会儿作业，想了想，还是拿出手机给权北倾发了条消息："权叔叔，你出差了吗？"

等了几分钟，他没回复。

姜夏想：可能是他忙。

她想了想，又发了一条："没什么事，就是听孔伯说你突然出差了，你什么时候回来？当然，我不是想干涉你。是我们学校可能有活动，要组织去邻市玩儿几天，参观博物馆，我想参加。"

可过了几个小时，权北倾还是没回她的消息。

姜夏以为他是在应酬，于是就先睡了。

可是一直到第二天晚上，权北倾还是没回她。

那就不可能是他没看到了，难道是有什么事吗？

姜夏吃晚餐的时候“无意间”跟孔伯打听，可孔伯竟然说“少爷下午打过电话回来”。

他打电话回来都不回复她的消息，故意的吗？

姜夏顿时气得饭也不吃了，抱着书包就气鼓鼓地上楼了。

困惑的孔伯：什么情况？都怪少爷，本来夏夏小姐跟他一起吃饭多开心啊，一提到少爷就不吃了。

姜夏一直等到第二周周一的晚上从学校里回来，才正好碰见了回来的权北倾。

他迈着长腿从车上下来，手里还拿着一份文件。见到她背着书包站在院子里，大眼睛怔怔地望着他下车的方向，权北倾眯了眯眼，走到她的面前，脱下外套披在她的身上。

“不知道风大？”他皱眉，语气严厉地训斥道，“说过要穿外套，为什么不穿？”

姜夏皱皱鼻子，下意识地想说话，想到他没回自己消息，就垂下了头，冷淡地“哦”了一声。

“进去。”权北倾把她身上的外套拉紧，低沉地说了一句，率先走了进去。

姜夏跟在他的身后，一大一小两个身影走进客厅里。

权北倾在沙发上坐下，把袋子放在茶几上，推到姜夏的面前。

姜夏一怔，弯腰拿起袋子。里面是几张纸，印着A国的标志，大概的意思是她马上要到20岁了，和孔伯在法律意义上的监护关系快要结束了。也就是说，她和权北倾即将成为毫无关系的陌生人。

“这是……？”她有些蒙。

“是你的竹马哥哥寄给我的。”权北倾交叠双腿，靠在沙发背上。

说这句话时，他抬起了眼皮，视线落在她的脸蛋儿上。

“竹马哥哥”……姜夏反应过来，权北倾说的是江辞。

“江大哥去找你了？”她诧异地问。

虽然见面那天江辞说过，但她以为江辞只是那么一说而已，没想到他真的去找权叔叔了。

“江大哥”，她叫得真亲密。

权北倾眸中溢出不悦之色，但掩饰得很好。他“嗯”了一声，双眸仍旧注视着她：“他说要接你出去住。姜夏，你怎么想？”

“啊？”姜夏瞪大眼睛，听到“出去住”三个字，第一反应是开心的——毕竟她住在星海湾，什么都被权北倾管得死死的，什么都要按规矩来，不能放肆，又怎么可能不想出去呢？

所以，她此刻的开心不是她内心真正的想法，而是一种身体的本能。这种本能是无法自控的，直接表现在她的表情、眉眼间。

而落在权北倾的眼里，这种反应就是她很想出去住，她已经开心得不得了了。

权北倾见状，脸色倏地沉了下去，修长的手指微屈，在茶几上用力地叩了一下：“‘啊’什么？我在跟你谈重要的事，你这是跟家长说话的态度？站好！”

姜夏身板一抖，双手下意识地贴着裤腿，站得笔直。她随即就反应过来自己被他凶了，顿时有点儿委屈，想到权北倾出差几天，一回来就这样凶她……谁知道他这几天干什么去了，都没回她的消息呢！

他难道是跟纪阿姨或是别的千金一起出差，所以不方便回她？他明明才说过不会跟纪阿姨约会，可是为什么不回复她？他根本没理由不回复，回一个信息需要多少时间啊！

他肯定是不方便，边上有女伴，怕女伴误会，才会不回复。

五天。他出差五天，都没理过她，一个句号都没回复她！

姜夏越想越委屈，用力地咬着下唇，不知为何特别生气，终于还是没忍住顶嘴了：“这上面都写了，你不是我的家长了。我们现在没……没关系！你干吗凶我？我爱怎么站就怎么站！”

“我们现在没关系。”

没关系，好一个没关系。竹马哥哥回来了，她马上就跟他撇清关系了，就这么想出去跟她的竹马哥哥住？

这个小白眼儿狼。他这几天在外地开会，因为她的事觉都睡不好，怕她在家胡思乱想，怕她以为他会因为江辞回来而赶她出去住，怕她以为他会不养她了，怕她被江辞用以前的“婚约”来纠缠，怕她……所以他推掉接下来的重要行程赶回来，顾不上巨大的损失。

结果她说他们没关系。

她根本没有胡思乱想。她开心得很，她的心早就飞到那个姓江的身上去了！

权北倾的眼中闪过一抹失落的神色，高大的身形倏地站了起来，他居高临下地注视着她，被刻意压着的嗓音只听得出冷漠：“既然你这么想出去住，那就如你所愿——明天就让你的竹马哥哥来接你。”

说着，权北倾扫了一眼站在一旁的孔伯：“去帮小姐收拾好行李。”

孔伯被吓了一跳，试图挽回：“少爷……”

“还不快去？”权北倾嗓音一沉。

他极少用这样骇人的嗓音说话，孔伯震了震，哪里敢再说什么，只得偷偷地看了姜夏几眼，叹着气转身上楼了。

姜夏听权北倾这样说，愣了愣，而后更加咬紧了下唇。

明天……他明天就要让她搬走吗？他不回消息，难道早就想好了要让她搬走吗？

搬走就搬走，她才不稀罕住在这里！她搬走了，就彻底不用被他管了，该开心才对啊！

姜夏抓紧手里的书包，转身就要朝楼上跑去。因动作幅度大，肩上披着的权北倾的外套滑落在地上，她回头看了一眼，可此时权北倾的手机忽然响起。

他的手机就在茶几上，姜夏低头就能看到来电显示——“纪嫣”。

她眼眸一缩，更快地冲上了楼。

孔伯正在为她收拾行李，见她气鼓鼓地进来，忙上前安慰道：“夏夏小姐，你别生气啊，少爷他肯定不是那个意思。”

“我要睡觉了！”姜夏直接把书包丢在桌上，整个人钻进了被子里，蜷缩着身体。

她要睡觉，明天睡醒了就走。

有什么了不起？搬走就搬走，她才不在乎，一点儿都不在乎！她早就不想住在这里被管束了！

姜夏越想越气，双臂用力地抱着自己，控制不住地哽咽着，紧闭的眼睛里眼泪无法自控地从眼角滑落。

翌日一早，姜夏下楼，发现客厅里站着一个俊秀的身影。她一怔，以为自己看错了，揉了揉眼睛才确定道：“江大哥，你怎么在这里？”

“是权先生通知我过来接你的。”江辞走过去接过她手里的书包，看见她的两个黑眼圈，不由得怔了一下，“夏夏，你昨晚没睡好吗？”

“哦，我昨晚通宵打游戏来着。”姜夏打了个哈欠掩饰过去。

江辞无奈地勾了一下唇，宠溺地揉了揉她的头顶：“你啊……下午回公寓好好地补个觉，你的房间我都布置好了，你肯定会喜欢的。”

此时，孔伯也带着保镖将姜夏的行李搬了下来，整整十大箱，而且还是最大号的行李箱，场面颇为壮观。

“夏夏，你有这么多行李？”江辞惊讶地问。

“夏夏小姐，这里面都是你穿过的衣服，还有各种背包和个人用品。”

孔伯说着，看了一眼江辞，大概是因为想到姜夏即将要跟这个陌生的男人出去住，就忍不住对江辞有点儿敌意，连带着说话也变得阴阳怪气起来：“夏夏小姐，这都是少爷给你买的，都是最好的东西，你还是都带着吧。外面比不得星海湾，如果吃的、穿的不舒服，少爷会担心你的。”

江辞闻言脸色微沉，但没有表现出来，而是微微一笑：“是，劳烦管家费心了，我一定会照顾好夏夏的。我们结婚的时候会邀请您和权先生的。”

“结婚”……夏夏小姐，要和这个人结婚吗？孔伯顿时惊恐地看向姜夏——可姜夏显然没有注意他们的对话，一双眼眸四处乱看。

权北倾不在。

她要搬走了，他也不来送她一下吗？

难道是因为纪阿姨，所以他不想跟她有过多牵扯了，才会不回她的消息，如此冷漠？

姜夏忍不住地胡思乱想着，根本没听见孔伯在说什么，也不在乎自己有多少行李，心不在焉地跟着江辞上了车。

轿车很快驶离了星海湾。

二楼的阳台上，高大俊美的男人站在那里。

权北倾抬起眼皮，看着远去的轿车，里面坐着本该由他养着的小姑娘。

她现在要变成别的男人养着的女人了。

“我和夏夏有婚约，她亲口答应过我，以后要嫁给我。”

几日前，江辞说的话回荡在他耳边。

江辞找他见面时，给他看了一份“婚书”，上面写着二人约定成年后结婚，会相爱一生，直至死亡将他们分开。那字迹歪歪扭扭的，丑得很，只一眼，权北倾便知道是姜夏亲手写的。“婚书”最下方还有她和江辞的手印和签名。

孤儿院……那个地方确实最能培养出感情。

怪不得她这么想搬出去住。原来，江辞是她喜欢了很久，又约定过终身的男孩子。

她会不会按照约定嫁给江辞？如果会，她已经快要到法定的结婚年龄，马上就可以和江辞领证结婚。

权北倾低头点了支烟，缕缕的烟雾升起，而身边不会再有个小姑娘“叽叽喳喳”地控诉，不允许他抽烟。

他叼着烟吸了一口，吐出青白的雾，仿佛看见雾中的姜夏穿着婚纱，走到江辞的身边。她笑得那么开心，曾经被他管束着，连坐姿都需要他调整的小姑娘，突然之间就长大成了女人，再也不属于他管辖的范围，甚至连面都见不到。

第十八章

爱他和被他爱一辈子

权北倾在阳台的栏杆边抽完了一整包烟，到后来嗓子有点儿哑，看见面前的夕阳逐渐落下。

身后有脚步声响起，是孔伯：“少爷，你怎么突然抽了这么多烟啊？你不能因为夏夏小姐不在就这样。你不是戒烟了吗？我要是告诉夏夏小姐，她肯定会生气。”

权北倾一个冷厉的眼神过去。

孔伯被吓得抖了抖，忙说：“少爷，我没说……”

“你可以告诉她。”权北倾嗓音沙哑地说，弹了弹烟灰。

孔伯见状嘟囔道：“夏夏小姐都被那个江什么的带走了，少爷你也不管管，万一那个男的是坏人……”

“不是，他们有婚约。”权北倾的一句话浇灭了孔伯的念头。

手机铃声忽然响起，权北倾下意识地要拿手机，结果孔伯先他一步拿出手机，高兴地说：“是夏夏小姐发来的！”

权北倾瞥了眼自己没动静的手机，脸色略冷。

“少爷，夏夏小姐说她已经搬进新房子了，还给我拍了她现在的房间，让我放心。”

孔伯举着手机要给权北倾看，但权北倾显然没什么兴趣，冷漠地转身进了房间。

“其实这个房间也还不错，夏夏小姐应该能住得惯吧。”孔伯担忧地在权北倾的身后自言自语。

不错？权北倾不屑地眯了眯眼。他刚刚在孔伯点开手机时扫了一眼，就是一个普通公寓里的房间，大点儿而已，也叫不错？跟星海湾里姜夏的公主房比起来，简直有天壤之别。

那丫头能住得惯吗？如果她住不惯，那他马上去接……

意识到自己在想什么，权北倾伸手揉了揉眉心，阻止自己再想下去。她给孔伯都发了告别短信，却没有给他发，其实已经说明了一切。

两个月后。

下午，姜夏结束课程从学校里出来，跟同学去附近的商场里逛街。临近晚饭时间，她接到江辞的电话。他说他忙于应酬，没办法回来陪她吃晚餐。

姜夏笑着答应下来，让他去忙。但挂断电话，和同学告别后，她一个人走在熙熙攘攘的街头，还是不可避免地有些孤独。

她本来以为和江大哥一起住之后，一定会像以前在孤儿院里一样，哪怕没什么可玩儿的，一起聊聊天儿、看看星星都会很开心。可真的和江辞住到一起之后，她才发现不是这样的。

他们都长大了，不再是会满足于聊天儿、看星星的小朋友，而江辞忙于工作，他们见面的时间其实少之又少。有时候晚上在家，他们吃完饭，看看电视后，也是各回各的房间。

姜夏能感觉到江辞很忙，忙到其实没什么时间陪她，尽管他对她已经很好了。而她一个人的时候，反倒会经常想起在星海湾的时候，和权北倾相处的一幕幕。

姜夏就这么漫无目的地在街上走着，路过一个酒吧门口的时候，只见一个高大俊美的男人走了出来，身边穿着清凉的美女扶着他，蹭在他的身上。

美女嗲嗲地说：“权先生，来嘛！去我的车上，今晚我来照顾你……”

而男人微眯着一双桃花眼，看起来眼神有些迷离，迈着的步子也有些踉跄，英俊的脸庞因为醉意，难得没有那么冷漠，而是多了几分慵懒——

竟然是权北倾。

姜夏脚步微顿，忍不住侧头朝他的方向多看了几眼，他身边的那个只穿着吊带的美女整个人都要贴到他的身上了，姿势暧昧极了。

哼，他竟然在这里跟女人勾勾搭搭，就不怕被纪阿姨知道吗？他以前还经常教育她要懂得礼义廉耻——他自己还不是在外面拈花惹草吗？

姜夏越想越气，瞪着权北倾走过去的方向，眼看着那清凉美女就要扶权北倾上车，一瞬间没能忍住，直接大步就冲了过去。

“权先生，我带你去一个好玩儿的地方，我们可以玩儿一整夜。”美女一边说一边打开副驾驶门，刚要扶权北倾坐进去，哪知身后突然冒出来一个人，一只白皙的手抓住了权北倾的手臂。

美女回过头，见是一个极其漂亮的小姑娘，顿时就更加警惕了：“喂，你干什么？权先生今晚说好了跟我走的。”

“说好了”？他今晚要跟这个美女去做什么？去做不要脸的事吗？

姜夏看了美女一眼，抿紧粉唇，双手用力地抓住权北倾的手臂，随便编了个理由：“你跟我过来一下，我有东西落在星海湾了，我要马上去拿！”

权北倾今晚喝得不少，耳边蓦地响起一道熟悉清甜的嗓音……他回头，这段时间日思夜想的女孩儿的漂亮的脸蛋儿落入他的眼眸中。他一时没有做出反应，黑眸就这么深深地盯着她看。

大概是平时被他管教惯了，姜夏被那眼神看得有几分心虚，抓着他手臂的手也松了松，嗓音也变小了："我找你有事……"

话没说完，她的手腕便被那只大手反扣住。权北倾攥着她细细的手腕，略微用力就将她扯到身前，黑眸微眯，语气极度严厉而不悦："你怎么会在这里？"说着，视线扫过她身上的书包，男人想到了什么，眼神更冷，"你是跟同学过来玩儿的？姜夏，我说过多少次了你不可以来这种地方玩儿，你——"

说到这里，权北倾又猛地反应过来：她现在已经不归自己管了，说不定就是江辞带她过来玩儿的。

他真是醉糊涂了，明明没喝多少，今晚却醉得异常快。

权北倾的眉心紧皱，蓦地松开了手，他刚要转身，就听见姜夏气鼓鼓地控诉："你还叫我不要来这种地方玩儿，你自己还不是来了？你一点儿都没有以身作则，假正经，骗子！"

最后两个词成功地让男人顿住，他蓦地回头，眼神吓了姜夏一跳。

哼，他还瞪她！她挺起腰杆："我说错了吗？"

他现在就是理亏啊！她倒要看看他怎么狡辩！

"哦，我假正经？"权北倾低低地笑了一声，高大的身形忽然站直，几步逼近姜夏，直接伸手圈住她纤细的腰肢，将她牢牢地禁锢在怀里。

"乖女孩儿，知道什么叫假正经吗？这样才叫……"他低下头，薄唇擦过她的耳垂，惹得她浑身一颤。

她像是被什么电到了，一下子连话都说不出来。

"知道了吗？"权北倾俯首在她的耳边，嗓音沙哑性感。

姜夏闻到他呼吸中浓烈的酒味，知道他肯定是喝醉了。

而说完这句话，权北倾就这么圈着她的腰站着，脑袋靠在她的肩上，像是睡着了。

"权叔叔。"姜夏轻轻地喊了一声，听他"嗯"了一声，便问道，"我送你回星海湾吗？"

"嗯。"权北倾随意地应着，抱着怀里朝思暮想的小姑娘，倒是也不在意其他的了。

姜夏闻言立即拿出手机，拨打季池的电话："鸡翅，对，我和权叔叔在兰罗酒吧。"

季池：小姐我叫季池啊！

很快，季池便驱车过来接他们。姜夏扶着权北倾上车，还回头看了一眼那个穿着清凉的美女，"哼"了一声便走了。

那美女气得跺脚，但也没有办法阻止。刚才她那样费尽心思靠近权北倾，他都不曾搭理她，如果不是喝醉酒，断不可能让她扶。

可权北倾竟然主动抱住这个女孩儿，她是谁？

路上，季池一边开车一边说道："小姐，少爷今晚是来应酬的，才多喝了几杯。少爷最近心情不太好，也不知道是为什么。"

权叔叔的心情不好？

姜夏想了想："权叔叔是跟纪阿姨吵架了吗？"

"没有啊。"季池摇头，"少爷跟纪小姐不怎么来往，少爷又不喜欢纪小姐。"

他不喜欢吗？可是……姜夏还想问什么，但又觉得不是自己该管的，便没好意思再问。

他们到了星海湾。

姜夏扶着权北倾回到他的房间里。现在时间太晚了，她也没有吵醒孔伯，毕竟孔伯年纪大了。她将权北倾扶到床上躺着，去洗手间拧了毛巾给权北倾擦脸、擦手。

权北倾的唇齿间溢出含混的声音，似乎在说什么，但她听不真切。

姜夏以为他不舒服，碰了碰他的手背，发现他的身上很烫。

他该不会是发烧了吧？她脱了鞋爬上床，去摸他的额头。

可她才伸出手，便被躺着的男人扣住了腰，一个翻身被压在了身下。

权北倾的俊脸压了下来，不给她任何开口的机会，他用力地堵住了她的唇。

姜夏瞪大了眼睛，被他吻得头晕目眩。不知道过了多久，权北倾才停了下来。他埋首在她的颈间，呼吸声粗而重。

姜夏推不动他，嘴唇被他吻得疼，忍不住出声问：“你知道我是谁吗？”他该不会把她当成纪阿姨了吧？

权北倾沙哑地出声：“姜夏。”

原来他知道自己是谁，姜夏莫名地松了口气，心里也舒畅了一些——不然岂不是白白地被他亲了？

“姜夏，小白眼儿狼。”权北倾又低沉含混地说道，“养不熟的小白眼儿狼，就知道跟别人跑。别被我抓住……抓住，我把你关起来……”

“谁是白眼儿狼了？”姜夏顿时就奓毛了，推着身上重重的男人，道，“我刚刚看到你被那个美女揩油，特意好心送你回家，你还说我是白眼儿狼？！谁知道那个美女要带你去哪里？你该感谢我。”

“竹马哥哥回来你就走，迫不及待地就要搬出去。我白养你这么久，你一条短信都没有给我发过……”权北倾似乎是真的醉了，靠在她的颈窝处，说出了平日里从来不会说的话，“你讨厌我管着你……你喜欢江辞，你们有‘婚书’……你要嫁给他……你要嫁就嫁，如果江辞欺负你，我不会管你！我权北倾绝对不管你……”

“我没有讨厌你！”姜夏忍不住大声反驳道，语气中染着几分急切，“我一点儿都没有讨厌你！我其实这两个月也在想你，我……”

“你什么？”权北倾说话的语气严厉，一如既往地凶，只不过因为醉酒，多了几分察觉不到的醋意。

“我没有要嫁给江大哥。”姜夏咬了咬下唇，小声地说道，“我觉得我自己变了。我好像……好像不像以前那样喜欢江大哥了。”

“那你喜欢谁？”权北倾说话的语气更凶狠了。

他在问话时还在咬她的耳垂，像发了狠似的。

姜夏瑟缩了一下。那她喜欢谁？这两个月，她每天晚上都会梦到星海湾，会梦到权北倾，梦到他们相处的那些片段，梦到他哄她喝药，梦到他喂她吃蛋糕……

她搬走了，可她的心似乎还住在这儿，还停留在以前每晚被他管教，早上起来能在餐桌上看到他的那些日子。

大概是因为权北倾醉了，又或许是这两个月内心太压抑了，她忍不住喃喃地说了出来："我觉得我可能……可能是喜欢上你了吧？不然我怎么会两个月见不到你，就一天到晚都想到你？可是我怎么能喜欢你？你又不会喜欢我。你以后会结婚的……"

压在她身上的男人没有再说话，整个房间里似乎都安静了下去。

姜夏懊恼地想：她果然是说错话了，幸好权北倾没有听到。这些羞耻又奇怪的话，就当她没说吧。就当她也喝醉了，反正没人听到。

她被喝醉的权北倾压着，又推不动他，只能维持着这个姿势睡了。她本来以为自己会睡不好，可奇怪的是，自己睡得异常香甜，比这两个月的任何一个晚上都要睡得好。

翌日一早，姜夏醒来时，大床上只有她一个人。她的身上盖着被子，头也是枕在枕头上的，显然是有人给她盖上被子的。

姜夏刚坐起身，正要下床，浴室的门便被打开，穿着睡袍的英俊男人走了出来。

姜夏被吓了一跳，下意识地就别过头去："你……"

权北倾皱眉，走过去掀开被子，把她从里面抱起来："去洗漱。昨晚都没刷牙。"

姜夏被他抱进洗手间，洗漱结束后，又被他抱了出去。她以为他会送她去学校，可权北倾竟又重新把她抱到了床上。

"我要上课……"她的话还没说完，男人的俊脸就压了下来。

他吻住了她，跟昨晚带着酒意的吻不一样，这个吻很是温柔、尊重，并且浅尝辄止。他很快就离开了她的唇，但人却没有离开她的身前，双手撑在她的身侧，胸膛俯下靠近她。

姜夏的心跳有些快，她下意识地想往后躲："你……"

权北倾却没有给她这个机会。他蓦地倾身上前，鼻尖几乎抵住她的：“你昨晚说喜欢我。”

姜夏的脑袋里“轰”的一声，她整个人都蒙了，一时不知道该说什么，身体僵在原地。

“我……我……”她支支吾吾，说不出半个字来。

权北倾怎么会记得的？他不是喝醉了吗？人喝醉了不是会断片儿吗？

像是看穿了她的想法，权北倾勾起唇，耐心地给她解释：“我是喝醉了，但我喝醉一般不会断片儿，都会记得。”

姜夏：这是什么特异功能吗？

她想到自己昨晚说的那些话，脸蛋儿顿时变得火辣辣的，眼睛都不知道往哪里看：“我……我昨晚只是……只是……”

“你不要告诉我你只是乱说的。”权北倾的脸色蓦地沉下去，他危险地看着她，语气也冷了，“姜夏，是谁教你可以用这种话来骗男人的？”

可能是被他训斥惯了，姜夏一抖，下意识地就说出实话了：“我没骗人！我说的是实话。”

“那就是，你喜欢我？”权北倾语气倏地一转，嘴角也勾了起来。

姜夏意识到被他套话了，怔了一瞬，随即恼怒地伸手捶他：“你……你是什么意思？你就是想看我的笑话，你……”

他又吻了她，只是这次的时间依旧不久。他说：“我爱听。”

姜夏一怔。

“多说几遍喜欢我，姜夏，乖。”权北倾诱哄道，“我很爱听。”

姜夏咬了咬下唇，生气地说：“谁要多说几遍！谁要喜欢你！昨晚你明明听到了，还装没听到，一句回答都没有！你就是要我玩儿！权北倾！你就是欺负我。”

“昨晚喝醉了，和你说这种事不够庄重。”权北倾看着她气鼓鼓的白皙脸蛋儿，忍不住凑过去亲了一下，低低地道，“所以我一大早抱你去刷牙，就是为了好好地接吻。”

“什么叫不够庄重？你不就是想教育我……”

“我不想教育你。”权北倾打断她的话，“夏夏。”

他很少这样叫她，几乎没有过。

姜夏不由得怔住，然后听见他语气庄重、认真地对她说——

“我喜欢你，是男女之情的喜欢，从江辞那里搬出来，跟我在一起，嗯？”

我喜欢你……男女之情……跟我在一起……

姜夏整个人都愣住了，呆呆地看着他，小嘴张大：“你是在跟我表白吗？”

“嗯，是。”权北倾注视着她的眼睛，一字一顿地说，“姜夏，我在表白，我喜欢你。”

“可是你为什么突然……？”

“因为你昨晚表白了，我听见了。”他说，“我不想再回避。这两个月，我每天晚上都梦到你。我告诉自己这是习惯，但不是，我不想再骗自己。我对你的管教，赶走宁易辰，赶走暮舟，赶走你身边每一个喜欢你的男人……其实都是我自私，是我不喜欢你和别的男人亲密。我希望你只属于我，身边只有我。”

其实他很懊恼，竟然会让她先说出来。是他太怕吓到她，是他没有正视自己的感情，是他……不敢去正视。

他以为自己成年后不会再有害怕的事，但没想到在感情上，自己竟然也做了一回逃兵，而点醒他的，居然是他的小姑娘。

是他让他的小姑娘受委屈了，是他的错——他会好好地补偿她。

房间内一片安静。

过了很久，姜夏才问：“你从什么时候开始喜欢我的？”

“第一眼。”他说，“我会让孔管家把你带回家养着，让你每天出现在我的面前，就是喜欢你……我早该意识到这一点。夏夏，对不起，是我逃避了。”

权北倾靠近她，薄唇贴在她的唇上，亲吻着她，那嗓音又柔又轻，几乎要将她溺死：“夏夏，现在是不是还不迟？答应我，跟我在一起，我会让你从喜欢我，变成爱上我。”

姜夏想说什么，但权北倾的吻再次压了下来。

那天早上被权北倾吻了多少次，姜夏不记得了；怎么出的房间，姜夏也不记得了。

她只记得最后自己答应了权北倾，让他给她一周的时间考虑考虑。

被人表白了，哪怕是被自己喜欢的男人表白，她也是该考虑的，这才矜持。这是权北倾以前教她的——她拿来堵权北倾的嘴。权北倾没办法反驳，只能给她时间。

但说是给时间，其实权北倾每天都会去学校接她放学，带她去吃饭、逛街，姜夏根本躲不掉。

而这一周，江辞都忙得没有回来，姜夏晚上回去都没有碰到他。她发消息，江辞也只是说在忙。

终于在第二周的某天晚上，权北倾送姜夏回公寓，姜夏转身上楼时在电梯口碰到了江辞。

江辞穿着西装，身上有淡淡的酒味。姜夏蹦跳着走过来，脑海中还在想刚才权北倾在车上偷亲她的行为，乍一抬头看见江辞，整个人都愣住了，脸上的笑容一下子就凝住了：“江大哥，你什么时候回来的？”

“刚才。”江辞的视线扫过她的唇，他没有说什么。电梯门打开，他绅士地伸手拦住门，让她先进去。

二人一前一后地进了公寓。

江辞将西装挂在衣架上，准备回房先洗澡。姜夏喊他：“江大哥，我们可以谈谈吗？”

江辞握着门把手的动作一顿，他没有转身，只是说：“明天吧，我今天累了。”

“明天可能就又碰不到你了，你不是每天晚上都回来这么早的。”

江辞沉默了一瞬，反问：“夏夏，你是在怪我没时间陪你吗？”

姜夏一怔，摇头："没有。"

她完全不是这个意思。她说的是事实，江辞确实很少在家，这一周多，他们也只有今晚碰面了。通常晚上都是她睡着了，江辞才回来。

"我是有话跟你说。"姜夏鼓起勇气，"江大哥，不会很久，我知道你很累了……"

"你跟权北倾在一起了是不是？"江辞忽然打断她的话，语气平静得让姜夏惊讶。

"江大哥，我……"

"刚才是权北倾送你回来的，这一周多都是。夏夏，你还在星海湾住过一晚。"江辞陈述着。

姜夏睁大眼睛："你让人跟踪我？"

"保护你而已。"江辞给出这样的解释。

姜夏听了，心里却不太舒服，但此时并没有说什么。

江辞忽然又问："夏夏，你喜欢上权北倾了吗？"

"是。"姜夏站了起来，清晰地道，"我是喜欢上权北倾了。江大哥，我不想骗你，所以我一直想等你有空回来跟你面谈。这一周给你发消息，你基本都没空回复，所以我今晚才要找你谈一下。我知道我们小时候有过'婚书'，约定了成年就结婚。但现在好像一切都变了，你不是以前的你，我也不是以前的我了。我们分开吧。"

顿了顿，她察觉这样说不对，又补充道："其实说分开也不对，毕竟我搬来公寓到现在，我们也没有正式说过要在一起，我们一直都不是情侣关系。江大哥，我知道你也有新欢了，既然如此，我们就还是做好朋友、好兄妹，好吗？"

"新欢"两个字成功地让江辞转过身来。他看着她："夏夏……"

"那天我看见了，你跟依依在楼下的车里，她亲了你。"姜夏勉强笑了笑，"江大哥，我不怪你骗我。我知道你也许是说不出口，也许是有别的原因，但好在我们都还没有在一起，没有到伤害彼此的地步，现在结束正好。"

“我跟依依，是因为她的家族对我的生意有帮助……”

“我不想知道，江大哥。”姜夏说，“我知道依依很喜欢你，江大哥，你既然和她有关系，那就好好地对待她。我不想骗你，我之前因为意外，和权北倾发生过关系……我没有守住自己，所以你也不用有任何愧疚。以前的约定只是约定，我们现在有各自的恋人很正常，你不要想太多。”

说完之后，姜夏回了房间。江辞在客厅里坐了一夜。

第二天一早，姜夏便收拾东西搬了出去。

她也没有搬回星海湾，而是在学校附近租了个小公寓。她之前直播时手里还留了些钱，足够租房子的花费。

得知她租房子后，“权大魔头”阻止无效，也没有生气——他的小姑娘要住在外面就让她住，就算是体验生活了。只是姜夏不知道，公寓的上下左右都被权北倾买下来了，住的也都是他的人。

时间就这样过去了一个月。寒假的第一天，姜夏边往学校外面走，边和孔伯打着电话，商量着晚上的火锅要买什么菜。

姜夏走到路口时，一辆疾驰而来的轿车忽然在她的面前停下。随着车门打开，她来不及反应，直接就被里面的人抓了进去。

手机砸在地上，里面传来孔伯紧张的喊声：“夏夏小姐？夏夏小姐？”

东郊，仓库。

姜夏睁开眼睛，发现自己被绑在一根坑坑洼洼的石柱上。

江辞站在她的身边。见她醒来，他拿着干净的湿巾给她擦了擦脸：“夏夏，别怕，我不会伤害你的。”

姜夏蹙眉，挣扎了一下，发现身上的绳子很紧，无法挣开，眉眼顿时冷了，道：“江大哥，你把我放下来！你这是什么意思？你要绑架我吗？”

“我只是处理一下我的事，你放心，我不会让你受伤的。”江辞很温柔地对她说，甚至还拿了饮料喂给她喝，只是姜夏别开了脸。

聪明如她，稍一联想便能猜到一二：“你是为了找权叔叔？”

“夏夏，你可以喜欢别人，这么多年过去，我没有陪在你的身边，我其实不怪你。”江辞眉眼深情地注视着她，却冷笑道，“可是为什么偏偏是权北倾？我可以接受你和任何男人在一起，除了他。”

姜夏不明白：“为什么？”

江辞却没有回答她。听见外面的汽车声，他用胶带封住了她的嘴。

见姜夏面无表情地看着他，江辞说：“对不起，夏夏，但你不必害怕，我绝对不会伤害你。”

很快，仓库门口逆光走进来一个高大的身影。

“权北倾，你最好确保你是一个人来的。”江辞将双手负在身后，冷冷地看着他。

“当然是。”权北倾在仓库中站定。视线落在姜夏的身上，他的目光瞬间变得柔和，他低沉地道：“不怕，闭着眼睛等我处理完带你出去，嗯？”

姜夏看着他，用力地摇头，想叫他走。她不知道江大哥想做什么，江大哥绝对不可能伤害她，但不代表他不会伤害权北倾。

“别怕，乖女孩儿，我们只是聊聊天儿，你把眼睛闭上。”权北倾注视着她，用眼神安抚着她。

他的眼神像是有魔力，姜夏很快便镇静了下来。她狠狠地抠着身后的石柱，抠下一小块锋利的石头，磨着手上的绳子。

“权北倾，看来这几年，你发展得很好。”江辞蓦地开口，勾着唇评价，“难怪爷爷那么喜欢你，一早就选定你做继承人。爷爷还真是好眼光，ZK集团被你越做越大，燕门的地位也是不断攀升，你很厉害。”

听到江辞说“爷爷”时，权北倾已经提起万分警觉。他沉下声音：“你到底是谁？”

“你认不出我了。”江辞淡淡地笑，“也正常，你权大少爷风光无限，前途无量，又有女孩儿为你死心塌地，你怎么可能认得出我这个无关紧要的人？”

权北倾的黑眸一眨不眨地注视着江辞，其实从第一次见面时，他就觉得江辞有些眼熟，但当时没有去想那么多。更何况因为姜夏，他并不想多看江辞，但……

权北倾盯着江辞约莫半分钟的时间，思考着江辞说的这些话，瞳孔蓦地一缩，他的喉结滚动了一下，近乎难以置信地出声：“南勋？！”

“南勋”是谁？姜夏疑惑地蹙着眉，在石柱上奋力地挣扎着。下一秒，只见江辞猛地拔出一把匕首，抵在她的脖颈间。

“南勋！”权北倾蓦地上前两步，看着姜夏脖颈间的匕首，瞳孔收缩，“放下匕首，你想做什么，不必牵连无辜，姜夏从未得罪过你。”

“夏夏是没有得罪我，但她喜欢上了你。”江辞冷冷地笑道，“权北倾，我的东西你是不是都要抢走？小时候，我们兄弟二人分明一样大，爷爷却认定你做继承人，总给你最好的，我得到的都是其次。但没关系，我都可以接受，可是——”

江辞话锋一转，眼神中带上了恨意，咬着牙说道：“你为什么要抢走我的命？我知道你从小就身体不好，需要骨髓移植。好，你是我哥，我当然可以给你，但你何必骗我？你何必一直装着不知道？我问你你还装傻。权北倾，你口口声声说我是你弟弟，你真的把我当过弟弟吗？”

哥哥……弟弟……

姜夏震惊无比：江大哥竟然是权叔叔的弟弟？

权北倾安静地听江辞说着这些话，待江辞说完才开口，嗓音罕见地带着些轻颤：“南勋，你……我没想到你还活着。”

江辞冷冷地看着他：“你不会在乎。权北倾，我曾经问过你，你是否知道爷爷把我当成你的血库，你说你不知道。我信了你，但事实上你早就知道，你就是在利用我。你跟爷爷一样，只是把我当成工具，没把我当亲人！爷爷不把我当孙子，因为你是继承人，我只是被用来保护你的工具！车祸发生时爷爷只选择救你，却放弃了我！”

“我不知道。”权北倾直视着他，“南勋，我从来不知道。你突然车祸坠海，我一直很难受，后来我才知道给我移植骨髓的是你。”

江辞冷冷地笑了：“可是爷爷早就告诉我了，说你早就知道，让我不要质问你。他让我知道，大家族是没有什么兄弟之情的。我还看过视频，视频里爷爷问你，你分明回答了。权北倾，你现在再装没有意义，你把我当傻子吗？”

“南勋，这是我们兄弟之间的事，我们可以坐下来好好谈。”权北倾又试着上前一步，视线落在姜夏的身上，“你把她放了，她会被吓坏的，她还小。”

“她还小，还小你就跟她发生关系了？”江辞笑得更讥讽，“我猜你还不知道吧？那天晚上给你下药的其实是我的人，我本来想拍你的丑闻，没想到夏夏阴错阳差地走进你的房间……”

权北倾闻言，眼中掠过一抹震惊之色：他追查了那么久的人竟然是姜夏？

“不许你再看她！”江辞看见他们深情对视的眼神，表情染上愤怒。他忽然抽出另一把匕首丢到权北倾的脚边，冷冷地道：“你不是想救夏夏吗？行，你捅自己一刀，我就放了她。”

姜夏瞪大眼睛，剧烈地挣扎着，江辞手里的匕首还横在她的脖颈间，这么一动，瞬间划出一条血口。

“姜夏！”权北倾的眼眸一沉，弯腰就捡起了地上的匕首，他看着江辞，淡淡地说：“你要我怎么捅才会满意？”

“那要看你对自己能狠到哪个地步了。我不太相信你能舍得，你身为继承人，应该很惜命，姜夏对你来说……”

江辞的话还没说完，权北倾握着匕首直接捅进了胸口，“扑哧”一声，匕首的尖端几乎全部没入。

姜夏眼睛都睁圆了，眼泪几乎是一下就下来了。

江辞似乎也愣住了，一时没说话，望着胸口一片血红的权北倾。

权北倾缓慢地跪了下去。他单膝撑着地面，忍着胸口的剧痛，抬头看向江辞以及自己的小姑娘，声音沙哑地说：“放了她。”

几乎同一时间，姜夏用手里的小石子儿磨开了背后的绳子。她也不顾江辞手里的匕首会不会伤到自己，从石柱上跌了下来，跌跌撞撞地朝权北倾跑了过去。

权北倾张开手迎她入怀。手臂拥住她的一瞬间，他说了句“没事了”，人便往下倒去。他费力地抬眼看了一眼江辞：“南勋，哥不怪你，但我们的事跟夏夏无关，让她走。”

江辞僵在原地，直到姜夏撕心裂肺的哭喊声响起以及从外面冲进来的人将他们包围。

医院。

权北倾被推入手术室。

权老爷子得知这件事，立即火急火燎地赶了过来。

手术室的门口，姜夏红着眼坐在椅子上，江辞则站在一旁。

季池在跟权老爷子汇报情况，说到江辞时，朝那边看了一眼：“老爷，那位是二少爷。”

权老爷子震惊无比地朝江辞看去，江辞却面无表情地站着，连一个眼神都没有给他。

手术室的灯还亮着，显示还在抢救中。

“南勋，”权老爷子拄着拐杖，开口，“既然活着，为什么不回家？你的脸……是车祸后整容了吗？”

江辞没说话，冷笑了一声。

“我没想到你会因此怨恨北倾，但这一切都与他无关。”权老爷子面色凝重，沉声道，“你也知道，我们权家是大家族，大家族里的兄弟关系向来是不可以太亲密的，这样不利于家族发展，也容易有软肋。北倾如此宠爱你这个弟弟，我就已经警觉……后来你给北倾移植骨髓的事，是我伪造了视频，让你以为北倾早就知道。我本想让你们兄弟二人的关系变得生疏一些，这样你们也可以各自打拼、竞争，看看谁的能力更强……

“南勋，你车祸坠海的事不是爷爷安排的，是意外。我无数次地派人打捞，但都没有找到你，北倾因此难受了很久。他后来知道真相，恨过我很长一段时间，前几年我们的关系才缓和。

“南勋，你原谅爷爷吧。爷爷做这一切都是为了家族，北倾是你哥哥，是权家的长子，也是继承人——家族需要一个健康、强大的继承人。你身为弟弟、次子，就该为长子付出，这是我们权家的使命，所以车祸的时候爷爷才选择救北倾……你不要怪爷爷，爷爷也没有办法。

“南勋，既然活着就回家来吧，权家是你的家。”

权老爷子说了很多。可从头到尾，江辞都没有看他一眼，脸色冷漠得犹如对待陌生人，犹如没听见这番话。

到最后，权老爷子也不再说了，拄着拐杖，叹着气在一旁坐下。

他知道，南勋不可能再原谅他这个爷爷了。也许南勋可以接受北倾，一段时间过后，也许还可以和北倾走得近……但南勋不可能再回权家了，也绝不会再叫他一声“爷爷”。

他彻底失去这个孙子了。

可如果再让自己选择一次，他还是会那么选。家族需要继承人，他必须放弃一个。

不知道过了多久，手术室的门被推开。

姜夏第一个站起来。她强忍着腿软的感觉，飞快地走过去：“医生，怎么样？”

医生拉下口罩：“那一刀没捅到心脏，只差几毫米，人没事，就是要住院静养。”

姜夏松了口气，整个人跌坐在地上。她不敢想象，如果权叔叔出了什么事，自己要怎么面对。

权老爷子也放松下来。

只有江辞全程面无表情。没有人发现，在医生说出权北倾没事的时候，江辞背在身后紧握的拳头终于松开。

权北倾在医院里住了一段时间，身体在逐渐恢复。

他本就身体好，平时一直保持健身，那一刀没有伤及要害，只要稍加休养就好得很快。

权北倾出院的那天，姜夏和楚暮舟来接他。

在医院的门口，他们碰到了走过来的江辞。

楚暮舟顿时警觉，一侧身挡在了权北倾的面前，皱眉道："北倾，你说这是你的弟弟？"

江辞冷冷地看着楚暮舟。

"怎么跟照片上不太像？"

"我车祸后整容了。"江辞说话的语气极冷，视线越过楚暮舟，落在权北倾的身上。但他只是很快地扫了权北倾一眼，最后看向了姜夏。

"夏夏，"他问，"脖子上的伤还疼吗？"

自从这件事发生之后，姜夏就没有和江辞联系过。江辞给她发过消息，但她不知道怎么回，也就没有回。

此时，听见江辞这样问，姜夏抱紧了权北倾的手臂，很轻地回了一声："不疼了。"

她知道，他们不会这么容易就和好，但他们之间还是有兄弟情的，只不过需要时间来慢慢修复。

她相信有一天，他们的关系一定可以恢复如初，江大哥一定会放下心结。

听姜夏这么回答，江辞笑了一下："那就好，我只是来看看你，你没事我就放心了。"

说罢，江辞便转身走了。

"北倾，你弟弟对你这么冷漠吗？而且他跟小虎牙什么关系？他好像喜欢小虎牙，那不就成了我的情敌吗？那怎么办？"

楚暮舟的话还没说完，江辞忽然转过身来。他看着楚暮舟，倏地勾唇一笑："情敌？你难道不知道夏夏和权北倾在一起了吗？你还想追夏夏，不问问权北倾同意吗？”

江辞恶劣地说完这些，冷冷地离开了。

空气死一般地寂静。

“扶我去车上。”权北倾捏捏身侧小姑娘的手，“风大。”

“哦，好。”姜夏小心翼翼地扶着权北倾往车上走去。

台阶上只剩下楚暮舟一个人，还处在震惊中，久久回不过神来——

什么叫夏夏和北倾在一起了？北倾不是在帮自己追求小虎牙吗？他这个禽兽什么时候捷足先登了？他竟然跟自己抢女人？他还是个人吗？

事实上，权北倾从某种角度来说，确实不像个人，比如以自己受伤为由，很快便把姜夏骗回了星海湾住。

姜夏回来的这天，他命人做了很大的蛋糕，摆在星海湾的客厅内。

权北倾穿着西装长裤，成熟英俊的模样令人心动。他注视着她，微笑着：“欢迎回家，我的女孩儿。”

不知道为什么，他说这句话的时候，姜夏总有种“羊入虎口”的感觉。她都觉得自己搬回来得太快了，可是……可是她拒绝不了他啊！

她正皱着脸蛋儿发愁，权北倾不动声色地看了她一眼，忽然就说：“不是爱吃蛋糕吗？不看看？”

姜夏瞬间被转移了注意力，然后就看见蛋糕上表白的字样——

姜夏，我爱你。

简单直白，但精准有力。

姜夏看了一眼，脸就红了，不太相信地嘟囔着：“什么爱我啊？你也太假了，之前才说喜欢我，喜欢到爱有那么快吗？”

权北倾站在她的面前，望着她红通通的脸蛋儿，勾起嘴角，弯腰在她的脸上亲了一口，凑到她的耳边，低低地笑道：“你已经是我的人了。而且在我回国的第一天，我们就已经有爱了，这不是缘分是什么？”

姜夏瞬间脸色赧然。

自从她跟权北倾确定恋爱关系之后，他倒是不常管教她了，因为他变成时时刻刻撩拨她了！总是说一些让人脸红心跳的话，他不害臊吗？

权北倾当然不害臊，趁着他的小姑娘脸红，俯身在她的唇上落下一吻。

“你又偷亲我！”

“那你可以亲回来。”

“那我不是更亏了吗？”

“那你亲的时候咬我，就当惩罚我了。”

对，有道理。

姜夏“哼”了一声，双手圈住权北倾的脖子，狠狠地亲回来。

权北倾托住她，抱着她转圈、玩闹。

吃蛋糕的时候，姜夏也是被权北倾圈在怀里一口口地喂着吃的。

因为权北倾用蛋糕表白了，还说了“我爱你”，姜夏现在的心情很好，搂着权北倾的脖子哼哼唧唧地跟他聊天儿。

“过几天……等你再好一点儿，我们去看看江大哥好不好？”

“他可能不会欢迎我们。”

“不，他昨天给我发消息了。他虽然没问，但言语间还是关心你的。他没想到你会捅自己一刀，这不是他的本意。虽然他确实做错了……”

“你在向着他说话？”权北倾危险地眯眼。

“当然不是！我向着你！我现在不是你的女朋友吗？”姜夏顺毛道，“只是我觉得你和江大哥毕竟是亲兄弟嘛，总不能一辈子这样不来往。而且我其实知道，你很爱你的弟弟，你之前还去祭拜过。因为他，你都有了‘创伤后应激障碍’，不是吗？”

权北倾给她喂着蛋糕，没说话。见她的嘴角沾着奶油，他便凑过去吃掉，顺便在她的脸上偷个香。

姜夏继续说：“你知道吗？江大哥跟我说，他这几年会离开，因为他一直在创业，在发展自己的公司。他不想落后你太多，想努力赶上你，证明哪怕没有家族，他也不是最差的，他也能行。他只是……不想日后相认，你会看不起他。他很努力，也是为了能在你的面前抬得起头来，不会在你的面前自卑。”

片刻后，权北倾应了一声：“嗯，等过几天，买你爱吃的蛋糕去看他，你还能再解解馋。”

毕竟蛋糕这东西，权北倾可是严格要求她不许多吃。谈恋爱还要被管着，姜夏表示过抗议。当然抗议肯定是无效的，所谓“道高一尺，魔高一丈”，她永远不可能赢得过权北倾。

但有人宠着，那她就选择当乖乖听话的宝宝好了。

“你不是很想知道，当初我为什么把你带回家吗？”亲吻的间隙，权北倾低低地道。

“为什么？”

“那次我去孤儿院，本来只是参加公益活动，结果看见不远处你在跟别人打架。你被打倒在地，很快又爬了起来，身上被抓得乱七八糟，脸上也都是红痕。你特别凶狠地瞪着别人，看起来很凶，但眼睛里含着眼泪，始终在强忍着，没有让眼泪落下。你就像一只竖起刺的小刺猬，努力地保护自己，哪怕再伤心都很坚强。”

权北倾说着，低声地笑起来：“那一刻我在想，这只小刺猬真有趣，我要带回去，好好地养大，让她以后不会再被任何人欺负，做一只快乐的刺猬。”

“哼，你才是刺猬呢，我明明是小仙女。”姜夏不满意地嘟囔，坐在他的身上，咬住他的下巴。

权北倾圈着她细软的腰，很快重新吻住她。

他还有一句话没告诉她，因为他也是后来才明白的——

其实在孤儿院里看见她的第一眼，看见她欲哭不哭的倔强模样，那一秒，他怦然心动了。

他将她带了回来，给她最好的生活。

可他为什么去外国三年才回来？因为在出国前的一天晚上，他撞见她在房间里跳舞——女孩儿的身躯散发着无穷的青春和活力，他只看了一眼就心跳剧烈，浑身紧绷，完全无法克制自己。

于是他逃避似的出国三年，其实最根本的原因就是躲她。

这个念头被他压在脑海里的最深处——他自己都不愿意承认，还差点儿把自己都骗过去了。

幸好，现在还不晚。

他的小刺猬长大了。

他会好好保护被他捡回来的小刺猬，让她带着她的刺和倔强，肆意潇洒、无忧无虑地过一辈子——不，是爱他和被他爱一辈子。